다이아몬드가 아니면 죽음을

다이아몬드가
아니면 죽음을

제프 린지 장편소설

고유경 옮김

JUST WATCH ME
JEFF LINDSAY

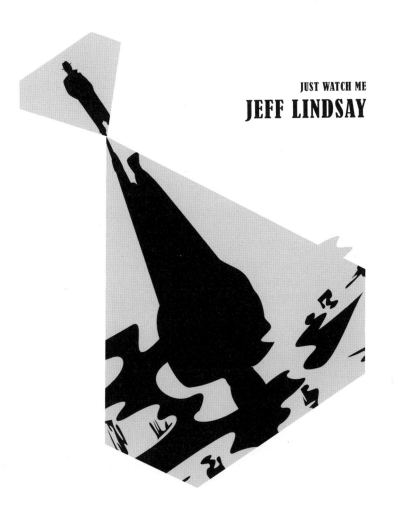

북로드

《다이아몬드가 아니면 죽음을》에 쏟아진 찬사들

"절대 놓칠 수 없는 스릴러 대가의 새로운 블록버스터. 마음껏 즐겨도 좋다."

_데이비드 발다치(작가)

"제프 린지가 돌아왔다! 누구나 응원하고 싶은 캐릭터와 함께. 시체 말고는 아무 흔적도 남기지 않는 슈퍼 도둑 라일리 울프 역할을 마다할 배우가 있을까?"

_앤디 가르시아(배우)

"굉장한 도둑 라일리 울프의 등장. 제프 린지는 연쇄 살인범 덱스터처럼 도덕적으로 모호하지만 도저히 거부할 수 없는 반영웅을 다시 한번 우리 시대에 선보인다."

_세라 던(작가)

"한마디로 재미있다! 〈덱스터〉 시리즈의 팬들이 절대 실망하지 않을 역작이다. 라일리 울프의 다음 표적은 무엇일까?"

_〈북리스트〉

"라일리 울프는 제프 린지가 창조한 지독하게 매력적인 반영웅이다. 《다이아몬드가 아니면 죽음을》은 새로운 시리즈를 알리는 대망의 첫 번째 이야기가 될 것이다."

_〈뉴욕타임스〉

"오랫동안 기억에 남을 만한 케이퍼 픽션. 세대를 아우르며 계속될 작품이다.

_〈북리포터〉

내게 길을 가르쳐주고

내가 그 길을 찾을 때까지 기다려준 거스와

그 길을 찾는 보람을 알게 해준 힐러리에게

이 책을 바칩니다.

* 일러두기

저자 주는 괄호 안에 표기하였고, 옮긴이 주는 괄호 안에 '옮긴이'를 별도로 표기하였다.

차례

1장

거의 봄에 접어든 줄 알았다. 하지만 오늘은 그런 느낌이 들지 않았다. 새로 지은 네슬로드 플라자 야외 광장에 서 있으니 봄은커녕 겨울로 돌아간 것 같았다. 코끝이 시릴 만큼 매서운 바람이 넓고 탁 트인 공간을 가로질러 거세게 휘몰아쳤다. 그래도 화들짝 놀라는 사람은 없었다. 여긴 바람의 도시 시카고니까. 이름값을 톡톡히 하고 있는데 이깟 추위가 무슨 대수랴.

하지만 오늘 바람은 유난히 차가웠다. 호수에서 불과 반 블록 떨어진 광장이라 캐나다발 바람이 곧장 불어왔다. 북극에서 출발했으니 미시간 호수를 가로지르는 동안 온기를 모두 잃고 차디찬 기운만 끌어모을 시간은 충분했다.

사람들은 머리를 푹 숙인 채 바람막이를 찾아 넓은 야외 광장을 서둘러 지났다. 하지만 북극의 아침 공기를 맞으며 여기 모인 사람들에게는 선택의 여지가 없었다. 그래서 네슬로드플라자 중앙, 대형 동상이 코앞에 있는 단상 주변으로 삼삼오오 모여들었다. 새로 설치한 동상은 여전히 덮개에 가려져 있었다. 적절할 때 깜짝 공개해 극적인 효과를 노릴 터였다. 세찬 바람에 몸을 움츠린 채 발을 동동 구르는 사람들은 동상이 되도록 빨리 공개되길 간절히 바라는 눈치였다. 그래야 얼른 따뜻한 곳으로 갈 수 있으니까.

하지만 일부러 이곳을 찾은 이는 거의 없었다. 대부분 기자나 시민 대표였고, 그냥 와야 하니까 온 것이다. 새로 생기는 네슬로드 플라자는 인근 지역의 경제를 되살릴 중요한 열쇠였다. 그래서인지 수려한 외모를 자랑하는 50대 하원의원 한 명이 개관기념식에 참석했다. 이 여성 의원 옆에는 백발이 성성한 아프리카계 주州상원의원이 있었고, 추위에 옷을 잔뜩 껴입은 탓인지 저명한 연방 판사라는 신분은 물론이거니와 얼굴색조차 알아보기 힘든 노인도 한명 서 있었다. 심지어 키가 크고 험상궂게 생긴 남자도 있었다. 뺨을 타고 흐르는 커다란 흉터를 훤히 드러내며 깔끔하게 수염을 다듬은 남자는 해안경비대 제독의 제복을 입고 있었다.

물론 아서 네슬로드도 여기 있었다. 그는 동상을 기증하고 광장에 자기 이름을 붙이게 한 억만장자였다. 그 말인즉 시장도 여기에 있어야 한다는 뜻이다. 시장은 이런 상황에 걸맞은 연설로 아서 네슬로드가 진정 중요한 인물이라는 점을 되뇌었다. 그러면 그가 앞으로 더 많은 돈을 쓰면서 한껏 기분을 낼 테니까. 그래서일까, 시장의 연설은 꽤 장황했다.

추위에 벌벌 떠는 사람들 주변을 에워싸고 어슬렁거리는 무장경비원도 두 명 있었다. 유명한 현대예술가가 만든 동상이라 일부러 고용한 사람들이었다. 카르텔 마약왕이 이 동상을 원한다는 소문이 돌고, 시장이 마약왕의 요구를 진지하게 받아들였다는 이야기도 떠돌았다.

경비원들은 그런 소문을 믿지 않았다. "아무도 이 빌어먹을 동상을 훔치지 못할걸." 데니 커칼디가 동료 빌 그리어에게 말했다. 그러고는 동상의 밑동을 가리켰다. "이것 봐봐. 내 허리만큼 두꺼운 나사가 열두 개나 꽉 박혀 있어. 게다가 이 미친 동상 무게가 10톤이라고."

"12.5톤이야." 그리어가 말했다. 커칼디가 깜짝 놀라며 그리어를 바라보았다. "신문에 났어."

"그래, 뭐 어쨌든 12.5톤. 어떤 미친놈이 12.5톤이나 되는 물건을 훔치겠어? 완전 바보 같은 짓이지."

그리어가 어이없다는 듯이 고개를 저었다. "그래도 우린 돈이라도 받잖아. 누가 아무리 바보짓을 하든."

"바보짓이니까 돈을 더 받아야지." 커칼디가 말했다. "게다가 오늘처럼 지독하게 추운 날에는."

그리어가 어깨를 으쓱했다. "그 정도로 춥지는 않아."

하지만 추웠다. 호수에서 불어오는 습한 바람 탓에 더 추웠다. 시장의 연설이 한없이 늘어졌다. 아서 네슬로드에게 쏟아지는 찬사를 서서 들어야 하는 사람들은 한층 추워 보였다. 네슬로드를 아는 사람들 또는 네슬로드에 관해 아는 사람들은 그에게 별 칭찬거리가 없다는 사실을 잘 알고 있었다. 네슬로드는 자기 이름을 딴 네슬로드 제약 회사의 소유주이자 CEO로서 수십억 달러를 벌었다. 게다가 이 회사는 주요 약물들에 대한 특허권을 소유하고 있었다. 가장 주목할 만한 치료제는 자나젠이었다. 치명적인 난치암에 쓰이는 유전자 기반 치료제 가운데 가장 신선하고 효과적인 약.

자나젠은 진정 기적의 약이었고, 시장도 연설에서 자나젠을 여러 차례 강조했다. 하지만 정치인인지라 교활하게도 아서 네슬로드가 자랑하는 자나젠의 1회 복용 가격이 50만 달러로 책정되었다는 이야기는 절대 하지 않았다. 언론의 날 선 비판도, 의사들의 간절한 호소도, 심지어 미 의회의 비난도 기괴하게 부풀려진 이 치료제의 가격을 떨어뜨릴 수는 없었다.

네슬로드는 친절하거나 자선을 베푸는 인물은 아니었다. 네슬로드와 엮이는 불행을 겪은 사람이라면 그가 좋은 사람은 아니라고 털어놓을 것이다. 어떤 이들은 심지어 네슬로드가 반사회적 인격장애자라 죄책감이나 수치심을 느끼지 못한다고 말했다. 네슬로드도 여론이 주가에 영향을 미친다는 사실을 알고 있었다. 그래서 오늘 5000만 달러짜리 강철 동상을 시카고에 기증하고, 자기 이름을 딴 이 상가를 짓는 데 수백만 달러를 기부해 좋은 인상을 남기고 싶었다.

사실 네슬로드에게 이 정도는 쌈짓돈이었다. 한 달 동안 매일 그만 한 돈을 기부해도 여전히 수십억 달러가 남아 있을 터였다. 당연히 보통 사람들의 고난과 시련은 아서 네슬로드에게는 딴 세상 이야기였다. 이렇게 돈이 많아도 따뜻한 품성을 지니지 못했으니, 그는 냉정할 뿐만 아니라 베푸는 일을 싫어했다. 하지만 시장은 침이 마르도록 네슬로드를 칭찬하고 있었다. 아서 네슬로드보다 더 좋은 사람이 나와야 칭찬이 끝나지 않을까.

"맙소사, 저것 좀 봐." 커칼디가 거대한 헬리콥터가 선회하는 호수 위를 가리키며 말했다. "엄청 커!"

그리어가 힐끗 고개를 들었다. "치누크야. 수송용 헬기지." 그리고는 파트너를 바라봤다.

"군대에 있을 때 몰아본 적 있어." 그리어가 설명했다. "17톤은 거뜬히 들어 올릴걸. 물론 승무원 포함해서."

"음, 저 망할 헬리콥터가 멀리 떨어져 있으면 좋겠군. 바람도 불 만큼 부는 중인데." 커칼디가 말했다. 두 사람은 다시 동상 주변을 돌기 시작했다.

시장의 연설은 계속 이어졌다. 이미 10분을 훌쩍 넘겼는데, 열렬함은 전혀 식은 것 같지 않았다. 아서 네슬로드는 시계를 일곱 번째 힐끗 보았다. 자기가 얼마나 멋진 사람인지 읊어대는 소리를 듣는 일도 슬슬 지루해지기 시작했다. 기념식은 금방 끝난다고 들었건만. 간단한 연설이 끝나면 시장이 네슬로드에게 토글스위치가 달린 상자를 건네줄 거라고 들었다. 네슬로드가 기념사를 몇 마디 하고 스위치를 휙 돌리면 동상에서 덮개가 미끄러지고, 바닥에서 분수가 뿜어져 나올 것이다. 그러면 모두가 다시 일하러 갈 수 있었다. 네슬로드는 얼른 일하러 가고 싶었다. 그는 요즘 새로운 합성 인슐린을 개발하고 있는 프랑스 기업을 인수하는 작업에 몰두하고 있었다.

게다가 젠장, 너무 추웠다. 네슬로드는 이 추위에 어울리지 않는 옷을 입고 있었다. 더구나 불편을 참는 일에 그는 익숙하지 않았다. 그게 아무리 날씨 같은 불가항력적인 일이라 해도. 억만장자인 자기가 들어도 헛소리 같은 시장의 찬사가 15분이 넘도록 끝나지 않자 네슬로드는 바로 행동에 나섰다.

시장이 숨을 고르려고 잠시 연설을 멈추자, 네슬로드가 앞으로 나갔다. 억만장자만이 느낄 수 있는 충만한 자신감을 뽐내며 시장의 어깨에 팔을 얹고는 그를 한쪽으로 밀었다. 마이크를 움켜쥔 네슬로드는 가식 어린 함박웃음을 지으며 입을 열었다. "고맙습니다, 시장님, 정말 친절하시군요. 진정한 기적을 만드는 네슬로드 제약회사를 대표하여 여러분과 시카고 시민들에게 이렇게 멋진 예술작품을 드릴 수 있게 되어 큰 영광이라고 말씀드리고 싶습니다. 그래서……." 네슬로드는 단상에 놓인 커다란 상자형 기기를 들어 올리며 말했다. "저는 이곳을 여러분께 바칩니다. 네슬로드플라자!" 그러고는 상자를 머리 위로 높이 들어 토글스위치를 휙 돌렸다.

순간, 놀라운 일들이 동시에 일어났다.

날카롭게 갈라지는 쩍 소리와 함께 상자에서 눈부신 푸른빛이 번쩍이며 네슬로드는 뒤로 내동댕이쳐지고 말았다. 완전히 뻗어버린 그는 꿈쩍도 하지 않았고, 손에서는 검은 연기가 피어올랐다. 곧이어 동상 아래쪽에서 날카로운 소리와 함께 열두 차례나 폭발이 일어났다. 귀가 먹먹해진 군중이 눈만 껌뻑이는 사이 해안경비대 제독이 앞으로 나와 소리를 치며 명령하기 시작했다.

"여기 좀 비워! 공간을 확보하라고!" 제독이 네슬로드 옆에 무릎을 꿇으며 말했다.

시장도 제독 옆에서 무릎을 꿇었다. "맙소사, 대체 무슨 일입니까?" 그가 물었다.

"감전이요. 저 상자에서 전기가 흘렀습니다." 제독이 네슬로드의 맥박을 짚으며 말했다. "당장 병원으로 옮겨야 해요." 그러고는 주머니에서 꺼낸 무전기에 대고 다급하게 말했다. 다시 네슬로드에게 시선을 돌린 제독은 심폐소생술을 실시했다. "여기 내 헬리콥터가 있습니다." 제독이 시장에게 말했다. "저희가 병원으로 모셔 가겠습니다."

"아니, 저, 저희가 해도 될 것 같은데요?" 시장이 입을 열었다.

"그만둬요!" 제독이 네슬로드의 가슴을 세게 누르며 쏘아붙였다. "시간을 재야 해요! 숫자를 세요!"

언젠가 텔레비전에서 심폐소생술을 본 적이 있는 시장이 시계를 보며 큰 소리로 숫자를 세기 시작했다.

"도대체 어떻게 된 거야?" 커칼디가 물었다. "웬 폭발이지?"

"동상 바닥 주변이야." 그리어가 고개를 저으며 말했다.

두 사람은 급히 자리를 옮겼다. 그리어는 무릎을 꿇고 앉아 연이은 폭발로 아직도 연기가 피어오르는 지점을 살폈다. "나사가 끊어졌어." 그가 말했다. "전부 다!"

"제기랄." 커칼디가 말했다. "이게 쓰러지면 누구든 짓뭉개질 거 아냐!" 그러더니 그리어를 바라보며 눈살을 찌푸렸다. "대체 왜, 어떤 자식이……"

그리어가 일어섰다. "테러범들 짓이야." 그가 말했다. "시장님께 말씀드려야겠어."

커칼디가 고개를 끄덕였다. "얼른 시장님께 보고해. 내가 사람들을 뒤로 이동시킬 테니까."

단상에서는 해안경비대 제독이 네슬로드의 가슴을 압박하며 심폐소생술을 실시하고 있었고, 시장은 숫자를 세고 있었다. "맥박이 잡힙니다." 제독이 말했다. 그러고는 힐끗 위쪽을 쳐다보았다. "헬기가 왔군요." 제독이 일어서더니 헬리콥터를 향해 손을 흔들었다.

거대한 소용돌이를 일으킨 치누크가 단상을 향해 하강하며 환자 수송용 바구니를 내려 보냈다. "모두 저리 비키세요!" 제독이 소리쳤다. "시장님, 이 사람들이 모두 비켜줘야 합니다."

고개를 끄덕인 시장이 사람들에게 물러나라고 재촉하기 시작했다. 마지막으로 단상을 내려가던 시장은 맨 위 계단에 발을 내디디자마자 몸을 획 돌리고는 바구니에 실려 공중으로 솟아오르는 네슬로드를 지켜봤다.

헬리콥터에서 커다란 금속 갈고리가 달린 강철 케이블이 내려오는 동안 손을 뻗은 채 기다리던 제독이 마침내 케이블을 움켜잡았다. 시장은 얼굴을 찌푸리고 잠시 걸음을 멈추었다. 대체 저게 뭐지?

제독이 케이블을 움켜쥐고 단상 앞으로 걸어가 동상에 휘감자 시장은 더욱더 어리둥절했다. 동상에 걸터앉은 제독은 동상을 여러 차례 감싼 케이블에 갈고리를 끼웠고, 이 작업이 끝나자 양손으로 케이블을 타고 올라가 헬리콥터 옆문으로 사라졌다. 계속 당혹스러워하던 시장은 이제 불안해하기 시작했다.

"맙소사." 그가 말했다. 다른 말은 떠오르지 않았다. 입도 뻥긋하지 못한 채, 힘센 치누크가 동상을 낚아채 가는 모습만 바라볼 뿐이었다. 경비원 한 명이 시장 옆에 나타나 권총을 들어 올려 헬리콥터를 향해 발사했다. 시장은 손바닥으로 경비원의 손을 내리쳤다. "네슬로드 씨가 저 안에 있어!" 그제야 경비원이 권총을 내렸다. 나란히 선 두 사람은 호수 위를 날아 저 멀리 사라지는 헬리콥터를 지켜봤다. 헬리콥터는 5000만 달러짜리 동상을 매단 채 유유히 사라졌다.

대형 제약 회사 CEO, 억만장자 아서 네슬로드와 함께.

아서 네슬로드는 지금 자기가 어디에 있는지, 무슨 일이 일어나는지 전혀 모른 채 천천히 의식을 되찾았다. 온몸이 아팠지만 가슴이 특히 더 아팠다. 무언가로 얻어맞은 것 같았다. 바닥은 차갑고 딱딱했으며, 세차게 떨리는 낯선 기계의 진동이 온몸에 느껴졌다.

몇 분간 정신이 들지 않아 힘겨웠지만, 겨우 눈을 떴다. 모르는 얼굴이 몸을 구부리고 네슬로드를 내려다보고 있었다. 네슬로드는 얼굴을 찡그리며 애써 정신을 차렸다. 남자는 제복을 입고 있었다. 단상에서 시장 뒤에 서 있던 제독인가? 그럴 리가 없는데.

"당신은 지금 헬기에 타고 있소." 제독이 말했다. 그러더니 뒤로 손을 뻗어 헬리콥터 문을 슬그머니 열었다. 차디찬 칼바람이 곧장 휘몰아쳤다. "맞지?"

여전히 미치도록 불편했지만 찬바람 덕에 네슬로드는 조금이나마 정신을 차릴 수 있었다. 그는 눈을 깜박이며 입술을 핥았다. "환자 이송용 헬기요……?" 네슬로드가 간신히 입을 뗐다. 목구멍에서 낯선 쇳소리가 흘러나왔다.

제독이 미소 지었다. 사람을 안심시키는 미소는 아니었다. "그건 아니고." 그가 말했다.

네슬로드는 고개를 저었다. 통증이 느껴졌다. "그럼…… 대체 왜?"

"보험이지." 제독이 말했다. "그래야 나한테 총을 못 쏘니까."

네슬로드는 다시 눈을 감았다. 도무지 이해가 되지 않았다. 병원으로 데려가는 게 아니라면…….

그리고 다시 눈을 떴다. "자나젠 1회 복용 가격이 얼마라고?" 제독이 말했다.

"그건……." 네슬로드가 쉰 목소리로 꺽꺽거렸다. 그러다 얼굴을 찡그렸다. "당신, 설마 당신……."

"드디어 눈치를 채셨군!" 남자가 말했다. "사실 나는 제독이 아니야!"

일어나 앉으려던 네슬로드는 손발이 테이프로 꽁꽁 묶여 있다는 걸 깨달았다. 이제야 모든 게 분명해졌다. 그는 납치되고 있었던 것이다. "돈, 돈 줄게요." 네슬로드가 툴툴거렸다. 제복을 입은 남자는 아무 대답도 하지 않았다. "나…… 돈 있어요. 아주 많이." 네슬로드가 말했다.

"당신이 원하는 거라면 뭐든 살 만큼?"

"그럼요." 네슬로드가 말했다.

"와우." 제독이 말했다. 그러더니 네슬로드를 거칠게 붙들어 헬기 문 앞에 앉혔다. 미시간 호수가 저 아래에서 반짝이고 있었다.

"크고 화려한 요트도 살 수 있나?"

"당연하죠." 네슬로드가 말했다.

"음, 그렇다면." 제독이 말했다. "지금이 요트 사기에 딱 좋을 때겠군." 그러고는 네슬로드를 문밖으로 밀어버렸다. 제독은 고개를 내밀고 저 멀리 미시간 호수의 차가운 물 위로 작은 물보라가 솟구칠 때까지 가만히 지켜봤다.

"나쁜 놈." 제독이 입을 열었다. 그리고 문을 닫았다.

거래처 직원들이 대형 화물차 바닥에 동상을 고정하고 있었다. 나는 그들의 모습을 우두커니 지켜봤다. 놈들은 건달처럼 보였다. 하지만 일은 제대로 하는 것 같아서 그냥 서서 지켜봤다.

일이 끝나자 두 사람 가운데 나이 든 남자가 휴대전화를 꺼내 누군가와 통화했다. 이윽고 고개를 끄덕이더니 내게 다가왔다. "그분이 보냈다고 합니다." 남자가 말했다. "온라인으로요. 바로 지금."

나는 휴대전화를 꺼내 은행 계좌를 확인했다. 전액 입금되었다. 그래도 확신할 수 없다. 누구든 이 남자만큼 부자라면, 도덕적으로 구멍이 뻥뻥 뚫린 놈일 게 뻔하다. 내가 그걸 입증하고 말 것이다. 날 지켜봐.

"전액 다 보냈소." 건달이 말했다. 기분이 상한 것 같은 얼굴이다. "그분이 그렇게 말했다니까!"

"물론 그렇겠지." 내가 말했다. 남자가 가려고 몸을 돌렸다. "잠깐만." 내가 다시 입을 열었다. 그러고는 작고 까만 상자형 전자 기기를 들어 스위치를 켰다.

"그게 뭔데?" 남자가 얼굴을 찡그리며 물었다.

"폭탄." 내가 말했다. "지금 막 폭발 모드를 해제했어."

남자가 어이없다는 듯이 고개를 저었다. "대체 무슨 폭탄?"

"동상 안에 있는 폭탄." 나는 쾌활하게 활짝 미소 지으며 말했다.

남자가 눈알을 부라리며 나를 바라봤다. "동상 안에 폭탄이 있다고?" 그러더니 약간 바보 같은 목소리로 물었다.

"맞아. 뭐, 확인해보시든지." 내가 말했다. "좋은 하루 보내길!" 남자가 확인하기도 전에, 나는 세워둔 차에 올라타 시동을 걸었다.

그렇다고 더 행복하지도 않았다. 사실 나는 기분 더럽고, 비열하고, 초조하고, 불안했다. 기분이 좋아야 할 5000만 가지 이유가 있지만 기분은 그저 그랬다. 물론 돈은 좋았다. 게다가 만사 계획대로 착착 진행되었다. 차를 몰고 떠나면서, 미소 지으며 콧노래나 부르면 그만이었다. 하지만 나는 줄곧 백미러를 보며 쉭쉭거리고 야유를 보냈다. 대체 왜?

왜냐하면, 모든 게 너무 쉬웠으니까. 난 그게 싫었다.

왜 그런지 모르겠다. 그냥 그렇다. 일이 너무 쉬우면, 늘 그게 함정이라는 느낌이 들거나 바보 같은 실수를 저지르게 된다. 아니면…… 젠장, 나도 모르겠다. 날씨는 미치도록 추웠지만, 여름날 빌어먹을 공원을 한가롭게 거니는 기분이랄까. 일은 끝났고 돈도 챙겼지만, 누가 둔탁한 마체테 칼로 냅다 후려친 것처럼 신경이 쭈뼛쭈뼛 솟아 떨리고 있었다. 엄마는 이런 느낌을 이렇게 표현했다. "누군가 내 무덤 위를 걷는 것처럼 왠지 오싹하네"라고. 마치 보스턴 마라톤 대회에 출전한 선수들이 내 무덤을 쿵쿵 짓밟는 것 같았다.

평소에는 그런 기분이 들어도 금방 잊었다. 하지만 이번에는 계속 남아 있었다. 나는 30분 동안 차를 몰며 왜 그럴까 생각했다. 아무것도 떠오르지 않았다. 라디오를 켜 다이얼을 돌리자 토킹 헤즈의 〈내 생애 단 한번Once in a Lifetime〉이 흘러나왔다. 내가 좋아하는 노래다. 이 노래 때문에 나 자신이 더 비열하게 느껴졌다. 마치 누군가 내게 돈을 주며 힘내라고 꼬드기는 것 같다.

나는 샛길로 들어서서 차를 바꿔 탈 장소에 도착했다. 나뭇가지에 가려진 인적 드문 시골길에 있어서 완전히 고립돼 있는 곳이다. 미리 이곳에 갈아입을 옷과 함께 다른 차를 두고 왔다. 얼굴에 새긴 거짓 흉터를 벗겨내고, 가짜 제복을 벗어서 내가 타고 온 차량 뒷좌석에 떨어뜨렸다. 수염과 모자, 10센티미터 리프트가 달린 신발, 모두 차 안에 집어넣었다. 다른 차 트렁크에 있는 가방에서 테르밋(폭발성 물질은 아니지만 순간적으로 초고열을 발생시킬 수 있다─옮긴이)이 든 통을 꺼내 막 타고 온 차로 가져가, 벗어놓은 옷에 모두 쏟아부었다.

그런 다음 짙은 회색 양복과 갈색 옥스퍼드로 갈아입었다. 맞춤 셔츠에 실크 넥타이를 매고, 금색 커프스를 달고 모바도 뮤지엄 모델 시계도 손목에 찼다. 테르밋 가루가 뿌려진 위에다 작은 상자를 던지고 새 차에 올라타 조금 주행하다가 다시 도로에 차를 세웠다. 700미터 내지 800미터 떨어진 곳에서 약하게 쾅 폭발하는 소리가 들렸다. 나무를 타고 올라가는 아름다운 불빛을 백미러로 확인하니, 행복하진 않아도 적어도 몇 분간은 만족스러웠다. 이로써 제독과의 마지막 연결고리, 건달들에게서 동상을 넘겨받을 거래인 연락처도 모두 없앴다. 이게 바로 내 일 처리가 깔끔한 이유다. 어떤 일을 하든 아무도, 누구도 내가 어떻게 생겼는지 절대 모른다.

우선 일에 착수할 때 사용한 신분부터 없앤다. 그래서 테르밋을 사용해, 타고 온 렌터카를 폭파했다. 내가 I-94(미국 출입국 증명서 — 옮긴이)를 내밀 때쯤이면 흔적도 남지 않을 것이다. 누구도 동상을 훔친 녀석을 지목할 만한 증거를 찾을 수 없으리라. 내 DNA의 자질구레한 흔적조차 남아 있지 않을 테니까.

일부러 확인할 필요도 없었다. 눈 감고도 이 짓을 할 만큼 인이 박였다. 제독이라는 신분은 완전히 사라졌고, 잿더미만 남았다. 빌어먹을, 쉬워도 너무 쉽잖아. 그럼에도 나는 또다시 비열하고 불안한 기분에 휩싸였다.

다시 시카고로 차를 몰았다. 라디오에서 정말 오래된 노래들이 흐르고 있었다. 러빙 스푼풀, 폴 리비어, 심지어 나이트크롤러스까지. 배경음악이 진짜 끝내주는군. 머리가 팍팍 돌아가겠어. 윈저 장기 요양원에 도착했을 무렵 기분이 더러운 이유를 알 것 같았다. 요즘 모든 일이 너무 쉬워졌다는 게 문제였다. 나는 내가 덤벼든 일은 모두 일사천리로 처리했다. 단번에. '자백'이냐고? 천만의 말씀. 명백한 진실이다. 나는 열여섯 살 때 경찰차를 훔친 이후 단 한 번도 실수한 적이 없다.

지난 몇 년 동안 거의 모든 일을 계획한 대로, 한 치의 오차도 없이 술술 해냈다. 설령 어떤 일을 맡았을 때는 내가 어리석어 보였을지 몰라도, 절대 그렇지 않다. 그렇다고 만만한 일만 하는 것은 아니다. 12.5톤짜리 동상을 훔치는, 얼핏 불가능해 보이는 일도 평소 늘 하는 것처럼 해치웠다. 나를 시험할 정도의 일은 아직 발견하지 못했지만, 방심하고 우쭐대면 위험에 빠질 가능성은 항상 있다. 실수하는 순간 치명상을 입을 것이다. 그래, 감옥에서 보내는 삶이 진짜지. 바보 같은 소리긴 해도 사실은 사실이니까.

그래서 내가 할 수 없는 일을 찾아야 했다.

불가능할 정도로 터무니없고, 상상조차 할 수 없고, 어리석고, 완전히 말도 안 되는 강도질. 반드시 이런 일을 해야 했다.

아무렴, 물론이지. 왜 아니겠어? 나는 요양원 정문에서 몇 미터 떨어진 곳에 차를 세우고 잠시 생각에 잠겼다. 그러고는 중얼거렸다. 젠장, 어쨌든 멍청한 생각이야. 나는 이런저런 잡념을 떨치고 요양원으로 들어갔다.

엄마를 옮길 준비를 하는 데 한 시간도 채 걸리지 않았다. 간호사들은 엄마가 떠나는 모습을 보고 모두 슬퍼했다. 여기 요양원 환자들은 온종일 불평을 늘어놓고, 바지에 똥을 싼 채 이리저리 돌아다닌다. 하지만 엄마는 늘 우아하게 행동했다. 완벽한 환자 그 자체였다. 게다가 아무 문제도 일으키지 않았다. 수년간 소위 식물인간이라 일컫는 혼수상태에 빠져 있었으니까. 간호사들이 엄마를 사랑할 만도 하다.

나도 엄마를 사랑했다. 물론 간호사들과는 다른 이유로. 나는 엄마 이마에 입을 맞춘 뒤 사랑한다고 말했다. 엄마가 어쩌면 내 말을 들을 수 있을지도 모른다.

엄마가 구급차에 실려 가는 동안 나는 오헤어 공항으로 차를 몰았다. 엄마를 봐도 기분이 전혀 나아지지 않았다. 그저 적당한 의사를 찾아 충분한 돈을 던져주면 엄마가 나을 수 있다고 생각했었다. 이제는 그렇게 생각하지 않지만. 그래도 나는 여전히 엄마를 살리는 데 많은 돈을 쏟아붓고 있었다. 그리고 어디로 일하러 가든 늘 엄마를 곁에 둔다.

나는 렌터카를 반납한 뒤 렌터카 회사가 제공한 셔틀버스를 타고 공항 터미널로 갔다. 그리고 아무 문제 없이 보안검색대를 유유히 통과해 탑승구로 향했다. 나는 일을 마치고 나면 곧장 여객기를 탔다. 특별히 큰돈을 수금하지 않더라도 전용기를 살 정도의 금전적 여유는 있었다. 하지만 상황이 좀 잠잠해질 때까지는 방심하지 말아야 한다.

커피를 한잔하고 비행기에 올라 내 좌석을 찾아갔다. 앞주머니에서 잡지를 꺼내 아무 데나 펼쳐 전면 화보의 한쪽을 힐끗 보았다. 그저 물끄러미 그걸 바라보았다.

시간이 멈춘 것 같았다. 나는 계속 화보를 바라보기만 했다.

기사 내용은 별게 없었다. 그냥 단순하고 멍청한 과대 광고였다. 멀리 떨어진 도시에서 해야 할 일들이나 시속 650킬로미터로 하늘을 날고 있다는 사실을 잊으라며 잡다한 소식을 전하는 기사였다. 그러다 이 거대한 동체의 작은 조각 하나라도 작동을 멈추면 모두 바위처럼 추락할 테지만.

한데 기사의 제목이 〈미국으로 오라〉였다. 읽을 필요조차 없었다. 내가 봐야 할 것은 사진뿐이었고, 나는 곧장 알아차렸다. 바로 이거다.

드디어 불가능한 일을 발견했다.

기사를 읽은 나는 확신했다. 아무도 절대로, 결단코 할 수 없는 일이라 해도 꼭 해내야만 했다. 나는 기사 속 사진을 유심히 살펴봤다. 사진 속에 있는 것은 이제껏 단 한 번도 본 적이 없는 물건이었다. 순간 전율이 일어날 정도로 기가 막히게 아름다운 것. 그래서 실제로 보아야만 했다. 그리고 훔쳐야 했다.

비행기가 뉴욕 공항에 착륙하자, 나는 테헤란으로 가는 다음 비행기 표를 샀다. 그리고 미소 지으며 비행기에 올랐다.

데니 커칼디는 긴장했다. 자신은 할 일을 했을 뿐이고, 아무 잘 못도 하지 않았다. 물론 동상 대신 사람들을 보호했다. 하지만 누 가 그 빌어먹을 동상을 가져갈 거라고 생각이나 했을까? 물론 사람 들도 중요했다. 커칼디는 스스로 판단해 옳은 일을 했다. 당연히 죄 책감 따위 없었다. 하지만 FBI 요원은 쳐다보는 것만으로 죄책감을 느끼게 만드는 재주가 있어서 원하는 것은 뭐든 말해주어야 했다. 그래서 커칼디도 나름 노력했다. "말씀드린 대로 저는 사람들을 뒤 쪽으로 이동시키고 있었어요. 그래서 그 남자가 밧줄을 타고 헬리 콥터로 올라가기 전까지는 그를 보지도 못했습니다." 그가 요원에 게 말했다.

"케이블이에요." 그리어가 말했다. "강철 케이블을 타고 올라갔 어요."

"어쨌거나 전 그 남자를 보지 못했다는 거예요. 그래서……." 커 칼디의 목소리가 조금씩 잦아들었다. FBI 요원은 눈길을 돌려 동상 이 세워져 있던 바닥에 난 구멍을 바라보고 있었다.

"제복은 진짜였어요." 그리어가 말했다. "해안경비대 제독이었죠."

FBI 요원은 한쪽 무릎을 꿇고 나사를 살펴보면서 여전히 아무 말도 하지 않았다. 커칼디는 더욱 긴장했다. "이보세요, 어, 이봐요, 우리가 당신을 뭐라고 불러야 하죠?"

요원이 일어나며 그들을 바라보았다. "특수요원 프랭크 델가도 입니다." 그가 말했다.

"그래요. 음, 특수요원 델가도 씨. 아무튼 뭐든 간에," 커칼디가 말했다. "놈은 지금쯤 브라질의 리우 같은 데 있을 겁니다. 당장은 절대 못 잡아요."

델가도는 아무 말도 하지 않고 커칼디를 뚫어지게 바라봤다. 그러다 잠시 후 돌아서서 호수 위를 바라보았다.

"나는 그가 누군지 압니다." 델가도가 말했다. 그리고 몸을 돌려 두 사람을 마주 봤다. 요원의 눈빛이 달라져 있었다. "그놈은 라일리 울프예요."

2장

깜짝 놀랐다. 이란은 뉴스에서 들은 바와 전혀 달랐다. 뭐 상황이 그렇긴 하지만 말이다. 낯선 페렝기(외국인을 말한다—옮긴이) 이교도가 오면 내장까지 훅 도려내려고 다들 매복하고 있는 줄 알았는데, 알고 보니 비열하거나 무섭거나 적대적인 곳이 아니었다. 사람들은 대부분 친절했고, 길을 물으면 기꺼이 알려주었다. 단, 혁명수비대는 피하는 게 좋다. 그들은 자기들에게 적대적인 현지인에 대해 온갖 험담을 늘어놓는다. 또한 외국인을 좋아하지도 않을뿐더러, 심지어 대놓고 반감을 드러낸다.

여기 사람들은 어떨까? 이란 국민들은 자국의 역사를 뿌듯해하고 외국인에게도 기꺼이 자랑한다. 젠장, 이란에도 역사가 있다니. 학교에서 가르쳐주지 않았잖아. 적어도 내가 다녔던 학교에서는 배운 적이 없다. 우선, 페르시아로 불렸던 이란은 한때 세계에서 가장 큰 제국이었다. 제국을 통치한 대왕은 꽤 영리했다. 정복하는 곳마다 사트라프라고 불리는 총독을 세웠다. 새로운 백성들이 반감을 품지 않도록 일부러 해당 지역의 인물을 총독으로 삼았다. 정복당한 백성들이 조공을 잘 바치고 충성하는 한, 고유의 종교와 관습을 지키도록 내버려두었다. 정말 똑똑하다. 게다가 당시 페르시아 제국은 무척 살기 좋은 나라였다. 그래서 대왕에게 바치는 조공도 제법 많았다.

잠깐, 역사적으로 중요한 정보를 말해주겠다. 여기서 '조공'이란 '보물'을 말한다. 금, 은, 기타 보석류 등으로, 수백 년 동안 페르시아 제국에 쏟아져 들어왔다.

하지만 제국은 멸망했고, 새로운 페르시아는 이란, 즉 이슬람공화국이 되었다. 말하자면 이슬람 율법이 좌지우지하는 나라가 된 것이다. 옛 페르시아제국의 부패와 이슬람이 도래하기 이전의 허례허식이 모두 사라졌다. 단 하나, 정말 중요한 것만 빼고.

페르시아제국의 황실 보물.

대왕이 긁어모은 조공은 대부분 보석류였다. 물론 남자가 애인에게 주려고 챙긴 시시한 다이아몬드 부스러기 따위가 아니다. 당시 대왕은 사람들을 벌벌 떨게 할 만큼 위엄 있었고 기세등등했다. 만약 누군가 대왕의 심기를 건드렸다면, 10만 명이 넘는 세계 최고의 전사들이 가만두지 않았을 것이다.

당시 '군사'라 하면 보통 칼을 소유한 농부를 말했다. 그래서 '군대'는 3,000명에서 4,000명의 군사로 구성되었을 것이다.

하지만 대왕의 군사들은 태어날 때부터 단련된 전문 킬러였다. 자, 이런 장면을 상상해보라. 누군가가 대왕에게 손가락 욕을 하고 조공도 걸렀다. 그가 친구 몇 사람과 쇠스랑을 들고 일렬로 서 있는데 종마를 탄 1만 명의 페르시아 기병들이 활을 쏘며 달려온다. 그 기병들은 전속력으로 달리면서도 결혼반지에 화살을 관통시킬 수 있는 명사수들이다.

그래서 정복당한 사람들은 성심성의껏 조공을 바쳤다. 심지어 누가 대왕에게 가장 멋진 물건을 보내는지를 겨루기까지 했다. 어떤 이들이 대왕에게 보석을 바치면, 경쟁자들은 훨씬 더 큰 보석을 바쳤다. 거대한 보석들, 치렁치렁한 장식들, 전무후무할 만치 독특한 물건들. 결국, 조공품은 꽤 훌륭한 수집품이 되어 지금은 대부분 테헤란에 있는 중앙은행에 소장되었다.

테헤란에 도착한 나는 호텔에 체크인한 다음 곧바로 중앙은행으로 향했다. 20만 리알(이란의 화폐 단위 중 하나—옮긴이)이나 내고 전시회를 보려니, 돈을 펑펑 써대는 도박사가 된 기분이었다. '20만'이라니! 이 정도 금액이면 다이아몬드 몇 개는 챙겨서 집에 가야 하는 거 아닌가. 하지만 20만 리알이라고 해봤자 겨우 6달러 정도여서, 주저하지 않고 선뜻 계산한 뒤 전시장을 둘러봤다.

이란 사람 아무한테나 물어보자. 보나 마나 다들 자기네 황실 보물이 세상에서 가장 훌륭하고 희귀하며 호화롭고 눈부신 수집품이라고 말할 것이다. 그들 말이 옳다. 물론 나는 전 세계 최고라 불리는 보물들을 여러 번 봤고, 대부분 낡아챘다. 그래서 사람들이 아무리 감탄해도 쉽사리 감동하지 않는다. 하지만 이게 이란 황실 보물이라고?

멍청하게도, 나는 제대로 한 방 맞았다.

숨 쉬는 것도 잊었다. 바닥에 서서 입을 떡 벌린 채 그냥 바라보기만 했다. 전시품 가운데 극히 일부만 봤는데도 숨이 멎을 것 같았다. 게다가 훨씬 많은 귀중품으로 가득 찬 거대한 금고도 있었다. 옛날 디즈니 만화에 나오는 부자 오리 스크루지 맥덕의 무지무지하게 큰 금고 같은. 그 안에는 상상조차 할 수 없는 보물들이 산더미처럼 쌓여 있었다. 하지만 내가 본 것은…… 눈으로 보면서도 진짜일 리 없다는 생각이 들 정도였다. 눈이 부실 만큼 화려하게 반짝이는 보물들이 무진장 많았다. 금과 보석이 어디에나 있었다. 칼과 머리빗, 거울, 의자 등 모든 곳에 박혀 있었다. 이럴 수가!

말도 안 돼. 이게 다 진짜라니. 무엇도 이 보물들에 견줄 수 없을 거야. 세상 어디에도 그런 건 없어.

게다가 이게 다 얼마짜리야? 아니, 소용없는 일이었다. 모든 보물에 일일이 가격표를 붙일 엄두가 나지 않을 테니까. 하지만 장담컨대, 이 수집품들은 엄청나게 비쌀 것이다. 심지어 리알로 가격을 매긴 것들이니까.

보물들의 가치를 가늠할 또 다른 단서가 있었다. 일단 보물들은 잠시 잊고 이것만 생각해보자. 이 중 어떤 보석의 가격은 150억 달러가 넘는다고 한다. 그렇다. 1억도 아니고 10억도 아니고 무려 '150억' 달러. 그것도 단 한 개에.

다리야에누르. '빛의 바다.'

세상에서 가장 큰 핑크 다이아몬드라서 진짜일 리 없다는 생각까지 든다. 사실 다이아몬드라고 부를 수도 없었다. 그건 그냥 아인슈타인이 똑똑한 사람이라고 말하는 것과 같으니까. 다리야에누르는 어마어마하게 크고, 정말 터무니없이 아름다워서 다른 무엇과도 비교할 수 없었다. 눈으로 확인하면 오히려 150억 달러가 헐값일 수도 있겠다는 생각이 들 것이다.

이건 진짜다. 다른 전시품을 보고 내가 깜짝 놀랐다면, 이 멋진 괴물을 마주했을 때는 완전히 정신을 잃었다. 꼼짝할 수가 없었다. 그저 멍하니 바라볼 뿐 아무 일도 할 수 없었다. 이 거대하고 아름다운 보석을 손에 쥐고 휘황하게 빛나는 분홍빛 단면을 얼굴에 문질러볼 수만 있다면……. 비행기에서 우연히 본 사진만으로도 내가 여기까지 올 이유는 충분했다. 하지만 사진은 사진일 뿐, 진품을 마주했을 때의 충격에 비할 수 없었다. 나체 사진을 보며 자위하는 것과 실제 플레이보이 모델과 침대에 뒹구는 것의 차이에 버금간다고나 할까. 핑크 다이아몬드는 나를 세상 밖으로, 나와 '빛의 바다' 외에는 아무것도 없는 공간으로 이끌었다. 나는 관람 시간이 끝날 때까지 매혹적인 분홍빛 속에서 허우적댔고, 결국 경비원들이 나를 끌고 나가야 했다. 은행을 나와 길을 걷는 동안에도 충격은 가시지 않았다. 여전히 얼떨떨했다. 그리고 한 가지 생각에 사로잡힌 채 나는 호텔로 돌아갔다.

다리야에누르.

그 보석을 손에 넣어야 한다. 물론 불가능하겠지만.

아니, 달리 생각해보면? 바로 내가 찾던 일이다. 내 손에 도전장이 쥐여진 것이다. 아무리 노력해도 쉽게 얻지 못할 무언가를 드디어 찾아냈다. 그걸 차지하기란 불가능에 가깝다. 하지만 그런 건 중요하지 않다. 내가 꼭 손에 넣을 거니까.

어떻게?

뭐, 다리야에누르는 세계에서 가장 큰 핑크 다이아몬드지만, 그래도 어쨌든 보석이다. 마음속에 뭔가를 훔치고픈 욕망이 깃들면 도무지 억누르지 못하는 사람들이 있는 법. 알다시피 보석은 가볍다. 감추기도, 들고 다니기도 쉽다. 크기는 작아도 가치가 어마어마하다. 손놀림이 귀신같은 소매치기에게는 완벽한 목표물이다. 다리야에누르라도 거뜬히 들고 나갈 수 있을 것이다.

하지만 세상은 비열하고, 누구도 믿을 수 없다. 슬프지만 사실이다. 당연히 이란 정부도 그렇게 생각할 것이다. 아이큐가 세 자릿

수만 돼도, 주위를 한 번 빙 둘러보기만 해도 황실 보물에 가까이 갈 수조차 없음을 금세 알 수 있다. 이란 중앙은행에, 이슬람공화국의 중심부에, 8000만 명이 지켜보는 가운데 떡하니 놓여 있으니까. 8000만 명 중에는 무서울 정도로 철저히 무장하고 외국인을 지독히도 싫어하는 수많은 혁명수비대원도 있다. 말하자면 이란 황실 보물은 클레이모어지뢰가 설치되고 특수부대 저격수들이 둘러싸고 있는 방사능 구덩이보다도 훨씬 위험하고도 한편으론 안전한 곳에 있다. 보석을 훔치러 들어갈 수는 있어도 결코 보석과 함께 이란을 벗어날 수는 없을 것이다. 하다못해 살아남을 수도 없으리라. 어떤 계획을 세우든, 일단은 살아남아야 한다.

그래서 이 일은 사실상 도전조차 할 수 없다. 성공할 가망이 없으니까. 황실 보물은 테헤란에 안전하게 있을 테고, 아무 데도 가지 않을 것이다.

그런데 기내 잡지에 실린 기사 제목이 뭐였더라? '미국으로 오라?' 무슨 뜻일까?

이란 황실 보물이 미국으로 간다는 말이다.

어째서? 비행기에서 읽은 기사에 상세히 적혀 있었다. 황실 보물이 미국에 가는 이유는 양국의 몇몇 지성인들이 이란과 미국의 관계를 조금이라도 개선해보려고 부단히 애썼기 때문이다. 그래서 양국은 밝혔다. "관용과 상호 존중의 정신을 증진하는 차원에서 서로의 독특한 문화유산을 더 잘 이해할 수 있는 일을 하기로 했다"고. 무슨 까닭인지 모르겠지만 이런 의지를 실천할 가장 좋은 방법이 국보를 교환하는 일이라고 그들은 판단했다.

미국은 독립선언서 초안, 링컨이 직접 쓴 게티스버그 연설문, 그리고 볼티모어 전투 때 휘날렸던 깃발이자 프랜시스 스콧 키가 미국 국가 〈별이 빛나는 깃발〉의 노랫말을 짓는 데 영감을 준 성조기를 이란으로 보낼 것이다.

이란의 선택은 훨씬 간단했다. 무엇에도 비할 수 없는 다리야에 누르를 비롯한 황실 보물을 골라 미국에 보내기로 했다.

그렇다. '빛의 바다'가 미국에 온다.

수많은 논란 끝에 고대 제국의 수집품은 맨해튼의 작은 사설 전시장인 에버하르트 박물관에 전시하기로 했다. 에버하르트 박물관은 '19세기 강도 귀족'이라 불린 미국의 악덕 자본가 루트비히 에버하르트의 미술품을 소장하기 위해 20세기 초에 설립되었다. 그리고 여전히 에버하르트 후손들이 소유하며 관리하고 있다.

왜 그렇게 이상한 곳을 골랐냐고? 아니 그렇지 않다. 루트비히 노인네는 정말 매정하고 탐욕스러운 놈답게 재산을 엄청 많이 모았다. 말하자면 그 박물관에 놀랄 만큼 많은 기금이 있다는 뜻이다. 게다가 개인 기금이다 보니 에버하르트 후손들은 정부의 예산 제한에 아랑곳없이 원하는 대로 돈을 쓸 수 있었다. 그래서 그들은 비용에 상관없이 누구도 본 적 없는 최첨단 전자 보안 시스템을 박물관에 설치했다. 장소가 협소하므로 드나드는 사람도 아주 엄격히 감시할 수 있다.

아마 이럴 터였다. 최첨단 전자 보안 시스템이 설치돼 있을 뿐만 아니라, 보안 회사인 블랙해트 소속 정예 경비원들이 황실 보물을 밤낮으로 지킬 것이다. 그들은 모두 네이비실, 그린베레, 포스리컨 등 미국의 엘리트 특수부대에서 복무하다 전역한 대원들이다. 또한 미국 경비원들이 방심할 경우를 대비해 이란이슬람공화국이 완전무장을 한 혁명수비대 한 소대를 파견할 것이다.

이 모든 보안 조치는 매우 훌륭하고 진짜 만만찮다. 제정신이 박힌 도둑이라면 보석 절도는 정말 나쁜 짓이라며 눈물을 머금고 돌아설 터다. 좋은 세월 꿈꾸다 총에 맞지 않으려면.

하지만 미국은 기회의 땅이다. 세상에서 가장 값비싼 보석들을 맨해튼에서 전시한다는데 누가 그런 기회를 외면할까.

누군가는, 틀림없이, 훔칠 것이다.

훔칠 생각만 하는 게 아니라…… 레이저와 감지기, 적외선 빔을 비롯해 듣도 보도 못한 보안 장치를 어떻게 통과할지 궁리할 것이다. 또한 노련한 특수부대 출신의 블랙해트 대원들과 살인마나 다름없는 혁명수비대 미치광이들을 어떻게 통과할지 알아낼 것이다. 결국에는 뛰어난 손재주를 발휘해 이란 황실 보물 한두 개를 주머니에 넣고 강도질 역사상 가장 깔끔하게 도망칠 것이다.

미친 짓이라고? 자멸할 거라고? 불가능하다고? 그렇겠지. 절대 못 할 것 같아?

나를 지켜봐.

3장

맨해튼은 1년 내내 관광객을 맞느라 분주하다. 심지어 오늘처럼 더운 7월에도 관광객이 넘친다. 전 세계에서 수많은 사람이 이 위대한 도시를 찾는다. 거리마다 관광객이 넘치고, 식당은 발 디딜 틈 없고, 지하철과 버스는 늘 혼잡하다. 그래도 맨해튼 시민들은 대수롭지 않게 여긴다. 뉴요커들은 관광객 따위에 동요하지 않는다. 낯선 이방인들이 몰려와 멍하니 고층빌딩을 바라봐도 별 관심이 없고, 대부분은 신경 쓰지 않는다. 그들에게 관광객이란 걸어 다니는 현금인출기에 불과하다.

7월의 어느 화요일, 택시를 타고 파크애비뉴 62번가에서 내린 남자는 누가 봐도 관광객이었다. 누구도 거들떠보지 않을 남자였다. 맨해튼 탓도 아니고, 잔인하게 더운 날씨 탓도 아니다. 남자는 평균 키에 평범한 체격인데, 중간 길이의 밝은 갈색 머리를 흩날리고 있었다. 옷차림만 봐도 영락없는 여름 관광객이었다. 가벼운 카고 반바지에 밝은 하와이안 셔츠를 걸치고, 푸른빛이 감도는 두꺼운 나이키 양말을 신었다. 커다란 선글라스에, 'NYC'라고 적힌 파란색 야구 모자를 썼으며, 어깨에는 작은 나일론 배낭도 메고 있었다. 꼼꼼하게 10퍼센트의 팁을 계산하고 택시 기사에게 요금을 건넨 남자는 어슬렁거리며 보도로 올라가 63번가 쪽으로 돌아섰다.

63번가를 가로지른 남자는 가방에서 카메라를 꺼내 목에 걸었다. 남자의 특이 사항이 처음 발견되었다. 요즘은 휴대전화로 사진을 찍는 시대라 카메라는 고릿적 유물이나 다름없다. 하지만 남자의 카메라에는 최고급 망원렌즈가 부착돼 있었다. 이 사람이 왜 카메라를 선호하는지 단번에 알 만했다. 남자는 잠시 걸음을 멈춰 매우 낡고 상당히 흥미롭게 생긴 건물들을 카메라에 담았다. 창문이나 대문에 새긴 장식용 조각을 공들여 찍는 걸 보니 건축 애호가가 분명했다. 사진 찍는 자세도 아주 자연스러웠다. 휴대전화가 아닌 카메라를 이용해야 이 남자가 원하는 방식대로 자세히 찍을 수 있었다.

64번가에서 조금 더 오래 머문 남자는 특이하게 생긴 낡은 건물을 꽤 많이 찍었다. 그도 그럴 것이 정말로 희귀한 건축물이었다. 건축가 스탠퍼드 화이트의 덜 유명한 제자 뷰포드 해리스 위팅턴이 설계한 건물로 기둥이나 당당한 외관, 지붕 가장자리를 번지르르하게 휘감은 장식 등 널리 알려진 화이트의 건축 특징이 눈에 띄었다. 물론 메트로폴리탄클럽처럼 화이트가 직접 설계한 건물에서 엿보이는 특유의 기교는 부족했다. 대신 은행 같기도 하고 요새 같기도 한 외관이 견고하면서도 살짝 당당한 느낌이었다. 나날이 늘어나는 예술품을 소장하고픈 19세기의 악덕 자본가가 그렇게 요구했을 게 뻔했다. 단순한 건물이 아니라 요새나 금고 같은 구조물을 원했을 터다. 건물 안에 보물이 있다고 떠벌리고 싶어서. 그게 몽땅 자기 거라며 으스대고 싶었겠지. 그 덕분에 지금껏 보물이 무탈하고 안전하게, 고스란히 남아 있는 것일 테지만.

악덕 자본가의 보물은 별 탈 없이 여전히 박물관에 있었다. 후손들이 정성 들여 늘려온 예술품 목록은 에버하르트의 보물을 훌륭한 개인 소장품의 예로 손꼽히게 만들었다. 예술품을 안전하게 지켜낸 박물관도 예술계에서 차츰 유명해지기 시작했다. 따라서 카메라를 든 남자가 여러 각도에서 박물관 사진을 찍었다면 누구나 수긍할 만했다. 어쨌든, 19세기 미국 건축물에 푹 빠진 건축 애호가라면 당연히 에버하르트 박물관을 훑어보지 않을까?

박물관 주변을 이리저리 거닐며 다양한 각도로 사진을 찍은 남자는 다른 곳으로 발걸음을 옮겼다. 66번가로 걸어가 파크애비뉴의 길을 건너기 전, 다시 한번 멈춰 서서 오랫동안 에버하르트 박물관을 바라봤다. 뭔가 가늠하는 표정이었다. 그때 신호등 불빛이 바뀌자 남자는 길을 건넜고, 공원을 가로질러 시내를 떠났다.

에버하르트 박물관을 방문한 사람들은 대개 건물에는 관심이 없었다. 그림을 보려고 박물관을 찾았다. 바로크와 르네상스 시대를 풍미한 거장들의 작품이 워낙 유명했다. 에버하르트 박물관은 그 시대 예술작품을 좋아하는 팬이라면 당연히 들러야 하는 곳이었다. 일주일에 6일, 미술을 공부하는 학생들과 관광객들이 박물관에 몰려들었다. 입장료는 적당했다. 물론 귀한 보석이라도 도착하면 꽤 오르기도 했지만. 작은 카페와 기념품 가게도 있었다. 긴 벤치가 군데군데 놓여 있고, 전시장은 길고 쾌적했으며, 야외 카페에는 그늘진 아트리움이 있어서 안락했다. 이것저것 즐길 거리가 많다 보니 에버하르트 박물관은 무더위에 지친 문화 애호가가 언제라도 선뜻 쉬어갈 수 있는 휴식 공간이 되었다. 아쉽게도 맨해튼에서 가장 인기 있는 박물관에 비할 수는 없지만, 발길은 드문드문해도 거의 매일 꾸준히 관람객들이 방문해 그림이나 조각상을 비롯한 유물들을 감상하곤 했다.

이번 주 수요일 오후도 마찬가지였다. 바로크 거장들의 작품이 차지한 길죽한 전시관에 평소처럼 미술 애호가들이 띄엄띄엄 흩어져 있었다. 옷차림만 봐도 학생이 틀림없는 어린 여학생 한 명과, 비슷한 또래의 남학생이 페르메이르(네덜란드 화가―옮긴이) 그림 앞에 놓인 대리석 의자에 옹기종기 앉아 있었다. 여학생이 페르메이르 그림을 스케치하는 동안 남학생은 그림 속 푸른 색조를 두고 귓속말로 다급하게 속삭였다. 일본인 관광객들은 깃발을 든 가이드 주위에 모여 전시관을 지나가고 있었다. 다정하게 손을 맞잡은 노부부는 작지만 정교한 카라바조(이탈리아 화가―옮긴이)의 그림을 오래도록 바라봤다. 다른 관람객들이 하나둘씩 노부부 앞을 스쳐 지나갔다. 시어서커 정장에 애틀랜타 브레이브스 야구팀 모자를 쓴 뚱뚱한 남자에게는 아무도 관심을 보이지 않았다. 남자의 얼굴은 온통 땀에 젖어 있었다. 전시관으로 천천히 내려온 뚱뚱한 남자는 '비상구, 경보음이 울립니다'라고 적힌 표지판이 달린 커다란 금속 문 옆에 잠시 멈춰 서서 헉헉거렸다.

남자는 박물관 내부의 문과 창문을 지날 때마다 멈춰서 숨을 몰아쉬었다. 그런데 브레이브스 야구팀 모자에 달린 토마호크 로고 한가운데에는 아주 작은 구멍이 있었다. 아무도 그걸 알아채지 못했다. 아주 가까이에서 들여다봐도 빛에 반사된 작은 점처럼 보였으니까. 구멍은 매우 작았고, 가까이 다가와 구멍을 뚫어지게 볼 사람도 없었다. 남자는 천천히 거닐며, 얇게 코팅된 박물관 지도를 찾아 주위를 둘러봤다. 14달러 95센트만 내면 기념품 가게에서 살 수 있는 것이었다. 남자는 그림 몇 점을 유심히 살펴본 뒤 또 헉헉 거리며 앞으로 나아갔다. 남자는 제복 차림의 경비원 근처 대리석 기둥에 잠시 몸을 기댔다. 고개를 돌린 경비원이 남자의 덩치를 힐 끗 훑으며 땀에 젖은 붉은 얼굴을 바라보았다.

"괜찮으세요, 선생님?" 경비원이 물었다.

"네, 네. 곧 괜찮아질 거예요." 남자가 걸쭉한 조지아주 서부 억양 으로 대답했다. "요즘 살이 너무 많이 찐 것 같아요." 그러고는 크게 출렁거리는 배를 어루만지며 미소 지었다. "이렇게 날이 더우면 더 힘들어서요. 숨 좀 돌릴게요."

"네, 천천히 둘러보세요." 경비원이 남자에게 말했다.

"고마워요." 잠시 후 남자의 호흡이 정상으로 돌아왔다. "여기 있 는 소장품들은 다 멋져요." 그가 다시 입을 뗐다. "정말 환상적이에 요. 물론 페르시아 보석들에 비교할 수야 없겠지만요." 그러고는 고 개를 옆으로 기울였다. "아직 못 봤나요?"

경비원이 코웃음을 쳤다. "네, 못 봤어요. 보지도 않을 거지만요. 물론 다른 사람들처럼 25달러를 내면 볼 수 있겠죠. 그런데 그러고 싶지 않아요. 15년 동안 일했는데도 공짜로 보라는 소리 한번 안하 네요."

"돈이야 내면 되죠. 이런 보물을 진열해놓고 경비원을 다 집으로 보내 쉬게 해주진 않겠죠?"

"당연하죠, 그럴 거예요." 경비원이 말했다. 넌더리가 난다는 표 정이었다. "우리만으로는 부족하다고 블랙해트에서 새로운 경호팀 을 데려온대요."

"블랙해트라면…… 무슨 범법자나 그런 사람들이에요?"

경비원이 고개를 저었다. "아뇨, 일종의 직업군인이에요. 말하자면, 용병이죠."

"용병이라니!" 남자가 소리쳤다. "그런 이야기는 처음 들어요."

"그렇죠? 게다가 전 육군에서 6년, 뉴욕 경찰로 10년 일했어요. 그런데도 못 미더운가 봐요."

"아이고." 뚱뚱한 남자가 말했다. "말도 안 되네요."

"참, 블랙해트란 자들 있잖아요?" 경비원이 말했다. "여차하면 방아쇠를 당기는 자식들이에요."

"지금도 그래요?"

"말해 뭐 해요. 다들 특수부대 출신이거든요. 레인저나 네이비실에서 바로 뽑혔대요. 끝내주게 노련하고, 가장 좋은 장비를 갖춘 세계 최고의 사설 군대죠. 하지만 그걸로도 부족했는지……."

경비원은 마치 일급기밀을 전하듯 목소리를 낮췄다.

"이란의 정예 부대도 온대요. 바로 혁명수비대죠."

"세상에, 그 수염 달린 청년들 얘긴 들은 적이 있어요!" 남자가 말했다. "살모사보다 더 지독한 놈들이라면서요."

"빌어먹을." 경비원이 말했다. "누가 조금이라도 수상한 짓을 하면 총질이 하고 싶어 손이 근질근질할걸요?"

"그렇다면, 뭐." 남자가 갸우뚱거리며 말했다. "보석들은 꽤 안전하겠네요."

"안전하다는 쪽에 목숨을 걸어도 될 정도죠." 경비원이 말했다. "누구든 수상한 짓을 하면 놈들 손에 바로 죽을걸요."

"그렇군요. 아무튼 선생님, 보석들이 여기 도착하면 꼭 한번 보고 싶네요. 덕분에 설명 잘 들었습니다." 뚱뚱한 남자가 코팅된 지도를 들며 말했다. "이제 여기서 그토록 자랑하는 레오나르도 다빈치 스케치를 보러 갈 차례군요. 어디로 가면 되죠?"

"다음 전시관은 저쪽이에요." 경비원이 오른쪽을 가리키며 말했다. "무리하지 말고 천천히 둘러보십쇼."

"네, 고맙습니다. 그럴게요." 인사를 끝낸 남자가 천천히 레오나르도의 스케치를 찾아 나섰다.

그리고 모퉁이를 돌자마자 왼쪽으로 돌아섰고 곧장 문밖으로 나가더니 택시를 타고 떠났다.

다음 날 밤, 당직 근무를 시작하자마자 보안 요원 프레디 라거펠트는 건물 외곽부터 돌았다. 군대에서 2년간 복무한 프레디는 이 일이 마음에 들었다. 심지어 야간 근무가 더 좋았다. 시간당 50센트를 더 받을 수 있어 나쁘지 않았다. 어차피 야밤에 일어날 일은 뻔하니까. 뉴욕의 밤은 전혀 두렵지 않았다. 퀸스에서 자란 프레디는 아프가니스탄을 두 번이나 다녀온 터라 한밤중에 접어든 맨해튼 동쪽은 정말 평화롭게 느껴졌다.

프레디는 문마다 천천히 확인하고 구석구석 어두운 곳까지 손전등을 비춘 뒤 건물 주위를 돌아 뒤편으로 향했다. 골목길이 건물 뒤편 하역장으로 이어졌고, 대형 철제 쓰레기통은 맞은편 벽으로 밀려나 있었다. 평소처럼 프레디는 불빛을 이리저리 비추고 후미진 곳까지 샅샅이 살피며 이동했다. 쓰레기통은 카페에서 나온 온갖 쓰레기로 가득했다. 그중에는 향이 좋은 물품도 더러 섞여 있어서, 형용할 수 없는 묘한 냄새가 푹푹 찌는 더위를 압도했다.

하지만 오늘 밤은 전에 없던 뭔가가 보였다. 닳아빠진 쇼핑 카트가 다발로 빽빽하게 묶여 산더미처럼 높이 쌓여 있었다. 프레디는 저 흉물은 박물관에서 나온 쓰레기가 아닐 거라고 굳게 믿었고, 그렇기에 저곳에 있으면 안 된다고 생각했다. 노숙자의 짐수레처럼 보이기도 했다. 프레디는 노숙자들에게 별다른 악감정은 없었지만, 그들이 문제를 일으킬 수도 있었다. 괜히 성가신 일이 일어나지 않도록 미리 방지하는 편이 나을지도 모른다. 그래서 프레디는 전등을 높이 들어 조심스럽게 골목길을 내려와 가까이 가서 들여다보았다. 형체 하나가 쇼핑 카트와 쓰레기통 사이로 어렴풋이 보였다. 걸음을 멈춘 프레디는 그쪽으로 불빛을 비췄다. "이봐요, 거기!" 그가 소리쳤다.

어둠에 싸인 형체가 숨으려고 몸을 움츠리며 벽에 붙어 꿈틀거리더니, 알아들을 수 없는 말을 중얼거렸다. "뭐라는 거예요? 이봐요, 괜찮아요?" 프레디는 조심스럽게 발걸음을 옮기며 낯선 사람의 얼굴에 손전등을 비췄다. 앙상한 체구에 누더기를 걸친 지저분한 남자였다. 덥수룩하고 부스스한 검은 수염이 얼굴을 뒤덮었는데, 이목구비가 거무튀튀하고 번들거리는 오물로 얼룩져 있었다. "이봐요, 거기." 프레디가 말했다.

"난 퇴역 군인이야, 퇴역 군인." 남자가 말했다. "날 내버려둬, 내버려두라고. 난 퇴역 군인이야, 제발. 잠잘 데가 필요하니까 그냥 내버려둬."

"허 참." 프레디가 걸음을 멈추며 말했다. 아프가니스탄에서 돌아온 프레디는 놀랄 만큼 많은 전우들이 이렇게 살고 있다는 걸 이미 알고 있었다. 전장의 기억에 갈기갈기 찢긴 나머지 어둠 속에 웅크린 채로 외상 후 스트레스 장애라는 악령과 싸우느라 아무것도 할 수 없는 이들. "이봐요, 알겠으니 진정해요." 프레디가 말했다. "오늘 밤엔 아무도 당신을 괴롭히지 않을 테니."

"퇴역 군인, 난 퇴역 군인이야." 남자는 중얼거리며 다시 몸을 움츠렸다.

"나도 마찬가지예요. 오늘 밤은 여기서 편히 쉬어도 돼요, 알았죠?" 남자는 그저 우물거리기만 했다. 프레디는 조금 더 가까이 다가가 남자 앞에 웅크리고 앉았다. "이봐요, 난 거기 모래투성이 땅을 두 번이나 갔다 왔다고요." 프레디가 말을 붙였다. "그래서 당신이 무슨 일을 겪고 있는지 다 알아요. 오늘 밤은 아무도 당신을 괴롭히지 않을 거예요. 하지만 오늘 밤만이에요, 알았죠? 아침이면 얼른 떠나야 해요."

"갈 거야, 가고말고. 당연히 그래야지. 난…… 난 못 있겠어. 아무데도. 왜냐하면, 너도 알다시피 너무 시끄러워. 난…… 제발, 그래. 난 퇴역 군인이니까……."

"알아요, 알았다고요." 프레디가 말했다. 그리고 일어섰다. "진정해요. 오늘 밤은 여기가 안전할 테니까." 프레디는 몸을 바싹 웅크리는 남자를 내려다보면서 남 일 같지 않다고 생각했다. "아무것도 걱정하지 마요. 그냥 잠이나 좀 자둬요." 그러고는 뒤돌아 골목을 빠져나갔다.

프레디가 사라지자, 더러운 노숙자가 벌떡 일어났다. 그리고 잠시 골목 입구를 지켜보더니, 곧장 건물 벽을 타고 올라가 옥상으로 향했다.

수년 동안 맨해튼 거리 지하에 관한 소문이 떠돌았다. 심지어 도시 전설까지 있었다. 세상에 알려지지 않았고 아무도 들어가 보지 않은 터널망, 광대한 동굴, 어찌된 사연인지 잊혀버린, 혹은 일부러 쉬쉬한─사악한 음모론에 빠진 사람들이라면 그렇게 생각할 터다─빅토리아시대 기차역 같은 이야기들이 무성했다. 이런 소문과 더불어 세상의 빛도 보지 못한 채 지하에 사는 창백한 어느 인간들에 대한 신비로운 이야기도 전해진다. 별로 인간 같지 않은 존재들에 관한 이야기도 있다. 1800년대부터 지하에 숨어 살며 섬뜩한 목소리로 속삭이는 두더지 인간들.

이런 이야기들 가운데 일부는 아마 사실일 것이다. 두더지 인간들 같은 기이한 종족이 정말로 뉴욕 거리 아래에 있다면, 보나 마나 도심의 주요 지하철 노선에서 멀리 벗어나 홀로 길게 뻗은 폐터널에 살고 있을 것이다.

안드레스 말도나도 역시 이런 이야기를 귀에 인이 박이도록 들었다. 그는 23년 동안 MTA(뉴욕 도시권 지역의 철도와 버스 등 대중교통을 운영하는 기관—옮긴이)에서 일했고, 지난 15년 동안 렉싱턴애비뉴 지역에서 전동차를 운전했다. 특히 렉싱턴애비뉴 노선은 꽤 많은 역사가 있는 곳이었다. 사람들은 이 노선을 두고 말도 안 되는 소리를 지껄여댔다. 지금은 폐쇄된 옛 시청역이 여전히 존재한다고 떠들어댔다. 안드레스는 아무것도 본 적이 없지만, 이들이 틀렸다고 누가 손사래 칠 수 있을까?

안드레스는 렉싱턴애비뉴 노선에 급하게 막아버린 듯한 사이드 터널이 몇 개 더 있다는 걸 알았다. 그는 그런 터널들에 대해 묻다가 더 많은 이야기를 들었다. 두더지 인간들, 노숙자 군대, 도마뱀 인간들, 심지어 믿을 수 없는 이상한 무리에 관한 소문까지 알게 되었다. 떠도는 이야기들이 모두 사실일 리는 없겠지만 또 모를 일이다. 안드레스도 이제 나이를 먹을 만큼 먹었다. 이 세상에 알려지지 않은 기묘한 일들이 많다는 것쯤은 알고 있었다. 푸에르토리코에 있는 삼촌은 여러 번 추파카브라(가축의 피를 빨아 먹는다는 미확인 생명체—옮긴이)를 목격했지만 아무도 삼촌 말을 믿으려 하지 않았다. 안드레스는 믿었다. 어쨌든, 삼촌이 한 말이니까. 그래도 안드레스는 현명했다. 그런 소문이 진짜라고 생각하는 사람들은 하나도 없다는 걸 알았으니까.

그래서 59번가 역에 이르러 속도를 늦췄을 때, 헤드램프를 켠 채 환한 열차 전조등 불빛에 갇혀 꼼짝 않고 서 있는 작업복 차림의 남자를 보고도 정신이 나가지는 않았다. 돌연 얼굴에서 땀이 솟구치기 시작한 안드레스는 당황한 나머지 아무 욕이나 내뱉었다. 어쩔 도리가 없었다. 지금 기차를 멈추기에는 너무 늦었다. 하는 수 없이 이 후레자식을 그냥 치고 지나가려 했다.

남자가 고개를 들었다. 분명 사람이었다. 안드레스는 그가 최소한 도마뱀 인간은 아니라고 판단했다. 남자는 아주 잠깐 얼어붙어 있더니, 미친 듯이 벽을 기어올라 페터널 중 하나로 들어간 다음 등에 멘 더플백을 잡아당겼다.

남자가 구멍으로 사라지자마자 열차가 굉음을 내며 해당 지점을 통과했다. 안드레스는 길게 숨을 내쉬며 고개를 저었다. 대체 뭐야? 거의 칠 뻔했잖아. 개자식 같으니라구. 거기서 뭘 하고 있었던 거야? 아마 밀레니엄 시대에 태어난 어떤 멍청한 개자식이 뉴욕 지하철을 탐방하며 책을 쓰려고 했을 거야. 아니, 책이 아니라 웹사이트겠지. 웹사이트, 요즘 애들은 컴퓨터에 빠져 있으니까. 웹사이트로 티셔츠든 뭐든, 아무튼 별걸 다 팔잖아.

어쨌든 안드레스는 망할 후레자식을 치지 않았으니 더는 상관할 필요가 없었다. 조금 전 일은 머릿속에서 떨쳐버리고 다음 역에 도착했다.

평소처럼 작업복을 입은 남자는 미리 뚫어놓은 구멍 바로 안쪽에서 숨을 죽이고 있었다. 구멍을 조금 더 크게 내려 했지만, 지하철이 다가오는 바람에 잽싸게 기어오를 수밖에 없었다. 수년 동안 봉인된 터널이라 구멍을 뚫기가 생각보다 힘들었다. 열차가 덜컹거리며 다가오자 심호흡을 하고 귀를 기울였다. 생각보다 훨씬 더 가까이 와 있었다. 하지만 구멍을 막고 있는 대들보 중 하나가 콘크리트 보강용 강철봉 재질이었다. 계획한 일이 아니다 보니 봉을 제거하는 데 시간이 너무 오래 걸렸다.

물론 그건 중요하지 않았다. 남자에게는 할 일이 있었다. 그래서 세상 사람들이 여전히 기억하는 폐터널을 따라 파크애비뉴를 향해 나아갔다. 벽에서, 심지어 천장에서도 돌무더기가 떨어졌다. 발밑에는 선로가 고스란히 남아 있었지만, 녹이 슬어 여기저기 부서져 있었다. 그래서 가장 안전한 길을 골라 조심조심 걸어갔다. 한때는 긴 지하철 노선의 한 자리를 차지하던 역에서 터널이 갑자기 끝날 때까지. 잠시 멈춰 선 남자는 낡은 승강장을 가로질러 불빛을 비춰 보았다. 승강장 뒷벽에 대리석으로 만든 아치형 장식이 있었다. 하지만 골조에 붙은 출입구는 없애고 그 자리에 벽돌을 쌓고 회반죽을 칠해버렸다. 남자는 불빛을 옮겨 천장을 둘러봤다. 19세기 장인의 놀랍도록 섬세한 손길이 살아 있고 벽화 〈에우로페의 납치〉로 장식된 천장은 빛이 바래고 너덜너덜했지만 여전히 형상을 알아볼 수 있었다. 남자는 빙긋이 웃으며 지도를 꺼냈다. 손목의 GPS와 대조하며 주의 깊게 지도를 살폈다. 그러고는 고개를 끄덕이며 다시 지도를 접었다.

그리고 나서 더플백을 열어 소총 상자만 한 주황색 장치를 꺼냈다. 한쪽 끝에는 어떤 전자 장치가 달린 손잡이가 있었다. 남자는 장치를 획 당기고 승강장으로 뛰어올랐다. 아치형 입구가 봉인된 벽을 따라 천천히 오른쪽으로 움직였고, 그는 주황색 장치 반대쪽 끝을 벽에 댄 채 다이얼을 유심히 지켜봤다.

한 시간 동안 남자는 주황색 장치로 벽의 구석구석을 훑으며 왔다 갔다 했다. 뭔가를 찾으려 했지만, 찾지 못했다. 그래서 주황색 장치를 다시 가방에 넣은 뒤 또 다른 장비를 꺼냈다. 쌍둥이 안테나가 달린 검은색 상자인데, 표면에 일종의 미터기가 장착돼 있었다. 남자는 이 장치를 벽에 대고 30분 동안 왔다 갔다 했지만, 여전히 불만스러운 표정으로 일을 끝냈다. 그러고는 고개를 가로저으며 중얼거렸다. "제기랄, 되게 단단한 강철이군." 남자는 한동안 벽을 응시했지만 아무 소용이 없었다. 그래서 상자를 치우고 물병을 꺼낸 다음 땅바닥에 풀썩 주저앉았다.

남자는 한참 동안 바닥에 앉아 홀짝홀짝 물만 마셨다. 때로는 벽을 둘러보다 천장을 올려다봤다. 하지만 결국, 포기했다. "젠장." 남자가 나지막하게 입을 열었다. 그러고는 바닥에서 일어나 손을 툭툭 턴 다음 다시 터널로 내려갔다. 가방을 어깨에 둘러멘 남자는 렉싱턴 방향 승강장으로 향했다.

앤절라 더넘은 요즘 너무 바빴다. 에버하르트 박물관 부관장인 그녀는 평소에는 미친 듯이 일할 필요까지는 없었다. 상사인 벤지 드라이든 관장은 에버하르트 가문의 사촌인 데다 열심히 일하는 사람도 아니었다. 최소한 자기 자신을 위해 일한 적도 없었다. 벤지는 부관장에게 무조건 업무를 떠맡겼다. 앤절라는 계속 일에 매여 있어야 했다.

물론 평소에는 부관장 업무가 크게 부담스럽지 않았다. 앤절라는 박물관 일을 사랑했고, 하루 여덟 시간 근무 말고는 잡무도 거의 없었다. 하지만 최근, 그 지랄 같은 황실 보물이 들어온대서 일이 부쩍 늘어났다. 쉴 새 없이 부산하게 움직여야 했다. 추가로 보험에 가입하고 새 보안팀의 작업도 일일이 감독해야 했다. 티뷰론 보안 회사에서 나온 남자들을 직접 상대해야 했다. 앤절라는 그들이 살짝 무서웠지만, 어쩔 수 없었다. 벤지 관장은 아예 나 몰라라 하고 있었다. 앤절라는 전시장의 설계 요소까지 살펴야 했다. 설계 작업은 한 번에 끝나지 않았다. 주의 깊게 들여다봐야 하는 세세한 사항이 너무 많았다. 앤절라에게는 차분히 앉아 커피를 마실 수 있는 시간이 단 2초도 없었다.

앤절라는 커피를 꽤 좋아했다. 사실 카페인 중독임을 인정할 수밖에 없었다. 어떻게 보면 커피는 앤절라에게 새로운 문물이었다. 어릴 때부터 차를 마시며 자란 데다 영국 미들랜드에 있는 버밍엄 대학교에서 석사과정을 밟는 동안에도 내내 밀크티를 마셨다. 하지만 10년 전, 박물관에 취업하려고 미국에 온 이후로는 차 대신 커피를 더 좋아하게 되었다. 무엇보다 커피를 마시면 미국 사람이 된 것 같아 기분이 좋았다. 소속감이 든다고나 할까. 잠시나마 의자에 앉아 여유롭게 커피를 홀짝거리는 동안 그날 하루를 조용히 돌아보는 게 낙이었다. 하지만 지난 몇 주는 정신없이 바쁘다 보니 조용히 앉아 커피를 마실 시간은커녕 화장실에 갈 틈도 없었다.

그래서 앤절라의 비서 메그가 전자 보안과 관련해 벡이란 사람이 찾아왔다고 말했을 때도 평소와 달리 성가시게 느껴지지 않았다. 오히려 책상에 앉아 단 몇 분만이라도 숨을 돌리며 이야기를 나눌 짬이 생긴 것이 반가웠다. 물론 아주 잠깐이지만, 커피를 마실 여유도 생겨서. "들어오라고 해요." 앤절라는 책상에 놓인 보온병을 열어 잔에 커피를 따랐다.

앤절라가 커피를 겨우 한 모금 마셨을 때 벡이 들어왔다. 50대쯤으로 보이는, 체격이 다부진 남자였다. 잿빛 콧수염은 덥수룩하고 회색 머리칼은 촌스럽게 잘랐다. 회색 정장을 입고 등장한 남자는 커다란 검은 테 안경을 끼고 나비넥타이를 맨 채였다. "더넘 양." 남자가 명함을 든 손을 내밀며 말했다. "저는 케르베로스 보안 회사의 하워드 벡이라고 합니다."

남자는 중년의 쉰 목소리로 말했지만, 점잖은 사람처럼 보였다. 명함을 받아 든 앤절라는 맞은편 접이식 의자 쪽으로 고개를 숙이며 말했다. "앉으세요, 벡. 커피 좀 드실래요?"

"아뇨, 괜찮습니다. 무척 감사하지만, 의사가 얘기한 게 있어서요." 벡은 미안하다는 듯 미소 지었다.

"그렇군요. 그럼 저는 좀 마셔도 될까요?"

"아, 그럼요. 물론이지요. 저도 여전히 커피 향이 좋지만, 많이 마시면 안 되거든요." 벡이 고개를 저었다. "부정맥 때문에요. 병원에서 그러더라고요. 심장에 무리가 올 수 있다고."

"유감이군요." 앤절라가 말했다. "커피를 마시면 더 나빠지나요?"

"네, 훨씬 더 나빠질 수도 있고요. 하지만 불만은 없어요." 벡이 말했다. 앤절라가 커피 한 모금을 더 마시자, 그가 침묵을 깨고 입을 열었다. "더넘 양, 당신이 매우 바쁘다는 거 압니다."

"상상도 못 할걸요." 앤절라가 중얼거렸다.

"바로 본론으로 들어가죠. 저는 에버하르트가 항상 최고 수준의 보안을 유지해왔다는 걸 압니다. 하지만…… 이 박물관에 올 이란 황실의 엄청난 보물이 표적이 될 겁니다. 만약 누군가 보물을 노리고 있다면, 당신이 상상할 수 있는 누구보다도 뛰어난 놈들일 거예요."

"맞아요, 저도 그렇게 생각해요."

"아마 그자들은 박물관에 설치할 만한 온갖 경보 장치나 감지기를 속속들이 알고 있을 거예요. 여러 번 본 적 있을 테고, 어쩌면 직접 맞닥뜨린 적도 있을 거고요. 황실 보물을 정말 안전하게 지키고 싶다면, 손버릇이 나쁜 녀석들이 전혀 들어본 적 없는 특수 장치들이 필요할 겁니다. 그게 바로 우리 케르베로스 시스템이 존재하는 이유지요. 더넘 양. 탁월한 기술 수준을 자랑하는 우리 장비로 박물관 보안 시스템의 업그레이드를 도와드리겠습니다. 게다가 아직 시중에 판매되지 않는 장비입니다."

"그래요? 아주 흥미롭군요. 하지만……."

"장담컨대, 새로운 케르베로스 시스템을 구축하면 어디에도 설치되지 않은 신개발품을 얻는 셈입니다. 다시 말해 나쁜 놈들이 손도 못 댄다는 뜻이죠." 벡은 자신만만하게 고개를 한 번 끄덕였다.

"벡, 죄송하지만 우리는 이미 보안 시스템을 업그레이드할 업체를 고용했어요."

"네, 그러시겠죠. 외람된 말씀이지만, 그쪽 업체는 케르베로스가 제공하는 첨단 기술을 갖추지 못했을 거예요."

"네, 하지만 벡……."

"다른 업체들은 누군가 지하로 숨어들어 터널을 뚫을 거라는 생각은 하지 않아요. 케르베로스는 거기까지 염두에 두었습니다."

"우린 지하실에 완벽한 전자 보안 장치를 설치해주겠다는 약속을 받았어요. 유감스럽지만……."

"그럼 한 가지만 더 설명할게요. 거절하지 말고 끝까지 들어주세요. 옥상은요?"

앤절라는 아무 말도 하지 않았다. 벡이 말을 끝낼 때까지 기다리며 진지한 표정으로 고개만 끄덕였다. "분명히 말씀드릴게요. 옥상도 마찬가집니다." 마침내 앤절라가 어색한 침묵을 깨며 말했다.

"네, 그럴 거라고 생각했어요. 하지만 어떤 물체든 무게가 50파운드를 넘는 거라면 움직임이나 압력 변화를 감지하는 레이저감지기도 설치되었을까요?"

"우리가 고용한 업체가 옥상 쪽 라인에 뭔가를 설치하겠다고 하더군요." 앤절라는 영국인답게 우쭐한 미소를 지어 보였다. "물론 무장 경비원도 있어요. 옥상뿐만 아니라, 누군가 접근할 수 있는 모든 곳에요."

"아." 벡이 탄식했다. 앤절라가 보기에 벡은 살짝 풀이 죽은 것 같았다. "실례가 안 된다면, 고용하신 보안 업체의 상호를 물어봐도 될까요? 왜냐하면……."

"티뷰론 보안 회사예요." 앤절라가 말했다. 그때 누군가 앤절라의 방문을 부드럽게 두드렸다. 똑, 똑, 똑. 비서 메그였다. "들어와." 앤절라가 외쳤다.

메그는 문틈으로 고개를 들이밀었다. 창백하고 둥근 얼굴에 걱정이 한가득 스쳐 지나갔다. "견본이 왔어요." 메그가 말했다. "휘장 용인가 봐요."

"곧 갈게." 앤절라가 말했다. 그러고는 커피잔을 바라보며 한숨을 쉬었다. 텅 비어 있었다. "벡…… 죄송하지만 더는 시간을 내줄 수 없겠네요."

"네, 이해합니다. 들어주셔서 감사합니다." 벡이 일어섰다. "티뷰론도 아주 훌륭하지만, 무슨 문제라도 생기면……."

"꼭 전화할게요. 고마워요, 벡." 앤절라는 자기도 모르게 웃으면서 말했다.

"고맙습니다, 더넘 양." 벡이 말했다. 그리고 몸을 활처럼 구부리며 인사한 뒤 재빨리 밖으로 나갔다. 아쉬운 표정으로 보온병을 바라보던 앤절라가 잠시 후 벡을 따라 나갔다.

미 해군 중사 출신 월터 블레드소는 티뷰론사 정문 사무실에 있는 책상 뒤에 앉아 있었다. 평범해 보이는 사무실이었다. 물론 블레드소는 베테랑 해군 출신답게 해군본부나 작전사령부, 또는 특전사령부를 떠올렸는지도 모르겠지만. 사실 블레드소는 그렇게 생각하고 사무실을 꾸몄다. 그게 익숙하니까. 블레드소는 조직자이자 협력자였고, 첨단 기술 운운하며 똑똑한 척하는 녀석들과 자신은 다르다고 자부했다. 그들 역시 팀의 베테랑이었지만, 기술팀 괴짜들은 뒤편 작업실만 지킬 뿐이었다. 블레드소는 여기 밖에 앉아 세상과 마주했다.

팀원들은 누구나 맡은 바 책임을 다했고, 다양한 임무를 소화했다. 블레드소 또한 접수 담당자로도 일했다. 개의치 않았다. 여기에 온 사람들은 대부분 장성급 얼간이들이었다. 20년간 복무하는 동안 블레드소는 의자에 궁둥이만 붙이고 사는 사무직원이나 총도 못 쏘는 행정병을 다룬 경험이 많았다. 자기 똥을 순금으로 여기는 놈들이니까. 이제 민간인이 된 블레드소는 빌어먹을 고자 놈들과 마주쳤지만, 그들을 다루는 것은 일도 아니었다. 블레드소는 노골적인 불복종 따위의 반대에 부딪히지 않고 민간인이든 장성급이든 알맞은 자리에 앉히는 데 선수였다.

나지막한 전자음이 울리자, 서류를 훑던 블레드소가 고개를 들었다. 책상에 놓인 고화질 모니터에 웬 남자가 정문으로 들어오는 모습이 보였다. 평균 키에 단단한 체격, 어둡고 덥수룩한 머리의 남자는 깔끔하게 다림질한 카키색 바지를 입고 흰 셔츠의 아랫단을 단정하게 접어 허리춤에 집어넣은 차림새였다. 또한 밝은 크랜베리색 안경테가 달린 큼지막한 안경도 끼고 있었다. "저놈은 그냥 망할 샌님이군." 블레드소가 중얼거렸다. 남자는 손에 든 쪽지 한 장과 문에 있는 번호를 비교하며 확인했다. "이봐, 팅커벨. 빌어먹을 버튼을 눌러야지. 이 개자식아." 블레드소가 또다시 중얼거렸다.

남자가 알아들었다는 듯이 문 옆에 있는 작고 검은 버튼을 손으로 눌렀다. 블레드소가 컴퓨터 모니터 어느 지점에 대고 마우스를 딸깍 클릭하니 곧바로 문이 열렸다. 잠시 후, 낯선 남자가 블레드소 앞에 섰다. "무슨 일이십니까…… 선생님?" 블레드소는 일부러 살짝 퉁명스럽게 물었다.

"아, 제가 뭘 좀 찾고 있는데요. 그러니까…… 혹시 여기 취직할 수 있나 해서요."

"취직이요? 여기에?" 블레드소가 말했다. 그러고는 천천히 욕을 한 번 내뱉더니 고개를 가로저으며 덧붙였다. "정확히 알고 오셨습니까? 여기는 발레단이 아닙니다."

"아뇨. 제 제 말은…… 여기 티뷰론 맞죠? 그리고, 어…… 뭐였지? 맞다. 있잖아요, 여기서 하는 일을 들었어요. 최첨단 보안 장치 같은 걸 만들고 또…… 참!"

남자가 주머니에서 봉투를 꺼내 블레드소 앞에 놓았다. "어, 제 이력서고요. 말하자면, 석사학위가 있고 스탠퍼드 출신이고요. 전공은 전자공학이고 보안 감시가 전문인데요. 그리고 어…… 참, 저 실리콘밸리 신생 벤처기업에서도 일했어요. 그런데 어……." 남자가 한 차례 헛웃음을 터뜨렸다. "회사가 완전 망했어요. 그러니 제가 월급을 못 받았겠죠? 그래서……." 블레드소가 못 믿겠다는 듯한 표정을 짓자, 남자는 멋쩍었는지 말을 멈추고 얼굴을 붉혔다.

"이봐요, 잘 들어요." 땀을 삐질삐질 흘리는 남자를 향해 블레드소가 말했다. "어디서 무슨 말을 들었는지 모르겠지만, 우리는 '팀 출신'만 고용해요."

"팀요? 그렇다면…… 저도 고등학교 때 테니스팀에 있었는데……."

남자가 더듬거리며 말끝을 흐리자 블레드소가 고개를 가로저으며 말했다. "아뇨, 스포츠가 아니라요. 테니스팀 그런 거 말고, 실 SEAL팀요. 네이비실. 해군 특수부대 있잖아요. 우리는 거기에서, 아는 사람만 고용해요."

"하지만 전 석사학위가 있어요. 제 능력이 필요한 부분이 있을……."

"당신이 필요한 일은 없습니다." 블레드소가 단호하게 말했다. "절대로요, 꿈에서도요." 그러고는 어정쩡한 표정으로 한쪽 눈썹을 찡그렸다. "군에 입대해 '팀'에 들어간다면 모를까."

남자가 실망했는지 불쌍한 얼굴로 입을 뻐끔거렸다. 빌어먹을 물고기처럼. 보아하니 심란한 모양이었다. 이 남자는 대체 뭘 기대했을까? 블레드소는 남자를 잠시 바라봤다. 땀에 젖은 남자는 마른침을 꿀꺽 삼키며 부르르 떨고 있었다. "이봐요, 여기는 아무나 막 오는 곳이 아닙니다. 알겠어요?" 블레드소가 마침내 입을 열고는 마우스를 클릭했다. 문이 휙 열리는 바람에 남자는 깜짝 놀라며 주춤거렸다. "좋은 하루 보내세요." 블레드소가 말했다. 한 번 더 침을 꿀꺽 삼킨 남자는 주위를 두리번거리다가 폭력배에게 쫓기기라도 하듯 달아나며 문을 쾅 닫았다. "젠장, 빌어먹을. 멍청한 병신 같은 새끼들." 블레드소가 말했다. 그러고는 남자의 이력서를 쓰레기통에 휙 집어던졌다.

4장

책상에 잡다한 쓰레기가 마구 흩어져 있었다. 물론 평소에는 그렇지 않았다. 계획을 싹 뒤엎고 아예 새로운 전략을 짤 때만 그랬다. 책상을 뒤덮은 쓰레기 더미만 봐도 내가 얼마나 고심하는지 알 만하다. 사진, 도표, 안내 책자, 지도, 그리고 빈 그릇을 가릴 만큼 높이 쌓인 서류들. 엄마가 봤으면 바로 기절할 만큼 엉망진창이다. 하지만 엄마는 보지 않을 것이다. 여기에 나 말고는 아무도 없으니까. 얼핏 보면 무슨 쓰레기인지 아무도 눈치채지 못한다. 막무가내로 쌓은 종이 더미니까. 하지만 자세히 들여다보면 쓰레기가 모두 에버하르트 박물관 관련 자료임을 금세 알 수 있었다. 안팎에 있는 모든 문과 창문을 상세하게 찍은 사진, 옥상 쪽, 특히 천장 채광창 주변 구역을 확대한 사진, 박물관 구석구석을 나타내는 평면도, 심지어 오래된 지하철 노선도를 비롯한 박물관 지하의 놀라운 지도까지. 나는 이 모든 자료를 모으려고 엉덩이가 부서질 정도로 노력했다. 한마디로 죽을힘을 다했다. 땀내 나는 뚱뚱한 촌놈으로 변신했는가 하면, 누더기를 입고 쓰레기통 옆에서 밤을 보냈다. 할 수 있는 일은 뭐든 다 했다. 누구든 예상할 만한 장소건 상상도 못할 장소건 죄다 찾아가서 샅샅이 살폈다. 그게 내 트레이드마크니까. 그래서 어떻게 됐느냐고?

헛수고였다. 무엇 하나도, 썩은 쥐똥만 한 가치도 없었다.

젠장, 들어갈 틈이 없었다. 나조차도. 라일리 울프. 보물 탈취의 귀재. 절도왕. 현존하는 가장 위대한 도둑. 하지만 역사상 가장 위대한 대도大盜가 될 수 있는 문턱에서 완전히 막혀버렸다. 박물관 안으로 들어가기만 하면 되는데.

하지만 나는 들어갈 수 없었다. 절대로.

"제기랄." 욕이 튀어나왔다. "젠장, 젠장, 젠장……." 아무리 욕을 해도 분을 삭일 수가 없었다. 기발한 계획이 전혀 떠오르지 않았다. 심지어 바보 같은 계획조차. 나는 밖에서 안을 들여다보고 있었다. 게다가 일단 보물이 도착하면, 상황은 훨씬 더 어려워질 터였다. 아예 접근하기도 어려울 것이다.

나는 종이 한 장을 집어 들고 으르렁거렸다. 점검표. 가장 놀랍고 불가능에 가까운 이번 작업의 출발점이었다. 그래서 다시 찬찬히 훑으며 내가 놓친 허점이 불쑥 튀어나오길 바랐다. 옥상 접근, 불가능. 지하실 접근, 불가능. 경보 장치, 아무도 모르는 신기술이니 꿈 깨. 보안 회사 잠입, 음…… 12게이지 산탄총을 들이대는 개자식들과는 안 돼. 문, 창문, 벽, 바닥…… 빈틈이 아예 없었다. 나는 점검표에 있는 진입 가능 구역마다 선을 쫙쫙 그었다. 아무리 종이를 뚫어져라 봐도 마술처럼 '짠' 하고 묘안이 떠오르지가 않았다.

결국 종이를 둥글게 구겨 휙 던져버렸다. 아무짝에도 쓸모가 없었다. 아니, 나 자신이 쓸모없었다. 뭘 빠뜨렸는지 하나도 생각나지 않았다. 왜냐고? 머리가 완전 먹통이 돼서 평범하고 흔해빠진 도둑이나 할 법한 생각만 떠올랐다. 도둑 흉내 내는 멍청한 놈들이나 시도할 만한 일들만. 아, 맞다. 채광창으로 통과하자! 물론 그러면 된다. 그러면 자동소총을 들고 방아쇠를 당기는 놈들 앞에 떡하니 착륙하겠지. "제대로 미쳤군." 나는 중얼거렸다. "아주 평범한 개소리나 지껄이다니. 제길, 생각 좀 해. 이 멍청아."

하지만 아무리 기를 써도 묘책이 떠오르지 않았다. 지금껏 나는 누구도 할 수 없는 일들을 생각해내고, 결국 생각한 대로 이루어내며 명성을 쌓았다. 일을 벌이기 전에는, 더 안전하게 철저히 끝마칠 작정으로 온갖 상투적인 속임수를, 어떤 광대라도 할 수 있는 바보짓을 했다. 경찰이라면 뻔히 짐작하는 일들 말이다. 그들도 비슷한 수법의 범행을 많이 본 터라 언제든 준비되어 있는 것이다. 어쨌든 나는 모든 것을 점검했다. 그러고 나면 나만을 위한 완전히 새롭고 멋진 계획이 딱 떠올랐다.

그런데 이번에는? 방법이 없었다. 아무것도 기대할 수 없었고, 찾지도 못했다. 지난번에 본 테헤란 중앙은행의 보안이 제법 견고하다고 생각했었다. 이번에 보니 박물관은 훨씬 더 엄중했다. 에버하르트의 보안은 그야말로 〈스타트렉〉이었다. 다른 보안 시스템보다 족히 200년은 앞선 것 같았다.

그래서 더 열심히 노력했다. 아무도 생각하지 않을 일까지 벌였다. 에버하르트 왕조의 창시자, 박물관을 건립한 늙은 개자식 루트비히 에버하르트를 조사하기 시작했다. 빌어먹을 논문을 쓸 만큼. 이 세상 나 말고는 누구도 속속들이 알 수 없을 정도로 공부했다. 늙은 개자식이 집에서 박물관까지 오가는 호화 침대차를 타기 위해 전용 선로를 만들었음을 알았을 때는 잠깐이나마 빛이 보였다.

내가 지하철에 깔려 죽을 뻔한 날, 루트비히의 옛 선로가 있는 터널을 발견했다. 하지만 이 역시 막다른 길이었다. 내 책상에 마구잡이로 쌓인 온갖 막다른 길처럼. 죄다 쓸모없는 쓰레기였다. 실행 불능한 데다 위험천만하기까지 했다. 내 아이디어는 죄다 바닥났다.

아무도 생각할 수도 없는 무언가를 찾아야 했다. 누구든 감쪽같이 속일 수 있는 방법.

"젠장." 한 번 더 욕을 내뱉었다. 여전히 아무 쓸모도 없었지만. "방법이 있어야지. 빌어먹을, 항상 방법이 있었잖아."

나는 방 안을 휙 둘러보았다. 작고 비좁았지만, 당장 필요한 물건들은 다 갖춰져 있었다. 침대, 기숙사만 한 냉장고, 그리고 뜨거운 접시가 있었다. 너덜너덜한 낡은 샤워 커튼 뒤에는 개수대와 화장실이 있었다. 내 방은 윌리엄스버그 남쪽의 오래된 건물에 있었고, 퀴퀴한 공중화장실 냄새가 풍겼다. 하지만 이게 대체 뭐람. 더 안 좋은 일이 생기다니. 나는 무엇에든 적응할 수 있었고, 이 방을 빌리겠다는 사람도 없었다. 그래서 방을 혼자 쓰겠노라 약속하고 보증금과 3개월 치 집세로 터무니없는 비용을 지불했다. "여기서 내 소설을 끝내야 하거든요."

이 방은 내가 들어오기 전에도 그저 그랬다. 지금은 더 나빠졌다. 캠퍼스 최고의 쓰레기들이 최고로 미친 파티를 벌이려고 인디 밴드와 겨루던 곳처럼 보였다. 막상막하의 접전, 결국 쓰레기가 이겼다. 평소에 나는 이렇게 살지 않았다. 아들을 잘 키웠다고 굳게 믿는 엄마의 기대에 부응하듯 꽤 깔끔하게 살았다. 필요한 거라면 바로 찾을 수 있어야 편하니까. 하지만 계획을 세울 때는 다른 사람이 된다. 내 주위에 뭐가 있었는지조차 까맣게 잊는다.

어느 쪽이든 좋은 점은 있다. 나는 이 방을 완전 쓰레기 소굴로 만들었다. 지저분한 접시들, 오래된 피자 상자, 깡통, 병, 포장지들이 산더미처럼 쌓였고, 방 구석구석에 온갖 잡동사니가 내팽개쳐져 있었다. 문 근처 모퉁이에는 극장 무대 뒤에서나 볼 법한 옷걸이가 있었다. 옷걸이에는 에버하르트 박물관의 상태를 확인하러 갔던 내 분신들의 옷가지가 매달려 있다. 내게는 너무 큰 88 치수의 시어서커 정장, 머리털 따위가 덕지덕지 달라붙은 쭈글쭈글한 누더기, 위아래 일체형 작업복 등. 그 외에도 평범한 옷가지가 몇 개 더 걸려 있다. 옷걸이 옆에는 좀 더 세심하게 물건을 정리해둔 탁자가 있었다. 보랏빛 테의 안경 하나와 가발 두어 개 등등. 이 일이 끝나기 전에 또 필요할지 몰라 모두 꼼꼼히 챙겨두고 있었다.

하지만 일이 시작되기도 전에 끝난 것처럼 보이기 시작했다.

"이런 젠장." 나는 또다시 욕을 뱉어냈다. 이어 심한 말을 되풀이하는 자신이 싫어 한마디 더 덧붙였다. "이 빌어먹을 똥 덩어리야." 목청을 높여 좀 시끄럽게 말했는데도 내 목소리는 쓰레기 더미에 힘없이 묻히고 말았다. 어쨌든 아무 소용이 없었다. 아무리 닦달해도 이놈의 뇌세포는 꼼짝도 하지 않았다. 아무 생각도 떠오르지 않았다. 그래도 생각해야 했다. 아, 진짜 머리를 쥐어짜야 한다고. 영혼까지 끌어모아야 해. 만약 내게 영혼이 있다면 말이지……. 한데 내가 그런 것까지 의심하는 놈이었나? 나는 어떤 목표든 반드시 성취하는 방법이 있다고 믿는다. 물론 내가 건강식품을 즐기며 장수를 꿈꾸는 새 시대의 낙천주의자라는 소리는 아니다. 나는 지금껏 힘들게 살아왔다. 어린 시절부터 거칠고 녹록지 않은 삶에 익숙했다. 달라이 라마의 장밋빛 낙관론을 무참히 깨버릴 만큼. 그래서 인생의 진짜 의미에 대한 망상이나 환상, 혼돈 따위는 전혀 없다. 인생은 그저 빌어먹을 난장판, 날카로운 칼날이 몰아치는 폭풍우였다. 대부분 엿 같고, 그러다 죽어버린다. 하지만 나는 믿는다. 빌어먹을 인생이 나를 썩은 구렁텅이에 빠뜨려도, 늘 빠져나갈 방법이 있다는 걸. 그게 유일한 믿음이다. 하늘이 무너져도 솟아날 구멍이 있다.

하지만 이번에는? 에버하르트 박물관? 들어갈 길이 있는지는 몰라도 나는 찾아내지 못했다. 화려한 혈통을 자랑하는 경주마에 쓸데없이 채찍질을 하는 것이나 다름없었다. 이번에도 전의를 불태우며 아무도 알아챌 수 없는 기발한 묘안을 떠올릴 것이다. 그게 내가 버틴 이유니까. 내가 바로 그런 사람이다. 라일리 울프, 절대 포기하지 않고 항상 승리하는 남자. 어떤 장애물이든 나의 위대함을 입증하는 증거로 삼았던 라일리 울프. 라일리 울프, 역사상 가장 위대한 도둑. 나는 항상 방법을 찾아냈다. 어김없이. 내가 원하는 걸 얻기 위해서라면.

물론 지금까지는.

다이아몬드가 보관된 장소까지 들어가야 그것을 거머쥘 수 있다. 하지만 이번에는 들어갈 방법이 없다. 전혀.

"아직도 아무 방법이 없다니." 나는 중얼거렸다. "방법은 늘 있어…… 있어야 해……."

나는 안간힘을 쓰며 방법이 있다고 믿었다. 꼭 방법을 찾을 것이다. 반드시 찾아야 했다. 어마어마하게 많은 보수 이상으로 중대한 사업의 성패가 달린 문제였다. 만약 이번 일을 해낼 수 없다면, 더는 내가 아니었다. 완전히 불가능한 일이라는 말은, 다름 아닌 내가 해내야 한다는 뜻이다. 놈들이 뭐라고 떠들어대든.

그놈들이 누구냐고? 내가 못 해낼 거라고 무시하던 놈들이지, 그게 무슨 일이든지. 내가 어렸을 때부터 놈들은 줄곧 그렇게 말했다. 넌 못한다고. 놈들이 너는 못할 거라 장담했던 일들은 점점 까다로워졌지만, 나는 포기하지 않았다. 뚱뚱한 금수저 얼간이들은 항상 나를 가로막고는 포기하라고, 다른 가난한 아이들과 함께 루저빌로 기어서 돌아오라고 말했다. 나는 개의치 않았다. 방법을 찾아냈으니까. 나는 해냈다, 항상. 뚱보들은 내가 너무 어리고 멍청해서 못할 거라면서, 위험하고 미친 개소리 같은 짓거리에 날 밀어 넣었다. 하지만 처음부터 방법을 찾아낸 나는 당당하게 돌아와 놈들의 살찐 얼굴에서 멍청한 비웃음을 싹 날려버렸다.

하지만 이번에는……?

나는 숨을 몰아쉬며 눈을 감았다. 아무 생각도 떠오르지 않았다. 에버하르트 박물관의 문을 열 수 있는 멋지고 기발한 열쇠는 없었다. 눈앞에 보이는 것은 치명적인 장애물과 부서지지 않는 벽, 안으로 들어갈 수 없어 우두커니 서 있는 망연자실한 내 모습뿐이었다. 밖에 있어야 한다는 게 너무 싫었다. 밖에 있으면 온몸이 쪼그러들었다. 초라하고 멍청하고 더러워 보였다. 사방이 꽉 막혀 쉭쉭 공기 빠지는 소리만 들리는 상자 속에 갇힌 것처럼, 숨을 쉬거나 움직일 수도 없었다. 그저 몸을 웅크린 채 얼른 여기서 빠져나가게 해달라고 기도할 뿐 아무 짓도 할 수 없었다. 나는 늘 가냘프고 누더기를 걸친 아이의 몸에 갇혀 있었다. 몸집도 더 크고, 깔끔하고, 옷도 잘 차려입은 부잣집 아이들이 빙 둘러서서 나를 밀치고, 놀리고, 비웃었다. 내가 자기들 신발에 떨어진 똥보다 못한 망할 놈이라 아무짝에도 쓸모없다고 손가락질했다.

가봐, 이 누더기야. 어디 도망가보라고, 깡통집으로 어디 달아나보시지.

그때의 기억은 방금 전 일어난 일처럼 아직도 나를 괴롭힌다. 나는 고개를 푹 숙였다. 신물이 올라오더니 배 속이 마구 뒤틀리기 시작했다. 녀석들 말이 맞는 것 같았다. 내가 할 수 있는 일이 전혀 없었으니까. 다시 옛날로 돌아간 듯했다. 그저 속수무책이던 어린 시절로…….

"아들, 이런 거야." 아빠가 말씀하셨다. 아빠와 나는 앞마당 풀밭에 앉아 있었다. 부드러운 바람이 불어와 캐치볼로 젖은 몸을 시원하게 말려주었다. "사람은 양이란다."

나는 아빠를 물끄러미 바라보았다. 아빠가 무슨 말을 하려는지 알 것 같았다. 하지만…….

"전부 다요, 아빠?"

아빠가 미소 지었다. "우리 모두지. 물론 양치기 개 몇 마리도 있고. 양을 줄 세워야 하니까. 하지만 사람들 대부분은……. 그래, 그냥 양이야."

"그럼 아빠도 양이에요?"

아빠는 몸을 돌리더니 느긋하게 미소 지으며 나를 바라보았다. "아니, 아들. 아빠는 당연히 양이 아니지." 아빠가 말했다. 그러고는 내 머리를 헝클어뜨리며 덧붙였다. "양치기 개도 아니고."

나는 얼굴을 찡그리며 아빠의 말을 이해하려고 애썼다. "왜 사람들은 계속 양처럼 살아요?"

"그게 안전하니까." 아빠가 말했다. "양 떼를 떠나면 위험할 수 있어." 아빠가 먼 곳을 응시했다. "매우 위험해." 이어 나지막하게 말했다.

"혹시…… 혹시 아빠도, 음…… 지금 위험해요?" 내가 물었다.

아빠는 여전히 눈길을 돌린 채 고개를 끄덕였다. "거의 그렇지."

나는 돌연 목이 멨다. 내일은 내 생일이었다. 열 살 생일! 그래서 내 생일 파티가 열리기 전에, 아빠에게도 나에게도 위험한 일이 일어나지 않기를 바랐다. "근데 왜요?" 내가 물었다. "왜 그래야 해요? 왜 위험해요?"

아빠가 이제 진지한 눈빛으로 나를 바라봤다. "아들, 그게 네가 치러야 할 대가야. 진짜 좋은 걸 원하면 가끔은 목숨을 걸어야 하거든. 그래도 양이 되는 것보다 훨씬 낫지." 그리고 내 어깨에 손을 얹고는 꼭 쥐었다. "너도 양이 되려고 애쓰지 마⋯⋯."

나는 아빠가 무슨 말을 하는지 정말 몰랐다. 적어도 그때는. 하지만 어쨌든 이렇게 대답했다. "노력해볼게요." 그러다 갑자기 아빠가 돌아가시는 바람에 양이 되지 않는 방법을 듣지 못했다. 엄마도 몰랐다. 그리고 상황이 나빠졌다. 무슨 일이 일어나고 있는지 깨닫기 전에 나는 아이들에게 둘러싸여 있었고, 아이들은 나를 밀치며 조롱했다. 나보다 몸집이 크고 머릿수도 많았다. 그래서 나는 가만히 있었다. 그때 내가 무얼 할 수 있었을까? 아이들이 더 세게 몸을 밀치며 더 심하게 놀려대자 나는 점점 겁이 났고, 누군가 나를 도와달라고 기도했다. 하지만 아무도, 아무도, 녀석들을 말리는 사람이 없었다. 아이들은 한데 뭉쳤고, 나는 혼자였다. 아이들 무리가 점점 더 시끄러운 소리를 낼 무렵⋯⋯.

돌연, 아빠 말이 무슨 뜻인지 깨달았다.

그리고 빙 둘러선 채 괜히 심술궂은 척하며 오만상을 찌푸린 얼굴들을 둘러보았다. 그래, 내가 본 녀석들은 모두 양이었다.

아이들은 거칠지도, 위험하지도 않았다. 그저 남자애들, 겁에 질린 남자애들이었고, 그 애들은 그래도 된다고 생각해서 나를 이리저리 밀치고 비웃었다. 걔들은 많고, 나는 고작 한 명이니까. 제기랄, 그들은 그저 양이니까 그랬을 뿐이다. 자기들과 다르고 약해빠져 보이는 놈을 고르고 나니 양이 되는 편이 낫다고 느꼈겠지.

순간, 나는 그 녀석들 무리가 아니고 그들의 일부도 될 수 없다는 걸 깨달았다. 그래서 더는 녀석들과 어울리고 싶지 않았고, 그러려고 일부러 노력하지도 않았다.

그래서 손으로 가슴을 계속 두들겼다. 그러고는 미소 지었다. 나는 아이들이 불안해하며 슬슬 겁을 먹기 시작했음을 바로 알아챘다. 이제 내가 양이 아니라는 사실이 드러났으니까.

바로 그때, 모든 게 바뀌었다.

그리고 라일리 울프가 태어났다.

"좋아." 내가 말했다. "내가 할게. 하지만 돈이 많이 들 거야."

가장 덩치가 크고, 가장 목청이 크고, 가장 양 같은 녀석이 가까이 다가왔다. "야, 누더기. 네가 그걸 하시겠다? 옛날 채석장에 기어들어 가겠다고?" 녀석이 나를 밀었다.

이번에는 나도 그놈을 밀쳐냈다. 큰 양이 움찔하며 뒤로 물러섰다. "하겠다고 했잖아. 내가 한다고. 저 아래에 있는 스튜드베이커에서 미등도 빼올게, 증거로." 내가 말했다. 그리고 녀석을 또 한 번 세게 밀었다. "하지만 알아둬. 대가는 네가 치르는 거야."

덩치 큰 녀석이 미심쩍은 표정을 지었다. "넌 못 갈걸." 녀석이 말했다. "거기 간 애들은 죄다 죽었어."

틀린 말은 아니었다. 적어도 지역 전설이긴 했으니까. 옛날 채석장은 모든 부모가 절대 가까이 가지 말라고 자식들에게 신신당부했던 곳이다. 그곳은 죽음의 덫이었다. 30미터 아래로 죽 뻗은 벽은 언제라도 바스러질 듯이 물러터졌고, 밑바닥은 여기저기 물웅덩이가 패어 엉망이었다. 몇 년 전누군가 밀어 넣은 1958년형 스튜드베이커 라크 차도 안에 있었다. 차량 맨뒷부분이 위로 툭 튀어나와 있어서 최고의 돌팔매질꾼들에게는 감질나는 표적이 되곤 했다.

"아래로 내려가면 안 돼. 너무 위험해." 또 한 마리의 양이 말했다. 다른 양들도 고개를 끄덕였다.

"내가 성공하면 너희 돈 다 잃어. 그러고 싶지? 그러니까 한번 해보자고."

"방법이 없어." 양들이 말했다.

"아니, 방법은 언제나 있어." 나는 처음으로 그렇게 말했고 그 말이 사실임을 깨달았다. 사실이어야 했다. 그게 바로 양이 되지 않는 방법이었다. 물론, 위험할 수도 있다. 아빠가 그렇게 말했고, 그는 늘 옳았다. 채석장을 오르내리는 짓은 아주 위험할 것이다. 하지만 할 수 있었다. 방법이 있었다. 항상. 할 수 있다는 생각을 꽉 움켜쥐고 묵묵히 믿는 사람에게는 그것이 삶의 기본 법칙이었다. 나도 그랬다. 그런 사실이 진실이 되어 내 안을 가득 채웠다. "매애" 하고 우는 양과 쓰레기 같은 트레일러, 어쩔 수가 없어서 그저 짓누르고 있던 허기진 꿈들 위로 나를 번쩍 들어 올렸다. 하지만 이제는 아주 잘 안다. 방법이 있다는 것을. 있어야만 했다. "늘 방법이 있어." 나는 다시 한번 말했다.

그리고 진짜 방법이 있었다. 죽음의 덫이라는 옛 채석장으로 내려갈 방법, 바로 내가 찾아냈다. 결국 양이 돈을 냈다. 다 합치면 100달러쯤. 당시에는 엄청난 금액이었다. 나는 아직도 내가 건넨 돈을 받았을 때 엄마의 표정을 생생히 기억하고 있다. 돈을 세는 엄마의 얼굴에 점점 흐뭇한 미소가 번졌다. "어머나, 세상에." 엄마가 말했다. "우리 이제 라일리의 삶(호화롭고 안락한 삶을 가리킨다. 1880년대 노래 〈그게 라일리야?Is That Mr. Reily?〉의 가사에서 유래했다—옮긴이)을 살겠네."

엄마는 그렇게 놀리기를 좋아했다. "라일리의 삶." 그때는 무슨 뜻인지 몰랐지만, 나는 라일리라는 이름이 마음에 들었다. 그래서 줄곧 간직했다.

그 후로는 늘 방법은 있다는 번뜩이는 통찰이 머릿속에 있었다. 나는 죽음을 무릅쓰며 살아왔다. 이게 다 1958년형 스튜드베이커

라크에 달린 빌어먹을 미등에서 비롯됐다. 단순히 돈이 생기는 일보다 녀석들의 돈을 빼앗는 쪽이 훨씬 기분이 좋았다. 그들은 나한테 없는 걸 가진 뚱뚱하고 어리석은 양이었다. 돈 많고 으스대는 사람들의 물건을 빼앗으면 왠지 착한 일을 하는 듯했다. 하지만 돈을 챙기는 것만큼이나, 남들이 못하는 일을 해내는 게 좋았다. 결국 내가 해냈을 때 날 비웃던 놈들의 표정을 보며 말했다. 이것 봐, 내가 할 수 있다고 했지?

그때의 쾌감은 내게 고스란히 남았다. 심지어 더 자라기도 했다. 부잣집 양에게서 돈을 빼앗으면 항상 짜릿했다. 부자들은 돈이 많다는 이유로 다른 이들이 가질 수 없는 것도 챙길 자격이 있다고 생각했다. 그들의 소유물은 이제 내가 가장 원하는 것이 되었다. 그냥 물건이 아니었다. 부유한 양에게서 빼앗은 물건이었다. 그들이 아무리 눈을 부릅뜨고 지켜도 나는 언제든 쫓던 물건을 찾아냈고 결국 손에 넣었다.

하지만 이번에는…… 대체 무슨 방법이 있을까? 뭘 시도해야 하나? 내가 뭘 놓쳤지? 아무도 생각하지 못할 단 한 가지, 라일리 울프만이 할 수 있는 한 가지가 과연 무엇일까?

가봐, 이 누더기야. 어디 도망가보라고…….

깡통집으로 어디 달아나보시지…….

아직도 녀석들의 목소리가 들렸다. 목소리가 점점 커지며 요란해지더니 날 비웃고, 부추기고, 내가 실패할 거라며 조롱했다. 사실 나 역시 실패할 거라 생각했다. 내가 재수 없는 녀석이어서가 아니라, 단지 거지같이 사는 누더기라서. 항상 그랬으니까…….

나는 박물관에서 가져온 안내 책자를 집어 들어 다시 찬찬히 훑었다. "1889년에 설립한…… 스탠퍼드 화이트의 영향력을 보여준 독특한 사례…… 아직 에버하르트의 후손들이 소유하고 관리하며 운영을 주도…… 가장 훌륭한 박물관 중 하나로 전 세계에서 인정받고 있다…….”

“젠장.” 읽고 나니 또 욕이 나왔다. 나는 책자를 읽고 또 읽었다. 책자에 쓰인 글에서는 아무런 단서도 찾을 수가 없었다. 속이 뒤집힌 나머지 책자를 아무렇게나 구겨버렸다. 망할 에버하르트, 빌어먹을 가족 박물관. “부자 새끼들.” 그들은 내가 가장 증오하는 특권층 나부랭이이자 쓰레기같이 더러운 양이었다. 그냥 부자일 뿐만 아니라, 돈을 물려받은 부자였다. 그들은 돈을 손에 넣을 만한 일을 전혀 하지 않았다. 그래서 본인들이 우월하다고 우쭐댔다. 내가 가장 좋아하는 표적이 바로 그런 사람들이었다. 그래서 이런 상황이 더욱 실망스러웠다. 완벽한 표적, 전설로 남을 만한 기록……. 하지만 나는 아직 출발선에도 이르지 못했다.

나는 안내 책자를 마구 뭉친 다음 휙 집어 던졌다. 구겨진 책자는 또 다른 종이 뭉치 위로 포물선을 그리며 툭 떨어졌다. 생각할 수 있는 모든 방법을 다 시도했지만 남은 것은 구겨진 종이 더미와 두통뿐이었다. 나 자신을 미친 듯이 칭찬했다. 넌 네 일을 기막히게 잘해. 넌 정말 최고야. 그래서 네가 파고 들어갈 방법이 전혀 보이지 않으면, 음…… 이번에는 그냥 방법이 없는 거야. 자화자찬을 해도 기분이 전혀 나아지지 않았다. 단지 위대한 기록을 놓친 실망보다 훨씬 더 깊은 좌절감이 밀려와 몹시 뼈아팠다.

나는 답답한 나머지 길게 한숨을 내쉬며 의자에 몸을 기댔다. 가발에 딱 맞게 자른 뻣뻣하고 어두운 색 금발을 손으로 이리저리 쓸어 넘겼다. 평소처럼 거의 완벽하게 변장했지만, 아무 소용이 없었다. 에버하르트 박물관은 너무 훌륭하고 너무 철저했다. 이런 경우는 처음이다. 사방이 꽉 막혀 있어서, 들어갈 수 있는 방법은 표를 사는 것뿐이었다.

나는 다시 한번 심호흡을 하며 집중하려 애썼다. 이미 내 뇌를 점령한 좌절감 때문에 아무 소득이 없었다. 모든 잡념을 머릿속에서 밀어내고 아무렇게나 엉킨 매듭을 풀어야 했다. 긴장을 풀고 참신한 짓을 하자. 그래서 보스 헤드폰을 집어 목에 걸었다. 헤드폰을 귀로 쓱 밀어 올린 뒤 MP3 플레이어를 집어 들었다. 터무니없이 비싼 플레이어였다. 물론 아이팟 정도는 아니지만. 그래도 내가 필요할 때마다 수백 시간 들을 수 있는 음악, 시대를 뛰어넘는 전 세계의 음악을 담고 있었다. 나는 음악 장르에 신경 쓰지 않는다. 문득 귀에 쏙 들어오는 음악이 있으면 랩이든 록이든 심지어 비밥이든 따지지 않았다. 그저 귀가 즐거우면 그만이었다. 기분이나 분위기에 따라 순간 꽂히는 음악도 좋아했다. 발리 원숭이가 외치는 소리까지 플레이어에 담을 정도니까. 이 플레이어가 비싸기는 해도 최고였고, 사실 그런 점이 중요했다. 돈은 써야 맛이다. 이 사실만은 두 번 생각해본 적이 없다. 나는 많은 돈을 벌었고, 앞으로 더 많이 벌 수 있다. 식은 죽 먹기다. 나는 플레이어를 켜고 소리를 높였다.

금세 음악이 내 안으로 밀려들었다. 마일스 데이비스의 〈고요한 길In a Silent Way〉이 흘러나왔다. 머릿속을 맴도는 골치 아픈 문제를 잊게 해주는 완벽한 음악이었다. 결국은 해답을 찾아낼 평화로운 곳으로 날 데려가지 않을까. 나는 좀 쉬어야 했다. 음악에 나를 맡긴 채 가만히 눈을 감고 마음이 표류하도록 내버려두었다. 박물관도 경비원도 잊고 모두 제자리에 둔 채 유유히 떠다니기만 하자……

엷은 바람이 불어오자 아빠가 내 어깨를 꼭 쥐었다. "아들, 양이 되려고 애쓰지 마."

"그럴게요." 나는 아빠의 말이 무슨 뜻인지 몰랐지만 이렇게 대답했다. 그때 엄마가 빅토리아풍으로 웅장하게 지은 집 문 앞에서 우리를 불렀고, 아빠와 나는 넓은 잔디밭을 가로질러 저녁 식사를 하러 들어갔다. 크고 고풍스러운 우리 집으로. 막상 도착하자 아빠는 사라졌고, 대저택은 낡아빠진 이중 트레일러로 변해 있었다. 엄마는 울기만 했고, 냉장고에는 먹을거리가 하나도 없었다. 저녁 식사도, 돈도 없었다. 계속 눈물을 흘리는 엄마 곁에서 나는 뭔가를 해야 한다는 사실을 깨달았고 또 해냈다. 일부러 그러지 않았는데도 어떤 남자가 떨어지고, 또 떨어지고, 빙글빙글 돌며 끝없이 떨어지고 있었다. 나는 멀뚱히 서서 남자가 빙글빙글 돌며 떨어지는 모습만 지켜볼 뿐이었다. 바로 그 순간 천천히 떨어지고, 뒤집히고, 또 떨어지는 사람이 나라는 사실을 알게 되었다. 아, 안 돼…….

나는 얼떨결에 잠에서 깼다. 먹구름에 뒤덮인 것처럼 몽롱한 기분을 털어내려 했지만, 소용이 없었다. 개자식 에버하르트 가문과 그들이 물려받은 엄청난 재산, 보안 시스템이 머릿속을 떠나지 않았다. 인간 철벽은 잊자. 블랙해트나 티뷰론, 허구한 날 신과 함께한다는 혁명수비대에게 뇌물을 주거나 그들을 협박하지도 않았으니까. 게다가 박물관 고위직 임원도 대부분 뚱뚱한 에버하르트 출신이니까. 양의 탈을 뒤집어쓴 빌어먹을 똥 덩어리 가문은 질펀한 엉덩이에 뾰루지가 나도록 가만히 앉아 물려받은 재산이나 헤아리며 자기 족속이 아닌 사람을 따돌리는 짓거리만 했다. 그래서 나는 더 이상 두고 볼 수 없었던 것이다. 다만…….

별안간 내 머릿속에서 무언가 쿵 하는 소리를 냈다. 그런데 기분이 좋았다. 정말, 정말, 젠장 놀라울 정도로 **훌륭해**!

"방법이 있어!"라고 나는 큰 소리로 외쳤다. "제기랄, 드디어 방법을 찾았다고!"

의자에서 벌떡 일어나 구겨진 종이 더미를 발로 걷어차며 박물관 책자를 찾았다. 아까 책상 위로 던져버린 책자를 손으로 부드럽게 잘 매만진 다음 주의 깊게 훑어보았다.

잠시 후 나는 자리에 앉아 빙그레 웃었다. 방법이 있었다. 진짜, 정말로, 제대로 된 기상천외한 방법이 거기 있었다. 너무나 확실했다. 동시에 말도 안 되는 생각이었다! 물론 라일리 울프만 알 수 있었다. 당연히 라일리 울프만 시도할 수 있다.

방법이 있었다. 나만의 방법을 찾았다.

나는 이 순간을 축하하는 음악을 선택했다. 데이비드 보위가 부른 〈지기 스타더스트Ziggy Stardust〉의 기타 전주가 헤드폰을 낀 귀에 울려 퍼지자 나는 몸을 뒤로 젖혀 눈을 감았다. 하지만 이번에는 모두 잊고 쉬는 게 아니라 부지런히 머리를 굴렸다. 세부 내용을 샅샅이 분석하는 동안 미소가 떠나지 않았다. "방법이 있다고 했잖아." 내가 부잣집 개자식 에버하르트를 향해 외쳤다. "항상!" 먹구름의 잔재와 트레일러의 기억을 싹 밀어낸 나는 계획을 세우기 시작했다.

5장

이틀 뒤, 나는 들뜬 마음으로 모니크를 만나러 갔다. 이 계획을 성공시키는 데 모니크는 큰 비중을 차지할 터였다. 만일 우리가 최종 목표에 도달한다면? 하지만 나는 이런 생각을 밀어냈다. 이 질문에 답을 할 수 있다는 것만으로도 좋았으니까. 모니크를 만날 이유가 생겨서 더 기분이 좋았다.

늘 그랬듯이 나는 잠시 밖에 서서 모니크의 창문을 훔쳐보았다. 깜짝 놀라겠군. 나도 안다. 하지만 어쩔 수 없다. 물론 내가 관음증 환자라는 소리는 아니다. 모니크에게만 이렇게 행동한다. 가끔 모니크는 벌거벗은 채 그림을 그렸고, 그런 모습은 정말 놓치기 아까운 볼거리였다. 어쩌다 함께 축하의 하룻밤을 보낸 날을 빼고는 모니크의 아름다운 알몸을 볼 수가 없었다. 게다가 모니크는 다시는 그런 일 없을 거라며 으름장을 놓았다.

참 슬픈 일이다. 말했다시피 모니크는 정말 아름다웠다. 스물여덟 살인데, 옷을 안 입은 것처럼 보일 만큼 늘씬했다. 특히 모니크가 즐겨 입는, 물감이 덕지덕지 묻은 작업복 차림일 때면 더 그랬다. 그러다 어느 멋진 밤, 작업복이 벗겨지면 모니크의 몸은 진정한 놀이터가 된다는 걸 알았다. 섬세하면서도 우아한 곡선은 한가로이 거닐어달라며 내게 애원했고, 커피처럼 까무잡잡한 피부는 반지르르한 비단처럼 너무나 보드라웠다. 도톰하고 관능적인 입술에서는 산딸기 맛도 났다. 그리고 모니크가 흥분하면…….

어쨌든 절대 잊지 못할 밤이었다. 맹세코 그날 밤의 희열을 되살릴 방법을 꼭 찾고 말 것이다.

창문 안쪽을 들여다보니 모니크가 옷을 입고 이젤 앞에 서 있었다. 머리칼은 위로 치켜올리고 이빨 사이로 야무지게 붓을 꽉 문 채 얼굴을 찌푸리고 있었다. 이젤에 그려진 작품은 나도 알 만한 인상주의 회화였다. 그림의 원본을 확대한 사진이 왼쪽 컴퓨터 모니터에 떠 있었다. 모니크는 원본을 힐끗 보더니 다시 이젤로 시선을 돌리며 눈살을 찌푸렸다. 그리 오래 얼굴을 찌푸리지는 않을 것이다. 어디가 다른지 금세 알아낼 테니까. 모니크는 항상 미묘한 차이점을 잘 찾아냈다. 자기 일에 능수능란했다.

모니크는 미술품 위조범이었다. 정말 똑같이 그려냈다.

어쩌면 세계 최고일지도.

모니크를 뒷조사한 적이 있다. 함께 일하는 사람의 정체를 알아야 철창 신세를 피할 수 있지 않겠는가. 물론 모니크가 나처럼 사악한 놈들과 손잡고 범죄 행각이나 벌이려고 이 일을 시작하진 않았으리라 믿는다. 모니크는 피츠버그 출신으로 누구나 우러러보는 가정에서 태어났다. 어머니는 소아청소년과 의사, 아버지는 피츠버그 대학의 유명한 도덕철학과 교수였다. 모니크는 꿈에 그리던 하버드 대학 예술사 석박사 통합 과정에 진학했다. 하지만 실기 수업을 듣다가 그림에 타고난 재능이 있음을 깨달았다. 정확히 말하면, 다른 화가들의 작품을 완벽하게 복제하는 재능이었다.

어느 날, 남자 친구 론이 내기를 하자며 꾀는 바람에 모니크는 하버드 대학교 포그 미술관에 있는 그림 한 점을 거의 완벽하게 복제했다. 인상주의 화가 르누아르의 〈여성복 가게Chez la Modiste〉였다. 허영심이 조금 강하고 기발한 유머 감각이 있는 모니크는 그림 하단에 자기 이름을 적어놓았다.

모니크는 자신의 위작을 포그 미술관에 몰래 들여가 원작과 나란히 둘 작정이었다. 그냥 재미 삼아 벌인 장난이었다. "내가 그린 것 좀 봐!" 모니크는 계획대로 진품 아래 위작을 세워놓은 뒤 들키지 않게 슬그머니 미술관을 빠져나갔다.

물론 모니크는 그렇게 생각했다. 하지만 누군가 모니크의 위작을 진품 자리에 걸어놓고 진짜는 가져가버렸다.

포그 미술관은 일주일이 지나서야 벽에 걸린 그림이 위작이라는 사실을 알아냈다. 형사들은 단 사흘 만에 모니크의 서명을 발견해 그녀를 찾아냈다. 하지만 그들은 별로 즐거워하지 않았다. 포그 미술관도, 하버드도 마찬가지였다. 게다가 판사도 그랬다. 뼛속까지 남부인의 피가 흐르는 보스턴 판사라면 뻔하다. 흑인 여학생이 감쪽같이 사기를 쳤다고 판단하겠지. 아니면 모니크의 남자 친구 론이 그랬거나. 론은 경찰에게 잘 협조했다. 그는 모니크가 위작을 미술관에 몰래 들여갔고, 원작으로 무엇을 했는지는 모른다고 말해버렸다. 남자친구 맞아?

정황상 모든 증거가 모니크에게 불리했다. 증거가 차고 넘쳤다. 모니크는 바로 퇴학당했고 징역형을 선고받았다. 그녀는 수치심에 휩싸였다. 유능한 변호사를 선임해준 부모조차 모니크와 연락을 끊었다. 알고 보니 모니크의 부모는 출세주의자였고, 심지어 아빠라는 양반도 마찬가지였다. 아주 대단한 도덕철학자 납셨네.

복역한 지 6개월 만에 모니크는 석방되었다. 떠벌리기 선수인 남자친구 론이 진짜 〈여성복 가게〉를 팔려다 붙잡혔다. FBI 요원을 상대로. "내가 2급 방조 행위와 위조 행위를 강조했습니다." 변호사가 모니크에게 말했다. "그래서 석방될 수 있었어요. 하지만 중죄 기록은 남을 겁니다. 이게 제가 할 수 있는 최선이고요."

놀랍게도 부모님이 그녀를 기다리고 있었다. 그들은 모니크의 손에 '정착 비용'으로 1만 달러짜리 수표를 쥐여주며 더는 연락하지 말라고 했다.

부모님의 옛 같은 개소리가 가슴을 후벼팠지만, 그럼에도 모니크는 고마웠다. 매우 중요한 세 가지 인생 교훈을 배웠기 때문이다. 아무도 믿지 말라, 옛 먹기 전에 먼저 옛 먹여라, 그리고 사랑은 개나 줘버려라. 그녀가 이 세 가지 교훈을 터득했을 때쯤 나와 함께 일하기 시작했다.

뛰어난 선수들이 모두 그렇듯이, 모니크도 그늘진 영역에서 자기만의 길을 찾았다. 부모에게 받은 돈으로 뉴욕으로 이사해 스튜디오를 차렸다. 그런 다음 자신이 가장 잘하는 일, 여전히 전과 기록에 남아 있는 한 가지 일로 사업을 시작했다.

모니크는 매우 영리하게 사업을 벌였다. 몰래 위작을 팔면서 진품 가격을 청구하는 미술관을 수소문했다. 그리고 거래처가 될 만한 미술관의 카탈로그를 대충 훑어본 다음, 훌륭한 위작 두 점을 제작해 미술관에 교묘히 접근했다. 그때부터 모니크의 경력이 시작됐다. 모니크는 심지어 조각과 오브제 아트(소품을 이용한 예술─옮긴이) 분야에도 진출했다. 그쪽 시장을 찜 쪄 먹는 사람은 아무도 없는 것 같았다. 어쨌든 모니크는 그림만큼이나 공예 모방에도 뛰어났다. 수메르의 봉헌 조각상, 두두상을 모방한 작품은 숨이 막힐 지경이었다. 결국 오브제와 그림으로 모니크는 떼돈을 벌고 명성을 쌓았다. 더 좋은 것은 내가 모니크를 찾아냈고, 우리는 서로에게 많은 도움을 주었다는 점이다. 특히 경제적으로. 내가 모니크의 주머니를 두둑하게 만들어줬으니까.

우리는 나날이 가까워졌다. 알고 보니 모니크는 옷에 대한 감각도 눈부셨다. 그래서 '변장 디자인' 작업에 동참했고, 변장용 의상이 변장할 사람에게 어울리는지 꼼꼼히 확인했다. 액세서리? 까놓고 말해 액세서리는 남자가 건드릴 품목이 아니다. 게다가 제대로 알 리도 없다. 하지만 모니크는 알았다. 시계나 넥타이, 가방, 특히 신발 같은 장신구를 분석하는 능력도 뛰어났다. 나는 의상과 액세서리는 모니크에게 전적으로 의지하고 있다. 어쩌면 너무 많이 의지하고 있을지도 모른다. 물론 나는 사람을 잘 믿지 않는다. 믿음이란 게 그렇다. 이런 게임에서는 누군가를 믿더라도, 조만간 배신당하기 십상이다.

그래서 사실 모니크를 완전히 믿지는 않는다. 지독히 가까운 사이긴 해도. 어쨌든, 모니크의 최고 관심사는 나로 하여금 계속 일하게 하는 것이다. 나를 도와야 자신도 부자가 될 수 있으니까. 모니크는 그냥 돈이 좋아서 일거리를 구하기도 했다.

예컨데 지금 이젤 위에서 그려지는 그림이 그런 일거리였다. 모니크가 이런 작업을 해야 하다니 너무 슬펐다. 결국 내가 움직였다. 모니크는 이런 돌발 행동을 좋아하지 않지만, 나는 조심스레 안으로 들어가 살금살금 다가갔다. 모니크에게 닿을락 말락 할 정도로 가까이. 모니크한테서는 계피를 섞은 파촐리오일 향이 났다. 맨살이 훤히 드러난 아름다운 목선이 눈앞에 있었다. 계속 거기 서 있다가는 나도 모르게 물어뜯고 말 것 같았다.

"더 가는 붓을 써야지." 나는 모니크의 귀에 거의 닿을 만큼 다가가 부드럽게 속삭였다. 모니크가 허공으로 폴짝 뛰어올랐다.

"앗, 깜짝이야! 라일리!" 그녀가 나를 찌를 듯이 붓을 치켜들며 등을 돌렸다. "대체 어떻게 들어온 거예요?"

나는 어깨를 으쓱했다. "창문이 열려 있었어."

"당연히 열렸겠죠! 빌어먹을 창문은 왜 열린 거야? 여기, 25층이라고요!"

"올라오는 길이 아주 짜릿했지." 사실이 그랬다. 심각한 도전이 아니라서 긴장이 풀렸다. 마음 가는 대로.

"젠장." 모니크가 말했다. "당신도 염병할 파르케이도 다 엿 먹어."

"파쿠르야." 내가 말했다. 여러 번 알려줬을 텐데 모니크는 또 틀리게 말했다.

"그거나 그거나지." 모니크가 딱딱거렸다. "그짓 좀 이제 그만할 수 없어요? 그나저나 왜 몰래 들어온 거예요?"

"그러게." 나는 어깨를 으쓱하며 슬그머니 미소 지었다. "깜짝 놀라게 해주고 싶어서."

"그러니까 다음에는 다른 사람들처럼 빌어먹을 문을 두드린 다음 놀라게 하라고요, 알았죠? 그리고 이제는 벌거벗은 채로 안 그려요. 누구 덕분에."

"슬프군." 내가 말했다. "일 때문에 몸매가 망가졌나 보네."

"당신이야말로 망가졌으면 좋겠네요." 모니크가 말했다. "이렇게 살다간 당신 때문에 심장마비로 죽을지 누가 알아요?" 그러더니 마음을 가라앉히며 길게 한숨을 내쉬었다. "음, 제기랄. 좋아요, 이번엔 뭐죠? 요새 좀 바쁜데."

나는 모니크의 질문에 눈썹을 치켜세웠다. "바쁘다고? 정말?" 나는 캔버스 쪽으로 고개를 기울였다. "메리 커셋(미국의 인상주의 화가―옮긴이)하고 노느라? 그러니까 내 말은……."

"엿이나 먹어요, 라일리." 모니크가 말했다. "미술은 개똥만큼도 모르면서."

"미안해." 내가 말했다. 사실 나도 개똥만큼은 알았다. 어쩌면 더 많이 알걸. 우선, 엄밀히 따지면 커셋은 이류 화가라 모니크가 시간을 들일 상대로는 어울리지 않았다.

"누가 뭐라든, 난 커셋이 좋아요." 모니크가 여전히 툴툴거렸다. "나처럼 피츠버그 출신이거든요." 그러고는 나를 노려봤다. 위대한 화가만이 피츠버그에서 태어난다고 단언하듯. 나도 바보는 아니라는 말이 혀끝에 맴돌았지만, 나는 입을 다문 채 반박하지 않았다.

"라일리, 커셋은 세상이 평가하는 것보다 훨씬 더 뛰어나요." 모니크가 말했다. "하지만 여자니까 아무도 신경 안 쓰죠. 저 섬세한 기교 좀 봐요. 색깔은 또 어떻고요." 모니크가 모니터를 가리키며 소리쳤다. "완전 드가 뺨치잖아!"

"그럴지도 모르지." 내가 말했다. "하지만 아무도 그렇게 생각하지 않을걸. 커셋은 돈벌이가 안 돼."

"망할, 상관 말아요! 내가 좋아서 하는 거니까!" 모니크가 말했다. "심지어 그림값도 미리 받았다고요. 존경할 만한 인테리어 디자이너한테!"

"존경한다고? 정말?" 나는 이렇게 말하면서도 웃음을 참을 수가 없었다. "아이고, 존경할 만한 인테리어 디자이너?"

"그래요! 무슨 문제 있어요?"

나는 어깨를 으쓱했다. "그런 사람이 있겠어?" 내가 말했다. "당신이 존경할 만한 사람일는지는 몰라도, 가짜를 팔잖아."

"내 위작이 그만 한 값어치를 하니까요." 모니크가 말했다.

"물론 부잣집 놈들이야 그럴 만하지. 당신 말이 맞아. 알다시피 모니크, 당신 작품은 환상적이고 대부분 진품보다 더 좋아." 나는 모니크를 추켜세웠다. 어쩌면 아부가 지나쳤는지도 모르지만, 사실이었다. "단지 당신만큼 실력 있고 열심히 일하는 사람은 돈을 더 많이 벌어야 한다고 생각해."

"돈은 넉넉히 벌어요."

나는 코웃음을 쳤다. "커셋 위작으로? 이봐, 모니크. 커셋으로는 큰돈 못 벌어."

"글쎄요. 망할, 커셋도 대접받아야 한다고요! 아니, 단지 여자라는 이유만으로……!"

"뭐, 그렇겠지." 내가 말했다. 어쨌든 모니크와 함께 있을 때는 말조심을 해야 한다. "어차피 당신도 시장을 바꾸진 못할 거 아냐. 당신은 지금 푼돈에 아까운 재능을 낭비하고 있어."

모니크가 눈알을 굴렸다. "놀랍고 독특한 내 재능을 낭비하지 않을 뭔가가 있다는 말처럼 들리네요? 그러니까 라일리 울프 프로젝트가 항상 우선순위에 있어야 한다?"

나는 잠시 모니크를 바라보았다. 비꼬는 건가? 알쏭달쏭했다. 특히 나에 관한 말은 더욱 그랬다. 하지만 내가 모니크의 뛰어난 재능에 얼마나 감사하고 있는지를 차마 말할 수 없었다. 물론 모니크는 단연 최고였다. 그렇기 때문에 나는 모니크에게 한평생 가장 큰 모험이 될 일거리를 가져온 것이다. 이 일을 성사시키려면 최선을 다해야 했다. 또 다른 이유를 들자면 모니크가 좋으니까. 나는 사람들을 별로 좋아하지 않는다. 탈이 날 게 뻔했다. 만약 단지 내가 좋아한다는 이유로 모니크를 고용했고 그녀가 일을 진짜 못했다면, 나는 진즉에 유치장에 처박혔을 것이다. '친구'란 늘 그런 존재다. 친구 믿다가 신세 망치는 수가 있다고 어떻게 단언하냐고? 인정하고 싶지 않겠지만 사실이다. 친구 사귀어봐야 아무 도움도 안 된다. 일단 친구를 믿어야 하니까. 그러면 절대 성공할 수 없다.

"뭐죠?" 모니크가 말했다. "나처럼 위대한 예술가만이 할 수 있는 일이다?"

나는 웃었다. 모니크, 걸려들었군. "이거." 나는 컴퓨터 책상에 사진을 떨어뜨렸다. "그리고 이거." 두 번째 사진도.

모니크는 사진을 힐끗 보더니 고개를 가로저으며 나를 바라봤다. "로버트 라우션버그와 재스퍼 존스(두 사람 모두 미국 팝아트 미술가다―옮긴이)네요. 각각 일주일이면 끝낼 수 있어요. 그리고 지하철역으로 가면 똑같이 그려줄 남자 네 명도 소개해줄 수 있고요. 더 헐값에."

나는 킬킬 웃었다. 사기꾼처럼 웃었더니 모니크가 몹시 불안한 표정을 지었다. "나는 일곱 명을 댈 수도 있어. 당신 실력에 거의 견줄 만하지." 내가 말했다.

"망할, 라일리……."

"'거의'라고 했잖아." 내가 말했다. "실력이 별로면 나는 거래 안 하는 거 알잖아."

모니크가 나를 돌아보았다. 내가 꽤 진지하다는 사실을 알았는지 야릇한 미소를 지어 보였다. "그건 나도 알죠." 훨씬 부드러워진 모니크의 말투에 내 피가 방울방울 솟구치기 시작했다. "그게 내가 당신을 받아들인 한 가지 이유니까요."

모니크는 가만히 서서 나를 물끄러미 바라보고 있었지만, 나는 콧바람을 불며 신나게 발을 구르고 싶은 심정이었다. "다른 이유는?"

"돈이 좋아서요." 모니크가 말했다. "그리고 당신은 절대 목표물을 놓치지 않으니까."

나는 침을 꿀꺽 삼켰다. 목이 너무 조여서 쓰라릴 정도였다. "또 다른 이유는 없나?"

"그럼요." 모니크의 환한 미소가 조금은 사악해 보였다. "언젠가는 놓치겠지만요. 그런 꼴을 좀 보고 싶기도 하고." 모니크가 말했다.

그녀의 말이 비수처럼 가슴에 꽂혔다. 그러니까, 도대체 뭐야? 내가 파멸하는 꼬락서니를 보고 싶다는 거야? "빌어먹을, 모니크." 내가 말했다. "왜지?"

모니크는 여전히 웃으며 어깨를 으쓱했다. "당연한 거 아네요?" 그러고는 다시 입을 열었다. "누구나 건방진 원숭이가 나무에서 떨어지는 꼴을 보고 싶어 하니까요."

"'건방진 원숭이'라니, 고맙군. 아주 좋아."

"당연하죠." 모니크가 말했다. "당신은 어떻게든 빠져나갈 방법을 찾아내잖아요. 그게 당연한 것처럼 굴고요." 그러고는 잠시 나를 바라보았다. 나는 모니크를 한 대 훅 치고 싶은 건지, 아니면 대뜸 키스하고 싶은 건지 알 수 없었다. 아리송했다. 아마 둘 다였으리라. 그러자 모니크가 어깨를 으쓱거렸다. "어쨌든." 그녀가 다시 입을 열었다. "당신이 계속 이겼으면 해요. 하나만 빼고." 그러더니 페인트 범벅인 손을 번쩍 들어 올리며 말을 이었다. "그 내기요."

순간 나는 웃을 수밖에 없었다. "머지않아 그 내기도 이길 거야." 내가 말했다.

"그럴 리가요." 모니크가 말했다. "당신은 못 이겨요." 그리고 내가 내려놓은 사진 두 장을 손가락으로 휙휙 넘겨 보더니 얼굴을 찡그리며 고개를 갸웃했다. "라일리, 현대미술은 당신 분야가 아니잖아요. 무슨 일이에요?"

잠시 내 마음이 모니크에게서 멀어져 목표물로 향했다. "큰 건이야. 아주 거대하지." 내가 말했다. "맙소사, 모니크. 내가 이 일을 해내면, 빌어먹을. 모든 게 영원히 바뀔 거라고! 이번 일은……."

"재스퍼 존스 위작이 모든 것을 영원히 바꿔놓을 거라고요? 말도 안 돼요, 라일리."

"하지만 사실이야." 내가 말했다. 말하는 동안 밀려든 참을 수 없는 흥분이 모니크에게도 일부 전염되었다. 모니크가 입술을 깨물며 눈을 동그랗게 떴다. "이 그림들은 시작에 불과해. 그저 땅에 씨를 뿌리는 정도랄까. 하지만 나를 대박으로 이끌어줄 거야. 모니크, 이 재미없는 현대미술 두 점이 날 도와줄 거라고. 맙소사, 정말 굉장할 거야!"

"악!" 모니크가 소리를 빽 질렀다. 나는 아래를 내려다보았다. 나도 모르게 모니크의 손목을 꽉 움켜잡고 있었다. 아마 쥐어짜고 있었나 보다. 나는 곧바로 손을 풀었다.

"정말 엄청나다고, 모니크. 진짜 터무니없이 어마어마해."

모니크는 손목을 문지르며 다시 사진으로 시선을 돌리더니 어깨를 으쓱했다. 그녀에게는 간단한 일이니까. "언제까지 필요해요?"

나는 모니크를 꼭 껴안으며 웃었다. "곧. 아마…… 3주 정도?"

"'아마'요?"

나는 고개를 저었다. "사실 일정이 확실치 않아서. 하지만……." 그러다 문득 중요한 게 생각났다. "참! 여기……." 나는 주머니를 뒤적이며 오늘 아침 〈뉴욕타임스〉에서 오린 신문 쪼가리 두 장을 꺼냈다. 신문 머리기사 일부와 오늘 날짜를 자른 기다란 종이였다. 나는 종잇조각을 들어 올렸다. "아주 중요한 거야." 그리고 모니크에게 건네주며 말했다.

"라일리, 대체 이게 뭐예요……?" 모니크는 신문을 힐끗 보고는 다시 내게 시선을 돌려 혹시나 장난이 아닌지 확인했다. 물론 나는 진지했다. "좋아요, 내가 졌어요. 이걸로 뭘 해야 하죠?"

"이게 압권이야." 내가 말했다. "우선 각 캔버스에 이 종이를 하나씩 풀로 붙여. 왼쪽 아래 모서리에. 캔버스를 마주 볼 때 당신 왼쪽 모서리. 아주 중요하니까 꼭 기억해. 그런 다음…… 여길 덧발라서 숨겨. 하지만 너무 잘 칠할 필요는 없어. 안 보이면 돼. 하지만 찾고 싶을 때 짠! 저기 있네! 할 정도로."

모니크는 고개를 저었다. "제기랄, 라일리. 그림이 가짜라는 걸 사람들이 알아주길 바라는 거예요?"

나는 이가 훤히 보이도록 활짝 웃으며 고개를 끄덕였다. "귀염둥이, 그게 요점이야."

모니크가 계속 쳐다봤지만 나는 아무 말도 하지 않았다. 그녀는 내가 계획을 털어놓을 리 없다는 사실을 알 만큼 나를 잘 알고 있었다.

이윽고 그녀가 한숨을 쉬더니 고개를 저었다. "좋아, 알겠어요. 별거 아니네요. 완벽한 가짜 두 개를 만들어서 사람들이 가짜임을 알게 하라는 거잖아요? 하지만 나한테 왜 이러는지 언젠가는 말해줄 거죠?"

나는 그저 미소만 지었다. "그럴지도 모르지." 그리고 손깍지를 끼면서 다시 진지한 표정을 지었다. "그러니까!" 내가 말했다. "할 수 있지?"

"흠." 모니크가 말했다. 내가 조금도 귀띔해주지 않아서 살짝 화가 난 듯했다. "3주라고 했죠?"

"혹시 모르니까." 내가 말했다. "아까 말했지만, 확실치 않아서 그래. 이런 일이 어떻게 돌아가는지 알잖아."

"아뇨, 잘 몰라요. 라일리, 이번에는 '이런 일'이란 게 뭔지 전혀 모르겠어요."

나는 어깨를 으쓱거리기만 했다. 내가 털어놓지 않을 거란 사실을 우리 둘 다 알고 있었다. "할 수 있지?"

모니크가 나를 조금 더 바라봤다. 그러고는 사진을 집어 들었다. "글쎄요." 그러다 생각에 잠긴 듯 말을 이었다. "메리 커셋이라면 끝내는 데 이틀 정도, 그리고 이 두 사람은 각각 일주일씩…… 아마 별일 없다면요."

"별일이라니?" 내가 물었다. "이 세상에서 가장 위대한 두 사람이 사업을 벌이는데, 도대체 뭔 별일이 있다는 거야, 모니크?"

"모르죠." 모니크가 말했다. "지구온난화가 물감값을 끌어 올릴지도 모르잖아요." 나를 한 번 더 떠보려는 듯이 말했다. "하지만 빌어먹을. 라일리, 이건 그냥 매일 하는 일인데 이걸로 온 세상을 뒤흔들겠다고요? 정말?"

나는 웃었다. 그리고 다시 흥분에 휩싸였다. "그럼, 이 그림들이 문을 열어준다고만 해둘게."

모니크는 지쳤다는 듯이 고개를 절레절레 흔들었다. 꼬치꼬치 캐물어도 더는 소용없음을 알고 있었으니까. "좋아요, 좋아. 우리가 그 빌어먹을 문을 열어보죠." 그리고 다시 입을 열었다. "3주예요. 수당은 평소대로. 그다음에는요? 문이 진짜로 열리면?"

내 몸에 전율이 흘렀다. 말 그대로 정말 그렇게 느끼고 있었다. 모니크도 나와 함께 느꼈으면 했다. 내가 반 발짝 가까이 다가갔지만, 모니크는 물러서지 않았다. 모니크와 눈을 맞춘 나는 목소리를 낮추어 속삭임보다 살짝 강렬하게 소곤거렸다. "그때는 모니크," 모니크의 목덜미와 팔에 난 털이 내 입김에 부드럽게 흩날렸다. "당신 덕에 나는 놀랍고 눈부신 존재가 되겠지. 그다음에는 이 세상 어디서도 보지 못한 환상적인 연기로 변해 싹 사라질 거야."

모니크가 가볍게 몸을 떨었다. 그녀는 내 눈을 계속 주시하다 잠깐 몸을 숙이며 앞으로 다가왔다. 하지만 내가 안으려고 다가가자, 갑자기 정신이 번쩍 들었는지 몸을 흔들며 뒤로 물러섰다. 그녀는 숨을 한 번 깊이 들이쉬더니, 동물적인 본능과 뻔한 통속극에 말려들지 않겠다는 표정을 지으면서 말했다. "그나저나 이 일들 다 끝내면 무슨 이득이 있죠?"

내 얼굴에 다시 음흉한 미소가 번졌다. "여덟 자리." 그리고 모니크에게 말했다.

"괜찮군요." 모니크가 말했다.

"그건 단지 당신 몫에 불과해, 모니크." 내가 말했다.

모니크는 숨 쉬는 것도 잊은 듯이 멍하니 나를 바라봤다. 내 말이 농담인지 아닌지 확인하듯 빤히 쳐다봤다. 물론 농담이 아니었다. 모니크도 눈치챘으리라. "맙소사, 라일리." 모니크가 한참을 망설이다 입을 열었다. "어떻게……."

나는 손을 들었다. "아직은 다 가정일 뿐이야." 내가 말했다. "지금 당장은."

"제길, 맙소사." 모니크가 다시 말했다. 지금은 더 캐물어도 소용없음을 알고 있었다. 이제는 잠시 생각에 잠겨 머리를 굴리는 것 같았다. 뭔가를 골똘히 생각하며 입술을 씹기 시작했다. 이런 모습을 볼 때마다 네가 엄청 매력적이라고 말해주고 싶었다. 하지만 잠자코 있었다. 모니크가 혼자 생각해내도록 내버려뒀다. 여덟 자리라면…… 1000만 달러인가? 아니면 2000만 달러? '내 몫'이라니 무슨 말일까……?

"제길, 빌어먹을." 마침내 모니크가 버럭 화를 냈다. "대체 몇 억 달러 가치가 있는 게 뭐죠?"

나는 그냥 고개를 저었다.

"달러로 여덟 자리죠?" 그녀가 한쪽 눈썹을 치켜세우며 물었다.

"달러 맞아." 나는 기쁘게 대답했다. "그것도 현금으로. 아무도 추적할 수 없는 돈이지. 그렇게 많은 달러는 아마 처음 보게 될걸."

모니크의 숨이 살짝 가빠졌다.

"자, 그러면……." 내가 말했다. "이 일, 함께할 거지?"

"당연하죠." 모니크가 동물적 본능을 자극하는 허스키한 목소리로 말했다.

모니크의 반응은 여덟 자리 수만큼이나 감동적이었다. 그래서 나는 모니크에게, 모니크는 나에게 몸을 바짝 기댔다. 그렇게 많은 돈이라면 누구나 그럴 수 있다. 여전히 우리는 가까웠다. 모니크의 호흡이 조금 거칠어졌다. 내 입김이 그녀의 얼굴을 스치고 지나갔다. 그 순간 나는 확신했다.

하지만 이런, 젠장! 막판에 모니크가 한쪽으로 고개를 쓱 돌리는 바람에 내 입술은 그녀의 뺨에 닿고 말았다. 나는 모니크의 뺨에 한참 동안 입술을 대고 있었다. 결국 나는 한숨을 쉬며 뒤로 물러서야 했다. "그럼 좋아." 내가 말했다. 모니크를 한 번 더 뚫어지게 바라본 후에 몸을 돌려 창문 쪽으로 걸어갔다. "3주 후에 올게." 내가 말했다.

"라일리, 빌어먹을 문으로 나가라고요!" 모니크가 외쳤지만, 너무 늦었다. 나는 이미 창밖으로 나와 밤하늘을 질주하고 있었다. 내가 더 멀어지기 전에, 모니크가 혼잣말로 중얼거렸다. "여덟 자리라니! 맙소사, 라일리!"

6장

밤공기가 시원했다. 하지만 방금 모니크와 나눈 아찔한 열기를 식히기엔 턱없이 부족했다. 찬물로 샤워를 해야 했다. 모니크만의 특별한 매력에 사로잡히면 나는 돌연 다른 사람이 된다. 하지만 라일리의 첫째 법칙: 일이 먼저다.

나중을 위해 그런 생각들은 아껴두자. 이번에는 옥상까지 쉽게 올라갔다. 옥상 가장자리, 멋있게 치솟은 난간에 서서 밤바람을 만끽했다. 온몸에 짜릿한 전율이 흘렀다. 천하무적이 된 기분이랄까. 모니크를 만났기 때문만은 아니다. 물론 나름 기분이 들뜨긴 했지만 말이다. 어쩌면 이번에는 더욱더 기대에 부풀었는지도 모른다. 모니크를 만나고 나니, 내 평생 가장 위험한 프로젝트에 따르는 작은 보상을 받은 기분이었다. 묘하게 모니크를 끌어들인 것만으로도 일이 잘되리라는 확신이 들었다. 젠장, 그게 잘 먹혀들어야 한다. 그래야 역사상 가장 위대한 업적을 남길 수 있다.

잠시 그 자리에 서 있었다. 찬란하게 빛나는 도시의 불빛을 바라보며 벅차오르는 순수한 기쁨을 느꼈다. 이만 한 곳이 또 있을까. 뉴욕은 세계에서 가장 위대한 도시다. 여기는 공기가 다르다. 숨을 쉬기만 해도 훌륭한 일을 할 수 있다는 용기가 샘솟는다. 그리고 젠장, 나는 멋지게 해낼 것이다.

나는 뉴욕의 밤공기를 한 번 더 깊이 들이마셨다. 그러고 나서 벅찬 환희와 전율에 사로잡혀 옥상 저편 가장자리로 달려가 허공에 몸을 날렸다. 순간 내 몸이 밤하늘을 잽싸게 가로지르며 날아올랐다. 인접해 있던 옥상이 내게 다가왔다. 나는 몸을 숙여 뱅그르르 굴렀다. 그러고는 반동으로 몸을 일으킨 다음, 이 옥상 끝에서 다음 옥상을 향해 두 발을 힘차게 굴렀다.

그렇게 10분 동안 옥상을 가로질렀다. 몇 번이고 벽을 타고 올라가 밤공기를 휘저었다. 좁은 옥상 턱을 따라 전속력으로 달렸고, 건물 측면을 따라 내려가다가 다시 밤하늘로 뛰어들었다. 마치 내가 스파이더맨이 된 것같이 느껴졌다. 나는 파쿠르를 정말 잘한다. 진짜 스파이더맨처럼 도시를 가로지르지만 거미줄을 사용하지는 않는다. 파쿠르는 프랑스인들이 고안해낸 것이다. 프랑스에는 나름 멋있으면서도 참 별난 것들이 많다. 프랑스에서 파쿠르를 하는 사람들을 봤을 때, 당장 배워야 한다고 생각했다. 내 일에 딱이었다. 아무리 좋아 보여도 재미없으면 하기 싫은 법인데, 파쿠르를 하면 세상의 밤과 그 밤에 속한 모든 것이 내 소유 같았다. 게다가 몸매 유지에도 그만이다. 일할 때는 최상의 몸 상태를 꼭 유지해야 하니까.

그래서 나는 더욱더 맹렬히 뛰어다녔고 밤을 하얗게 불태웠다. 마침내 거리로 내려와 어두운 골목길에 접어들자, 한바탕 파쿠르에 몰입해 기고만장하던 기운이 차츰 가라앉았다. 나는 여전히 모니크 생각에 빠져 지하철 쪽으로 걸어갔다. 전문가는 아니지만, 아까 맡긴 두 그림에 대해서는 걱정하지 않았다. 모니크가 거의 완벽하게 해낼 거니까. 항상 그랬으니까. 사실 나는 2년 전 그날 밤을 생각하고 있었다. 머릿속에서 절대 지울 수 없는 기억이다.

당시 나는 아주 큰 건을 성사시켰다. 물론 이번 일 정도는 아니지만 상당히 큰 건이었는데, 모니크의 도움으로 완벽하게 끝냈다. 우리는 축하주를 마시다 거나하게 취했고, 어쩌다 보니 함께 침대에 눕게 되었다.

섹스는 그야말로 진리다. 재미있고, 긴장도 풀리고, 좋은 운동이다. 하지만 그날 밤은 뭔가 달랐다. 우리는 남들처럼 서로를 탐닉했지만, 왠지 색다른 느낌이 들었다. 모니크도 그렇게 느끼고 있었다……. 나는 안다. 그래서 이렇게 지내다가 꾸준히 섹스를 즐기는 사이가 되는 멋진 생각에 자연스레 빠져들었다.

모니크는 동의하지 않았다. 실수였다고, 해선 안 될 일이었다며 정색했다. 또, 다시는 그런 일 없을 거라 못을 박았다. 나는 그게 얼마나 멍청한 생각인지 깨우쳐주고 싶었다. 어쨌든 우리 둘 다 좋아했잖아. 다른 사람들 이상으로. 그렇지? 나도 정말 설득력이 있었다. 최선은 모니크가 내기를 걸지 않도록 하는 것이다.

그런 생각이 들자 절로 웃음이 나왔다. "항상 방법은 있지." 내가 말했다. 내기가 뭐냐면 내가 모니크의 침대로 다시 들어가는 것이었다.

나는 기차역에서 몇 블록 떨어진 잡화점으로 향했다. 면도기를 사야 했다. 잡화점 문을 열자 몹시 화를 내며 고함치는 소리가 들렸다. 두 사람의 목소리였다. 히스패닉 억양이 섞인 목소리는 거칠게 씩씩거렸고, 훨씬 어린 또 다른 목소리는 카랑카랑했다.

계산대 옆에서 콧수염이 덥수룩한 배불뚝이 남자가 어린 소년의 머리채를 붙잡고 호통을 치고 있었다. 열 살쯤 돼 보이는 아이는 뼈만 앙상했지만, 머리카락이 빠질세라 한사코 도망치려 애쓰면서도 바락바락 대들었다. 두 사람 발밑에는 감자칩 한 봉지와 리틀데비 케이크 두 조각, 게토레이 한 병, 슬림짐스 육포 한 움큼이 흩어져 있었다.

무슨 일인지 나는 금세 알아차렸다. 아이는 물건을 슬쩍하려다 붙잡혔다. 노발대발하는 주인을 보니 이번이 처음은 아닌 듯했지만 망할, 마지막이 될 게 뻔했다.

이유는 알 수 없었지만, 돌연 내 안에 어둠의 기운이 서서히 스며들었다. 누군가 내 앞을 가로막거나 위협할 때면 늘 이런 충동이 일었다. 마치 라일리의 영혼은 점점 희미해지고, 먹구름에 휩싸인 존재가 나타나 번거로운 일을 대신 처리하는 듯했다. 어두운 존재가 내 영혼을 잠식하더라도 어쩔 도리가 없었다. 어떤 뚱뚱한 남자가 어린아이를 윽박지르고 있어서? 내가 상관할 바도 아닌데 대체 왜?

나는 문 앞에 딱 붙어 선 채로 두 사람의 모습을 뚫어지게 바라봤다. 주인은 소리를 질러댔고, 아이는 안간힘을 쓰며 바둥거렸다. 나와는 아무 상관도 없는 일이었다. 두 사람이 서로 죽인대도 상관없었다. 면도기는 다른 데서 사면 되니까.

한데 눈앞에 펼쳐진 상황이 왠지 낯익었다. 마치 내가 기억해야 하는 어떤 일인 것처럼. 잠시 당황하다 깨달았다. 몇 년 전의 나야. 어리석은 실수를 저지르며 삶을 혹독하게 배우던 시절, 아픈 기억들이 되살아났다. 그래, 나도 도둑질하다 들켰었지. 그것도 여러 번이나. 하지만 같은 실수를 반복해선 안 된다.

내면의 사악한 어둠을 밀어낸 나는 옛일을 떠올리며 두 사람의 실랑이를 잠시 더 지켜봤다. 물론 이 귀찮은 소동을 벗어나 다른 잡화점을 찾으면 된다. 하지만 아이는 아프다며 또 소리를 질렀고, 주인은 경찰 운운하며 으름장을 놓았다. 내 안에서 뭔가가 치밀어 올랐다. 나는 스스로 무슨 짓을 하는지 깨닫기도 전에 어느새 아이 앞에 서서 주인의 팔에 손을 얹었다.

주인이 나를 보며 화를 냈다. "이봐, 이 아이는 그냥 배가 고플 뿐이야." 내가 말했다. "우리 모두 배고팠던 적이 있잖아?"

"무려 25달러어치로 배가 고팠다고." 잔뜩 열받은 주인이 말했다. "게다가 저 자식은 전에도 여기 왔었어. 몇 번이나 훔쳤는지 어떻게 알아?"

나는 주머니에 손을 넣어 둥글게 말아놓은 돈뭉치를 꺼냈다. 그리고 50달러 지폐를 계산대에 올려놓으며 눈썹을 치켜세웠다. 주인이 얼굴을 찌푸렸다. "내가 말했을 텐데. 저 자식은 전에도 여기 왔다고!" 그러고는 보란 듯이 투덜거렸다. "보나 마나 또 올 거야."

"아니, 안 올 거야." 내가 말했다. 나는 50달러 지폐 위에 50달러 한 장을 더 얹어놓았다. "내가 보증하지."

주인은 돈을 바라보며 입술을 핥았다. "경찰을 불러야겠군." 하지만 말을 끝내기가 무섭게 화난 얼굴을 누그러뜨렸다.

내가 내민 50달러 지폐 두 장이 뚱보에게는 제법 잘 통했다. 나는 절로 미소가 나왔다. "아니, 경찰 부를 필요 없어." 그래서 50달러 한 장을 더 얹었다. 그런 다음 이게 끝이라는 사실을 확실히 하려고 돈뭉치를 다시 주머니에 넣었다. "애들은 배고프면 안 돼."

이제 주인의 시선은 돈에 꽂혔다. "쟤, 여기 또 오면 또 잡으면 그만이야." 주인이 말했다.

"다시 오지 않을 거야." 내가 힘주어 말했다. "이제 됐지?"

주인은 아이를 쏘아본 뒤 돈을 보았다. 그러고는 지폐 세 장을 주머니에 쓱 집어넣었다. "저 자식 좀 여기서 치우지." 주인이 말했다.

돈. 모든 문제를 해결할 수 있는 최상의 처방.

나는 아이의 팔을 꽉 잡고 문 쪽으로 데려갔다. 아이는 내 손아귀를 벗어나려고 몸부림쳤다. 보기보다 힘이 셌다. 악에 받쳐서일지도 모르지만. 아이가 돌연 몸을 비틀며 팔을 휙 잡아당기는 바람에 균형을 잃은 나는 가게 선반 두 개에 부딪혔다. 하지만 결국, 아이를 끌고 잡화점을 나와 인도로 갔다. 아이의 팔을 틀어쥔 채로 모퉁이까지 끌고 내려가 오른쪽으로 돌았다. 그리 붐비지 않는 골목길에 이르고 나서야 걸음을 멈추었다. 아이를 벽으로 밀어붙인 다음 얼굴을 똑바로 바라봤다. 제대로 먹지 못했는지 비쩍 말랐고, 처음 생각했던 것보다 몇 살은 더 많아 보였다. 열두 살쯤? 어쩌면 중미 출신이겠군. 엘살바도르 같은 나라. "이름이 뭐니, 꼬마야?"

"몬시." 아이가 부루퉁하게 대답했다.

"엄마는 어디 계시는데?"

몬시는 어깨를 으쓱했다. "어떤 놈이랑 떡 치고 나서 또 약 맞고 있겠죠."

"아빠는?"

"알게 뭐예요." 몬시가 말했다.

나는 그저 고개만 끄덕였다. 예상과 다를 바 없었다. 내가 자라며 그랬듯이 도둑질하지 않으면 배가 고플 테니까. 엄마가 절대 몸을 팔지 않았다 해도 아이의 눈에는 그렇게 보였을 것이다. 나는 몬시를 응시했다. 아이는 처음으로 내 눈을 마주 봤다. "이봐요, 아저씨. 아저씨가 얼마나 많은 돈을 꺼내든 관심 없어요. 그런 짓은 안 할 거니까."

그래, 나도 마찬가지야. 너만 할 때 나도 그랬거든. 길거리 인생은 고통스러운 교훈을 준다. 어떤 일들은 절대 변하지 않는다. 나는 고개를 저으며 웃음 지었다. "난 어린 남자애나 밝히는 동성애자가 아니야, 꼬마야." 몬시에게 말했다.

"그러시겠죠. 150달러나 썼으니까."

"돈이면 다 되거든." 내가 말했다.

아이가 쓰게 웃으며 비웃었다. "어련하시겠어요." 아이가 말했다. 하지만 내가 재킷 아래로 손을 뻗어 감자칩 한 봉지와 슬림짐 육포 한 움큼을 꺼내자 몬시의 눈이 휘둥그레졌다. "와우! 대체 어떻게……" 깜짝 놀란 몬시가 문득 알겠다는 표정으로 말했다. "선반에 부딪혔을 때?"

"잘 보고 배워." 내가 말했다. "그리고 다시는 저 가게 가지 마."

"저도 바보는 아니에요." 몬시가 말했다.

"그러면 아까처럼 도둑질도 하지 말고." 내가 말했다. 품에 손을 넣은 나는 남은 하나, 리틀데비 케이크를 몬시에게 던져주었다. 몬시가 그걸 잡자, 나는 몸을 돌려 길을 나섰다. "또 보자, 몬시."

돌아서서 가는 동안, 나를 바라보는 몬시의 시선을 느꼈다. 하지만 신경 쓰지 않았다. 물론 150달러도 전혀 아깝지 않았다. 단지 돈일 뿐이다. 게다가 좋은 일을 하고 나니 기분도 좋았다. 그리고 어쨌든, 돈 한 푼 내지 않고 면도기까지 슬쩍 챙겼다. 라일리의 제2법칙: 공짜는 늘 옳다.

7장

특수요원 프랭크 델가도는 독특한 사람이었다. 외모 때문은 아니었다. 오히려 외모는 전혀 눈에 띄지 않았다. 키 178센티미터에 체격은 다부지고, 머리카락은 까맸다. 미국 어느 도시의 거리에서든 무심코 마주쳐도 두 번 다시 쳐다보지 않을 만큼 평범했다. 델가도의 특이 사항은 눈에 잘 띄지 않는다는 것이었다.

델가도는 유난히 과묵했다. 혼자 꼴똘히 생각에 잠기기도 하고, 어떤 상황에서도 거의 동요하지 않는 무뚝뚝한 표정을 유지했다.

게다가 FBI 요원 같지 않은 어색한 구석도 있었다. 머리는 조금 지나치게 길었고, 양복은 대충 다려 입은 듯했다. 함께 일하는 동료 요원들과의 의사소통도 원활하지 않았다. 상사를 무조건 존경하지도 않았다. 만약 존 에드거 후버(48년 동안이나 FBI 국장을 지낸 정보 권력의 대명사 ―옮긴이)가 여전히 국장직에 있었다면, 장담컨대 델가도는 2주도 버티지 못했을 것이다.

하지만 프랭크 델가도는 능력이 출중했다. 그래서 아무도 왈가

왈부하지 않았다. 델가도가 나섰다면, 범인은 이미 체포된 거나 다름없었다. 연방정부에서 근무한 17년 동안, 델가도는 기록적인 체포 건수로 동료들의 부러움을 샀다.

물론 단 하나, 눈에 띄는 예외가 있었다. 세 번이나 용의자를 쫓는 데 실패했다. 세 번의 실패, 같은 범인, 그리고 같은 결과. 델가도는 예의 범인을 또 놓쳤다. 바로 몇 달 전 시카고에서 겨우 몇 시간 차이로 놓친 것이다. 하지만 델가도는 아직도 포기하지 않았다.

세 차례나 실패하긴 했지만 델가도의 체포 기록들은 놀랄 만큼 훌륭했고, 나름 진지한 존경을 받았다. 그래서 델가도가 난데없는 돌출 행동을 해도 어느 정도 묵인하는 분위기였다.

그래서 델가도는 노크도 없이 상사의 사무실로 들어갈 수 있었다. 물론 지극히 정상적인 일이었다. 델가도에게는 모두가 우러러보는 명성이 있었고, 그와 더불어 싹수없는 행동도 눈감아주는 상사가 있었다. 실은 지금의 상사 자리를 제안받은 적도 있었지만 거절했다. 사무실에 앉아 서류만 보는 일이 싫었다. 현재 감독관 자리에 있는 특수요원 J.B. 매클린도 그걸 알고 있었다. FBI 차장이 적임자라 여겨 맨 먼저 지명한 사람이 바로 델가도라는 것을. 하지만 이제는 그런 사실이 불편하지 않았다. 최소한, 그렇게 많이 불편하지는 않았다.

하지만 무작정 들어온 델가도가 아무 말도 없이 책상 건너편 의자에 앉자, 매클린은 약간 짜증이 났다. 그래서 한창 훑고 있던 보고서를 다 읽고, 서명을 끝내고, 서류보관함에 밀어 넣은 뒤에야 편하게 앉아 델가도를 응시했다. 델가도는 여전히 아무 말도 하지 않았다. 그냥 가만히 앉아 생각에 잠겨 있었다. "프랭크, 무슨 일이야?" 마침내 매클린이 입을 열었다.

"라일리 울프." 델가도가 말했다.

"맙소사." 매클린은 절로 탄식이 나왔다. 델가도가 또 라일리 울프를 잡으러 가겠다고 나선 것이다. 매클린이 보기에 신출귀몰한 도둑놈, 울프에 대한 델가도의 집착은 위험수위에 다다랐다. 특히 시카고에서 아슬아슬하게 녀석을 놓친 후로 더욱 심해졌다. 델가도는 아무 말도 하지 않았고, 실망하는 기색도 보이지 않았다. 하지만 매클린은 확신했다. 그 일로 델가도가 무척 괴로웠다는 것을. 그래서 감독관 자리도 고사했을 것이다. 뻔하다. 울프를 잡을 때까지 현장에 남아 있기를 원했으니까.

델가도는 아무 내색도 하지 않았지만, 고개를 저었다. "꼭 가야 해."

"대체 왜, 프랭크?" 매클린이 말했다. "아니, 그보다 왜 지금이지?"

"그놈이 지금 어디 있는지 아니까." 델가도가 대답했다.

매클린은 눈을 깜박거리며 물었다. "어딘데?"

"뉴욕." 델가도가 무표정한 얼굴로 말했다.

매클린은 잠시 기다렸다. 하지만 델가도는 더 이상 말이 없었다. "좀 더 구체적인 단서가 있어?"

"아니." 델가도는 고개를 짧게 한 번 흔들며 대답했다.

매클린은 델가도를 빤히 쳐다봤다. "그게 다야? 뉴욕에 있다는 거? 자네 말마따나 거기 있겠지. 900만 명의 시민들과 함께."

"그렇겠지."

"제길, 프랭크. 진심이야? 그 자식이 어떻게 생겼는지도 모르잖아. 그런데 찾겠다고? 그것도 뉴욕에서?"

"응."

매클린은 델가도가 독불장군식으로 일한다는 것을 익히 알았다.

델가도는 말수가 적고 속내를 잘 드러내지도 않았다. 그런 기질이야 어느 정도 용인할 수 있다. 하지만 델가도가 실마리도 없이 막막한 사건을 홀로 추적하고 싶어 한다면, 매클린은 상사로서 세부사항을 따져보아야 한다.

물론 델가도는 아무것도 내놓지 않았다. "제보는?" 마침내 매클린이 입을 열었다. "타임스스퀘어에서 본 사람이 있대? 아니면 항구로 향하는 그레이하운드에서 봤다거나? 그놈이 페이스북에 글이라도 올렸나? 뭐 그런 게 있는 거야?"

"아니." 델가도가 말했다.

매클린은 또 기다렸다. 하지만 역시 아무 대답도 없었다. "좋아, 그럼 말해봐. 그놈이 뉴욕에 있는지 어떻게 알았어?"

"거기 있어야 하니까." 델가도가 대답했다.

"그거 잘됐네. '거기 있어야 한다'라······. 그래서 자네가 놈을 찾을 수 있다는 거로군. 뉴욕에 있는 900만 명 중에서 딱 한 놈 골라 잡으시겠지? 자네가 반은 바셋하운드(다리가 짧은 사냥개 견종―옮긴이)고, 반은 셜록 홈스라서?" 매클린이 살짝 빈정거리는 투로 덧붙였다.

델가도는 매클린의 조롱을 무시했다. "찾을 수 있어." 그러고는 말을 이었다. "그놈이 뭘 노리는지 아니까."

"그놈이 뭘 노리는지 안다고?" 매클린은 믿을 수 없다는 듯이 되물었다.

"응."

매클린이 한숨을 쉬었다. "좋아, 그게 뭔데?"

"이란 황실 보물." 델가도가 말했다. "에버하르트 박물관으로 올 거야."

"이런 빌어먹을!" 매클린은 자기도 모르게 충격을 받았는지 불쑥 욕을 내뱉었다. 다른 나라 국보가 미국에 있는 동안 불미스러운 일이 생긴다면, 재앙이나 다름없는 대형 국제 분쟁이 일어날 것이다. 라일리 울프가 보물을 쫓고 있다면, 당연히 그를 막기 위해 누군가를 보내야 한다. "그런데 대체 어떻게 안 거야?"

"라일리 울프를 아니까." 델가도가 대답했다.

매클린은 델가도가 몇 마디 더 건네리라고 기대했다. 하지만 평소처럼 단답형 대답뿐이었다. 그는 델가도의 말을 믿을 수 없다는 듯이 두 팔을 벌렸다. "그뿐이야? 자네가 울프를 아는데, 놈이 보물을 노릴 거라고?"

"맞아." 델가도가 말했다.

매클린은 델가도를 물끄러미 바라봤다. 그러고는 다시 한숨을 내쉬었다. 그러다 의자에 등을 기대며 두 손을 머리 뒤에 얹었다. "프랭크." 매클린이 입을 뗐다. "자네가 아무리 옳다고 해도…… 증거가 없으면 믿을 수 없어. 혹여 자네 말이 맞다고 해도…… 왜 이번에는 놈을 잡을 수 있다고 확신하지?"

델가도가 한숨을 쉬었다. 매클린이 본 델가도의 모습 중 가장 인간적이었다. "예전에는 그놈을 잘 몰랐거든."

"방금은 잘 안다고 말했잖아."

델가도가 다시 고개를 저었다. "전에는 턱없이 부족했지." 그러고는 말을 이었다. "아니면 잡았을 텐데 말이야."

"그래서 뭐, 어쨌든 그놈을 더 잘 알아볼 계획이다?"

"응."

"하지만 자네는 이미 잘 알고 있잖아. 그놈이 황실 보물을 노린다는 사실을 알 만큼." 매클린이 펜으로 책상을 다소 빠르게 두드리며 말했다.

델가도가 고개를 끄덕였다. "그건 쉬워." 그러고는 말했다. "그놈이 어떻게 할지는 알아. 하지만 그놈을 잡으려면, 범행 이유를 알아야 해."

"몇 십억 달러 말고도 다른 이유가 있다?" 매클린이 건성으로 물었다. 델가도는 다시 고개를 끄덕였다. "그놈에게 무슨 일이 있는 거야. 뭔가가 그놈 마음을 이쪽으로 돌렸으니까. 그게 뭔지 알면, 약점을 찾을 수 있어."

매클린은 책상 위로 몸을 기울여 콧날을 문질렀다. 생각할 시간이 필요했다. 라일리 울프 때문에 델가도가 살짝 미친 게 분명했다. 사실, 이제는 거의 미친 소리처럼 들렸다. 하지만 감독관으로서 어느 정도 요령이 필요했다. 델가도처럼 능력과 경험을 갖춘 특수요원을 다루려면 잘 타협해야 했다. "프랭크." 그는 생각에 잠겨 있었던 것처럼 침착하게 입을 열었다. "자네, 울프에 대한 프로파일러 보고서는 읽어봤겠지?"

델가도가 어깨를 으쓱했다. "대부분 틀렸어."

매클린은 입을 닫고 숨을 깊이 들이마셨다. 해서는 안 될 말이 튀어나올 뻔했지만, 꾹 참았다. "좋아, 좋다고. 세상에서 가장 뛰어난 프로파일러들은 틀렸고 자네 말이 맞다는 거잖아. 하지만 프랭크……. 황실 보물이라고? 에버하르트 박물관 보안이 얼마나 철통같은지 알아?"

"잘 알지." 델가도가 말했다.

"에버하르트 박물관은 국방부 연구소의 보안 기술을 들여와 적용하고 있어. 게다가 블랙해트를 고용해서 24시간 내내 경호하고 있다고. 그자들은 실력도 뛰어난 데다 인정사정없어."

"알고 있어." 델가도가 말했다.

"무엇보다 이란 정부도 나섰잖아." 매클린이 델가도에게 삿대질을 하며 말했다. "혁명수비대 정규 소대가 왔다고. 그 새끼들 옆에 있으면 블랙해트는 온순한 새끼 고양이일 뿐이야."

"맞아."

"에버하르트 박물관은 세상에 알려진 전자적, 인적 수단을 총동원해 보안에 만전을 기하고 있어. 어찌 보면 역설계한 외계 기술이라고 할 정도로 말이야." 매클린이 말했다. "그런데 라일리 울프가 죄다 뚫고 들어갈 수 있을 것 같아?"

"그럴 거야." 델가도가 말했다.

"빌어먹을, 프랭크." 매클린이 의자를 앞뒤로 흔들며 딱딱거렸다. "불가능해!"

델가도는 단지 고개만 끄덕였다. 이번에는 두 번. "그래서 훔치려는 거야."

매클린은 자제력이 스르르 사라지는 느낌이 들었다. 하지만 델가도는 전혀 동요하지 않았다. 무표정한 얼굴, 자신만만한 태도. 델가도가 앉은 모습을 보면 테레사 수녀조차 냉정을 잃을 게 틀림없었다. 하지만 매클린은 깊은 한숨을 쉰 뒤 몸을 뒤로 젖혔다. "정말 희박한 가정이지만 자네가 옳다 치고…… 라일리 울프가 무적함대 수준의 삼엄한 전자 보안을 뚫고, 방아쇠 당기는 재미로 사는 전문 킬러를 잽싸게 제치고, 어떻게든 보물을 훔쳐서 다시 나간다고 해. 그놈을 정확히 어떻게 막을 거지?"

"몰라." 델가도가 대답했다.

"제길, 퍽이나 완벽하군." 매클린이 목청을 높이며 퉁명스럽게 말했다.

매클린이 몇 마디 더 쏘아붙이려는 순간, 델가도가 서류철을 열어 상사에게 밀어주었다. "이것 좀 봐." 그가 말했다. "첫 번째 체포, 열여섯 살."

"좋아, 그래서 뭐?"

"이것 말고는 기록이 전혀 없어." 델가도가 말했다. 매클린이 얼굴을 찌푸리자, 터져 나오려는 감정을 꾹 참으며 덧붙였다. "라일리 울프도 본명이 아니고."

여전히 얼굴을 찌그러뜨린 매클린이 서류철을 뒤로 밀쳤다. 그러고는 몸을 뒤로 젖히며 팔짱을 꼈다. "그게 왜 중요해?"

델가도가 눈썹을 씰룩거렸다. 짜증을 내지 않으려고 애써 참는 모양이었다. "이것만 봐도 놈의 성향을 알 수 있어." 그가 말했다. "어째서 본명을 안 쓰고 굳이 '라일리 울프'로 행세할까? 두 개의 이름이 놈에게 대체 어떤 의미가 있을까?" 그러고는 얼굴을 찡그리며 양팔을 벌렸다. 이번에는 한껏 감정을 드러냈다. "본명을 알면 놈의 내막도 알 수 있어." 그리고 짤막하게 덧붙였다. "내막을 알면 왜 라일리 울프가 되어야 했는지, 어째서 불가능한 목표에 매달리는지 알 수 있겠지."

매클린이 고개를 절레절레 흔들었다. 델가도가 처음으로 제법 상세히 설명했다. 하지만 성에 차지 않았다. "그래서 뭘 하고 싶다는 거야? 울프의 진짜 이름을 알아내겠다고? 그러면 놈이 보물을 훔치기 전에 잡을 수 있다는 거야?"

"그렇지." 델가도가 말했다. 그러고는 우두커니 매클린을 보기만 했다.

매클린은 입술을 깨물며 뒤돌아 앉았다. 델가도의 말이 완전히 정신 나간 소리는 아니었다. 그렇다고 선임 요원의 시간을 효율적으로 활용하는 방법도 아니었다. 솔직히 말하면, 이 상황을 차장에게 뭐라고 보고해야 할지 감이 오지 않았다. 어쩌면 이게 더 중요했다. 매클린도 언젠가는 차장 자리에 오르고 싶었다. 델가도에게는 자기주장을 뒷받침할 단서가 전혀 없었다. 울프가 불가능한 표적을 노리고 있고 놈의 뒷이야기를 알아내야만 막을 방법이 생긴다는 것 외에는.

"프랭크, 이렇게 나오면 곤란해." 마침내 매클린이 침묵을 깼다. "뭔가 확실한 단서를 줘. 익명의 제보라도 있는 거야?" 매클린이 눈썹을 치켜올리며 말했다. 델가도의 요구를 들어주면 또 다른 요원이 이를 핑계로 자기 임무를 정당화하는 구실을 만들어낼지도 모른다. 델가도는 잠자코 있었다. "그러니까, 놈의 진짜 이름을 찾으면 막을 수 있다는 이야기로군." 매클린이 말했다.

"그게 유일한 방법이지." 델가도는 확신에 찬 얼굴로 대꾸했다.

매클린은 고개만 저었다. "자잘한 단서 하나 없고, 제보도 없고, 실마리도 없는데……. 아무리 프로파일링이 틀렸다고 해도 말이야. 진짜 라일리 울프를 찾으려고 빌어먹을 모험을 하고 싶은 게로군. 그게 놈을 잡을 유일한 방법이라고 확신하니까."

델가도는 고개를 살짝 위아래로 움직였다. "눈곱만큼도 의심하지 않아."

"안 돼." 매클린이 말했다. "뒷받침할 증거가 전혀 없잖아. 당연히 안 되고말고. 그런 무모한 짓에 근무시간을 허비하다니. 비용은 또 어떻고?"

델가도는 여전히 아무런 표정도 보이지 않았다. 오히려 오랫동안 매클린을 바라보았다. 불편할 정도로. 그러다 고개를 끄덕이며 일어섰다. "알겠네." 그가 말했다.

"잘 생각했어. 고마워, 프랭크." 매클린은 델가도의 말에 흠칫 놀라며 가슴을 쓸어내렸다.

"연차 쓸게. 6주가 남아서 말이야." 델가도가 말했다. "내일부터." 그러고는 휙 돌아서서 나가버렸다.

"뭐? 잠깐, 프랭크! 이런 빌어먹을!" 매클린이 말했다. 하지만 사무실 문은 이미 닫혔고, 델가도는 사라져버렸다.

매클린은 고개를 저으며 한숨을 내쉬었다. "젠장, 빌어먹을." 그러고는 미결 서류함에 있는 다음 서류철을 꺼내 다시 일에 몰두했다.

다음 날 이른 아침, 세상은 온통 잿빛으로 물들었다. 버지니아 교외에는 가느다란 이슬비가 내렸다. 프랭크 델가도는 이런 사실을 전혀 몰랐다. 해가 뜨기 훨씬 전에 일어난 데다 하늘이 눅눅한 잿빛을 막 드러낼 때 샤워와 면도, 아침 식사까지 마쳤다. 오랫동안 비어 있을 집에 간단히 인사를 끝낸 델가도는 쿠바산 커피를 두 잔 마신 뒤 문을 나섰다.

델가도는 앞길을 따라 힘차게 걸어 내려갔다. 그러고는 8년 된 SUV 유콘 뒷좌석에 짐을 던졌다. 짐은 별로 없었다. 작은 여행 가방과 노트북, 그리고 서류 가방. 뒷문을 닫은 뒤 운전석에 올라탔다. 조수석에는 서류철을 내려놓았다. '울프 보고서' 사본이었다. 엄밀히 말하면 사적인 시간을 보내는 중이라, 규정을 어긴 것이나 마찬가지였다. 하지만 걸핏하면 규정을 어겼고 후과를 걱정하지도 않았다. 이 일만 성공한다면, 어떤 짓을 하든 용서받을 수 있을 것이다. 시카고에서 대형 제약 회사 CEO를 살해한 자는 틀림없이 라일리였다. 뻔했다. 사건이 클수록 파장도 큰 법이다.

서류철을 휙 열어 첫 장부터 찬찬히 훑었다. 라일리 울프의 존재를 알린 첫 공식 기록. 주거침입죄. 체포 장소는 뉴욕 시러큐스였다. 델가도는 시러큐스를 조금은 알고 있었다. 사실 별로 좋아하지 않았다. 하지만 시러큐스가 출발점이었다. 라일리 울프는 시러큐스에 그리 오래 머물렀을 것 같지 않았다. 델가도는 라일리 울프가 뚜렷한 목적이 있어서 시러큐스에 갔다고 직감했다. 울프의 흔적을 쫓으면 동네를 벗어나 의미 있는 장소, 어쩌면 고향까지 알아낼 수 있을 것이다.

시러큐스 경찰에게 전화를 걸거나 이메일을 보낼 수도 있었다. 하지만 델가도는 뻔한 사실 너머의 무언가를 쫓고 있었다. 라일리가 걸어온 땅에 코를 대고 이 범죄자의 진짜 냄새를 맡고 싶었다. 라일리 울프가 태어나고 자란 과정을 샅샅이 캐내야 했다. 라일리 울프를 아는 사람들을 찾아가 얼굴을 맞대고 물어봐야 했다. 그것만이 라일리의 정확한 모습과 범행 동기를 알게 되는 유일한 방법이었다.

델가도는 시러큐스로 가서 이 대단한 범죄자의 심리를 알아낼 열쇠를 찾아야만 했다. 델가도는 목적을 달성하기 위해서라면 어디든 갈 것이다. 그리고 6주 안에 일을 끝낼 것이다.

델가도는 고개를 끄덕였다. 그는 자신의 능력을 잘 알고 있었다. 끈기 있게 단서를 추적하는 것도 그의 능력 중 하나였다. 6주면 충분했다. 서류철을 덮은 델가도는 시동을 걸고 진입로를 빠져나와 라일리 울프를 찾아 나섰다.

8장

 마이클 홉슨은 뉴욕 최고의 기업 전문 변호사 중 하나였다. 하루에 최소 열두 시간 동안 일에 파묻혔다. 게다가 여느 부유하고 영향력 있는 남자들처럼, 마이클 또한 많은 기업 이사회에 소속되어 있었다. 그래서 회의, 세미나, 브리핑 등 할 일이 넘쳤다. 너무 바쁘다 보니 딴생각을 할 틈도 없었다. 아내 생각마저도. 그래서 비서가 전화를 걸어 SEC(미국 증권거래위원회 ─옮긴이)에서 온 '피처'라는 사람이 면담을 신청했다고 말하자 바로 짜증이 났다. 고풍스러운 마호가니 목재로 장식한 52층 사무실에서 정신없이 일하던 마이클은 뒤로 돌아 커다란 전면 통유리 창을 꼬박 3초 동안 내다봤다. 그리고 피처라는 남자에게 약속을 잡은 뒤 다시 방문해달라고 말해야하나 고민했다.

 3초면 충분했다. 사실 마이클 같은 사람은 SEC 문제에 관여할 필요가 없었다. 위원회 관계자들은 워낙 전문적이고, 똑똑하고, 유능했다. 마이클은 상대가 시간을 많이 빼앗지 않으리라고 판단했다. 그는 비서에게 방문객을 들여보내라고 한 뒤 문 쪽으로 의자를 돌렸다.

잠시 후 들어온 남자는 혈기 왕성하고 의욕 넘치는 법조인의 모습 그 자체였다. 보통 키에 탄탄한 체격, 중간 길이의 갈색 머리, 그리고 왼쪽 귀에는 보청기를 착용한 채였다. 무테안경 아래로 요즘 유행하는 짤막한 턱수염이 돋보였고, 겉치레 없는 수수한 정장 차림도 썩 괜찮았다. 남자가 씩씩하게 걸어 들어와 손을 내밀었다. "안녕하세요. 빌 피처라고 합니다. 증권거래위원회 집행부에서 근무하고 있습니다."

피처가 손을 꽉 잡았지만 고압적이지는 않았다. 마이클은 피처에게 의자에 앉으라고 손짓했다. "집행부에서 오신 줄 몰랐어요, 빌." 마이클이 말했다.

"괜찮습니다." 피처가 공손히 미소 지으며 말했다. "유감스럽지만, 범죄도 일종의 욕망 같아요."

"사적인 관행이 훨씬 많은 대가를 치르죠." 마이클이 살짝 떠보듯 말했다. "그러면 범죄에 노출되기 마련이고요."

"맞습니다." 피처가 동의했다. "실은 홉슨 씨에게 바로 그 이야기를 하고 싶었어요."

마이클은 바로 긴장 모드에 돌입했다. "그렇군요." 그러고는 피처에게 물었다. "무슨 문제라도 있나요? 혹시 제 의뢰인 중에……."

피처가 살짝 미소 지었다. 아무 의미 없이 예의상 웃는 것 같았다. "아무 일 없을 겁니다, 홉슨 씨. 어쩌면 지나치게 신중한 건지도 모르겠군요. 하지만 잠시 시간을 내주시면 엘모어 피치에 대해 몇 가지 여쭤보고 싶은데요."

"엘모어 피치는, 사실 제 의뢰인이 아니에요."

"그러시겠죠." 피처가 말했다. "하지만 남들이 모르는 사정이 있지 않을까요? 지난 2년 동안 피치와 어느 정도 거래한 것으로 알고 있습니다만."

"누가 거부하겠어요?" 마이클이 씁쓸하게 말했다. "죄다 엘모어 손바닥 안이에요. 이 동네에서 무슨 일이든 하려면 그를 피해 갈 수 없죠."

피처가 고개를 끄덕이며 부드러운 가죽 상자로 손을 뻗었다. "그래서 이야기를 들었는데요." 그러고는 작지만 매우 정교하게 생긴 디지털 녹음기를 꺼내 책상에 내려놓았다. 그것도 마이클 바로 앞에.

마이클은 눈썹을 치켜세웠다. "설마 녹취할 건가요?"

피처가 고개를 끄덕였다. "증거 보전용이에요. 그래야 질문에 집중할 수 있고요. 혹시 녹취에 반대하시나요, 홉슨 씨? 물론 녹취 내용 때문에 홉슨 씨가 불리해지는 일은 결코 없을 겁니다. 우리 조직 밖 누구와도 내용을 공유하지 않을 거고요."

마이클은 망설였다. 이유는 모르겠지만 녹취라는 말에 짜증이 확 밀려왔다. 다만 피처의 말도 일리가 있기에 무턱대고 거부할 수는 없었다. "괜찮아요." 그러고는 오른쪽 벽시계를 힐끗 쳐다봤다. "빨리 끝냅시다, 빌."

"좋습니다." 피처가 말했다. 그러고는 몸을 숙여 녹음 버튼을 눌렀다. 먼저 자기 이름과 마이클의 이름, 녹음 날짜를 말한 뒤 녹음기를 마이클 바로 앞에다 놓았다. "우선 엘모어 피치 씨의 기업 구조에 대해 몇 가지 질문하겠습니다. 홉슨 씨는 피치 씨 회사의 이사로 참여하고 계십니까?"

"뭐, 두 회사 정도요." 마이클이 말했다.

피처가 고개를 끄덕였다. "회사 이름과 이사로 참여한 기간을 말씀해주시겠습니까? 앗, 이런 젠장!" 그가 갑자기 보청기를 움켜쥐고 귀에서 홱 잡아당겼다. 마이클은 보청기에서 새어 나오는 크고 높은 음조를 들었다. 피처가 잠시 보청기를 더듬더니 중얼거렸다. "빌어먹을." 그러고는 주머니 속에 툭 떨어뜨렸다.

"무슨 문제라도?" 마이클이 물었다. 피처는 대답하지 않았다. 마이클은 미소 지으며 큰 소리로 다시 물었다. "무슨 문제라도 있습니까?"

그제야 피처가 고개를 들었다. "배터리가 다 됐어요. 죄송합니다. 원래 하루 더 버텨야 하는데……." 그는 어깨를 으쓱했다. "사실 보청기가 없으면 거의 못 들어요. 아프가니스탄에 있을 때 사제폭발물에 당했거든요." 그러고는 녹음기를 가리켰다. "녹음기에만 의지해야겠네요. 혹시 한두 번 다시 말씀해달라고 부탁드려도 될까요?" 피처가 눈썹을 치켜올렸다. 마이클은 문제없다는 뜻으로 두 손을 벌려 보였다. 피처가 고개를 끄덕이며 말했다. "불편을 끼쳐 죄송합니다. 그럼 계속할까요?"

피처는 바로 본론으로 들어가 엘모어 피치와 그의 회사 상황을 꼬치꼬치 물었다. 시간이 지날수록 피처의 질문은 점점 더 복잡해졌다. 자세한 이름과 날짜까지 답하도록 부추겼고, 마이클은 더 길고 상세한 대답을 주어야 했다. 피처는 심문자로서 유능하긴 했지만, 무뚝뚝하고 심지어 날카로운 반응을 보이기도 했다. 게다가 청력 문제로 마이클에게 다시 말해달라고 부탁하곤 했다. 심지어 '한두 번'이 아니었다. 질문이 점점 더 공격적으로 바뀌고 답변을 반복해달라는 요청이 잦아지자, 마이클은 점점 신경이 곤두서기 시작했다. 피처가 엘모어 피치가 처리한, 가장 불쾌했던 강제 합병을 묻자 그는 화가 머리끝까지 났다.

"변호사로서 피치 씨에게 이 합병을 어떻게 하라고 조언했습니까?" 피처가 물었다.

"거래에서 손 떼라고 했어요." 마이클이 이를 악물며 대답했다.

"뭐라고 했다고요?" 피처가 고개를 옆으로 숙인 채 물었다.

"거래에서, 손, 떼라고요." 마이클은 거의 으르렁거리듯 말했다. 피처가 고개를 저었다. "죄송하지만, 뭐라고요?"

"손 떼라고요!" 마이클이 소리쳤다. "거래! 접으라고요!"

"아, 아. 알겠어요."

피처는 다시 수첩을 내려다보며 다음 질문으로 넘어갔다. 그러고는 마이클을 계속 몰아붙이면서 이리저리 재촉을 해댔다. 원하는 답을 들을 때까지. 그러다 보니 마이클은 피처가 뭘 노리는지 전혀 눈치챌 수 없었다. 일부러 못 알아듣는 척도 해보았다. 마이클은 피처의 노련한 유도심문에 감탄했지만, 변호사로서 피처가 뭘 낚으려는지 추측해야 했다.

하지만 20분간 질문을 들었음에도 마이클은 여전히 알아내지 못했다. 다만 피처가 나가는 모습을 보니 뛸 듯이 기뻤다.

마침내 SEC 조사관 뒤로 문이 닫히자, 마이클은 깊이 숨을 들이마시며 마음을 가라앉혔다. 그러고는 벽시계를 힐끗 올려다봤다. "망할." 취리히행 비행기를 타러 공항으로 출발해야 할 시간이 90분도 채 남지 않았다. 그래서 피처와 SEC를 머릿속에서 싹 밀어냈다. 그러고는 다시 서류를 집어 들고 일에 파묻혔다.

SEC 조사관들은 파쿠르를 하며 길을 가지 않는다. 그래서 나는 윌리엄스버그까지 지하철을 타고 가야 했다. 가는 내내, 손잡이를 꼭 쥐고 서 있었다. 양복을 쫙 빼입은 노인네처럼. 얼간이들이 나를 밀치고 발을 밟아도 내버려뒀다. 이런 양복을 차려입은 누군가는 그렇게 가만히 있지 않을까. 재미있게도 나는 별로 개의치 않았다. 어차피 예선은 모두 끝났고, 본 경기만 남았다. 이미 준비는 마쳤다. 그래서 형편없는 월세방으로 돌아왔을 때, 나는 곧장 본 경기에 돌입했다.

시에라클럽(민간 환경 운동 단체―옮긴이) 유형의 사람들은 이렇게 말하기를 좋아한다. 발자국 말고는 아무것도 남기지 마라. 하지만 나는 그 말이 마음에 들지 않았다. 발자국은 DNA로 가득해서 하나라도 남기면 끝장이다. 그래서 라일리의 제4법칙은 이렇다: 아무것도 남기지 마라. 네 목숨이 달린 것처럼 깨끗이 치워버려라. 진짜로 네 목숨이 달려 있으니까.

상관없다. 나는 어릴 때부터 청소를 해왔다. 엄마는 쓰러지기 전까지 병적으로 청소를 해댔다. 항상 모든 것이 깨끗해야 했다. 쓸고, 걸레질하고, 문지르고, 닦고……. 내게도 청소하는 법을 가르쳐주었다. 그래서 나도 청소를 곧잘 했다. 사실 나는 더러워도 별로 신경 쓰지 않았지만, 엄마가 신경 쓰는 게 싫었다. 청소는 엄마에게 중요했다. 그래서 나도 열심히 바닥을 문질러 닦았다.

윌리엄스버그에 있는 초라한 내 방에는 엄마가 없었다. 엄마는 앞으로 이 방을 보지 못할 것이다. 어쩌면 다시는 아무것도 보지 못하리라. 어쨌든 나는 아직도 무릎을 꿇고 방을 청소한다. 빳빳한 빗자루와 시중에 출시된 가장 강력한 청소기로 구석구석에 있는 먼지를 모두 없앴다. 벽, 문, 방에 있는 모든 먼지를. 문 앞까지 청소한 뒤 밖으로 나가 통로에 양동이를 쿵 내려놨다. 그 안에 빗자루 같은 청소용품을 모두 넣어 대형 쓰레기통에 버린 뒤 다시 내

방으로 돌아왔다.

잠시 문간에 서서 방 안을 둘러봤다. 접이식 의자만 빼면 가구는 이미 다 치우고 없었다. 의류 선반은 저지시에 있는 창고에 보관했다. 남은 옷은 양복 한 벌뿐이라 접이식 의자에 걸쳐놓았다. 문 옆에 세워둔 의자를 문에 걸린 긴 거울 앞으로 잡아당겼다. 열심히 닦아봤지만, 소용없었다. 의자는 원래 방에 있었고, 방에 남은 온갖 흔적만큼이나 낡을 대로 낡았다. 의자 옆 바닥에는 작은 여행 가방과 검은색 가죽 서류 가방이 놓여 있었다.

혹시 놓친 게 있는지 꼼꼼히 살폈다. 아무것도 없었다. 방은 깨끗했다. 엄마도 깊이 감동할 만큼. 지문이나 미세한 DNA 얼룩이 묻을 만한 표면을 페놀과 산업용 세정제로 박박 문질렀다. 일이 끝나면 내가 여기 있었다는 흔적 하나 남지 않을 것이다.

빠트린 게 전혀 없다는 확신이 들자 안으로 들어가 문을 잠갔다. 그리고 마지막 단계로 넘어갔다. 모든 조각이 착착 들어맞고 있었다. 이제 하나만 더 준비하면 된다.

바로 나.

나는 옷을 벗어 모두 쓰레기봉투에 넣었다. 그리고 녹이 슨 작은 세면대에서 가능한 한 완벽하게 씻었다. 몸을 닦은 뒤에는 세면대 위에 있는 깨진 거울을 보며 면도했다. 구석구석 말끔히 세면대를 닦은 다음 비누와 수건, 면도기 등을 쓰레기봉투에 모두 넣었다. 그리고 큰 거울 앞으로 봉투를 옮겨놓았다.

접이식 의자에 앉아 양복과, 이 옷에 걸맞은 날렵한 검정 구두를 신으려고 했다. 하지만 먼저 서류 가방에 손을 넣어 MP3 플레이어를 켰다. 투팍의 노래 〈모두가 널 주목해All Eyez on Me〉가 흘러나왔다. 작은 여행 가방을 열었다. 거울 쪽으로 몸을 돌린 다음, 나에 대한 작업을 하기 시작했다.

전문직 종사자는 일하러 갈 때 습관처럼 하는 행동이 있다. 나도 잘 안다. 나는 수많은 일을 해봤다. 물론 진짜 직업을 숨기려고 한 일이다. 전문직 종사자는 매번 의미 없는 일을 반복한다. 참 말도 안 될뿐더러 사실은 자기네 직업과 관련도 없는 일이다. 그런 일을 하는 특별한 이유도 없다. 단지 행운을 바란다고나 할까. 그렇게 하지 않으면 일이 잘 풀리지 않을 거라고 믿는다. 지난번에도 그랬고, 그전에도 그랬다는 이유로 미신이 깃든 잡스러운 일들을 한다. 나 역시 그렇다.

청소는 그런 일에 속하지 않는다. 그냥 조심하려고 하는 것뿐이다. 내가 어떤 단서를 남기면, 아무리 작은 실마리라도 누군가가 운 좋게 내 정체를 알아내고 말 것이다. 그래서 내 의식은 청소가 끝난 후에야 시작된다.

우선 음악을 튼다. 매번 같은 재생 목록. 준비 시간이 길어지면 같은 노래가 반복 재생된다.

일단 음악이 나오면 둘째 단계로 넘어간다. 나는 몇 분 동안 내 얼굴만 바라보며 투팍의 노래를 듣는다. 누구로 변신할지 완벽한 그림이 나오면, 이제 다른 사람이 되기 시작한다.

이번 일을 계획한 뒤 벌써 여섯 번이나 모습을 바꿨다. 이번엔 진짜처럼 보여야 한다. 이번만은 좀 더 잘해야 하고 한동안 지속해야 할 것이다. 얼마나 오래 걸릴지 알 수 없다. 그래서 끝까지 버틸 사람으로 변신해야 했다. 묘안이 있다. 새로 태어난 나에 관해 연구했고, 없는 것은 새로 만들었다. 고향이나 부모님 이름, 고등학교를 비롯한 잡다한 사실들 말이다. 그리고 이런 내용을 증명할 서류, 운전면허증, 여권, 사회보장 카드 등을 모두 마련했다. 얼마나 쉬운 일인지 알면 깜짝 놀랄지도 모른다. 돈만 있으면 아무도 눈치채지 못할 만큼 감쪽같은 가짜 서류를 얻을 수 있다.

준비는 끝났다. 이제 마지막 단계를 밟을 시간이다.

게다가 화장이나 보형물 삽입도 할 줄 안다. 최고 전문가를 찾아가 함께 공부했다. 최고가 아닌 사람이라면 배워봐야 소용없다. 나는 아무 거리낌 없이 최고의 재능에 최고의 값을 치렀다.

그래서 분장술에 능했다. 하지만 이번에는 단지 분장의 문제가 아니었다. 나를 바꾸고 있었다. 진짜 내가 누굴까.

의상이 먼저였다. 아이언 메이든의 〈당신의 이름이 거룩하길 Hallowed Be Thy Name〉이라는 노래가 흘러나오자, 나는 옷을 입기 시작했다. '라일리'는 대개 양복을 입지 않는다. 새로운 나는 양복을 입는다. 어쩔 수 없이 라일리를 버려두고 새로운 정체성을 넘겨받았다. 말투와 행동까지.

훌륭한 배우는 옷만 입어도 신분을 잘 드러낸다. 자기 자신에게도 그렇다. 모니크의 도움으로 내가 생각하기에도 완벽한 정장을 골랐다. 비쌌지만, 터무니없이 비싼 옷은 아니었다. 새로운 내가 감당할 만한 최고의 옷이었다. 나는 맵시를 찬찬히 살피며 옷을 입었다. 팔과 다리, 몸통을 움직이며 어떤 기분이 드는지 살폈다. 그리고 이 옷을 입은 사람이 어떻게 움직일지 느끼기 시작했다. 뭔가 달랐다.

서바이버의 〈호랑이의 눈Eye of the Tiger〉이 흐르기 시작했다. 나는 음악을 들으며 몇 분 동안 이리저리 움직였다. 그리고 고물 거울에 비친 내 모습을 바라봤다. 내가 어떻게 움직이는지 확인한 뒤 의자 등받이에 재킷을 걸쳐놓고 넥타이를 집어 들었다. 지금 내 모습이 누구인지를 잘 알려주는 몸짓이랄까. 화려하지만 아름다운 실크 넥타이, 구스타프 클림트의 스타일을 모방한 수제품이다. 나는 영국 신사처럼 느슨하면서도 맵시 있게 넥타이를 맸다. 대충 돌려 맨 무심함 속에 돋보이는 세련된 감각. 그리고 엄지손가락과 집게손가락을 뻗어 넥타이가 살짝 비뚤어져 보이게 조금 밀었다. 많이는 아니었다. 여성들이 손을 뻗어 바로잡아주고 싶어 할 정도로만.

넥타이를 매고 나자, 마일스 데이비스의 〈걸식꾼 프레디Freddie Freeloader〉가 들려왔다. 나는 의자에 앉아 두 손으로 작업하기 시작했다.

모든 손은 이야기를 들려준다. 심지어 손톱 깎는 방식만 봐도 어디서 왔는지, 무엇을 하는지, 스스로를 어떻게 생각하는지 알 수 있다. 손톱이 깨끗한지 더러운지, 손톱을 물어뜯는지, 매니큐어를 칠하는지, 각지게 자르는지 둥글게 자르는지 등등. 나는 단정하면서도 짧게 깎았다. 그리고 화장 도구함에서 파란 염료가 든 작은 병 하나를 꺼내 양 손바닥의 불룩하게 솟은 부위에 발랐다. 그러고는 간신히 색이 보일 만큼만 문질러 닦았다. 아마 몇 시간 동안은 설계도면을 그리는 제도공 손처럼 보일 것이다.

작은 여행 가방 윗주머니에서 인장이 새겨진 반지를 꺼냈다. 엉터리로 만든 반지는 아니었다. 꽤 괜찮은 사립 초등학교의 기념 반지니까. 역시 모니크의 제안이다. 모니크의 오빠가 그 학교 출신이었다. 나는 반지 생각을 한 적이 없고 이 학교에 대해 아는 것도 없었다. 어쨌든 내 관심사가 아니니까. 반지는 내 손에 들어오기 전까지는 모니크가 끼던 것이었다. 왼쪽 새끼손가락에 반지를 끼우자마자 요요마의 연주가 흘렀다. 바흐의 〈첼로 모음곡 2번 D단조〉.

불과 몇 분 만에 손 작업을 끝내고 일어섰다. 처음에 입었던 정장을 걸치고 거울에 비친 나를 찬찬히 살폈다. 아주 사소한 흠결 하나가 일 전체를 그르칠 수 있다. 그래서 더욱 샅샅이 내 모습을 점검했다. 모두 완벽해 보였지만 왠지 부족한 것 같았다. 완벽해야 했다. 2분 더 꼼꼼히 검사했다. 아무런 흠도 찾아낼 수 없었다. 내가 찾아낼 수 없다면, 다른 누구도 알아챌 수 없을 확률이 높다. 사람들은 내가 드러내는 것만 본다. 이번에는 내가 보여주고 싶은 것을 그들이 볼 수 있으리라는 확신이 든다.

좋아, 마지막 의식을 치를 시간이다.

의자에 앉은 나는 서류 가방을 열어 사진 두 장을 꺼냈다. 마치 컴퓨터 프린터로 인쇄한 듯한 사진들. 물론 그랬다. USB 드라이브 여러 개와 클라우드 계정에 안전하게 저장돼 있어 언제든 열람할 수 있는 사진들. 나는 몇 초 동안 눈을 감고 천천히 여러 번 심호흡했다. 눈을 뜬 뒤 첫째 사진을 내려다보았다. 아홉 살에서 열 살쯤 된 어린 소년과 30대 남자. 두 사람이 잘 다듬어진 마당에서 캐치볼을 하고 있었다. 그들 뒤편에 펼쳐진 푸른 언덕 너머로 구불구불한 시골길이 보였다.

사진 한쪽 끝에는 큰 집이 있었다. 빅토리아 양식으로 지은 2층 주택. 둥근 지붕 두 개와 멋들어지게 꾸민 현관 베란다가 돋보이고, 1992년식 캐딜락 엘도라도가 진입로에 서 있었다.

음악이 바뀌더니 바브라 스트라이샌드의 〈행복한 날이 다시 이곳에Happy Days Are Here Again〉가 흘러나왔다. 나는 둘째 사진을 들춰 보았다. 마흔 살 안팎의 여자가 있었다. 근심 가득한 얼굴, 살짝 거친 머리카락. 하지만 여자는 웃고 있었다. 나는 그대로 앉아 사진을 응시했다. 여자의 목소리가 다시 들릴 때까지. 이제 그녀가 말할 것이다. "우리는 행복하게 살거야." 그러면 나는 미소 지으며 이렇게 대답할 것이다. "그럼요."

마지막 노래로 바뀌었다. 앨리스 쿠퍼의 〈복수는 나의 것Vengeance

Is Mine). 나는 호흡을 늦추고 사진에 집중했다.

노래가 끝났다. 갑작스러운 정적에 나는 흠칫 놀랐다. 얼른 정신을 차려야 할 것 같아 숨을 깊이 들이마시며 일어섰다. 마지막 청소를 했다. 내가 남겼을지 모를 작은 흔적을 샅샅이 찾아 박박 문질러 닦았다. 그리고 마지막으로 거울을 들여다봤다. 누구라고 딱히 이름을 댈 수는 없었다. 하지만 얼굴이 미묘하게 달라져 있었다. 고개를 들고 있는 모습이며 눈동자의 움직임 등이 싹 바뀌었다.

라일리 울프는 사라졌다.

나는 빙긋이 웃었다. 세속적이고, 재미있고, 어딘가 신중한 미소로. 라일리 울프와는 전혀 다른 미소가 얼굴에 번졌다. "음메." 나는 잠시 거울 속에서 미소 짓는 사람을 바라봤다. 그러다 웃음기를 싹 거두고 거울에서 몸을 획 돌린 뒤 문밖으로 향했다.

자, 이제 시작이다.

9장

미드타운 호텔의 대연회장은 몹시 붐볐다. 맨해튼에서 가장 부유하고 가장 많은 사회적 특권을 누리는 무리로 가득 찼다. 다들 멋진 옷과 터무니없이 비싼 보석들을 몸에 걸치고 번뜩이는 재치를 과시했다. 오늘 밤의 숭고한 명분이 무엇이든 기꺼이 큰돈을 던질 요량이라는 듯 우쭐대며 돌아다녔다. 그들이 여기에 온 이유? 당연히 돈을 쓰러 왔다. 대부분은 오늘의 대의명분이 뭔지도 잘 모를 것이다. 실은 전쟁고아를 지원하는 기금 마련 행사였다. 어쨌든 그들은 여기 모였다. 한편으로는 돈을 써야 한다고 믿는 사람들이니까. 몇몇은 선행을 하고 싶었을 테고, 몇몇은 회계사가 제안했겠지. 당연히 사회 고위층 인사를 만나러 온 사람도 있을 것이다. 그리고 경험상, 엄청난 돈을 쓰려고 모이는 행사에 불참했다가는 남의 입길에 오르내릴 게 뻔했다. 재산이 많아도, 어쩌면 그 재산 때문에, 소위 '뒷담화'를 무시할 수 있는 사람은 없을 것이다. 비방은 치명적인 타격을 입힐 수 있었다. 때로는 그것이 진실이기도 하지만.

이곳은 겉으로는 화려함과 특권을 뽐내는 세상이었다. 아마도 평범한 사람들이 연회장을 들여다본다면 깜짝 놀라 말문이 막히면서도, 한편으론 이렇게 고상한 이들과 어울리고 싶다고 생각할 것이다. 물론, 그들 무리에 결코 낄 수 없다는 사실만 확인하고 현실에 짓눌려버릴 수도 있지만. 그들은 분명 먹이사슬의 최상층에 자리잡은, 한마디로 부유층, 즉 세상에서 가장 위대한 도시에서 가장 부유한 사람들이었다.

이토록 환하고 멋진 밤, 평범한 사람들이라면 상류층과 함께 있어서 무척 감격스럽겠지만, 카트리나 에버하르트 홉슨은 전혀 그렇지 않았다. 아무리 지난 10년간 이들 무리에 속해 서로 교류하고 상류층 인사들의 환영을 한 몸에 받았다 하더라도. 금수저를 입에 물고 태어나 이렇게 멋진 사람들 사이에 있다는 게 그녀는 전혀 기쁘지 않았다.

사실 카트리나는 그들이 모두 탈진하기를 바랐다. 얼른 집으로 돌아가 두 발을 비틀고 있는 값비싼 구두를 벗어 던지고 싶었다. 그리고 역시나 비싼 슬리퍼로 갈아 신고 싶었다. 할 수만 있다면 지난 10년간의 삶을 기꺼이 버리고 다르게 살고 싶었다. 카트리나는 지루했다. 엄청나게, 어마어마하게, 죽도록, 미치도록. 너무 지루한 나머지 머리가 쿵쾅거렸다. 주먹을 꽉 쥔 두 손에서는 쥐가 날 지경이었다. 가짜 미소를 남발하느라 입술은 덜덜 떨렸고, 따분함을 잊으려고 이를 바득바득 갈다 보니 통증이 밀려왔다. 두 시간이 넘도록 영혼을 짓누르는 지루함에 터져 나오는 비명을 억지로 참느라 목구멍도 아파왔다.

카트리나는 미치도록 싫은 피노그리조(이탈리아산 화이트 와인 — 옮긴이)를 벌써 네 잔이나 마셨다. 그래도 두통이 가시지 않았다. 심지어 서맨사 퍼킨스의 끔찍한 수다를 20분 동안 들어야 했다. 서맨사는 뉴욕에서 가장 지독한 험담꾼이었다. 늘 그렇듯 지저분한 불륜 이야기를 시시콜콜 알고 있었다. 살짝 취기가 오른 카트리나는 주요 은행의 늙은 CEO가 훨씬 젊은 외국인 투자자와 바람이 났다는 서맨사의 말에 점점 살인 충동이 이는 것을 느꼈다. 그것도 상대가 남성 투자자라니. 여기서 진심으로 도망치고 싶었다. 제정신을 찾아 죽어라 달아나고 싶었다. 하지만 그럴 수 없었다. 남편 마이클이 이 재단 이사인데, 그는 사업차 취리히에 있었다. 남편 대신 이 모임에 참석하는 게 그녀의 의무였다.

마이클은 업무상 자주 출장을 갔다. 집에 있을 때도 얼굴을 보기가 어려웠다. 물론 남편은 바쁘고 중요한 사람이었다. 그래도 마이클과 결혼할 무렵에는 오붓한 부부 생활을 은근 기대했었다. 그래서 시큰둥한 결혼 생활에 실망하기도 했다. 남편을 아주 조금이나마 감싸야 하는 것도 억울했다. 그러나 카트리나는 대대로 부유한 가정에서 자랐고 사회적 책임도 거래의 일부임을 알고 있었다. 게다가 마이클은 많은 자선 활동을 했다. 거의 다 아이들을 위한 자선 활동이었다. 그래서 차마 마이클에게 싫은 내색을 할 수 없었다. 카트리나는 대부분 거짓 미소를 지으며 자리를 지켜야 했다.

"노블레스 오블리주." 카트리나가 혼잣말하듯 속삭였다. 체면을 유지해야 했다. 이토록 고통스러운 신발을 누군가에게 던져버리고 연회장을 뛰쳐나가고 싶어도 꾹 참아야 했다.

와인 한 잔을 더 마실까 하다가 이내 마음을 접었다. 별 도움이 되지 않을 것 같았다. 고통스러운 거짓 미소를 다시 입가에 띠었다. 이제 곧 무시무시한 식사 시간이다. 미지근하고 눅눅해진 샐러드를 먹는 시간. 보나 마나 생선을 먹는 건 꿈도 꿀 수 없거나 고기는 입에 대지도 않는, 우유나 달걀조차 먹지 않는 채식주의자가 정했을 것이다. 뭐, 어쨌든. 그러고 나면 기금 액수를 조금이라도 부풀리려는 안타까운 연설이 이어질 것이다. 영혼을 압도하는 간절한 연설. 카트리나는 프로그램 전체를 외우고 있었다. 남부럽지 않은 부유한 집에서 자랐고, 심지어 돈 많은 남자와 결혼도 했다. 그래서 이런 행사에 수백 번이나 참석했다. 아니, 수천 번. 하지만 매번 그저 그랬다. 지루하기 짝이 없는 세부 내용만 살짝 달랐을 뿐이다. 오늘 밤도 마찬가지였다.

단지 소소한 프로그램 하나가, 눈에 띄었다. 사실 오늘 저녁에 마련된 그 프로그램이 살짝 끌리긴 했다. 넓고 아늑한 내 집으로 보내달라고 카트리나가 소리치고 싶었을 때 그녀의 발목을 붙잡은 소소한 프로그램. 바로 '침묵의 경매'였다. 물론 전에도 했다. 자선 행사마다 경매 프로그램이 있었고, 카트리나도 꽤 자주 입찰에 참여했다. 그 역시 카트리나가 할 일이었으니까. 하지만 오늘 밤…… 오늘 밤 어떤 미치광이가 카트리나를 흥분에 몰아넣은 물품을 기증했다. 너무 탐이 나서 카트리나가 침을 흘릴 만큼 대단한 작품이었다. 오늘 밤, 억세게 운 좋은 영혼만이 저것을 낙찰받을 수 있을 것이다. 더할 나위 없이 **황홀한 한스 호프만의 그림**을.

카트리나는 운 좋은 영혼이 되고 싶었다. 설령 연회장에 있는 사람을 모두 죽여야 한다 할지라도.

한스 호프만의 그림은 그야말로 환상적이었다. 화사한 원색 무늬, 정밀한 윤곽과 우둘투둘한 경계선의 아찔한 조화. 작품명은 〈애드아스트라〉였다. 카트리나는 그림을 얼른 집으로 가져가 벽에 걸고 싶었다. 여기 있자니 숨이 막혔지만, 이걸 얻을 수 있다면 참을 것이다. 그래서 거짓 미소와 두통, 욱신거리는 발의 통증에도 참고 버티기로 했다. 서맨사가 들려주는 무시무시하고 음흉한 이야기, 구역질 나는 저녁 식사, 고통스러운 연설도 견디기로 했다. 그리고 끔찍하고 잔혹한 이 모든 고통을 버틴 보답으로 〈애드아스트라〉와 함께 집으로 돌아가리라 다짐했다.

마침내 기억에도 없는 사람들과 네 차례 더 대화를 나누고 2분쯤 지나자, 커다란 은색 종이 세 번 울렸다. 스피커에서 "치지직" 하는 소리가 나더니 그토록 기다리던 소식이 들려왔다.

"신사 숙녀 여러분, 경매 입찰이 시작되었습니다." 웬만하면 조금 넉넉한 액수로 입찰에 참여하라는 당부가 있었지만, 카트리나는 듣지 못했다. 이미 연회장을 가로질러 입찰서가 있는 탁자로 잽싸게 이동하고 있었다. 한스 호프만의 그림은 탁자 뒤편에 있는 이젤에 전시되어 있었다. 한쪽에는 무장 경비원이 서 있었다. 이 그림뿐만 아니라 여기 전시된 모든 것이 값진 물품이었다.

그렇게 서둘렀는데도 카트리나의 순번은 세 번째였다. 선수를 친 두 입찰자는 꽤 뭉그적거렸다. 연필을 물어뜯고 스마트폰으로 은행 잔고를 들여다보며 카트리나를 초조하게 만들었다. 마침내 무시무시할 정도로 시간을 끌던 두 게으름뱅이가 천천히 입찰가를 적었다. 두 사람의 선택이 끝나자마자 카트리나는 입찰서를 꽂은 클립보드로 달려가 액수를 확인했다.

그토록 값비싼 보물에 이렇게 모욕적인 액수를 적다니. 둘 다 일곱 자리에도 못 미쳤다. 카트리나는 미소 지었다. 한스 호프만 작품에 걸맞은 액수를 적어내 다음 경매 때 본보기가 돼줄 테다. 그녀는 탁자에 놓인 연필을 향해 손을 뻗었다. 인상을 찌푸리며 골똘히 입찰 전략을 고민했다. 큰 금액을 적어내 경쟁자를 겁줘야 할까? 아니면 조금 적게 썼다가 나중에 다시 올려 적을까? 막판에 최종 낙찰자가 되려면?

하지만 카트리나가 결정하기 직전, 부드럽고 자신만만한 목소리가 귀 가까이에서 소곤거렸다. 재미있다는 투로. "이건 가짜네요. 딱 봐도."

카트리나는 화들짝 놀랐다. 입찰가를 고민하느라 정신을 쏙 빼놓고 있었더니 누군가 바싹 다가오는데도 전혀 알아채지 못했다. 그녀는 클립보드를 방패처럼 쥔 채 휙 돌아섰다.

한 남자가 쾌활하면서도 조롱하는 듯한 미소를 지으며 서 있었다. 잘생긴 외모, 절제된 말투, 반짝이는 민머리에 수염을 깔끔하게 다듬은 남자. 게다가 틀림없이 새빌로(런던에 있는 고급 양복점 거리—옮긴이)에서 맞추었을 고급 수제 양복을 입고 있었다. 카트리나는 불쑥 손을 뻗어 남자의 양복 옷깃을 만지며 다짜고짜 물었다. "리처드 제임스?"

깜짝 놀란 남자가 눈썹을 치켜올리며 말했다. "아, 양복요? 저를 말씀하시는 줄 알았네요. 아니에요. 실은 헨리풀에서 맞췄어요. 새빌로에서 몇 집만 더 내려가면 되죠."

카트리나가 얼굴을 찡그렸다. "영국 억양은 없군요."

남자가 껄껄 웃었다. 카트리나는 웃음소리가 참 유쾌하다고 생각했다. "그 말을 들으니 안심이군요. 지난 몇 년 동안 억양이 있다는 말만 들었거든요. 피비린내 나는 양키 억양이요. 런던에서 일하다 미국에 막 돌아왔어요."

카트리나는 문득 남자에게 호감을 느꼈다. 이 사실을 깨닫자마자 남자와 이야기를 나누게 된 이유가 기억났다. "그런데 왜 이 그림이 가짜라고 하는 거죠? 제가 보기엔 한스 호프만이 확실한 것 같은데. 흠잡을 데 없이 **황홀한 한스 호프만 그림**이에요."

"안목이 있으시군요. 하지만 이건 아주 훌륭한 위작입니다." 남자가 고개를 끄덕이며 말했다.

"당신 말은 못 믿겠어요. 믿고 싶지도 않고요."

"이런 작품을 구매할 때는 늘 신중해야 해요." 남자가 말했다.

"도대체 이게 가짜인지 어떻게 알죠, 전문가 씨?" 카트리나가 몰아세웠다.

"실은 그게 제 일이거든요." 남자가 아주 가지런한 하얀 치아를 드러내며 말했다. "런던에서는 한때 소더비에서 일했거든요. 제가 미국인이니까, 거기서는 미국 현대미술 전문가였죠." 남자가 어깨를 으쓱했다. "솔직히 말하면 전 독일 표현주의 작품을 더 선호했을 거예요. 그래도……."

"아, 됐어요. 진짜 전문가 양반 맞네요." 카트리나가 버럭 짜증을 내며 말했다. 누군가 자신의 호프만을 빼앗을 거라는 생각에 짜증이 확 밀려왔다. "그럼 왜 이 그림이 가짜라는 거죠?"

남자가 카트리나의 팔을 홱 잡아끌더니 한스 호프만의 그림으로 데리고 갔다. 두 사람과 이젤 사이에는 클립보드 탁자만 있었다. 남자의 손아귀 힘은 셌지만, 왠지 따뜻하고 다정했다. 카트리나는 또다시 생각했다. 이 남자를 좋아하게 될 것 같다고. 어쩌면 위험한 방식으로. '와인 때문이야.' 카트리나는 속으로 말했다. '네 잔이나 마셨잖아. 그래서 그래.' 하지만 남자를 향한 감정은 사라지지 않았다.

"이것 봐요." 남자가 캔버스의 밝은 쪽을 향해 몸을 숙이며 말했다. 그러고는 손을 위아래로 흔들었다. "수직 구도, 아주 훌륭해요. 딱 호프만이죠. 모양과 색깔, 모두 진짜예요. 하지만 여기 좀 보세요. 오른쪽 아랫부분이요. 보이나요?"

카트리나는 그림을 보며 눈살을 찌푸렸다. "분홍 사각형이요? 이게 어째서요? 뭐가 문제죠? 분홍색 싫어하나요?"

남자가 다시 치아를 환하게 드러냈다. 카트리나는 또 마음이 설레기 시작했다. 가슴도 살짝 쿵쿵거렸다. "전혀 신경 안 써요. 호프만도 마찬가지고요. 하지만 이 분홍색은……."

"분홍색이 너무 짙은가요?" 카트리나가 엷은 미소를 띠며 부드럽게 물었다.

"분홍색 자체가 잘못됐어요." 남자 역시 미소를 띠며 말했다. 그러고는 덧붙였다. "델마르(패션잡화 브랜드—옮긴이)가 만든 '패션핑크'예요. 1984년에 처음 선보인 색상이죠."

"망할." 카트리나가 말했다. "호프만은 1960년대에 죽었잖아요. 1968년이던가?"

"1966년이죠. 기억력이 좋군요." 남자가 추켜세워주자 카트리나는 기분이 좋았다. 하지만 한스 호프만을 집으로 데려가지 못한다고 생각하니 썩 좋지는 않았다.

"젠장, 젠장, 젠장." 카트리나가 말했다. 그러고는 그림을 애타게 바라봤다. "정말 확실해요?"

"당연하죠." 남자가 대답했다. "틀리면 큰돈을 잃는데요. 전 부자도 아니거든요."

카트리나는 남자를 힐끗 쳐다봤다. 새빌로 정장, 오늘 밤 여기에 있다는 사실만으로 남자가 상류층 사람이라고 생각했었다. 만약 남자가 어떤 등산가나 금덩이 캐는 사람이었다면, 재빨리 뿌리치고 다시 지루함에 빠졌을지도 모른다. 카트리나는 눈썹을 치켜세웠다. "그래요? 그럼 여기 왜 있는 거죠?"

이번에는 남자의 미소가 달랐다. 훨씬 부드러웠다. "표를 쉽게 살 수 있고, 기부금도 조금 내려고요. 제가 그렇게 가난하지는 않아요.

그리고 제게 고아들은⋯⋯." 남자가 살짝 나약한 표정을 지으며 어깨를 으쓱했다. 그러고는 갑자기 자세를 바로잡더니 활기차게 말했다. "그리고 어쨌든, 사기꾼이 여자에게 바가지 씌우는 짓을 막을 수 있다면 여기 올 만하죠. 아무튼, 저 그림은 가짜예요."

"젠장, 젠장, 망할." 카트리나가 더 이상 미덥지 않은 캔버스를 응시하며 말했다. "저는 정말로 이 그림이 갖고 싶단 말이에요."

"진짜 호프만이 아닌데도요?" 남자가 비웃듯이 말했다.

"거의 비슷하잖아요." 카트리나가 위작임을 인정하자, 남자도 웃었다. 잠시 후 카트리나도 따라 웃었다. 그러고는 몸을 바로 세운 뒤 연필을 내려놓았다. "자, 이제 어쩌죠?"

"술 한잔 사드릴게요." 남자가 말했다. "당신 저녁을 망쳤잖아요. 보상해야죠." 카트리나가 입술을 깨물며 망설였다. 엄청난 부를 누리는 사람들은 누구나 경계를 늦추지 않는 법이다. 뭔가를 얻기 위해서라면 사람들은 늘 호의를 베풀었다. 대의명분을 위한 돈, 개인적인 프로젝트, 바보 같은 투자 등등. 하지만 이 남자는 정말 아무것도 노리는 것 같지 않았다. 아니, 돈을 노리기는커녕 쓴소리로 카트리나를 사로잡았다. 하지만 남자는 이미 돈이 없다고 인정했다. 그래서 경계해야 옳았다. 게다가 와인을 벌써 네 잔이나 마셨다. 술을 더 마시는 것은 바람직하지 않았다. 하지만 남자는 카트리나가 누구인지 알고 있다는 기색도 내비치지 않았다. 카트리나는 남자가 마음에 들었고, 그를 놓치고 싶지 않았다. "글쎄요⋯⋯." 카트리나가 말했다. "참! 죄송해요. 제 이름은 카트리나 홉슨이에요." 그러고는 손을 내밀었다. 남자도 카트리나의 손을 잡았다. 카트리나는 남자의 표정을 유심히 살폈다. 남자가 카트리나의 정체를 알면서 아무것도 모르는 척하는지 보려고.

"랜들 밀러입니다." 남자가 말했다. 그러고는 주머니에 손을 넣어 명함을 꺼낸 뒤 카트리나에게 건넸다. 카트리나는 호기심에 가득 찬 눈으로 명함을 바라봤다. 명함에는 다음과 같이 쓰여 있었다.

랜들 밀러
현대미술 딜러
인테리어 디자인 컨설턴트

"디자인 컨설턴트라! 음, 재밌군요." 카트리나가 말했다. "집 안을 대대적으로 다시 꾸미고 있어요. 그래서 호프만의 그림을 원했고요."

"아, 저는……. 이런, 젠장." 랜들이 말했다. "저는 정말 몰랐어요. 제 말은, 일 때문에 당신을 귀찮게 한 건 아닙니다. 진심이에요." 그러고는 당황스럽다는 표정을 지었다. 카트리나는 그의 그런 모습이 왠지 귀엽고 사랑스러웠다.

"알아요." 카트리나는 랜들의 팔을 쓰다듬으면서도 그의 말이 사실인지 궁금했다.

"하지만 우스꽝스러운 우연의 일치네요. 어쨌든 저는 다른 디자이너와 계약했거든요."

"이런, 잘됐군요." 랜들이 살짝 안도하며 말했다. "누구한테 맡기셨죠?"

"아이린 콜드웰?" 카트리나가 말했다. "누가 강력하게 추천하더라고요."

"맞아요. 실력이 뛰어나죠." 랜들이 말했다. "그리고 어쨌든, 저도 기꺼이 도와드리고 싶지만…… 지금 예약이 다 찼어요. 엄청난 프로젝트를 하고 있거든요." 랜들이 고개를 저었다. "참, 내 정신 좀 봐. 목마른 숙녀 바로 앞에서 일 얘기를 하다니." 랜들이 카트리나에게 팔을 내밀었다. 정중하지만 여전히 장난기 가득한 태도였다. "폐하, 한잔하시겠습니까?"

"좋아요." 카트리나가 말했다. "하지만 이미 두어 잔 마셨으니, 제가 스트립쇼 같은 걸 하거든 제발 말려줄래요?"

"글쎄요, 장담 못 하겠군요." 랜들이 웃으며 말하고는 덧붙였다. "하지만 노력해보죠."

카트리나가 랜들의 팔을 잡았다. 랜들은 그녀를 연회장에 있는 세 개의 바 중 하나로 안내했다. 랜들은 카트리나를 가장 가까운 탁자에 앉힌 뒤 술을 가지러 갔다. 그리고 잠시 후 카트리나를 위한 피노그리조와 자기가 마실 마티니처럼 보이는 술을 가지고 돌아왔다. "자." 카트리나 옆에 앉은 랜들이 잔을 들며 말했다. "건배. 친친Chin-chin. 슬레인테Sláinte. 살루드Salud."

카트리나도 답례로 잔을 들었다. "프로짓Prosit!" 웃으며 말했다.

"좋아요. 그런데 하나 빼먹었군요." 랜들이 말했다. "어, 그러니까, 어색한 질문은 제쳐두고……."

그러고는 카트리나의 결혼반지를 보며 고개를 끄덕였다. "결혼하셨죠? 아니라면…… 제 무례를 용서하시고요. 그럼 혹시, 음…… 미망인?"

카트리나는 어떻게 대답해야 좋을지 난감했다. 그래서 감정을 들키지 않으려고 다시 와인 한 모금을 마셨다. 물론 한편으로는 마음이 푹 놓였다. 랜들은 그녀의 정체를 모르는 게 분명했다. 하지만 랜들의 질문에 어떻게 답해야 할지 몰랐다. 뭐지? 바람둥인가? 아니면 바람 이상으로 개방적인 건가? 마이클이 출장 중이라고 솔직히 말하는 편이 나을 텐데…… 혹시 그게 초대하는 말로 들리면?

랜들은 카트리나에게 반한 게 틀림없었다. 카트리나는 자기도 마찬가지라는 인상을 주기 싫었다. 하지만 사실이 그랬다. 그녀는 그런 생각을 밀어내려고 애썼다. '집어치워, 아무리 그게 사실이라고 해도.' 카트리나는 생각했다.

"마이클은 사업차 취리히에 있어요." 카트리나가 입을 열었다. 그리고 굳이 덧붙였다. "사업 때문에 자주 멀리 나가 있죠."

"안됐군요." 랜들이 말했다. "남편이 그립겠어요."

카트리나는 입술을 깨물었다. 그러고는 속마음이 불쑥 튀어나오지 않도록 와인 한 모금을 더 마셨다. 잔을 내려놓은 뒤 엷은 미소를 띠며 물었다. "당신은요? 아내가 있나요?"

랜들이 고개를 저었다. "아니요. 아직 딱 맞는 짝을 못 찾았어요. 제 기준이 너무 높은가 봅니다." 그러고는 씁쓸하게 말했다. "예술에 비교하자면, 요즘은 예술가인 척하는 쓰레기들이 너무 많잖아요."

"무슨 말인지 알아요!" 카트리나가 말했다. 어색한 분위기가 사라지니 마음이 한결 가벼워졌다. 그래서 지난달에 있었던 전시회 이야기를 했다. 명망 있는 소호 갤러리에서 열린 전시회였건만! 끔찍하리만치 시간과 공간을 낭비해버렸다. 랜들은 자기도 런던에서 비슷한 경험을 했다고 맞장구쳤다. 분위기가 점점 무르익기 시작했다. 예술 애호가 두 명이 사심 없이 한잔하는 자리였으므로.

카트리나는 두 사람이 나눈 대화를 별로 기억하지 못했다. 그저 가볍고 하찮고 재미있는 이야기일 뿐이었다. 랜들은 정말 박식했다. 게다가 자기를 좋아하고 믿게 만드는 재주가 있었다. 매력 넘치고 믿음직스러웠다. 유머 감각도 뛰어났는데, 아마 영국에서 배워 온 것 같았다. 랜들은 카트리나를 웃게 했다. 카트리나는 좀처럼 웃을 일이 없었다. 남편은 어떠냐면, 요즘 미소조차 짓게 한 적이 없었다.

저녁 식사를 알리는 안내 방송이 들리자, 랜들은 카트리나를 주빈석으로 데려갔다. 그러고는 즐거운 시간이었다며 감사 인사를 했다. 랜들의 자리는 멀리 떨어진 연회장 뒤쪽에 있었고, 카트리나는 랜들의 뒷모습을 보며 아쉬워했다. 끝없이 이어지는 빌어먹을 저녁 식사와 끊임없는 연설이 마침내 끝나자, 그녀는 랜들을 찾아 두리번거리며 대연회장을 나섰다. 랜들은 뒤에 앉아 있었다. 그가 말했던 '싸구려 좌석'에. 어쩌면 그는 카트리나보다 더 빨리 대연회장을 떠났을지도 모른다. 더군다나 카트리나는 연회장을 나가는 도중에도 유명인사들과 일일이 작별 인사를 나누어야 했다. 랜들이 그녀를 기다릴 리 없었다. 그것도 유부녀를. 두 사람은 30분 동안 즐겁게 이야기를 나누었고, 그걸로 끝이었다. 카트리나는 현대식 궁전처럼 지어진 거대한 집으로 돌아갔다. 그리고 혼자 잠자리에 들었다.

하지만 랜들 밀러를 마음속에서 지울 수가 없었다.

10장

모니크의 짐작대로 두 그림은 작업하기 쉬웠다. 라우션버그는 여러 이미지 위에 색을 덧칠하면 되는 간단한 일이었다. 재스퍼 존스는 훨씬 단순했다. 라우션버그만큼 복잡한 이미지를 다루지 않는 편이라 이쪽이 작업 속도가 훨씬 빨랐다. 모니크는 불과 2주 만에 두 그림을 모두 완성했다. 약간의 자유 시간이 생긴 그녀는 섬으로 짧은 여행을 떠날까 생각했다. 안티구아섬은 어떨까. 아니면 나만의 일을 하거나. 아파트 주변을 돌아다니고 텔레비전이나 실컷 보며 무엇이든 마음껏 먹어볼까도 생각해봤다.

하지만 무엇 하나 마음에 들지 않았다. 여가 생활 자체가 체질에 맞지 않았다. 그녀는 무의미한 일을 한다거나, 집중할 수 있는 일이 없다는 게 싫었다. 그래서 안절부절못했다. 짜증이 나고 심지어 비참하다는 생각마저 들었다.

이틀 동안 초조한 마음으로 그녀는 여기저기를 서성거렸다. 쓸데없이 다른 사람 일을 해주느라 시내 여기저기를 뛰어다녔다. 아무 일거리도 없는 자신이 점점 싫어졌다. 작은 동물에게 냅다 소리치며 발길질을 하고 싶을 만큼.

게다가 라일리를 생각하니, 그가 맡긴 수상한 일거리 때문에 더 신경이 곤두섰다. 그리고 라일리가 말한 우스꽝스러운 자릿수. 그래서 더 화가 났다. 여덟 자리 숫자랬나? 여덟 자리라고? 빌어먹을, 진짜일까? 그게 단지 내 몫이다? 불가능해. 그렇게 많은 돈이 어디서 나겠어? 어쨌거나 그렇게 많은 돈이 생기면 뭘 해야 할까?

라일리와 처음 일하기 시작했을 때, 모니크는 자신과 라일리의 중요한 공통점을 발견했다. 단순히 돈 때문에 끌린 것은 결코 아니었다. 물론 돈은 매력적이다. 돈이 많다는 건 멋진 일이니까. 게다가 둘 다 금욕주의자도 아니다. 하지만 돈은 두 사람 중 누구에게도 동기부여가 되지 않았다. 돈벌이는 그저 도전일 뿐이었다. 가장 약한 나뭇가지를 디디며 아무도 건드릴 수 없는 가장 잘 익은 사과를 따는 일과 같은.

보상이 크면 당연히 그만 한 위험이 따른다. 라일리가 무슨 계획을 세우든, 틀림없이 위험하고 불가능하고 터무니없고 아무도 상상할 수 없는 일일 터였다. 모니크도 한몫 거들었다. 섣불리 목숨을 걸 생각은 없지만, 틀림없이 커다란 위험이 도사리고 있을 것이다. 그래도 괜찮았다. 결국 돈이 들어올 테니까.

그런데 젠장, 그렇게 많은 돈으로 뭘 한담? 모니크는 평소의 자기답지 않게 킬킬거렸다. 입을 옷이 딱히 없으니 옷을 사야겠군! 말도 안 되는 생각이었다. 하지만 그녀는 그냥 즐기기로 했다. 그제야 며칠간의 자유 시간 동안, 그리고 완전히 미치기 일보 직전에 뭘 해야 할지 생각이 났다. '뭐 어때서? 난 멋진 걸 누릴 자격이 있어' 하고 모니크는 생각했다.

무슨 뜻으로 그랬는지, 왜 그래놓고도 떳떳한지 미처 판단하기도 전에, 모니크는 만다린오리엔탈 호텔 스위트룸을 2박으로 예약했다. 목욕 가운과 슬리퍼만 챙겨 체크인한 다음, 호텔이 제공하는 스파 프로그램 목록을 한 시간 동안 훑었다. 그리고 일일이 전화해 모든 프로그램을 예약했다.

이틀 동안 스파 서비스를 누비고 다녔다. 오리엔탈 기본 마사지, 명상 마사지, 태국 요가 마사지. 그다음에는 피부 정화 코스, 아로마 요법, 그리고 독소 제거 코스까지. 그래서 첫째 날은 푹 익힌 스파게티처럼 축 늘어진 채 잠이 들었다.

둘째 날에는 미용 시술을 받았다. 아유르베다 얼굴 마사지, 하이드라페이셜, 그리고 훨씬 전통적인 피부 관리 프로그램 등등. 그리고 다음 날 아침 완전히 딴사람이 된 기분으로 스파를 떠났다. 적어도 절반쯤은 딴사람이 되었다고 굳게 믿었다. 모니크는 곧장 자신만의 2부 프로그램으로 넘어갔다. 맨해튼의 고급 부티크를 둘러보는 일이었다. 그리고 쇼핑 중독자처럼 미친 듯이 옷을 사들였다. 은연중에 부당 이득이라고 생각했던 돈을 흥청망청 써댔다. 내친김에 옷장까지 마련해 작업실로 가져가 새 옷을 좍 펼쳐놓고 차례차례 옷장에 걸며 흐뭇하게 바라봤다. 어쩌면 그중 일부는 아예 입지 않을지도 모른다. 하지만 스스로에게 이렇게 말해주었다. 입을 수 있어. 어쨌든 마음먹기에 달렸으니까.

모니크가 새 가죽 부츠를 보며 감탄사를 연발하고 있을 때 초인종이 울렸다. 짜증이 확 밀려왔다. 대체 누가 이 시간에 사람을 찾는 건지 그녀는 어이없어하며 문에 있는 작은 구멍으로 밖을 내다봤다. 남자의 얼굴은 생소했지만, 같은 재킷을 걸친 다른 사람을 몇 명 본 적이 있었다. 그리고 이 재킷의 주인이 셔츠 갈아입듯 얼굴을 바꾼다는 것도 알고 있었다. 라일리 울프였다.

모니크는 눈을 동그랗게 뜨며 문을 열었다.

나는 모니크가 깜짝 놀랄 거라고 생각했다. 내 모습 때문에, 아니면 이번에는 창문 대신 문을 이용했기 때문에. 하지만 예상이 빗나갔다.

문이 홱 열렸다. 모니크는 평소대로 반쯤 짜증이 난 표정으로 서 있었다. 나는 모니크의 그런 표정이 좋았다. 날 좋아하는 감정을 일부러 감추는 것 같아서.

"사흘이나 일찍 왔네요." 모니크가 자기 오른발을 다른 발로 툭툭 치며 말했다.

나는 잠시 모니크를 뚫어지게 바라보고는 미소 지었다. "내가 원래 그렇잖아." 내가 말했다. "오늘은 문을 이용하긴 했지만."

모니크가 코웃음을 쳤다. "너무 들뜨지 말아요. 재킷 웃기네요." 내 재킷을 보더니 비아냥거렸다. 모니크는 내 양키스 재킷을 두고 흉을 볼 수밖에 없었다. 그녀는 피츠버그 파이어리츠의 팬이었으니까. 모니크가 한쪽으로 몸을 비키며 말했다. "들어와요."

"당신이 3주도 안 돼서 끝낼 줄 알았어." 모니크가 등 뒤로 문을 닫을 때 내가 말했다. "이틀 전에 끝냈겠군. 지루해 어쩔 줄 몰라 하는 걸 보니."

"5일 전에 끝냈어요." 모니크가 말했다. "내가 지루해 죽겠다면 어떻게 해줄 건데요?"

"아, 생각나는 게 있어." 내가 말했다.

"글쎄요, 좀 참신한 생각이었으면 좋겠네요."

"거의 그렇지. 그림은?" 내가 말했다.

모니크가 고개를 절레절레 흔들었다. "와서 봐요."

그리고 스튜디오 구석으로 나를 안내했다. 이젤 두 개가 나란히 서 있었다. 그림은 침대 시트로 가려진 채였다. 시트를 확 벗기고 싶어서 몸이 근질근질했다. 하지만 나는 모니크를 잘 알았다. 모니크는 극적인 연출을 즐기는 구석이 있었다. 속된 말로 관심쟁이라고 해야 하나.

어쨌든, 모니크가 벽 스위치를 켜는 동안 기다렸다. 몇몇 트랙 조명이 켜지더니 이젤 위로 환한 빛이 쏟아져 내렸다. 그제야 모니크는 시트를 확 벗겼다. "짜잔" 하고 자기 재능을 은근히 뽐내며 추임새를 넣었다.

내 예상대로 두 그림 모두 완벽했다. 하지만 확실히 믿을 수 있어야 했다. 그래서 주머니에서 돋보기를 꺼내 첫째 캔버스, 라우션버그의 그림을 먼저 훑었다.

모니크와 나는 전에도 이런 일을 해본 적이 있었다. 그래서 모니크는 내가 어떻게 일하는지 알았다. 내가 그림을 살펴보자, 모니크는 근처 의자에 편히 앉아 이탈리아 미술 잡지 〈에스포아르테〉를 획획 넘기기 시작했다. 그녀는 이탈리아어를 잘하진 못했지만, 미술사 애호가로서 기사의 요점은 어느 정도 파악할 수 있었다. 게다가 〈에스포아르테〉는 멋진 사진들에 관한 기사를 많이 실었다. 나는 모니크를 잊고 라우션버그에 집중했다.

나는 현대미술을 별로 좋아하지 않는다. 현대미술에 심취하는 것은 자위행위를 하는 거나 다름없다고나 할까? 그 짓을 하는 녀석은 미치도록 즐겁겠지만, 나는 다른 사람의 취향에는 별 감흥이 없다. 하지만 라우션버그는 좋았다. 왜 그런지 모르겠다. 굳이 이유를 하나 꼽자면, 라우션버그의 작품에는 질감이 있다. 사진으로만 보면 질감을 제대로 파악할 수 없다. 사진 따위는 라우션버그의 작품을 감상하는 데 방해만 된다. 그래서 진품을 봐야 한다. 촉감이 가장 중요하기 때문이다. 캔버스를 손바닥으로 어루만지고 싶을 만큼.

모니크도 그 점을 잘 알고 있었다. 제기랄. 나보다 훨씬 더 잘 안다. 모니크의 위작을 상세히 검토하는 동안 나는 그녀가 정말 아름답게 모방했음을 인정해야 했다. 세밀한 붓칠은 라우션버그 그 자체였고, 울퉁불퉁하고 거친 캔버스 표면도 완벽했다. 나는 캔버스에 뺨을 비비고 싶은 충동마저 느꼈다.

하지만 그냥 바라보기만 했다. 눈으로 캔버스를 구석구석 훑으며 혹여 미세한 실수가 있는지 점검했다. 물론 아무 실수도 없으리라 확신했다. 하지만 누구나 재채기나 트림 따위를 하기 마련이지 않은가? 심지어 《오디세이》 같은 작품을 쓴 호메로스에 대해서도 사람들이 뭐라고 했지? '원숭이도 나무에서 떨어진다.' 맞나? 모니크가 고개를 끄덕이며 인정할 만한 실수가 있다면, 지금 당장 찾아내야 했다. 20분이 흘렀다. 모니크가 만약 실수를 했다면 아마 다른 작품에서였을 것이다. 라우션버그의 이 캔버스는 흠잡을 데가 없었다.

마지막으로 왼쪽 아래 모서리를 살폈다. 내가 〈뉴욕타임스〉 조각을 끼워 넣으라고 부탁한 곳이다. 처음에는 보이지 않았다. 그래서 가까이 다가가 돋보기로 들여다봤다. 신문지 조각이 거기 있었다. 주의해서 보니, 빨갛게 곪은 엄지손가락처럼 톡 튀어나와 보였다. 모니크는 속임수에 능해서 아무도 알아차리지 못할 것이다. 만지지 않는 한 절대 눈치챌 수 없다. 나조차도 모니크가 어떤 속임수를 썼는지 전혀 몰랐다. 보고 또 보며 어떤 속임수인지 알아낸 것이다. 절로 미소가 나왔다. 나는 몸을 바로 편 뒤 둘째 그림으로 발걸음을 옮겼다.

나는 재스퍼 존스의 작품을 좋아하지 않는다. 너무 단순하고 깔끔하다. 그래서 심장이 두근대는 감동은 전혀 느낄 수 없다. 물론 나만 그런 것 같았다. 많은 사람이 거금을 내고 존스의 그림을 사니까. 존스의 그림이 썩 마음에 들지 않는대도 나는 상관없었다. 그저 진품으로 보이는지만 확인하면 된다. 물론 라우션버그 그림만큼 신중히 검토했다. 구성과 색채, 내용은 훨씬 단순했지만, 모니크는 또다시 같은 속임수로 〈뉴욕타임스〉 조각을 고정했다.

점검을 마친 뒤 나는 몇 걸음 뒤로 물러나 다시 두 그림을 훑어보았다. 사실 라우션버그 그림을 더 오래 바라봤다. 어쨌든 장담컨대, 두 그림 모두 사람들의 검증을 무사히 통과할 것이다. 암, 그렇고말고. 〈뉴욕타임스〉 조각이 그림에 있음을 알고 봐도 세 발짝 떨어진 데서는 보이지 않았다. 모니크는 정말 깔끔하게 해냈다. 그림들은 완벽했다.

"젠장, 너무 **훌륭하군**." 내가 말했다. 모니크의 기세등등한 모습을 보고 싶지는 않았지만 어쩔 수 없었다.

뒤에서 바스락거리는 소리가 들려 휙 돌아섰다. 모니크가 한 손가락을 책 사이에 낀 채 잡지를 덮었다. "뭐라고 했어요?" 그녀가 살짝 정중하면서도 서먹한 말투로 물었다.

나는 성큼성큼 다가가 모니크의 어깨를 꽉 잡고 끌어안았다. 모니크는 나를 안아주지 않았지만 상관없었다. 그녀는 내 쥐덫에 넣을 훌륭한 치즈를 만들어준 것이다. 완벽한 체더치즈 두 덩어리. "빌어먹을, 너무 **훌륭하다고**." 내가 말했다. "정말 굉장해! 대박이야."

모니크는 어깨를 으쓱했지만, 역시나 기뻐하는 눈치였다. "내가 못해낼 줄 알았나 봐요?" 모니크가 말했다. 당장 그녀에게 키스하고 싶었다. 하지만 입을 맞추려는 순간, 모니크가 우리 몸 사이로 잡지를 들어 올렸다. 나는 너무 들떠서 별로 신경 쓰지 않았다. 그냥 똑바로 서서 주머니에 손을 넣었다.

모니크의 입가에 엷은 미소가 떠올랐다. "정말 그랬군요, 라일리." 그녀가 말했다. "전혀 기대하지 않은 사람처럼 구네요."

나는 주머니에서 종이 한 장을 꺼내 모니크에게 건네주었다. "무슨 소리야!" 내가 말했다. "당연히 해낼 줄 알았어. 사실, 확신했지. 이미 당신 계좌로 수고비도 송금했어. 홍콩 계좌 맞지?" 홍콩은 새로운 케이맨제도였다. 아무도 모르게 돈을 숨기기에 딱 알맞은 곳. 홍콩에서는 특별히 이유도 묻지 않는다. 단지 익명의 계좌에 현금을 넣어두기만 하면 되었다.

모니크는 고개를 끄덕이며 종이를 힐끗 보았다. 그러고는 깜짝 놀라며 재차 확인했다. 그녀가 눈썹을 치켜세우며 날 올려다봤다. "이건 팁이겠죠, 라일리?"

"젠장, 그렇다니까." 내가 말했다. 그리고 정신을 바짝 차려야 한다는 사실을 깨달았다. 하지만 이 그림은 정말……. 나는 모니크의 완벽한 위작에 혼이 쏙 빠졌다. 완전히 불가능하다고 생각했던 일이 점점 현실이 되고 있었다. 왠지 일이 잘될 것 같은 느낌이 들었다. 내 계획은 자동차나 다름없었다. 우리는 이제 막 시동을 걸었고, 엔진이 윙윙대며 돌아가기 시작했다. "당신은 그보다 더 많이 받을 자격이 있지." 내가 말했다.

아이처럼 들뜬 내 모습을 모니크는 잠시 지켜봤다. 그러더니 고개를 저으며 송금 전표를 주머니에 쑤셔 넣었다. "그래서 그다음으로요?"

나는 음흉한 눈빛으로 활짝 웃었다. "축하주를 마셔야지." 내가 말했다.

"그게 아니라요." 모니크가 말했다. "내 말은, 다음 계획이 뭐냐고요. 당신의 '초특급 극비 프로젝트' 말이에요. 기가 막힌 '여덟 자리' 프로젝트가 있다고 했잖아요?"

"우리는……" 내가 말했다. "그러니까 먼저 축하주를 마셔야지."

"아뇨, 꿈 깨요." 모니크가 말했다. 살짝 다급하게. "나는 일 얘기를 하는 거라고요, 라일리. 당신이 말했잖아요. 이 두 그림 뒤에 엄청난 일이 기다리고 있다고."

어쩔 수 없었다. 모니크의 말에 문득 다음 단계가 머릿속에 떠올랐다. 그래서 돌연 심각해졌다. 추악하고 위험한, '무조건' 단계. 아무도 함부로 꿈꿀 수 없는 계획. 그게 바로 라일리식 묘안이다. 어리석고, 사악하고, 치명적이고, 불가능한 일이니까. 그런 생각이 한번 떠오르자 머릿속에서 지워지지 않았다. "맞아, 엄청난 일이야." 모니크에게 말했다. "제기랄, 어마어마하지."

"말 안 해줄 거예요?"

나는 모니크를 뚫어지게 바라봤다. 라일리의 제3법칙: 그럴 필요가 없다면 아무에게도 말하지 않는다. 나는 여자들의 방어막이 느슨해지는 걸 수없이 봐왔다. 여자들은 "절대 안 되지"라고 말하다가 금세 "아니, 왜 안 돼?"로 바뀐다. 게다가 모니크는 내가 지금까지 함께한 파트너만큼 나와 가깝다. 그래서 모니크를, 대부분의 경우에는 믿었다.

하지만 이번 일은 내가 생각한 가장 크고 복잡한 계획일지도 모른다. 그리고 누가 뭐라 해도 규칙은 깨선 안 된다. 라일리의 생존 법칙이니까.

그래서 그냥 고개를 가로저었다. "아니, 말할 수 없어." 이렇게 말하고 나서야 비로소 내가 모니크를 조롱하고 있음을 깨달았다. 모니크도 알았다. 그녀는 살짝 화가 난 듯 보였다.

"나한테 말하긴 할 건가요?" 모니크가 물었다. 역시 아주 짜증이 난 말투로.

"당연하지, 물론 그럴 거야." 내가 말했다. "때가 되면."

"때가 되면이라……." 모니크가 말했다. 이제는 그녀가 나를 약올리고 있었다. "음, 좋아요. 그런데 '때가 되면'이라니, 대체 무슨 뜻이에요?"

"일이 척척 잘 돌아가면." 내가 말했다. 그러고는 그림들을 보며 고개를 갸웃했다.

"이 두 명작이 할 일을 제대로 하면."

"누군가 이 그림들이 위작이라는 걸 발견하면 되는 거군요." 모니크가 말했다.

"몇몇 유명인사들이지." 내가 말했다. "많으면 많을수록 좋아."

"당신 말은, 예술의 '예' 자도 모를 경찰 두어 명이 이 그림들을 증거물보관함에 아무렇게나 던져놓을 테고, 먼지가 수북이 쌓인 그림들은 여기저기 부딪히고 찢기다가 결국 버려진다는 뜻이잖아요."

나는 어깨를 으쓱했다. 그렇게 생각해본 적은 없었지만 안타깝게도 모니크의 말이 옳았다. 정말 멋진 그림들이 분명했다. 둘 다 내 거실에 걸어놓고 싶을 정도로. 하지만 결국 모니크의 말대로 될 것이다. "그래, 아마도." 내가 말했다. "그러니까…… 일이 처음부터 끝까지 제대로 굴러가면."

모니크가 의자에서 일어나 두 그림을 바라봤다. 모성애 비슷한 감정이 솟구치는 모양이다. "엉덩이가 닳도록 퍼질러 앉아 이 아이들을 채색했는데." 나는 몸을 숙여 모니크의 엉덩이를 힐끗 훔쳐봤다. "안심해. 아직 그대로 있잖아." 내가 말했다.

모니크가 한숨을 쉬었다. "라일리, 당신은 진짜 정신 상태가 비뚤어졌군요."

"고마워, 정말 기분 좋은데." 내가 말했다. "그냥 마음껏 비뚤어졌으면 좋겠어." 나 역시 모니크처럼 그림들을 바라보았다. 또다시 내 안에서 뭔가가 꿈틀대기 시작했다. 혈관에 휘몰아치다 밖으로 뚫고 나와 새로운 세계로 나를 확 들어 올리는 일종의 흥분. 두 위작은 잘 먹힐 것 같았다. "바로 이거야, 모니크. 이건 정말 엄청난 일이라고."

모니크는 말없이 고개를 한쪽으로 기울인 채 나를 보고 있었다. "그럴지도 모르죠." 그러고는 부드럽게 말했다. "당신이 이렇게 흥분한 모습은 처음 보니까요."

"이런 적 없었지." 내가 말했다. "빌어먹을, 만약 이 그림이 잘만 먹힌다면……."

"만약요?" 모니크가 말했다. "예전에는 '만약'이라는 말, 한 적 없잖아요. 늘 '언제'란 말뿐이었지."

나는 크게 심호흡을 했다. 그리고 어떤 일이 일어나야 하는지를 생각했다. 얼마나 많은 조각이 정확히 맞아떨어져야 하는지를……. "만약이라고 한 건……." 마침내 내가 입을 열었다. "이번에는 정말 엄청난 '만약'이라서 그래."

모니크가 놀란 표정으로 나를 응시했다. "젠장, 뭐라고요……?" 그녀가 말했다. "불확실한 라일리 울프라니요?" 나는 어깨를 으쓱하기만 했다. 모니크는 입술을 핥으며 반걸음 가까이 다가섰다. "말해봐요." 살짝 허스키한 목소리로 그녀가 부드럽게 속삭였다. 입술을 핥는 모습에 순간 나 자신이 늑대로 변할 것 같았다. 달을 향해 울부짖는 짐승.

"모니크." 내가 말했다. 입이 바싹 말라서 이 말밖에 할 수 없었다.

"뭔지 말해봐요." 모니크가 말했다. 그러고는 조금 더 가까이 다가왔다. "표적이 뭔지, 계획이 뭔지…… 말해요, 라일리."

하마터면 모니크에게 말할 뻔했다. 모니크의 달콤한 속삭임에 갑자기 최면에 걸린 것 같았다. 내게 지금 무슨 짓을 하는지 모니크가 아는지 모르겠지만, 나를 달아오르게 한 것은 확실했다. 거의…… "안 돼." 나는 모니크의 유혹에서 빠져나왔다. 내 목소리가 마치 모래로 양치질을 한 것처럼 까끌까끌했다. "말할 수 없어."

모니크는 다시 입술을 핥았다. 그리고 잠시 나를 지켜보며 그대로 서 있었다. 내 인내심이 한계에 다다랐다. 모니크를 홱 붙잡아 당장 넘어뜨리고 싶었다. 그녀 몸에 내 몸을 포개고…….

모니크가 어깨를 으쓱하고는 물러섰다. "좋아요." 그리고 덧붙였다. "기다릴 수 있을 것 같아요."

그녀가 뒤돌아섰다. 나는 침을 꿀꺽 삼켰다. 생각보다 힘들었지만 잘 버텼다. 물론 모니크가 솔깃할 만한 아무 이야기라도 해주고 싶었다. 그러면 모니크가 다시 몸을 돌려 나를 바라볼 텐데. 하지만 그러지 않았다. 오늘 밤은 일을 해야 했다. 라일리의 첫번째 법칙: 일이 먼저다.

"침대 시트 가져도 돼요." 모니크가 말했다. 그리고 그림을 덮었던 시트를 발가락으로 쿡쿡 찔렀다. "사랑스러운 내 아기들 잘 덮어줘요."

나는 그녀의 등에서 눈을 떼며 몸을 부르르 떨었다. "고마워." 내가 말했다. 그리고 재킷 지퍼를 올리며 숨을 깊이 들이마셨다. 침대 시트로 그림을 싼 뒤 모니크의 집을 떠났다. 오늘 밤은 일해야 하는데, 쉽지 않을 것 같다.

11장

사실 첫 단계는 쉬웠다. 경보 장치는 내게 아주 친숙했다. 친구처럼 10여 대를 상대한 적도 있었다. 정확히는 스물네 대. 고릿적 기술이나 다름없었다. 주의 깊게 관찰하며 예상하지 못했던 개선점을 살펴보는 일조차 몇 분이면 충분했다.

슬퍼서 눈물이 날 뻔했다. 내 말은, 놀랍도록 돈이 넘치는 사람, 문단속을 철저히 해야 할 사람이 많다는 뜻이다. 물론 보안 자체를 나 몰라라 하는 사람들도 있다. 그들을 위해 하는 말인데, 부디 비싼 보험에 들었기를 바란다.

옥상까지 오르는 일도 간단했다. 땀조차 나지 않는 등반이었다. 그나마 살짝 힘든 일이라면 두 번을 올라야 한다는 것이었다. 두 그림이 너무 커서 한 번에 짊어지고 오르기엔 거추장스러웠다. 이것 말고는 다 식은 죽 먹기였다.

그다음은 경보 장치였다. 문과 창문마다 각각 두 개의 감지기가 맞닿아 있었다. 감지기가 분리되면, 즉 문이나 창문이 열리면 경보가 울렸다. 참 고리타분하다. 돌로 가득 찬 깡통을 문틀에 똑바로 놓는 것보다 살짝 나은 방법일 뿐이다. 나는 감지기 정도는 눈가리개를 하고도 통과할 수 있다.

하지만 눈은 가리지 않았다. 실은 천천히, 침착하게 움직이며 돌발적으로 나타날지 모를 장치를 경계했다. 좋은 일에는 탈이 많은 법이다. 강가 바위에서 올빼미 똥 구르듯 모든 일이 매끄럽게 굴러가도 나쁜 일이 따르게 마련이라는 뼈아픈 교훈을 얻은 적이 있다. 라일리의 제5법칙: 쉽다는 생각이 들면 뭔가를 놓치고 있는 것이다. 미신인지도 모르지만, 일이 '쉬우면' 결국 대가를 치르게 될 것 같았다.

그래서 옥상을 몇 번이나 돌아다녔다. 내가 놓쳤을지 모를 무언가를 찾아야 했다. 카메라 센서, 창문에서 지켜보는 이웃 등. 근처 건물은 물론이고 건물 아래에 있는 거리도 샅샅이 살폈다. 아무것도 없었다. 보기만큼 복잡하지는 않았다. 평범하지는 않아도 불가능하지도 않았다. 불안감을 떨쳐버린 나는 작업에 착수했다.

서두르지 않았다. 채광창은 금속 틀로 고정되어 있었다. 사람들은 이렇게 생각하겠지. 와, 금속이군요. 안전하겠네요. 하지만…… 전혀 안전하지 않다. 채광창을 지탱하는 틀이 열 개의 나사로만 고정되어 있기 때문이다. 게다가 이 창을 설치한 천재는 나사 머리를 그대로 노출시켰다. 내게 필요한 도구는 배터리를 장착한 권총 모양 가역 드릴과 필립스 소형 헤드 비트뿐이었다. 5분 동안 조심스럽게 나사를 하나하나 풀어 테이프 조각 위에다 올려놓았다. 또르르 굴러가 잃어버리면 안 되니까. 느리고, 차분하고, 단순하게 작업을 했다. 나사 머리 하나라도 망가지지 않도록 조심했다.

이어 채광창 덮개를 살살 들어 올려 조심조심 한쪽으로 옮긴 다음, 나일론 끈을 꺼냈다. 옥상 끝에 있는 크고 튼튼한 지지대에 밧줄을 묶었다. 느슨한 밧줄 끝부분을 아래로 떨어뜨린 뒤 첫 번째 그림을 겨드랑이에 끼고 미끄러져 내려갔다.

불과 몇 분 만에 다시 옥상으로 올라가 두 번째 캔버스를 끌어내렸다. 그다음에 금고가 있는 곳으로 들어갔다. 금고에 달린 경보 장치와 자물쇠는 외부 경보 장치와 거의 비슷했다. 나는 은박지를 이용해 경보를 해제했다. 금고 잠금 장치는 오래된 회전식이라 훨씬 견고했다. 나는 금고에 청진기를 대고 약 30초 만에 문을 열었다. 그러고는 금고 안에 있던 그림과 모니크가 그린 위작을 바꿔치기했다. 이제 모든 과정을 거꾸로 되풀이했다. 금고를 잠그고 다시 옥상으로 올라가 채광창을 단 뒤 경보 장치를 작동시켰다.

그림 두 점을 조심스럽게 감싼 뒤 건물 옆 골목으로 미끄러져 내려갔다. 그곳에 밴을 세워둔 터였다. 양쪽 문에는 '나이트와치맨 보안 시스템'이라고 적혀 있었다. 나는 그림들을 안으로 슬쩍 집어넣고 조심스레 고정한 다음 운전석에 올랐다. 그리고 밤의 거리를 질주했다. 일이 잘 풀려 기분이 좋았다. 좋은 징조다. 만약 모든 일이 이렇게 잘 풀린다면…….

나도 안다. 실현되기 어려운 '만약'이라는 것을. 하지만 지금까지는 누워서 떡 먹기였다. 출발이 좋았고, 이 역시 대단했다. 물론 오래 걸리지 않으리라 생각했다. 사실 오래 걸리는 일을 바라진 않았다. 불가능한 일에 도전하고 있다는 느낌을 원했다. 그게 나란 사람이다. 하지만 지금까지는 꽤 평범한 일들을 해치웠다. 이제 하루만 더 평범하면 된다. 물론 평범하지 않은 것은 없다.

하지만 내일이 지나면 어떨까? 이렇게 간단한 일을 또 하고 싶어질지 모른다.

최고의 인테리어 디자이너로 살기란 참 고달프다. 정상에 오르려면 오랜 세월 싸워야 한다. 만약 그런 싸움에 승리한다 해도 자리를 지키기 위해 훨씬 더 힘들게 싸워야 한다. 하지만 아이린 콜드웰은 타고난 싸움꾼이었다. 훌륭한 인테리어 디자이너였고, 경쟁자들보다 더 열심히 일했다. 공정한 가격으로 최상의 결과를 보여준 덕에 세 개 주에서 최고의 자리에 올랐다. 최신 디자인, 가구, 현대 미술을 아우르는 아이린의 지식은 누구에게도 뒤지지 않는 것이었다. 놀랍도록 고상한 취향으로 고객들을 유혹하며 그들이 기뻐할 만한 방법을 찾느라 늘 분주했다. 그 자리에 올라서기까지 그녀는 죽을힘을 다했다.

하지만 그럴 만한 가치가 있나, 하고 회의가 들 때도 있었다.

특히 오늘 아침 같은 때는 기차가 연착되어 역과 역 사이에 딱 멈춰버렸다. 벌써 38분 동안이나. 러시아워라 다닥다닥 붙어 선 사람들은 땀을 뻘뻘 흘리며 힘없이 서 있었다. 이런 곳에서는 통신 서비스마저 제공되지 않았다. 아침 약속에 늦을 것 같다는 전화조차 할 수 없는 상황이었다. 마침내 기차가 다시 움직였지만, 이미 예정보다 한 시간이나 늦어 아이린은 화가 치밀어 올랐다. 그녀는 완벽주의자였다. 그렇기에 자기 일에 능숙해질 수 있었을 테고, 그렇기에 이처럼 무기력하게 갇혀 있는 꼴을 참을 수 없었다. 게다가 자신의 시간을 엄격히 관리하는 만큼 다른 사람이 지각하는 것도 싫어했다. 하지만 오늘은, 하루를 시작하기도 전에, 이미 한 시간이나 늦었다.

마침내 기차가 씩씩대는 승객들을 토해냈을 때, 아이린은 달리다시피 역을 빠져나왔다. 우선 인도에 오르자마자 전화를 걸었다. 첫 미팅에 늦을 것 같다고 간신히 알렸지만, 사과해야 한다는 상황에 더욱 화가 났다. 그래서 길을 가로막는 사람이 있다면 누구든 껍질을 벗겨버릴 태세로 소호 스튜디오에 도착했다. 안절부절못한 아이린은 자기 발을 툭툭 치며 스튜디오의 경보 장치를 껐다. 불과 몇 초면 경보 장치 전체가 꺼졌다. 아주 좋은 경보 시스템이었다. 값비싼 예술품은 늘 금고에 보관했기에 스튜디오에는 훌륭한 경보 시스템이 필요했다. 물론 금고에도 별도의 경보 장치가 설치돼 있었다.

경보기의 불빛이 마침내 녹색으로 깜빡였다. 아이린은 현관문을 열고 서둘러 금고 안으로 들어갔다. 작업 공간을 지나는데, 커다란 벽시계가 한 시간 3분이나 늦었다고 알렸다. "젠장, 젠장, 젠장." 금고의 경보 장치를 끈 뒤 오늘 아침 배달하려던 그림을 서둘러 집어 들었다. 재스퍼 존스의 멋진 작품이었다. 썩 괜찮은 가격에 그림을 사서 약간의 이익을 남기고 고객에게 되팔았다. 하지만 전혀 죄책감을 느끼지 않았다. 상대는 심술궂고 뻔뻔한 엘모어 피치였으니까. 백인우월주의라는 명분을 위해서라면 얼마든지 흥청망청 돈을 쓰는 억만장자. 엘모어 피치는 일부러 이 그림을 골랐다. 화가가 유명한 백인인 데다 그림의 색감이 자기 집 소파와 어울린다는 이유로. 아이린은 고객이 교양 없는 속물일 때 조금 아니꼽긴 해도 은근 만족스러웠다. 그리고 그럴 때면 그녀는 이렇게 중얼거렸다. '예술은 길고 개자식은 잠깐이다.'

아이린은 재스퍼 존스의 그림을 꺼내 작업대에 조심스럽게 눕히고 사랑스러운 눈길로 바라봤다. 정말 환상적이야. 늘 그랬듯이 이토록 훌륭한 작품은 앞에 서 있기만 해도 황홀했다. 세상에, 어쩌면 이리도 멋질까. 하지만 오늘 아침 유난히 색이 조금 더 밝고 생생해 보이는데? 아이린은 잠깐 얼굴을 찡그리며 캔버스를 위아래로 훑었다. 아무것도 변한 게 없었다. 조명 때문인가. 이따금 채광창을 뚫고 들어오는 아침 햇살 탓에 죄다 밝아 보였다. 게다가 금고에 잠든 그림들이 하룻밤 사이에 저절로 생생해질 리가 없었다. 아이린은 그림을 잠시 더 바라봤다. 소박하고 목가적인 몽상에 빠진 채. 언젠가는 나도 재스퍼 존스의 그림을 갖고 말 거야. 어쩌면 라우션버그 작품도. 금고 속에 있는 그림 같은. 물론 라우션버그 그림도 내일 배달해야 하지만. 하지만 언젠가는…….

벽시계가 요란하게 째깍거리며 아이린의 짧은 몽상을 깨뜨렸다. 이제 한 시간 5분이나 늦었다. "젠장, 빌어먹을." 그녀가 말했다. 그림을 조심스럽게 포장한 아이린은 서둘러 문밖으로 나섰다.

마침내 뉴욕에 가을이 찾아왔다. 오늘 같은 날이면 맨해튼에 영원히 머물고 싶었다. 찬란하게 빛나는 태양, 깊이 들이마시고픈 신선하고 상쾌한 공기……. 기침도 나오지 않았다. 심지어 타임스스퀘어에 있는데도. 코트를 입어야 할 만큼 춥지는 않았다. 하지만 쌀쌀한 계절이 다가오고 있었고, 이제 곧 낡은 양키스 재킷보다 훨씬 많은 옷을 껴입어야 할 것이다. 하지만 지금은 더할 나위 없다. 고단한 뉴욕 사람들조차 살짝 미소 지으며 거닐 만한 날이니까.

날씨가 이럴 때면 현지인들은 늘 이렇게 소리친다. 어서 박차고 나가. 즐길 수 있을 때 즐기라고. 이제 곧 겨울이고 올해는 미친 듯이 추울 테니까.

나도 한동안 걸었다. 조금 천천히. 젠장, 가끔은 기분이 좋아도 오래가지 않는다. 어쨌거나 이번 일과 관련된 계획은 절대 잊지도, 소홀히 하지도 않았다. 라일리의 첫 번째 법칙, 일이 먼저다. 위대한 가을의 첫날에 몇 분 더 거닐어봐야 춥기만 하지 무슨 도움이 되겠나. 나는 호주머니에 손을 집어넣고 거리를 실컷 배회하자마자 죄책감을 느꼈다. 옷을 갈아입으려는 스파이더맨처럼 골목으로 몸을 피했다. 물론 옷은 갈아입지 않았다. 하지만 순식간에 옥상까지 올라갔다.

건물 위에서 나는 훨씬 더 빨리 움직였다. 길에서 낭비한 몇 분을 보충하고 싶었다. "빈둥거리고 있네." 엄마가 봤다면 이렇게 말했을 텐데. 엄마가 가끔 옛날 남부 사투리로 이야기하면 알아듣기 힘들었다. 영 뜻이 다른 단어를 붙여 쓰면 완전히 엉뚱한 말이 되기도 했다.

어쨌거나 나는 옥상에서 빈둥거리지 않았다. 도시를 가로질러 질주했다. 외곽으로, 도로로 내려가 5번가로, 그리고 다시 위로 올라가 도심을 가로지르며 웨스트엔드까지, 그리고 66번가로 내려갔다. 이런 날이면 파쿠르를 하며 돌아다니는 게 좋았다. 허공으로 솟구칠 때마다 영원히 살아 숨 쉴 것 같았다.

마침내 66번가로 내려왔을 때 얼굴에 웃음이 번졌다. 맨해튼에서 가장 오래된 공중전화 부스까지 짧은 산책을 했다. 나는 오래된 것들이 좋았다. 오해하지 마시라. 그렇다고 기술을 반대하는 사람은 아니니까. 이래 봬도 매일 최첨단 장난감을 갖고 논다. 그래도 공중전화 부스가 사라지는 현실은 정말 부끄러운 일 아닐까. 특히 나 같은 사람에게 공중전화 부스는 꼭 필요하다. 휴대전화 신호나 신분증 같은, 추적당할 수 있는 것은 절대 남기면 안 되는 나 같은 사람들 말이다. 물론, 어떤 이는 어디서 전화를 걸었는지 알아낼 수도 있을 것이다. 하지만 어떻게든 나를 잡으려고 일을 벌일 때쯤이면 나는 이미 사라지고 없을 것이다.

바로 오늘 아침, 생각해둔 것이 있었다. 그래서 웨스트엔드와

66번가에 있는 낡은 공중전화 부스는 정말이지 완벽한 장소였다.

나는 공중전화 부스 안으로 쓱 들어갔다. 까짓것. 전화기에 동전 한 개를 밀어 넣은 뒤 오늘 아침에 외운 번호를 눌렀다. 벨이 세 번 울리자 여자 목소리가 들려왔다. 로봇과 고급 창녀의 중간쯤 되는 목소리랄까. 생각해보면 꽤 좋은 속임수였다.

"그레이울프 증권, 엘모어 피치 사무실입니다." 여자가 말했다. "무엇을 도와드릴까요?"

"네, 안녕하세요." 나는 전에도 써먹은 적 있는 영국 옥스퍼드 말투로 말했다. "소더비입니다만, 피치 씨에게 급히 드릴 말씀이 있어서요."

"죄송합니다. 피치 씨는 회의 중이십니다." 여자가 대답했다. 정말 영혼 없는 대답이라, 자동응답기에 녹음된 목소리인가 싶었다.

"음, 물론 회의 중이시겠죠." 나는 애써 이해해주는 체하며 우습다는 듯이 말했다. 영국 말투에는 들리는 것 이상의 뜻이 담겨 있다. 일부러 그런 태도를 드러내야 한다. "회의에 참석하지 않았다면 다들 몹시 걱정했을 겁니다. 친절하신 숙녀분께 부탁드려도 될까요? 간단한 메시지를 전해주시면 고맙겠습니다. 말씀드렸듯이 급한 일이라서요."

"네, 선생님. 성함을 알려주시겠습니까?"

"피치 씨에게 전해주세요. 최근에 구매하신 재스퍼 존스 그림은 위작이라고요." 내가 말했다. 그리고 영국인이 뭔가 잘못됐을 때 말버릇처럼 붙이는 아주 좋다는 말도 잊지 않았다. "만약 캔버스의 왼쪽 아래 구석을 주의 깊게 살피면 위작이라는 증거를 찾으실 수 있을 겁니다. 좀 자세히 보셔야 할 거예요. 하지만 장담하건대, 증거는 거기에 있습니다. 왼쪽 아래, 아시겠어요? 차분하게 잘 말씀드릴 수 있죠? 아주 좋습니다."

"그런데 선생님, 성함은요?" 여자가 다시 물었다.

"부디 피치 씨에게 즉시, 아니 더 빨리 이 메시지를 전해주세요, 아셨죠? 아주 좋아요." 그러고는 전화를 툭 끊었다. 나는 상당히 거만하고 성가시게 굴었다. 그것도 옥스퍼드 억양으로. 불쌍한 비서는 내가 최고위층만 챙기는 개자식이라 짐작했으리라. 나는 중요하고 '공식적인' 사람이어야 했다. 그래야 비서가 내 메시지를 전달할 테니까. "아주 좋아요." 나는 혼잣말을 하며 코웃음을 쳤다. 그런데 정말, 왜 항상 그렇게 말하는 걸까? 망할 영국 놈들.

나는 속 편한 영국인 노릇을 끝내고 다시 웨스트엔드로 걸어 내려갔다. 전화 통화도 파쿠르도 재미있었다. 하지만 이제 그런 단계는 지났다.

지금부터는 일이 점점 심각해질 것이다.

12장

프랭크 델가도는 둘째 날 아침 일찍 시러큐스에 도착했다. 마지막으로 이곳에 온 것이 약 12년 전이었다. 시러큐스는 변한 것 없이 그대로였다. 벌써 갈색으로 변한 나뭇잎들이 땅바닥에 나뒹굴고 있었다. 델가도는 여전히 시러큐스를 좋아하지 않았다.

경찰서는 같은 곳에 있었다. 델가도는 주차장에 차를 세우고 경찰서 안으로 들어가 신분증을 제시했다. 별문제는 없었다. 그리고 시러큐스 경찰은 꽤 쉽게 파일을 찾아냈다. 물론 관례대로 살짝 시간이 지체되기는 했다. 델가도도 예상했다. FBI에 재직하는 내내 현장에서 일한 몸이 아닌가. 지위 고하를 막론하고 어떤 지방 경찰도 FBI가 왔다는 이유만으로 벌떡 일어나 잽싸게 요구를 들어주지는 않는다. 하지만 델가도는 인내심이 강했다. 결국, 아무도 델가도를 신경 쓰지 않자 그는 경관들의 안내를 받아 발두치 경사에게로 갔다. 팔짱을 끼고 있는 발두치 경사는 운동선수처럼 건장한 50대 남자였다. 뽀빠이처럼 어깨가 떡 벌어졌고, 정수리 부분은 벗어졌지만 눈썹이 아주 짙고 새까맸으며 그 위쪽으로는 짧은 흰머리가 나 있었다.

"FBI 델가도 요원과 협력하게 되어 기쁘군요." 발두치가 말했다. 발두치가 말할 때마다 새까만 눈썹이 들썩거렸다. "기록실로 내려 가시죠." 델가도는 고개를 끄덕이며 뒤를 따랐다.

"음, 젠장." 발두치가 서류철을 꺼내며 말했다. "기록이 봉인되었 어요. 법원 명령이에요. 범인이 미성년자라서요."

"미성년자였죠." 델가도가 말했다. "20년 전이니까요."

"아……." 발두치가 말했다. "하지만 여전히 봉인되어 있네요. 녀 석이 지금은 착하게 살고 있거나 그 후로는 한 번도 체포되지 않았 다는 뜻인데……." 그러고는 호기심 어린 표정으로 눈썹을 치켜세 웠다.

델가도는 아무 말도 하지 않았다.

"뭐, 그런 거겠죠?" 발두치가 말했다. 그러고는 얼굴을 찡그리며 서류철에 묻은 먼지를 떨어냈다. "봉인을 해제할 수는 있어요. 하지 만 시간이 좀 걸릴 겁니다. 최소 2주, 어쩌면 몇 달 더 걸릴 수도 있 고요." 발두치가 어깨를 으쓱하며 델가도를 바라봤다. "FBI의 '빽' 을 쓸 수 없다면 말이지만요."

델가도는 뒤를 돌아보며 발두치의 얼굴을 유심히 살폈다. 델가 도가 이 서류철을 들여다봐야 하는 중요한 이유가 하나 있었다. FBI에 있는 체포 보고서의 복사본에는 라일리의 사진이 없었기 때 문이다. 미성년자를 보호하려는 목적으로 제외했을 수도 있다. 어 쩌면 더 심각한 이유로 나중에 치워버렸을지도 모른다. 어느 쪽이 든 델가도는 라일리 울프의 생김새를 확신할 수 없었다. 만약 발두 치가 일부러 시간을 끌면 늙은 경관 대 FBI 요원의 신경전이 계속 될 것이다. 델가도는 어떻게든 방법을 찾아 서류철을 열고 싶었다.

하지만 짙은 눈썹 아래에 있는 검은 눈동자는 델가도를 뚫어지게 바라보며 버티기만 할 뿐이었다. 델가도는 고개를 끄덕였다. 발두치는 얼간이처럼 굴지 않았다. 법원이 봉인한 기록은 법원이 해제해야 한다. 발두치가 말했듯이 몇 주, 몇 달이 걸릴 수 있었다. 델가도가 휴가를 모두 써버린 뒤에야 비로소 출발점에 닿을지도 모를 일이다. 그렇지 않다면…….

"외부에는 뭐 적힌 게 없습니까?" 델가도가 물었다.

발두치가 아래를 힐끗 내려다봤다. 서류철을 뒤집더니 고개를 끄덕였다. "'제퍼슨카운티 보호관찰부 소년원에 재구금'이라고 쓰여 있네요." 그러더니 다시 서류철을 쓱 봤다. "제퍼슨카운티. 워터타운에 있군요. 여기서 북쪽에 있는."

"어딘지 알겠어요." 델가도가 말했다.

"말하자면, 거기에서 여기까지 내려와 녀석을 잡아갔다는 거군요." 발두치가 손바닥으로 서류철을 찰싹 때리더니 한 번 더 눈썹을 들썩였다. "이거, 필요 없을 거예요. 제퍼슨카운티로 가면 요원님한테 정말로 필요한 서류를 볼 수 있을 겁니다."

"고맙습니다." 델가도가 고개를 끄덕이며 말했다. 그리고 발두치 경사가 서류철을 다시 집어넣기도 전에 사라졌다.

북쪽에 있는 워터타운까지 운전해서 가는 데는 한 시간이 조금 넘게 걸렸다. 델가도는 81번 주州간 고속도로를 탔다. 시러큐스에서 몇 킬로미터 떨어진 리버풀을 지나자 교통 흐름이 원활해졌다. 워터타운에 도착할 때까지는 꾸준히 시속 130킬로미터로 차를 몰았다. 그리고 아스널스트리트 출구에서 81번 도로를 벗어나 곧장 시내로 들어섰다. 포트드럼의 보안 사건 수사차 마지막으로 워터타운에 왔을 때보다 마을은 훨씬 더 커져 있었고, 분주해 보였다. 포트드럼이 점점 더 커지고 중요한 역할을 하는 덕분에 워터타운도 나날이 성장했다. 인구 밀도가 일정 수준에 도달해야 지점을 여는 아비스나 타코벨처럼 인구수에 민감한 프랜차이즈 점포가 훨씬 더 많아졌다. 규모뿐만이 아니라 '맛집'도 다양해졌다. 심지어 초밥집도 두어 개 있었다. 델가도가 예전에 알던 퇴락한 노동자 마을 워터타운이라면 상상도 못할 일이었다.

새로 생긴 상점과 길거리 쇼핑몰, 못 보던 카페가 너무 많아 어디가 어딘지 알 수 없었다. 어안이 벙벙했다. 하지만 제퍼슨카운티 보호관찰부 사무실이 아스널 바로 앞에 있어 길을 잃을 일은 없었다. 주간 고속도로를 탄 지 20분 만에 델가도는 흑인 중년 여성의 책상 앞에 서서 신분증을 내밀고 있었다. 라벤더색 블라우스를 입은 여성은 알 만하다는 표정을 지은 채 앉아 있었다. 아마도 진절머리가 난 것 같았다. 책상 위 명패에는 '소년원장 마비스 윌콧'이라고 쓰여 있었다. 윌콧은 델가도가 배지를 내밀자 잠시 인상을 쓰더니 그의 얼굴을 올려다봤다.

"좋습니다." 윌콧이 말했다. "뭘 도와드릴까요, 델가도 요원님?"

한쪽 벽에 접이식 철제 의자가 붙어 있었다. 델가도는 의자를 가져와 책상 앞에 앉았다. "20년 전 이곳 소년원의 서류철에 기록된 사람의 배경을 알아보고 있어요." 그가 말했다.

윌콧의 입술이 씰룩거렸다. 미소를 지으려 했던 것 같지만 뜻대로 되지 않았다. "제가 오기 조금 전의 일이군요." 그녀가 말했다.

델가도는 고개를 끄덕였다. "그 사람 서류를 보고 싶습니다."

"이름은요?"

"라일리 울프." 델가도가 말했다.

그러고는 월콧이 혹시 그런 이름을 알까 싶어 유심히 지켜봤다. 하지만 모르는 모양이었다. "그 사람을 왜 찾죠?" 월콧이 물었다.

"범죄자예요. 그것도 아주 위험한." 델가도가 대답했다.

월콧은 프랭크 델가도를 잘 몰랐다. 그녀는 더 자세한 얘기를 듣고 싶어서 기다렸다. 하지만 델가도는 아무 말도 하지 않았다. 마침내 월콧이 눈썹을 치켜올리며 말했다. "뭐, 못 보여드릴 이유는 없으니까." 그러더니 책상에 놓인 수화기를 집어 들었다. "트리시? 누가 자넬 만나러 갈 거야. 아니, FBI 요원. 델가도라는. 뭐라고? 만나서 직접 들어봐." 전화를 끊은 월콧이 말했다. "기록보관실로 가서 트리시 월친스키를 찾으세요." 그러고는 델가도가 막 일어서는데 한마디를 덧붙였다. "미리 경고해두는데요, 델가도 요원님. 트리시는 말이 많아요."

"도와주셔서 고맙습니다." 델가도가 고개를 끄덕이며 말했다.

월콧의 경고는 과장이 아니었다. 델가도가 기록보관실에 발을 들여놓기도 전부터 트리시는 벌써 종알거리고 있었다.

"당신이 FBI에서 오신 분 맞죠? 맞네, 당연하지. 제 말은, 당신 아니면 또 누구겠어요? 여긴 오는 사람이 별로 없거든요. 그러니까…… 음, 기록 말이에요. 그렇죠? 누가 눈곱만큼이나 신경을 쓰겠냐고요? 하지만 당신은 FBI처럼 보이진 않네요. 악의는 없어요. 오히려 마약단속반처럼 보이네요. 뭐였더라, DEA(마약단속국—옮긴이)? 제 말은, 그 사람들이 더 많으니까요. 그냥 제가 보기에 그렇다는 거죠. 전 디트로이트 출신이에요. 남편 따라 여기 왔어요. 포트드럼? '10사단'이라고 하죠? 남편이 여기 배치됐을 때 대체 이게 뭔 일인가 싶었는데, 알고 보니 그리 나쁜 곳은 아니더라고요. 다만 겨울이 믿기지 않을 정도로 춥죠. 그래서 왜 포트드럼만 여기 있는지 알겠더라고요. 왜냐면 겨울에는……."

"서류를 봐야겠어요." 델가도는 의도했던 것보다 훨씬 큰 소리로 말해버렸다. 다행히 트리시를 곤혹스럽게 한 것 같지는 않았다.

"그럼요, 물론이죠. 안 그러면 왜 여기에 있겠어요? 하지만 요즘은 서류를 대부분 컴퓨터에 저장하거든요. 그런데 그게 들은 것만큼 쉽거나 편리하진 않더라고요."

"20년 전 기록입니다." 델가도가 트리시의 말을 끊었다.

"좋아요, 물론이죠. 문제없어요. 당시 우리 소년원에 있던 이 지역 아이죠? 월콧 원장님은 말씀하시지 않았지만, 왠지 그럴 것 같았어요."

"라일리 울프라는 이름을 사용했어요." 델가도가 말했다. "본명은 아닐 겁니다."

"네, 네. 그 또래 애들이 가끔 그런 짓을 하죠. 법을 어겼을 때는 아무래도 가명이 낫겠죠. 그래야 도망갈 수 있으니까."

"관련 날짜가 여기 있어요." 델가도가 말했다. 그러고는 시러큐스에서 얻은 체포보고서 사본을 건넸다.

"그렇군요. 이런 게 있었네요. 좋아요. 그런데 컴퓨터에 저장하지 않았나 봐요. 옛날에 쓰던 구닥다리 종이 서류네요. 그러면 여기 있을지도 모르겠네. 몇 년 전에 서류에 적힌 모든 기록을 컴퓨터에 입력하라고 했거든요. 그런데 갑자기…… 정부였든가, 아무튼 제 생각엔 둘 중 하나였어요. 지역 정부 아니면 워싱턴? 어느 쪽인지 잘 모르겠지만요. 어쨌든 아마 의회의 어떤 얼간이가 그랬을 거예요. 돈을 절약하려고 그랬겠죠. 하지만 너무나 갑작스러운 지시였고, 우리는 그럴 만한 예산이 없었어요. 그래서……."

트리시는 빙그르르 돌아 기록보관실 뒤편으로 향했다. 그러고는 날짜를 되뇌이며 서류보관함 앞으로 가더니 손가락으로 서류를 훑었다. 수다는 계속 이어졌다. 컴퓨터, 서류 정리, 겨울, 남편 등 트리시는 다양한 주제의 이 말 저 말을 마구 뒤섞으며 전속력으로 재잘댔다. 말이 많아도 너무 많았다. 제멋대로 생성되는 소음기 그 자체였다. 델가도는 트리시의 '아무 말 대잔치'를 무시했다. 그는 트리시가 계속하는 말을 심지어 알아듣지도 못했다. 이야기의 흐름이 갑자기 멈추기 전까지는.

"허허." 트리시가 갑자기 겸연쩍어했다. 그러고는 델가도를 올려다보더니 얼굴을 찡그렸다. "바로 여기 있어야 하는데……."

델가도는 방을 가로질러 서류보관함으로 향했다. 트리시는 올리브색 서류철에 손가락을 갖다 댔다. "바로 여기요." 트리시가 단호하게 말했다. "보이시죠. 여기 있어야 하는데. 날짜에 따라 정리했기 때문에……."

"확실해요?" 델가도가 물었다.

"어, 아주 확실하죠. 한치의 의심도 없어요. 바로 여기 있어야 하는데. 그리고 보시다시피, 서류철이 비었네요. 대체 어디로 갔지? 그러니까 여기 분명히 있었는데, 지금은 없다는 뜻이고, 그게 무슨 뜻이냐면……."

델가도는 트리시의 말을 끝까지 듣지 않았다. 말이 끝나기도 전에 문밖으로 나왔다. 무슨 뜻인지 이미 알고 있었으니까.

라일리 울프가 먼저 왔었다.

'그렇겠지.' 델가도는 생각했다. '당연히 흔적을 감췄겠지.' 얼마나 오래전일까. 알 길이 없었다. 20년 전, 아니면 어제였을 수도 있다. 기록보관실을 들락날락하는 일? 라일리같이 솜씨 좋은 자라면, 그런

건 어린애 장난에 불과하다. 낮에는 변장하고 왔을 수도 있다. 밤에는 그만큼 쉽게 보안망을 통과할 수 있었으리라. 라일리가 어떻게 했는지는 중요하지 않았다. 이미 끝난 일이고, 라일리가 그랬다는 데는 의심의 여지가 없었다.

델가도는 살짝 실망했다. 하지만 세워둔 차에 도착했을 무렵에는 어떻게 해야 할지 감을 잡았다. 워터타운은 여전히 작은 도시였다. 20년 전에는 더 작았었다. 그래서 뭔가를 찾기가 훨씬 쉬웠다. 잠시 휴대전화로 구글을 통해 정보를 검색한 델가도는 주소 하나를 알아냈다.

남쪽으로 약 1.5킬로미터 정도 차를 몰아 워터타운 고등학교에 도착했다. 가톨릭 학교를 제외하면 워터타운에 하나뿐인 공립 고등학교였다. 델가도는 승산이 있는 쪽에 먼저 걸어보기로 했다. 그래서 이 학교에 온 것이다.

델가도는 FBI 배지 덕에 매우 빨리 교장실로 갈 수 있었다. 교장실에는 바지 정장을 입은 여자가 걱정스러운 얼굴로 책상 뒤에 앉아 있었다. 명패에는 '제인 크롱크 교장'이라고 쓰여 있었다. 델가도가 들어가자 크롱크가 일어나 손을 내밀었다. "만약 우리 학교 학생에 관한 일이라면, 판사가 보낸 수많은 서류를 읽어야겠군요." 그녀가 환영 인사를 대신해 말했다.

델가도는 악수한 뒤 자리에 앉았다. "옛날 학생이에요. 20년 전이죠." 그는 머뭇거렸다. 선뜻 말을 늘어놓기가 익숙지 않았다. 그러다 이윽고 덧붙였다. "뒷조사 중입니다."

크롱크 교장이 델가도를 지켜보며 잠시 서 있었다. 그러고는 "흠" 하며 다시 자리에 앉았다. "그건 좀 다른 문제군요." 크롱크가 의자에 몸을 기댔다. "좋아요. 뭐라고 부르면 될까요? 델가도 씨?

'요원님'이라고 부를까요? 여긴 연방요원도 거의 없어 의전을 잘 모르겠군요."

"특수요원 프랭크 델가도입니다." 델가도가 말했다. "프랭크라고 부르셔도 됩니다."

크롱크는 짧고 사무적인 미소를 지어 보였다. "좋아요, 프랭크. 예전 학생에게 무슨 문제가 있나요?"

"별거 아닙니다." 델가도가 말했다. "당시에 근무하셨던 선생님을 뵙고 싶어서요."

"20년 전이라면…… 세 분이 계셨던 것 같군요." 크롱크가 말했다. 그녀는 왼손 손가락을 하나씩 접으며 확인했다. "기술을 가르치시는 도이치 선생님이 27년 동안 이곳에 계셨어요. 캐프리노 선생님도 비슷할 거예요. 28년 정도 계셨으니까요. 영어를 가르치고 계시죠. 그리고 베르디체프스키 선생님은 무려 34년 동안 이곳에 계셨답니다." 그러고는 눈썹을 치켜세웠다.

"기술 선생님 먼저 뵙죠." 델가도가 말했다. 그는 잠시 생각했다. 왠지 영어는 라일리 울프가 무조건 건너뛰는 수업일 것 같았다. "베르디체프스키 선생님은 무슨 과목 담당이시죠?"

"수학이요." 크롱크가 말했다. "그리고 체스도 가르치시죠."

델가도는 고개를 끄덕였다. "그분은 기술 선생님 다음에 뵙죠."

크롱크 교장이 고개를 한쪽으로 기울였다. "영어 선생님은 안 보셔도 되나요?"

"필요하다면요." 델가도가 말했다.

"좋아요." 크롱크가 손가락으로 왼쪽을 가리켰다. "저기 복도 아래에 회의실이 있어요. 거길 쓰시면 됩니다." 그러고는 길을 안내하려고 몸을 돌렸다. "애비한테 한 분씩 모셔 오라고 해야겠어요." 크롱크는 문가에서 잠시 걸음을 멈췄다. 그러고는 머뭇거리며 다시 돌아와 델가도와 마주 섰다. "커피 좀 드실래요?" 크롱크가 살짝 애매한 목소리로 물었다.

"네, 감사합니다." 델가도가 말했다. 크롱크가 고개를 끄덕이며 획 몸을 돌렸다.

커피 맛은 참 별로였지만 델가도는 개의치 않았다. 그저 회의 탁자에 앉아 한 모금씩 홀짝거렸다. 크롱크의 비서 애비가 첫째로 만날 도이치 선생님을 데리고 회의실로 들어왔다. 머리를 아주 짧게 자르고 팔뚝에 커다란 문신을 새긴 건장한 남자였다. 델가도는 도이치의 문신을 힐끗 바라봤다. 미 해병대의 상징인 독수리, 지구본, 닻을 새긴 문신이었다. 도이치는 델가도 맞은편에 앉아 질문에 대답했다. 질문이 들어올 때마다 잠깐 곰곰이 생각한 끝에 조심스럽게. 하지만 델가도가 알게 된 사실은 도이치가 두 번이나 군생활을 했고, 복무 기간의 대부분을 대사관에서 임무를 수행하며 보냈다는 것뿐이었다. 도이치는 라일리 울프라는 이름을 들어본 적도 없을뿐더러 20년 전의 학생은 아무도 기억하지 못했다. 띠톱에 손가락 하나가 잘린 아이 말고는.

베르디체프스키와도 얘기를 나눠봤지만, 별 소득이 없었다. 라일리의 범죄 전략은 늘 뛰어났다. 그래서 델가도는 라일리가 과거 체스 선수였을지도 모른다고 의심했었다. 그러나 베르디체프스키의 대답은 도움이 되지 않았다. 어쩌면 기억이 점점 사라지고 있기 때문인지도 몰랐다. 베르디체프스키는 도이치보다 훨씬 나이가 많아 보였다. 코 주위의 벌건 혈관을 보니 술을 많이 마시는 사람 같았다. 어쨌든 아무 도움도 되지 못했다.

델가도는 마지막으로 캐프리노를 불러들였다. 진짜 만나고 싶었다기보다는 철저히 몸에 밴 조사 습관 때문이었다. 캐프리노는 쉰 살 전후의 여자였다. 빨간 머리가 어색했지만, 상당히 우아하면서도 자신만만하고 쾌활해 보였다. 자리에 앉은 캐프리노는 델가도를 향해 미소 지은 뒤 두 손을 탁자에 얹었다.

"캐프리노 선생님, 와주셔서 고맙습니다." 델가도가 말했다.

캐프리노가 고개를 갸우뚱했다. "애비가 그러는데, 예전 학생에 관해 물어보실 거라고요? 내 제자 중 한 명?"

"누군지는 모릅니다." 델가도가 말했다. "실명은 모르거든요."

캐프리노는 고개를 옆으로 기울였다. "그렇군요. 그러면 가명은 아시나요?"

델가도는 하마터면 미소 지을 뻔했다. 왠지 그녀가 마음에 들었다. "자칭 '라일리 울프'라고 합니다." 델가도가 말했다.

캐프리노가 난데없이 머리를 뒤로 젖히며 깔깔 웃는 바람에 델가도는 깜짝 놀랐다. 의자가 흔들릴 정도로 크고 요란하고 긴 웃음이었다. 델가도는 캐프리노가 웃는 모습을 지켜봤다. 그녀가 점점 더 마음에 들었다. 캐프리노의 웃음소리는 매우 진솔하고 전염성까지 강했다. 델가도의 입꼬리도 슬쩍 들썩였다.

"오, 이런." 마침내 캐프리노가 입을 열었다. 그러고는 눈가에 맺힌 눈물을 닦았다. "어머나." 캐프리노는 잠시 웃다가 다시 마음을 다잡았다. "전 왠지 그 아이가 특별한 사람이 될 줄 알았어요."

"그렇게 됐죠." 델가도가 말했다.

"참. 이게 뭐, 혹시 고위 공직자 뒷조사는 아니죠?"

"아뇨, 아니에요." 델가도가 말했다. "그럼 그 사람을 아십니까?"

"네, 알죠." 캐프리노가 여전히 미소 지은 채로 말했다. "저는 그 아이가 좋았어요, 델가도 씨. 뭐, 늘 그렇지는 않았지만…… 똑똑하고 책을 아주 좋아했죠." 캐프리노가 눈을 내리깔았다. 기억에 젖었는지 애틋한 미소를 덧붙였다. "항상 저한테 새 책을 추천해달라고 했어요. 몇 권은 시대를 꽤 앞서간 옛날 책이었죠." 캐프리노가 고개를 들어 델가도와 눈을 마주쳤다. 《잃어버린 시간을 찾아서》를 읽는 고등학생은 그리 많지 않잖아요."

"믿기지 않네요." 델가도가 말했다. "선생님, 학생의 본명이 기억나십니까?"

캐프리노가 고개를 가로저으며 쓸쓸하게 웃었다. "저를 비롯해서 여기 있는 사람들이 아는 한, 라일리 울프가 본명이었어요. 이 지역에 처음 왔거든요. 모든 공식 서류에 '라일리 울프'라고 적혀 있었죠. 겨우 열다섯 살인데. 왜 이름을 바꿨을까요? 게다가 어떻게요? 그러니까, 학교에 등록할 때 내는 모든 서류 기록을 위조했다는 거잖아요. 성적증명서, 출생증명서, 사회보장 번호 등등. 그것도 열다섯 살짜리 사내아이가요." 캐프리노가 미소 지었다. "물론, 제가 말했듯이 꽤 조숙하긴 했지만요."

델가도는 몸을 약간 앞으로 숙였다. "이 지역에 처음 왔다고요?"

"네, 그럼요. 전에는 아무도 그 아이를 본 적이 없으니까요. 굳이 친구를 사귀러 여기 올 리도 없고요."

"여기 오기 전에는 어디 살았는지 아시나요?"

"아뇨. 그 아이의 학생기록부를 본 적이 없는 것 같아요. 그 애도 말한 적이 없고요. 하지만 서류는 모두 문제없었어요. 의심할 만한 구석이 없었거든요. 그리고 참 착한 학생이었어요."

델가도는 고개를 끄덕였다. 라일리가 조숙했다는 이야기에 그는 그리 놀라지 않았다. 델가도가 아는 라일리 울프는 서류를 위조하는 데 양심의 가책을 느끼지 않았을 것이다. 물론 기술적인 어려움을 겪지도 않았을 테고. 하지만 어린 나이에 정말로 그렇게 솜씨가 좋았을지, 아니면 어른의 도움을 받았을지 궁금했다. "혹시 그 아이가 고향에 관해 말한 적이 있습니까?" 델가도가 물었다.

캐프리노가 고개를 저었다. "많지 않아요. 엄마 얘기를 했었는데, 엄마한테 애착이 많은 것 같았어요." 그녀가 대답했다.

"아들은 대부분 엄마에게 애틋하죠."

캐프리노가 머리를 세차게 흔들었다. "그 정도가 아니었어요." 그러고는 덧붙였다. "엄마에게 전적으로 헌신했죠. 엄마에 관한 얘기를 들어보면…… 혹시 그게 나를 보러 온 이유였을까요? 졸업반으로 올라가기 직전에요. 작별 인사를 하러 왔더라고요. 라일리가 제고급반 수업에 들어올 예정이었거든요."

델가도가 얼굴을 찡그렸다. "그 애 엄마한테 무슨 일이 있었나요?"

"뇌졸중이었어요." 캐프리노가 말했다. "그래서 엄마가 더는 일할 수가 없었나 봐요, 프렌들리스 레스토랑에서." 캐프리노는 그렇게 말하고는 고개를 저었다. "라일리가 나를 찾아와서 그랬어요. 엄마를 돌봐야 해서 자퇴한다고요." 캐프리노가 슬픈 미소를 지었다. "그러면서 마지막으로 추천 도서를 부탁했지요."

"라일리를 또 만난 적 있습니까?"

캐프리노가 고개를 가로저었다. 얼굴에 슬픔이 번져갔다. "아뇨, 단 한 번도요. 소식도 듣지 못했어요. 듣기로는 얼마 후 이사했대요." 델가도가 묻기도 전에 그녀가 바로 말을 이었다. 어디로 갔는지 전혀 몰라요. 제가 알기로는 워터타운 사람들 누구도 듣지 못했어요." 캐프리노는 한숨을 쉬었다. "소식이라도 알았다면 좋았을 텐데……." 그러고는 두 손을 내려다보다가 갑자기 고개를 가로저으며 자세를 똑바로 고쳐 앉았다. "어쨌든, 라일리와 엄마는 아주 가까웠어요. 뇌졸중을 앓기 전에도." 그녀가 말했다.

"라일리와 어머니뿐이었나요? 아버지나 다른 남매는 없고요?"

"그런 이야기는 들어본 적 없어요."

"라일리가 어느 동네에 살았는지 아십니까?"

캐프리노가 얼굴을 찌푸렸다. "아뇨." 그녀가 말했다. "라일리는 무슨 까닭인지 집 주소가 노출되는 것에 민감했어요. 그리고……." 캐프리노는 얼굴을 찡그리며 시선을 돌렸다. 델가도는 캐프리노가 확실치 않은 무언가를 말하고 싶어 한다고 확신했다. 그래서 그냥 기다렸다. 여러 번 잘 통한 수법이었다. 아무 표정 없이, 두 손을 앞에 모으고 앉아 꼼짝도 하지 않았다. 나무 인형처럼.

캐프리노가 델가도를 돌아봤다. 그리고 망설이다 미소 지었다. 델가도의 표정은 변하지 않았다. 캐프리노는 다시 시선을 돌리더니 한숨을 내쉬었다. 그러다 마침내 고개를 되돌렸다. "좋아요." 그녀가 말했다. 그러고는 쓸쓸하게 두 손을 앞으로 뻗었다. "사고가…… 있었어요." 캐프리노가 이번에도 무거운 한숨을 내쉬었다. "정말 그 아이답지 않았죠. 참 착했는데……." 그러고는 고개를 저었다. "저는 보지 못했지만…… 어느 날 아침 교실에서 어떤 남학생이 라일리에게 무슨 말을 했어요. 그냥 라일리와 언덕 위의 큰 집에 관한 얘기였을 뿐인데." 캐프리노가 한숨을 쉬었다. "화가 난 라일리가 와락 달려들었어요. 그 남학생은 상처를 바늘로 꿰매야 할 정도로 다쳤고, 라일리는 2주 동안 정학을 당했어요. 큰일 날 뻔했죠. 제가 라일리를 두둔했어요. 안 그랬으면 라일리는 퇴학당했을 거예요. 담임선생님도 아마 라일리 편을 들었을 테고. 그게 도움이 된 것 같아요."

"담임선생님요?" 델가도가 물었다. "누구였는지 기억하세요?"

캐프리노는 고래를 절레절레 흔들었다. "너무 까마득해서. 제 기억력이 예전 같지 않거든요. 하지만 음악 선생님이셨어요. 프레이저 선생님? 피셔? 포스터였나?" 캐프리노가 슬프게 미소 지었다. "정말 기억이 안 나네요. 죄송해요. 그리고 이미 은퇴하셨어요. 아마 12년 전일 거예요."

"아직도 살고 계실까요? 이 지역에?" 델가도가 물었다.

"모르겠어요." 캐프리노가 말했다. "그분에 대해 아는 게 거의 없어요. 워터타운 같은 작은 동네치고는 좀 이상하긴 하지만요. 그러고는 미소 지었다. "사람들과 교류가 별로 없는 분이었거든요."

"혹시 라일리에게 선생님도 아는 여자 친구가 있었습니까?" 델가도가 물었다.

캐프리노는 입술을 오므렸다. "여학생들과 함께 있기는 했어요. 하지만 아주 오랫동안 한 여학생과 만나는 것은 못 봤지요." 그러고는 한숨을 쉬며 고개를 저었다. "라일리는 외로운 아이였어요. 그건 저도 잘 알죠. 그리고 분명 불량 학생들과 어울리는 걸 싫어했을 거예요." 캐프리노가 어깨를 으쓱했다. "뭐, 라일리에게 물어보진 않았지만요."

"'불량 학생들'이라고 하셨나요?" 델가도가 물었다. "라일리의 친구들인가요?"

"친구들이라…… 글쎄, 맞는 표현인지 모르겠군요. 같이 어울린 남자애들이 몇 명 있었지만……." 캐프리노가 말했다. 그러더니 얼굴을 찌푸렸다. 델가도는 또다시 웃을 뻔했다. 20년이 지났는데도 캐프리노는 여전히 못마땅한 것 같았다. "걔들은 좋은 애들이 아니었어요. 다시 말해 공부도 인성도 그저 그랬다는 뜻이죠. 하지만 라일리는…… 델가도 씨는 고등학생 때 일이 기억나시나요?"

"프랭크라고 부르세요." 델가도가 말했다. "고등학생 때 일, 기억나죠."

캐프리노가 다시 미소 지었다. 이번에는 살짝 온화하게. "좋아요, 프랭크. 전 에일린이에요."

"고등학생 때 일은 왜요?" 델가도가 미소로 화답한 뒤 바로 물었다.

"음. 뭐, 그 나이 때는 누구나 함께 어울릴 패거리, 무리가 있어야 하잖아요. 새들처럼요. 당신이 외톨이 새라면, 다른 새들이 당신을 쪼아 죽이겠죠. 새 무리든 고등학생이든 마찬가지고요." 캐프리노가 한쪽 눈썹을 추켜세웠다.

"기억납니다." 델가도가 다시 말했다.

"그래서 라일리는 나쁜 애들과 어울린 거죠." 캐프리노가 말했다. "보호색이었을 거예요. 라일리가 그 무리에 있는 누군가와 친했다고는 믿기지 않으니까요. 그 아이들은 순 말썽꾸러기일 뿐만 아니라…… 말조심을 해야 하는데, 음, 어쨌든 걔들은 아주 갑갑했죠." 캐프리노가 눈살을 찌푸렸다. 델가도는 이해한다는 듯이 고개를 끄덕였다. "그 '친구들' 중에 《잃어버린 시간을 찾아서》를 읽은 사람은 분명 없을 거예요. 뭐 다른 책도 마찬가지겠지만. 아무튼, 그럴 거예요. 걔들은 진짜 문제아들이었으니까요. 하지만 라일리는?" 캐프리노가 선처를 바란다는 표정으로 델가도를 바라봤다. 경찰이라면 질리도록 봤다는 듯한 표정. "라일리는 너무나 총명했어요. 그러니까…… 나쁜 아이는 아니었죠. 프랭크, 정말이에요. 그리고 라일리가 읽은 책들. 제 말은, 그 애는 도서관에 있는 책들을 닥치는 대로 집어삼켰어요. 그냥……."

캐프리노가 한숨을 쉬었다. "옛날이야기를 하는 것 같군요. 착한 아이가 나쁜 무리와 어울려 다니는 그런 이야기요. 걔들은…… 정말 거칠었어요."

"기억나는 이름이 있나요?"

"글쎄요. 두 명은 알아요. 아직 여기 살거든요. 워터타운에." 캐프리노가 쓴웃음을 지었다. "아직까지는 워터타운에서 벗어나기 어려워요. 군대나 감옥에 가는 게 아니라면. 게다가 군대와 감옥은……." 그러고는 고개를 저었다. "걔들이 군대나 갈 수 있었을까요?" 그녀가 다시 한숨을 쉬었다. "어쨌든 지미 핀은 워싱턴가에 있는 퀵루브에서 일해요. 내 차를 손보는 정비소였던가? 로드니 얀코프스키는…… 2년 전 카운티 박람회에서 봤지만, 서로 별 얘기를 하진 않았죠. 지미 핀은 당신도 찾을 수 있을 거예요. 아니면…… 주소록에 있을 거예요. 아, 그러니까 구글에서 검색을 해보라는 말이에요. 주소록." 캐프리노가 잠시 웃었다. "왠지 혼자 떠드는 느낌이네요."

델가도는 마침내 미소 지었다. 그에게는 매우 드문 일이지만, 델가도는 이 여자가 좋았다. "주소록, 기억해두죠." 이렇게 말한 다음 자리에서 일어섰다. "고맙습니다, 캐프리노 선생님. 아주 많은 도움이 됐어요."

캐프리노도 일어섰다. "어머나, 정말 그랬길 바라요." 그녀가 말했다.

"당연하죠." 델가도가 말했다. "진심입니다."

교장의 비서 애비가 델가도에게 자기도 여기 학생이었다고 알려줬다. 음악 선생님 이름도 기억하고 있었다. "레스터 폴리 선생님이에요." 애비가 말했다. "저도 잘 모르지만, 약간…… 특이하다고 해야 할까요? 하지만 음악을 정말 좋아하셨어요. 우리에게 온갖 장르의 음악을 들려주셨죠."

애비는 델가도의 성화에 보관함을 열어 서류철을 찾아냈다. "아." 그러고는 서류철을 힐끗 들여다보며 말했다. "어머." 애비가 접힌 신문지를 꺼냈다. "여기 있군요. 애슈턴 부인이던가? 일주일에 두어 번씩 오세요. 자원봉사자처럼요." 델가도는 '자원봉사자'가 무슨 뜻인지 이해한다는 듯이 고개를 끄덕였다. 애비가 말을 이었다. "음, 부인이 서류철에 자료를 정리했어요. 업데이트하듯이요. 우리 옛 선생님들에 관한 기록이죠. 혹시 누가 신문에 나오면 이렇게……." 애비가 신문지를 펄럭였다. "폴리 선생님 기사도 있네요. 음, 부고라고? 그렇다면……." 애비가 죄송하다는 듯이 다시 신문지를 흔들었다.

"괜찮아요." 델가도가 말했다. 실망스럽기는 했지만, 중요한 일은 아니었으니까. "한 가지 더 부탁할게요. 만약 이 지역에 학생이 전학을 오면, 예전 학교 성적표도 제출하라고 하나요?" 그는 덧붙여서 이렇게 물었다.

"네, 그럼요." 애비가 말했다. "당연하죠. 학교에 안 가고 가정학습을 했더라도 표준화된 시험 성적이 있으니까요. 그래서 신입생이 실제로 몇 학년 수준인지 교장 선생님이 판단하시죠."

"그 기록들은 얼마나 오래 보관되죠?"

애비가 입술을 오므렸다. "정확히는 모르겠지만, 요원님이 찾는 학생이…… 20년 전이라고 하셨죠? 옛날 기록은 그리 오래 보관하지 않았을 거예요."

델가도 역시 그러리라고 확신했다. 하지만 '확신하는 일'에 여지를 남기고 싶지 않았다. "확인해주시겠습니까?"

"물론이죠." 애비가 말했다. "여기서 기다려주실래요? 1분이면 돼요."

델가도는 기다렸다. 벽시계가 요란하게 째깍거렸다. 배에서 꼬르륵거리는 소리가 났다. 학생들이 복도에서 재잘거리며 지나갔다. 시계가 똑딱거리는 소리를 듣고 있는데 애비가 돌아왔다. "생각한 대로……." 그러더니 자기 말이 맞았는지 의기양양하게 미소 지으며 말했다. "기록이 모두 몇 년 전에 없어졌어요."

"도와줘서 고마워요." 델가도가 말했다. 사실 놀랍지도 않았다.

차에 탄 델가도는 수첩을 꺼냈다. 잠시 멍하니 앉아 영어 선생이 한 말을 곰곰이 생각해봤다. 일리가 있었다.

델가도는 신중한 사람이었다. 차근차근 단계를 밟으며 생각했다. 그게 바로 성공하는 이유 중 하나였다. A에서 바로 L로 냅다 뛰려 하지 않았다. 중간에 있는 글자를 모두 하나씩 채워가야 했다. 그래서 어떠한 잠정 결론도 내리지 않았다. 대신 수첩을 열어젖혀 큰 글씨로 또박또박 '엄마'라고 썼다. 라일리가 어머니를 끔찍이 아낀다는 캐프리노의 말을 되새겼다. 뭐, 사내아이들은 대부분 그러니까. 게다가 라일리는 엄마가 뇌졸중을 앓기 전에도 무척 애착이 많았다. 라일리의 엄마가 라일리의 정체성 변화에 적극적인 역할을 했을까? 그것보다 먼저…… 라일리의 엄마가 혹시 범죄 멘토였을까? 그렇다면 엄마 역시 전과가 있을지 모른다. 하지만 라일리의 원래 이름을 알아내야 그걸 확인할 수 있다. 델가도는 '엄마'라고 쓰고 바로 옆에 '기록?'이라고 적었다.

어쨌든 라일리의 엄마는 아들이 정체성을 바꾸는 데 동조했을 것이다. 그녀는 그것이 무슨 의미인지 몰랐을 리 없고, 못마땅해하지도 않았을 것이다. 게다가 '울프 부인' 명의로 운전면허증 같은 서류도 새로 소지해야 했을 것이다. 그녀 자신이 범죄자가 아니라면 대체 서류 위조는 왜 도운 걸까?

델가도는 무의식적으로 펜을 잘근잘근 씹으며 몇 분 동안 그런 생각에 빠졌다. 법률 서류에 오른 라일리 엄마의 이름을 찾아내면 범죄 이력을 확인할 수 있을 것이다. 하지만 없다면…… 어째서 멀쩡한 엄마가 아들이 저지르는 심각한 범죄를 도왔을까?

물론 아들을 보호하기 위해서였을 터다. 그럼 무엇으로부터? 이게 더 심각한 문제였다. 어째서 엄마와 아들이 이렇게 냉랭하고 외진 마을로 이사 와서 이름까지 바꿨을까? 델가도는 짐작만 할 뿐 상세한 내용은 알 길이 없었다. 하지만 그렇게 생각하면 할수록 충격적인 사건이 배후에 있으리라는 확신이 강해졌다. 잇달아 두 번이나 인생을 바꿔야 했던 재앙이 라일리의 삶에 일어난 게 분명했다.

그렇다면 그 충격적인 사건은 무엇이었을까? 이걸 알아내야만 한다. 비교적 평범한 어린 남자애가 극렬한 범죄자로 변한 이유. 라일리 울프 이력의 첫걸음. 하지만 무슨 일이 일어났는지 알 방법이 없었다, 아직은. 델가도는 이제 어디로 가야 할지조차 알 수 없었다.

델가도는 여전히 펜을 질겅질겅 씹었다. 잉크 맛을 본 후에야 자기가 무슨 짓을 했는지 비로소 깨달았다. 그는 서류 가방에서 새 펜을 꺼냈다. 이번에는 푸르스름해진 이를 톡톡 치기만 했다. 그리고 두서없는 생각들을 정리해보았다.

좋아, 사건의 원인은 일단 제쳐두고……. 엄마와 아들은 무척 친하다. 엄마는 뇌졸중을 심하게 앓는다. 아들은 아픈 엄마를 돌보려고 학교를 중퇴한다. 그리고 모자가 떠난 직후…….

델가도는 이에 통증을 느낀 후에야 왜 아픈지 깨달았다. 얼굴을 찡그리며 펜을 내려놓았다. 라일리의 엄마는 온종일 보살핌을 받아야 한다. 만약 살아 있다면, 여전히 그럴 것이다. 엄마를 추적하는 쪽이 옳을지도 모른다. 그리고 라일리가 엄마를 찾아올 때까지 기다리자. 만약 라일리의 엄마가 아직 살아 있고 두 사람이 여전히 가까운 곳에 있다면. 그렇다면, 가장 궁금한 '만약'…… 만약 라일리 엄마의 이름을 알아낼 수 있다면.

하지만 이름은 수도 없이 많다. 뭐든 이름이 될 수 있다. 그녀의 이름을 찾을 단서도 없었다. 델가도는 이름에서 벗어나, 수첩으로 시선을 돌렸다.

다음으로 중요한 것은 바로 '언덕 위의 큰 집'이었다. 델가도는 그렇게 적은 뒤 밑줄을 그었다. 어쨌든 라일리는 그 집을 조롱한 녀석을 호되게 팼다. 델가도는 '언덕 위의 큰 집'이 여기 워터타운에 있다고 생각하지 않았다. 뉴욕 북부에 있는 이 지역에는 언덕이 많지 않았다. 심지어 큰 집이 들어선 언덕은 거의 없었다. 이것 말고도 생각할 게 더 있었다. 라일리가 워터타운 고등학교에 입학했을 때는 이미 '라일리 울프'라는 이름으로 알려져 있었다. 만약 여기서 내내 다른 이름으로 살다가 갑자기 이름을 바꾸었다면? 거의 불가능한 속임수였다.

델가도는 펜으로 수첩을 톡톡 두드렸다. 라일리가 워터타운에 이사 오기 전에 어디서 살았는지 추측할 만한 정보가 턱없이 부족했다. 골머리를 앓아봐야 별 소용이 없었다. '언덕 위의 큰 집'에 다시 밑줄을 그었다. 그다음 두 줄 더 내려간 곳에 '책'이라고 썼다. 델가도는 수첩에 적은 '큰 집'과 '책'이라는 두 조각이 어디로 이어질지 전혀 알 수 없었다. 다만 이 두 개가 어린 라일리의 삶에서 큰 몫을 차지했다면, 중요한 것인지도 모른다.

델가도는 몇 분 더 생각에 잠겼다. 그리고 캐프리노 선생이 들려준 얘기를 하나씩 더듬었다. '이거다' 하고 딱 떠오르는 중요한 이야기는 전혀 없었다. 그는 지금까지 수첩에 적은 단어들을 죽 훑어봤다. 좋은 출발이었다.

델가도는 수첩을 덮었다. 그리고 시동을 걸어 동쪽으로 차를 몰았다.

지미 핀은 차를 선반에 올려놓고 공압 렌치로 타이어를 떼어내고 있었다. 델가도가 FBI 배지를 보여주자, 계산대 뒤에 있던 젊은 여자가 지미가 있는 작업장으로 허둥지둥 뛰어 들어갔다. 사무실과 작업장 사이에 창문이 있었다. 델가도는 두 사람의 모습을 창문으로 바라봤다. 여자가 흥분했는지 손을 흔들며 지미를 불렀고, 지미는 무언가 걱정스러운 눈빛으로 델가도를 슬쩍 흘겨봤다. 왠지 지미가 도망칠 것 같았다. 하지만 깊이 숨을 들이마신 지미는 렌치를 내려놓은 뒤 젊은 여자보다 먼저 사무실로 들어왔다. 그러고는 곧장 델가도 앞으로 다가오다 갑자기 멈췄다. 여자가 따라 들어오다 지미의 등에 부딪혔다. 그러고는 반 발짝 뒤로 물러나더니 걱정스럽게 지켜봤다. 지미는 두 손을 쥐었다 폈다 하면서 그대로 서있었다. 델가도에게는 그런 지미의 모습이 애처롭게 느껴졌다.

"핀 씨? 괜찮다면 두어 가지 물어보고 싶습니다." 그는 애써 온화한 목소리로 말했다.

"나, 나…… 뭐요?" 지미가 대답했다. 숨이 가빠 보였다. "그러니까…… 내 가석방 담당자도 말했잖아요……."

"걱정 말아요. 내가 아는 한 당신은 아무 문제도 없어요." 델가도가 말했다. 그러고는 대기실로 통하는 문 쪽으로 고개를 기울였다. "저 안에서 이야기 좀 할 수 있을까요? 몇 분이면 됩니다."

"하지만 그러면 왜…… 제 말은, 내 문제가 아니라면, 대체 뭡니까?"

"어서 앉아요. 커피라도 좀 마실까요?" 델가도가 말했다.

"바로 한 시간 전에 내린 신선한 커피가 있어요." 젊은 여자가 걱정스러운 목소리로 불쑥 입을 열었다.

"괜찮겠네요." 델가도가 말했다. "하지만 당신 일을 방해하고 싶진 않군요." 그리고 덧붙였다.

여자가 침을 꿀꺽 삼켰지만 움직이지는 않았다. 전화벨이 울리기 시작했다.

"핀?"

지미는 문 쪽으로 눈을 돌려 바로 뒤에 서 있는 여자를 바라봤다. 그러더니 다시 델가도에게로 돌아서서 숨을 크게 내쉬었다. "좋아요, 알았다고요." 지미가 말했다. 그러고는 여자에게 말했다. "가서 전화 받아, 엘리." 여자가 계산대 뒤로 종종걸음을 치며 가더니 수화기를 들었다.

델가도는 지미를 따라 대기실로 들어갔다. 안에는 커피메이커와 잡지 더미, 대낮부터 시끄럽게 떠들어대는 벽걸이 텔레비전이 있었다. 다섯 명의 여자가 한꺼번에 수다를 떨고 있었다. 델가도는 손을 뻗어 텔레비전을 껐다. 그러고는 직접 커피를 잔에 따른 뒤 지미를 향해 눈썹을 치켜올렸다. "한잔하실래요?"

"네. 아뇨, 아뇨. 난 안 마실게요." 지미가 말했다. "이봐요, 난 아무도 밀고하지 않을 거예요. 그러니까 이제는 아무것도 모른다니까요."

델가도가 고개를 끄덕이며 의자를 가리켰다. 그러고는 지미에게 말했다. "앉아요." 지미가 앉고 나서야 그는 근처의 의자를 가져와 그 앞에 놓고 그 위에 앉았다. 델가도는 커피를 한 모금 마셨다. 세상 끔찍한 맛. 라일리가 다닌 고등학교에서 마신 커피보다 더 맛이 없었다. 하지만 뜨거웠다.

"그래서요, 뭐, 뭐, 뭐 때문이에요?" 지미가 더듬거렸다. "내 말은, 오래, 오래, 오래전부터 이랬어요……." 이렇게 말하고는 입을 꾹 다물고 침을 꿀꺽 삼켰다. 제 발 저린 도둑처럼. "그래서, 뭐요?" 지미가 다시 물었다. 델가도는 커피를 한 모금 더 마셨다. 그리고 땀을 삐질삐질 흘리는 지미를 바라봤다. "라일리 울프." 마침내 델가도가 입을 열었다.

"제길, 빌어먹을." 지미가 들릴락 말락 한 소리로 중얼거렸다.

"당신 친굽니까?"

"이게 무슨 상황인지……. 라일리 소식은 들어본 적도 없어요. 고등학교 때잖아요. 게다가 그 애는 떠났고요. 그게 마지막이에요. 벌써 10년도 더 지났잖아요, 알겠어요?" 지미는 다시 침을 꿀꺽 삼켰다. 그러고는 들쑥날쑥하던 숨을 깊이 들이마셨다. "뭐, 그래서…… 걔가 무슨 짓을 했나요?"

"그때 라일리를 마지막으로 보셨다? 고등학교 때?"

지미가 세차게 고개를 끄덕였다. "3학년 때요. 그해 여름에 떠났어요. 걔네 엄마 때문에요. 그리고 저는, 음, 그건 오래전 일이잖아요, 그렇죠? 그리고……." 그리고 잠시 말을 끊더니 다시 침을 꿀꺽 삼켰다.

델가도는 지미를 지켜봤다. 극도로 긴장하고 있었다. 누구든 FBI 요원과 대화하려면 겁이 덜컥 날 것이다. 하지만 지미는 필요 이상

으로 전전긍긍하는 것 같았다. 어쩌면 과거에 저지른 범죄 때문일
지도 몰랐다. 그리고 그중 일부는 유죄임이 확실했다. 하지만 델가
도는 본능적으로 알았고, 그것을 믿었다. "핀 씨." 델가도는 목청을
높이지 않고 조용히 말했다. "FBI에게 거짓말하면 중형에 처해집니
다. 알고 있죠?"

창백했던 지미의 얼굴은 이제 새파랗게 변했다. "나, 나, 그건 나
도 몰라요." 지미가 걸걸한 목소리로 중얼거렸다. 그러더니 텁수룩
한 머리칼을 이마에서 쓸어 올렸다. "나, 이제 아빠가 됐어요. 난 못
가요." 그가 절박하게 말했다. "다시 돌아갈 수 없다고요."

델가도는 고개를 끄덕이며 기다렸다.

"이봐요." 지미가 마침내 입을 뗐다. 그는 입을 열 때마다 말을 두
번씩 더듬어서 말하기 전에 목을 가다듬어야 했다. "젠장." 지미의
말투가 부드러워졌다. 그는 고개를 숙였다. "아마 10년 전쯤일 거
예요." 그리고 애원하듯 말했다. 얼굴에서 땀이 흘러내렸다. "단지,
나는……." 지미가 말을 멈추더니 고개를 들어 입술을 핥았다. "갤
봤어요." 그가 쉰 소리로 말했다. "라일리를 봤다고요."

"여기서 그놈을 봤다고? 워터타운에서?"

"젠장, 그래요. 난 빌어먹을 워터타운에서 절대 도망치지 못하
니까요. 그래도 지금은 가석방 담당관에게 보고하면 돼요. 어쨌
든…… 그래요. 여기 있었어요. 라일리가 여기 있었다고요." 지미가
고개를 끄덕이며 소매로 얼굴에 묻은 땀을 닦았다.

"어디서 봤습니까?"

"새먼런 쇼핑센터요. 딕스에서 나오고 있었어요. 알죠? 스포츠용
품 파는 데요. 머리가 달라졌더라고요. 색도 다르고…… 전부 다.
금발이었어요. 하지만 난 라일리라는 걸 알아봤죠. 그래서 '라일리!

야, 친구야!'라고 불렀어요. 분명 라일리가 맞는데 제 말을 못 들었는지 다시 딕스로 들어가더라고요. 그래서 뭐지, 하고 생각하다 그를 따라갔어요." 지미는 웃음이 막 터질 것 같은지 코웃음을 치며 다시 이마를 닦았다. 그러고는 델가도를 올려다보며 말했다. "담배 좀 피워도 될까요?" 델가도가 고개를 끄덕이자 지미는 구겨진 연청색 담뱃갑을 꺼냈다. 부엌 성냥으로 불을 붙이고는 깊이 숨을 들이마시더니 연기를 내뿜었다. "그래요. 어쨌든 전 딕스에 두 발짝 정도 들여놨는데, 갑자기 권총이 쑥 들어오는 것 같더라고요. 갈비뼈쪽에, 바로 여기요." 지미가 팔을 들어 심장 근처 평평한 곳을 가리켰다. "그러더니 어떤 목소리가 그랬어요. '아무 말도 하지 마, 그냥 웃으면서 같이 가.' 당연히 그놈이 누군지 똑똑히 볼 수 없었죠. 하지만 라일리였을 거예요, 그렇죠? 그래서 뭐, 전 그 사람 말대로 했어요."

지미가 다시 한번 숨을 들이쉬었다. "그 자식이 절 식당가로 데려갔죠. 근처에 있더라고요. 날 식탁에 앉힌 다음 입을 내 귀에 바짝 대고 말했어요. '앤드루라고 불러.' 그러고는 다시 총으로 날 찌르며 옆에 앉더라고요." 지미가 고개를 끄덕였다. "걔 맞아요. 달리 그럴 녀석이 없으니까. 라일리였어요. 그러고는 환하게 웃더니 '야, 지미, 무슨 일이야?' 그러더라고요." 지미가 고개를 가로저으며 웃었다. 입을 벌려 무슨 말을 하려다 다시 꾹 다물더니 초조하게 주위를 둘러봤다.

델가도는 기다렸다. 지미는 바닥을 내려다보며 담배를 뻐끔거렸다. "그놈이 왜 워터타운에 있는지 말했습니까?" 마침내 델가도가 입을 열었다.

지미가 코에서 연기를 내뿜으며, 푹 수그린 고개를 끄덕였다. "그냥 옛날 잡쓰레기를 치우고 있다고 했어요. 그게 뭔지는 묻지 않았어요. 당신이라면 물어봤겠죠. 당신이야 뭐, 애당초 그런 놈과 어울리지도 않았겠지만요."

델가도는 꽤 합리적으로 확신했다. 라일리가 치웠다는 '잡쓰레기'는 고등학교와 소년원에서 사라진 라일리의 기록이 틀림없었다. 또한 지미가 라일리에게 자세히 캐묻지 않았다는 말은 사실일 거라고 확신했다. 삶에 따르는 규칙이었겠지. 델가도는 지미만큼 그들을 잘 알고 있었다. 그래서 묵묵히 앉아 조금 더 기다렸다. 핀이 다 피운 담배를 바닥에 버리더니 발로 비벼 껐다. "라일리 울프를 마지막으로 본 게 그때죠, 맞아요?" 델가도는 확인하듯 물었다.

지미가 힘차게 고개를 끄덕였다. "하늘에 맹세코."

"라일리한테서 연락 온 적은 있습니까? 전화나 편지, 이메일, 뭐 그런 거요."

지미가 다시 고개를 저었다. 이번에도 아주 세차게. "아뇨, 절대로요. 단 한 번도 없었어요. 내 아이를 걸고, 아무것도 없었어요. 그게 다였죠. 우리는 그저 식당가에서 30분 정도 머물렀을 뿐이에요. 진짜 그게 다예요. 정말이에요." 그가 말했다. 지미가 침을 삼키더니 다시 이마를 닦았다. 그러고는 숨을 깊이 들이마셨다. 숨소리가 불안했다.

델가도는 아무 감정도 없이 땀을 삐질삐질 흘리는 지미를 지켜봤다. 지미의 얘기가 끝났다는 생각이 들자, 고개를 끄덕였다. "혹시 라일리 사진이 있나요?" 델가도가 물었다.

"사진요? 아뇨. 음…… 졸업 앨범에도 없는걸요. 그때 무슨 일이 있는 것 같았는데……."

지미가 말을 더듬거리다가 멈췄다. 그리고 침을 꿀꺽 삼켰다. "이

봐요, 알다시피 아주 오래전 일이에요. 하지만, 어, 그러니까 우린 철부지였어요. 불쌍한 철부지들이요."

"라일리는 왜 사진 찍기를 싫어했을까요?" 델가도가 물었다.

지미가 한숨을 쉬었다. "1학년 때부터였어요. 라일리와 우리 셋이 함께 있었는데. 그리고 우리가…… 어…… 우리가 어울리기 시작한 이후로는 라일리가 아무 사진도 찍지 말라고 했어요. 어…… 우리는 뭔가를 슬쩍하곤 했거든요."

"다른 두 사람은 누구죠?"

"로드니 얀코프스키. 그리고 토미 스투반이에요." 핀이 말했다.

"두 사람이 지금 어디 있는지 아십니까?"

"그럼요." 지미가 말했다. "토미는 죽었어요. 3년 전에 음주 운전을 하다 나무를 들이받았죠. 로드니는 감방에 또 들어갔어요. 미드스테이트에 있어요."

델가도가 끄덕였다. "뭘 훔쳤나요?"

지미는 "훔쳤다"는 말에 살짝 움찔했다. 하지만 곧 고개를 끄덕이며 말을 이었다. "라일리가 최신형 워크맨을 훔쳤었죠. 워크맨은 녀석에겐 정말 중요한 물건이었어요. 항상 갖고 다녔으니까. 젠장, 음악을 좋아했어요. 맨날 듣더라고요. 그리고 멋진 옷, 멋진 신발……. 사기꾼 같았다고나 할까요?" 지미가 어깨를 으쓱했다. "뭐, 애들이 슬쩍할 만한 물건들이잖아요."

"라일리에게 다른 친구가 있었습니까?" 델가도가 물었다. "여자 친구라도?"

지미가 콧방귀를 뀌며 말했다. "아, 이런. 여자 친구요? 라일리는 말이죠, 완전히 선수였어요. 그러니까…… 당신은 한 번도 해보지 못 했을 헛소리를 잘도 늘어놓는다니까요. 젠장, 라일리는 수녀 속

옷도 벗길 놈이에요."

"특별히 친한 여자는 한 명도 없었고요?"

"라일리가 '한 여자'와요? 설마요. 그럼 라일리가 아니죠." 지미가 말했다. "그야말로 '이 주의 인물'이었죠. 매주 그랬다니까요? 어떻게 그럴 수 있는지 모르겠더라고요. 라일리에게 뭔가 있었나 봐요. 매력이랄까? 그런 게 있었던 것 같아요. 라일리가 매력을 한번 발산하면 여자들이 아주 야단법석이었죠. 원하는 짓은 뭐든 다 할 수 있었죠."

"또 다른 친구들은 없나요?" 델가도가 재촉했다. "아니면 그냥 셋뿐?"

"우리뿐이었죠." 지미가 말했다. "우린 꽤 끈끈한 사이였어요. 하지만…… 모르겠어요. 항상 그랬으니까요. 라일리도 그랬을 거예요. 우리는 라일리가 원하는 대로 했으니까."

"워터타운에서 어디로 이사 갔는지 압니까?"

핀은 고개를 절레절레 흔들었다. "아뇨, 전혀요. 음, 그게 좀 이상했어요. 어느 날 갑자기 떠났거든요. 말 한마디 없이. 아무 말도 없었어요."

"워터타운에 오기 전에는 어디서 살았다고 말한 적 있나요?" 델가도가 물었다.

지미가 어깨를 으쓱했다. "아뇨, 아무 말도 안 했어요. 라일리는 교실에서 그 일로 칼 심킨스를 두들겨 팬 후에도 그건 말해주지 않았어요. 우리도 묻지 않았고요." 그러고는 얼굴을 찡그렸다. "그래도 모르겠어요. 한두 번쯤 이런 말은 했죠. '놀러 올 거야?' 꼭 촌놈처럼." 지미가 코웃음을 쳤다. "라일리 엄마가 더 심했죠. 바람과 함께 사라진 것 같더라고요."

"라일리 엄마를 본 적 있나요?"

지미는 어깨를 으쓱했다. "라일리하고 차를 같이 탔어요. 라일리 데리러 집에 들른 적이 있거든요. 라일리 엄마가 일하는 프렌들리스에 두어 번 들렀죠. 탁자에 앉아 기다렸어요. 라일리가 엄마에게 말을 걸기도 했고, 몇 달러쯤 드리기도 했으니까요." 그는 다시 어깨를 으쓱했다.

"엄마 이름이 뭐였는지 기억나요?" 델가도가 물었다. "라일리 엄마 이름이요."

"어, 레스…… 뭐였어요. 식당 유니폼에 이름표를 달고 있었거든요? 그러니까…… 셜리? 아닌데, 아니 잠깐요, 실라. 그래, 바로 그거예요."

"실라?"

"확실해요."

델가도는 고개를 끄덕였다. "그럼 라일리가 엄마와 가까웠나요?"

지미가 코웃음을 쳤다. "병적으로 가까웠죠. 무슨 여자 친구도 아니고. 간이고 쓸개고 다 내어 줄……." 그러다 갑자기 말을 멈추더니 델가도를 쳐다봤다. 그리고 얼굴을 붉혔다. "그냥 그렇다고요." 지미가 어쭙잖게 말을 끊었다. "두 사람은 진짜 애틋했어요."

델가도는 이해한다는 듯 고개를 끄덕였다. "라일리는 보통 남자들보다 훨씬 엄마랑 가까웠군요."

지미가 마음이 조금 놓였는지 힘차게 고개를 끄덕였다. "맞아요. 바로 그거예요. 알겠지만, 좀 웃기잖아요. 엄마한테 막 집착하는 남자요." 그러고는 미소 지으며 고개를 저었다. "하지만 사실이에요. 그렇다고 라일리를 놀린 사람은 없었어요. 그러니까 제 말은, 라일리가 만났던 여자들을 보면…… 아무도 녀석이 게이나 뭐 그런 쪽이라고는 생각하지 않을 거라는 뜻이에요."

"그리고 어머니는 남부 억양이 강했어요." 지미가 말했다.

"남부 어느 지역 같아요?" 델가도가 물었다.

"알 게 뭐예요?" 지미가 대답했다. "하지만 완전히 남부인이었어요. 그건 확실해요."

델가도는 고개를 끄덕였다. 사람들은 대부분 사우스조지아와 애팔래치아의 억양을 잘 구별하지 못한다. 그래도 일단은 만족스러웠다. 라일리가 남쪽 어딘가에서 왔다는 게 확실하니까. 충분하지는 않아도 다른 데서보다는 이곳에서 많은 정보를 얻었다. 하지만 지미에게 물어볼 말이 하나 더 있었다.

"라일리 집에 들렀다고 했는데, 라일리는 어디에 살았죠?" 델가도가 물었다.

"뭐…… 그러니까, 그러니까…… 여기서요? 걔가…… 고등학교 다닐 때?"

"그래요." 델가도가 말했다.

지미가 씁쓸하게 고개를 저었다. "다 쓰러져가는 낡은 트레일러였어요. 에번스 로드에서 1.5킬로미터 정도 떨어진 데 있죠. 공항 근처요. 사실상 활주로 끝이지만." 그러면서 코웃음을 쳤다. "쓰레기 처리장이나 다름없었죠. 라일리네 집은 가난했거든요."

"여전히 있나요?"

지미가 또 콧방귀를 뀌었다. "뭐, 무너지지 않았다면요." 그리고 덧붙였다. "그때도 녹슬기 일보 직전이었어요."

델가도는 지미를 찬찬히 살펴보았다. 그러고는 고개를 끄덕이며 일어섰다. "시간 내줘서 고마워요."

에번스로드는 찾기 쉬웠다. 공항 바로 앞 12F번 국도에서 좌회전하면 나왔다. 집은 거의 없었다. 대부분 지저분한 나무와 덤불, 빈 들판뿐이었다. 트레일러는 보이지 않았다. 델가도는 천천히 차를 몰며 길 끝까지 내려갔다. 길은 바로 180번 국도와 이어졌다. 그는 에번스로드를 따라 돌아갔고, 더 천천히 차를 몰았다. 지미는 "활주로 끝에 있는 집"이라고 말했다. 델가도는 아주 오래된 묘지를 지나 나무 사이로 공항이 보이는 곳을 찾아 차를 몰았다. 바퀴 자국이 울퉁불퉁하게 반쯤 솟은 흙길이 보였다. 진입로였지만, 델가도는 그 길로 가지 않았다. 바퀴 자국이 깊이 팬 흙길 가까이에서 자라는 나무 사이를 지나 공항 앞으로 향했다. 그러다 마침내 낡은 단풍나무 한 그루가 힘없이 쓰러져 길을 막고 있는 곳에 이르렀다.

델가도는 차를 세우고 내렸다. 길을 가로막은 나무는 꽤 오래전부터 거기 있었는지 반쯤 썩어 있었다. 그렇다고 해도 차로 지나갈 방법은 없었다. 손전등과 작업용 장갑 한 켤레를 차에서 들고 나온 델가도는 조심스레 나무를 넘어 오래된 길을 따라 걸어갔다.

50미터 더 들어가자 한때 공터였던 곳이 드러났다. 지금은 대부분 잡초로 무성하게 뒤덮여 있었지만. 공터 맨 끝에 이중 트레일러의 잔해가 보였다.

델가도는 잡초를 헤치며 공터 안쪽으로 쭉 들어갔다. 반쯤 지났을 때 가시덤불에 걸리고 말았다. 처음에는 뭔지 잘 몰랐는데, 가시덤불은 바지 두 군데, 피부 세 군데를 찢었다. 그는 작업용 장갑을 낀 다음 옷에 걸린 가시덤불을 제거했다.

이제 더 조심스럽게 앞으로 나아갔다. 가시밭길을 피해 트레일러에 더 가까이 다가섰다. 그리고 마침내 트레일러 앞 계단에 섰다. 계단은 썩어 문드러져 있었다. 트레일러 자체도 마찬가지였다. 마치 어떤 거대한 생명체가 앉아 있었던 것처럼 가운데 부분이 푹 꺼져 있었다. 창문을 제외하면 전면은 온전했지만, 트레일러 문이 한쪽 경첩에 아슬아슬하게 매달려 있었다.

델가도는 부서진 트레일러 주변을 천천히 걸었다. 트레일러 한쪽 끝을 침범한 덤불은 그리 무성하지 않았다. 델가도는 몸을 웅크리고 앉아 아래쪽을 살폈다. 바닥이 푹 내려앉은 곳에 리놀륨 조각이 늘어져 있었다. 누더기 한 무더기, 정체를 알 수 없는 플라스틱 물품들, 그리고 낡은 나무 의자 반쪽처럼 보이는 가구 따위가 어지럽게 널려 있었다. 자리에서 일어난 델가도는 트레일러 주변 수색을 끝냈다.

하지만 맨 끝에서 다시 멈칫했다. 다 썩어버린 트레일러 외벽에 커다란 구멍이 뚫려 있었다. 델가도는 날카로운 가시덤불이 없는지 주의 깊게 살피며 그쪽을 향해 걸어갔다. 그리고 뚫린 구멍으로 낡은 트레일러 안을 들여다보았다. 내부는 어둑어둑했다. 델가도는 손전등을 켜 안을 비췄다. 별로 볼 건 없었다. 내부 역시 바깥만큼이나 엉망진창이었다. 그나마 몇몇 가구만 알아볼 수 있을 뿐, 아무것도 남아 있지 않았다. 게다가 바닥에는 구멍이 뻥뻥 뚫려 있었다. 안으로 들어가 살피는 짓은 자살행위나 다름없었다.

트레일러에서 물러난 델가도는 다시 앞쪽으로 돌아갔다. 현관문에 기댄 채 손전등 불빛을 깜빡이며 이리저리 살펴보았다. 텅 빈 폐허뿐이었다.

델가도는 두어 걸음 뒤로 물러섰다. 그리고 몇 분 동안 트레일러를 둘러보지 않고 우두커니 서 있었다. 새들이 하염없이 지저귀고 있었다. 아주 엷은 바람이 불어와 나뭇잎을 휘저었다. 하지만 그는 알아차리지 못했다. 그저 묵묵히 서서 생각에 잠겨 있었다. 그러고는 돌아서서 공터를 둘러봤다. 잡초들 말고는 볼 게 없었다. 델가도는 잠시 아랫입술을 씹으며 고개를 끄덕였다. 그리고 바닥이 드러난 트레일러 끝자락으로 다시 걸어가 조심스럽게 손을 넣어 그걸 들어 올렸다. 그런 다음 한쪽 무릎을 꿇고 머리를 안으로 들이밀고 고개를 들었다. 위쪽 바닥은 아직도 대부분 온전했다. 이 정도 위험은 감수할 만했다. 그는 트레일러 아래로 조심스럽게 기어 들어갔다.

처음 발견한 쓰레기 더미에서 델가도는 잠시 걸음을 멈췄다. 그리고 더미를 훑어봤다. 반쯤 깨진 자기 커피잔이 보였다. 관광지에서 흔히 살 수 있는 값싼 기념품이었다. 델가도는 주의 깊게 머그잔을 살폈다. 아주 희미해진, 빛바랜 빨간 글자를 알아볼 수 있었다. 'RU' 그리고 그 아래에는 'F.' "루비 폭포Ruby Falls'인가?" 라일리가 정말 남부 어딘가에서 왔다면 그럴 수도 있다. 하지만 '럭비 풋볼RUGBY FOOTBALL' 또는 '고무 송곳니rubber fands', '망가진 발ruined feet' 등 온갖 단어로 짐작할 수 있는 글자였다. 그는 조각을 내려놓은 뒤 다음 쓰레기 더미로 기어갔다.

다시 쓰레기 더미를 뒤졌다. 알아볼 만한 물건들은 그저 그런 것들이었다. 더럽고 얼룩덜룩한 스웨터 소매. 깨진 플라스틱 접시 두 개. 뒤틀린 금속 포크. 헝겊, 병, 녹슨 깡통. 아무것도 아닌 것들이었다.

하지만 델가도는 참을성이 많았다. 쓰레기 더미 밑바닥까지 샅샅이 뒤졌다. 마침내 그의 참을성은 보상받았다. 유리 조각과 섞여 부패한 쓰레기 더미 아래, 익숙한 뭔가가 한쪽 모퉁이에서 튀어나왔다. 델가도는 가슴이 설렜다. 위에 있는 찐득찐득한 오물을 모두 털어버리고, 장갑 낀 엄지와 집게 손가락으로 모서리를 잡아 끄집어냈다. 드디어 빠져나오고 있다. 델가도는 미소 지었다.

번호판.

낡고 찌그러지고 더러웠지만 온전했다. 더미 밑바닥에 깔려 있어 글자와 숫자가 완전히 사라지지는 않았다. 델가도는 불빛을 비추려고 손을 기울였다. 손이 살짝 떨렸다.

번호판에는 녹색 글자로 '조지아'라고 쓰여 있었다. 색은 바랬지만 살구색으로 쓰인 'O'자가 보였고, 오른쪽 윗부분에는 '96'이라고 적힌 녹색 스티커가 있었다. 이 번호판의 유효기간이었다.

더욱 다행스럽게도 밑부분에 '피켄스PICKENS'라는 단어가 있었다. 어쩌면 그곳이 바로 델가도가 찾던 마을인지도 몰랐다.

델가도는 눈을 감았다. 그리고 잠시 숨을 들이마셨다. 쿵쾅거리는 심장 소리가 점점 잦아들기 시작했다. 그는 허물어진 트레일러 아래 쓰레기 더미에 웅크리고 앉아 낡은 번호판을 움켜잡았다. 왠지 모를 행복감이 밀려왔다. 눈을 뜬 델가도는 트레일러 밑에서 기어 나와 차를 세워둔 장소로 걸어갔다.

그리고 차를 몰아 그곳을 떠났다. 얼굴 가득 흐뭇한 미소를 머금은 채.

13장

　자선 만찬이 끝난 지 3주가 지났다. 하지만 카트리나는 여전히 랜들 밀러를 생각하고 있었다. 어느 날 문득, 그냥 아무 때나, 심지어 아주 자주. 때로 그 남자는 카트리나의 마음을 스쳐 지나갔다. 따뜻한 미소와 하얗고 고운 치아. 강하면서도 부드러운 손아귀 힘. 물론 카트리나는 너무 좋아 어쩔 줄 몰라 하는 어린 여자애가 아니었다. 어쩌면 다시 보지 못할 누군가에게 딴마음을 품는다는 일 자체가 참 어리석은 짓이었다.

　하지만 그럴 만한 이유가 있었다. 카트리나는 집 안 인테리어 작업을 담당한 아이린 콜드웰을 기다리고 있었다. 생각보다 훨씬 오래 기다렸다. 아이린은 10시에 도착할 예정이었지만, 11시 30분이 지나도 코빼기조차 보이지 않았다. 전화도 받지 않았다. 세간의 평판과 사뭇 달랐다. 시간을 칼같이 지키는 책임감 있고 부지런한 여자라더니. 처음에는 짜증을 내던 카트리나는 문득 아이린에게 무슨 일이 일어났을지도 모른다는 생각에 경악했다. 인테리어가 아

직 반도 안 끝났는데! 어찌된 영문인지 알아보려던 찰나, 전화벨이
울렸다. 전화기 화면을 힐끗 쳐다본 카트리나는 흠칫 놀랐다. 그녀
의 변호사 타일러 글래드스턴의 번호였기 때문이다.

"여보세요, 타일러. 깜짝 놀랐잖아요." 카트리나가 인사를 건넸다.

"혹시 불쾌하셨다면 죄송합니다." 타일러가 말했다. "제 기억이
맞는다면 최근 아이린 콜드웰을 고용하셨죠?"

카트리나는 속이 울렁거렸다. 뭔가 나쁜 일이 생긴 게 틀림없었
다. "네, 그래요. 무슨 일이죠? 아이린은 괜찮나요?" 카트리나가 말
했다.

"건강에는 이상이 없습니다. 괜찮아요." 타일러가 대답했다.

"타일러. 괜히 식겁했잖아요. 그럼 대체 무슨 일이 생긴 거죠?"

"현재 아이린이 경찰에 구금되어 있어요." 타일러가 말했다.

"경찰요? 맙소사!" 카트리나가 말했다.

"네, 그런데 몇 시간 후면 FBI에 넘겨질 거예요." 타일러가 말했
다. 그러더니 피식 웃었다. "죄송해요. 마음 놓을 상황은 아닌데, 그
렇죠?"

"하지만 그래도…… 말도 안 돼, 믿을 수가 없군요." 카트리나가
말했다. "아이린이 어떻게 그럴 수가 있죠? 세상에나. 타일러, FBI
라뇨! 대체 무슨 짓을 했대요?"

"실은 제가 알고 싶은 게 바로 그겁니다." 타일러가 말했다. "경찰
이 부인과 이야기하고 싶대서 전화했습니다."

"저요? 저와 이야기를 한다고요? 빌어먹을, 타일러. 제가 왜 그래
야 하죠? 당신이 처리할 수 있잖아요!"

"안 될 것 같아요. 들어보니 아이린이 판매한 고가의 작품 몇 점
이 위작이라고 합니다." 타일러가 말했다. "경찰은 위작이 더 있는

지 알고 싶답니다. 아이린이 부인에게 그림을 팔았다는 것도 알고 있더라고요."

"젠장." 카트리나가 의자에 주저앉으며 말했다.

"엘모어 피치에게서 전화가 왔다고 합니다. 그래서 당국이 꽤 심각하게 받아들이는 모양이에요. 부인이 뭔가 해줄 말이 있는지 알고 싶어 합니다."

"이런, 젠장." 카트리나가 다시 말했다.

"경찰은 조금 더 포괄적인 진술을 원할 거예요, 카트리나." 타일러가 무미건조하게 말했다.

카트리나는 타일러의 말을 듣지 않았다. 바로 맞은편 벽만 바라보며 앉아 있을 뿐이었다. 아이린 콜드웰이 불과 며칠 전에 배달한 라우션버그의 새 그림이 벽을 가득 차지하고 있었다. 돈을 꽤 많이 들여 구매한 작품이었다. 그런데 만약, 가짜라면? 카트리나는 돈뿐만 아니라 '위작'이라는 말 때문에 몹시 동요했다. 가짜라니…… 아이린 콜드웰이 가짜를 팔았다고?

"피치 씨는 어떻게 알았대요?" 카트리나가 불쑥 물었다.

잠시 침묵이 흐른 후에 타일러가 입을 열었다. "무슨 말씀이신지……."

"빌어먹을, 타일러! 엘모어 피치는 반 다이크와 페르메이르 그림도 구별할 줄 모른다고요! 그림이 가짜라는 걸 어떻게 알았냐고요!"

"아, 네." 타일러가 말했다. "익명의 제보를 받았다더군요. 그림 왼쪽 아래에 신문지 조각이 숨겨져 있대요. 날짜가 적힌 종잇조각과 함께요."

카트리나가 중심을 잃고 기우뚱거렸다. 수화기를 그대로 움켜쥔 채 새로 들인 라우션버그의 멋진 그림 앞으로 향했다. 타일러가 무슨 말인가 하고 있었지만, 한마디도 알아듣지 못했다. 허리를 굽혀 그림의 왼쪽 아래 구석을 응시했다. 잠시 시간이 걸렸지만, 바로 찾아낼 수 있었다. 〈뉴욕타임스〉 조각을.

불과 몇 주 전 날짜가 적힌 종잇조각과 함께.

카트리나가 들인 라우션버그 그림은 가짜였다.

깜짝 놀라 비명을 지르기 직전, 그녀는 타일러가 다시 입을 열었음을 깨달았다. 그래서 일단 억지로 집중했다.

"제 사무실에서 이야기하겠다고 경찰에게 말했어요. 경찰도 동의했습니다만, 부인을 오늘 뵙고 싶다는군요. 듣기로는 피치 씨가 정치인들까지 설득하고 있다던데요. 자기는 무관하다는 거겠죠. 그래서 말인데, 오후에 잠깐 제 사무실에 들를 수 있으십니까? 3시경에요."

카트리나는 다시 그림을 바라봤다. 갑자기 분노가 치밀었다. "빌어먹을." 그러고는 계속 씩씩거렸다. 만약 아이린이 그녀를 속였다면, 카트리나에게는 경찰을 만나러 갈 이유가 충분했다. 아이린에게 돈을 물어내라고 해야 할 것이다.

"3시 정각. 제가 가죠." 그래서 더 큰 소리로 그녀는 대답했다.

카트리나는 여전히 화가 난 상태로 경찰 면담에 응했다. 정말 파렴치한 범죄를 저질렀다고, 또 위대한 예술을 위조했다고 아이린에게 반격할 수 있어서 기뻤다. 하지만 몇 분 후, 그녀는 시큰둥한 얼굴로 나타난 경찰관 두 명이 라우션버그가 누군지 전혀 모른다는 걸 깨달았다. "만화가 아닌가요? 몇 년 전 〈SNL〉에 나왔던?" 경찰 중 한 명이 정색하며 말했다.

다른 경찰은 구겨진 신문 조각을 보고 있었다. "재스퍼 존스. 이 사람이 부인에게 어떤 의미가 있습니까?" 그가 물었다.

"사적으로 아는 사람은 아니에요." 카트리나가 말했다. "하지만 그는 훌륭한 예술가죠."

"음." 경찰관이 미심쩍다는 듯이 말했다.

"엘모어 피치, 아십니까?" 다른 경관이 물었다.

"이런, 맙소사." 카트리나가 탄식했다. 몸이 부들부들 떨려왔다. 억누를 수 없을 정도로. "만난 적 있어요."

"네, 우리도 만났어요." 그 경관이 말하자 다른 경관이 고개를 저었다.

"그 사람이 어떤 식으로든 연루되었나요?" 카트리나가 물었다.

"부인이 우리에게 말해주지 않을까 생각했는데요."

"제 의뢰인의 말은 피치 씨를 거의 모른다는 뜻입니다." 타일러가 끼어들었다.

"그래요? 죄송해요. 제가 잘못 이해했나 보군요." 경관이 말했다.

"아이린 콜드웰이 부인에게 팔았던 그림들에 대해 말해줄 수 있습니까?" 동료 경관이 물었다.

"그림들은 보험에 들었나요?" 처음 질문했던 경관이 물었다.

카트리나는 그림들에 관해 설명하려 했다. 하지만 그들은 막다른 골목으로 그녀를 유도하며 말을 가로막았다. 경찰은 오로지 카트리나가 그림값으로 얼마를 냈는지, 그림에 얼마나 값어치가 있는지, 아이린 콜드웰이 왜 바가지를 씌웠는지, 그리고 카트리나가 든 보험이 손실을 보상해줄지를 알고 싶어 할 뿐이었다. 마지막 질문으로 갈수록 영역이 점점 넓어졌다. 그제야 카트리나는 경찰이 어떻게든 이 일에 자신을 연루시키고 싶어 한다는 걸 깨달았다. 그래서 몇 분 동안 얼굴을 찌푸리며 타일러만 빤히 바라봤다.

"질문이 점점 산으로 가는군요." 카트리나가 타일러에게 말하자 그가 고개를 끄덕였다.

"신사분들, 이만하면 됐습니다." 타일러가 말했다.

나이 든 경관이 얼굴을 찡그렸다. "나중에 더 질문드리죠."

"그럴 리가요." 타일러가 딱딱하게 말했다. "FBI가 사건을 인계받을 겁니다. 아마도 오늘 저녁쯤? 그렇지 않다면…… 제게 연락 주십시오. 그러면 제가 다시 뭔가 준비해보죠." 타일러가 일어섰다. "그럼 이제 실례해도 될까요?"

경찰관들도 서로의 얼굴을 보며 일어났다. 한두 번 의미심장한 눈길을 서로에게 보낸 뒤 그들은 자리를 떴다.

"미안해요, 카트리나." 경찰이 사라지자 타일러가 입을 열었다. "경찰들이 당신을 엮으려 들 줄은……."

"말도 안 돼요!" 카트리나는 화가 머리끝까지 치솟았다. "젠장, 저는 이 사건의 피해자라고요! 게다가 혐오스러운 엘모어 피치와 나를 엮으려 들다니……."

"그러게요." 타일러가 말했다. "하지만 그 사람은 부자고, 저들은 경찰이니까요."

"빌어먹을." 카트리나는 도무지 분을 삭일 수 없었다. "그 여자가 평생 감옥에서 썩었으면 좋겠어요."

"아마 수감 기간이 그리 길지는 않을 거예요." 타일러가 말했다. "하지만 얼마간은 있을 겁니다." 카트리나에게 건네는 작은 위로였다. 그녀는 여전히 화가 난 상태로 집에 도착했다. 아이린을 믿었고, 그림도 좋아했는데. 제기랄. 그게 가짜였다니! 너무 불쾌했다. 배신을 당한 것 같았다. 치욕스러웠다. 너무 화가 나서 참을 수가 없었다. 인테리어가 반쯤 끝난 거실에 앉고 나서야 비로소 만사 제쳐두고 새로운 디자이너를 찾아야 한다는 사실을 깨달았다.

"젠장." 카트리나가 말했다. "망할. 제기랄. 빌어먹을." 앞으로 맞닥뜨릴 상황을 생각하니 몹시 수치스러웠다. 친구들에게 전화해 새로운 디자이너를 추천받고, 대체 어떻게 몇 백만 달러에 속았냐며 시시콜콜 캐묻는 친구들에게 일일이 해명하고, 친구들이 추천한 사람 중 누가 좋을지 골라야 한다. 앞으로 진행될 일들은 또 어떻고? 어쩌면 또 다른 위작 때문에 골치가 아플지도 모른다. 최근 여기저기서 위작들이 불쑥불쑥 나타나고 있었다. 카트리나는 다시는 그런 일을 겪고 싶지 않았다. 하지만 어떻게 해야 피할 수 있을까? 현대미술을 알 만큼 안다고 생각했는데도 가짜를 적발하지 못했다. 지금 카트리나에게 가장 필요한 사람은 현대미술을 잘 알고 가짜를 찾아낼 수 있는, 믿을 만한 디자이너였다.

물론 조건에 꼭 들어맞는 사람이 한 명 떠올랐다. 그 남자 생각만으로도 마음에 잔잔한 파문이 일었지만, 이는 또 다른 문제였다. 핸드백을 움켜쥔 카트리나는 명함을 찾아 가방 안을 뒤적거렸다. 마침내 꺼낸 명함을 소파에 올려놓은 다음 번호를 눌렀다.

네 번의 발신음. "랜들 밀러입니다." 아삭아삭한 남자 목소리가 들렸다.

"안녕하세요, 랜들." 카트리나가 말했다. "저 카트리나 흡슨이에요. 끔찍한 만찬에서 봤었죠?"

"네! 잘 지내셨죠?"

카트리나는 왠지 기분이 좋았다. 랜들이 자기 목소리에 반가워하는 듯했다. "아니요, 실은 유감스럽게도 지금 좀 화가 나 있어요." 그녀가 말했다.

"요새 그런 일들이 많죠." 랜들이 말했다. "젠장, 안 돼! 잠시만 실례할게요."

카트리나는 랜들의 전화기가 딱딱한 표면에 부딪히는 소리를 들었다. 전화기 너머로 랜들이 누군가를 질책하는 소리도 들려왔다. 이유는 알 수 없었다. 잠시 후, 랜들이 다시 전화를 받았다.

"미안해요." 랜들이 말했다. "멕시코 타일을 선적해야 하는데, 아이고 직원들이란……." 그러고는 숨을 길게 내쉬었다. "신경 쓰지 마세요. 제 문제니까요. 잘 지냈죠……? 참, 제가 이미 물었던가요?"

카트리나는 자기도 모르게 웃음이 나왔다. "맞아요, 하지만 용서해드리죠." 그녀가 말했다. "우리 집 인테리어를 마무리해준다면 더더욱."

"네? 아, 그건 아이린 콜드웰이 맡았잖아요?"

"맞아요." 카트리나가 말했다. 문득 다시 화가 치솟았다. "아이린은 당분간 면허를 다시 따느라 바쁠 거예요."

"면허를 따다니……. 아이린이 체포되었다는 말씀인가요? 하느님 맙소사, 무엇 때문에요?"

카트리나는 랜들에게 알고 있는 사실을 그대로 알려줬다. 랜들은 깊은 충격을 받은 것 같았다. "세상에." 그가 말했다. "아이린 콜드웰이 위작을 팔다니……."

"그러니까요." 카트리나가 말했다. "랜들, 부디 저를 도와주셨으면 해요. 지금 집 전체가 뒤집혀서 앉을 데도 없고, 그리고 전…… 저는 당신 도움이 절실해요. 부탁이에요."

랜들은 대답에 앞서 망설였다. 카트리나는 손바닥에 땀이 흐르고 있음을 깨달았다. "글쎄요, 저도 그러고는 싶지만……." 랜들이 마침내 입을 열었다.

"지금 제가 하는 이 프로젝트가…… 젠장, 다른 전화기가 울려서요. 잠시만 기다려주실래요?"

"그럼요." 카트리나가 말했다. 그러고는 아랫입술을 씹으며 소파에 손을 닦았다. 심장이 빠르게 두근댔다. 어째서 이 단순한 리모델링 작업이 별안간 이토록 큰 의미를 띠게 되었는지 의아했다. 하지만 이게 전부가 아닐지도 모른다는 사실을 인정할 즈음, 랜들의 목소리가 다시 들렸다.

"카트리나?" 랜들이 말했다. "정말 죄송하지만, 제가 지금 저지시로 가야 해요. 페인트에 무슨 문제가 있나 봐요. 견본과 다르다네요. 얼른 가서 손해배상 청구를 하겠다고 업자를 협박해야겠어요."

"죄송해요." 카트리나가 말했다. 그러고는 입술을 깨물었다. 그녀는 이기적인 생각에 빠질 수밖에 없었다. 평소에 그런 사람들을 경멸했지만, 지금은 이것저것 따질 형편이 아니었다. "그래도 부탁할게요, 랜들. 우리 집 작업 좀 끝내주세요."

전화기 너머에서 잠시 침묵이 흘렀다. 랜들이 길게 숨을 내쉬는 소리가 들렸다. "난감하네요. 몇 달 동안은 시간을 낼 수 없어서. 미안해요, 카트리나. 저도 정말 돕고 싶어요."

"아……." 카트리나는 엄청난 실망감을 느꼈다. 단지 디자이너 한 명을 잃었다는 아쉬움 때문만은 아니었다. "저도 미안해요, 랜들." 한숨이 절로 나왔지만 아무렇지 않은 척 명랑하게 말했다. "랜들, 당신 프로젝트가 잘되길 바랄게요. 그리고 악덕 페인트 업자는 발로 뻥 차버리고요." 이 말에 랜들이 웃었다. "고마워요, 그래야죠. 미안해요, 카트리나."

전화를 끊은 카트리나는 그저 입술을 깨물며 멍하니 앉아 있었다. 젠장, 젠장, 젠장……. 욕 말고는 딱히 떠오르는 말도 없었다. 이제는 어디서 누굴 찾아야 하나? 취향이 같은 믿을 만한 사람이 있을까? 아무도 없었다. 급하게 부를 만한 사람이. 제기랄······.

카트리나는 소파에서 일어나 방 안을 빙빙 돌았다. 천을 두른 가구와 텅 빈 벽을 매섭게 노려봤다. 넓은 저택의 다른 방들을 헤집고 다니며 욕만 되풀이했다. 빌어먹을, 빌어먹을······. 방은 거실 상황보다 더 나빴다. 가구 칠은 벗겨졌고, 벽마다 프라이머(시멘트나 기계, 건축물 표면에 페인트를 칠할 때 부착력을 높이는 용도로 사용되는 재료—옮긴이)가 여기저기 튀어 있었다. 젠장!

망할, 하고 다시 내뱉을 때쯤 전화벨이 울렸다. "뭐예요!" 카트리나는 버럭 화를 냈다.

"앗, 이런. 지금 전화받기 곤란한 상황인가요?" 누구인지 몰라 잠시 헤매던 카트리나는 목소리의 주인공을 알아차렸다. 랜들이었다. 그런데 이렇게 빨리 또 전화를 걸다니?

"랜들! 저지시로 떠난 줄 알았어요."

랜들이 껄껄 웃었다. "그랬죠." 갑자기 랜들의 목소리가 왠지 즐거워하는 것처럼 들렸다. "말해봐요, 혹시 운명을 믿나요?"

"무슨 말인지 모르겠어요." 카트리나가 말했다.

"저를 이 거대한 프로젝트에 고용한 사람과 지금 막 통화를 했는데요, 듣자 하니 회사가 망한 것 같더라고요. 물론 제가 멕시코 타일을 가져도 되지만, 더는 돈을 줄 수 없다네요."

"어머, 잘됐군요." 카트리나가 말했다.

"글쎄요, 그들이 당신 말에 동의할지는 잘 모르겠네요." 랜들이 말했다. "대체 이게 무슨 일인지. 전 멕시코 타일을 좋아하거든요."

카트리나가 웃었다. "그런 뜻 아니란 거 알잖아요. 그럼 인테리어 작업을 맡아주실 수 있나요?"

"네, 문자로 주소 보내주세요." 랜들이 말했다. "아침에 가겠습니다."

14장

    침대 옆 시계가 3시 18분을 가리키고 있었다. 싸구려 호텔 방 시계라 'A.M.' 표시는 없었지만, 새벽 3시 18분이었다. 나는 머리 뒤로 손을 얹은 채 네 시간 반 동안 누워 있었다. 잠을 잘 수가 없었다. 그냥 침대에 누워 머릿속에 있는 모든 영상을 훑고만 있을 따름이었다. 5분에서 6분마다 그 기억이 찾아왔다.

    가끔 그랬다. 나는 긴장하지도, 예민하지도, 극도로 흥분하지도 않는다. 전혀! 손을 덜덜 떨며 첨단 경보기를 해제한다? 이건 내가 아니다. 걱정하며 불안해하지도 않는다. 안 돼, 일이 잘못되면 어쩌지? 이것도 내가 아니다. 하지만 이따금 옛 기억이 불현듯 떠오른다. 내가 뭔가에 빠져들기 직전, 정말 잠을 푹 자야 할 때…….

    지금 떠오른 기억도 그렇다.

    나는 옛 채석장으로 돌아가고 있었다. 머릿속에서 떨쳐버릴 수가 없었다. 그런데 가장 좋았던 순간은 기억나지 않았다. 미등을 손에 들고 다시 그곳에 올라섰을 때, 내가 있던 곳을 내려다봤을 때,

그리고 내 자신이 누더기 꼬마가 아니라 어떤 신처럼 느껴졌을 때의 기분은 떠오르지 않았다. 아니, 기억할 수 없었다. 온갖 기억이 스쳐갔지만 좋은 기억은 나를 외면했다.

그 대신, 나는 이 기억을 얻는다. 모든 걸 바꾼 사람. 처음으로 어둠에 휩싸이던 순간. 이 기억은 실로 맑고 신선하게 돌아온다. 마치 오늘 아침에 일어난 일처럼.

보비 리드는 돌대가리였다. 보비가 6학년 시험을 겨우 통과할 수 있는 유일한 방법은 다른 아이들의 답을 베끼는 것이었다. 반에서 덩치가 가장 컸기 때문에 그 애는 내키는 대로 다 했다. 보비의 집안은 지역 유지였다. 돈도 많은 데다가, 보비의 아버지는 판사였다. 그래서 보비가 못된 짓을 해도 다들 그냥 넘어갔다.

우리는 다시 오래된 채석장에 서 있었다. 모든 부모가 자녀들에게 가까이 가지 말라고 신신당부한 바로 그 채석장에. 그래서 더 기를 쓰고 갔을까. 나는 예전처럼 미등을 움켜쥐고 다시 밖으로 기어 올라갔다. 보비는 나를 밀치는 중이었다. 어쩌면 채석장을 다시 내려다보다 낡은 스튜드베이커의 미등 하나가 사라진 모습을 보니 배가 아팠을지도 모르지. 자기는 절대 할 수 없는 일을 내가 해냈다는 사실이 떠올랐을 테니까. 자신이 한없이 작고 쓸모없는 놈이라는 좌절감에 사로잡혔을지도 모른다.

모르겠다. 이유가 뭐든, 보비는 늘 내 앞에서 나를 못살게 굴었다. 첫날부터 내 몸을 세게 밀쳤고 항상 시빗거리를 찾았다. 그날은 우리 엄마가 놀림감이었다. "너희 엄마는 네 아빠와 결혼한 적이 없을 거야." 보비가 말했다. 다른 남자아이들, 보비가 두려워 그 애의 꽁무니만 쫓아다니는 녀석들이 다 같이 낄낄거렸다. "네 아빠가 누군지도 모를걸."

"야, 보비. 억지 부리지 마. 한두 명이 아닐 수도 있어." 보비의 형 클레이턴이 말했다. 그러자 다른 아이들 모두 깔깔대며 웃었다.

"너도 그렇게 생각하지?" 보비가 내 가슴을 쿡쿡 찌르며 말했다. "아빠가 누군지 모르지?" 쿡, 쿡, 쿡.

내가 채석장에 내려갔다가 올라오기 전, 나는 그들과 달리 양이 아니라는 사실을 알기 전에는 그저 비아냥을 참고 견뎌야 했다. 오히려 농담으로 받아치며 화제를 바꾸려고 애썼다.

하지만 새로 태어난 나는 되레 보비를 손으로 쿡쿡 찔렀다.

"어쩌면 너도 네 친아빠가 누군지 모를걸, 보비." 나는 보비를 쿡쿡 찌르며 말했다. 보비가 나를 쿡쿡 찌르던 바로 그 자리와 같은 곳을. "너야말로 네 엄마랑 같이 사는 늙은이랑 안 닮았어." 다시 쿡. "실은 보비, 너는 스완슨 씨와 많이 닮았어. 우체부 말이야."

보비의 얼굴이 빨개졌다. "그 말 취소해." 보비가 씩씩거렸다.

"내가 왜 취소해? 사실인데!" 내가 말했다. "너랑 코가 똑같아!"

보비의 얼굴이 더욱 빨개졌다. 보비를 괴롭히니 기분이 좋았다. 나는 멈추지 않았다. "화내지 마, 보비. 커서 우체부가 될지도 모르잖아. 네 진짜 아빠처럼."

보비는 아무 말도 하지 않았다. 아무 생각도 안 났겠지. 대신 나를 향해 주먹을 휘둘렀다. 제대로 맞았다면 머리가 날아갔을지도 모른다. 하지만 나는 예상하고 있었기에 몸을 숙여 피했다. 헛손질을 한 보비가 휘청거리는 사이 나는 다리를 내밀었고, 어깨로 녀석을 내밀쳤다.

나는 보비를 때리려고 했을 뿐이다. 어쩌면 보비가 쓰러질지도 모른다고, 쓰러지면 그사이에 도망치면 된다고 생각했을 것이다.

하지만 그런 일은 일어나지 않았다.

내 한 방은 적중했다. 보비는 내 다리에 걸렸지만 땅에 쓰러지지는 않았다. 우리는 낡은 채석장 가장자리에 서 있었다. 보비의 몸이 가장자리를 넘어갔다.

나는 그냥 서 있었다. 그리고 보비의 표정을 지켜봤다. 보비는 그제야 자신에게 무슨 일이 생겼는지 깨달은 것 같았다. 나는 그 애가 넘어가는 모습을 지켜볼 뿐 아무 일도 할 수 없었다. 애쓰지도 않았다. 소용없다고 생각해서가 아니다. 나와는 상관없는 일 같았다. 다른 사람에게 일어난 사고에 불과했다. 난 그곳에 없었다. 마치 어두운 구름에 휩싸인 채 텔레비전 화면에 나온 뭔가를 보고 있는 것처럼. 바로 그때, 처음으로 어둠이 찾아왔다. 어둠 속에서 나는 지켜보고있었다. 보비의 몸이 천천히 원을 그렸다. 허공을 빙빙 돌다 떨어지고 또 떨어졌다. 영원히 떨어질 것만 같았다. 하지만 영원하지는 않았다. 보비가 바위에 부딪히기 직전, 우리 두 사람의 눈이 마주친 듯했다. 물론 불가능한 일이었다. 보비는 너무 멀리 있었고, 너무 빨리 움직였기 때문이다. 그래서 빌어먹을, 방법이 없었다. 하지만 어쨌든 보비와 눈이 마주친 것 같았다. 보비의 표정이 이렇게 말하고 있었다. "너 때문이야."

그러고 나서 보비는 돌에 부딪혔다.

사람들은 들은 것보다 본 것을 더 잘 기억한다고 한다. 사실인지도 모르겠다. 하지만 나는 보비 리드가 낡은 채석장 바닥, 투박한 바위에 부딪힐 때 나던 소리를 결코 잊을 수 없을 것이다. 누군가 푸딩이 담긴 큰 냄비에 볼링공을 떨어뜨리는 것처럼 묵직한 철퍼덕 소리는, 벽에 부딪힐 때 메아리치고 파도에 떠밀리듯 내게 다가왔다. 그것은 영원히 내 머릿속에 남아 있을 것이다. 철퍼덕. 이 소리를 듣고도 보비가 괜찮다고 생각할 수 있을까. 그런 소리가 났는데도. 결국 보비는 죽었다.

그래도 그날 일을 생각하면 기분이 그렇게 나쁘지는 않았다. 첫째, 내가 처음으로 어둠에 휩싸였기 때문에 내가 한 일이 아닌 것처럼 느껴졌다. 어쨌든 결코 내 잘못은 아니었다. 거의, 보비 스스로 한 짓이었다. 보비는 진짜 멍청한 데다 양아치였다. 집에 돈이 많다는 이유로 왕처럼 굴었다. 보비가 없는 세상은 더할 나위 없이 행복했다. 그 후에는 재수 없는 멍청이와 마주친 적이 한번도 없었다. 보비가 죽었다는 것은 나를 괴롭히는 사람이 없어졌다는 뜻이었다. 하지만 보비가 부딪힐 때 난 소리는? 그 소리는 내 머릿속에 박혀 절대 사라지지 않는다.

철퍼덕.

그리고 지금은 3시 32분. 나는 아직 깨어 있다.

그 기억이 내게 돌아올 때처럼 여전히 나는 낯선 호텔 방 침대에 앉아 있었다. 미드타운 호텔. 여기서 나는 내가 되어야 할 사람이 되고 있다. 이제는 다른 일을 해야 하니까. 이번에는 정말이지 서사시를 능가할 정도로 장엄한 기운을 끌어 올려야 한다. 이번 일은 나를 흥분의 도가니에 빠뜨렸다. 아드레날린에 취해야 한다. 라일리 울프가 이 세상 누구도 할 수 없는 일을 할 작정이니까. 나는 라일리 울프의 방식으로 해낼 것이다. 아무도 상상할 수 없는 방식으로. 이 생각만으로도 지난 몇 주 동안 흥분에서 벗어날 수 없었다. 지금도 흥분을 주체할 길이 없어야 한다.

아니.

내게 떠오르는 것은 그 빌어먹을 소리뿐이다.

철퍼덕.

나는 침대에서 일어나 욕실로 들어갔다. 거울에 비친 얼굴을 가만히 바라봤다. 물론 내 얼굴이 아니다. 잠시, 진짜 내 얼굴이 기억나지 않았다. 내가 지금 다른 사람의 옷을 입고 있다고 생각해도 소용없었다. 더구나 지금의 나는 존재하지도 않는 사람이다. 그래서 계속 거울을 바라봤다. 진짜 내가 전혀 기억나지 않았다. 저건 완전히 다른 사람이었다. 그리고 오랫동안 내가 다른 사람이었던 것처럼 느껴졌다. 내가 누구인지도 모를 만큼. 어쩌면 난 '다른 사람 얼굴 시리즈'를 연출했을 뿐 실은 전혀 존재하지 않았던 걸까.

빌어먹을 못난 기억.

그래서 나는 매번 내 머리를 때린다.

거울에서 눈을 떼고 얼굴에 물을 끼얹었다. 아니, 그 남자 얼굴에 물을 끼얹었다. 그는 여전히 내가 아니니까.

나는 세면대에서 몸을 펴 다시 거울을 봤다. 하지만 이번에는 이내 슬슬 움직여서 화장실을 나갔다. 거울은 위험하다. 조심하지 않으면 거울 안에 갇힐 수도 있다. 최면을 걸거나, 슬며시 제게로 끌어들이거나, 진짜 세상이 아닌 어딘가로 나를 데려간다. 특히 거울 속의 내가. 그러면 다시는 벗어날 수 없다.

하지만 나는 용케 빠져나왔다. 그리고 침대 모서리에 앉아 잠시 생각에 잠겼다. 시계가 3시 35분을 가리키고 있었다. 몇 시간 후면 일이 벌어지기 시작할 것이다. 이제 정신을 바짝 차리고 뭐든 준비해야 한다. 하지만 여전히 잠을 잘 수 없었다.

창밖을 내다봤다. 뉴욕도 잠들지 않았다. 도시는 아예 잠을 자지 않는다. 노래에 나오는 대로. 명성에 걸맞게 산다는 것은 얼마나 멋진 일인가?

밖으로 나갈까? 정신없이 파쿠르를 하며 시내를 가로지를까? 그러면 머리가 맑아지고 고통스러운 기억도 씻길 텐데. 하지만 이번에는 무언가로부터 도망치는 느낌이 나를 지배했다.

나는 침대 가장자리에 앉았다. 그냥 앉아 있었다.

잠시 후 두 손을 뒤로 쭉 펴 기지개를 켰다. 그리고 침대에 누워 아침에 할 일을 생각했다. 한참 동안 그렇게 누워 있었다. 그저 할 일을 생각하고, 괜찮을 거라고, 할 수 있을 거라고, 걱정할 것 없다고 자신에게 말했다. 몇 번이고 내게 주문을 걸었다. 마침내 창밖으로 아침 햇살이 보이기 시작했다.

나는 일어나 그 일을 하러 나섰다.

15장

"부디 놀라지 마세요." 카트리나가 랜들과 함께 장미꽃이 핀 길을 따라 집으로 들어가며 말했다. "정말, 그냥 집일 뿐이니까요."

"네, 집은 사람이 사는 곳일 뿐이죠." 랜들이 유리와 금속으로 장식한 집의 정면을 올려다보며 말했다.

"아무쪼록요." 그녀가 말했다. "제가 여기 살거든요."

"이런, 세상에." 랜들이 말했다. "여긴 성이군요. 당신 같은 분이 살아야 할 곳이네요."

카트리나는 랜들의 말을 반박하고 싶었다. 나는 정말 공주가 아니라고. 하지만 때마침 랜들의 얼굴에 비친 표정을 읽었다. 관객이 이해하지 못할 것 같은 농담에 결정타를 날리며 무척 진지해 보이려고 애쓰는 남자의 표정이었다. "그렇다면," 카트리나가 다소 새침한 목소리로 말했다. 그러고는 랜들의 농담을 거들었다. "안으로 들어가고 싶다면 무릎을 꿇거라."

"앗." 랜들이 흠칫 놀라며 말을 이었다. "분부 따르겠습니다, 폐하."

그러고는 마치 같은 스위치에 연결된 존재처럼, 재미있다는 듯이 동시에 킬킬 웃었다.

순간, 카트리나는 알았다. 두 사람의 마음이 아주 잘 맞으리라는 것을. 그후 몇 시간이 지났음에도 카트리나의 기대는 전혀 수그러들지 않았다. 카트리나는 랜들을 데리고 사방이 동굴 같은 집으로 들어갔다. 랜들은 집 안을 찬찬히 둘러봤다. 그리고 소형 태블릿에 일일이 메모를 하며 사진을 찍었다. 두 사람은 내내 소소한 농담을 주고받았다. 그리고 살짝 삐딱하지만 매우 기발한 유머 감각을 공유하고 있다는 사실을 알게 되었다.

카트리나는 랜들을 처음 만났을 때 그가 자신의 이상형임을 바로 알아챘다. 랜들은 매우 전문적이고 박식했지만, 따뜻하면서도 인간적이었다. 그래, 젠장. 랜들은 매력적이었다. 몇 시간 동안 두 사람은 집을 거닐고 사전 계획을 세우며 시간을 보냈다. 카트리나는 그 잠시 동안에, 지난 6개월보다 더 많이 웃었음을 깨달았다.

하루가 끝날 때쯤, 카트리나는 랜들이 걸어가는 모습을 지켜보며 생각했다. '이 남자가 정말 좋아.' 하지만 마음 한구석에서 희미하게 잔소리가 들려오기 시작했다. 카트리나의 시선이 차에 오르는 랜들의 엉덩이에서 머뭇거리는 순간, 그 작은 목소리가 속삭였다. '그에게 너무 푹 빠지지 않도록 조심해.'

몇 주 동안, 카트리나의 마음속에서 랜들의 존재감은 커져만 갔다. 카트리나는 단지 우정일 뿐이라고, 공통점이 많아 서로를 좋아하는 두 영혼일 따름이라고 자신을 변호했다. 하지만 출장 중인 마이클이 어쩌다 집에 들렀을 때, 그를 랜들과 비교할 수밖에 없었다. 카트리나의 남편은 너무 무심했다. 하지만 랜들은 꽤…… 음, 한마디로 멋있었다. 유쾌하고, 함께 있으면 즐겁고, 매력적이고, 재미있고, 자상했다. 솔직히 말하면, 남편보다 훨씬 더 자상했다.

그렇다고 감정에 휩쓸려 무슨 짓을 벌일 생각은 아니다. 랜들 역시 혹 자기와 같은 마음일지 모른다고 생각했을지라도 말이다. 카트리나는 사춘기 소녀가 아니었다. 이미 어른이고 유부녀였다. 할아버지가 늘 말했듯이, 자기가 저지른 일에 책임을 지고 때로는 빌어먹을 모욕을 감수할 줄 알았다.

하지만 이따금 랜들을 바라볼 때면 우정 이상의 작고 따스한 감정이 가슴속에서 스멀스멀 올라왔다. 한사코 밀어내도 늘 되돌아오는 무언가처럼.

'랜들과는 절대 아무 일도 없을 거야. 그건 나쁜 짓이야. 불륜이라고. 그런 일은 일어나지 않아.' 카트리나는 속으로 말했다.

하지만 감정을 막을 도리가 없었다.

마이클 홉슨이 문제였다.

장애물, 방해물, 걸림돌, 골칫거리, 핸디캡. 그 개자식이 내 앞을 가로막았다.

나만 '개자식'이라고 생각하나? 내 앞길을 방해해서?

그럴지도. 다들 마이클 홉슨이 좋은 사람이라고 추켜세운다. 자선단체, 특히 어린이 자선단체에 많은 돈을 기부하니까. 메이크어위시 재단(난치병 어린이들의 소원을 이뤄주는 비영리 단체―옮긴이), 어린이 보호 기금, 소아마비 구제 모금 운동, 세인트주드 아동 병원 등등 모두 마이클과 단축 번호로 통화한다. 마이클은 거기서 멈추지 않았다. 시간도 내주었다. 법적 문제가 있는 어린이들을 변호하려고 법원과 함께 일했다. 항상 아이들을 중요시했고, 아이들을 돕는 게 자신이 해야 할 일이라고 누누이 말했다.

하지만 마이클의 서사적인 선행은 아이들을 돕는 일에서 끝나지 않았다. 오지랖이 넓어도 너무 넓었다. 마이클은 이너슨스프로젝트 (죄가 없음을 입증하도록 도와주는 인권단체―옮긴이)를 위해 여러 차례 무료 변론까지 했다. 마이클의 선행 이력을 들은 사람들이라면 누구든 그가 좋은 사람이 할 수 있는 일을 모두 했다고 말할지도 모른다. 그보다 더 많은 일을 했으니까. 빌어먹을 성인군자. 무료 변론을 했다는 것은 그만큼 돈 벌 시간을 놓쳤다는 이야기다. 마이클은 무료 변론을 하면 할수록 많은 돈을 잃는 셈이었다.

물론 돈이 중요한 것은 아니다. 그렇지? 특히 아이들을 돕는 일처럼 스스로 좋아하는 일을 할 때는. 어쨌든 마이클에게는 그럴 만한 경제적 여유가 있었다. 뉴욕 최고의 기업 전문 변호사로서 매년 적어도 여덟 자리 액수를 벌었다. 아니 그보다 더, 훨씬 더 벌었다. 변호사 시절 초기에 마이클은 대형 헤지펀드의 수장을 변호했다. 정말 쓰레기 같은 놈이었는데, 경찰은 정정당당하게 그자를 체포했다. 하지만 마이클 홉슨은 불리한 여건에 굴하지 않았다. 주지사 선거에 출마하려는 연방 검사에 맞서 어떻게든 승소했다. 쓰레기건 아니건, CEO는 승소에 대한 보답으로 수익성 높은 거래에 마이클을 끌어들였다. 수상적은 헤지펀드가 그랬듯이 수년 동안 마이클의 수익 총액은 사우디 왕자도 눈을 깜빡거리게 할 만큼 엄청나게 늘어났다.

그러한 이유로, 수많은 자선사업을 벌이며 돈을 썼지만 마이클은 여전히 돈이 많았다. 그리고 돈을 쓸 때 당당했다. 신에게 돈이 있다면 무엇을 할 수 있는지 베벌리힐스가 보여줬다는 옛말처럼. 마이클 역시 신에게 몇 가지 재주를 보여줄 수 있었다. 일단 코네티컷주 해안에 거대한 현대식 저택을 지었다. 12만 제곱미터의 숲

이 우거진 땅에 지은 저택으로, 호수에서 바로 롱아일랜드를 바라볼 수 있었다. 수많은 유리와 강철, 꺾임이 많은 설계, 680평에 이르는 내부 공간. 또 호수를 따라 한쪽으로만 뻗어 시야가 확 트여 있는 장밋빛 산책로, 부둣가에 띄운 15미터 높이의 아름다운 마르키스 스포츠 요트까지.

말들을 들여놓을 마구간과 방목장, 승용차 여덟 대를 수용할 수 있는 대형 차고, 넓은 인피니티 풀(물과 하늘의 경계가 없는 것처럼 설계된 풀―옮긴이)도 있었다. 온수 욕조와 훨씬 큰 카바나(수영장이나 해변 근처에 따로 마련된 개인 공간―옮긴이)가 완비돼 있었고, 평범한 중산층의 세간보다 훨씬 세련된 고급 가구들이 집 안 곳곳에 자리 잡았다.

집 안은 온통 컴퓨터를 이용한 첨단 장비와 연결되어 있었다. 암호와 명령어만 대면 무엇이든 할 수 있었다. 심지어 키시(프랑스식 에그타르트―옮긴이)를 굽거나 식기세척기를 작동시킬 수도 있었다. 집 안을 돌아다니는 가사도우미가 굳이 필요하지 않으므로 사생활을 보호하는 데도 유용했다. 마이클은 사생활을 좋아했다. 물론 누구나 그렇겠지만.

게다가 온도조절식 첨단 와인 저장고, 고급 요리사라면 누구나 부러워할 거대한 부엌, 각종 운동 기구를 갖춘 체육관도 있었다. 홈시어터도 있었다. 어떤 영화계 거물의 시사회실보다 고급스럽고 훌륭한 장비로 채워진 방에, 가장 현대적인 전자 장비와 더불어 구형 영사기도 있었다. 온도조절식 금고 안에는 16밀리미터와 35밀리미터 필름으로 된 고전 영화 시리즈가 들어 있었다.

앞서 말했듯이, 정말 기막히게 좋은 집이었다. 거리낌 없이 돈을 펑펑 쓸 수 있는 굉장히 부유한 사람이 지은 집. 게다가 마이클은 명품 아내까지 집에 모시며 고급스러운 취향의 진수를 고스란히 보여주었다. 마이클의 아내는 한때 스트리퍼로 일하다 전신을 인공 보정물로 꾸민 뒤 2015년 미스 망고 대회에서 준우승을 차지한 섹시한 여자가 아니었다. 마이클은 조상 대대로 부유한 미국 최고 집안의 딸과 결혼했다. 마이클의 아내는 교양 있고 취향도 우아한 여자였다. 게다가 엄청난 신탁기금도 가지고 있었다.

한눈에 봐도 마이클 홉슨은 모두 가진 남자였다. 게다가 함부로 미워할 수 없는 남자였다. 아주 많은 것을 사회에 환원하고 있었으니까. 그야말로 현대판 도시 전설로 보일 정도였다. 모든 사람이 말하는 대로, 정말 좋은 사람 같았다. 돈이 곧 최고임을 보여준 남자, 살아 있는 성자.

어쨌든 나는 그 남자를 죽였다.

어떤 남자들은 살인을 좋아한다. 하지만 나는 결코 그런 사람이 아니다. 내 말은, 꼭 그래야 하거나 일이 완전히 실패할 때만 살인을 한다는 이야기다. 유감스럽지만, 다음 생에 더 좋은 운이 따르겠지. 사람을 죽이면 나는 악몽에 시달린다. 어쩔 수 없다. 방금 전에도 나는 내가 나이기를 포기한 것 같았다. 정신적 갑옷 같은 어둠이 내게 덮쳐왔다. 이 갑옷을 입으면, 내 행동이 내가 저지르는 짓이 아니게 된다. 마치 작고 컴컴한 극장에서 영화를 보는 듯했다.

이번에는 별로 노력하지 않았다. 마이클 홉슨에게는 그럴 필요가 없었다. 달리 방법이 없었다. 그 비열한 자식은 죽어 마땅했기에 살인은 아무렇지도 않았다.

마이클을 죽이기는 꽤 쉬웠다. 그가 단지 내 살인 충동을 자극하고, 무방비 상태였기 때문은 아니다. 때는 한밤중이었다. 마이클은 아부다비에서 비행기를 타고 집으로 막 돌아왔다. 아부다비에서 무슨 회의가 있었던 모양이다. 그는 집에 돌아와 아내를 만나러 위층으로 올라가지 않았다. "안녕, 여보. 나 왔어." 이런 말은 절대 하지 않았다. 마이클 홉슨은 자상한 남자가 아니었으니까. 언제나 그랬듯이 마이클은 방음 처리된 사무실로 곧장 갔다. 그리고 자리에 앉아 일을 시작했다.

당연히 마이클은 피곤할 수밖에 없었다. 너무 피곤한 나머지 문을 등지고 앉아 보안 장치에 의지했다. 그게 실수였다. 마이클에게는 분명 실수였다. 장치를 켠 마이클은 이제 됐다고 생각했다.

그는 책상에 앉아 컴퓨터 화면을 응시하고 있었다. 열심히 집중하고 있었지만 피곤해 죽을 지경이었다. 설사 내가 브라스밴드를 이끌고 쿵쾅거리며 들어왔다 해도 전혀 알아채지 못했을 것이다. 내가 말했듯이, 너무 쉬웠다. 일이 너무 쉬우면 나는 늘 불안해졌다. 그래서 몇 초 동안, 문간에 멈춰 서서 주위를 둘러봤다.

보안 장치는 썩 괜찮았다. 내 말은, 해킹할 수 있어서 좋았다는 말이다. 첨단 기술이긴 했지만, 많이들 쓰는 장비였다. 훨씬 좋은 장비도 살 수 있는 사람이 얼마나 쓸모없는 물건을 샀는지 눈으로 확인하니 그저 놀랍기만 했다. 나는 감지기, 카메라, 보안 장치를 모두 해제했다. 하지만 시간을 내어 굳이 사무실을 살펴봤다. 일을 확실히 하기 위해서.

마이클은 자기만의 동굴에서 엄청난 일을 했다. 고전적이고 남자다운 느낌이 물씬 나는 가죽 재질과 어두운 빛깔의 목재, 확고한 취향으로 장식한 아름다운 방이었다. 방을 꾸미는 비용 따위는 신경 쓰지 않았으리라. 두 벽에는 마호가니 책꽂이가 세워져 있었다. 바닥에서 천장까지 법률 서적과 각종 전문 서적이 가득했다. 한쪽 벽은 모두 통유리였다. 나무가 늘어선 경사진 잔디밭 저 아래 롱아

일랜드 해협까지 내다볼 수 있었다. 창 맞은편 벽에는 내가 아는 그림이 걸려 있었다. 앙리 아브릴(프랑스 화가―옮긴이)의 에로틱한 그림이다. 아브릴의 어떤 그림들은 꽤 좋은 가격에 팔 수 있다. 이 방에 있는 그림은 훨씬 어린 남자와 함께 있는 늙은 남자를 담고 있었다. 진품처럼 보였다. 어쨌든 내가 보안 장치를 놓쳤다거나, 어떤 문제가 생길 기미는 전혀 보이지 않았다. 나는 문을 등 뒤로 천천히 닫은 뒤 숨을 들이마셨다. 바로 그때…….

어둠이 찾아왔다. 나는 방 안에 발을 들여놓았다.

내 발이 방을 가로질러 조용히 움직이고 있었다. 나는 더 가까이 다가갔다. 마이클 홉슨은 꼭 그게 목숨이 달린 일이라는 양 컴퓨터 화면만 뚫어지게 보고 있었다. 그럴 필요 없을 텐데. 하지만 확실히 내가 일을 끝내는 데는 도움이 되었다.

마이클은 내가 거기 있는 줄도 몰랐다. 그가 하품을 늘어지게 하고 기지개를 켜자, 나는 놀라 얼어붙었다. 하지만 마이클은 컴퓨터 화면으로 곧장 고개를 돌렸다. 나는 몰래 바닥을 가로질러 마이클 뒤쪽으로 향했지만, 그는 여전히 아무것도 눈치채지 못했다. 내가 장갑 낀 손으로 자기 입을 꽉 틀어막자 그제야 그는 내 존재를 알아차렸을 것이다. 그의 목에 칼날을 쑤셔 넣었을 때는 더 많은 걸 알아차렸다. 실제로는 칼날이 몇 번 더 들락날락하는 15초 동안 비로소 자신이 죽는다는 사실을 알게 될 테지만.

물론 그럴 필요까진 없었다. 첫 번째 칼부림만으로도 완벽했다. 나는 칼을 정확히 미끄러뜨리며 척수를 절단했다. 뒤이어 몸을 찔렀는데, 그건 그저 누군가에게 보여주기 위한 행위였다. 마이클은 장갑을 낀 괴한의 손으로부터, 그리고 고통에서 벗어나려고 꿈틀거리며 몸부림쳤다. 하지만 사지가 말을 듣지 않는 듯했다. 당연했다. 척수가 잘렸으니까.

그래서 마이클은 그냥 거기 앉아 있었다. 움직이려고, 신음이라도 내려고 애썼지만 불가능한 일이었다. 눈앞이 흐려지고 몸이 늘어지기 시작할 때까지 그는 그저 앉아만 있었다. 그러고 나서 몸부림을 그치더니, 모두 놓아버렸다. 그는 한순간에 길고 어두운 비탈길을 미끄러져 내려갔다.

나는 마이클이 죽었다고 확신했다. 첫 번째 칼부림의 흔적이 그것을 적나라하게 보여주고 있었다. 하지만 어쨌든 기다렸다. 소름 끼치도록 엽기적인 이유 때문은 아니다. 나는 전에도 어둠의 복도를 따라 죽음으로 가는 끔찍하고 아름다운 여행을 본 적이 있다. 그래서 죽음의 순간을 봐도 흥분하지 않는다. 하지만 확실히 해야 했다. 그래서 꼬박 1분을 지켜본 후 확신했다. 마이클 홉슨은 죽었다.

그러고 나니 어둠이 날아가버렸다. 나는 눈을 깜박거렸다. 시체를 봤지만, 상관없는 일이다. 그냥 영혼 없는 빈 양복일 뿐. 내게는 진짜 할 일이 있었다.

그림을 그려야 했다. 죽은 멍청이가 있는 정물. 붓질은 정확해야 한다. 일단 생명이 없는 몸부터 시작했다. 내가 가만히 있자, 마이클의 머리가 앞으로 쿵 떨어지더니 컴퓨터 키보드에 쿵쿵 부딪혔다. 나는 한 걸음 뒤로 물러서서 마이클을 훑어보았다. 뭔가 좀 이상했다. 내가 그를 쓰러뜨린 것처럼 보였다. 물론 내가 그랬지만 그렇게 보이고 싶지 않았다. 나는 마이클의 한쪽 팔 위치를 조정해, 방어하기 위해 들어 올린 팔이 숨이 끊기자 떨어진 것처럼 보이게 했다. 훨씬 좋은 구도였다. 나는 재킷 주머니에서 작은 지퍼백을 꺼냈다. 지퍼백에는 평범한 스카치테이프처럼 보이는 짧다란 조각이 들어 있었다. 하지만 그건 스카치테이프가 아니었다. 법의학 괴짜들에

212

게 잘 알려진 도구로, 지문을 채취하기 위해 고안된 특수 테이프였다. 나는 지퍼백을 열어 조심스럽게 테이프를 꺼냈다. 그리고 마이클 홉슨의 등에 꽂힌 칼의 손잡이에 붙였다. 부드럽게, 꾸준히, 테이프 뒷면을 문질렀다. 그러고 나서 조심스럽게 테이프를 벗긴 뒤 찬찬히 살펴보았다.

연갈색 가루가 묻은 지문이 칼 손잡이에 선명하게 드러났다. 지문이 있어야 할 바로 그곳에. 나는 테이프를 지퍼백에 다시 넣은 뒤 지퍼백을 주머니에 넣었다.

다른 주머니에서 비닐봉지를 꺼냈다. 봉지를 열어 철사보다 가늘고 가벼운 섬유 몇 가닥을 꺼냈다. 머리카락. 사람은 누구나 고유의 머리칼을 가지고 있다. 나는 머리카락을 집어 칼 손잡이 옆에 한 가닥, 책상 옆 바닥에 한 가닥, 그리고 죽은 마이클의 손과 셔츠 앞면에 두어 가닥 더 얹었다.

그러고는 다시 뒤로 물러서서 살펴봤다. 지금까지는 완벽하다. 이제 화룡점정을 찍자.

책상 왼쪽에 있는 서류 서랍을 잡아당겼다. 서랍 뒤쪽에 USB가 붙어 있었다. 나는 드라이브를 들어 확인했다. 역시, 돈 벌어서 이 짓을 했군. USB에는 '진정한 멘토'라고 적힌 라벨이 붙어 있었다. 마이클은 아무도 찾을 수 없을 뿐 아니라 자신이 몰래 훔쳐보고 싶을 때 얼른 찾을 수 있는 장소에 USB를 숨겼다. 이 짓을 얼마나 많이 했을까. 이게 진짜 마이클 홉슨이었다.

"개자식." 나는 나지막하게 말했다. USB를 손에 쥐기만 했는데도 다시 그를 죽이고 싶었다. 하지만 해야 할 일이 남아 있었다. 속이 뒤틀려 그림을 망치기 전에 USB를 컴퓨터 포트에 밀어 넣었다. 키보드를 사용하기가 살짝 애매했다. 책상에 엎드린, 영혼이 빠져나간 머리 주변에서 작업해야 했으니까. 하지만 나는 용케 해냈다. 불과 몇 초 만에 화면에 이미지가 떠올랐다. 보고 싶지 않았지만, 확실히 해야 했다.

바로 그런 사진들이었다. "개자식." 나는 다시 속삭였다. 어쩔 수 없었다. 어쨌거나 마이클 흡슨은 내 말을 듣지 못한다. 나는 사진들을 외면했다. 계속 봤다간 토할 것 같았다. 우연히라도 보고 싶지 않았다. 하지만 마이클 흡슨은 계속 봤다. 아니 봤었다.

거의 끝났다. 나는 뒤로 물러서서 현장을 훑어봤다. 완벽에 가까웠다. 하지만 완벽에 '가까운' 정도로는 절대 충분하지 않다. 극적인 효과를 불러일으키는 손길이 한 번 더 필요했다. 내 시선이 마이클의 서류 가방에 꽂혔다. 그래, 바로 이거야. 나는 가방을 바닥에 넘어뜨린 뒤 안에 있던 서류 몇 장을 카펫에 흩뿌렸다. 이 장면이 모든 사실을 말해줄 터였다. 비극적인 죽음으로 끝난 필사적인 투쟁. 책상 위에 널브러진 몸뚱이는 살해됐음이 분명했고, 아주 작은 핏방울이 카펫 여기저기에 떨어져 있었다. 참으로 끔찍한 비극이었다. 아름다운 페르시아 카펫이 이렇게 되다니. 17세기경에 제작된 카펫이라 꽤 비싼 가격에 팔릴 만도 했다. 불행히도 핏자국이 가격을 살짝 낮추겠지만. 그래도 상당한 가치가 있다.

이제 마지막 한 가지. 죽은 개자식 옆에 있는 책상에서 놈의 휴대전화를 집어 들었다. 그리고 애틀랜타에 사는 남자에게 산 작은 상자형 전자 기기를 꺼냈다. 이건 정말 편리한 도구로, 누구나 하나씩은 가지고 있어야 한다. 나는 그것에 휴대전화에 연결하고 기다렸다. 단 몇 초 만에 휴대전화의 보안 코드가 제자리를 찾았다. 장치를 제거한 뒤 문자메시지를 작성하기 시작했다. 제대로 썼는지 확인하기 위해 메시지를 두 번 읽었다. 그런 다음 전송 버튼을

214

눌렀다. 휴대전화를 다시 제자리에 둔 다음 뒤로 물러나 내 작업물을 꼼꼼히 훑어보았다.

딱이야, 바로 이거지. 절로 미소가 나왔다. 어쩔 수 없었다. 말했듯이, 나는 살인을 좋아하지 않았다. 시체를 보고 흥분하지도 않았다. 이 그림은 오히려 나를 웃음 짓게 했다. 레오나르도 다빈치도 완성된 〈모나리자〉를 보고 분명 이렇게 미소 지었을 것이다.

내가 연출한 그림도 나름 괜찮았다. 나는 마이클의 편지 개봉용 칼로 그를 찔렀다. 칼은 마이클의 다른 물건들처럼 희귀하고 값진 골동품으로, 16세기 터키산이었다. 섬세하게 세공한 은빛 칼날, 아주 날카로운 칼끝. 보기만 해도 사랑스러웠다. 하지만 이 작품의 진정한 기쁨은 손잡이에서 느낄 수 있었다. 커다란 성기처럼 조각한 상아 손잡이.

내가 마지막 정성을 담아 마이클의 등에 찔러 넣은 칼의 손잡이가 허공을 똑바로 바라보고 있었다. 그래서일까, 왠지 마이클의 척추가 발기한 것처럼 보였다.

나는 잠시 미소 지었다. 이것 자체는 재미있지 않았다. 엄지손가락만 한 USB에 무엇이 들었는지 생각해보면, 이는 시적 정의(문학 작품에서 등장인물이 그동안 자신이 저지른 행위에 합당한 대가를 치러야 한다는 뜻으로, 시나 소설에 나타나는 권선징악 혹은 인과응보의 사상을 말한다—옮긴이)에 가까울 정도였다.

여기 이 비열한 개자식은 마땅히 받아야 할 벌을 받았다.

나는 마지막으로 주위를 둘러봤다. 제자리에서 벗어난 물건은 없는지 샅샅이 살폈다. 내가 이야기하고 싶은 내용과 어긋날 만한 무언가나, 내가 떨어뜨린 무언가가 있는지 찾아봤다. 아무것도 없었다. 내 발이 스친 흔적조차 없었다.

훌륭해. 내 그림은 완벽했다. 내가 하고 싶은 말과 정확히 일치했다. 나는 몸을 돌려 들어올 때처럼 조용히 방을 나갔다. 그리고 복도에서 잠시 멈춘 뒤 보안 장치를 재가동했다.

16장

카트리나는 천천히 눈을 떴다. 예전에는 느끼지 못한 훨씬 깊고 몽롱한 잠에서 서서히 깨어났다. 무거운 커튼 사이로 햇살이 비쳤다. 아침이었다. 카트리나는 다시 눈을 감았다. 아주 잠시만. 뇌가 솜에 덮여 있는 것 같았다. 온몸이 멍했지만, 기분은 좋았다. 영원히 눈을 감은 채 마냥 누워 있어도 좋으련만. 왠지 흐뭇하기만 했다. 물론 죄책감을 느끼기도 했다. 카트리나는 불륜을 저지르고 있었다. 이 구절은 어린 시절부터 그녀의 내면에 메아리쳤다. 카트리나의 집안은 대대로 엄격한 정조 관념을 강요했다. 그래서 매우 강하고 뿌리 깊은 목소리가 불륜은 나쁜 짓이라며 잔소리를 했다. 당연히 카트리나의 기분이 좋을 리 없었다.

하지만 불륜을 저질렀다. 정말, 정말 그랬다. 덕분에 카트리나는 젊음을 되찾은 것 같았다. 놀랍도록 젊고 순진한 시절로 돌아간 듯했다. 카트리나에게는 말도 안 되는 얘기였지만, 어쩐지 반박할 수 없었다. 감정적으로, 정신적으로, 그리고 당연히 육체적으로 다시 젊어진 듯했다. 그 남자와 나눈 섹스가 훌륭했기 때문만은 아니었다. 물론 그랬지만 그것 이상의 무언가가, 설령 평범한 섹스였다 할지라도 그녀를 들뜨게 하는 무언가가 있었다. 바로 관계 자체였다. 그게 맞는 말 같았다. 마치 이 남자가 그녀와 평생 함께해야 할 사람이 된 것 같았다. 이제 차갑고 공허한 결혼 생활은 뿌리치고 싶었다.

카트리나를 위해 단 한 번도 시간을 내주지 않은 마이클. 항상 사업차 자리를 비운 마이클. 지난 6개월 동안 겨우 네 번 사랑을 나누었던 마이클. 그조차도 마치 의무적인 일과를 해치우듯 다급하고 냉랭했다.

하지만 이번 섹스는 달라도 너무 달랐다. 재미있고 성취감이 넘쳤다. 그게 불륜일지라도…… 음, 그냥 받아들이는 수밖에 없었다. 오랫동안 누구와도 경험하지 못한 최고의 섹스였으니까. 카트리나는 더할 나위 없이 황홀한 기분을 온몸으로 만끽하며 천천히 기지개를 켰다.

카트리나 옆에 누운 랜들이 잠결에 뭐라고 중얼거렸다. 랜들이 살짝 경련을 일으키며 심호흡을 한 뒤 다시 몸을 뒤집었다. 잠시 후 랜들의 호흡은 안정을 되찾아, 깊은 잠에 빠진 사람처럼 깊고 규칙적으로 이루어졌다. 카트리나는 어쩔 수 없이 그에게 빠져들었다. 한쪽 팔꿈치를 지렛대 삼아 몸을 굴린 뒤 랜들을 빤히 바라봤다. 그리고 미소 지었다. 이 불륜은 여전히 새롭고, 유쾌하고, 신선했다. 물론, 부적절했다. 하지만 카트리나는 그녀 옆에 늘어져 있는 랜들의 모습에 아직도 살짝 전율을 느꼈다. 느긋하게 잠에 취한 이의 갸름하고 단단한 몸매, 그들의 애정행각으로 비틀린 수염, 잠을 잘 때 훨씬 더 젊고 순진해 보이는 섬세하고 사랑스러운 얼굴에 가슴이 설렜다.

카트리나는 일어나 앉았다. 전날 저녁에 일어난 일을 그녀는 대부분 기억했다. 두 사람은 서로 손을 놓지 못했다. 그리고 다급한 욕구를 뿌리치지 못한 채 일찍 잠자리에 들었다. 아주 일찍. 카트리나는 평소보다 술을 조금 더 마셨다. 사실은 훨씬 더 많이. 저녁 식사 때 칵테일 두 잔, 그리고 위층으로 가져온 고급 와인 샤토마고 한 병을 거의 다 마셨다. 랜들은 카트리나에게 와인을 따라주며 혼자만 와인을 홀짝이자니 부끄럽다고 말했다. 와인병과 잔은 이미 싹 치워져 있었다. 카트리나는 다시 미소 지었다. 침대에서 일어나 물건들을 말끔하게 정리하다니, 참 랜들다웠다. 아래층에 내려가면 와인잔 두 개가 깨끗하게 닦여 있고 빈 병들은 쓰레기통에 가지런히 놓여 있을 게 분명했다. 랜들은 그런 사람이었다. 깔끔하고, 사려 깊고, 그리고 정말 사랑스러웠다.

랜들은 반쯤 빈 코코아 가루를 묻힌 아몬드 접시를 침대 옆 탁자에 놓아두었다. 아몬드 맛이 묘하다며 카트리나에게 계속 먹어보라고 권했다. 레드 와인에 코코아 맛 아몬드라니. 카트리나는 참 별난 취향이라고 생각했다. 하지만 랜들은 카트리나가 레드 와인을 준비했으니, 와인에 어울리는 안주는 자기가 마련하는 게 공평하다고 말했다. 게다가 초콜릿 종류도 레드 와인과 아주 잘 어울린다며 카트리나의 손을 억지로 접시에 밀어 넣었다. 이상하게도 랜들의 말은 옳았다. 레드 와인과 잘 어울렸다. 심지어 샤토마고인데도.

카트리나는 고개를 저으며 이 새로운 관계가 왜 이토록 빨리 소중해졌을까 싶어 의아했다. 갑자기 카트리나의 삶에서 가장 중요한 일부가 된 듯했다. 터무니없고, 어리석고, 위험했다. 어쨌거나 자신은 불륜을 저지르고 있었으니까.

맙소사. 게다가 랜들은 카트리나의 인테리어 디자이너였다. 자신이 거의 알지 못하는 남자. 물론 랜들은 매우 잘생기고 품위 있는 남자였다. 카트리나는 어쩐지 예전부터 알던 사람처럼 랜들이 편했다. 둘 다 같은 걸 보며 웃을 때가 많았다. 그리고 랜들은 자기 일에 매우 능숙했다. 아주 놀라운 작품들을 어떻게든 찾아낼 줄 알았다. 그것도 꽤 합리적인 가격으로. 하지만 멋진 새 가구와 예술품 평계를 대더라도, 그 남자와 가진 잠자리를 해명하거나 변명할 수는 없었다. 카트리나는 이미 결혼했고, 마이클을 속일 생각은 추호도 없었다. 사교계에 있는 많은 사람이, 어쩌면 그들 중 대부분이 바람을 피웠다는 걸 그녀는 잘 알고 있었다. 하지만 카트리나는 그런 적이 없었다. 가족 중 누구도 그러지 않았다. 에버하르트 가문에서는 상상도 할 수 없는 일이었다. 모든 에버하르트 사람은 자랄 때부터 빅토리아시대의 행동 강령을 철저히 교육받았다. 하지만 지금 카트리나는 불륜의 늪에 빠졌다. 설상가상으로 랜들을 너무나 사랑하고 있었다. 이 사랑이 어떻게 시작되었는지는 분명치 않았지만, 랜들 밀러가 강요하지 않았다는 것만은 분명한 사실이었다.

랜들을 만난 그날 밤 이후, 카트리나는 그 남자가 무척 매력적이라고 생각했다. 날씬하고 탄탄한 몸매, 매끈한 민머리와 단정한 수염에 어울리는 늠름한 표정. 무엇보다, 카트리나와 완벽하게 통하는 유머 감각이 있었다. 랜들 덕분에 카트리나는 웃을 수 있었다. 여자에게 남자의 위트란 불룩한 이두박근보다 훨씬 더 중요한 것이다. 조물주도 알다시피 마이클은 카트리나에게 웃음을 준 적이 거의 없었다. 수표책 외에는 아무것도 주지 않았다. 카트리나도 엄청난 재산을 물려받았기에 그녀가 남편에게 받고 싶은 것은 돈이 아니었다. 약간의 관심, 약간의 애정, 약간의 미소만을 원했다. 그리고…… 맞다. 젠장! 가끔 섹스도 좀 하고! 카트리나는 정상적이고 건전한 성욕을 가진 젊고 건강한 여자였다. 하지만 마이클은 그녀의 욕구를 채워주지 않았다.

그래서 랜들이 채워줬다.

카트리나는 일이 어떻게 시작되었는지 잘 기억나지 않았다. 마이클은 당연히 출장 중이었다. 카트리나와 랜들은 거실에 있는 낡은 소파에 앉아 그곳에 어울리는 디자이너 가구 사진을 비교하고 있었다. 카트리나는 페리 소파로 마음을 정했지만, 랜들은 너무 따분하다고 생각했다. 그래서 베트리나 소파 3종 세트를 고집하고 있었다. 두 사람은 즐겁게 티격태격하며 머리를 맞대고 사진을 보다가 돌연…….

카트리나를 밀어낸 쪽은 오히려 랜들이었다. "카트리나." 랜들의 목소리가 떨렸다. "우린 이럴 수 없어요. 이건 아니에요. 게다가…… 당신은 결혼했잖아요."

"허울뿐인 결혼 생활이에요." 카트리나가 씁쓸하게 말했다. 그러고는 피식거리는 웃음을 억지로 참아야 했다. 그런 말을 했다니 믿을 수 없었다. 고리타분한 옛날 영화에서 나온 대사가 아니었을까? "미안해요." 카트리나가 말했다. "나도 잘못이라는 거 알아요, 랜들. 전 그냥……." 그녀는 어깨를 으쓱했다. "마이클과 결혼한 지 5년이 지났지만, 남편은 집에 있는 날이 별로 없었어요. 집에 있더라도 뭐…… 섹스는 1년에 한 번 할까 말까예요." 카트리나는 얼굴이 달아올랐지만, 계속 말을 이었다. "그것 이상을 원해요, 랜들."

"난 당신의 성노리개가 되기 싫어요, 카트리나." 랜들이 말했다.

"그런 뜻이 아니에요, 랜들. 정말이에요." 카트리나가 말했다. 그러고는 랜들의 손을 잡았다. "전 당신이 정말 좋아요. 당신도 알잖

221

아요. 우린 함께 잘 지냈고, 같은 걸 좋아하고 함께 웃잖아요. 그리고 섹스까지 한다면…… 이게 정말 나쁜 일인가요?"

랜들은 한숨을 내쉬며 고개를 돌렸다. 깊은 고민에 빠진 사람처럼. "전 그냥…… 제 말은, 남들 보기에 그렇다는 거예요." 이렇게 말하며 고개를 가로저었다. "사람들은 일개 디자이너가 돈 많은 상속녀를 꼬드겼다고 할 거예요." 랜들이 고개를 들었다. 약간 화가 난 눈빛이었다. "전 누구의 애완동물도 되고 싶지 않아요, 카트리나."

"저는 애완동물을 원하는 게 아니에요, 랜들." 카트리나가 랜들의 손을 잡으며 말했다. "친구를 원해요."

"섹스 파트너?" 랜들이 말했다.

카트리나는 랜들의 입가에 스치는 미소를 봤다. 그녀 역시 절로 미소가 나왔다. "그럼 뭐 어때요?" 그녀가 말했다.

"그것도 사실…… 어찌 됐든 잘못된 관계잖아요." 랜들이 말했다. "당신은 결혼했으니까요." 이어 고개를 숙였다가 다시 카트리나를 올려다봤다. "그리고 당신도 알다시피, 돈이 걸려 있어요. 그것도 아주 많은 돈. 돈을 무시할 수는 없죠."

"당신에게 어떠한 돈도 주지 않겠다고 약속하면 어떨까요?" 카트리나가 말했다.

랜들의 입술이 다시 씰룩거렸다. "와우, 그래줄 수 있어요?" 이렇게 말하고는 멍하니 그녀를 바라봤다. 별안간 둘 다 웃음을 터뜨렸다. 그러다 더욱 열렬하게 입을 맞춘 두 사람은 결국…….

그리고 한 달 후, 카트리나는 지금 벌거벗은 채로 랜들과 함께 침대에 누워 있다. 모든 게 더할 나위 없이 좋았다. 랜들은 그녀가 미처 원하는 줄도 몰랐던 완벽한 남자였다. 사실 그 이상이었다. 환상적인 애인이기도 했지만, 여러 면에서 너무나 상냥하고 자상했다. 와인잔을 씻을 정도로. 물론, 돈 문제만은 매우 예민했다. 카트리나가 자신을 위해 소소한 돈을 쓰는 일조차 허락하지 않았다. 카트리나는 랜들에게 무언가를 사주고 싶어 했다. 사치스럽거나 터무니없는 물건이 아니었다. 반지나 멋진 이탈리아 스포츠 코트 따위를 충동적으로 구매했다. 단지 그녀가 좋아서 샀다고 할 만한 것들이었다.

하지만 랜들은 모든 선물을 거절했다. 그리고 자신을 위해 돈을 쓰는 것은 모욕적이고 어리석은 짓이라고 말했다. 카트리나는 랜들을 위해 돈을 쓰는 게 중요하다고 했지만, 랜들은 돈 문제에 매우 완고했다. 랜들은 카트리나의 돈이 어리석고 충동적인 일에 쓰일 뿐이라는 사실을 이해하지 못했다. 아무튼 카트리나는 랜들에게 돈을 쓰고 싶어 했다. 솔직히 말하면 랜들에게 원색의 페라리를 색깔별로 모두 사줄 수 있었다. 그렇더라도 카트리나의 은행 계좌에는 구멍 하나 나지 않을 테니까.

그게 랜들의 유일한 흠이었지만, 카트리나는 충분히 용납할 수 있었다. 그 외에는 완벽한 남자에 가까웠다. 심지어 코를 골지도 않았다. 어쨌든, 그렇게 심하지 않았다.

카트리나는 다시 한번 햇살을 즐기며 기지개를 켰다. 그 바람에 랜들이 잠에서 깼다. "몇 시예요?" 그가 여전히 잠이 덜 깬 목소리로 툴툴댔다.

"몰라요." 카트리나가 몸을 푹 숙이며 랜들의 가슴에 머리를 묻었다. "당신이 내 낡은 시계를 던져버렸잖아요."

"끔찍했으니까." 랜들이 중얼거렸다.

"그리고 당신이 내 전화기도 꺼버렸고요. 방해가 된다고."

"난 전화기가 싫어요." 랜들이 투덜거렸다. "이 방에 어울리는 고상한 시계를 골라야 해요."

"디지털시계는 싫어요." 카트리나가 그의 가슴을 쓰다듬으며 말했다. "나는 워터포드 제품이 좋아요."

"19세기에나 쓸 법한 구닥다리예요." 랜들이 말했다. "방 분위기와 전혀 어울리지 않는다고요."

카트리나는 지금껏 듣지 못한 쉰 소리로 나지막하게 웃었다. "이제야 디자이너답게 보이네요."

랜들이 투덜거렸다. "나, 디자이너 맞아요." 그가 말했다. "그러고는 카트리나를 일으켜 세우거나 몸에서 떼어내지 않은 채로 전화기를 찾아 침대 옆 탁자를 손으로 더듬었다. 잠시 후 카트리나에게 전화기를 건네주었다. "여기." 랜들이 말했다. "시계, 전화, GPS, 기상관측기, 음악 플레이어, 인터넷 검색기 노릇까지 하는……."

"그보다 훨씬 더 기능이 많죠. 그런데 왜 전화기가 싫어요?"

"뭔가 약점이 있어야죠." 랜들이 말했다. "진짜 예술가라면 약점이 있어야 해요."

이번에는 카트리나가 킬킬댔다. "왠지 당신 '약점'이 섹스라는 말처럼 들리네요."

그러고는 랜들을 노려보며 아주 낮은 목소리로 말했다. "이리 와, 꼬마 아가씨. 내가 약점을 고쳐주지."

"당신의 관심사는 결국 섹스군요. 그런데 지금 몇 시죠?"

카트리나는 전화기를 켰고, 잠시 후 화면이 깜박이며 살아났다. 한스 호프만의 그림. 카트리나의 구매 실패를 기념하는 그림이었다. 그림을 배경으로 커다란 흰색 숫자가 시간을 표시했다. "7시 17분이에요." 그녀가 말했다.

"오전? 오후?" 랜들이 물었다. 그러고는 카트리나의 등에 손을 얹고 부드럽게 문질렀다. "이제 가봐야겠어요."

"글쎄, 모르겠어요. 아, 젠장!" 카트리나가 두려운 표정으로 전화기를 응시했다. 전화기가 꺼져 있는 동안 놓친 전화와 문자메시지가 화면에 주르륵 뜨기 시작했다. 그러다 두 번째 욕이 튀어나왔다. "이런, 빌어먹을." 그녀가 신음하듯 말했다. 그러고는 침대에서 몸을 꼿꼿이 세웠다.

"뭐예요?" 랜들이 불안한 듯 물었다.

"어떡해, 어떡하지." 카트리나가 망연자실한 채 되풀이하며 랜들에게 수화기를 건넸다. 화면에 나타난 첫 메시지. 마이클. 부재중. 3시 49분.

하지만 두 번째 메시지는…… "제기랄." 랜들이 수화기를 다시 건네며 말했다.

카트리나는 전화기를 받아 들었다. 그리고 뭔가 터무니없는 실수를 했길 바라며 다시 화면을 보았다. 문자메시지는 그대로 있었다. 카트리나가 처음 읽었을 때와 똑같았다.

여보, 나 5시쯤 집에 도착해. 아침 식사 때 봐. 마이클.

때마침 시계가 똑딱거렸다. 카트리나는 한 번 더 두려움에 사로잡혔다. 지금은 7시 19분이었다. "랜들, 남편이 금방이라도 여기 들어올지 몰라요! 맙소사, 벌써 집에 왔어요!"

랜들이 잠시 그녀를 바라보며 입을 떡 벌린 채 움직이지 않았다. 그러고는 침대에서 벌떡 일어나 옷을 찾았다. 잠시 후 카트리나도 그렇게 했다. 카트리나가 블라우스를 만지작거리는 동안 랜들은 놀라울 정도로 짧은 시간에 옷을 거의 다 입고 있었다. 물론 여자 옷이 손이 더 많이 가지만, 그렇다 하더라도 랜들은 벌써 신발을 다 신고 벌떡 일어날 만큼 재빨랐다. "난 가야겠어요." 그가 말했다. "나만 간다는 게……." 랜들이 머뭇거리며 이상한 표정을 지었다. 한편으로는 애처롭고, 한편으로는 겁먹은 표정이었다. "카트리나." 그가 말했다. "남편이…… 당신을 해치면 어쩌죠?"

"내가 죽여버릴 거예요!" 카트리나가 말했다.

"하지만 남편이 그러면…… 내가 계속 있어야 할까 봐요……."

"가요." 카트리나가 블라우스를 머리 위로 잡아당기면서 말했다. "마이클이 감히 그런다면 내가 처리할 거예요. 어서 가요, 랜들. 나중에 전화할게요. 나중에라도 내가 있다면." 카트리나가 블라우스 위로 머리를 불쑥 내밀고 랜들을 향해 고개를 끄덕였다. 랜들은 바로 몸을 돌려 서둘러 문밖으로 나갔다.

카트리나는 랜들이 잽싸게 계단을 내려가는 소리를 들으며 양말을 신었다. 한쪽 양말이 발톱에 걸려서 홱 잡아당겼더니 손톱과 양말이 모두 찢어졌다. 그녀는 양말을 내던지며 으르렁거렸다. 남편을 '처리'하겠다는 용감한 말을 내뱉었지만, 실은 거의 공황 상태에 빠졌다. 물론 마이클뿐만 아니라 그가 행사할지 모를 그 어떠한 물리적 폭력도 두렵지 않았다. 하지만 그녀는 불륜에 대한 죄책감에 짓눌렸다. 가족들이 뭐라고 할까? 카트리나의 오빠 에릭은 결혼과 가문에 대해 아주 구시대적인 생각에 빠져 있었다. 카트리나는 마이클이 보통 집에 오면 바로 자기 사무실로 들어간다는 사실을 떠올리며 마음을 가라앉히려 애썼다. 사무실은 방음 처리가 되어 있었다. 문을 닫으면 복도에서 폭탄이 터져도 남편은 알 수 없었다. '그러니 진정해, 카트리나. 아직까지는 괜찮아…….' 그녀는 속으로 말했다.

바로 그때…….

목소리가 들렸다.

그중 하나는 마이클의 목소리였다.

"오, 하느님 맙소사. 오, 안 돼……." 카트리나는 그대로 얼어붙었다. 안절부절못하며 무슨 말이 오가는지 듣고만 있었다. 랜들이 머뭇거리며 말하자 마이클이 대답했다. 두 사람의 목소리가 허공에 울렸다. 카트리나는 두 사람이 마이클의 사무실 근처, 천장이 높은 넓은 홀에 있음을 알아차렸지만, 말소리는 알아들을 수가 없었다. 랜들이 다시 방어적인 말투로 대꾸했고, 마이클이 랜들의 말을 자르며 소리쳤다. "나가! 나가라고! 나가!" 잠시 후 문이 쾅 닫혔다. 이어서 경보음이 삐삐 소리를 냈다. 경보 장치가 다시 켜지며 문이 잠긴 모양이었다. 마이클이 잠갔겠지. 카트리나와 마이클만이 암호를 알고 있었다.

그러고 나서, 침묵이 흘렀다.

카트리나는 꼼짝도 하지 않고 앉아 있었다. 입에서 피 맛이 느껴졌다. 자기도 모르게 아랫입술을 깨물고 있었다. 턱에서 힘을 푼 뒤 그대로 앉아 기다렸다. 마이클이 우레 같은 소리를 내며 방에서 나와 다짜고짜 따져 물으리라 반쯤 예상했다. 그러면 뭐라고 대꾸할까? 그래, 그래, 나 죄지은 거 맞아. 랜들과 잤고, 기가 막히게 좋았어! 당신과 비교할 수 없을 만큼 훌륭했거든. 그래서 랜들과 또 잘 거야!

카트리나는 다시 입술을 깨물었다. 아까보다 더 고통스러웠다. 그렇게 나가는 건 현명한 처사가 아닐 것이다. 마이클이 무슨 말을 하든 냉정을 유지해야 했다. 말이야 쉽지, 사실 마이클이 무슨 말을 할지 몰라 당황스러웠다. 심지어 마이클이 정말로 자신을 사랑하는지조차 그녀는 확신하지 못했다. 결혼 이후 마이클이 보여준 행동은 차치하더라도. 어쩌면 마이클은 분노마저 드러내지 않을 것이다. 그러면 차갑게 멀어질까? 하지만 마이클은 항상 차가웠고, 그녀에게서 멀리 있었다! 그게 바로 카트리나가 랜들을 원했던, 랜들이 필요했던 이유다. 랜들은 그녀가 원하는 것을 해줬다. 냉정하지도 않고 화도 내지 않았다. 그래서 뭐?

기다리면 기다릴수록 불확실해졌다. 급기야 이게 바로 마이클의 반응일까, 하는 생각도 들었다. 마이클은 그녀를 무시하고 있을 것이다. 어쩌면 기다리고 있을지도 모른다. 카트리나가 먼저 발을 내디딜 때까지, 굽실거리며 다가가 자기 잘못을 부끄러워하고 두려워할 때까지. 마이클에게 먼저 다가가 겸허한 마음으로 참회하고 용서를 구걸하도록 강요받는 것도 굴욕적인 일이었다.

아니, 그냥 잊자! 그런 짓은 하지 않을 거야. 카트리나는 그저 여기 앉아 아무 일도 하지 않는 데 만족했다. 마이클이 어떤 감정을 느끼든 말든. 그렇게 있는 게 좋았다. 카트리나는 팔짱을 낀 채 침대 가장자리에 앉아 생각했다. '엿 먹어, 마이클. 와서 날 쳐보시지!'

그러나 마이클은 오지 않았다. 오래 기다릴수록 카트리나의 반항심은 점점 희미해졌다. 카트리나는 마냥 앉아 있을 수가 없었다. 그래서 비틀거리며 일어섰다. 그러다 잠시 멈췄다. 어떡하지? 카트리나는 거친 숨을 몰아쉬며 주먹을 불끈 쥐었다 폈다 하다가 우물쭈물 서 있었다. 그냥 차고로 빠져나가 맨해튼으로 차를 몰고 가서 기다릴까…… 하지만 뭘 기다리지? 결말이 어떻게 되든 당장 끝내는 편이 좋지 않을까? 만약 마이클이 이혼을 원한다면…… 그래, 좋아. 그는 빌어먹을 이혼도 잘하겠지. 카트리나는 결혼 생활에서 벗어나면 절대 뒤돌아보지 않기로 했다. 마이클도, 그의 돈도, 이 거대한 집도 필요 없으니까. 그녀는 완벽한 사람이었고, 가진 자원도 풍부했다. 감정적으로나 재정적으로나. 그리고 마이클은⋯⋯ 그가 정말로 무얼 할 수 있을까? 그녀를 향해 욕을 퍼부으려나?

카트리나는 깊게 숨을 들이마셨다. 그리고 에버하르트 가문의 상속녀답게 어깨를 쫙 펴고 당당하게 문밖으로 나가 계단을 내려갔다.

그녀가 1층에 도착했을 때 홀은 텅 비어 있었다. 집 전체가 허전하게 느껴졌다. 화가 난 마이클이 시내에 마련한 자기 아파트로 떠나버린 걸까?

마음이 놓인 카트리나는 한 가닥 희망을 느꼈지만, 수치스럽다는 듯이 곧바로 그런 생각을 밀어냈다. 그녀는 두렵지 않았다. 당장 그와 맞서 끝장을 볼 생각이었다. 혹시나 하는 마음에 모퉁이를 돌아 홀을 내려다봤다. 그리고 현관 쪽으로 눈길을 돌렸다. 마이클의 외투는 선반에 있었다. 마이클은 여전히 이곳에, 집 안에 있었다. 다시 말해, 자기 사무실에 있다는 뜻이다. 마이클은 집에 돌아오면 늘 그랬다.

분노가 치밀었다. 그럼 평소처럼 행동했다는 거야? 아내가 있는 집에서, 그것도 아침 7시에 서성이는 낯선 남자를 목격한 게 겨우 그 정도 중요한 일이란 말이야?

화가 솟구치고 있었다. 카트리나는 마이클의 사무실 쪽으로 쿵쾅거리며 걸어갔다. 남편에게 분노와 경멸의 폭격을 퍼부을 참이었다.

서재 문은 닫혀 있었다. 카트리나는 손잡이를 돌렸다. 이상하게도 문이 잠겨 있지 않았다. 그래서 문을 열고 서재 안을 들여다봤다.

아름다운 서재였다. 마이클은 다소 구식이고 남성적이기는 하지만, 취향은 아주 세련되었다. 그런 마이클에게 카트리나는 매력을 느꼈었다. 그는 아름다운 물건, 특히 카트리나의 할아버지가 떠오를직한 고풍스러운 가구들로 자신을 둘러쌌다. 그들의 집은 강철과 유리를 주 재료로 지은, 각진 부분이 많은 초현대적 주택이었지만, 사무실만은 그의 취향이 그대로 담긴 것이었다. 돈이 얼마가 들든, 마이클이 좋아하는 고전적이면서도 남성적인 가죽 재질과 짙은 색 목재로 꾸며놓았다.

방 한가운데, 아름다운 17세기 페르시아 카펫 바로 옆에 마이클의 책상이 있었다. 오래되고 어두운 빛깔의 나무로 만든 거대한 책상이었다. 책상에는 컴퓨터 모니터와 키보드가 아무렇게나 놓여 있었고, 마이클은 몸을 숙이고 있었다. 잠든 것 같았다.

카트리나는 순간 아연했다. 어떻게 저렇게 잠들 수가 있었을까? 그녀는 분명 랜들을 본 마이클이 질러대는 고함을 들었다. 마이클은 어찌된 일인지 알아내려고 했어야 했다. 어쩌면 그냥 대수롭지 않은 일로 여겼을까?

카트리나는 또 화가 치밀어 올랐다. 이제는 마이클을 완전히 구석에 몰아넣겠다고 벼르며 방으로 들어섰다. "빌어먹을, 마이클!" 그녀가 말했다. 하지만 눈앞에 펼쳐진 낯선 장면에 걸음을 멈췄다. "마이클……?" 카트리나가 다시 이름을 불렀다. 거의 속삭이는 듯했지만, 그건 중요하지 않았다.

카트리나는 그제야 확실히 깨달았다. 아무리 큰 소리로 불러도 마이클이 듣지 못한다는 것을.

17장

경찰은 꽤 일찍 도착했다. 카트리나가 사는 동네에서는 대개 그랬다. 경찰은 원래 현실주의자다. 그래서 세상이 어떻게 돌아가는지 잘 안다. 반응이 느리거나 서비스가 엉성하면 부자들은 짜증을 낸다. 부잣집 도련님을 화나게 하면 자칫 새로운 일자리를 구해야 할 수도 있다. 게다가 카트리나 에버하르트와 마이클 홉슨은 엄청난 부자였다. 물론 경찰이 부자들을 위해 일부러 더 나은 법 집행에 나서진 않겠지만, 부자들이 그렇게 생각하도록 하는 쪽이 제일 좋다. 그래서 911에 신고한 카트리나는 매우 빠른 응답을 받았다.

맨 먼저 순찰대가 현장에 왔다. 30년 넘게 근무한 제복 경관 두 명이었다. 그들은 도착하자마자 마이클의 사망을 확인하기 위해 사체를 쓱 살펴본 뒤 현장 수색에 나섰다. 살인에는 규칙적인 틀이 있다. 두 경관 모두 잘 아는 사실이다. 둘 중 선배인 호프너가 카트리나를 데리고 조용히 부엌으로 갔다. 그러고는 커피 한 잔을 정중히 부탁했다. 경험이 풍부해 업무 분장이 몸에 배어 있었고, 커피는 증인이 편히 이야기할 수 있는 친근한 분위기를 만드는 데 한몫 했다. 또한 호프너는 커피 향이 살인 사건 현장에서 풍기는 불쾌한 냄새를 덮어준다는 사실도 알고 있었다. 물론 현장에서는 매번 악취가 난다. 그래서 증인이 마음을 조금 가라앉히고 이성적으로 질문에 대답하길 바란다면, '오, 맙소사. 이 고약한 냄새가 허버트의 창자에서 나온 거라니!' 따위의 생각은 하지 못하게끔 돕는 편이 낫다.

그래서 호프너는 커피를 달라 했고, 카트리나는 커피를 준비하느라 분주히 움직였다. 카트리나가 커피를 내리는 동안, 호프너는 몇 가지 간단한 질문을 던졌다. 그리고 카트리나의 대답뿐만 아니라 자신이 관찰한 내용도 적어두었다. 목격자의 머리가 헝클어져 있음. 옷도 약간 흐트러짐. 아마도 침대에서 막 일어난 듯함. 증인은 크게 동요하지만, 신경질적인 성향은 아닌 것으로 보임 등등.

파트너 비어드 경관은 호프너의 7년 후배였다. 귀찮거나 힘든 일은 늘 그가 도맡았다. 호프너는 즉시 범죄 현장, 즉 마이클의 사무실 주변을 살펴본 다음 집 근처를 샅샅이 수색했다. 비어드가 수색을 끝내고 카트리나의 집으로 돌아오니 형사들이 도착해 있었다.

비어드 경관은 두 형사를 이끌고 마이클의 사무실로 갔다. 희생자의 아내가 약 20분 전에 시체를 발견했으며, 현장에 도착한 이후 사무실에 아무도 없었다고 알렸다. 그런 다음 비어드는 사무실 문옆에 자리 잡았고, 라텍스 장갑을 낀 두 형사가 방으로 들어갔다.

형사들은 안에 들어가자마자 잠시 멈춰 서더니 방 안을 빙 둘러봤다. "사무실 멋지군요." 젊은 형사 멜닉이 말했다. 머리가 희끗희끗한 동료 샌더스는 고개만 끄덕였다. 그러고는 문 바로 안쪽에 한쪽 무릎을 꿇고 바닥에 난 흠집을 유심히 바라봤다.

멜닉은 시체를 향해 두 걸음 걸어갔다. 그리고 시체를 보자마자 멈춰 섰다. 한참 동안 말문이 막힌 듯했다. 할 말을 생각하려 해도 도무지 떠오르지 않았다. 멜닉은 언젠가 경찰서장이 되고 싶었다. 그래서 야망에 어울리는 능력을 쌓기 위해 지역 전문대학에 입학했다. 정말 설득력 있는 말을 하고 싶었다. 'B+'를 받은 심리학 성적에 걸맞은 말을 하고 싶었지만, 결국 튀어나온 말은 "젠장"이었다.

샌더스는 한쪽 눈썹을 치켜올린 채 멜닉을 올려다봤다. "역겨워? 죽은 사람 처음 보나?" 그가 약간 경멸하는 표정으로 물었다.

멜닉은 고개를 저었다. "가서 보세요." 그러고는 시체를 향해 고개를 끄덕이며 말했다. "믿기지 않을걸요."

샌더스는 크게 한숨을 내쉬고는 천천히 일어섰다. 딱히 특별한 게 없으리라 예상하며 시체를 바라봤다. 하지만 직접 본 장면은 정말 놀라웠다. 샌더스에게조차도.

샌더스는 시체를 한 번 슥 보고 나서 피해자의 등에서 튀어나온 칼자루만 바라봤다. 평범한 칼이 아니었다. 손잡이가 아름답게 조각되어 있었다. 아마도 상아로 만든 것 같았다. 꽤 능숙하고 자기 직업에 헌신적인 조각가의 손에서 탄생한 듯한 손잡이는 음경 모양이었다. 게다가 지금은 허공을 향해 똑바로 솟아 있었다. 보기만 해도 놀라 투덜거릴 만했고, 바로 그래서 더 짜증이 났다. 그는 아무렇지도 않은 척하며 툴툴거렸다. "으응, 그게 어때서."

"손잡이요." 멜닉이 말했다. "칼자루, 봤죠?"

샌더스가 고개를 끄덕였다. "응, 뭐처럼 생겼더군." 그가 정색하며 말했다.

멜닉은 고상한 야망의 소유자였지만, 진지하게 경찰다운 평가를 하려고 애썼다. "조금 작은 것 같죠?"

샌더스는 멜닉을 쳐다보지도 않았다. "성기 전문가 납셨네." 그가 말했다.

언어 선택에 실패한 멜닉은 샌더스 옆으로 다가가 칼날이 솟은 등 위로 몸을 굽혔다. "상아 맞아요. 그런데 상아 거래는 불법 아닌가요?"

"그거 만든 사람도 잡아들이고 싶어?" 샌더스가 물었다. 그러고는 멜닉 옆에 살짝 끼어들었다. "여러 번 찔린 상처야." 그가 말했다.

멜닉이 얼굴을 찡그렸다. "많이 고통스러워한 것 같지는 않네요."

"음, 다행이라면 좀 뭐하지만 처음 찔렸을 때 이미 감각이 마비됐어." 샌더스가 말했다. "척수신경이 잘렸거든."

"어쨌든 범인은 계속 찔렀어요." 멜닉이 생각에 잠긴 듯이 말했다. "그러니까……." 그러고는 샌더스를 힐끗 쳐다봤다. "전문가는 아니에요. 범인이 화가 난 상태였을까요? 화가 나면 여러 차례 찌르잖아요."

샌더스가 고개를 끄덕였다. "그래, 말 되네. 그럼, 뭐 때문에 화가 났을까?" 그러더니 열린 서류 가방 옆에 무릎을 꿇었다. "가방에서 뭐가 빠졌는지 잘 조사해봐."

"네, 하지만……." 멜닉이 말했다. 그러고는 손으로 살해 장면을 상상했다. "서류 가방은 떨어진 것 같아요. 아마 몸싸움을 벌이다가 그랬겠죠? 피해자는 컴퓨터로 일을 하고 있었어요, 맞죠? 범인이 들어와 피해자를 칼로 찌르고 뭘 가져간 듯한데…… 그런 다음 서류 가방을 넘어뜨렸고 말예요. 만약 범인이 서류 가방에 있는 뭔가를 원했다면, 남자가 죽었을 때 그냥 가져갔을 거예요. 가방에 있는 걸 죄다. 그런 다음 가방을 다시 갖다 놓을 거예요. 뭔가 없어졌다는 사실을 아무도 눈치채지 못하게요. 그런데 가방이 바닥에 있어요, 마치 망가져서 열린 것처럼. 그러니까 두 사람은 가방 때문에 싸우지는 않았다는 얘기예요. 상처가 모두 등에 있잖아요. 그래서…… 앞뒤가 맞지 않죠." 멜닉은 호기심에 찬 눈으로 샌더스를 바라봤다. "일부러 꾸민 걸까요? 강도가 든 것처럼?"

샌더스는 아무 말도 하지 않았다. 이미 같은 결론에 도달한 터였다. 그는 책상 위를 힐끗 올려다봤다. "이봐, 화면 보호기가 켜져 있어." 그가 말했다.

멜닉은 마우스로 손을 뻗었다. "피해자가 칼에 찔렸을 때 어떤 작업을 하고 있었는지 봐요." 그가 말했다. 멜닉이 마우스를 움직이자 컴퓨터 화면이 살아났다. "이런, 맙소사." 그가 중얼거렸다.

샌더스가 몸을 숙여 화면을 바라봤다. 하지만 아무 말도 하지 않았다. "젠장." 마침내 그가 입을 열었다. 그러고는 방 안을 천천히 둘러봤다. 다시 화면을 바라본 뒤 칼을 보았다. "아내분과 얘기를 좀 해야겠군." 샌더스가 말했다.

카트리나는 텔레비전 수사물을 많이 봤다. 그래서 형사들이 "경찰서로 와서 몇 가지 질문에 대답해달라"고 요청했을 때 결코 좋은 소식이 아님을 알았다. 대개는 당신을 용의자로 본다는 뜻이기 때문이다. 하지만 카트리나는 아무 죄도 짓지 않았다. 정말이었다. 그렇다면 무엇을 걱정해야 하는 걸까? 변호사 타일러에게 전화하는 것은 의미가 없었다. 어쩌면 경찰의 형식적인 요청이라, 한 시간도 채 걸리지 않을 것이다. 카트리나가 물려받은 엄청난 유산이 우산 효과를 발휘하는 것은 사실이었다. 아무리 착한 사람일지라도, 의식적이든 그렇지 않든 재산이 많으면 체포되거나 이런저런 불편한 일에서 면제받을 수 있다고 믿는다.

그래서 카트리나는 몇 가지 질문에 대답해달라는 요청에 흠칫 놀랐지만, 별로 걱정하지는 않았다. 게다가 두 형사는 무척 공손했다. 카트리나가 순찰차 뒷좌석에 타고 경찰서까지 가는 동안 불편한 데는 없는지 몇 번이나 물었다. 물론 카트리나는 고맙다고 말했다. 하지만 불편했다. 전혀 편하지 않았다. 차 좌석이 울퉁불퉁해서가 아니다. 머릿속을 가득 메운 생각 때문에 불편했다. 첫째, 남편이 폭력적인 행위로 죽었다. 물론, 누구나 이런 일을 겪으면 불편할 것이다. 설령 남편을 좋아하지 않았더라도.

하지만 훨씬 더 불편했던 이유는 랜들이 과연 살인자일까, 하는 의구심 때문이었다. 랜들에게는 분명 동기가 있었다. 게다가 카트리나는 마이클이 랜들에게 고함치는 소리를 들었다! 현관문이 쾅 닫히기 직전에. 랜들은 손쉽게 마이클을 죽이고 서둘러 밖으로 나갈 수도 있었다.

하지만 그때 경보 장치가 다시 울렸다. 그것도 랜들이 떠난 후에! 오직 마이클만이 비밀번호를 알고 있었다. 그래서 다시 켠 사람도 마이클일 수밖에 없었다. 랜들은 경보 장치를 끄고 켤 수 없다. 그러니 마이클을 죽였을 리도 없었다. 하지만 그렇다면, 그건 범인이 집에 들어와 있었다는 뜻이다. 하지만 범인이 어떻게, 그리고 언제 집을 떠났을까? 경찰이 몰려든 후에?

카트리나는 아무리 생각해도 이해할 수 없었다. 두 형사가 끊임없이 편안하냐고 묻고 걱정해주는 척해도 소용이 없었다. 두 형사의 공손함은 거기서 끝나지 않았다. 심지어 카트리나의 지문을 채취할 때도 예의 바르게 행동했다. "기꺼이 응해주시겠습니까?", "그냥 형식적인 절차입니다" 등등. 카트리나는 지문 채취에 동의했다. 마이클의 사무실에서 자기 지문이 발견되지 않으면 결백을 증명하는 데 도움이 되리라고 생각했다.

형사들은 카트리나를 취조실로 데려갈 때도 한결같이 공손했다. 심지어 커피도 한 잔 대접했다. 솔직히 커피 맛은 형편없었다. 하지만 카트리나를 대하는 형사들의 태도는 텔레비전에서 본 바와는 달리 거칠지 않았다. 그래서 형사들에게 고마웠다. 그녀는 종이컵에 든 커피를 홀짝홀짝 마시며 그들과 함께 앉아 있었다.

"홉슨 부인." 나이 든 형사가 동정 어린 말투로 입을 열었다. 카트리나가 막 살해당한 사람과 결혼했다는, 결혼했었다는 사실을 다시금 일러주려는 듯 '부인'이라는 말을 강조하긴 했지만. "전 샌더스 형사입니다. 이쪽은 멜닉 형사고요." 두 형사가 공손히 고개를 끄덕였다. "부인에게는 끔찍한 충격이었을 겁니다."

"정말 끔찍하셨을 거예요." 멜닉이 동의했다.

"그리고 부인도 평소 폭력적인 사람은 아닐 거고요."

"그런데 그런 장면을 보셔서 유감입니다." 멜닉은 슬픈 듯이 고개를 저으며 말했다.

"물론 누구나 폭력적으로 변할 수는 있지만요." 샌더스가 말했다.

"심지어 마더 테레사도요." 멜닉이 말했다. 샌더스가 눈썹을 치켜세우며 멜닉을 힐끗 봤다. 멜닉이 어깨를 으쓱했다. "그 여자는 수녀였죠?"

"검찰 측도 이해할 거라 확신합니다." 샌더스가 카트리나에게로 시선을 돌리며 말했다. "그걸 '정상참작'이라고 하죠?"

"부인이 한 일에 합리적인 동기가 있다는 뜻이죠." 멜닉이 말했다. "검찰도 그런 점을 고려하고 있어요."

"물론 현재로서는 타살이라서요, 그렇죠?" 샌더스가 말했다.

"의문의 여지가 없어요." 멜닉이 거들었다. "타살이죠." 그러더니 두 사람은 엄숙하게 카트리나를 바라봤다. 그저 바라보기만 할 뿐,

침묵이 흐르도록 내버려뒀다.

카트리나가 뒤를 돌아보았다. 입이 바짝 말라 있었다. 방에서 모든 공기가 빠져나간 것 같았다. "뭐…… 당신들…… 뭐예요?" 그녀가 더듬거리며 말했다. 카트리나는 잘 알았다. 형사들이 마이클을 살해한 혐의로 자신을 기소하려 한다는 것을. 하지만 그렇게 터무니없는 생각을 반박할 만한 대응법이 떠오르지 않았다.

"홉슨 씨에 대해 전혀 모르셨던 것 같군요." 샌더스가 말했다. "불과 몇 시간 전까지만 해도요."

"그런 사실을 알았다면 충격이 컸을 거예요." 멜닉이 말했다.

"그래서 부인은 화가 났겠죠." 샌더스가 동의했다. "이해합니다. 제 말은, 부인의 남편이니까요."

"소아성애자라니." 멜닉이 고개를 떨구며 말했다. "정말 끔찍하죠."

카트리나는 절로 입이 딱 벌어지는 걸 느꼈고, 잠시 숨을 쉴 수가 없었다. "그이는…… 마이클은 아니에요…… 뭐라고요……?" 마침내 카트리나가 간신히 입을 열었다.

"뭐지?" 샌더스가 멜닉에게 말했다. "부인은 몰랐나 본데."

"부인이 화내는 거야 당연하죠." 멜닉이 말했다. 그러고는 다시 카트리나를 돌아봤다. "그런데 뭔가 눈치챘나 보죠? 의심할 만한 별난 행동 같은 거요. 한 번이라도 그런 게 있었나요?" 두 사람이 기대감에 찬 눈빛으로 바라봤지만, 카트리나는 멍하니 고개만 저었다.

"그럼 남편이 '진정한 멘토'의 이사인 줄 몰랐다는 거군요?" 샌더스가 물었다.

"진정한, 진정한…… 뭐라고요?"

"'진정한 멘토'요." 샌더스가 대답했다. "어린 남자애들과 성관계를 해야 그들이 제대로 자라는 데 도움이 된다고 믿는 단체예요."

"소아성애자들이죠." 멜닉이 설명했다. "최악은, 그들이 독선적인 소아성애자들이라는 거죠."

카트리나는 그저 눈만 뜨고 있었다. 형사들 말이 너무 어이없었다. 마치 마이클이 인간 행세를 하는 커다란 선인장이라고 말하는 것 같았다.

"선배님 말이 맞아요." 멜닉이 말했다. "부인은 정말 몰랐나 봐요."

"음, 이제 설명이 되는군요." 샌더스가 기분 좋게 고개를 끄덕이며 말했다. "남편이 어떤 사람인지도 모르셨잖아요. 그러니 어린 소년들을 유혹하는 조직에 몸담고 있다는 걸 알게 되면……."

"딱!" 멜닉이 말했다.

"그래서 칼을 집어 든 거군요……." 샌더스가 말했다.

"편지 봉투 뜯는 칼이었을 거예요." 멜닉이 말했다. 샌더스가 그를 바라봤다. "그런 것치고는 꽤 날카로웠지."

"아주 날카로웠죠. 한 번이라도 제대로 찌르기만 하면 사람을 죽일 수 있을 만큼." 멜닉이 말했다.

"하지만 부인은 남편을 일곱 번이나 찔렀죠." 샌더스는 카트리나를 온화하게 바라보며 말했다.

"몹시 화가 났거나 충격을 받았을 때 그러거든요. 아니면 둘 다거나."

"이런 경우에는, 둘 다 가능할 테고요." 샌더스가 말했다.

"솔직히, 소아성애자를 죽였다고 오히려 고마워할 사람이 많을 겁니다." 멜닉이 말했다.

"물론 저희는 그럴 수 없지만요." 샌더스가 안타까워했다.

"공식적으로 안 되죠." 멜닉이 카트리나를 향해 눈을 찡긋하며 말했다.

"하지만 당신이 왜 그를 죽였는지 저희가 알고, 검찰도 이해하리라고 생각해요."

"전 안 죽였어요." 마침내 카트리나가 겨우 입을 열었다. 그리고 말을 이었다. "전 그냥…… 아니, 아니, 아니에요. 저는, 저는…… 이건 그러니까…… 끔찍한 실수예요!"

"맞습니다. 살인은 언제나 실수로 일어나죠." 샌더스가 말했다.

"소아성애자도 마찬가지고요." 멜닉이 덧붙였다.

"제길!" 카트리나가 말을 뚝 끊었다. "전 마이클을 죽이지 않았다고요! 그리고 남편이 소아성애자인지도 전혀 몰랐어요. 내 말은, 남편이 그랬다면 그건 미친 짓이라고요!"

두 형사는 그저 한결같이 싱거운 표정으로 카트리나를 바라봤다.

"이런, 세상에." 카트리나가 말했다. "당신들은 믿지 않겠지만…… 마이클은 저보다 훨씬 크고 힘도 세요. 심지어 저는 들어갈 수…… 어쨌든 전 남편 사무실에 절대 들어가지 않아요. 그런데 어떻게 제가……."

"집에 설치한 보안 장치가 꽤 훌륭하더군요." 샌더스가 불쑥 입을 열었다.

"거의 예술의 경지예요." 멜닉이 덧붙였다.

"집…… 뭐요?"

카트리나는 갑자기 화제가 바뀌자 혼란스러워했다.

"보안 장치요." 샌더스가 말했다. "경보기, 동작감지기……."

"그리고 카메라도요." 멜닉이 유쾌하게 덧붙였다. "열다섯 대에서 스무 대 정도 있을 거예요."

"모든 장면을 녹화했겠죠." 샌더스가 말했다.

"누군가 일부러 끄지 않는 한." 멜닉이 말했다.

샌더스가 고개를 끄덕였다. "비밀번호를 아는 사람만이 끌 수 있을 테고요."

"홉슨 부인, 비밀번호를 아는 사람이 몇이나 되죠?" 멜닉이 정중하게 물었다.

카트리나는 그저 눈을 깜빡거렸다.

"비밀번호요." 샌더스가 말했다.

"그러니까, 전체를 켜고 끌 수 있는 거요." 멜닉이 말했다.

"멜닉은 보안 장치 전체를 말하는 겁니다." 샌더스가 말했다.

멜닉이 고개를 끄덕였다. "그리고 카메라까지요."

"누가 비밀번호를 알고 있나요?" 샌더스가 되풀이했다.

"제, 제 생각에는…… 마이클과 음……." 카트리나는 침을 꿀꺽 삼켰다.

"저뿐이에요."

"가사도우미나 요리사, 뭐 그런 사람은 없습니까?" 샌더스가 눈썹을 치켜올리며 말했다.

"아마 관리인이 있겠죠. 아니면 집사?" 멜닉이 빙긋 웃으며 샌더스 쪽으로 몸을 돌렸다. "진짜 부자들은 그런 사람을 데리고 있더라고요. 왕처럼." 그가 덧붙였다.

"홉슨 부인, 집사가 있습니까?" 샌더스가 싱겁게 물었다. "비밀번호를 아는 공식 집사가?"

카트리나는 멍하니 머리만 흔들었다.

"그럼, 보세요. 홉슨 부인." 샌더스는 앞으로 몸을 내밀었다. 그리고는 은밀히 목소리를 낮추며 말했다. "먼저 그곳에 도착한 두 경찰관은 경보기가 켜져 있었다고 말했어요. 부인이 그들을 들여보

내려고 껐고요, 맞죠?"

카트리나는 다시 고개를 끄덕였다. 그녀는 철렁 내려앉는 가슴을 애써 억눌렀다.

"그리고 카메라도요." 멜닉이 말했다. "어쩌면 카메라는 몇 분 동안 꺼져 있었을 거예요. 남편이 살해당하는 동안 말이에요."

"이제 뭐가 문제인지 아실 텐데요." 샌더스가 말했다. 그러고는 몸을 뒤로 젖히며 고개를 저었다. "경보기가 켜져 있어요. 아무도 들어갈 수 없죠. 집에 두 사람만 있었고, 그중 한 명은 결국 죽어버렸습니다." 그가 두 손을 벌렸다.

"만약 부인이 애거사 크리스티라면 이건 정말 매력적인 퍼즐에 불과하겠죠." 멜닉이 말했다. "물론 우린 그렇게 생각하지 않지만요."

"그 애거사 크리스티조차 이미 죽은 것 같지만요." 샌더스가 덧붙였다.

"맞아요, 맞아."

"자, 그럼 우리가 여기서 무슨 생각을 하는지 알겠군요, 홉슨 부인?" 샌더스가 다시 정중하게 물었다. 하지만 이제는 샌더스의 싱겁고 고른 말투조차, 화가 나 으르렁거리는 소리보다 더 가혹한 꾸짖음처럼 들렸다.

"알다시피 경보기가 설명해주고 있어요." 멜닉이 부드럽게 말했다.

그러더니 두 형사는 카트리나를 묵묵히 바라보기만 했다.

카트리나는 숨을 쉬려고 애썼다. 입안이 사포처럼 꺼끌꺼끌해 침 한 방울 삼킬 수가 없었다. 뇌도 얼어붙은 것 같았다. 할 말을 찾으려고 힘겹게 사투를 벌였다. 몇 가지 간단한 단어, 몇 마디 단순한 구절을 떠올려야 했다. 그래야 이게 얼마나 말도 안 되는 일인지 해명할 수가 있었다. 내가 마이클을 죽였다고 생각하다니, 도저히 있을 수 없는 일이다. 하지만 아무 생각도 할 수 없었다. 머리는 욱신거렸고, 방은 점점 희미해지고 흔들거리는 것 같았다. 게다가 두 형사는 온화하고 참을성 있게, 호기심에 가득 찬 표정으로 카트리나를 바라보기만 했다. 그녀의 머리가 터지기 일보 직전, 방문이 벌컥 열렸다.

제복을 입은 여자가 머리를 들이밀었다. "샌더스 형사님?" 그녀가 말했다. 그러고는 서류철을 들어 보였다. "최대한 빨리 이걸 보셔야 한대요. 어, 포렌식이라던가?"

샌더스가 고개를 끄덕이며 일어났다. 그가 서류철을 가지러 가자 카트리나는 살짝 마음이 놓였다. 〈CSI〉를 워낙 많이 봐서 포렌식이 뭔지 알았다. 게다가 최대한 빨리라면…… 진짜 범인과 관련된 증거가 발견된 게 틀림없었다. 그러니 이제 자신을 놓아줘야 할 터다. 나는 죄가 없다고. 제발 놔줘……. 게다가 형사들은 카트리나의 가족이 제기할 정치적 압력을 감안해야 한다. 어쩌면 꽤 불쾌한 상황과 맞닥뜨릴 것이다. 카트리나는 숨을 깊이 들이마셨다. 취조실 분위기가 안정을 찾을 때까지 기다리며 그들을 너무 험하게 대하지 말자고 다짐했다. 물론 그들은 끔찍한 실수를 저질렀다. 하지만 그저 자기 일을 했을 뿐이다. 그리고 진심으로, 카트리나를 매우 정중하게 대해주었다.

샌더스는 멜닉에게 서류 내용을 보여주고 있었다. 두 사람이 카트리나를 바라봤다. 그리고 샌더스가 미소 지었다. '자, 온다. 이제 그만 사과하고 날 보내주지 그래. 그래야 내가 자비를 베풀지.' 카트리나는 생각했다.

하지만 그런 일은 일어나지 않았다.

두 형사가 다시 의자에 앉아 시선을 교환했다. "어디까지 했지?" 샌더스가 천진난만하게 물었다.

"홉슨 부인이 남편을 죽이지 않았다고 해명할 참이었어요." 멜닉이 여전히 싱거운 척하며 말했다.

"맞아, 부인이 죽이지 않았어." 샌더스가 카트리나를 바라보며 말했다.

"네, 안 죽였어요!" 카트리나가 목청을 높였다. "그리고 전 누가 죽였는지도 전혀 몰라요. 하지만 살인자가 누구든, 형사님이 저랑 게임하느라 시간을 낭비하는 동안 놈들은 도망치고 있다고요."

"이건 게임이 아닙니다, 홉슨 부인." 멜닉이 말했다.

"네, 저희는 게임을 하지 않아요." 샌더스가 덧붙였다.

"그럼 절 보내줘요. 그리고 진짜 살인범을 찾아요!" 카트리나가 소리를 질렀다. 샌더스가 고개를 저었다. "보세요, 그게 문제예요." 그러고는 이성적으로 말했다.

"우리는 이미 진짜 살인범을 찾았다고 생각합니다."

"그게 바로 부인입니다." 멜닉이 말했다.

"정말 멍청한 상상이군요!" 카트리나가 소리쳤다. 샌더스는 고개를 끄덕였다. "그럼 뭐 어때서요? 결국 우린 어리석은 경찰일 뿐인데요. 하지만 중요한 건, 홉슨 부인······." 그러더니 손에 든 서류철을 들어 흔들었다.

"법의학팀 1차 보고서예요." 샌더스가 말했다. "그들이 칼에서 지문 몇 개를 발견했다는군요."

"아주 상태가 괜찮은 지문도 있고요. 아주아주 선명한." 멜닉이 말했다.

"바로 부인 지문입니다." 샌더스가 덧붙였다.

"칼에서 나왔어요." 멜닉이 말했다.

"살인 도구라고 하죠?" 샌더스가 말을 이었다. 그리고 두 사람 모두 기대에 찬 눈빛으로 카트리나를 바라봤다.

카트리나는 다시 정신이 혼미해졌다. 방이 다시 흔들리기 시작했다. "그럴 리가…… 전 죽이지 않았어요."

"누구 지문이든 간에 지문은 아주 잘 드러나는 법이죠."

"부인의 지문이에요." 멜닉이 기쁜 듯이 덧붙였다.

"손가락에 코코아 가루가 묻어 있었어요." 샌더스가 말했다.

"코코아 가루는 침대 옆 접시에서 발견한 코코아 가루와 정확히 일치했고요." 멜닉이 설명했다.

"그리고 부인 침대 말인데요. 보고서에 따르면 어젯밤 부인이 누군가와 성관계를 했다는군요. 하지만 지난 24시간 동안 남편과 성관계를 한 흔적은 없고요." 샌더스가 말했다.

"누구였습니까, 부인?" 멜닉이 물었다. 그는 '부인'이라는 단어를 강조하고 있었다. "그 남자는 몇 시에 부인의 집을 떠났습니까?"

샌더스가 그녀를 향해 고개를 끄덕였다. "그 남자와 이야기를 좀 해야겠어요."

"그냥 모든 게 딱딱 맞아떨어져요." 멜닉이 말했다.

"범행 동기, 수단, 기회." 샌더스가 말했다. "지문과 DNA 증거까지 포함해서요."

"이번 사건만은 검찰이 우리한테 참 고마워하겠어요." 멜닉이 말했다. "걔들은 열심히 일하기 싫어하거든요."

"이번에는 열심히 일하지 않아도 될걸. 아주 단순 명료한 사건이니까." 샌더스가 말했다.

"단순 명료하죠." 멜닉이 동의했다. 두 사람은 서로에게 고개를 끄덕였다.

"그러니까 지금 다 털어놓는 편이 좋을 겁니다, 홉슨 부인."

"자백하는 게 부인에게도 좋아요." 멜닉이 말했다.

"형량을 줄일 수 있거든요." 샌더스가 말했다. "그걸 생각해보는 편이 좋을 거예요."

두 사람은 카트리나를 바라봤다. 온화하고 참을성 있게, 그리고 즐거운 표정으로.

카트리나는 또다시 숨을 쉴 수 없었다. 두 형사가 이 얘기 저 얘기 늘어놓는 동안 그녀는 그저 그들을 뚫어지게 쳐다봤다. 방이 한쪽으로 기울어지는 것 같았다. 마침내 공기를 조금 들이마실 수 있게 되자, 카트리나는 잠시 눈을 감고 마음을 가라앉혔다. 그러다 다시 눈을 떴지만, 변한 것은 하나도 없었다. 여전히 취조실에 있었고, 두 형사는 여전히 자신을 온화한 눈빛으로 응시하고 있었다. 카트리나는 숨을 한 번 더 들이마시고 말했다. "제 변호사 불러주세요."

18장

프렐리 경사는 경찰로 근무하는 동안 거의 모든 종류의 일을 목격했다. 여러 해 동안 수많은 일이 일어났다. 정년퇴임을 불과 17개월 앞둔 요즘, 사소한 일만 생겨도 피곤했다. 특히 좌골신경통이 도질 때면 더욱. 그게 바로 지금이었다. 게다가 역류성 식도염까지. 두 가지 증상이 한꺼번에 덮치자 인내심 바닥났다. 헛소리할 기분이 아니었다. 물론 오늘은 사무실 근무라 몇몇 헛소리를 들어야 했지만 듣고 있자니 역시 기분이 좋지 않았다.

그래도 뭔가 감이 오기는 했다. 그래서 책상 너머에 서 있는 청년에게는 눈길도 주지 않았다. 그는 감정을 억제하는 경찰만의 특수 기법을 오랫동안 연습한 덕분에, 아무리 입이 근질거려도 추잡하거나 책잡힐 말은 한마디도 하지 않았다. 대신 자기 직감에는 절대 의심의 여지가 없다는 표정을 지을 뿐이었다. "다시 한번 말씀해주시겠습니까…… 선생님?" 경사는 오랫동안 꿋꿋이 버티며 한숨을 내쉬듯 말했다.

웬 젊은 남자가 눈에 띄게 침을 삼키며 이리저리 움직였다. 그러다 턱을 툭 내밀며 방금 한 말을 되풀이했다. "자백하러 왔어요." 그러고는 못 박힌 듯 그 자리에 서 있었다.

"고해성사가 하고 싶었겠죠." 프렐리가 지친 목소리로 말했다. "그런데 신부님을 못 찾았고요. 그래서 여기로 왔나요?"

"그게 아니라, 제가 사람을 죽였어요." 남자가 더듬거리며 말했다. "마이클 홉슨을 죽였다고요."

프렐리는 살인 사건이 일어났음을 잘 알고 있었다. 희생자의 이름은 홉슨. 돈 많은 남자. 뉴스에서 이미 엄청나게 떠들어대고 있었다. 그럴 때마다 미친놈들이 난데없이 나타나 자백을 했다. 진짜 살인자들은 절대 어슬렁어슬렁 들어와 자백하지 않는다. 자백하겠다고 나타난 녀석들은 '관심병'이 있는 놈들이다. 어떤 식으로든 슬픈 사연이 있어서 늘 제정신이 아닌 놈들. 어쩌면 모유를 먹지 못했거나, 중학교 때 온전한 자존감을 배우지 못했을지도 모른다. 뭐 어쨌든, 꼭 미친놈 한둘이 여기저기 어슬렁대다 살인 사건이 터진 후에 자백하러 기어들어 오곤 했다.

남자는 멋진 양복을 입고 있었다. 깨끗하고 꽤 그럴듯해 보였다. 미친놈처럼 보이진 않았지만, 요즘 다 그러지 않나? 다들 특별 대접을 받으며 자라니까. 그래서 아무도 책임감을 비롯한 인간의 미덕에 일절 신경 쓰지 않는다. 프렐리에게는 그런 작자들이 이래저래 심신미약으로 보였다.

"당신이 마이클 홉슨을 죽였다고요?" 프렐리가 맥빠진 목소리로 말했다. 하지만 아주 조곤조곤 이자의 본색을 파헤칠 참이었다.

"그 사람이 확실해요?"

남자는 움찔했지만, 자기 주장을 굽히지 않았다. "맞아요." 그가 말했다.

프렐리 경사는 잠시 눈을 감았다. 기도를 하진 않았다. 종교를 가진 사람이 아니었으니까. 하지만 누군가 듣고 있다면 부디 힘을 달라고 부탁했다. 물론 아무도 듣고 있지 않았다. 눈을 뜨자 역시나, 더 강해진 것 같지는 않았다. 아무것도 변하지 않았다. 남자는 여전히 안절부절못하는 채로 서 있었다. 물론 선량한 프렐리의 혈관에서 갑작스레 호랑이 같은 기운이 솟구칠 리는 없었다.

프렐리 경사는 홉슨의 아내가 범인이라는 사실을 아주 잘 알고 있었다. 증거가 강력했다. 형사들은 그녀가 자기 남편을 죽였다고 확신했다. 그렇다면 이 남자는 확실히 정신병자였다. "좋아요, 용감한 시민님." 프렐리가 두 손을 앞으로 모으며 말했다. "그렇다면, 왜 마이클 홉슨을 죽였지요?"

"제가…… 제가 그의 아내와 잤어요." 남자가 털어놓았다. "그런데 그 사람이…… 그 사람이 일찍 집에 들어왔고, 그리고 어…… 그래서 그 사람을 죽였어요."

프렐리 경사는 남자의 말에 왠지 구미가 당겼다. 그리고 그는 살인 사건이 일어난 날, 미망인과 침대에 누웠던 어떤 남자를 형사들이 찾고 있다는 걸 알고 있었다. 그래서 더 조심스럽게 남자를 훑어봤다. 이 남자가 미망인의 성노리개라고? 남자의 외모는 나쁘지 않았다. 양복도 정말 좋아 보였다. 돈도 어느 정도 있는 것 같았다. 그렇다고 이 남자가 멀쩡하다고 장담할 수는 없었다. 어쩌면 이 남자가 살인자일지도 모른다. 어쨌든 형사들은 남자를 만나고 싶을 것이다. 만약 이 남자가 진실을 말하고 있다면, 형사들은 제대로 찾은 셈이다. 만약 이자가 미친놈이라면, 그건 형사들이 해결할 문제였다. 프렐리 경사는 어느 쪽으로든 남자를 처리할 수 있었다.

"벤더?" 프렐리는 남자에게 시선을 고정한 채 왼쪽으로 몸을 반쯤 돌리고 말했다. 통통하고 젊은 흑인 경찰 벤더가 곧장 다가왔다. "네, 경사님?"

프렐리가 벤더에게 고개를 끄덕였다. "이 사람 취조실로 데려가."

"알겠습니다. 어…… 수갑 채울까요?"

프렐리가 고개를 저었다. "아니, 아직 조서 안 꾸몄어. 일단 감시해. 형사들이 도착할 때까지 계속 감시하고 있어, 알았지?"

벤더가 고개를 끄덕였다. "알겠습니다, 경사님." 벤더가 남자 팔꿈치를 잡고 복도 쪽으로 안내했다. "선생님, 저와 함께 가시죠." 그러고는 남자를 데리고 갔다.

프렐리는 두 사람이 걸어가는 모습을 멍하니 지켜본 후에야 배 속에서 요란하게 꾸르륵거리는 소리를 들었다. 벽시계를 힐끗 올려다봤다. 점심시간이 거의 다 되었다. 중국요리 아니면 멕시코 음식? 배 속이 다시 꾸르륵거렸다. 갑자기 위산이 역류하는 것 같았다. 그래서 결정했다. 중국요리 당첨. 프렐리는 애석하다는 듯이 배를 문지르며 생각했다. '오늘은 확실히 중국요리야. 물론 사천 요리는 사양.'

랜들은 작은 취조실에 조용히 앉아 있었다. 바늘꽂이보다 훨씬 흉터가 많은 탁자를 마주하고 있었다. 방에는 뒷벽을 따라 대형 거울이 달려 있었다. '웃프'라고 해야 하나. 아마도 신문 전에 머리를 손질하고 싶은 사람이 있을까 봐 일부러 달아놓은 듯했다. 미국 사람들은 뻔히 알 것이다. 범죄 드라마나 영화를 워낙 많이 보니까. 그 거울은 한쪽 방향만 투명한 반투명거울이었다. 그래서 형사들은 들키지 않고 신문 장면을 지켜볼 수 있었다. 랜들은 취조실에서 대기하는 동안 달리 할 일이 없었다. 그는 거울에 비친 자기 모습을 보며 반대편에서 누가 지켜보고 있을지 상상했다. 만약 그들이 랜들을 지켜보고만 있다면, 왜 그러는 걸까? 오랫동안 기다리게 했다가 구워삶으려고? 무엇 때문일까? 랜들은 이미 입구 쪽에 있는 경사에게 자백했는데.

랜들은 불안한지 손가락을 꼼지락거렸다. 손가락으로 탁자를 톡톡 두드리고 얼굴을 비비고 머리도 가볍게 두드렸다. 형사들이 정말로 지켜보고 있다면, 랜들이 얼마나 긴장했는지 알 것이다. 이런 행동이 그를 유죄로 보이게 할까, 무죄로 보이게 할까? 랜들은 탁자 위에서 두 손을 포개며 진정하려 애썼다. 하지만 1분도 채 되지 않아 탁자를 또 두드리면서 다시 안절부절못하기 시작했다.

랜들이 일어서더니 문 쪽으로 한 걸음 다가섰다. 그러고는 쭈뼛거렸다. 다시 뒤돌아서서 방 안을 응시하며 한 손으로 정수리 부위를 쓰다듬었다. 어제 이발했는데, 아주 희미하게나마 그루터기가 벌써 생겨났다. 그는 카트리나가 어디 있는지 궁금했다. 물론 카트리나는 잘 대접받고 있으리라고 확신했다. 아무리 살인죄로 체포되었다 해도. 하지만 그녀는 매우 화가 나 있을 터였다.

랜들은 어깨 너머로 문을 슬쩍 바라봤다. 문은 열리지 않았다. 그는 대형 거울 앞에서 턱수염을 문지른 다음 다시 의자로 가서 앉았다. 그러고는 시계를 힐끗 보았다. 거의 30분째 앉아 있었다.

랜들은 몇 분 더 초조해하며 시간을 보냈다. 그리고 다시 일어나 방 안을 돌아다니다 문 앞에서 잠시 멈췄다. 그러다 다시 의자에 앉아 조바심을 내며 손가락으로 탁자를 두드렸다. 심호흡을 하며 긴장을 풀려고 했다. 하지만 그것도 효과가 없었다.

몇 분 뒤, 마침내 문이 열렸다. 낡아빠진 포수 글러브처럼 생긴 남자가 왼손에 깨진 머그잔을 들고 홀짝거리며 입장했다. 머그잔도 남자만큼이나 닳을 대로 닳아 보였다. 남자는 문 바로 안쪽에 서서 눈 한 번 깜박이지 않고 랜들을 유심히 훑어봤다. "랜들 밀러?" 그가 나긋하게 말했다.

"네, 맞습니다." 랜들이 말했다.

남자는 고개를 끄덕이며 탁자 반대편으로 갔다. 그러고는 랜들에게 눈길조차 주지 않고 머그잔을 입에 대고 홀짝거리더니 한쪽 발로 의자를 끌어 와 털썩 앉았다. "안녕하세요, 랜들. 전 샌더스 형사라고 합니다." 남자가 탁자에 머그잔을 내려놓으며 말했다.

"안녕하세요." 랜들이 말했다.

형사가 의심의 눈초리로 랜들을 보았다. "당신이 마이클 홉슨을 죽였다고요, 맞죠?" 그가 말했다.

"그래요."

샌더스는 다시 고개를 끄덕였다. "이유는요?"

"그 남자 아내와 바람을 피우고 있었어요." 랜들이 탁자를 내려다보면서 말했다. "그런데 그 남자가 집에 일찍 돌아와서요." 그는 입술을 핥으며 고개를 들더니 어깨를 으쓱했다. "죽일 생각은 아니었는데……."

샌더스는 무표정하게 랜들을 계속 지켜보았고, 눈조차 깜빡이지 않았다. 왠지 불안한 기운이 감돌았다. 형사는 심지어 동정하는 듯한, 부드러운 표정을 짓고 있었다. 하지만 눈은 파충류나 포식자처럼 매서웠다. 샌더스는 그곳에 있는 대부분의 시간 동안 낡은 머그잔을 들어 올려 얼굴 아래쪽을 가리고 있었다. "그래서 어떻게 했죠?" 갑자기 그가 물었다.

랜들은 목청을 가다듬었다. "아까 말했듯이 그 남자가 일찍 집에 왔어요." 그가 말했다. "우리가 침대에서……." 랜들이 당황스러운지 시선을 돌리더니 말을 이었다. "무슨 소리가 들려서 아래층으로 내려갔는데, 그리고……." 그가 어깨를 으쓱했다.

"그리고 뭐요?" 샌더스가 물었다.

"그 남자가 내게 화를 냈어요." 랜들이 말했다. "제가 이른 아침에 거기 있었던 이유야 뻔하니까요, 그렇죠?"

"정확히 몇 시쯤인가요?"

"음, 아까 말했듯이 아침 일찍이요. 7시 15분쯤?"

샌더스가 고개를 끄덕였다. "좋아요." 그가 말했다. "그래서 홉슨 씨가 당신한테 덤벼들었군요. 그게 어디였죠? 현관홀?"

랜들이 입술을 핥으며 망설였다. "네." 마침내 그가 입을 열었다. "홀에서요."

"그런데 어떻게 홉슨 씨를 사무실로 들여보냈죠?" 샌더스가 부드럽게 물었다.

"제가, 어……." 랜들은 몸을 부르르 떨며 침을 삼켰다. "제가 말했어요. '이야기 좀 하자'고. 당연하잖아요? 저…… 저는 카트리나가 우리 이야기를 들으며 걱정하는 게 싫었어요. 그래서 같이 사무실로 갔죠."

"그렇군요." 샌더스가 말했다. 그러고는 커피를 홀짝거렸다. "그 다음은요?"

"그러고 나서, 그러니까, 어……" 랜들이 말했다. 뭔가 일이 순조롭게 진행되지 않았다. 샌더스의 알 수 없는 분위기와 미동도 없는 늙은 형사의 얼굴은 실로 위협적이었다. 랜들은 땀을 흘리기 시작했다. "그 남자가 또 화를 내기 시작했고, 그러다 주먹을 휘둘렀어요."

샌더스가 양쪽 눈썹을 치켜세웠다. "그래서 뭐죠? 당신도 그냥 부지깽이를 집어 들고 뒤에서 휙 휘둘렀나요?"

"네. 네, 맞아요." 랜들이 말했다. "그 남자가 저를 계속 때리려고 하니까. 제 말은, 전 그게 뭔지 몰랐어요. 그러니까, 그냥 제 뒤로 손을 뻗었더니 손잡이 같은 게 닿더군요. 그 남자는 저를 또 막 때리니까, 저도 그냥……."

"부지깽이로 때렸잖아요." 샌더스가 랜들의 말을 맺어주었다.

"네. 네, 맞아요." 랜들이 인정하며 세차게 고개를 끄덕였다.

"알겠어요." 샌더스가 말했다. 말이 되는군요. 사고였네요. 어쩌면 정당방위가 될 수도 있겠어요." 그러고는 다시 한번 커피를 홀짝였다. 무언가 생각에 잠긴 듯했다. "한 가지만 빼고요. 랜들, 그 남자를 몇 번이나 때렸죠?"

"몇…… 번요?"

"네, 당신도 알다시피 제대로 때리기만 하면 한 방에…… 가잖아요? 두 번 휘둘렀나요? 혹시나 해서? 아니면 그 정도면 충분한데도 계속 휘둘렀나요?" 샌더스가 기대에 찬 표정으로 눈 한 번 깜빡이지 않고 랜들을 보았다.

랜들은 크게 소리내며 침을 삼켰다. "그게…… 정확히 잘 모르겠어요." 그가 말했다.

"하지만 한 번 이상이다?" 샌더스가 물었다.

"네, 맞아요. 한 번 이상이었을 거예요." 랜들이 대답했다. 하지만 그는 아무것도 확신하지 못하는 듯했다.

"음, 알겠습니다. 앞뒤가 맞는 것 같군요." 샌더스가 큰 소리를 내며 커피를 후루룩 마시더니 머그잔을 탁 내려놨다. 랜들은 갑작스레 큰 소리가 나자 화들짝 놀랐다. "한 가지만 빼고요." 샌더스가 말했다. 머그잔으로 탁자를 세게 내리쳤지만, 표정은 여전히 온화했다. "당신이 홉슨 씨를 여러 번 때렸다고 했는데요, 부지깽이로요.

그런데 아무 흔적도 보이지 않았습니다." 샌더스가 천천히 고개를 저으며 말을 이었다. "타박상도 없었고, 뼈도 부러지지도 않았어요. 전혀요."

"그럴 리가요." 랜들이 말했다.

"확실해요." 샌더스가 말했다. "왜냐하면 홉슨 씨는 부지깽이로 살해된 게 아니니까요. 홉슨 씨 사무실에는 부지깽이가 없어요. 벽난로가 없거든요." 샌더스가 말하며 미소 지었다. 하지만 유쾌하거나 마음이 놓이는 미소는 아니었다. "홉슨 씨는 칼에 찔려 죽었어요, 랜들. 편지 봉투 뜯는 칼로."

랜들이 입을 우물거렸다. 무슨 말을 하려는 모양이었다. 입술 모양으로 보아 'O'자로 시작하는 단어 같았다. 하지만 아무 말도 나오지 않았다.

"그래서 제 생각은 이렇습니다." 샌더스가 입을 열었다. 머그잔을 집어 들어 안을 힐끗 들여다보더니 다시 내려놓았다. "당신은 정말 부인하고 자고 있었던 것 같아요. 홉슨 부인과 당신 DNA를 대조해보죠. 그러면 확실히 알 수 있을 겁니다. 아무튼 불륜 상대는 당신일 거예요. 그 점에 대해선 당신 말을 믿거든요. 그리고 오늘 아침, 당신은 떠났고…… 이봐요, 당신이 그 집을 떠난 게 홉슨 씨가 오기 전이었나요, 후였나요?"

랜들은 망연자실해서 고개만 저었다. 잠시 후 샌더스가 어깨를 으쓱했다. "우리가 알아내죠." 그가 말했다. "제가 보기엔 홉슨 씨가 오기 전인 것 같은데…… 경보 장치의 비밀번호를 알고 있었다면 또 몰라도." 그가 말했다.

랜들은 멍하니 고개를 흔들었다.

"그래요. 그렇게 생각하지는 않지만 두고 봅시다. 당신은 집으로 돌아가요. 그리고 텔레비전 좀 봐요. 텔레비전이 사방에 널렸는데. 당신 여자 친구가 자기 남편을 죽였다고요."

"아닐 거예요. 카트리나가 절대 그랬을 리 없어요……."

"그리고 더 나쁜 것은…… 홉슨 부인은 당신 때문에 남편을 죽였어요!" 샌더스가 갑자기 랜들을 가리키며 버럭 소리를 지르자 랜들은 움찔했다. "그래서 우리가 유죄임을 밝혀냈죠. 어쩌면 진정한 사랑을 밝혀냈는지도 모르지만요." 그는 눈썹을 치켜세웠지만, 랜들은 아무 말도 하지 않았다. "아니면 당신은 많은 돈을 손에 넣을 수 있어서 좋았겠죠. 그럴 만하니까. 그러다 애틋한 감정이 생겼나 보죠?" 샌더스가 말하고는 어깨를 으쓱했다. "그러니까 여기 와서 자백한답시고 잠시 내 골치를 아프게 했겠죠. 어쩌면 당신이 사랑하는 여자를 감방에서 빼낼 수도 있으니까. 제 말이 맞죠?"

샌더스는 랜들이 무슨 말이라도 하기를 바라면서, 여전히 상냥한 인내심을 발휘하며 가만히 앉아 있었다. 랜들이 마침내 입을 열거나 비명이라도 지를 때까지 그러고 있을 작정인 것 같았다. "아뇨. 뭔가 착오가 있었을 거예요. 카트리나는 절대로…… 그런 짓을 할 리 없어요."

"증거가 꽤 명백해요." 샌더스가 말했다. "그 여자가 한 짓이 틀림없습니다."

"증거…… 요?" 랜들이 물었다.

"지문 등등. 꽤 결정적이죠. 랜들, 당신 여자 친구가 한 짓이 확실해요." 랜들은 아무 말도 하지 않았다. 잠시 후 샌더스가 말을 이었다. "작은 허점이 한두 개 있기는 하겠죠? 혹시 우리한테 알려줄 만한 게 있나요?"

19장

카트리나는 비명을 지르고 싶었다. 더 정확히 말하면, 여전히 비명을 지르고 싶었다. 만담 콤비 형사가 마이클을 살해한 혐의로 그녀를 기소한 이후로 계속 그랬다.

심지어 카트리나의 변호사 타일러 글래드스턴이 결국 보석으로 그녀를 빼냈을 때도 여전히 그런 욕망, 아니 당위와 싸우고 있었다. 입을 최대한 벌리고 그냥 단순하고 시끄러운 공습 사이렌 같은 소리를 지르고 싶었다. 물론 보기에 별로 좋지 않겠지만, 굴복하고 싶은 충동과 싸워 갈기갈기 찢어버리고 싶었다.

하지만 타일러마저 그녀가 마이클을 살해했다고 믿는다는 걸 안 뒤로는 카트리나는 그 싸움에서조차 지고 있었다. 아니, 타일러 이 자식은 내 변호사면서! 물론 타일러는 조심스레 말을 꺼냈다. 하지만 그가 "배심원들에게 당신 입장을 믿도록 하는 일이 어려울 수도 있다"고 했을 때, 그녀는 이게 무슨 뜻인지 알 수 있었다. 타일러의 진심도.

"내 입장? 빌어먹을, 타일러 그게 무슨 소리예요?"

"카트리나, 제발, 진정해요." 그가 달래듯 말했다.

"좀 진정해? 진정하라고? 그럼 어떻게 좀 해보라고요!"

"보석으로 풀려났잖아요." 타일러가 말했다. "그것도 쉽지 않았어요. 그러니 날 믿어요."

"글쎄요, 이런 젠장! 그게 다예요? 오만한 판사들을 속여넘길 다른 꿍꿍이는 없냐고요."

"이봐요, 카트리나. 전 형사 전문 변호사가 아니에요." 그가 말했다. "또 이 사건은 모든 증거가 당신에게 불리해서……."

"타일러, 그러니까 도와달라는 거잖아요." 카트리나가 말했다. "가만히 앉아서 내가 마이클을 죽였다고 의심하는 거라면, 당신 정말 죽여버릴 거야."

타일러는 카트리나의 폭주를 막으려는 듯이 양손을 들었다. "제 말은요, 상황이 안 좋아 보인다는 거예요. 경찰은 충분히 이길 수 있다고 자신하고, 지방 검사도 그렇게 생각하는 모양이에요. 사실이 그래요." 타일러는 마치 대단한 비밀을 털어놓는 사람처럼 목소리를 낮췄다. "검사가 직접 당신을 기소할 겁니다. 이번에 재선에 출마했잖아요. 그러니 승소할 거로 생각할 거예요."

"이런, 맙소사!" 카트리나가 딱딱거렸다. "빌어먹을, 대단한 분 납셨네! 그래서 계획이 뭐예요. 검찰이 이기게 놔둘 거예요?"

"제 계획은 이거예요." 타일러는 여전히 냉정하고 침착한 목소리로 말했다. "전문가를 데려오는 겁니다." 그러더니 처음으로 미소 지으며 잠시 뜸을 들이다가, 기대에 찬 눈빛으로 말했다. "제이컵 브릴스타인."

"아." 카트리나가 탄식했다. 잠시 그녀에게서 모든 분노가 다 빠져나가는 것 같았다. 제이컵 브릴스타인은 세 개 주에서 가장 훌륭하고 화려한 이력을 자랑하는 변호사였다. 여러 번 가망 없는 사건을 맡아 어떻게든 의뢰인의 무죄를 이끌어냈다. "그 사람이 소송에서 진 적이 정말 없단 말인가요?"

"아, 한두 번쯤 있을 거예요." 타일러가 말했다. "단지 신문 1면에 나오지 않았을 뿐이죠. 하지만 거의 진 적이 없어요, 카트리나." 타일러의 얼굴이 점점 환해졌다. "거의 이겼죠."

카트리나는 보드라운 가죽 소파 가장자리에 앉았다. 아름다운 가구였다. 뒤로 기대기만 해도 몸을 따스하게 감싸며 지친 마음을 달래줄 것만 같았다. 하지만 카트리나는 도저히 마음을 놓을 수가 없었다. 여전히 충격으로 정신이 멍했다. 지금 일어나고 있는 모든 일들, 정신없이 빠르게 흘러가는 급박한 상황에 완전히 어리둥절했다. 바로 어제 아침, 남편이 살해당했다. 자신은 살인 누명을 뒤집어썼고, 급기야 감옥에 갔힜다. 하느님 맙소사. 그리고 이제 도심 한복판에 있는 제이컵 브릴스타인의 사무실에 앉아, 커다란 창문 너머로 맨해튼의 석양을 바라보고 있었다. 각종 서류와 책 더미가 빼곡히 쌓인 커다란 방 주변에는 기괴한 물건들이 흩어져 있었다. 손잡이에 빨간 리본이 달린 둥근 망치, 동강 난 볼링공, 장난감 총 대여섯 자루 그리고 칼 등. 어떻게 봐도 인상적인 사건들이 남긴 기념품일 수밖에 없었다. 벽에는 마음을 차분하게 하는 그림이 걸려 있었다. 카트리나는 그런 그림을 "모텔 미술"이라고 불렀다. 생화가 꽂힌 크리스털 꽃병이 놓인 유리 탁자도 있었다. 전체적인 분위기만 보면, 취향이 별난 삼촌 방에 앉아 있는 것 같았다. 이상하지만 편안한 느낌? 의뢰인의 마음을 편안하게 해주려고 꾸민 방이라고나 할까. 하지만 카트리나에게는 통하지 않았다. 살인, 감옥, 형사들의 신문! 그녀는 꿈에서도 본 적 없는 낯선 세계에 잔인하게 던져졌고 이제는 아예 갇혀버렸다! 차라리는 하늘을 나는 쪽이 더 속 편할 것 같았다.

게다가 모두가, 카트리나가 마이클을 죽였다고 생각했다! 완전히 미친 짓이다. 형사들 말처럼 설사 마이클이 소아성애자라 할지라도. 아니 특히 마이클이 소아성애자라 할지라도! 그게 사실이라면 마이클을 죽이는 건 정말로 어리석은 짓일 것이다. 차라리 하루빨리 이혼하고 집과 요트를 비롯해 원하는 것을 죄다 지키면 된다. 소아성애자들은 이혼 법정에서 느긋하게 쉴 여유조차 없으니까.

하지만 카트리나는 마이클을 죽이지 않았다……. 대체 누가 죽인 걸까?

범인은 분명 랜들일 터다. 하지만 그럴 것 같지 않았다. 카트리나는 랜들을 잘 안다고 믿었다. 어쨌든 그녀는 어리석지 않았다. 카트리나는 사람을 볼 줄 알았다. 랜들이 진짜 어떤 인간인지 몰랐다면 그렇게 여러 번 잘 수 없었다. 랜들은 상냥하고 온순하고 교양 있는 남자였다. 개미 새끼 한 마리도 해치지 않을 만큼. 그래서 카트리나는 랜들이 다른 인간을 죽이지는 못할 거라고 굳게 믿었다.

하지만 그녀는 마이클이 랜들과 다투는 소리를 들었다. 그래서 자신에 대한 랜들의 감정이 단순한 성욕 따위는 아니라고 확신했다. 랜들은 마이클에게 발각되자 아드레날린이 솟구쳤을 것이다. 그때 마이클이 소리를 질렀고, 카트리나도 그걸 들었다. 랜들이 잠시 이성을 잃지는 않았을까? 한순간의 충동에 굴복해 카트리나를 사랑한다는 이유로 마이클을 죽일 수도 있지 않을까?

아니, 그건 상상조차 하기 싫었다. 랜들은 양처럼 얌전하고 상냥하다. 그런 남자가 마이클을 죽이다니, 말도 안 되는 소리였다.

그러면 카트리나가 남는다. 아니면…… 누구겠는가?

그래서 카트리나는 더욱 초조했다. 땀까지 흘리며 안절부절못했다. 게다가 브릴스타인이란 사람도 도움이 되지 않았다. 대충 인사만 나눈 뒤 한 시간 넘게 카트리나를 닦달했다. 형사들보다 더 나쁜 놈! 브릴스타인은 실로 송곳 같은 질문을 던졌다. 그래서 카트리나는 일어났던 일, 일어날 것 같지 않았던 일, 믿을 수 없던 일 모두를 여러 번 살펴야 했다. 그제야 처음으로 브릴스타인도 긴장을 푸는 것 같았다. 카트리나도 마음의 여유를 찾고 싶었지만, 그럴 수 없었다.

"글쎄요……." 브릴스타인은 직접 받아 적은 수많은 메모를 훑어보며 부드럽게 말했다. "음…… 음……." 그러고는 몇 장을 더 뒤집더니 고개를 끄덕이며 짧은 메모를 두 장 덧붙였다. 마침내 노란 메모장을 무릎에 내려놓고 카트리나를 올려다봤다. "좋은 소식과 나쁜 소식이 있다고 하면 제가 우스꽝스럽게 보일까요?" 브릴스타인이 입을 열었다. 그가 가지런한 눈썹 하나를 조심스레 치켜올리고는 반쯤 웃으며 카트리나를 바라봤다. "무슨 말이냐면요……."

"짐작하고 있어요. 그러니까, 대체, 좋은 소식이란 게……?"

브릴스타인이 환하게 미소 지었다. "의뢰인의 말씀으로 미루어볼 때, 형사들이 생각하는 식으로 사건이 종결되지는 않을 겁니다." 그는 한 손을 들어 뒤집더니 다시 뒤집었다.

"정말 좋은 소식이군요." 카트리나가 말했다.

"하지만 아까 말했듯이 나쁜 소식은…… 거의 확실하다고 보는 눈치라서요. 지방검사실에서 들은 내용을 참고하자면, 저쪽은 '단순 명료', 그러니까 열자마자 닫는 사건으로 생각하고 있어요." 브릴스타인이 피식 웃었다. "그들은 '열자마자 닫는 사건'을 참 좋아해요." 그러고는 덧붙였다. 조롱하는 기색이 역력했다.

"아." 카트리나가 말했다. "그럼…… 브릴스타인 씨는 어떻게 생각하시는데요?"

"제이크라고 부르세요." 그가 말했다. "앞으로 많은 시간을 함께 보내야 하니까요. 저도 카트리나라고 불러도 되죠?"

"그럼요, 물론이죠." 그녀가 말했다.

"음, 카트리나." 브릴스타인이 말했다. "이 사건에 한두 개의 구멍이 있어요. 사실은 트럭 한 대가 지나갈 만큼 큰 구멍." 그러고는 고개를 끄덕이더니 얼굴을 찡그렸다. "제 말을 오해하지 마세요. 지방검사는 유대인이 아닌 사람에게 잘해줘요. 똑똑하죠. 그 여자는 허점을 막으려고 와스프(백인, 앵글로색슨, 프로테스탄트의 두문자 WASP로, 미국 주류 지배 계급을 가리킨다 ─옮긴이)와 긴밀하게 접촉할 거예요."

"아." 카트리나가 말했다. "허점이 있다는 게…… 그러니까 제 말은……." 그녀는 도통 무슨 말인지 이해가 되지 않는지 우물쭈물하며 말을 멈췄다.

브릴스타인은 당황하지 않았다. "그러니까 경보 장치와 관련된 일들, 예를 들어 시간 순서요. 남편이 집에 왔을 때 꺼져 있었다고 했죠?" 그가 물었다.

"그래요." 카트리나가 말했다. "랜들은…… 그러니까, 보통은 조용히 나가야 했으니까요. 언제든, 음……." 카트리나는 말해놓고 괜히 얼굴을 붉혔다.

"자연스럽게." 브릴스타인은 그녀의 불편함을 외면하며 말했다. "하지만 경찰이 도착했을 때는 켜져 있었고, 당신과 남편 외에는 아무도 암호를 몰라요. 그러니까 검사는 그 점을 집요하게 파고들 겁니다. 두 사람 말고는 집 안에 아무도 없었으니까요." 그리고 고개를 저었다. "저들은 바로 그 점을 우리가 염두에 두길 원할 거예요, 그렇겠죠?"

브릴스타인이 벌떡 일어서자 노란 메모장이 바닥에 떨어졌다.

"하지만," 브릴스타인이 마치 상상 속 배심원들에게 연설하듯 큰 소리로 말했다. "당신은 남편이 당신의 남자 친구와 말다툼하는 소리를 들었어요. 이어서 남자 친구가 떠나는 소리를 들었고, 경보기가 다시 울렸죠." 그러더니 갑자기 두 팔을 쫙 벌렸다. "물론 그 말은 남자 친구가 떠났을 때 남편이 살아 있었다는 뜻일 테고요. 하지만." 그가 다시 목소리를 낮췄다. "검사도 우리가 잊어버리길 원해요." 그리고 말을 이었다. "홉슨 씨가 경보 장치를 켜기 전 알람이 꺼진 몇 시간 동안, 누구든 들어올 수 있었다는 사실 말이에요. 홉슨 씨의 적이라든가. 그리고 일단 안으로 들어가면, 그들은 쉽게 사무실에 숨어 기다릴 수 있었을 거예요, 그렇죠?" 브릴스타인이 말하고 빙그르르 돌며 그녀를 바라봤다.

카트리나는 고개를 끄덕였다.

"당연하죠. 오랫동안 경보기는 꺼져 있었고, 그러다 사건이 일어났죠! 홉슨 씨에게 원한을 품은 누군가가 집 안으로 몰래 들어와 몸을 숨기고 기다린 겁니다!"

"세상에!" 카트리나가 말했다. 심장과 위가 부딪는 것처럼 온몸이 뒤틀려 잠시 숨을 쉴 수가 없었다. 전에는 그런 생각조차 하지 않았지만, 끔찍할 정도로 앞뒤가 맞았다. 랜들은 자기가 그녀를 보호하고 있다고 생각했을 것이다. 그래서…….

"아뇨, 랜들은 그러지 않았어요." 브릴스타인이 말했다.

카트리나는 변호사를 향해 눈을 깜박거렸다. 그러고는 간신히 입을 열었다. "뭐…… 뭐라고요?"

"랜들은 당신 남편을 죽이지 않았어요." 브릴스타인이 침착하게 말했다. "이유가 뭐든, 저들은 그 점을 꽤 확신하고 있어요."

"물론 아니죠. 오, 바보 같은 사람……." 카트리나는 랜들이 경찰서에 있다는 말에 그가 마이클을 죽이지 않았을 거라고 확신했다. 그래서 자기도 모르게 웃음이 나왔다. 랜들은 착한 사람이었다. 카트리나 대신 자신이 책임을 질 만큼.

"좋은 일이 아니에요, 카트리나." 브릴스타인이 말했다. "이제 랜들을 잡았으니 쉽사리 놓아주지 않을 겁니다. 검찰은 그를 꼭 증언대에 앉힐 거예요. 우리는 랜들이 뭐라고 할지 모르고요. 내 목숨을 걸죠."

"랜들은 아니에요. 제 말은, 랜들은 절대 그러지 않을 거예요."

"물론 안 그러겠죠." 처음으로 브릴스타인이 짜증을 내듯 말했다. "지금까지는요. 당신은 모르잖아요. 저들이 누군가에게 어떤 압력을 가할 수 있는지. 증언하지 않으면 감옥에서 15년쯤 썩을지 모른다고 생각해보세요. 장담컨대 비토 코를레오네(영화 〈대부〉에서 말런 브랜도가 연기한 인물—옮긴이)조차 종달새처럼 나불거릴걸요. 아니, 차라리 랜들이 당신에게 불리한 증언을 할 거라 생각하는 편이 나을 겁니다."

카트리나의 뱃속에 도사린 응어리가 위로 솟아올라 다시 두 배나 커졌다. 랜들을 굳게 믿는 그녀였지만, 브릴스타인이 그렇게 설명했을 때는……. 랜들 밀러에 대해 정말 얼마나 알고 있었을까? 그가 따스하고 품위 있는 사람이라는 것은 안다. 그렇다면, 두려운 감옥 생활을 피하려고 어떤 짓이라도 하지는 않을까?

"그렇다는 거예요. 갑작스럽고 뜻밖의 일이 닥칠지도 모르는데,

막을 방법도, 대비할 묘책도 없어요." 브릴스타인이 눈을 감더니 깊은 한숨을 내쉬었다. 그리고 다시 눈을 떴다. "그래도, 희망은 있어요." 그러더니 왠지 위안을 주는 반쪽 미소를 지어 보였다. "저는 이것보다 훨씬 불리한 사건도 이겼어요. 사실이에요. 하지만 이번 사건은……." 그가 어깨를 으쓱했다. "거짓말하지 않을게요. 매우 힘든 싸움입니다."

"하지만…… 저는 정말 결백해요."

브릴스타인은 귀찮은 연기라도 치우듯 손사래를 쳤다. "물론 그렇겠죠. 제 의뢰인들은 모두 결백해요. 이번 사건과는 별개로." 그러고는 그녀를 찬찬히 살피더니 고개를 저었다. "카트리나, 이런 겁니다. 법정은 당신이 남편을 죽였다고 믿고 싶을 거예요." 그는 한 손을 들어 그녀의 이의제기를 차단했다. "당신은 부자에, 외모도 빼어나고, 돈이 많으니까요. 최상류층이죠, 부자니까." 브릴스타인이 어깨를 으쓱했다. "어떤 이유로든, 부유한 자는 절대 동정심을 얻지 못해요. 그래서 합리적인 의심을 하기가 훨씬 어려워지죠."

"전 자선단체에 기부도 많이 해요." 카트리나가 순진한 표정으로 말했다.

브릴스타인이 웃었다. "그래서 그 이야기는 뺄 겁니다."

"뭐라고요? 왜요? 전 좋을 줄 알았는데!"

"아, 정말 멋진 선행이긴 합니다." 브릴스타인이 말했다. "하지만 법정에서 제가 '내 의뢰인이 작년에 400만 달러를 자선단체에 기부했다'고 말하는 순간, 배심원단은 '내가 평생 번 금액보다 많네'라고 생각할 거예요. 그리고 '저년은 돈을 아무 데나 막 버릴 여유가 있군' 하겠죠."

"아……." 카트리나가 탄식했다.

브릴스타인은 한숨을 내쉬며 가느다란 머리카락을 손으로 쓸어 넘겼다. "보안 장치에 성패가 달린 것 같아요. 우리는 경보기가 꺼진 틈에 나쁜 녀석이 들어왔다는 점을 강조해야 합니다. 그래야 합리적인 의심을 불러일으킬 수 있어요. 하지만 검사가 대응할 방법을 찾아내면, 경보기가 실은 내내 켜져 있었다고 믿게 할 거예요." 그러고는 깊게 숨을 들이마셨다. "음, 그렇다면 우리는 다 늙은 브릴스타인에게 행운이 따르길 바라야겠죠."

"맙소사." 카트리나가 불쑥 입을 열었다. "이제 와서 운에 맡기자고요?"

"네." 브릴스타인이 꽤 진지하게 대답했다. "경찰관 중 한 명이 증거 사슬을 끊는 거죠. 목격자 가운데 한 명이 모순된 말을 하든지요. 검찰이 엉뚱한 질문을 할 수도 있고요." 이어 손을 흔들어 무한한 가능성이 있다는 표시를 했다. "재판하는 동안 많은 일이 생겨요. 와일드카드죠. 그런 기회가 보이면 바로 눈치채서 이용하면 됩니다."

"세상에." 카트리나가 말했다. 브릴스타인이 자기 삶을 맹목적인 운에 맡기고 있다니 믿어지지 않았다. 그가 최고의 변호사라는 평판이 없었다면 바로 해고했을 것이다.

"최악의 상황은 아니에요." 브릴스타인이 카트리나의 절망감을 감지했는지 위로조로 말했다. "제가 말하는 '행운'이란 '경험에서 나오는 본능적인 지능'이죠." 그는 서류철을 두드리며 고개를 끄덕였다. "분명 틈이 있을 거예요. 그리고 틈을 보는 즉시 뛰어들 겁니다. 약속하죠." 그리고 맹세라도 하듯 오른손을 들었다. 그러더니 다시 손을 내린 뒤 잠시 말을 멈추고 고개를 저었다. "하지만 그 남자 친구는……." 그가 말했다.

마치 그 말이 무슨 신호라도 되는 양, 브릴스타인의 책상에 놓인 전화기가 요란하고 짜증스럽게 윙윙 소리를 내며 진동했다. 브릴스타인이 전화기를 노려봤다. "빌어먹을…… 내가 방해하지 말라고 했는데도……." 그가 숨을 한 번 들이쉬더니 수화기를 들고는 "별 거 아니기만 해봐라" 하고 중얼거렸다.

보아하니 좋은 소식 같았다. 브릴스타인은 놀란 표정을 지으며 카트리나를 힐끗 보았다. 그런 다음 연필과 노란 메모장을 낚아채더니 무언가 적기 시작했다. "네…… 알았어요…… 지금이 몇 시죠……? 그는 지금 어디 있습니까……? 좋아요. 연락처 좀 알려줄래요, 케이틀린? 고마워요."

통화를 마친 브릴스타인이 생각에 잠겨 메모장을 바라봤다. 카트리나는 반신반의하는 불안한 눈빛으로 지켜보기만 했다. 왠지 자신에 관한 전화, 자기 사건에 대한 전화인 것 같았다. 이제 그렇게 생각하는 데 익숙해져야 할 것이다. 하지만 브릴스타인의 표정을 봐서는 좋은 일인지 나쁜 일인지 알 길이 없었다.

"음, 음." 마침내 그가 입을 열었다. "음, 음, 음……." 메모장을 무릎에 내려놓은 브릴스타인이 카트리나를 올려다보며 묘한 미소를 지었다. "실은……." 그가 말했다. "정말 잘됐네요."

"뭐가요?" 카트리나가 물었다. 목소리가 덜덜 떨렸다. "무슨 전화예요?"

브릴스타인의 미소가 점점 밝아지더니 하얀 치아가 드러났다. "늙은 브릴스타인의 행운, 기억하죠?" 그가 말했다.

식은땀으로 범벅이 된 카트리나의 가슴이 마구 두근거렸다. 너무 세차게 쿵쿵거려 브릴스타인의 말을 거의 알아들을 수 없을 정도였다. 바로 옆 소파에 앉아 주절거리고 있었지만, 카트리나는 변호사의 말이 낯선 외국어처럼 희미하게 들려 힐끗 쳐다보았다. 브릴스타인은 카트리나를 진지하게 바라보고 있었다. 그녀는 변호사가 하는 말에 집중하려고 애썼다. "…… 아무것도 하지 마요, 알았죠?"

카트리나는 주먹을 불끈 쥐었다, 손톱이 손바닥 살 속으로 파고드는 것 같았다. "저…… 뭐라고 하셨나요?" 그녀가 겨우 입을 열었다.

"아무 말도 하지 말라고요, 카트리나. 아무것도. 인사도 하지 말고요. 제가 말하지 않는 이상, 알겠어요?"

그제야 브릴스타인의 말이 안개 속을 뚫고 나왔다. 카트리나는 고개를 끄덕였다. "제가…… 그럴게요. 알아들었어요." 그녀가 말했다.

"아주 중요해요." 브릴스타인은 말을 이었다. "생사가 걸린 문제니까. 우리는 그 사람이 무슨 말을 할지 몰라요. 더 중요한 점은, 누구를 위해 그런 말을 하는지도 모른다는 거예요. 알았죠? 그러니 그냥 가만히 앉아 있어야 해요. 그 사람 말을 끝까지 듣기만 하고 아무 말도 하지 마요."

카트리나는 그저 고개를 끄덕일 뿐이었다.

부드럽게 문 두드리는 소리가 났다. 젊은 여자가 머리를 들이밀더니 카트리나에게 미소 지었다. "변호사님, 그분 오셨어요." 그러더니 브릴스타인에게 말했다.

브릴스타인은 고개를 끄덕였다. "들어오라고 하세요." 그렇게 말하고는 다시 한번 카트리나를 힐끗 보면서 손가락을 입술에 갖다 댔다. 카트리나는 고개를 끄덕인 뒤 문을 향해 몸을 돌렸다.

랜들이 들어왔다. 흔들거리는 바닥을 걷듯 약간 비틀거리는 걸음으로. 카트리나와 브릴스타인 앞에 멈춰 서서 두 사람을 번갈아 보았다. 이어 카트리나에게 눈길을 돌렸다. 매우 자신 없어 하는 표정으로. 랜들의 얼굴은 창백했다. 땀에 흠뻑 젖어 있었고, 눈 밑에는 짙은 얼룩이 묻어 있었다. 그는 잠시 서서 카트리나를 바라봤다. 그러고는 침을 꿀꺽 삼키며 입을 열었다. "나는, 나는 그저⋯⋯."

랜들이 브릴스타인을 힐끗 보았다. "죄송하지만, 제가 좀⋯⋯ 앉아도 될까요?"

브릴스타인이 의자를 향해 고개를 끄덕이자 랜들이 기꺼이 의자에 털썩 주저앉았다. "감사해요." 쉰 목소리가 새어 나왔다. 그래서 헛기침을 한 뒤 다시 말했다. "감사해요." 그러고는 한 손으로 머리를 쓸어 내렸다. 머리가 땀에 젖어 축축했다. 그는 왜 땀에 젖었는지 모르겠다는 듯이 손에 묻은 땀을 잠시 바라봤다. 그러더니 손을 내리고 마른침을 삼켰다. "그냥, 어디로 가야 할지 모르겠더라고요. 그러니까, 어떻게 해야 할지." 랜들이 무릎을 힐끗 내려다보며 주먹을 꽉 쥐었다. 그러고는 카트리나를 정면으로 바라봤다. "방금 지방 검사실에 다녀왔어요." 그가 말했다. 심지어 많이 걱정하는 눈치였다. "그, 그 사람들이⋯⋯ 검사가 나한테 경보기에 관해 물어봤어요. 아주 여러 번. 그러니까 당신 집에 있는 경보기 있잖아요?"

랜들이 말을 멈추고 두 사람의 반응을 기다렸다. 브릴스타인이 고개를 끄덕이자 계속 말을 이었다. "여러 질문이 있었는데⋯⋯ 내 대답에 무슨 의미가 있는 것처럼 여겼어요. 내가 경보기에 대해 한 말, 그리고 또⋯⋯ 검사 말이 내가 '마지막 증거'라고 했어요. 증인이라고⋯⋯." 그는 귀에 들릴 정도로 침을 삼킨 뒤 다시 자기 손을 내려다봤다. "그 여자가, 어⋯⋯ 제 말은 그 검사요. 내가 증언하지 않는 한, 그러니까 내가 증언하면 내 말이 증명될 거라고 했어요.

배심원들한테요. 배심원이라면 누구든 나를 믿을 거라면서." 랜들이 고개를 저었다. 당황스럽고 고뇌에 가득 찬 얼굴이었다. "하지만 내가 증언하지 않으면…… 카트리나, 내가 검찰을 위해 증언하지 않으면 15년형을 선고받을 거라고 하네요? 뭐라더라…… 방조죄라던가?"

"검사가 과장한 거예요." 브릴스타인이 말했다. "아마도 5년에서 7년 정도죠. 모범수로 지내면 더 줄어들 수도 있고요."

랜들은 안심하는 것 같지 않았다. 그는 브릴스타인의 말을 못 들었다는 듯이 곧장 말을 이었다. "그리고 내가 아무 말도 하지 않겠다고 하면 공무집행방해라고 하더라고요. 그것도 살인 못지않게 나쁜 죄라면서. 그래서…… 그래서 그럴 수 없다고 생각했어요. 15년? 그건…… 하지만 난 절대로 그럴 수 없어요. 내 말은, 그러니까, 내 증언이 당신에게 상처를 준다면 나 자신을 어떻게 보며 살아갈 수 있겠어요?"

랜들이 애원하듯 카트리나를 바라봤다. 카트리나는 랜들을 향한 연민을 억누를 수 없었다. 하지만 브릴스타인이 그녀의 팔을 꽉 움켜잡았다. 그래서 아무 말도 하지 않았다. "계속 말씀하세요." 브릴스타인이 말했다.

랜들의 시선이 브릴스타인 쪽으로 잠시 휙 움직이더니 다시 카트리나에게로 돌아갔다. "카트리나, 난…… 난 절대 당신에게 상처를 줄 수 없어요. 하지만 감옥에 가는 건……." 그는 또다시 침을 꿀꺽 삼키고는 눈을 내리깔았다. "내, 내, 내가 뭘 할 수 있을지 생각해봤는데…… 모두 다 그런 것 같았어요." 그러고는 카트리나를 향해 고개를 들었다가 재빨리 다시 아래로 숙였다. "빠져나갈 방법이 없었어요. 그러니까 당신이 감옥에 가든지, 내가 가든지…… 아니면 우리 둘 다 가든지…… 그렇다면……." 랜들이 몸을 떨면서 아주 깊이 숨을 들이마셨다. "그래서 생각했어요. 음……."

갑자기 랜들이 벌떡 일어났다. 그러고는 카트리나를 힐끗 쳐다 본 뒤 몸을 비틀거리며 창가로 다가갔다. 잠시 서서 밖을 내다보 더니 주먹을 쥐었다 폈다 하면서 쭈뼛거렸다. "그래요. 나도 알아 요…… 그러니까, 우리는 서로의 감정 따위는 얘기한 적이 없다는 걸요. 그래서 그렇게 된 것 같아요. 그리 오래 걸리지도 않았고요. 그렇다면……."

랜들이 돌아서서 카트리나를 바라봤다. 오늘 처음으로 그녀의 눈을 마주 보았다. "카트리나." 그가 상처받은 듯한 목소리로 말했 다. 그리고 별안간 몸을 홱 돌리며 다가와 살짝 흔들리는 눈빛으로 카트리나 앞에 섰다. "난 그럴 수 없어요, 절대로. 당신에게 불리한 증언을 할 수는 없어요. 하지만 감옥에 갈 수도 없어. 그리고 검사 는…… 마치……."

랜들이 돌연 세차게 고개를 저었다. "모르겠어요. 어쩌면 바보 같 은 짓인지도 모르겠지만, 정말 미안해요. 하지만…… 내가 이런 생 각을 했어요. 옛날 영화였는데, 제목이 기억나지 않아서 내가 구글 로 검색해봤거든요? 그게 사실이었어요! 그 말은, 그들이 내 증언 을 강요할 수 없다는 뜻이에요. 어쨌든 생각해봤는데, 그렇게 빠르 지 않았지만, 지금은……."

그러더니 다시 한번 침을 꿀꺽 삼키며 발을 움직였다. 그리고 갑 자기 한쪽 무릎을 꿇었다. "카트리나…… 나와 결혼해줄래요?"

카트리나는 그저 바라볼 수밖에 없었다. 물 밖으로 나온 물고기 처럼 입만 뻥긋거릴 뿐 아무 소리도 내지 못했다. 어쨌든 말문이 막혀버렸다. 그러고는 브릴스타인을 흘끗 쳐다봤다. 놀랍게도, 그

는 환하게 미소 짓고 있었다. 그러더니 흐뭇한 얼굴로 카트리나에
게 고개를 끄덕였다.

카트리나는 랜들을 돌아보며 거친 숨을 몰아쉬었다. "네." 그녀가
말했다. "할게요, 결혼."

20장

　모니크는 요즘 부쩍 뚱뚱해지고 게을러진 것 같았다. 꼭 그렇지 않더라도 몸은 뚱뚱했다. 어쩌면 몇 백 그램 혹은 1킬로그램 정도 늘었을까? 그러면 정신적으로 뚱뚱해진다. 그저 라일리를 기다리며 여기 앉아 있었다. 그래서 게으름 피우기가 싫었다. 그녀는 아무것도 하지 않는 법을 배운 적이 없었다. 마냥 텔레비전을 보는 일도 참을 수 없었고, 느긋하게 휴식을 취하며 유유자적하는 게 뭔지도 몰랐다. 사실 그걸 배우고 싶은 욕구도 없었다. 평생 끈질기게 일만 했다. 뭔가 하고 있지 않으면 불과 며칠도 안 돼 미쳐버리기 시작하니까. 게다가 라일리가 마지막으로 방문한 지 몇 주가 흘렀다! 그사이에 일 좀 맡아달라고 간곡히 요청하는 전화를 여섯 통이나 받았다. 하지만 어떻게 새 일을 맡을 수 있을까? 라일리가 일생일대의 큰 건을 손에 쥐고 언제라도 나타날 수 있었다. 그게 뭐든 간에.

　모니크를 괴롭히는 것은 또 있었다. 대체 그게 뭐였을까?

　평소 같으면 상관하지 않았다. 예전에도 라일리에게 시시콜콜 물어보지 않았다. 그렇게 중요한 일도 아닌 것 같았다. 하지만 이번에는…… 라일리가 해왔던 방식과 사뭇 달랐다. 불가사의할 뿐만 아니라, 심지어 그는 망설이기까지 하고 있다. 마음속에 어떤 의심이 들어앉은 것처럼. 라일리 울프는 일을 두고 절대 의심한 적이 없다. 하지만 이번에는 아니다. 그가 뭔가를 의심하고 있다면, 어째서일까? 그렇게 많은 돈을 쥐여줄 수 있는 일이 대체 뭘까? 수억 달러라고 했다. 게다가 모니크는 라일리가 어떻게 일하는지 알고 있었다. 라일리의 보수는 주로 보험 배당금에서 나왔고, 그것은 총액보다 훨씬 적었다. 양쪽 다 쉽고 빠르게 합의금을 계산하는 최고의 방법이었다. 그래서 라일리가 몇 억 달러를 기대했다면, 그가 노리는 것에는 서너 배의 가치가 있었다. 그 말은…… 10억 달러? 아니면 20억 달러? 세상에는 그만한 현금 가치가 있는 물건이 그리 많지 않다. 모니크로서는 희박한 가능성이라도 있는 게 무엇인지 가늠할 수도 없었다.

분명히 라일리는 할 수 있었다. 라일리는 늘 그랬다.

만약 모니크에게 할 일이 있었다면, 이렇게 신경 쓰지도 않았을 텐데. 하지만 마냥 라일리를 기다리며 앉아 있자니 궁금증이 일어 참을 수가 없었다. 머릿속을 맴도는 가능성을 뒤집고, 10여 차례나 모두 거부하고, 다시 여전히 궁금해하고 있다. 정신을 딴 데로 돌리려고 평소 보고 싶었던 영화나 실컷 보려고 했다. 하지만 모니크는 그중 단 한 편도 10분 이상 몰입해 볼 수 없었다. 그래서 스튜디오가 반짝거릴 때까지 청소하고, 물감이며 붓을 정리하고, 수십 가지 조합으로 새 옷을 입어봤지만 역시 아무 소용이 없었다.

일주일 동안 이를 악물고 버텼더니 진절머리가 났다. 그래서 반짝반짝 깨끗하고 새롭게 정리한 작업실로 가서 대학원 때부터 해보고 싶었던 그림을 그리기 시작했다. 복제화가 아니었다. 서아프리카의 상징을 추상적인 표현주의로 해석한 독창적인 작품이었다. 오래전에 포기했던 아이디어로, 사실 현대적이지도 않았고 팔리는 것도 아니었다. 하지만 모니크에게는 흥미로운 작업이었다. 그래서 낡은 공책을 꺼내 스케치하기 시작했다.

사흘 동안 캔버스에 밑그림을 그렸다. 그러다 모두 지웠다. 하지만 나흘째 되는 날, 갑자기 뭔가 생각나기 시작했다. 모니크는 세 벌짜리 아딘크라 문양(아프리카 전통 문양―옮긴이)을 요리조리 그려 보았다. 그중 하나는 서로 엇갈리며 구부러진 두 개의 칼날처럼 보였지만, 의식용 가면과 약간 비슷했다. 모니크는 그 문양에서 아이디어를 얻었다. 그래서 아딘크라 문양을 더욱 추상적인 형태로 탈바꿈하기 시작했다. 스케치를 훑는 동안, 모니크는 살짝 흥분에 휩싸였다. 그래, 이게 나을지도 몰라. 그러고는 큰 캔버스에 있는 그림을 가만히 응시했다. 더욱 강렬한 느낌을 주기 위해 검은색 윤곽선을 그렸다. 그리고 주위의 다른 문양 일부를 가져와 새로운 무늬에 맞게 변형하고 주요 무늬의 테두리로 삼았다.

행복했다. 몇 년 만에 처음으로 하는 자신을 위한 작업이었다. 모니크는 캔버스를 펼쳤다.

모니크를 마지막으로 본 지 몇 주가 지났다. 바쁘기는 했지만, 그건 변명이 될 수 없다. 모니크가 이 상황을 어떻게 받아들일지 잘 안다. 그래서 내가 이렇게 매달리고 있는 것이다. 물론 모니크는 엄청나게 불평을 늘어놓겠지. 자칫 방심하다간 한 대 얻어맞을지도 모른다. 모니크가 주먹을 한 방 날리면, 정신이 번쩍 들 만큼 아프다.

그래서 나는 살금살금 조용히 그녀에게 다가갔다. 모니크가 창문을 다시 열어놓았다. 그래도 꽤 친절하군. 나는 안으로 슬그머니 미끄러져 들어갔다. 들어가자마자, 이젤 앞에서 일하는 모니크의 모습이 보였다. 살짝 화가 났다. 물론 모니크가 딴생각 안 하고 차분히 기다릴 수 있도록 수시로 연락했어야 했다. 하지만 내 계획에 방해가 될지도 모르는데 다른 일을 맡다니, 믿을 수가 없었다. 지금 모니크는 새로운 작업에 열중하고 있었다.

순간 화가 치밀었다. 몰래 다가가려 했지만 뜻밖의 장면을 보니 그럴 수 없었다. 캔버스가 엉망이 되도록 깜짝 놀라게 하면 제대로 먹히지 않을까. 어차피 빌어먹을 커셋 그림 따위나 복제하고 있을 테니까.

하지만 모니크가 무슨 작업을 하는지 알아볼 만큼 가까이 갔을 때, 예전과는 다른 작업임을 금세 알 수 있었다. 그녀는 캔버스 중앙에 크고 강렬한 문양을 그려 넣기 시작했다. 분명 추상적이지만, 왠지 익숙해 보이는 문양이었다. 나는 가까이 다가가 모니크 바로 뒤에서 그림을 바라봤다. 캔버스 중앙에서 두 개의 크고 까만 선이 서로 엇갈리고 있었다. 낯익은 서아프리카 느낌이 물씬 풍겼다.

"아딘크라!" 마침내 문양을 알아본 내가 불쑥 외쳤다. 깜짝 놀란 모니크가 펄쩍 뛰어올랐다.

"맙소사, 라일리!" 발이 다시 바닥에 닿을 때쯤 모니크가 소리쳤다. "당신 정말 죽여버릴 거야!"

나도 안다. 누군가는 혼비백산할 정도로 겁이 났는데 그 꼴이 재밌다고 깔깔거리면 나쁜 놈이라는 것을. 하지만 모니크가 화를 냈을 때 너무 짜릿해서 웃을 수밖에 없었다. 때마침 모니크의 주먹이 떠올라 얼른 뒤로 물러섰다. 불과 몇 초 전에 내가 서 있던 곳으로 주먹이 휙 날아가는 소리가 들렸다.

"이봐, 모니크. 진정해." 내가 양 손바닥을 들어 올리며 말했다.

"치워, 빌어먹을 당신 머리통을 날려버릴 테니까. 사람을 그렇게 놀래다니." 모니크가 말했다.

"그럴 생각은 아니었어." 내가 말했다. "하지만 당신이 딴 놈을 위해 일하는 걸 보니 열받아서……."

"나를 위해서라고, 이 개자식아!" 모니크가 말했다. 그러더니 다시 주먹을 날렸다. "당신이 날 여기 앉혀놓고 빌어먹을 손톱이나 물어뜯게 했잖아요. 대체 '만약'은 무슨 말인지, 그때가 언제인지 궁금해 죽겠는데. 그래서 나를 위해 그리고 있었단 말이에요. 내 정신 건강을 위해서."

"이런, 세상에. 진정해, 모니크. 시간이 이렇게 지난 줄 몰랐어." 내가 말했다. "그런데 이 그림이 당신 작품이라고?"

"아마도요." 모니크는 살짝 시무룩해 보였다. "내가 끝낼 수 있다면요."

"음, 당신이 그걸 원한다면 말이지." 나는 어깨를 으쓱했다. "토니 가오에게 내 일을 부탁해도 될 것 같아."

"그러기만 해봐요. 정말로 죽여버릴 테니까." 그녀가 말했다. "젠장, 내가 몇 주나 허송세월한 줄 알아요! 당신 기다리느라…… 젠장. 라일리, 일을 여섯 건이나 거절했다고요. 당신은 빌어먹을 전화 한 통 없고!"

모니크는 눈을 부릅뜨고 있었지만, 그래도 다시 주먹을 날리지는 않았다. 은근히 마음이 놓인 나는 그녀에게 조금 더 다가섰다. "정말 미안해, 모니크." 나는 진심을 담아 사과했다. "일이 좀 복잡해지는 바람에." 그리고 어깨를 으쓱했다. "신경 쓰지 마. 이제 만반의 준비가 됐어."

"멋지군요! 끝내주네요! 우리가 드디어 빌어먹을 준비가 됐다니!" 모니크가 으르렁거렸다. "뭐 어쩔 건데요?"

나는 그걸 생각하는 것만으로도 흥분에 휩싸였다. 그래서 잠시나마 눈을 감고 황홀한 느낌을 만끽했다.

"라일리, 빌어먹을. 어서 말해보라니까요." 모니크가 말했다. "왜 자꾸 겁을 주냐고요. 당신 이러는 모습 처음 봐요. 대체 뭐예요?"

나는 눈을 떴다. 그러고는 모니크의 손을 잡았다. 모니크의 팔에 소름이 쫙 돋았다. 소름조차 이렇게 매력적이라니. "모니크." 뭐를 잘못 삼킨 것처럼 내 목소리가 우스꽝스러웠다. 상관없었다. 이런 일이 일어날 줄 알았으니까. 나의 모든 계획, 계획을 실현시키기 위해 꾸몄던 일들 모두 자리를 잡았고, 하나둘 진행되는 모습을 내 눈으로 지켜봤다. 그리고 전에는 느껴보지 못한 미칠 듯한 기쁨이 내 안을 가득 채웠다. 내가 모니크에게 마지막 작품을 받았을 때…….

나는 몸이 부르르 떨렸다. 모니크도 마찬가지였다. "모니크." 나는 다시 입을 뗐다. "우리는 역사를 만들 거야. 불가능한 일을 할 거라고. 경찰이든 도둑이든, 우리가 그 일을 할 거라고 상상할 사람은 세상에 단 한 명도 없을걸. 나조차도! 다만……." 나는 숨을 들이마시고 그 생각을 하며 입맛을 다셨다. 모니크도 흥분을 맛볼 차례였다.

"다만 뭐예요, 라일리?" 모니크가 말했다. 그녀의 목소리 역시 부드럽고 허스키하게 변했다.

"다만…… 우리는 그걸 할 거야." 내가 말했다. 나는 모니크의 눈을 들여다봤다. 모니크가 뒤를 돌아보았고, 잠시 후 그녀의 숨결이 누그러지고 무릎도 비틀거리는 것 같았다. 나는 모니크에게 더 바싹 다가갔다. 하지만 모니크가 자세를 바로잡더니 내 손에서 자신의 두 손을 떼어냈다.

"제기랄, 뭘 한다는 거예요?" 그리고 얼굴을 찡그리며 말했다.

때가 왔다. 나는 주머니에 손을 넣어 작은 사진 꾸러미를 꺼내 작업대 위에 던졌다. "이거." 내가 말했다.

모니크는 여전히 얼굴을 찌푸리고 있었다. 사진 꾸러미를 집어 든 모니크가 맨 위 사진을 힐끗 쳐다봤다. 그리고 가만히 있었다. 모니크의 안과 밖에서 아무 소리도 들리지 않았다. 아무것도 움직이지 않았다. 온 세상이 쿵 하고 떨어지며 멈춰버린 것 같았다. 모니크는 맨 위 사진을 뚫어지게 바라보기만 했다. "제길, 맙소사." 마침내 그녀가 중얼거렸다. "이런, 빌어먹을." 나도 마찬가지였다. 그래서 아무 말도 하지 않았다.

모니크가 두 번째 사진을 넘기더니 역시 빤히 들여다봤다. 그리고 다른 사진들을 획획 훑었다. "젠장." 그녀가 작은 소리로 끊임없이 중얼거렸다. "제길, 빌어먹을, 오, 제기랄." 마지막 사진을 보고 나서야 제대로 숨을 쉬는 것 같았다. 그러고는 깊게 숨을 들이마신 뒤 고개를 저었다. "말도 안 돼." 그녀가 말했다. "아니, 아니. 이럴 수는 없어, 절대로. 아니, 이건 그냥……." 그러더니 사진 꾸러미를 쾅 소리가 나게 내리쳤다. "빌어먹을, 라일리!" 모니크가 소리쳤다. "젠장, 제정신이야?"

"아마도." 내가 말했다. 모니크의 모습에 절로 웃음이 나왔다. "하지만 난 이 일을 할 거야."

"당신이 하려는 일이 당신을 죽이고 말 거예요!" 모니크가 소리쳤다. "빌어먹을 전자 보안 장치가 사방에 깔렸을 거예요. 당신이 구

경조차 못한 것들요. 경비원은 또 어떻고요. 라일리! 분명 무장 경비
원들이라고요. 개자식들이 누군가를 죽이려고 호시탐탐 노릴 텐데,
그냥 걸어 들어가겠다고요? 빌어먹을, 안 돼요! 이건 완전히 불가
능해요!"

"맞아." 내가 말했다. "그러니까 내가 해야지."

모니크가 나를 빤히 쳐다보더니 고개를 저었다. "당신 진짜 미쳤
군요."

"좋은 뜻으로 하는 소리지?" 내가 말했다.

그 말에 모니크가 다시 화를 냈다. "이 빌어먹을 것 주변에 망할
보안 장치가 얼마나 많은지 알기나 해요?" 그녀가 소리쳤다.

"물론이지." 내가 말했다. "상관없어."

"상관없겠죠." 모니크가 말했다. "당연히 상관없겠죠. 망할 라일
리 울프가 하는 일이니까. 빌어먹을 라일리 울프는 환장할 정도로
똑똑하니까 뭘 하든 상관없겠죠. 내가 어떻게 말리겠어요." 모니크
가 빈정댔다. 그래도 더 이상 소리는 치지 않았다.

"마음대로 비꼬셔도 됩니다." 내가 말했다.

마음의 준비를 해야 했다. 결국 주먹이 날아왔으니까. 준비를 안
했으니 피하지도 않았다. 모니크가 내 옆머리를 너무 세게 때려 별
이 보일 지경이었다.

"이 무식하고, 멍청하고, 거만하고, 우쭐대고, 잘난 체하는 개자
식 같은 돼지 새끼야!" 그녀가 한바탕 욕을 쏟아부었다. "난 당신이
살해되는 일을 돕지 않을 거야. 운이 좋아봤자 종신형이니까!"

나는 아무 말도 하지 않았다. 별이 사라지기만 기다렸다. 그래야
그녀를 다시 볼 수 있으니까.

"제기랄, 라일리. 이 일은 할 수 없어요." 모니크가 말했다.

"할 수 있어." 내가 말했다. "난 해야 해…… 당신이 먼저 내 머리를 때려 기절시키지 않는 한."

"몇 년 전에 누군가 당신 머리를 후려갈겼어야 했어요." 모니크가 으르렁거렸다. "그러면 잘난 머리를 못 굴렸을 텐데."

"음, 젠장. 모니크." 나는 두 손을 들어 올리며 말했다. "그래서 당신은 안 하겠다는 거야?"

"난 그런 일까지 할 만큼 멍청하지는 않으니까요! 맙소사, 그건 불가능해요! 당신은 죽거나…… 안 돼요, 라일리! 절대 안 돼요!"

나는 모니크를 향해 한쪽 눈썹을 추켜올렸다. "내가 죽을까 봐 걱정하는 거야? 와, 당신 나를 정말 아끼는구나? 맞지?"

"걱정하죠, 당연히. 걱정한다고요." 그녀가 으르렁거렸다. "당신은 꾸준한 고객이잖아요. 수당도 두둑하게 잘 챙겨주고. 당연히 걱정해야죠."

나는 모니크가 그렇게 말할 줄 알았다. 마음이 좀 아팠다. 아니, 내가 그녀를 믿었다면 그랬을 거라는 뜻이다. 하지만 믿지 않았다. 나는 고개를 가로저으며 소심하지만 부드럽게 그녀에게 다가갔다. "그 이상이지? 맞지?"

모니크는 망설였다. 아주 잠시 동안. "아뇨." 그러고는 시선을 돌리며 말했다. "물론 가끔 당신이……." 그러고는 입술을 깨물었다. 나는 모니크의 그런 모습이 굉장히 섹시하다고 느꼈다. "나는 당신이 그냥…… 뭐, 친구 같으니까……." 모니크가 나를 힐끗 돌아봤다. "누구나 개자식 같은 친구 하나는 있잖아요?"

그 말은 정말 뼈아팠다. 그래서 거의 믿을 뻔했다. "그뿐이야?" 나는 반걸음 가까이 다가서며 말했다. "내가 그냥 개자식 같은 친구냐고."

모니크가 다시 입술을 깨물었다. 우리는 눈을 감고 있었고, 잠시 동안 둘 다 아무 말도 하지 않았다. "망할, 라일리." 모니크가 마침내 입을 열었고 내 가슴에 손을 얹었다. 그래서 나도 그녀의 마음에 보답하려 하는데…… 모니크가 나를 뒤로 밀었다. 아주 세게. "다시는 그럴 일 없어요, 알았죠?"

"그래." 내가 말했다. "당신이 우리 내기에서 지면."

"절대로 안 한다니까요!"

"두고 보자고." 나는 의기양양하게 말했다. 그러고는 매력적이고 자신감 넘치는 표정으로 미소 지었다. "하지만 그건 당신이 나를 위해 이 일을 해야 한다는 뜻이야. 그렇지 않으면 당신이 지는 거지. 게다가……." 나는 모니크의 어깨에 손을 얹고 그녀의 얼굴을 주의 깊게 지켜봤다. 모니크는 나를 계속 바라봤다. 나는 모니크가 무슨 생각을 하는지 읽을 수가 없었다. 하지만 그녀는 나를 다시 밀어내지는 않았다. 나는 나지막이 말했다. "이걸 상상해봐, 모니크. 나처럼 느껴보라고." 내 목소리가 약간 떨렸다. 모니크는 여전히 나를 밀어내지 않았다. "목표만이 아니야. 계획 전체를 생각해보라고. 이 일이 어떻게 진행될지 말이야. 망할. 아가씨야, 이런 일은 처음이라고! 당신은…… 빌어먹을, 당신은 역사상 가장 위대한 도둑의 일원이 되는 거야!"

나는 모니크를 부드럽게 흔들며 나처럼 그녀 역시 흥분에 휩싸이길 바랐다.

"그리고 이건 도전이야! 당신은 꿈도 꾸지 못했던 거잖아. 맙소사. 그래서 모든 게 완벽해야 해. 아무도 시도할 엄두조차 못 낼걸. 모니크! 하지만 당신과 나, 함께라면…… 할 수 있어! 난 그걸 알아!" 나는 숨을 한 번 들이쉬고 마음을 가라앉히려 했다. 쉽지 않았다.

"해낼 수 있어, 모니크. 그렇고말고. 하지만 절대적으로 완벽한 위작이 있어야만 해."

모니크가 나를 돌아보더니 입술을 핥았다. 그 모습을 보고는 내가 무슨 말을 하는지 거의 잊을 뻔했다. 그때 모니크가 내게서 멀어졌다. 얼굴을 찌푸리며 사진을 집어 들고는 빠르게 휙휙 넘겼다. 한숨을 푹푹 내쉬며 한 손가락으로 세부 사항을 가늠했다.

"어쩌면……." 모니크가 혼자 조용히 중얼거렸다. "모이사나이트여야 해. 제기랄, 이건 끼워 넣기가 너무 복잡한데. 그렇다면……." 그러더니 내가 거기 있다는 사실을 그제야 기억해냈는지 고개를 홱 치켜들었다. "하지만 라일리! 무슨 재주로 그렇게 접근하겠다는 거예요? 빌어먹을, 당신 죽을지도 몰라요!"

"아니면 더 나쁠지도." 나는 조롱하듯이 말했다.

모니크가 세차게 고개를 저었다. "나, 진지해요!" 그리고 말했다. "이건 더 꽉 박혀 있어요. 다른 보석들보다……."

"모기 똥구멍처럼?" 내가 말했다. "수녀 거기처럼 꽉?"

"젠장, 라일리! 진심이라니까요!" 그녀가 딱딱거렸다. 그러고는 사진을 흔들어 보였다. "이 기사, 본 적 있어요. 수십 명의 경비원이 기관총까지 가지고 있다면서요. 말도 안 돼요. 대체 어떻게 하려고…… 도대체 무슨 생각을 하는 거예요?"

모니크는 아주 진지했다. 그래서 나도 진지하게 대답했다.

"나는 이 세상 누구도 100만 년 동안 감히 생각하거나 시도하지 못할 일을 하고 싶어." 내가 말했다. "그리고 무엇보다…… 나는 이미 그 일을 하고 있고." 나는 숨을 크게 들이마셨다. 내 안의 모든 게 폭발해 입 밖으로 튀어나오기 시작했다. "이미 작업 중이라고, 모니크!" 나도 모르게 소리를 지르고 있었지만 개의치 않았다. "이미 앞뒤가 딱딱 맞아떨어지고 있어! 거의 절반쯤 진행됐고, 나머지도 잘 풀릴 거야. 빌어먹을, 난 할 수 있어!"

나는 모니크가 날 믿기 시작했음을 알 수 있었다. 그녀는 내가 정말 할 수 있다고 생각하고 있었다.

거의.

모니크가 고개를 저었다. 다시 사진을 보더니 나를 돌아봤다. "완전히 미친 짓이에요. 빌어먹을. 방법이 없다고요, 라일리!"

"방법은 늘 있어." 내가 말했다. "자, 모니크. '네' 아니면 '아니요'라고 할 수 있지? 아니다." 나는 손을 들었다. "'할 수 있냐'고 묻지 않을게. 모니크…… 할 거야? 나와 함께 역사의 일부가 될 거야?"

모니크가 고개를 저으며 사진을 내려다봤다. "해볼게요." 그녀가 말했다.

갑자기 어디서 왔는지 모르겠지만 짝퉁 요다가 그녀에게 말하는 소리가 들리는 듯했다. "'해볼게요'는 안 돼. '한다' 아니면 '안 한다'만 있을 뿐.'

모니크는 여전히 사진을 바라보며 반신반의했다.

"모니크, 당신은 할 수 있어." 내가 말했다. "나는 완벽하게 자신 있어." 그리고 잠시 말을 멈췄다. "음, 완벽하게까지는 아니지만." 어쩔 수 없었다. 내가 제일 좋아하는 농담이니까. 나는 살짝 음흉하게 속내를 숨겼다. "물론, 싫다고 하면, 내 생각엔……."

"젠장, 당신이라면 절대 이런 내기에 돈을 걸 수 없을 거야."

나는 행복하게 활짝 웃었다. "어느 쪽이든 내가 이겨." 내가 말했다.

"젠장."

"아마도 나중에는." 내가 말했다. "할 거야, 모니크?"

모니크가 식식거리더니 입술을 깨물며 고개를 저었다. 잠시 후 고개를 들어 나를 바라봤다. 이미 나는 모니크의 눈에서 대답을 읽어낼 수 있었다. "할게요." 그녀가 말했다. "하지만 젠장, 라일리……."

"당연하지!" 내가 말했다. 나는 몸을 앞으로 숙여 모니크에게 키스했다. 순식간에 벌어진 일이라 모니크도 막을 수 없었다. 그녀가 다른 말을 꺼내기 전에 나는 창밖으로 나와 밤하늘로 향했다.

모니크는 알쏭달쏭한 표정으로 라일리가 가는 모습을 지켜봤다. "개자식." 그녀가 말했다. 하지만 말을 끝내기 무섭게 미소 지었고, 다시 사진을 들여다봤다. "제길, 완전히 미쳤어."

그러고는 고개를 가로저으며 수첩을 향해 손을 뻗었다. 모니크는 일을 시작하기 전에 항상 세심하게 계획했다. 접이식 의자를 작은 금속 작업대 쪽으로 끌어당기고 작업대 아래 선반에는 물감을 올려놓았다. 여전히 선 채로 조금 전 만들어놓은 공간에 수첩을 올려놓았다. 메모할 준비를 마치고 사진들을 정리해 모든 각도에서 하나하나 훑어봤다. 사실 조금 복잡하긴 했지만, 성공 가능성이 아주 컸다. 하지만 순전히 라일리의 배짱 때문에 이 짓을 해야 한다니!

모니크는 사진 맨 윗부분을 다시 보았다. "제길, 빌어먹을." 아주 조용히 중얼거리고 잠시 사진에 몰입했다. 의자에 주저앉은 모니크는 사진을 천천히 뒤집었다. 재료와 기법을 고민하는 도중에도, 이런 시도를 한다는 사실 자체에 압도돼서 아무 생각도 나지 않았다. "젠장." 그녀가 중얼거렸다. "아, 제기랄."

모니크는 다시 첫째 사진으로 돌아와 한참을 응시했다. 그리고 깊이 숨을 들이마신 뒤 고개를 한 번 끄덕이고는 곰곰 생각하기 시작했다. '좋아.' 그녀는 생각했다. '난 할 수 있어.' 손이 약간 떨렸지만, 이미 마음을 굳혔다. 그녀는 이 일을 할 것이다. 완벽한 복제품을 제작할 것이다.

모니크는 다리아에누르를 고스란히 재현할 것이다.

'빛의 바다'를.

21장

　뉴욕 워터타운에서 조지아주 피켄스카운티까지는 1,600킬로미터가 조금 넘었다. 델가도는 열다섯 시간 내내 운전하는 대신 노스캐롤라이나 샬럿에서 하룻밤 묵기로 했다. 거기서 피켄스카운티의 중심지인 재스퍼까지는 불과 네 시간 거리였다. 일단 재스퍼에 도착하면 라일리의 낡은 트레일러 아래에서 찾은 차량 번호판에 적힌 이름을 찾아보기로 했다. 그런 다음 피켄스카운티 어디에서든 라일리 울프나 그의 어머니를 조금이라도 기억하는 사람을 찾길 바랐다. 하지만 너무 오래전 일이라 옛 기억 같은 건 희미해졌을지도 모른다. 라일리의 영어 선생님과 고등학교 동창 지미 핀에게 알게 된 사실만으로도 먼 길을 기꺼이 달려갈 만했다. 조지아에서도 비슷한 정보를 얻을 수 있다면 열다섯 시간 운전이 문제겠는가.

　델가도는 남쪽으로 차를 몰았다. 뉴욕주를 지나 펜실베이니아주를 거쳐 버지니아로 갔다. 집에서 80킬로미터 떨어진 곳을 지나면서도 그는 멈출 생각조차 하지 않았다.

새벽 2시가 되기 몇 분 전쯤 노스캐롤라이나주 샬럿에 도착했다. 그는 공항 근처에 있는 값싼 호텔을 찾아 체크인을 한 뒤 곧장 방으로 향했고, 몇 분 만에 잠이 들었다.

델가도는 7시 30분에 일어났다. 호텔이 제공하는 무료 조식을 먹으며 내리 커피 세 잔을 마셨다. 쿠바 커피에 비하면 끔찍하게 싱거운 커피였다. 그는 8시 15분경 다시 길을 떠났다.

운전은 순조로웠다. 호텔에서 몇 분 거리에 있는 I-77 고속도로에서 I-85 고속도로를 타고 남쪽으로 갔다. I-85를 타면 사우스캐롤라이나를 통과해 조지아 맨 윗동네로 가로질러 달릴 수 있었다. 델가도는 가속페달을 밟아 더 빨리 차를 몰았다. 그만큼 기대감이 높았다. 목적지에 아주 가까워진 것 같았다. '언덕 위의 큰 집'이 라일리 울프의 모든 것을 이해하는 열쇠라고 그는 반쯤 확신했다. 같은 반 친구가 그 집을 두고 비웃었을 때, 평소와 달리 어린 라일리의 야만적인 폭력성이 폭발했다. 그 집은 어린 소년에게 매우 중요했기에 라일리를 이해하는 열쇠가 될 것이다.

그래서 '언덕 위의 큰 집'이 중요했다. 게다가 피켄스카운티는 구릉지대였다. 웹사이트에는 '남부의 마블 수도'로 소개되었다. 어쩌면 거기서 큰 집을 찾게 될지도 모른다. 델가도는 그런 생각만으로도 너무 기분이 좋아져서 휘파람이 절로 나왔다. FBI 동료들이 봤다면 깜짝 놀랐을 것이다.

피켄스카운티의 자동차 등록 기록은 당연히 차량관리국이 보관하고 있었다. 하지만 관리국 직원은 2007년 이전 기록은 컴퓨터에 등록되지 않았다며 번호판에 찍힌 1996년 등록 정보를 담은 두꺼운 먼지투성이 책자를 건넸다. 델가도는 책자를 들고 빈 사무실에 있는 작은 책상에 앉았다.

그는 손을 뻗어 책을 펴기 시작했다. 손이 살짝 떨리고 있어서 델가도는 흠칫 놀랐다. 떨리는 손을 무시하고 서둘러 책장을 휙휙 넘겨 'W'로 시작하는 페이지를 펼쳤다. 두 명의 '울프'가 있었지만, 번호판 번호와 일치하지 않았다.

델가도는 책을 덮고 얼굴을 찡그렸다. 뜻밖의 문제로 일이 꼬인 것 같았다. 하지만 라일리 울프와 그의 엄마는 바로 여기 피켄스카운티에서 워터타운으로 갔다. 이 책자에는 울프와 일치하는 기록이 없다. 그렇다면 라일리가 본명으로 이곳에 살았던 게 분명했다. 그리고 조지아를 떠나 워터타운에 있는 학교에 등록할 때 이름을 바꾸었을 것이다. 자동차 번호판과 일치하는 번호를 찾으면, 라일리 울프의 본명을 알 수 있다. 하지만 이 책에서 차량 등록번호를 찾기는 이름순으로 찾기보다 훨씬 어려웠다. 번호판과 같은 번호를 찾을 때까지 책장을 모두 훑어야 하므로 훨씬 더 오래 걸릴지도 모른다. 그래도 알아낼 수만 있다면…….

델가도는 책을 다시 펴기 전에 멈칫했다. 마음 한구석에서 묘한 잡념이 일어 성가셨다. 라일리가 이름을 바꾸며 피켄스카운티를 떠날 수밖에 없었던 이유가 이곳에 있어야 했다. 이유가 뭐든, 라일리의 엄마 역시 이사를 고려할 만큼 심각한 일일 가능성이 컸다.

무슨 일이었을까?

그만큼 심각한 사연이라면, 여기 사는 누군가가 기억할지도 모른다. 그 일을 아는 것만으로도 먼 길을 운전해 온 보람이 있을 터였다. 그래서 잠시 생각에 잠겨 그 누군가를 어디서 찾아야 할지 고민했다. 보안관 사무실, 학교, 운이 좋다면 이웃, 아니면 신문 기록 보관소? 델가도는 여기에 지역 신문이 있는지조차 확신할 수 없었다. 그래서 확인해야 했다. 어쩌면 라일리네 사연을 기억하는 기자가 있을지도 모른다. 오래된 신문 더미를 뒤지느니 차라리 그게 나아 보였다. 설령 신문 마이크로필름이 남아 있다고 해도. 물론 이렇게 작은 마을에서 그럴 가능성은 없어 보였지만.

델가도는 수첩을 열어젖혔다. 그러고는 '보안관, 중학교, 신문?'이라고 적었다. 일단 보안관을 만나보기로 했다. 신문은 최후의 수단으로 남겨둘 것이다. 그는 기자들을 좋아하지 않으니까.

수첩을 닫으려던 델가도는 잠시 동작을 멈추고 지금까지 적어둔 메모들을 힐끗 보았다. 왠지 빈약해 보였다. 지금까지는 실제 사실을 거의 듣지 못했다. 라일리와 엄마의 관계는 중요하다고 확신했다. 그래서 밑줄 두 개를 더 긋고 나서 동그라미까지 쳤다. 이것 말고는? 아는 게 별로 없었다. 추측만 뭉게뭉게 피어올랐을 뿐 라일리가 돌연 이름을 바꾸고 워터타운으로 이사 간 이유를 알아내지는 못했다. 언덕 위의 큰 집은 실제로 존재했던 게 틀림없었다. 그리고 라일리의 가족이 집을 잃는 사건이 일어났다. 집을 잃은 상실감은 어린 소년에게 큰 충격을 주었을 것이다. 집은 든든함, 지위, 가족, 편안함 같은 가치들을 상징했을 것이다. 그 집이 여기 있었을까? 조지아에? 라일리는 상실감 때문에 이곳을 떠나 이름을 바꿨을까? 그 이유가 라일리를 대단한 범죄자로 만든 원동력이었을까?

델가도는 이것이 허약한 추측에 불과하다는 점을 인정해야 했지만, 왠지 이치에 맞는 듯도 했다. 추측이 맞는다면, 그 집을 기점으로 하나하나 풀어가야 했다. 물론 델가도는 그 집이 어린 라일리의 상상이고 실제로는 존재하지 않을 수도 있음을 인정해야 했다. 어쩌면 가난한 소년이 꿈꿀 수 있는 희망 사항이자 위안을 주는 환상일 수도 있었다. 그럼에도 델가도는 그 집이 진짜 있었다고 생각했다. 하지만 그는, 무언가가 사실이기를 바라기만 할 뿐 아직 아무것도 해결하지 못한 처지였다. 꿈을 꾸어야 하는 아이에게 그 큰 집은 가공의 위안에 지나지 않을지도 모른다는 점은 잘 알고 있었다. 심지어 라일리가 되는 동기를 부여할 수도 있으니까. 언젠가 나는 돈을 많이 벌어서 언덕 위에 있는 큰 집을 살 거야.

하지만 허구가 아니고 진짜라면, 델가도는 그 집을 피켄스카운티에서 찾을 수 있을 것이다. 두꺼운 차량등록국 책자를 샅샅이 뒤지는 한이 있더라도. 그는 수첩을 닫고 다시 책자를 펼쳤다. 앞에서 뒤로 한 장씩 넘겼다. 45분 뒤, 'L'로 시작하는 이름까지 살폈지만 아무 소득이 없었다. 책에 집중하느라 몸을 너무 구부렸더니 목이 아팠다. 그래서 잠시 쉬며 목을 길게 뻗었다. 그러고는 아무 이유 없이 책 뒤쪽에서부터 앞으로 책장을 넘기기 시작했다. 그리고 울프 아래에 있는 목록들을 살펴봤다. 손가락으로 'W'로 시작하는 이름을 하나씩 훑어 내려갈 무렵, 번호판에 찍힌 것과 같은 번호가 눈에 들어왔다.

울프가 아니라 '와이머'라는 이름 아래.

델가도는 손가락 끝으로 이름을 더듬었다. 이름을 만지기만 해도 올바른 번호인지 확인할 수 있다는 것처럼. 해당 번호판의 사용자는 실라 와이머로 등록되어 있었다. 델가도는 눈을 깜박거리다가 다시 수첩을 열었다. 거기 있었다. 지미 핀은 라일리 엄마의 이름이 실라라고 했다. 단정할 수는 없지만, 어쨌든 델가도는 이루 말할 수 없는 흥분에 휩싸였다. 주소는 바로 이곳, 재스퍼에 있는 브리트니코트였다. 거리 이름이 왠지 고급스러웠다. 언덕 위의 큰 집일까?

델가도는 휴대전화를 잡으려고 손을 뻗었다. 아직 흥분이 가라앉지 않아 손이 덜덜 떨렸다. 그래서 잠시 손을 멈추고 심호흡을 한 뒤 마음을 가라앉혔다. 내 몸은 내가 더 잘 알아, 하고 자신에게 말했다. '끝날 때까지 끝난 게 아니다.' 손을 앞으로 내밀자 잠시 후 떨림이 그쳤다. 그제야 휴대전화를 들고 주소를 검색했다. 그리 멀지 않았다. 델가도는 수첩을 들고 밖으로 나갔다.

브리트니코트는 고급스럽지 않았다. 언덕 위의 큰 집도 아니었다. 언덕도 없고, 큰 집도 없었다. 단층짜리 작은 연립주택들이 빽빽하게 들어선 주택단지만 있었다. 죄다 허름하고 낡아 보였다. 그들은 1996년에도 브리트니코트에 있었을 것이다. 그래도 확실히 해야 했다. 게다가 당시 살았던 사람이 지금까지 이곳에 살고 있을 것 같지도 않았다.

차에서 내린 델가도는 우편함이 있는 중심 구역으로 향했다. 우체통 옆을 보니 임대를 원하면 관리 회사에 문의하라고 적힌 작은 간판이 붙어 있었다. 그는 간판에 있는 전화번호를 적은 다음 차에 앉아 전화를 걸었다.

델가도는 안내 메시지가 나오면 그 뒤로 5분 내지 10분 동안 끔찍한 음악을 들으며 질문에 답할 수 있는 사람을 기다리게 될 줄 알았다. 놀랍게도 여자가 바로 전화를 받아 대답했다.

"이 단지는 지은 지 30년 됐어요. 우리 회사가 8년 전에 매입했고요." 여자가 조지아 사람 특유의 코맹맹이 소리로 말했다. "그래서 옛날에 누가 살았는지는 몰라요. 게다가 그때도 집값이 쌌을걸요? 그래서 전출입이 잦았죠. 사실 당시 살았던 사람을 기억할 만큼 오래 산 사람도 없어요. 당시에 거길 조성하고 소유했던 노인이 우리 회사에 단지를 매각한 지 6개월 만에 죽었어요. 사람들이 늘 하는 말 있잖아요. 자꾸 움직이지 않으면 그냥 죽는다고요. 어쨌든, 빌 톰슨이란 사람은 그랬어요. 단지를 팔고 은퇴하더니 죽어버렸죠. 순리대로."

델가도는 여자에게 고맙다고 인사한 후 전화를 끊었다. 그러고는 운전대를 향해 눈살을 찌푸렸다. 언덕 위의 큰 집이 아니라니. 그 집이 실제로 있었다면, 이 작은 동네와는 상당히 떨어진 곳일 터였다. 그렇다면 라일리와 엄마, 즉 와이머 가족은 다른 데서 살다가 재스퍼로 온 걸까? 그럴지도 모른다. 엄청난 상실감을 막 겪은 가족이 이 마을에 머무를 것 같지는 않았다. 하지만 그 큰 집이 환상에 불과하다면, 그들은 내내 여기서 살았을지도 모른다.

델가도는 고개를 저었다. 적어도 지금은 막다른 골목에 몰린 상황이었다. 이제는 보안관과 이야기를 나눌 차례였다. 주소를 찾아보니 재스퍼는 피켄스카운티 보안관서와는 별개로 자체 경찰서를 두고 있었다. 멀지 않았다. 어떤 곳도 멀지 않았다. 재스퍼에서는.

당직 근무 중인 경사가 델가도에게 운이 좋았다고 귀띔했다. 그는 클레이 벤슨이라는 형사 이야기를 해주었다. "벤슨은 26년 동안 이곳 형사였어요." 경사가 느릿느릿 말했다. "3년 반 전에 은퇴했지요. 하지만 이 시간에는 몰리비스에 가면 만날 수 있어요." 델가도가 멀뚱멀뚱 쳐다보자 경사가 살짝 미소 지었다. "저기 마을 끝에 있는 옛날 식당이요. 여기서 3킬로미터쯤 떨어져 있어요." 그는 엄지손가락을 동쪽으로 홱 돌리며 고개를 끄덕였다. "오늘은 미트로프를 팔 거예요. 한번 먹어봐요." 경사가 말했다. 그러고는 책상에 쌓여 있는 보고서로 시선을 돌렸다.

델가도는 몰리비스를 쉽게 찾았다. 1960년대 우주 시대에 문을 연 식당 중 하나였다. 들쑥날쑥한 네온사인과 함께 '몰리 비스, 정말 맛있는 집밥!'이라고 쓰인 극장식 대형 간판이 걸려 있었다. 그는 차를 세우고 안으로 들어갔다.

식당 한구석에 있는 칸막이 자리에 남자 다섯 명이 앉아 있었다. 다른 사람은 아무도 없었다. 앞치마를 두른 지루한 표정의 종업원 한 명만 의자에 다리를 하나씩 걸친 채 계산대 뒤에서 쉬고 있을 뿐이었다.

델가도는 칸막이 자리 쪽으로 걸어 돌아갔다. 구석에 있는 남자가 뭔가 이야기를 하고 있었다. 60대로 보이는 남자는 보통 키에 날씬하고 몸이 탄탄했다. 눈은 밝고 푸르스름했지만 얼굴은 지쳐 보였고, 짧은 은발에 카우보이모자를 쓰고 있었다. 갈색 재킷에 서양식 셔츠를 입고 커다란 터키석 걸쇠가 달린 끈 넥타이도 매고 있었다. 델가도는 그 남자가 벤슨이라고 직감했다. 일행 가운데 유일하게 나이가 있어 보였다. 그는 서서 기다렸다. 카우보이모자를 쓴 남자가 델가도를 흘끗 쳐다봤지만, 대화를 끝내지는 않았다. 마침내 이야기가 끝나자 그가 델가도에게로 시선을 돌렸다. "벤슨 형사님?" 델가도가 말했다.

"그렇소만. 내가 뭐 도울 게 있소, 젊은이?" 벤슨이 말했다. "아니면 내 옷차림에 감탄하는 중인가?"

"멋지네요." 델가도가 말했다. "하지만 절 도와주셨으면 해요."

"난 평생 다른 사람을 도왔소." 벤슨이 말했다. 그러더니 머리를 한쪽으로 기울였다. "자네는 어떤 경찰이지?"

델가도가 FBI 배지를 꺼내 들었다.

"이런, 말로만 듣던 '비밀 요원'이구면. 모두 넙죽 인사들 하지." 벤슨이 말했다. 벤슨의 말에 일행 두 명이 껄껄 웃었다. "공무수행 중인가?"

델가도가 잠시 망설이다 노인을 믿기로 했다. "그건 아닙니다." 그가 말했다. "하지만 중요한 일입니다."

벤슨은 델가도를 가만히 바라보다가 고개를 끄덕였다. "재밌겠군. 의자 가져와 앉게나. 베티? 여기 커피 한 잔."

델가도가 옆 탁자에서 의자를 끌어와 구석에 앉았다. 자리에 앉을 때쯤 베티가 탁자에 커피 한 잔을 내려놓았다. "자, 커피 들지." 벤슨이 말했다. "맛은 별로지만, 좀 따뜻하긴 할 거야." 벤슨이 몸을 앞으로 내밀더니 델가도를 빤히 바라봤다. "젊은이, 내가 도울 일이 뭐지?"

"24년 전, 두 사람이 여기 살았어요. 엄마와 아들이요." 델가도가 말했다. "그런데 무슨 일이 있었는지 여길 떠났죠. 제 생각엔 뭔가 나쁜 일인 것 같은데, 아마 범죄가 아닐까 합니다. 혹시 기억나십니까?"

벤슨이 고개를 끄덕였다. "두 사람 이름은?"

"실라 와이머예요." 델가도가 말했다. "아들 이름은 모르고요."

칸막이 자리에 있던 한 남자가 중얼거렸다. "오, 맙소사." 또 다른 사내가 벌떡 일어나 델가도를 노려보더니 슬그머니 식당을 빠져나갔다.

벤슨은 눈도 깜빡이지 않았다. "젊은이, 왜 그들에 대해 알고 싶어하지?" 벤슨이 위험을 무릅쓰는 듯한 부드러운 목소리로 말했다.

델가도는 갑자기 적대적인 얼굴들로 이루어진 고리 한가운데 놓이고 말았다. 무언가에 발을 들여놓은 듯한 기분이었지만, 걱정되지는 않았다. 그 대신 아드레날린이 솟구치는 것을 느꼈다. 여기서 무슨 일인가 일어났다. 그가 옳았다. 그리고 벤슨은 기억하고 있다.

"그 아들이 위험한 범죄자가 됐습니다." 델가도가 말했다.

"정말 놀랄 일이네." 누군가 으르렁거리며 말했다.

하지만 벤슨은 델가도를 가만히 바라봤다. 그리고 조금 더 알려주길 기다렸다. "저는 그 집 아들을 찾고 싶어요. 체포하고 싶거든요. 그러려면 더 많이 알아야 해요. 그의 뒷이야기요."

길고 어색한 시간이 흐르는 동안 식당 안은 매우 조용했다. 델가도는 개의치 않았다. 실마리를 얻을 수 있다면야 아무 말 없이 여기 온종일 앉아 벤슨을 바라볼 수도 있었다.

하지만 온종일 기다릴 필요는 없었다. 벤슨이 마침내 입을 열었기 때문이다. "허, 참." 그는 몸을 뒤로 젖혀 의자에 기댔다. 주위에 모인 다른 사내들도 모두 숨을 들이마셨다. "음, 나는 놀랍지 않군." 벤슨이 말했다. "그 애한테는 안 좋은 출발이었지. 뭐, 대부분 출발이 좋지 않았지만."

"무슨 일이 있었는지 말씀해주실 수 있나요?" 델가도가 물었다.

벤슨이 껄껄 웃었다. "물론 말할 수 있네. 하지만 난 남부 사람이야, 젊은이. 그건 내가 제대로 이야기해야 한다는 뜻이지. 배경을 좀 정리해서 제대로 말해주겠네." 벤슨이 얼굴을 찡그리며 탁자에 두 손을 얹었다. "아마 1996년일 거야." 그가 말했다.

"맞습니다." 델가도가 말했다.

벤슨이 한쪽 눈썹을 치켜올렸다. "그래? 알고 있다니 다행이군. 자, 이제 조용히 하시고. 내가 설명하지."

델가도는 엷은 미소를 지었다. "죄송합니다." 그가 말했다.

"1996년이었어." 벤슨이 다시 말했다. "세상이 젊었을 때지. 아무리 걸어도 다리가 아프지 않았고, 밤새도록 오줌도 안 싸고 놀았을 때니까." 그러고는 함께 앉은 사람들이 잘 듣고 있는지 빙 둘러봤다. 모두 경청하고 있었다. 벤슨이 말을 이었다.

"그보다 몇 년 앞서 한 여자가 마을에 왔네." 그가 말했다. "이렇게 작은 마을은 그래. 다들 서로 알지. 하지만 이 여자가 어디서 왔

296

는지, 왜 재스퍼로 왔는지는 아무도 몰랐어. 실라 와이머. 이게 그 여자 이름이야. 아들을 데리고 왔는데, 아마 열한 살, 열두 살쯤 된 어린 남자애였어. 보통 'J.R.'이라고 불렀지. 실라는 웨더비 철물점 점원으로 일했고, J.R.은 7학년으로 입학했어."

벤슨이 잠시 말을 끊었다가 계속 이었다. "여자는 사람들과 전혀 교류가 없었어. 일부러 그러는 것 같기도 했지. 자네 생각보다 훨씬 괜찮은 여자였을지도 모르지. 마을 사람들 몇 명이 여자에게 말을 걸려고 했어. 하지만 그저 서릿발 같은 미소만 짓고 화제를 바꾸곤 했네. 사람들이 그랬어. 누구든 여기서 1년 정도 지내면 평범하게 변할 거라고. 한참이 지나서도 실라 와이머에 대해 아는 사람은 별로 없었지." 그는 잠시 말을 멈추더니 얼굴을 찡그렸다. "음, 내가 말했듯이, 2년이 지나도 와이머는 관심 밖의 인물이었어. 아무도 두 모자를 챙기지 않았지. 그러고 나서……."

벤슨이 다시 입을 닫았다. 생각을 가다듬고 있는 것 같았다. 그러고는 델가도를 정면으로 바라보며 입술을 쫑긋거렸다. "내가 이 이야기를 하려면 시간이 좀 걸려. 이게 나를 괴롭혔거든. 그런 거 있잖아. 주위가 온통 추악한 일들. 그리고 나는……." 그가 고개를 저었다. "내가 너무 앞서갔나. 양키처럼 말하고 있구먼." 다시 고개를 저으며 말했다. "어쨌든 엄마는 마을에서 일했고, 아들은 학교에서 약간 문제가 있었어. 학교에 적응을 못 하는 것 같았거든. 친구를 사귀는 일도 그렇고, 아무튼 다 그랬어." 벤슨이 어깨를 으쓱했다.

"아마 아이 잘못은 아니었을 거야. 남자아이로서 여기 와서 처음 맞는 학교생활이었으니까. 선생님이 출석을 불렀는데, 'J.R.'이나 'J.R. 와이머'라고 부르지 않고 '주니어 위너('꼬맹이 불알'이라는 뜻으로, 선생님이 'J.R. 와이머J.R. Weimer'를 '주니어 위너Junior Wiener'로 착각한 듯하다―옮긴이)'라고 부른 거야." 그가 코웃음을 쳤다. "중학생 남자애들은 그런 걸 놓치지 않잖아. 그날부터 J.R.은 '병신'이나 '꼬맹이'로 불렸지. 아이들이 J.R.을 심하게 놀려댔어. 특히 보비 리드라는 아이가 정말 심했지. J.R.을 항상 괴롭혔네. '병신, 바보 병신' 하면서. 보비는 덩치도 컸어. 그리 똑똑하진 않았지만 몸집도 크고 힘도 셌어. 게다가 보비 가족은 돈도 좀 있었네. 그러니 다른 애들이 졸졸 따라다녔지. 보비와 어울리면서 못된 짓을 따라 했어. J.R.을 세게 밀쳐대곤 했지. 처음에 J.R.은 대항하지 않았어. 나는 아이 내면에서 무언가 자라고 있다는 걸 느꼈네……."

벤슨은 잠시 침묵을 지켰다. 델가도는 벤슨을 재촉하지 않았다. 그냥 기다렸다. "음." 벤슨이 마침내 입을 열었다. "J.R.이라는 아이가 보비를 뒤로 밀쳤을 때, 정말 세게 밀었어. 사람들은 그 아이가 보비 리드를 낡은 채석장으로 밀어 넣었다고 생각했지." 벤슨이 고개를 저었다. "난 100퍼센트 확신할 수 없었어. 사고였을 수도 있으니까. 아니면 보비를 밀긴 했어도 그렇게 넘어질 줄은 몰랐겠지. 그날 거기 있던 아이들은 그 이야기를 하는 걸 망설였어, 처음에는." 벤슨이 코웃음을 쳤다. "물론 하루 이틀 후에, 모두 J.R.이 보비를 일부러 밀어 떨어뜨렸다고 하더라고. 그렇게 믿고 싶어들 했으니까."

"어쨌든 채석장은 100미터 아래로 바위밖에 없는 곳이네. 검시관은 보비가 바로 죽었을 거라고 했지. 사람들은 정말로 그렇게 믿고 싶어 했어. 누군가가 보비의 시체를 끌어 올리기 일곱 시간 전까지는." 벤슨이 식당 문 쪽으로 고개를 갸우뚱했다. "그게 조금 전에 나간 보비 형 클레이턴일걸?"

델가도가 고개를 끄덕였다.

"그래서," 벤슨이 말을 이었다. "내가 J.R.과 이야기를 나누러 갔는데 아이와 엄마는 이미 가버렸더라고. 문을 잠그고 짐과 미니밴은 남겨둔 채." 그가 한숨을 쉬었다. "그 아이는 겨우 열네 살이었어. 아이에게 수갑을 채우고 감옥에 던져 넣을 생각은 없었지. 하지만 정확히 무슨 일이 있었는지 아이와 이야기하고 싶었어."

벤슨은 한숨을 쉬며 눈을 감았다. 기력이 다 떨어져서 그냥 낮잠이나 자기로 한 걸지도 모른다. 하지만 그는 다시 눈을 떴고, 그 눈에는 활기가 넘쳤다. "자네가 예상하는 일은 내가 다 해봤지. 전화번호, 이름, 번호판, 인상착의를 다 조사했네. 하지만 돌아오는 게 전혀 없었어. 영원히. 얼마 뒤 난 그들이 이름을 바꿨다는 걸 알아차렸네. 왜냐하면 아르헨티나나 그런 데로 도망칠 수단 같은 게 전혀 없었거든." 벤슨은 자주 생각에 잠겼고, 표정은 더욱 심각해졌다. "그 점 때문에 나는 더 괴로웠어. 그저 평범한 아이와 여자에 불과한데 어떻게 그럴 수 있었을까? 아무리 찾아도 범죄 전력이 전혀 없었으니까. 확인해봤더니 아직도 못 찾았다더군. 그래서 둘 중 한 명이 흉악 범죄에 타고난 재능이 있다고 짐작할 수밖에 없었지."

벤슨이 한쪽 눈썹을 추켜세웠다. 델가도는 고개를 끄덕였다. 늙은 경찰관이 커피를 한 모금 마셨다. 그리고 얼굴을 찌푸리며 컵을 내려놓았다. "커피가 너무 차가워서 그래." 벤슨이 컵을 밀어내며 말했다. "내가 말이 너무 많았군."

"아닙니다, 선생님." 델가도가 말했다. "많은 도움이 됐어요."

"물론 그랬겠지." 벤슨이 말했다. "다 늙은 사람을 한참 떠들게 했으니까."

"혹시 그들이 전에 어디 살았는지 아십니까?" 델가도가 물었다. "두 사람이 재스퍼에 오기 전에요."

벤슨의 눈이 휘둥그레졌다. "내가 그걸 어떻게 알겠나? 난 어리석고 무지한 시골 경찰에 불과한데. 망할. 난 데이터베이스고 뭐고 들어본 적도 없다네." 그가 다시 코웃음을 쳤다. "물론 나도 알아. 자네가 말했듯이 말이야. 그래서 괴로웠어. 모든 방법을 동원해서 이 일을 조사했거든. 심지어 FBI의 자네 식구들한테도 확인했는데, 그들 발에 걸리지 않는 이상 내 발에도 걸리지 않을 거라더군." 벤슨이 역겹다는 표정을 지었다. 델가도는 잠자코 있었다. 지방 경찰은 대개 FBI를 좋아하지 않는다는 사실을 잘 알고 있었다. 물론 델가도의 동료 요원들도 지방 경찰에 비협조적이었다.

"사실 별로 기대하지 않았어. 그냥 내가 좀 치밀하다고나 할까?" 벤슨이 말했다. 그러고는 눈썹을 움직였다. "자네가 뭘 알겠나. 그래도 안타는 친 거지. 아이나 엄마에 관한 정보는 전혀 알아내지 못했어. 그런데 J.R.의 아빠에게 전과가 있는 것 같더라고. 금전 사고 있잖나. 수표, 사기, 뭐 그런 것들 말이야. 다단계 금융 사기죄로 체포되기 직전에 죽었더군."

델가도는 입이 말랐다. 바로 이게 마지막 조각이었다. 그는 이 조각이 언덕 위의 큰 집으로 이어지리라 확신했다. "어디서요?" 델가도가 물었다. "어디서 그런 일이 있었죠?"

벤슨은 델가도가 미끼를 물었고, 이를 즐기고 있다고 판단했다. 그래서 델가도가 조금 더 오래 즐기도록 말을 이었다. "음, 내가 사망진단서 사본을 받았어. 그리고 몇 주 후 실라와 J.R.이 여기 재스퍼에 나타났지." 그는 이 이야기를 끄집어내며 미소 지었다. "아이 아빠는 병원에서 심장마비로 사망했어. 여기서 그리 멀지 않아. 테네시주 데이비드슨카운티거든." 벤슨이 처음으로 웃음 지었다. 방금 어떤 사람의 하루를 환히 밝혔다는 생각에 절로 비어져 나온 회심의 미소였다. "내슈빌이야, 젊은이."

22장

결혼식은 매우 단출했다. 카트리나는 휴고 보스 정장을 입었다. 급히 장만할 수 있는 옷이었다. 하객도, 가족도, 음악도 없었다. 카트리나가 마이클과 했던 첫 번째 결혼식과는 전혀 달랐다. 첫 결혼식은 성 요한 대성당에서 했었다. 에버하르트 가문이 늘 결혼식을 올렸던 곳. 신도석이 가족과 사업 동료, 파파라치들로 가득 차 있었다. 하지만 이번에는, 식장이 마을 회관이었다. 하객은 단 두 사람, 제이컵 브릴스타인과 그의 사무원뿐이었다. 첫 결혼식과 달라도 너무 달라서 결혼식이라 생각하기 힘들었다. 카트리나는 이 결혼 역시 앞으로는 뭔가 달라질 거라는 신의 계시이기를 바랐다. 다소 즉흥적이긴 해도.

사무원이 단조로운 목소리로 성혼선언문을 읊조렸고, 그들 옆에 서 있던 브릴스타인은 마치 자기 결혼식인 양 환호성을 질렀다. 그리고 무슨 마법처럼, 절묘한 순간에 주머니에서 반지를 꺼냈다. 랜들은 떨리는 손으로 카트리나의 손가락에 반지를 끼웠고, 잠시 후

두 사람은 부부로서 처음 입을 맞췄다. 두 사람의 키스가 길어지며 점점 열정적으로 변하자, 사무원이 보란 듯이 목청을 가다듬었다. 그러고는 큰 소리로 말했다. "좋아요. 이제 두 분은 부부가 되었습니다. 키스는 집에 가서 하세요."

브릴스타인은 두 사람의 결혼 선물로 세인트레지스 호텔 스위트룸을 예약했다. 카트리나는 애써 실망감을 감췄다. 사실 세인트레지스 호텔을 별로 좋아하지 않았다. 더 중요하게는, 집으로 돌아가야 한다는 사실이 마음을 짓눌렀다. 물론, 불가능했다. 그곳은 지금 집이 아니라 범죄 현장이었다. 그래서 경찰이 구석구석 조사를 끝마칠 때까지 들어갈 수 없었다.

경찰 조사가 시작된 지 일주일이 넘었다. 꽤 긴 시간이 흐른 것 같았다. 카트리나는 경찰이 일부러 자신의 처벌을 늦추고 있다고 확신했다. 카트리나는 부자인 데다 살인죄 선고도 교묘히 피했으니까. 브릴스타인은 적어도 6개월 동안 재판을 연기할 수 있었다. 그래서 둘 다 당분간은 자유로웠다. 하지만 불행히도 그 자유의 시간을 세인트레지스 호텔에서 시작해야 했다. 그래서 카트리나는 자유를 얻었음에도 기쁘지 않았다. 우여곡절 끝에 랜들과 함께 집으로 돌아갔지만, 집은 난장판이었다. 한 무리의 난폭한 10대들이 멋대로 들쑤셔놓은 것처럼. 경찰은 방 안을 샅샅이 조사했을지 몰라도 원래대로 되돌려놓는 일에는 소홀했다. 카트리나는 집에 오자마자 꼬박 사흘 동안 청소 감독을 하느라 시간을 보냈다.

드디어 새로 단장한 집이 예전 영광을 반쯤 되찾았을 때, 카트리나는 빠르게 자리 잡고 있는 랜들과의 결혼 생활에 깜짝 놀랐다. 한때 최고의 위안으로 삼았던 마이클과의 결혼은 실망스럽게도 한낱 물거품에 불과했다. 랜들과 결혼한 뒤로는 날마다 들떠 있었다.

하루하루 행복으로 시작해 행복으로 끝났다. 두 사람은 마치 영원히 함께 있었던 것처럼, 같은 퍼즐의 두 조각처럼 서로 잘 맞았다.

천천히, 아주 천천히, 평범한 삶이 돌아오고 있었다. 카트리나에게는 어느 때보다, 무엇보다 고대하던 일이었다. 개인적인 용무나 여전히 그녀를 이사로 앉히려는 자선단체의 모임을 마치고 집에 돌아오면, 무언가가 카트리나를 기다렸다. 누군가가. 그래서 그녀의 살인죄를 묻는 최종 재판이 뇌리에 맴돌아도 카트리나는 그저 행복하기만 했다.

랜들은 만족스러워 보였다. 처음에 그는 카트리나의 집에 사는 게 조금 답답했다. 터무니없이 부유한 환경이 사람을 옭아매는 것 같았다. 카트리나가 당연시하는 작은 사치품들도 매우 불편했다. 하지만 그는 생전 처음 맛보는 화려한 삶에 서서히 물들었다. 물론 인테리어 디자이너와 예술 컨설턴트로 꾸준히 일했고, 카트리나의 돈은 한 푼도 손대지 않았다. 거대한 차고에 고급 차들이 즐비했지만, 카트리나와 함께 외출하지 않는 한 절대 혼자 몰고 나가지도 않았다. 다만 수영장이나 사우나, 홈 헬스장은 스스럼없이 다니며 삶의 여유를 누렸다.

게다가 놀랍게도, 정말 놀랍게도, 완벽한 조리 시설을 갖춘 어마어마하게 큰 주방이 있었다.

카트리나는 요리에 전혀 관심이 없었다. 마이클과 처음 결혼했을 때는 전통 요리 강좌를 들은 적이 있었다. 하지만 마이클은 저녁을 먹으러 집에 오지 않았고, 카트리나는 한 사람만을 위해 준비하는 코코뱅(와인으로 조리한 닭고기 요리─옮긴이)에 흥미가 뚝 끊겼다. 그래서 첫 결혼 생활 내내 외식을 하거나, 음식을 사 오거나, 간단한 달걀 샌드위치를 해 먹었다.

랜들이 주방을 담당한 뒤로는 매일 저녁이 놀라움의 연속이었다. 날마다 새롭고 매력적인 요리가 카트리나를 반겼다. 랜들은 카트리나가 놀라는 모습을 기꺼이 즐기는 것 같았다. 카트리나는 저녁 식사 메뉴를 전혀 알 수 없었다. 팟 타이(태국식 볶음 쌀국수―옮긴이)인지, 풀드 포크(푹 익힌 돼지고기를 잘게 찢어 햄버거 빵에 넣어 먹는 음식―옮긴이)인지, 아니면 쇠고기 안심 스테이크인지. 카트리나는 깜짝 메뉴가 기다리는 저녁 식사 시간이 매우 즐거웠다.

무엇보다 카트리나는 랜들과의 결혼으로 안락한 가정생활을 누렸다. 마이클과는 한 번도 누려본 적이 없는 삶. 카트리나는 매일 랜들의 모습을 보며 조용한 행복을 누렸다. 턱수염을 다듬고, 머리를 손질하고, 구두를 닦는 등 누구나 할 줄 아는 사소하고 하찮은 일들. 하지만 그런 일을 하는 남편 랜들을 지켜보며 가슴이 벅차올랐다. 결국, 드디어, 카트리나가 꿈꾸던 결혼 생활이 눈앞에 펼쳐졌다. 이제야 완벽한 삶을 사는 것 같았다.

랜들과의 결혼으로 카트리나는 행복했다.

물론 삶에 꽃과 무지개만 있을 수는 없다. 남편을 살해한 혐의로 체포되기 전, 카트리나는 꽤 많은 자선단체와 시민단체에서 활동했었다. 노블레스 오블리주를 실천하는 에버하르트 가문의 관례인 재산의 사회 환원이라는 의무를 절대 저버릴 수 없었다. 카트리나는 항상 이를 진지하게 받아들였다. 여러 기관 회의에 참석해 바쁜 일정을 소화했다. 카트리나의 이름 때문에, 수표책 때문에 그녀는 늘 따뜻한 환영을 받았고, 애정과 존경이 뒤따랐다.

마이클이 죽은 뒤 참석한 처음 두세 번의 회의에서는…… 그런 분위기가 거의 없었다. 사실상 목청을 높이지는 않았지만, 싸늘한 기운이 감돌았다. 카트리나는 다른 이사진들이 자신을 못마땅해한다는 사실을 뼛속 깊이 느꼈다. 그녀는 내가 훨씬 강하다는 걸 보여주겠노라고 맹세했다. 그들의 반감은 새똥보다 하찮았다. 카트리나는 이를 악물고, 냉정함은 냉정함으로 받아치겠다는 각오로 계속 말을 이었다.

하지만 카트리나의 의지가 아무리 꿋꿋해도 마음을 다잡기 어려운 일정이 하나 있었다. 바로 에버하르트 박물관 이사회 회의였다. 물론 카트리나 역시 두 형제, 몇몇 사촌, 그리고 지난날 가족의 심복이라 불렸을 사람들처럼 '이사'였다. 그들 모두 카트리나를 평생 알고 지냈다. 자신에 대한 그들의 의견을 카트리나는 중요시했다. 카트리나는 특히 오빠 에릭 주니어와 마주치기를 두려워했다.

오빠 에릭은 가족 기업의 우두머리에 약간 청교도 같은 사람이라 자신의 위치와 책임을 매우 진지하게 받아들였다. 물론 카트리나도 그랬다. 하지만 에릭은 재정이나 신탁, 도덕적 책임에 매우 엄격했다. 에릭에게 불륜은 신과 인간에 대한 상상도 할 수 없는, 실로 용서할 수 없는 모독이었다.

카트리나는 에릭이 남편 살해 혐의로 기소된 여동생에게 어떤 말을 할지 안 봐도 뻔히 알았다. 심지어 마이클의 몸이 차가워지기도 전에 재혼까지 했으니까. 게다가 에버하르트 가문의 지위에 훨씬 못 미치는 남자와 결혼했다. 사회적으로, 그리고 (훨씬 더 중요한) 재정적으로 현저히 떨어지는.

당연히 에릭은 랜들이 카트리나의 돈을 노리고 그녀를 어떻게든 유혹해 마이클을 죽이게 한 '남자 꽃뱀'이라고 생각할 것이다. 에릭에게는 돈을 갈취하는 짓이 살인보다 더한 죄였으니까.

에릭은 여동생을 전혀 동정하지 않을 것이다. 카트리나는 오빠가 무슨 말을 할지, 어떤 행동을 할지 두려웠다. 에릭은 폭력적인 행동을 하거나 잔인한 비난을 퍼붓지는 않는다. 또 신탁기금에서 카트리나를 떼어낼 수도 없었다. 하지만 신탁기금의 책임자는 에릭이었다. 그래서 카트리나는 감히 오빠에게 이 모든 일을 어떻게 설명해야 할지 무서웠다.

카트리나는 작은 오빠 팀이 자신을 조금 더 이해해주기 바랐다. 팀은 카트리나보다 겨우 세 살 위였고, 두 사람은 늘 친했다. 팀은 에릭보다 훨씬 더 관대했다. 하지만 팀이 동성애자였던 탓에 에릭은 그를 못마땅하게 여겼다. 동성을 성적 파트너로 선택한 남동생의 '삶의 방식'을 바보 같다고 여겼다. 에버하르트 가문에 먹칠을 하는 짓이니까. 가문의 명예를 지키는 것도 에릭의 주요 관심사 중 하나였다. 그리고 카트리나에게는, 에릭이 분노할 수밖에 없는 이유가 있었다. 팀에 대해서는 그런 걱정을 할 필요가 없었다. 그렇다고 해도 카트리나는 팀에게 연락할 수가 없었다. 만약 카트리나가 잘못했다며 팀이 냉정하거나 야박하게 군다면? 괜히 긁어 부스럼이 되느니 차라리 팀에게 알리지 않는 편이 더 나았다.

그래서 박물관 이사회 날이 다가오자 카트리나는 두려움에 휩싸였다. 하지만 카트리나 역시 고집이 셌다. 일부러 이사회를 건너뛰고 싶지 않았다. 에릭이 못마땅해하고, 어쩌면 팀 역시 그럴 테지만, 자신이 가문의 의무를 소홀히 하지 않는다는 걸 두 오빠에게 보여주고 싶었다. 카트리나가 최근에 겪은 뜻밖의 사건을 그들이 어떻게 생각하든 간에. 심지어 그녀는 제시간에 도착하려고 일찍 집을 나섰다. 카트리나가 그들을 피하지 않을뿐더러 숨을 이유도 없다는 걸 누구나 알게 될 것이다.

카트리나는 허리를 꼿꼿이 세우고 고개를 높이 쳐들었다. 그리고 당당하게 박물관으로 들어갔다. 맹렬한 반감 따위는 염두에 두지 않은 채. 그래서 박물관에 막 들어서는 순간 불현듯 나타난 팀이 와락 껴안으며 인사를 건넬 때는 소스라치게 놀랐다.

"캣!" 팀이 거의 소리를 지르다시피 했다. "오, 세상에! 내 여동생. 타블로이드의 여왕!" 팀은 그녀가 깜짝 놀라자 재밌다는 듯이 웃음을 터뜨렸다. "오, 맙소사. 만나서 정말 반가워! 많이 놀랐어?" 그러고는 카트리나가 말 한마디는커녕 숨조차 내뱉기 전에 목소리를 낮추며 속삭였다. "난 네 남편에게 문제가 있다는 걸 알고 있었어. 그래서 마이클을 절대 믿지 않았지, 항상. 하지만 캣, 진지하게 묻겠는데…… 그냥 이혼하면 안 돼? 넌 항상 일처리가 극단적이었잖아."

"팀, 제발." 카트리나가 마침내 입을 열었다. "날 좀 놔줘! 숨도 못 쉬겠어!"

팀은 뒤로 물러났지만, 그 대신 그녀의 어깨를 잡았다. "세상에, 캣, 내가 백번은 전화했어. 네가 너무 걱정됐거든."

"내 전화기가 증거라면서……." 카트리나가 쓸쓸하게 말했다. "경찰이 돌려주지 않았어. 그리고 나……."

카트리나는 팀에게 사실대로 말하지 않으려고 입술을 깨물었다. 어쨌든 팀은 짐작했다.

"내가 에릭한테 약점 잡혔을까 봐 전화 안 한 거야? 빌어먹을. 날 잘 알면서 왜 그랬어!"

"맞아." 카트리나가 말했다. "미안해, 팀." 그녀는 팀을 껴안았다. "다음에는 더 잘 알아 모실게." 그녀가 말하자 두 사람 모두 웃었다.

팔짱을 낀 두 사람은 반갑게 수다를 떨며 이사회실로 향했다. 팀은 랜들에 대한 모든 게 궁금했다. 두 사람은 편의상 결혼한 걸까, 아니면 진짜 사랑한 걸까? 시시콜콜한 개인 신상까지 알고 싶었다. 물론 카트리나를 아무리 꼬드겨도 절대 털어놓지 않을 테지만.

두 사람은 행복하게 웃음을 터뜨리며 이사회실로 들어섰다. "너희 둘이 웃으니 정말 기쁘군." 세련된 긴 참나무 탁자 맨 앞자리에 앉아 있던 에릭이 말했다. "그리고 카트리나……." 에릭은 입에 상처라도 난 것처럼 불쾌한 목소리로 카트리나를 불렀다. "네가 얼굴을 들이밀다니 정말 놀라워."

"말끝에 가시가 있네, 에릭." 카트리나가 미처 입을 열기도 전에 팀이 말했다. "여동생이 끔찍한 시련을 겪었잖아."

"그래서 그게 누구 잘못이지?" 에릭이 차갑게 말했다.

"형이 무슨 탈레반이야?" 팀이 딱딱거렸다. "이 나라에서는 유죄가 입증될 때까지 무죄라는 거 몰라? 게다가 형 여동생 일이잖아!"

"아, 제발." 카트리나가 마침내 끼어들었다. "가족 흉내 그만하고 사업 얘기나 하는 게 어때?"

팀이 낄낄거렸다. 에릭은 카트리나를 빤히 쳐다봤지만, 마침내 고개를 끄덕였다. "아주 잘됐네." 그러고는 여전히 싸늘한 어조로 말했다. "일단 말씨름은 접자. 오늘은 정말 중요한 사업 이야기를 해야 해. 페르시아 황실 보물이 도착하니까……." 에릭이 잠시 말을 멈추더니 얼굴을 찡그렸다. 그리고 방 안을 빙 둘러본 뒤 무거운 한숨을 내쉬었다. "벤저민은 어디 있지?"

카트리나도 방 안을 둘러보았다. 에릭을 제외한 모든 사람이 '벤지'라고 부르는 사촌 벤저민 드라이든이 보이지 않았다. 벤저민은 큐레이터로서 이번 전시회 같은 특별 행사를 담당하고 있었다. 오늘 회의에 반드시 참석해야 했고, 당연히 참석하리라 예상했었다.

"누구든 연락해봐, 제발." 에릭이 몹시 짜증을 내며 말했다. "벤저민은 대체 어디 있는 거야?"

나는 벤지 드라이든을 2주 동안 지켜보고 있었다. 물론 하루 24시간, 주 7일 내내 감시하는 것은 아니다. 그럴 수도 없을뿐더러 다른 일도 하고 있으니까. 또 지금 당장은 '다른 일'이 많았다. 그래도 나는 벤지를 예의주시했다. 그의 습관과 일과까지. 그래서 벤지에 대한 모든 사항을 꿰고 있었다. 나는 늘 조사를 한다. 뜻밖의 일에 깜짝 놀라기는 싫었다. 어떤 사람이나 상황에 대한 자잘한 사실을 지나쳤는데 나중에 중요한 정보였음이 밝혀지면, 분명 당황할 수밖에 없다. 좋은 일이 아니다.

나는 벤지를 잘 알고 있었다. 심지어 그가 감추고 싶어 하는 몇몇 사실까지. 그래서 결론을 말하자면, 벤지는 내가 찾던 바로 그 남자였다.

우선, 벤지는 가족이었다. 물론 내 가족이 아니다. 벤지는 에버하르트 가문의 일원이고, 이것이 중요했다. 벤지의 아버지는 프리실라 바클레이와 결혼했는데, 프리실라 바클레이는 에릭 에버하르트 아버지의 여동생이었다. 따라서 벤지는 에버하르트 남매와는 사촌 관계였다. 직계는 아니지만, 루트비히가 신탁기금을 설립할 때 거금을 투자할 만큼 가까운 사이였다. 신탁기금에 투자한 대다수의 사람처럼 벤지도 설렁설렁 일하며 돈이 알아서 굴러가도록 내버려 뒀다. 야망도 없고, 추진력도 없었다. 그저 그림이나 감상하고 옥상으로 올라가 은밀한 즐거움을 만끽하는 것 외에는 아무 관심도 없었다.

물론 벤지는 에버하르트 집안사람이므로 그렇게 살아도 잘 지낼 수 있었다. 사실 벤지의 삶은 지금까지 참 편했다. 앤도버에 있을 당시, 벤지는 5성급 파티광이었다. 돈과 집안 배경으로 고등학교를 졸업하고 예일대에 입학했다. 예일대에서 지낸 첫 2년 동안 파티광

등급을 한 단계 더 올렸다. 위험하리만치 광란의 파티를 즐겼다. 자칫 벤지는 일찍이 모든 기운을 다 써버리고 마흔에 삶을 마감했을지도 모른다. 하지만 그는 운이 좋았다.

사람들은 누구나 각기 다른 시간에 잠에서 깬다고 한다. 내 경험으로 보아, 일부만 사실이다. 사람들은 대부분 전혀 깨어나지 않는다. 요람을 너무 세게 흔들면 눈을 뜰 수밖에 없는 것처럼, 잠에서 깨는 사람에게는 삶을 바꾸는 결정적인 순간이 있다. 그들은 주위를 둘러보며 말한다. 망할, 내가 살아 있다고? 그 후에는 만사가 달라진다.

하지만 모두 그렇지는 않다. 대부분의 사람은 잠든 채 평생을 보낸다. 심지어 그것이 돌아올 기약 없는 편도 승차권인지도 모른 채, 또 다른 기회도 잡지 못한다. 그런 사실을 알기도 전에 차는 떠나고, 삶은 4분의 1도 남아 있지 않다. 삶이 끝나고 나면 세상에 있었다는 사실조차 알지 못한다.

그런 사람이 벤지였다. 벤지는 영원한 무의식으로 가는 길에 두 발을 탄탄하게 올려놓고 깊이 잠들어 있었다. 신탁기금 파티광만이 감당할 수 있는 비율로 술과 마약을 했기 때문이다. 그는 중년 좀비가 될 최고 유망주로 꼽혔다. 그렇게 오래 살 수나 있다면.

하지만…… 2학년 봄학기 때였다. 벤지는 현대미술 수업을 두 번의 쪽지 시험으로 겨우 낙제를 면했다.

그때 마법이 일어났다.

벤지는 어두운 강의실에 앉아 슬라이드를 보고 있었다. 물론 술에 취한 채로. 어쩌면 예일대에서의 마지막 학기가 될 것도 같았다. 그러다 벤지가 깨어났다.

화면에 그림이 떠올랐다. 벤지는 교수가 그림 제목을 웅얼거리자 고개를 들었다. 살바도르 달리의 〈위대한 자위행위자〉였다. 그림 제목을 듣고 킥킥거리던 벤지는 고개를 들더니 입을 벌린 채 그대로 얼어붙었다. 알려진 대로 달리는 초현실주의 화가였다. 평소 달리의 그림은 사람들에게 아무런 의미가 없다. 하지만 벤지에게는 순수한 깨달음을 안겼다. 그림은 벤지가 한 번도 경험하지 못한 무언가를 말해주고 있었다. 슬라이드를 본 벤지는 갑자기 모든 것을 이해하기 시작했다. 마침내 깨어난 것이다.

벤지는 〈위대한 자위행위자〉의 복제화를 산 뒤 몇 시간 동안 그림을 응시했다. 마약을 몇 번 하고 보니 훨씬 좋았다. 달리의 그림은 벤지를 다른 데로 이끌었다. 이상한, 달리의 그림만큼이나 압도적인 곳으로. 벤지는 현대미술에 푹 빠졌다.

벤지의 새로운 깨달음이 스스로의 삶을 통째로 바꿨다면 바람직한 이야깃거리가 되었을 것이다. 동화가 되었을지도 모른다. 어쨌든 벤지는 술과 파티를 줄였고 성적도 올렸다. 예일대를 졸업해 대학원에 진학했고, 미술학 석사학위도 받았다. 학업을 마치자 자연스럽게 가족이 운영하는 박물관에서 편한 직장 생활을 시작했다.

이제 30대에 접어든 벤지는 큐레이터라는 고상한 지위에 올랐다. 그는 박물관의 작품 소장과 구입, 그리고 특별 행사를 담당했다. 물론 대부분의 일은 조수가 했다. 벤지는 여전히 야망이 없는 게으른 파티광이었다. 여전히 마리화나, 특히 화이트라이노를 좋아했다. 그는 하루에 두어 번 박물관 옥상에 올라가 마리화나를 피웠다.

물론 그 덕에 나는 벤지를 찾았다. 그가 옥상에서 마리화나에 빠져 있을 때. 그래서 내가 그를 데리고 나갈 수 있었다.

나는 벤지가 언제쯤 옥상에 올지 알고 있었다. 꽤 간단했다. 벤지는 직전에 맛본 환각이 사라지자마자 올라갔다. 또 다른 것도 알고 있었다. 벤지는 미리 옥상에 있는 모든 보안 장치를 껐다. 카메라, 센서, 경보기 등 모두. 당연히 그럴 만했다. 벤지는 자신이 옥상에서 무엇을 하는지 아무에게도 보여주고 싶지 않았다. 하지만 그래봤자 별 효과는 없었다. 벤지의 마약 탐닉은 박물관의 공공연한 비밀이었다. 벤저민 드라이든 큐레이터는 마약쟁이였고, 진짜 구시대적인 마리화나 중독자였다. 게다가 옥상으로 올라가 마리화나를 피웠다.

그래서 나는 벤지가 옥상에 있을 줄 알았다. 물론 보안 장치가 꺼지긴 했지만, 벤지는 만만한 상대가 아니었다. 잘됐어. 앞서 말했듯이, 나는 쉬운 게 싫다. 그래서 슬그머니 옥상으로 올라가 벤지를 보았을 때, 생각보다 힘들 것 같았다. 그래서 기분이 훨씬 좋았다.

벤지는 옥상 한가운데 지지대에 등을 대고 앉아 있었다. 한 손에는 두툼한 마리화나를, 다른 손에는 금제 휴대용 술병을 들고 있었다. 보아하니 얼근히 취한 것 같았다.

나는 벤지 뒤에서 고양이 마냥 살금살금 다가가는 대신, 어쩔 줄 몰라 허둥대는 척하며 급히 달려갔다. 라이노와 버번에 완전히 맛이 간 벤지가 턱을 늘어뜨린 채 날 뚫어지게 쳐다봤다.

"혹시 비명 들었습니까?" 나는 최대한 다급한 척하며 물었다.

벤지가 눈을 깜박거렸다. 그런 정신으로 뭘 더 할 수 있을까? 몹시 취해 있었다.

"이쪽에서 들린 것 같아요." 나는 재빨리 옥상 가장자리로 건너갔다. 그리고 자세히 살펴봤다. "이런 세상에!" 내가 말했다. "아니, 이런 젠장! 맙소사, 진짜 끔찍하군!"

그건 속임수였다. 벤지가 느릿느릿 일어서더니 허겁지겁 다가왔다.

"뭐라고요?" 그가 말했다. "대체 뭐죠?"

"누군가 떨어졌나 봐요. 거리에 시체가 있어요!" 내가 말했다.

몸을 숙인 벤지가 눈을 깜박이며 몽롱한 상태로 한참 동안 떨어진 시체를 찾았다. 나는 벤지의 옆모습을 바라봤다. 귓구멍에는 큰 귀지 덩어리가 딱딱하게 들러붙어 있었고, 목에는 붉고 커다란 여드름이 피어 있었다. 하지만 똑 떨어지는 머리 모양을 보니 헤어숍에서 몇 백 달러는 쓴 것 같았다. 그보다 훨씬 더 비싼 셔츠의 옷깃에 머리카락이 가볍게 스치고 있었다. 벤지는 본모습 그대로였다. 부자에, 버릇없고 하찮은 인간. 자기에겐 무슨 일이든 할 수 있는 권리가 있다는 듯이 양손을 들기만 할 뿐 평생 아무 일도 하지 않는 남자. 내가 싫어하는 인간 그 자체였다. 나는 숨을 한 번 들이마셨다. 어둠이 나를 감싸기 시작했다.

"보입니까?" 내가 물었다.

"아뇨, 아무것도 안 보여요." 벤지가 말했다. "저 아래에는 시체가 없어요." 나는 벤지의 등에 손을 얹었다. 그리고 앞으로 밀었다. 벤지의 몸뚱이가 난간을 넘어가 아래로 뚝 떨어졌다.

나는 그가 떨어지는 모습을 지켜봤다. 그리고 바닥에 부딪히는 모습도.

"어때요, 지금은 보이나요?" 내가 말했다.

23장

"오늘 무슨 일이 있었는지 알아요? 믿을 수 없을 거예요!"카트리나가 현관 앞에서 다급하게 뛰어 들어왔다. 그러고는 랜들에게 숨 가쁘게 말했다.

"으음, 어디 봐요. 모임 갔었나요? 아…… 사람들이 그만 프티프 루(한입 크기로 만든 과자나 케이크─옮긴이)를 다 먹어버렸군요! 맙소 사, 진짜 못됐네!"

"랜들, 그게 아니라…… 심각한 일이라고요!"카트리나가 현관홀 선반에 재킷을 걸쳐놓으며 말했다.

"아, 미안해요. 그럼 그렇게 말했어야지." 랜들이 카트리나의 눈 치를 살피며 아주 심각한 표정을 지었다. "심각한 일이라니……오 늘 무슨 일 있었나요?"

"내 사촌, 벤지가요." 서둘러 거실로 들어간 카트리나가 긴 안락 의자에 황급히 앉으며 말했다. "죽었어요! 벤지가 죽었다고요!"

"회의 중에 죽었어요?" 랜들이 옆에 앉으며 말했다. "바로 저런 회의 탁자에서?"

"뭐라고요? 당연히 아니죠." 카트리나가 말했다. "옥상에 올라갔어요!"

"회의가 옥상에서 열렸단 말이에요?" 랜들이 턱수염에 손을 비벼대며 물었다. 그러고는 반쯤 어리둥절한 표정을 지었다.

"말도 안 돼요, 랜들. 물론 아니죠." 카트리나가 말했다. "회의는 항상 박물관 이사회실에서 해요. 벤지는 옥상에 있었고요. 회의에 참석하지 않았거든요."

그제야 랜들은 의아하다는 듯이 카트리나를 보았다. "벤지는 왜 옥상에 있었나요?" 랜들이 물었다. "회의에는 참석하지도 않고."

"벤지는 약에 취하려고 옥상에 올라가요." 카트리나가 말했다. "아…… 그러니까 올라갔었죠. 이제는 못 하겠지만……. 벤지가 죽었어요, 랜들!"

랜들이 고개를 저었다. "유감이군요. 이런 일이 생기다니…… 그럼 약에 취해 죽은 건가요? 약물 과다복용? 아니면 독약?"

"랜들, 죽은 남자가 바로 내 사촌이라고요!"

랜들은 카트리나의 등에 손을 얹어 위로했다. 그는 손으로 작은 원을 그리며 그녀의 등을 문질렀다. "진정해요. 그 사촌을 좋아했군요?"

"아뇨." 카트리나가 진실을 말했다. "벤지는 늘 아슬아슬한 골칫거리였다고 해야 할까요? 하지만 우리 가족이었고, 난 평생 그를 알고 지냈어요."

"유감이네요." 랜들이 되풀이했다. "어떻게 죽었죠?"

"세상에, 랜들. 옥상에 있었다니까요!"

"옥상이 매우 위험하군요?" 랜들이 물었다.

"떨어졌어요!" 카트리나가 말했다. "물론 위험하죠!"

"그 사촌이 떨어졌다고요? 옥상에서?" 랜들이 물었다.

"네, 맞아요."

랜들이 고개를 끄덕였다. "그랬을 것 같군요."

"벤지가 정신없이 약에 취해 있었나 봐요. 그래서…… 아마 불빛을 봤을 거예요. 대마초를 피우고 나면 그렇잖아요? 그래서 틀림없이 중심을 잃었을 테고, 그러다가……" 카트리나가 말을 멈추더니 거친 숨을 몰아쉬었다. "어쨌든." 다시 입을 열었다.

랜들이 여전히 카트리나의 등을 문지르며 잠시 뜸을 들이다 머뭇머뭇 말했다. "음, 그건 그렇고…… 회의는 어땠어요?"

카트리나는 랜들을 빤히 쳐다보다가 자기도 모르게 킬킬거렸다. "망할." 그러고는 한 손을 입에 대며 말했다. "웃을 기분이 아닌데…… 가엾은 벤지가 단지……" 카트리나가 몸을 가누더니 한숨을 쉬었다. "어쨌든 벤지가 죽어서 박물관에 약간의 문제가 생겼어요. 이란 황실 보물이 오고 있거든요. 참, 벤지가 특별 행사를 담당한다고 말했었나요?"

"금시초문인데요." 랜들이 말했다.

"음, 그래서 우리는 예술계에서 아주 경험 많은 사람이 필요해요. 게다가 지금 당장! 시간도 촉박하고 할 일이 너무 많거든요. 벤지는 늘 막바지에 몰아서 일을 처리하는 식이라……."

"그럼 거의 막바지에 이르렀겠네요?" 랜들이 물었다.

"어제 일어난 일이에요." 카트리나가 말했다. "게다가 박물관 일에 적합한 사람을 찾는 데 보통 몇 주나 걸리고요."

"뭐, 적당한 사람이 나타날 거예요." 랜들이 달래듯이 말했다.

"물론 엄밀히 말하면," 카트리나가 말했다. "가족 중 누군가가 말아야 해요. 그게 전통이거든요. 그래서 가족이어야 해요. 혈연이나 결혼으로 맺어진 관계요. 그래서 후보가 많기는 한데…… 아!"

카트리나가 한 손을 목에 얹더니 말 그대로 허공으로 튀어 올랐다. 그러더니 몸을 휙 돌려 랜들에게 안겼다. "아, 랜들! 맞아요! 왜 이 생각을 못 했을까!" 흥분한 카트리나가 랜들을 껴안았다.

"무슨 생각요?" 랜들이 물었다. 카트리나는 여전히 랜들의 어깨를 잡고는 환하게 웃으며 몸을 기댔다. "완벽한 사람이 있어요!" 그녀가 말했다. "바로 랜들 당신이요! 맞아요, 아주 완벽해요!"

"진정해요, 카트리나." 랜들이 말했다. "뭐가 완벽하다는 거죠?"

"당신이요!" 카트리나가 의기양양하게 말했다.

"고마워요, 나도 그러고 싶긴 한데, 뭐……."

"그 일요, 랜들! 당신이 그 일에 딱 맞아요!"

랜들은 카트리나를 빤히 보기만 했다.

"안 돼." 에릭이 말했다. "절대 안 돼."

"그냥 얘기라도 나눠봐, 에릭." 카트리나가 말했다. "그에게 기회를 줘봐……."

"나는 안 된다고 말했어. 진심이야." 에릭이 말했다. "재산 노리고 청혼한 양아치한테 이렇게 중요한 업무를 맡길 수는 없어!"

"빌어먹을, 양아치라니." 팀이 말했다. 팀은 카트리나를 응원해주려고 왔다. "에릭 형, 형이 하는 말 잘 좀 생각해봐. 완전 할아버지처럼 말하고 있다니까!"

"칭찬으로 받아들일게." 에릭이 말했다. "할아버지도 무일푼 양아치가 이 귀중한 수집품에 가까이 가는 꼴은 절대 못 볼걸. 그러니까 나도 절대 허락하지 않을 거야. 사기꾼…… 그놈이 가진 유일한 자격은 카트리나에게 최면을 걸어 이 우스꽝스러운 결혼 생활을 하는 배우자라는 것뿐이야."

"이 결혼이 아니었으면 난 감옥에서 못 나왔어." 카트리나가 말했다. 그러지 않겠다고 다짐했지만, 슬슬 화가 나기 시작했다.

에릭은 카트리나를 물끄러미 바라봤다. "글쎄, 어쩌면 네가……." 에릭이 무슨 말을 시작했다.

팀이 벌떡 일어났다. 책상 위로 몸을 숙이더니 에릭과 코를 맞댔다. "형, 형이 그 말을 뱉어버리면 진짜 가만 안 둘 거야." 팀이 조용히 화를 내며 말했다.

카트리나는 에릭의 얼굴에 흩어진 오만 가지 감정을 엿볼 수 있었다. 그래서 에릭이 동생의 위협을 도전으로 받아들일지 모른다고 생각했다. 하지만 절대 품위를 잃지 않아야 한다는 감정이 분노를 억눌렀다. 에릭은 고개를 가로저으며 말했다. "좋아, 티머시. 앉아봐."

팀은 잠시 머뭇거렸다. 하지만 이를 악물고 숨을 내쉬더니 자리에 앉았다.

두 오빠가 맞붙는 동안 카트리나는 냉정을 되찾았다. 그래서 최대한 침착하게 말했다. "랜들과 이야기만 좀 해봐." 그녀가 말했다. "랜들이 이 일을 맡을 수 있는지, 충분한 자격이 있는지 직접 확인해보면 되잖아."

"그 자식은 사기꾼에 불과해." 에릭은 완강했다. "네 돈을 노렸다니까."

"오빠가 어떻게 알아?" 카트리나가 말했다.

"난 그런 놈들을 잘 알아." 에릭이 말했다. "그 자식이 또 뭘 원하겠어?"

"에릭, 개자식처럼 굴지 마!" 팀이 딱딱거렸다.

"사실 난 전혀 꺼림칙하지 않아." 카트리나가 말했다. "랜들은 내 돈, 지금까지 한푼도 안 가져갔어."

"나중에 다 다져가는 게 나으니까." 에릭이 말했다.

"빌어먹을, 에릭. 형 진짜……." 팀이 화를 내기 시작했다. 카트리나는 그의 팔에 손을 얹으며 에릭에게 덤비려는 팀을 말렸다.

"에릭 오빠는 진짜 너무 극단적이야." 카트리나가 말했다.

"네가 나한테 '극단적'이라는 말을 할 처지가 아닌 것 같은데." 에릭이 말했다.

카트리나는 정신을 바짝 차리며 이를 악물었다. 어떻게든 침착하게 대응해야 했다. "에릭, 난 랜들이 미술 전문가라서 만났어. 내가 한스 호프만 위작을 살 뻔했는데 막아줬다고. 모아둔 돈도 100만 달러가 넘어."

"글쎄, 하지만 그래도……." 에릭이 말했다. 카트리나는 돈 한푼에도 벌벌 떠는 에릭이 랜들의 돈 이야기에 살짝 솔깃했다는 걸 알아챘다.

"아버지가 하신 말씀 기억나?" 팀이 말했다. "사업 결정을 편견과 무지에 맡기지 말 것."

"그래. 그건 사실이지만, 아버지라고 반대 안 하셨을까?"

"랜들은 이 일에 뭐가 필요한지 알고 있어. 그래서 해낼 수 있는 거고." 카트리나가 말했다. "벌써 벤지 조수 앤절라와 이야기도 나눴고, 벤지 기록까지 훑어봤다니까?"

에릭은 카트리나의 말을 가로막았다. 놀란 것 같았다. "아니, 아직 허락도 안 했는데……."

"에릭!" 팀이 뜻밖에도 위엄 있는 목소리로 말했다. 에릭이 놀란 눈으로 팀을 바라봤다. 팀이 에릭과 눈을 마주쳤다. "열흘 남았어, 에릭." 그리고 단호하게 말했다. "열흘 후에 보물이 도착한다고. 게다가 전시회 준비하는 데 20일은 걸려, 잘 알잖아." 팀이 두 손을 벌렸다. "그 남자, 괜찮아. 나도 몇 가지 물어봤는데 재능이 있더라고. 게다가 바로 우리 곁에 있고." 그러고는 아주 부드럽게 덧붙였다. "그리고 좋든 싫든 간에, 이제 가족이잖아."

잠시 카트리나는 팀이 완전히 헛짚었다고 생각했다. 에릭이 얼굴을 붉혔다. 꼭 얼굴이 부풀어 오르는 것 같았다. 하지만 결국 무거운 한숨을 내쉬며 그는 카트리나에게 힐끗 눈길을 보냈다. 그리고 다시 한숨을 쉬었다. "음." 에릭이 신음했다.

에릭과 랜들의 만남은 카트리나가 감히 바랐던 것보다 훨씬 순조로웠다. 에릭은 카트리나가 참견하지 않겠다고 약속하면 동석해도 된다고 마지못해 허락했다. 15분이 흐르는 동안, 의자 가장자리에 앉은 카트리나는 손톱을 물어뜯지 않으려고 최대한 노력했다. 그리고 랜들이 에릭의 반대를 이겨낼 때마다 놀라워하며 지켜보고 있었다. 한 번에 하나씩, 매끄럽고 신중한 논리로 에릭이 품은 모든 의심을 무너뜨렸다.

랜들에게 호감을 느끼긴 했지만 에릭은 좀처럼 박물관 일을 허락해주지 않았다. 카트리나는 에릭을 무너뜨릴 수 있는 마지막 패가 무엇인지 정확히 알고 있었다. 바로 돈. 부자로 태어난 이들이 다들 그렇듯 에릭은 타고난 구두쇠였다. 뿐만 아니라 자기에게 접근하는 사람들은, 그게 아무리 가족이라고 해도, 모두 돈을 노리고 있다는 편집증적인 확신에 차 있었다. 카트리나는 에릭이 여전히 랜들을 남자 꽃뱀으로 반쯤은 믿고 있다는 걸 알고 있었다. 하지만 카트리나는 끼어들 수 없었기 때문에 랜들에게 돈 이야기를 꺼내라고 말하지 못했다.

그런데 다행히도, 카트리나는 그럴 필요가 없었다.

"에버하르트 씨." 랜들이 말했다. "많은 사람이 내가 돈을 목적으로 당신 여동생과 결혼했다고 생각한다는 거 알아요. 당신도 그렇게 생각할지 모르죠."

"아. 이제 뭐, 그건……." 에릭이 말했다.

랜들이 한 손을 들었다. "부탁인데," 그가 말을 이었다. "당신은 이 집안의 책임자이자 재무 책임자예요. 카트리나를 보호하는 것만큼 그녀의 이익을 보호하는 일도 정말 중요하죠. 만약 당신이 그런 생각조차 안 한다면 실망스러울 겁니다."

"그럼요, 물론이죠." 에릭이 뻔뻔하게 말했다. 카트리나는 거만한 에릭을 상대로 이토록 매끄럽게 연기하는 랜들의 모습에 절로 미소가 나왔다.

"그래서 말입니다만," 랜들이 계속했다. "카트리나에게서 단 한푼도 가져가지 않았다는 점을 분명히 해둘게요."

"카트리나에게 들었습니다." 에릭이 중얼거렸다.

"그리고 전 어떤 경우에도 그럴 수 없어요." 랜들은 에릭조차 설득할 수 있는 도덕적이고 단호한 어조로 말했다. "품위를 떨어뜨리는 비굴한 짓이니까요." 그러고는 깔끔하게 단장한 머리카락을 손끝으로 쓸어 넘겼다. 랜들의 반지가 불빛에 번쩍였다.

에릭이 눈을 깜박거렸다. 그러더니 다소 망설이듯 말을 이었다. "당신 반지."

랜들이 얼굴을 찡그렸다. "죄송해요, 뭐…… 아, 우리 학교 반지요?" 그러더니 반지 낀 손을 들었다. "항상 끼는 반지예요. 좀 바보 같아 보일지 몰라도." 랜들이 어깨를 으쓱했다.

"초트(미국의 명문 사립 고등학교—옮긴이)를 나왔어요?" 에릭이 물었다.

"네." 랜들이 말했다.

카트리나는 에릭이 감명받았음을 알아챘다. 오빠가 그런 속물인 것이 고마울 지경이었다.

"글쎄, 뭐." 에릭이 생각에 잠긴 듯 말했다. "당신이 그런 줄은 미처 몰랐군요." 그리고 뜻밖이라는 듯이 손을 흔들며 말을 마무리했다. 카트리나는 속으로 생각했다. '상류층 또는 우리 중 한 명이라고 솔직히 말하면 속물이라는 티가 날 것 같으니까 얼버무리는군.'

"어쨌든 말이죠." 랜들이 다시 말을 이었다. "제 경험과 지식은 확실하다고 생각해요. 하지만 박물관 업무는 다르다는 걸 알아요. 그래서 당신의 반대를 이해합니다." 그러고는 에릭이 아무 말도 안 한 것처럼 계속 덧붙였다. "하지만 기본이 달라질 리는 없고, 관련된 일에 대해서도 꽤 잘 알고 있어요. 그렇다고 원칙을 어기면서까지 박물관 문을 억지로 밀고 들어가지는 않을 겁니다. 제가 혐오하는 사람들, 눈치 없는 졸부나 하는 짓이니까요."

"네, 그렇죠." 에릭이 중얼거렸다.

"전 이 일을 하게 해달라고 부탁하지 않겠습니다. 사실 제가 이 일을 정말로 하고 싶은지도 확신할 수 없지만, 누가 뭐라든 전 카트리나를 깊이 사랑해요." 랜들이 말했다. "그리고 이 박물관은 카트리나에게 중요하죠. 카트리나의 가족에게 중요하니까요. 바로 당신 가족이죠. 게다가 이 박물관, 가족 박물관, 아니 카트리나 가족의 박물관이 위기에 처했어요. 바로 제가 위기를 해결할 수 있고요."

"그 말은 사실일지 모르겠지만……." 에릭이 입을 열었다.

"카트리나를 위해서라면, 가족들을 위해서라면, 제가 혐오스럽게 보일지라도 기꺼이 응할 용의가 있습니다." 랜들이 말했다. 그러고는 시큼한 레몬을 깨문 뒤 턱수염을 문지르는 것 같은 표정을 지었다. "저는 단지 번듯한 일을 하며 제 가치를 증명할 수 있기를 바랄 뿐이에요. 그러면 부정적인 편견도 극복할 수 있으니까요. 그래서 말인데……." 랜들이 긴 숨을 내쉬고 말을 이었다. "6개월 동안은 월급을 안 주셔도 됩니다. 나중에 제 일 처리가 마음에 들면 그때 주셔도 돼요. 그때까지는 한푼도 받지 않겠습니다. 새 작품을 살 때 따라오는 관례적인 수수료도요."

"누가 수수료를 '관례'라고 했습니까?" 에릭이 말했다. "분명히 말하지만, 그렇지 않아요."

랜들은 흠칫 놀라는 표정이었다. "아!" 그가 말했다. "하지만 기록을 보니까 벤저민이……." 그러고는 입을 닫았다.

"뭐라고요?" 에릭이 말했다. "기록을 보니 벤저민이 무슨 짓을 했다고요?"

랜들은 고개를 저었다. "죽은 자는 비난하지 말기로 하죠." 그가 말했다.

"만약 벤저민이 박물관 예산에서 돈을 빼돌렸다고 말하고 싶은 거라면, 귀에서 피가 철철 나게 욕을 퍼부어주고 싶군요." 에릭이 말했다.

랜들은 당황한 표정을 지었다. "저, 음…… 그럴 거라고 짐작했는데, 그게, 그러니까…… 왜냐하면 모든 거래에서, 음……."

"벤저민이 거래할 때마다 수수료를 챙겼다고요?" 화가 난 에릭의 얼굴이 붉으락푸르락 달아올랐다. "전부?"

랜들이 고개를 끄덕였다.

"얼마나요?" 에릭이 이를 악물고 으르렁거렸다. 랜들은 아래를 내려봤다. "5퍼센트요." 그가 말했다.

에릭은 마치 카트리나의 잘못인 양 그녀를 노려봤다. "우리는 왜 이걸 몰랐지?" 그리고 카트리나에게 따져 물었다. 하지만 카트리나가 대답하기도 전에 그는 랜들을 향해 돌아섰다. "거래명세서 가져오세요." 에릭이 말했다. "내가 직접 확인할 테니까."

랜들은 에릭을 올려다보며 눈썹을 치켜올렸다. 잠시 에릭은 얼굴을 찌푸린 채, 지시를 따르지 않는 랜들을 보며 당혹해했다. 더는 침묵을 지킬 수 없었던 카트리나가 나섰다. "빌어먹을, 오빠." 그러고는 불쑥 입을 열었다. "랜들은 오빠 직원이 아니야. 그렇게 명령할 수 없다고!"

에릭은 카트리나에게 얼굴을 찡그리더니 눈을 깜박거렸다. 그제야 그녀의 말을 알아들었다. "아," 그가 말했다. 그리고 다시 랜들에게로 돌아섰다. "같이 일해봅시다."

24장

　모니크는 그 순간이 기억나지 않았다. 아마도 마지막 주였을 것이다. 준비를 모두 마치고 실제 작품을 제작하기 시작했다. 하지만 확신할 수 없었다. 라일리가 준 사진들을 연구하고, 몇 가지 메모를 한 다음, 관련 사진과 정보를 닥치는 대로 모으기 시작했다. 대강 스케치를 마친 뒤 여러 가지 재료를 챙겨 작업에 돌입했다.

　늘 하던 대로 진품과 정확하게 똑같이 만들기 시작했다. 천천히, 체계적으로, 모든 세부 사항에 특별한 주의를 기울였다. 완성한 후에는 보이지 않을 사소한 것까지 꼼꼼하게 챙겼다. 하지만 평소대로 작업하면서도 지금 누구를 위해 무엇을 만들고 있는지 자꾸만 생각났다. 논리적으로 따져봐도 완전히 미친 짓이었다. '저들이 그를 죽일 거야.' 모니크는 생각을 멈출 수 없었다. '라일리를 죽일 거야.' 그리고 확신했다. 라일리가 죽을지도 모른다. 게다가 라일리는 모니크가 만드는 위작이 유일한 기회를 줄 거라고 했다. 라일리가 죽는다면 그건 내 잘못일지도 몰라. 그래서 모니크는 작업에 집중하기가 몹시 힘들었다.

하지만 모니크는 노력했다. 계획대로, 세심하고 신중하게 일했다. 예술적 영감은 하나도 없이 온통 기계적인 작업이라 통 흥미가 일지 않았다. 아무리 애를 써도 결과가 만족스럽지 않다면 라일리는 죽을 게 뻔했다.

모니크는 이 일이 왜 그리 중요한지 생각하고 싶지 않았다. 평소에 다른 고객들에게는 관심조차 없었다. 그렇다고 그들이 죽기를 바라지는 않았지만, 만약 그들이 죽었다면 아마도 고객을 잃었다는 사실만 안타까워했을 것이다. 하지만 라일리는 달랐다. 만약 라일리가 죽는다면, 그녀의 위작이 완벽하지 못했기 때문이다…….

그래서 라일리 역시 흔한 고객일 뿐이라고 말했다. 하지만 자신의 말을 믿지 않았다. 라일리가 왜 특별한지 자신에게 물을 때마다 그녀의 마음은 다시 일이나 하라고 말했다. 그래서 마음을 다잡고 일에 몰두하려고 애썼다. 하지만 어쩐지 이 작업이 만족스럽지 않았다.

그러다가 정말로 아무 이유 없이, 그 일이 일어났다. 작업하는 동안 푸가처럼 되풀이되는 생각에서 빠져나와 정신을 차리려 할 때, 문득 생각이 멈췄다. 그리고 다른 무언가가 빈 자리를 채웠다. 갑자기 모니크는 평범함과 신중함을 벗어나 훨씬 더 높은 단계로 뛰어올랐다. 뜻밖이었다. 이런 건 계획한 적이 없었을뿐더러 시도한 적도 없었다. 이제 꼼꼼함에 강박관념이 더해졌다. 시간은 의미를 잃었다. 오직 이 작은 작품 하나만 중요했다. 그 외엔 아무것도 존재하지 않았다.

모니크는 먹고, 자고, 씻는 것도 잊었다. 그저 작업, 재작업, 수정밖에 하지 않았다. 너무 지쳐서 일어설 수도 없으면 소파에서 잠깐 낮잠을 잤다. 그러다 새로운 세부 사항이 머릿속에 넘쳐 온몸이 땀에 젖은 채로 잠에서 확 깨면, 벌떡 일어나 다시 일하러 갔다. 생각이 머무는 공간이 어디든, 강박관념이 어디서 오든 중요하지 않았다. 다만 이 위작이 지금껏 만든 작품 중 최고라는 사실만은 단번에 알았다. 완벽해야 했다. 결과가 완벽해야만 라일리의 생명을 구할 수 있다는 것은 이제 더는 의식하지 않았다. 왜 이 일이 라일리에게 중요한지 미처 성찰하지도 못했는데, 모니크의 내면에서 그런 믿음이 자라기 시작했다. 그래서 그녀는 오로지 일만 했고, 전에는 감히 범접하지도 못했던 정교한 예술 기교에 다가갔다.

어느 날 모니크는 누군가 뒤에서 일하는 모습을 지켜보고 있음을 어렴풋이 알아챘다. 짜증이 났다. 하지만 작업을 멈추지도, 그 사람을 돌아보지도 않았다. 누구인지도 모를뿐더러 신경 쓰지도 않았다. 라일리가 분명했지만, 그건 중요하지 않았다. 그냥 일에 몰두했다.

"멋진데." 뒤에 서 있는 자의 목소리가 들려왔다. 그럼 그렇지. 역시 라일리였다.

"저리 꺼져요." 모니크가 말했다. "아직 준비가 안 됐으니까."

사실 준비 중이라는 말을 하기도 뭐했다. 주 보석은 이미 틀에 끼웠고, 위로 솟은 왕관도 세공을 마쳤지만, 세부적인 것은 하나도 완성하지 못했다. 아주 작은 보석들, 매우 정교한 세공품들을 하나하나 제자리에 두어야 했다. 게다가 모니크는 이런 류의 작업에는 별로 만족하지도 않았다. 그것은 그저 너무 많을 뿐이었다. "꺼지라고요." 모니크는 작업에 잔뜩 집중한 탓인지 얼굴을 찡그리며 같은 말을 되풀이했다.

또다시 모니크 의식에 자리 잡은 작은 조각이 자신을 오랫동안 지켜보고 있는 라일리의 존재를 감지했다. 지금은 모니크가 작업한 조각이 아니라 모니크를 찬찬히 바라보고 있었다. 하지만 결국 라일리는 떠났고, 모니크는 계속 일했다.

자잘한 보석들이 너무 많았다. 너무 작지만 그 자리에 딱 맞아 들어가야 하는 중요한 조각들이기에 완벽해야 했다. 어쨌든 모니크는 작은 보석들에 관련된 사항을 모두 머릿속에 담았다. 어우러짐, 크기, 색채를 각각 비교하며…… 한꺼번에 생각할 게 정말 많았다. 하지만 모니크는 모두 기억해뒀다. 어찌된 일인지 모든 요소를 또렷하고 선명하게 마음속 영상으로 남겼을 뿐만 아니라 그야말로 혼연일체가 되었다. 모니크는 모든 작업을 명쾌하고 완벽하게 재현할 수 있었다. 이제 그녀는 보석의 일부였고, 절대 실수하지 않을 수준에 이르렀다.

그러던 어느 날, 드디어 작업이 끝났다.

작업대에서 일어난 모니크는 완성된 작품을 물끄러미 내려다보았다. 잠시 자신의 피조물을 보고 있다는 사실을 잊은 채 작품 자체에 현혹되어 있었다. 완벽하고, 놀라웠고, 지금까지 존재한 사물 중에 가장 아름다웠다. 아주 사소한 부분까지 무엇 하나 흠잡을 데 없이 완벽했다. 라일리 울프를 구할 수 있을 만큼.

모니크는 미소 지었다.

잠시 후 엄청난 피로가 모니크를 덮쳤다. 그녀는 비틀거리며 방바닥을 가로질렀고, 간신히 소파에 닿자마자 그대로 쓰러졌다. 모든 피로를 아우르는 잠이 거대한 파도처럼 밀려와 모니크를 감쌌다. 그녀는 모든 것을 영원히 씻어낼, 깊이를 알 수 없는 잠에 오롯이 몸을 맡겼다.

모니크는 자신이 얼마나 오랫동안 잠들어 있었는지 전혀 알지 못했다. 알 길이 없었다. 시간, 날짜, 달을 완전히 망각한 채 소파에 쓰러져 있었다. 한 시간인지, 일주일인지 깨닫지 못할 정도로 잠에 푹 빠져 있었다.

깊은 잠에서 깨어나 현실로 돌아오면 초점이 빗나간 것처럼 주변이 비현실적으로 보인다. 모니크가 깨어났을 때도 그랬다. 어처구니없게도 누군가 몸을 숙여 이마에 입을 맞추고 있는 듯했다. 아무도 모니크에게 그런 짓을 하지 않았다. 아버지조차 그런 적이 없었다.

모니크는 눈을 깜박거렸다. 이게 말이 되는 상황인지 확신하지 못한 채 서서히 눈을 떴다. 그런데 잠깐, 말이 되지 않았다. 이상한 움직임이 모니크의 눈앞에서 아른거렸다. 아른거리는 움직임이 서서히 멀어지더니 남자 얼굴로 변했고, 그 얼굴은 경외감이 넘치는 표정으로 모니크를 내려다보고 있었다. "모니크." 남자가 말했다. 라일리? "난 평생 이렇게 완벽한 작품을 본 적이 없어." 그렇군. 역시 라일리 목소리 같았어. "난 정말이지, 정말 놀랐어. 당신은……정말 놀라워." 그러고는 허리를 굽히더니 또다시 모니크의 이마에 입을 맞췄다.

모니크는 라일리를 밀어내며 일어나 앉으려고 안간힘을 썼다. "몇 시죠? 젠장, 오늘 무슨 요일이에요?" 모니크의 목소리는 쉰 소리와 삐걱거리는 소리의 중간처럼 들렸다. 그녀는 목에 손을 얹은 뒤 목청을 가다듬었다.

"수요일." 라일리가 웃으며 대답했다. 모니크는 라일리의 대답에 그를 걷어차고 싶어졌다. 게다가 상대가 미소 짓고 있으니 더 그랬다.

모니크가 갑자기 벌떡 일어났다. 그러고는 별 이유 없이 갑자기 공황에 휩싸였다. 그녀는 곧장 작업대로 달려갔다. 이마에서 땀이 흐르고 있었다. 작품은 그대로 있었다. 모니크는 숨을 깊이 들이마셨다. 또 한 번 숨을 들이마신 뒤 그저 경이로운 눈빛으로 무언가를 내려다보기만 했다.

'빛의 바다.'

한참 동안 모니크는 바라보기만 했다. 지금까지 본 것 중에 가장 아름답고 완벽했다. 그토록 놀라운 일은 절대 해낼 수 없다고 생각했었다. 하지만 지금 바로 여기에 증거가 있다.

모니크의 어깨에 단단하지만 부드러운 손이 내려앉았다. 모니크는 누구의 손인지 보지 않았다. '빛의 바다'에서 눈을 뗄 수가 없었기 때문이다.

"모니크." 부드러운 목소리가 들렸다. 물론 라일리의 목소리였다. "좀 더 자." 라일리의 목소리는 모니크가 난생처음 느끼는 온화함으로 가득했다. 모니크가 라일리를 올려다보며 눈을 깜박였다.

라일리가 미소 지었다. 부드러운 목소리에 딱 어울리는 미소였다. "당신, 정말 굉장한 일을 해냈어." 그가 말했다. "세상 누구도 할 수 없는 일 말이야." 라일리가 모니크의 허리에 팔을 둘렀다. "자, 이제 다시 눈 좀 붙여. 피곤하잖아."

모니크는 라일리가 긴 소파로 자신을 데려가는 동안 가만히 있었다. 하지만 다시 뒤로 돌아서서 자기가 만든 작품을 마지막으로 오랫동안 바라봤다. 한 줄기 빛이 비치자, 그 안에서 신성한 불꽃이 빛을 발하는 것 같았다. "그래." 라일리가 말했다. "내가 본 것 중에 가장 완벽해, 정말로."

모니크는 잠시 더 길게 바라보다 고개를 돌렸다. 라일리가 모니크를 소파에 눕혔을 때, 그녀는 미소 짓고 있었다. 라일리가 이불을 덮어주었을 때도 여전히 부드럽고 온화하게 미소를 지은 채였다. 라일리가 허리를 굽혀 키스했을 때는 이미 눈을 감고 잠들어 있었다. 라일리는 한참 동안 모니크의 머리맡에 서 있었다. 모니크의 미소와 어울리는 부드러운 미소를 지으며 그녀를 내려다봤다. "완벽해." 그가 속삭였다.

그러고는 '빛의 바다'의 완벽한 위작을 벨벳으로 감싼 뒤 그곳을 떠났다.

프랭크 델가도는 햇볕을 쬐며 서 있었다. 이런 따스함이 참 고마웠다. 그는 여전히 가벼운 여름 재킷 차림이었다. 이렇게 쌀쌀하고 늦은 오후의 추위는 막을 수가 없다. 바람 서슬이 확실히 매서웠다. 가을이 오고 겨울이 가까워졌음을 알려주는 걸까. 그리고 여기, 바람이 휘몰아치는 언덕 꼭대기에 있으려니 뼛속까지 한기가 파고들었다.

하지만 그는 상관하지 않았다. 모든 의문을 풀 수만 있다면 얼음 목욕탕에 벌거벗고 누워 있을 수도 있었다. 자기가 옳았고, 그걸 증명하려고 여기 왔으니까. 그 집은 진짜였다. 델가도는 여기, 모든 일이 시작된 자리에 서 있었다.

그는 언덕 위에 있는 큰 집을 마침내 찾아냈다.

물론 굳이 차에서 내려 낡은 집 마당에 서 있을 필요는 없었다. 사실, 꼭 보러 올 이유도 없었다. 필요한 것은 이미 다 챙겨두었다. 다음 행보가 무엇인지도 알고 있었다. 하지만 라일리 울프의 과거를 쫓아 가능한 한 모든 것을 알아내기 위해 이 여행을 시작했었다. 퍼즐 조각을 찾아내고 싶었다. 조각조각이 어떻게 맞아떨어지는지 확인하고 싶었다. 라일리 울프를 이해하기 위해. 물론, 그를 잡기 위해.

하지만 그것과는 별개로 이곳을 바라보기만 해도 정말 기뻤다. 많은 시간과 노력을 들여 이 집을 찾아냈으니까. 마치 현장 학습을 온 것 같았다. 라일리 울프를 쏘아 올린 곳을 본다는 것. 그동안 그가 일을 잘해냈다는 찬사이자 보상이었다.

실제로는 일이 다 끝나지 않았다. 진짜 일, 라일리 울프를 잡는 일은 아직 시작하지도 않았다. 하지만 이제는 할 수 있었다. 델가도는 라일리 울프를 자극하는 것을 사진에 담았다. 그리고 차 안에 앉아 수첩을 한 번 더 열어젖혔다. 직접 쓴 수많은 메모를 훑어보니 만족스러웠다. 틀린 것보다 옳은 게 더 많았다. 그리고 지난 노력에 대한 보상을 눈으로 확인하고 있었다.

한 가지 의문이 남아 있었다. 델가도는 그것이 과연 중요한지 알 수 없었다. 그리고 여기, 언덕 위의 큰 집에서 답을 찾을 수도 없을 터였다. 어쩌면 답을 절대 알 수 없을지도 모른다. 실은 별로 중요하지 않을지도 모른다. 그래서 중요하지 않을 거라고 추측할 수밖에 없었다. 수사를 계속 밀어붙일 정보는 충분했으니까. 그래도 모른다는 게 신경 쓰였다.

왜 '라일리 울프'지?

세상의 온갖 이름 중에서 하필이면? J.R. 와이머는 왜 그 이름을 골랐을까?

하찮은 의문이었다. 어쩌면 그리 중요하지 않은 정보일지도 모른다. 하지만 델가도가 울프의 자취를 쫓게 만든 첫 질문이기도 했다. 그래서 왠지 성가셨다. 어쨌든 지금은 라일리의 성장 배경과 행적을 알고 있었다. 하지만 라일리 울프라는 이름은 여전히 중요한 것 같았다. 무슨 의미가 있을 듯했다. 간단히 추측해보자면, '울프'

는 '외로운 늑대'나 '포식자'를 말한다. 하지만 짐작하기 어려운 뜻이 숨어 있을지도 모른다. 혹시 J.R.은 탐정소설 팬이었을까. 그래서 스스로 네로 울프(미국 소설가 렉스 스타우트의 탐정소설 주인공 — 옮긴이)의 이름을 땄을까. 철자가 똑같았다. 그렇다면 왜 '라일리'일까? 라일리는 아일랜드인의 성이다. 아일랜드인이라는 게 그에게 어떤 의미가 있을까? 델가도가 아는 한, 그 이름에는 도둑이나 포식자나 외로운 늑대 따위의 의미는 담겨 있지 않았다. 아무렴 어때? 이유가 무엇이든, 소년은 라일리 울프라는 이름을 골랐다. 그건 사실이었다. 델가도가 어떤 추측을 하든 중요하지 않았다. 그냥 말로만 떠드는 싸구려 심리학일 뿐이다. J.R.은 아마 그 이름이 마음에 들었을 것이다.

중요한 점은 델가도가 지금 알고 있는 사실이다. 라일리의 자취를 따라다니며 그의 뿌리를 추적하고, 누구보다 라일리를 더 많이 알게 된 것이다. 더 중요한 것은, 이제 진짜 중요한 사실을 파악했다는 점이다. 바로 이 무기를 사용해 라일리 울프를 쓰러뜨릴 수 있으리라.

라일리 울프에겐 약점이 있었다.

그리고 프랭크 델가도는 그 약점을 발견했다.

차에서 내린 델가도는 마당으로 들어서며 언덕 위의 큰 집을 바라보았다.

더는 볼거리가 없었다. 수년간 방치된 탓에 페인트는 벗어지고, 기와는 닳았으며, 집 가장자리를 두른 장식은 잿빛 어린 갈색으로 변해 궁상스럽게 보였다. 몇몇 창문은 깨졌고, 현관에는 쓰레기 더미가 모여 있었다. 아직까지도 바람이 불면 쓰레기 더미가 흩어져 구석으로 날아갔다. 하지만 델가도는 한때 이 집이 어떤 곳이었는지 알 수 있었다. 결코 백만장자의 저택은 아니었다. 빅토리아풍으로 지은 중상류층 주택에 지나지 않았다. 그럼에도 이 집은 점점 무너지는 이중 트레일러에 비하면 궁궐 같았다. 심지어 수년 동안 버려져 있는 지금도. 집을 잃은 어린 소년의 상상 속에서는 마치 왕궁처럼 보였을 것이다.

델가도는 이 집을 보러 오길 잘했다 싶어 매우 기뻤다. 짧은 방문 같아서 불필요해 보일지 몰라도 특수요원 프랭크 델가도에게는 전혀 불필요한 일이 아니었다. 이 집은 라일리 울프라는 프로필을 만든 필수적인 조각이었다. J.R. 와이머에서 라일리 울프가 된 실제 배경이 이곳에 있었다. 델가도는 이제 이 집이 환상이 아님을 알았다. 썩어가는 이중 트레일러보다 더 나은 것을 원했던 소년이 기약한 미래의 목표였다. 그래서 이 집은 진짜였다. 게다가 라일리가 어리고 매우 나약했던 J.R. 시절에 빼앗긴 집이었다. 이 집을 되찾을 수 있는, 또는 뛰어넘을 수 있는 사회적, 경제적 지위를 얻는 것이 라일리 울프에게는 대단히 중요했다. 그렇기에 라일리 울프를 진짜 범죄자로 만들 정도로 그토록 힘겹게 스스로를 밀어붙였을 것이다.

델가도는 이제 라일리에 관한 대부분의 이야기를 알고 있었다. 내슈빌에 도착한 그는 거추장스러운 공식 경로를 거치지 않고 현지에 있는 FBI 현장 사무실로 가버릴 만큼 초조했다. 다행히도 내슈빌의 특수요원 책임자는 빌 켈러맨이었다. 빌은 델가도와 FBI 아카데미를 함께 다녔고, FBI에 있는 친구만큼 가까운 사이였다. 최근에는 연락을 주고받지 않아 빌이 내슈빌에 근무하는지도 몰랐다. 하지만 두 사람이 대화를 나누기 시작하자, 그동안 시간이 전혀 흐르지 않은 것 같은 느낌이었다. 빌은 델가도를 기꺼이 도왔다. 지금은 은퇴한 전임자에게 전화를 걸었고, 텔가도와 빌은 모든 이야기를 들을 수 있었다. J.R.의 아버지 론 와이머가 어떤 사기극을 벌이고, 그 다단계 금융 사기가 결국 어떤 결말을 맞았는지. 또 그가 2년 반 동안 어떤 일을 하면서 가족과 자신을 위해 언덕 위의 큰 집과 고가의 물건을 살 만큼 현금을 모았는지. 그리고 마침내 매우 부유한 집안 출신의 한 음반 제작자가 의심을 품게 된 이유까지. 바로 그 남자가 FBI 수사관을 불렀고, 그들은 수사에 착수했다.

압박이 심해지자 론 와이머는 심장에 충격을 받았다. 분명 그의 아들은 그렇게 생각하고 있을 것이다. 그리고 J.R.은 자신의 모든 소유물을 빼앗겼을 때, 탐욕스러운 부잣집에서 죄다 가져간 거라고 생각했을 것이다.

그리하여 탐욕스러운 부자들은 라일리 울프에게 영원히 비난받을 터였다. J.R.은 잃은 것을 모두 되찾겠다고, 극진히 사랑했던 아버지가 그랬듯이 불법적으로 돌려받겠다고 맹세했다. 하지만 라일리는 아빠보다 더 똑똑했을 것이다. 그리고 아빠처럼 붙잡히지는 않으리라 다짐했을 것이다. 그는 훨씬 대담하고, 강하고, 영리했으니까.

그래서 J.R.은 울프가 되었다…….

동시에, 라일리는 함께 고통받은 한 사람을 보호해야 한다고 생각했다.

라일리 곁에서 그가 모든 것을 되찾도록 도와준 오직 한 사람. 그의 엄마였다. 뇌졸중으로 쓰러져 거의 식물인간이 된 그녀는 무력하다. 그래서 라일리는 엄마를 가까운 곳에 모시고, 늘 지켜보고, 잘 계신지 확인해야 했을 것이다. 그래야 그가 승리할 때마다 알려줄 수 있을 테니까.

모든 조각이 딱딱 들어맞았다. 델가도는 처음으로 라일리 울프를 이해하기 시작했다. 무엇이 라일리를 움직이는지, 어떻게 그가 마음먹은 대로 일을 처리할 수 있었는지, 심지어 다음에 무엇을 할지까지. 델가도에게는 사진이 있었고 그것을 이용할 준비도 마쳤다. 이제 라일리 울프를 잡으러 갈 것이다.

델가도는, 마치 성지를 도는 순례자처럼 두 모자에게는 이 집이 출발점이라는 것을 깨달았다. 라일리와 엄마가 언젠가 다시 찾을 풍족한 생활의 상징. 언덕 위의 큰 집.

델가도는 휴대전화로 사진을 두어 장 더 찍었다. 그러고는 정강이 높이로 자란 갈색 풀을 헤치며 앞으로 걸어가 그 집의 옛날 모습을 머릿속에 그려보았다. 어떤 창문이 어린 J.R.의 방 창이었을까, 둥근 지붕 바로 아래, 저 방 창일까? 그럴지도 모르지. 열 살 무렵의 아이가 딱 좋아할 만한 곳이니까. 델가도는 묘한 호기심이 일어 집 가까이 걸어갔다. 그곳에 가볍게 손을 대보거나 심지어 냄새까지 들이마셨다. J.R.이 그랬던 것처럼.

현관에 도착한 델가도는 걸음을 멈추고 집을 올려다봤다. 그 집이야. 그리고 속으로 말했다. 언덕 위의 큰 집. 둥근 지붕에, 현관을 두른 테라스가 있는 집. 델가도는 저녁을 차린 실라 와이머가 테라스로 나와 아들을 부르는 모습을 상상했다. 빌도 실라를 찾는 데 힘을 보탰다. 실라는 살아 있었다. 혹은 이렇게 말할 수 있겠다. 그녀는 6개월 전에는 살아 있었다. 그때는 시카고의 어느 장기 요양 시설에 입원해 있었고, 최근에는 알려지지 않은 시설로 옮겨졌다.

델가도는 그곳이 어딘지 알겠다 싶어 확신에 찬 미소를 지었다. 이게 마지막 조각이니까. 게다가 완벽하게 들어맞았다. 시카고는 라일리가 가장 최근에 강도질을 한 장소였고, 그때가 6개월 전이었다. 라일리는 여전히 실라를 가까이 두고 있을 것이다. 델가도는 실라가 지금 어디에 있는지 짐작할 수 있었다. 만약 라일리가 뉴욕에 있다면 실라 역시 뉴욕의 열한 개 요양 시설 중 필요한 장비를 충분히 갖춘 곳에 있을 것이다. 델가도는 실라를 문제없이 찾을 수 있다고 생각했다. 그리고 실라의 결혼 전 이름이 버몬트라는 것을 알고 있으며, 그녀가 복용해야 할 약의 목록도 갖고 있었다. 이것만으로도, 그녀가 어떤 이름을 사용하든 수색 범위를 상당히 좁힐 수 있었다. 델가도는 실라를 찾기로 했다. 실라를 찾으면 라일리도 찾을 수 있다. 라일리 울프를 찾으면 수년 동안 델가도를 화나게 했던 수사를 마침내 끝낼 수 있다.

현관에서 돌아선 델가도는 집 주변을 따라 정처 없이 거닐었다. 그는 이 집에 푹 빠졌다. 손을 내밀어 나무 외벽을 어루만졌다. 손에 가시가 박혔다. 그건 중요하지 않았다. 집을 보고 만지다 손에 거스러미까지 박혔지만, 델가도는 중요한 사실에 집중했다. 라일리 울프를 잡는 일. 그는 손에서 가시를 뽑아내며 미소 지었다.

델가도는 뒤로 걸어갔다. 집을 계속 올려다보며 미소 지었다. 차에 도착했을 때, 그는 잠시 고개를 돌려 언덕 꼭대기에서 보이는 경치를 내려다봤다. 꽤 멋졌다. 구불구불한 언덕, 가까이 보이는 내슈빌 스카이라인……. 어쩌면 20여 년 전보다 많이 달라졌을 것이다. 높은 빌딩이 훨씬 많이 들어섰고, 더 많은 집들이 이 근방에 지어졌다. 넓은 6차선 고속도로는 아마도 최근에 생겼을 것이다. 그래도 전망은 좋았다. 델가도는 경치를 바라보며 잠시 가만히 있었다. 왠지 내슈빌이 좋았다. 라일리 울프를 자기에게 내어준 곳이니까.

델가도는 다시 몸을 돌려 마지막으로 그 집을 바라봤다. 그러고는 차에 올라 북쪽으로 긴 여정을 떠났다.

25장

한 주 동안 일에 치여 정신없이 바빴다. 새로 온 상사도 열심히 일하긴 했지만, 앤절라 더넘은 여기서 일한 이래로 이렇게 바쁜 적이 없었다. 티뷰론 보안 회사의 보안팀 대원들은 사실상 박물관에 입주한 거나 다름없었다. 앤절라는 그 사람들을 볼 때마다 너무 섬뜩했다. 그들은 네이비실 출신으로, 훈련된 킬러였다. 그래서 겁이 났다. 그들 주변에 왠지 위협적인 분위기가 감돌기도 해서 기분이 더 이상했다. 다리 힘이 풀리거나 맥박이 불규칙적으로 뛰곤 했다. 설상가상으로 그들 중 한 명이 앤절라를 똑바로 바라볼 때면 온몸이 덜덜 떨렸다.

그는 필요 이상으로 앤절라를 지그시 바라봤다. 적어도 그녀에게는 그렇게 보였다. 티뷰론 대원 가운데 덩치가 제법 큰 사람이었다. 삭발한 머리에 양 끝이 처진 콧수염이 눈에 띄었고, 얼굴에는 커다란 흉터가 몇 개 있었다. 그 남자는 앤절라가 티뷰론 대원들을 지나칠 때마다 고개를 들었다. 앤절라는 그의 시선을 느끼는 순간, 등

골이 오싹할 정도로 소름이 돋았다. 그래서 남자가 자신을 바라볼 때마다 서늘한 긴장감에 떨지 않도록 몸을 다잡아야 했다.

물론 그 남자는 어떤 식으로든 앤절라를 위협한 적이 없었다. 티뷰론 대원 중 그런 사람은 아무도 없었다. 대부분 활기차고 유능하며 예의 바르게 행동했다. 덩치가 크고 무서운 한 남자만 빼면, 앤절라는 안중에도 없이 다들 제 업무에 몰두했다.

걱정거리가 너무 많은 게 앤절라로서는 차라리 다행이었다. 그리고 이란 혁명수비대의 선발대까지 도착하자 상황은 더 복잡해졌다. 그들 대부분은 영어를 쓰지 않았지만, 한결같이 정중했다. 적어도 앤절라에게는. 아울러 이란 선발대는 앤절라와 달리 티뷰론 보안팀을 두려워하지 않는 것 같았다. 사실 두 집단 사이에는 적대적인 긴장감이 역력했다. 티뷰론 대원들은 페르시아어가 들릴 때마다 으레 "터번 머리"라고 중얼거렸다. 두 집단의 관계는 좋아지지 않았다. 앤절라는 조만간 폭력 사태가 일어나리라 확신했다. 당장은 아니더라도. 혁명수비대가 도착한 주 후반에는 그렇게 될 것이 거의 확실해 보였다. 앤절라가 보기에 혁명수비대는 이란의 네이비실 같았다. 살인이 하고 싶어 손가락이 근질근질한, 준비된 킬러들. 두 집단이 평화롭게 공존하는 일은 상상조차 할 수 없었다. 그렇기에 블랙해트 무장 경비팀이 도착하면 상황이 더 나빠질 것 같았다.

하지만 그들을 걱정할 시간 따윈 없었다. 앤절라는 그냥 외면하기로 했다. 세세한 부분까지 처리하고 결정할 일이 너무 많았던 까닭이다. 일거리를 만드는 사람들도 너무 많았다. 어찌된 노릇인지 모든 일이 앤절라 앞에 떨어졌다. 그래서 너무 짜증이 났다. 새로 부임한 밀러가 아니었으면 완전히 미쳐버렸을 것이다. 아니, 랜들.

밀러는 자기를 '랜들'로 불러달라고 고집했다. 물론 처음에는 랜들을 원망했다. 랜들이 지저분하게 '에버하르트 가문'에 입성했다는 소문 말고도, 박물관에서 일한 경험도 없이 바로 큐레이터 업무를 맡았기 때문이다. 보아하니 에버하르트 사람들은 앤절라를 적임자로 고려하지 않은 것 같았다. 벤지가 옥상에서 마리화나를 피우는 동안 사실상 앤절라 혼자 박물관 업무를 도맡아 처리했건만.

앤절라는 랜들이 전임 상사와 같은 부류일 거라 예상하고는 그를 증오할 참이었다. 하지만 뜻밖에도 랜들은 근면하고 박식해서 매우 호감 가는 인물이었다. 자신만만하고 활기찼다. 앤절라는 랜들이 영국 출신이 아닐까 생각했다. 특히 2년간 런던에서 일하다 최근에 돌아왔다는 사실을 알았을 때는 더욱 그랬다.

그래서 아주 짧은 시간 안에, 일거리가 산더미처럼 쌓여 있어도 밀러, 즉 랜들에게 맡기면 된다는 걸 깨달았다. 랜들이 모두 해결하리라 기대할 수 있었다. 그녀는 아주 짧은 시간 안에, 랜들 밀러를 좋아할 뿐만 아니라 존경하게 되었다. 앤절라는 랜들의 판단력과 조용한 카리스마에 기대고 있었다. 놀랍게도 랜들은 복잡한 예술계에 대단히 조예가 깊었고, 앤절라는 랜들을 신뢰할 수밖에 없었다. 랜들 밀러는 혼돈의 바다 한가운데 놓인, 침착하고 확신에 찬 섬 같은 존재였다.

일주일 뒤, 앤절라는 마음을 푹 놓았다. 보안팀 대원들과 이란인들 사이의 적대감이 사라진 듯했다. 티뷰론 대원들은 더는 "터번머리"라고 조롱하지 않았다. 그러는 대신 이란인들에게 정중하게 고개를 끄덕였다. 앤절라처럼 페르시아어로 공손히 인사하기도 했다. 페르시아어를 '파르시'라고 하던가? 이란인들도 똑같이 반응했다. 앤절라는 마침내 만사가 신중히, 외교적으로 처리되고 있다는 생각이 들어 무척 기뻤다. 그래서 누가 봐도 확실한 화해 분위기에 동참하기로 했다. 이란인들의 대화를 경청하며 이란 인사법도 몇 가지 배웠다.

랜들의 지시로 개막식 날 밤 행사 때 로비에 장식할 파란 깃발 두루마리를 가지러 비품실로 향하는 동안, 앤절라는 새로운 파르시 구절 하나를 연습하고 있었다. 1층 뒤편 직원 전용 구역으로 들어서며 오늘 아침 우연히 듣고 외웠던 "키르 투 케넷"을 반복하고 있었다. 왠지 즐겁고 음악적인 울림을 담은 구절 같았다. 아무 이유 없이 그것이 '좋은 아침'이라는 뜻일 거라 짐작한 앤절라는 홀로 제한구역을 지나며 크고 명랑한 목소리로 그 말을 연습했다. 그리고 비품실로 이어진 복도로 향하기 전 마지막 모퉁이를 돌았다.

"키르 투 케넷! 키르 투…… 앗!"

모퉁이를 도는 순간, 앤절라는 단단한 인간의 벽에 부딪혀 소리쳤다. 앤절라의 얼굴이 가슴에 닿을 만큼 키가 큰 남자였다. 남자 목에 걸린 배지가 앤절라의 코를 잠시 누르고 있을 뿐, 아무것도 보이지 않았다. 앤절라는 코끝이 가리키는 배지 위쪽에 찍힌 '티뷰론'이라는 글자를 확인했다.

억센 손이 앤절라의 어깨를 꽉 움켜쥐며 부드럽게 뒤로 움직였다. "숙녀 입에서 어떻게." 남자가 깊고 낮은 목소리로 우렁차게 말했다. "그 말 어디서 배웠습니까?"

앤절라가 남자를 향해 눈을 깜박였다. 숨을 쉴 수 없었다.

그 남자였다.

삭발 머리에 팔자수염을 기른 덩치 크고 험상궂게 생긴 남자. 앤절라를 빤히 보던 남자.

남자는 지금도 앤절라를 노려보고 있었다. 다만 무섭다기보다는 반쯤 미소 띤 얼굴로.

"누가 그 말을 가르쳐줬냐고요." 남자가 물었다.

앤절라는 잠시 후에야 자신이 파르시 구절을 말하고 있었음을 떠올렸다. 또 잠시 후에야 자신이 이 남자의 손아귀에 있다는 공포를 이겨냈다. 그러고 나서 숨을 쉬어야 한다는 사실이 기억났다. "그건, 그건…… 들었어요. 아…… 당신 친구들 몇 명이 하는 말을요." 앤절라가 머뭇거리며 말했다. "오늘 아침인가? 그 이란 사람들이요. 그래서, 아, 그냥…… '좋은 아침'이라는 뜻인 줄 알았는데요. 아니면 뭐……."

남자가 재미있다는 듯 코웃음을 쳤다. "아니면 뭐요?"

"아." 앤절라가 입을 열었다. 이상하게도 기운이 빠지는 것 같았다. 아직도 그녀는 몹시 겁에 질려 있었다. 사실 무릎도 조금 흔들거렸다. 하지만 영국인다운 객기로 한 걸음 뒤로 물러선 다음 말을 이었다. "그때…… 그랬어요. 그 소리가 그냥 명랑하게 들렸고, 모두가 잘 지냈으면 하는 마음에서, 적어도 '좋은 아침'이라는 인사말을 배우면 좋겠다, 그리고 어쨌든 저는……." 앤절라는 계속 주절거리다 뚝 멈췄다. '그만 지껄여!' 속으로 혼잣말을 했다. "저기…… 그게 무슨 뜻인지 물어봐도 될까요? 선생님……아니……."

"팀장이요. '선생님'이 아니라. 전 먹고살려고 일하거든요." 남자가 말했다. 앤절라는 남자의 목소리가 위협적이라고 생각했었지만, 막상 직접 듣고 보니 박력이 넘쳤다. 이때 남자가 솥뚜껑만 한 손을 내밀었다. "월터 블레드소예요." 그가 말했다.

앤절라는 잠시 남자의 손을 바라봤다. 검은 털이 덥수룩했고, 굵은 손가락 관절마다 깊은 흉터가 있었다. 남자가 손을 내밀어 악수를 청했다. "아! 네, 물론이죠." 앤절라는 다시 제정신이 들자 정중

하게 말했다. "앤절라예요. 앤절라 더넘. 아, 저는…… 여기 부관장
이에요."

"반가워요. 앤절라." 남자가 말했다. 남자의 미소는 분명 따뜻했
지만, 앤절라가 보기에는 핼러윈 호박등이 음흉하게 흘겨보는 것
같았다.

"그럴 거로 생각했어요, 블레드소 선생님." 앤절라가 말했다.

"월터라고 불러요. '선생님'도 아니니까. 제 아버지라면 몰라도." 남
자가 말했다. "아니면 다른 사람들처럼 그냥 '팀장'이라고 부르든지."

"네, 그럴게요. 팀장님." 앤절라가 말했다. 남자는 여전히 앤절라
의 손을 잡고 있었다. 앤절라는 거북한지 손을 끌어당겼다. "아, 그
럼 말해줄래요, 팀장님?" 남자의 다정한 태도에 앤절라가 용기를
내어 물었다. "그 말이 무슨 뜻이죠? '좋은 아침'이 아니면?"

"키르 투 케넷." 남자가 아주 그럴듯한 본토 억양으로 말했다. 남
자의 미소가 점점 더 커졌다. "그 말은 '네 엉덩이 엿 먹어'라는 뜻입
니다."

"오, 맙소사." 앤절라가 말했다. 돌연 얼굴이 화끈거렸다.

"당신이 거듭 연습해야 할 말은 아니죠. 당신처럼 예쁜 여자가."

앤절라는 대꾸할 말을 찾느라 허둥댔다. 얼굴은 점점 더 빨개졌
다. 앤절라가 기억하는 한 한 번도 "예쁘다"는 소리를 들은 적이 없
었다. 남자 친구들에게서조차도. 누가 봐도 평범한 영국 여자였다.
창백한 피부, 약간 초췌한 이목구비, 밀가루 반죽처럼 늘어진 몸
매. 하지만 남자는 진심을 담아 말했고, 앤절라는 엄청나게 당황했
다. "음, 그 말은…… 고마워요. 하지만…… 제가 뭐라고 말해야 할
지……." 앤절라는 간신히 입을 열었다. "제 말은, 이란 신사들한테
뭐라고 말해야……."

"글쎄요, 무슨 말을 하고 싶다면⋯⋯." 팀장이 생각에 잠긴 듯 말했다. "'마다 가흐베'라고 하면 어떨까요. '후레자식'이란 뜻이거든요. 아니면 '키르코'. 이건 케케묵은 말인데 그냥 '병신 새끼'라는 뜻이죠. 물론 제가 개인적으로 가장 좋아하는 말은 '키레 아스비 아비투 쿠넷'이지만요." 남자가 활짝 웃었다. "그 말은 '네 엉덩이에 하마 거시기'라는 뜻이에요."

앤절라는 자기도 모르게 웃어버렸다. 그런 비속어를 별로 좋아하지 않았지만, 팀장이 너무나 천진난만하게 웃고 있어서 웃음을 참지 못했다. "저는 정말 '좋은 아침'과 비슷한 뜻의 이란어를 알고 싶었거든요." 앤절라가 말했다.

"저 사람들과 노닥거리는 건 시간 낭비예요." 팀장이 말했다. "당신을 존중하게 만드는 유일한 방법은 저들을 완전히 복종시키는 것뿐일걸요."

"그렇다면, 제가 복종시킨다면, 그러니까⋯⋯ 하마 거시기 중 하나를 선택해야 하는 건가요?"

"그럴 것 같은데요." 팀장이 엄숙하게 고개를 끄덕이며 말했다.

"그럼 전 입 다물고 있어야겠네요." 앤절라가 말했다.

"글쎄요." 팀장이 진지하게 말했다. "하마 거시기가 마음에 안 드는군요?"

앤절라가 입을 벌렸다가 다시 닫았다. 약간 충격을 받았는지, 아니면 그 말 때문인지 모르지만, 그녀는 그냥 웃었다. "그런가 봐요." 앤절라가 말했다. 그러고는 살짝 미소를 보였다. 팀장이 예쁘다고 말했기 때문일까. 앤절라는 다시 입을 열었다. "꼭 그런 뜻은 아니라도. 뭐, 어쨌든."

팀장이 함박웃음을 지었다. 앤절라는 매우 불안했다. 하지만 뭐,

어쩌라고? 형용할 수 없는 묘한 느낌이 그녀를 휘감았다. 그래서 더 불안했다. 앤절라는 서둘러 미소 지으며 말했다. "아무튼, 제대로 알려줘서 고마워요, 팀장님."

"천만에요." 팀장이 말했다.

앤절라는 분명 돌아서야 했지만 그럴 수 없었다. 두 사람 사이에 다소 어색한 침묵이 흘렀다. 아니, 적어도 앤절라가 느끼기에는 어색했다. 팀장은 전혀 당황하지 않은 것 같았다. 여전히 아까와 같은 표정으로 앤절라를 계속 바라봤다. 마치 저녁 먹잇감을 노리는 커다란 포식자처럼. 앤절라의 얼굴이 다시 빨개지기 시작했다. 온몸이 점점 달아올랐다. 이유는 알 수 없었다. 정말로, 진심으로 자리를 떠나고 싶고, 일을 계속하고 싶고, 이 남자와 떨어지고 싶었다. 하지만 몸이 말을 듣지 않았다. 왜 그런지 전혀 알 수가 없었다. "네, 그럼." 마침내 앤절라가 벗어나기로 다짐했다. "다시 돌아가야 할 것 같아요. 제가 좀 가져가야 할 깃발이 있어서요. 어…… 이만 비품실로 가봐도 될까요?"

팀장이 고개를 끄덕였다. "저도 거기에 가려던 참이었어요." 그리고 다시 입을 열었다. "제가 도와드리죠." 그러고는 정말 그렇게 했다. 크고 억센 손을 앤절라의 작은 등에 얹고는 복도를 따라 그녀를 비품실로 데리고 갔다.

앤절라가 문을 열었고, 바로 팀장이 따라 들어왔다. 팀장은 돌아서서 문을 닫은 뒤 앤절라와 마주 보았다. 그녀는 말을 잇지 못한 채 팀장을 응시했다. 알 수 없는 감정이 되살아나 온몸을 스쳐 지나갔다. 앤절라는 매우 불안하고 초조했다.

하지만 팀장은 그냥 고개를 끄덕이며 앤절라에게 걸어가 어깨에 두 손을 얹었다. 그리고 몸을 앞으로 천천히 기울였다. 앤절라는 움직이지도, 그에게서 떨어지려고도 하지 않았다. 두 사람의 입술이 맞닿았고, 가슴이 덜컥 내려앉은 앤절라는 팀장을 감싸 안았다. 팀장의 손이 그녀의 몸을 더듬기 시작했다. 앤절라는 더 세게 그에게 달라붙었다.

그러다 곧 벌어질 일이 문득 떠올라, 앤절라는 돌연 팀장의 품에서 떨어졌다. 팀장이 상처 난 한쪽 눈썹을 치켜세우며 앤절라를 부드럽게 바라봤다.

"문……." 앤절라는 자기도 난생처음 듣는 듯한 쉰 목소리로 말했다. "문 잠가요."

26장

개막식 행사가 열리기 사흘 전이었다. 카트리나는 박물관에서 가장 보안이 뛰어난 안쪽 전시실에서 준비 상황을 점검했다. 티뷰론 팀이 전자 보안 장비 설치를 마무리하고 있었고, 감지기를 하나하나 주의 깊게 시험할 때마다 몇 분씩 경보가 울렸다.

카트리나는 거의 알아채지 못했다. 애당초 이 행사를 흠잡을 데 없이 진행하는 일에만 정신이 팔려 있었다. 하지만 그만큼 지쳐 있었다. 아니 좀 더 정확히 말하면 이미 사흘 전부터 지쳐 있었다. 앞으로 해야 할 일은 고사하고, 자신이 지금 어디에 있는지 기억하기도 힘들었다.

하지만 어쨌든 행사를 준비하고 있었다. 게다가 랜들은 에버하르트 박물관 관장으로 일했던 첫 이틀 동안 집에 아예 들어오지도 않았다. 개막 전에 할 일이 너무 많은 데다 시간도 충분치 않았다. 그래서 카트리나는 최대한 랜들을 돕기 위해 자연스레 박물관을 찾았다. 그때부터 낮과 밤이 모호하게 뒤섞여, 그녀는 제정신이

나갈 만큼 끊임없이 허둥지둥했다. 꼭 필요한 낮잠을 잠깐 잤을 뿐 통 잘 시간이 없었다. 카트리나와 랜들, 그리고 앤절라는 24시간 내내 열심히 일했다.

카트리나는 숨소리가 들릴 만큼 긴 숨을 내쉬었다. 잠시도 눈을 붙일 엄두가 나지 않았다. 그랬다면 그냥 선 채로 꾸벅꾸벅 잠이 들었을 것이다. 전시실을 한 번 더 빙 둘러봤다. 여기 놓일 전시품만으로도 눈이 부실 터였다. 개별 전시품은 바닥이 고정된 투명 상자에 놓이고, 각 상자는 여섯 가지 장치로 보호될 것이다. 이 여섯 가지 장치는 무게의 변화와 움직임은 물론이고 방폭 유리 상자에 미치는 모든 소음 또한 빠짐없이 감지할 수 있었다. 상자 하나하나에는 카메라도 설치되었다. 육안으로 감시할 수 있을 뿐만 아니라 적외선 촬영도 가능했다. 더불어 시시때때로 순찰하는 여러 명의 경비원을 개별 상자마다 모두 배치해 전시품을 예의 주시하게 했다.

하지만 전시실에는 여전히 각종 도구와 철사, 테이프 조각, 포장 재료가 흩어져 있었다. 한쪽 벽에는 포스터 크기의 전단이 10여 장이나 쌓여 있었다. 전시품 목록, 전시품의 포괄적인 역사, 이란과 페르시아제국에 관한 설명 등을 담은 전단이었다. 전단은 아직 제자리를 찾지 못했다. 전단을 붙여놓을 수 있는 이젤이 따로 있었지만, 이젤에 칠한 페인트가 아직 덜 말랐다.

카트리나는 이런 난장판에 고개를 저었다. 티뷰론 보안팀이 일을 마칠 때까지는 제대로 청소도 할 수 없었다. 하지만 박물관 로비는 이미 보안 작업이 끝나 있었다. 카트리나는 여기부터 시작하기로 했다.

카트리나는 전시실을 나와 커다란 대리석 아치형 통로를 거쳐 로비로 들어섰다. 아치형 통로에서 잠시 걸음을 멈춘 뒤 잔해를 살폈다. 로비는 그야말로 엉망진창이었다. 개별 작업을 준비하는 구역이라 창고와 쓰레기장이 뒤섞인 것처럼 보였다. 며칠만 지나면, 이곳에서 예술계 유명인사들을 위한 축제가 열린다. 화려하게 꾸민 예술계 인사들이 미국에서 최초로 전시되는 경이로운 예술품을 보려고 이곳을 방문할 것이다. 그들이 박물관에 도착했을 때 로비가 품위 있고 고상하게 반짝이지 않는다면, 그들 대다수가 샴페인을 홀짝이며 비웃을 게 뻔했다. 이러쿵저러쿵 랜들을 몹시 꾸짖으며 저녁 식사를 끝내겠지. 이란 대표단까지 불러 끔찍한 모욕에 대한 설명을 요구하면서 어쩌면 전쟁으로 번질 국제적 사건을 일으킬지도 모른다.

끝내는 전 세계를 끌어들여 핵 재앙을 초래할지도 모를, 피비린내 나는 길고 긴 전쟁을 피할 유일한 방법이 있었다. 바로 지금 이 상황을 바로잡고, 박물관을 아름답게 꾸며 쓰레기가 난잡한 빈민가에서 품격 있게 빛나는 메카로 바꾸는 것이다. 카트리나와 랜들만이 세상을 구할 수 있었고, 시간은 촉박했다.

카트리나가 그런 생각에 빠져 있는데, 남편이 로비 안쪽 내실에서 나와 모퉁이를 돌아가다 비틀거렸다. 랜들은 큰 상자 네 개와 대형 쓰레기봉투 두 개를 들고 균형을 맞추려 낑낑대고 있었다. 카트리나가 미소 지으며 잠시 랜들을 바라봤다. 쓰레기 더미가 랜들의 손아귀에서 스르르 미끄러져 바닥으로 떨어지기 시작하자 그녀는 서둘러 그쪽으로 갔다.

"랜들, 제발." 카트리나가 랜들에게 다가갔다. "당신 그런 말 못 들었어요? '게으른 남자는 모든 걸 한 번에 해치우려다 허리를 망가뜨린다'는 말이요."

랜들이 한숨을 쉬었다. "왠지 독일 속담처럼 들리는데, 혹시 할아버지의 또 다른 명언인가요?"

"아마도요." 카트리나가 인정했다. "하지만 어쨌든, 사실이에요." 그러고는 얼굴을 찡그렸다. "대체 앤절라는 어디 있는 거예요? 짐 좀 같이 들고 가면 좋을 텐데."

"글쎄요. 조금 전부터 안 보이더군요." 랜들이 말했다. "어디선가 잠들었나 보죠."

"음, 그렇다고 당신 혼자 다 짊어질 순 없어요." 카트리나가 말했다. "당신이 상자를 들고 내가 봉투를 가져갈게요."

"좋아요." 랜들이 말했다. 두 사람은 뒷문 쪽으로 함께 걸어가며 이미 쓰레기가 넘치는 대형 쓰레기통으로 향했다.

전시장을 지나는 순간 돌연 경보음이 울렸고, 하마터면 랜들은 쓰레기 더미를 떨어뜨릴 뻔했다. "오, 맙소사." 랜들이 말했다.

"티뷰론이 모든 경보기를 시험하고 있거든요." 카트리나가 말했다. "아마 거의 다 끝났을 거예요."

"얼른 끝냈으면 좋겠어요." 랜들이 투덜거렸다. "시간도 얼마 안 남았잖아요?"

"제시간에 끝낼 수 있을 거예요." 카트리나가 애써 자신만만하게 말했다.

"참 나." 랜들은 카트리나 말에 동조하기 어렵다는 듯이 심드렁하게 말했다.

"음, 어쨌든 해낼 수 있을 거예요." 카트리나가 말했다. 두 사람은 '들어가지 마시오—직원 전용'이라고 적힌 문에 도착했다. 하역장과 쓰레기장으로 이어지는 문이었다.

"과연 제시간에 끝낼 수 있을지 장담할 수 없어요." 랜들이 말했다. "알고 있었지만…… 이봐요!" 갑자기 문이 홱 열리면서 누군가

서둘러 들어오다 랜들과 부딪힐 뻔했다. 앤절라였다.

"앗!" 앤절라가 두 사람만큼이나 놀란 기색으로 말했다. 무슨 일인지 얼굴이 달아올라 있었다. "전 그냥…… 저, 사실은……." 앤절라가 더듬거리며 말했다. 그리고 치맛자락을 재빨리 매만지며 주위를 마구 둘러봤다. "전 그냥 카탈로그를 찾고 있었어요." 그러더니 뒤를 가리키며 말했다. "어떤 멍청이가 잘못 둔 것 같아서요." 앤절라가 꼼지락대며 말했다. "사무실에 한번 가볼게요." 랜들과 카트리나가 말을 꺼내기도 전에 앤절라는 서둘러 자리를 떴다.

"대체 이게 무슨 일이죠?" 카트리나가 말했다. 랜들이 어깨를 으쓱했다. 하마터면 쓰레기 더미를 또 떨어뜨릴 뻔했다. "앗, 잡았다." 랜들이 쓰레기를 움켜쥐고 다시 끌어안으며 균형을 잡았다. "글쎄요, 전 전혀 모르겠는데요." 랜들이 말했다. "영국인들, 원래 별나잖아요."

"앤절라가 왠지 당황한 것 같아서요." 카트리나가 문을 활짝 열며 말했다.

"아까 말한 것처럼 어디선가 잠들었을 거예요." 랜들이 말했다. 두 사람은 복도를 따라 하역장 문 쪽으로 걸어갔다. "그러니까, 앤절라가 잠을 잤다면, 우리가 자기를 찾으러 온 줄 알았겠죠."

"그럴지도요." 카트리나가 말했다. "저도 지금 당장 낮잠이나 자야겠네요."

두 사람이 비품실 문에 다가선 순간, 갑자기 문이 열렸다.

"으앗." 랜들이 문을 피하며 외쳤다. 두 사람은 누가 문을 열었는지 돌아봤다.

덩치가 엄청 큰 남자가 문간에 서서 바지 매무새를 매만지고 벨트를 조이며 그들을 응시하고 있었다.

"안녕하세요." 카트리나가 말했다. 그러고는 고개를 한쪽으로 숙이며 말을 이었다. "보안팀 대원들과 함께 있었나요? 아까 함께 있는 걸 봤어요. 팀장님 맞으시죠?"

몸집이 큰 남자가 카트리나를 무시한 채 랜들을 향해 눈을 가늘게 찡그렸다. 그리고 바지를 마지막으로 한 번 더 잡아당기며 고개를 한쪽으로 기울였다. 남자가 흉터투성이 눈썹 하나를 치켜세우며 랜들을 가리켰다. "예전에 어디선가 본 것 같군요." 남자가 말했다. "얼굴이 기억나서요." 어쩐지 예전의 기억으로 협박하는 듯한 말투였다.

"아, 네." 랜들이 말했다. "전 박물관 관장입니다."

남자가 고개를 저었다. "그게 아니라," 그리고 덧붙였다. "예전에 어딘가에서요. 한 반년 전쯤?"

"음, 전 최근까지 영국에 있었어요. 그리고……"

하지만 팀장은 고개를 가로젓고 있었다. "아뇨." 그러고는 입을 열었다. "다른 곳이에요. 당신이 있어선 안 되는 곳이었는데." 팀장이 미간을 찌푸리며 생각에 잠겼다. 그러고는 랜들 주위를 돌며 그를 위아래로 훑었다. 마치 도살할 동물을 이리저리 가늠하는 양.

"음, 뉴스에서 봤을지도 몰라요." 카트리나가 말했다. 묘한 긴장감을 애써 깨려는 것 같았다.

팀장이 두 사람과 하역장 사이에서 멈추더니 고개를 저었다. "있어선 안 되는 곳이었는데." 같은 말을 천천히 되풀이했다.

"착각한 것 같군요." 랜들이 말했다. "비켜주시죠. 쓰레기 때문에 팔이 부러지기 전에요." 그는 남자를 밀치고 지나가려 했다. 하지만 팀장이 랜들의 가슴에 거대한 손을 얹더니 앞을 가로막았다.

"절대 착각하지 않아요. 이 일에 있어서만큼은." 팀장이 말했다.

"얼굴이 기억나요. 기억력은 누구에게도 뒤지지 않거든요."

"글쎄요. 당신과 수수께끼를 계속하고 싶지만, 할 일이 많아서요. 실례해도 될까요?" 마침내 랜들은 팀장을 간신히 뿌리쳤다. "카트리나, 어서 와요."

카트리나는 놀란 눈으로 팀장을 바라봤다. 팀장은 여전히 랜들을 노려보고 있었다. "기억해낼 겁니다." 그가 위협적인 목소리로 부드럽게 말했다.

"카트리나!" 랜들이 다시 외쳤다.

남편의 말에 카트리나가 홱 움직였다. "가요." 그녀가 말했다. 그리고 하역장으로 가는 문 앞에서 랜들을 따라잡았다. "대체 뭘까요?" 랜들에게 물었다.

"모르겠어요." 랜들이 말했다.

"기억해낼 거라고 했어요." 카트리나가 말했다. "무슨 협박이라도 하는 것처럼 그러잖아요. 아니면……."

"제기랄." 랜들이 말했다. "이 문 좀 같이 열까요?"

두 사람은 둘 사이에 있는 바깥문을 더듬거리며 열었다. 서늘한 공기가 밀려와 카트리나의 얼굴을 스치며 지나갔다. 카트리나는 밖으로 나가기 전에 한 번 더 뒤를 돌아봤다.

팀장은 꼼짝도 하지 않았다. 복도에 선 채로 두 사람을 지켜보고 있었다. 등골이 오싹해진 카트리나는 서둘러 문밖으로 나가 하역장으로 향했다.

블레드소 팀장은 서로 마주 보지도 않은 채 쓰레기를 밖으로 끌어내는 두 사람을 문이 닫힐 때까지 바라봤다. 그러다 여전히 얼굴을 찌푸린 채로 몸을 돌려 다시 보안팀으로 향했다. 그 남자 얼굴

353

이 마음에 걸려 자꾸 짜증이 났다. 블레드소는 저 망할 자식의 얼굴을 알고 있었다. 똑똑히 본 적이 있었다. 하지만 어디서? 언제?

신경 쓰지 말자. 분명 기억날 것이다. 항상 그랬으니까. 기억이 나면 어떻게 해야 할지 결정하자. 지금 좋은 기분을 망칠 이유가 없잖아? 블레드소는 스스로 매우 만족스러웠다. 방금 여자를 거든히 유혹해서가 아니었다. 그런 일에는 도가 텄다. 그의 팀이 맨 먼저 보안 장비를 설치하는 일을 맡았다. 몇몇 장비는 현장에 배치된 적이 없었다. 그 말인즉슨 그들이 예상할 수 없는 문제점이 있을 거라는 뜻이었고, 그렇다면 아무도 생각하지 못한 해결책이 필요했다. 그들은 결국 문제점을 찾아냈다. 아무도 본 적 없는 신기술 개발에 성공했다는 사실에 그는 기뻤다. 블레드소는 맡은 바 임무를 다했다. 모든 작업을 계획하고, 잘 진행되는지 샅샅이 살피고, 전 대원이 명확하고 냉철하게 일할 수 있도록 감독했다.

그리고 무엇보다, 일단 임무를 완수하면, 블레드소는 현장에서 섹스할 방법을 찾았다. 그가 작업만큼 중요하게 여기는 일이었다.

그 여자…… 애나벨? 애비게일? 이름이 뭐였더라? 이름이 무엇이든, 깜짝 놀랄 만큼 열정적인 여자였다. 원래 평범한 여자일수록 더 그렇다. 익히 아는 사실이었다. 그나저나 누구에게든 그 여자 이름을 물어봐야 한다. 다 된 밥에 재를 뿌릴 순 없으니까. 물론 여자가 거부할 수도 있었다. 그녀의 열정으로 미루어, 설령 자기 이름을 프레드라 부른다 해도 블레드소와 계속 떡을 칠 테지만.

블레드소는 복도를 거니는 동안 그런 생각에 빠져 히죽거렸다. 그때 뒤에서 차가우면서도 부드러운 목소리가 들렸다. "꼼짝 마."

블레드소는 그대로 얼어붙었다.

"인제 그만 실실대지." 누군가 말했다. "그리고 빌어먹을 네 남대

문도 채우고. 이 개자식아."

블레드소 얼굴에 환한 미소가 번졌다. "저, 선생님." 블레드소가
말했다. "개자식 장교한테 그렇게 심한 말을 할 자격이라도 있으십
니까, 선생님?"

"당연하지." 블레드소는 빙 돌아 누군지 확인했다. 씩 웃으며 서
있는 사람은 네이비실 시절 상관이었던 사보였다.

"이런 젠장 빌어먹을, 중위님." 블레드소는 그 남자를 힘차게 끌
어안으며 말했다.

"제기랄, 블레드소. 얼굴이 옛날보다 더 망가졌군. 멧돼지가 당나
귀랑 떡이라도 쳤나."

"중위님도요. 그 얼굴에 수염마저 없었다면 원숭이 엉덩인 줄 알
았겠어요."

"자네가 얼마나 많은 원숭이와 떡을 쳤는지 생각해보면 답이 나
오겠지?"

사보가 말했다.

잠시 두 사람은 서로를 보며 씩 웃기만 했다. "제길. 만나서 반가
워요, 중위님." 블레드소가 말했다.

"그러게." 사보가 말했다. 두 사람은 함께 전시장 쪽으로 걸어갔
다. "여긴 무슨 일로 오셨습니까?" 블레드소가 물었다. 그리고 사보
의 제복을 보며 고개를 끄덕였다. "이렇게 예쁜 제복까지 쫙 빼입
으시고."

"블랙해트 팀을 맡고 있어." 사보가 말했다.

"이야." 블레드소가 말했다.

"내 말 좀 들어봐. 우리는 터번 머리 경비대와 '협력해서 팀을 운
영해야' 해." 사보가 코웃음을 쳤다.

"행운을 빌어요." 블레드소가 말했다.

"그들은 황실 보물과 같은 시간에 도착할 거야." 사보가 말했다.

"그게 언제죠?"

"그건 말할 수 없어. 알 필요 없네." 사보가 말했다. "떠들썩한 개막식 날 아침이야."

"허허." 블레드소가 웃었다. "그때쯤 최종 테스트를 할 겁니다. 끝나면 여기서 나가야 하고요."

"아쉽군. 내가 자네 팀을 이용할 수 있었는데." 사보가 말했다. 그리고 고개를 저었다. "요새처럼 보이지만 여기는 진입 지점이 너무 많아. 그래서 경비 인력을 가능한 한 많이 동원해야 해."

"저 혼자라면," 블레드소가 말했다. "며칠 더 있어도 됩니다."

사보는 순진한 표정을 짓고 있는 블레드소를 빤히 바라봤다. "날 엿 먹일 작정이군." 사보가 말했다. "진심이야? 아니 이런 빌어먹을 박물관에서 어떻게 떡칠 계집애를 찾은 거야?"

블레드소가 다시 실실대며 웃었다. "여자들은 널렸죠. 찾는 법만 알면 돼요."

"중위님 같은 경우에는 인간미가 좀 없는 여자라도 기꺼이 떡을 칠 수 있어야 해요. 중요 부위만 잘 작동하면 되니까요." 블레드소가 말했다.

"그건 완전 네이비실 방식이잖아." 사보가 말했다.

"그렇군요!"

두 사람은 껄껄 웃었다. "그럼 여자를 기꺼이 공유할 텐가?" 사보가 물었다.

"아, 그 여자는 너무 못생겨서 장교한테는 안 어울리죠." 블레드소가 말했다.

"이기적인 놈." 사보가 말했다.

두 사람은 전시장 문 앞에서 잠시 걸음을 멈췄다. "중위님, 우리가 떠나고 나서도 중위님은 여기 남을 거잖아요. 이 모든 게 어떻게 돌아가는지 보여드리죠." 블레드소가 말했다.

"좋아." 사보가 말했다.

블레드소는 옛 상관의 팔을 잡아당기며 문을 열었다. 그리고 우렁차게 외쳤다. "일동 차렷!"

27장

동트기 전이었다. 드디어 개막 행사가 열리는 날이 다가왔다. 더불어 이란의 황실 보물이 도착했다.

이란 황실의 보석은 유엔 주재 이란 대표부에 있는 매우 안전한 금고에서 이 순간을 기다리고 있었다. '황동 불알(대담성과 용기를 의미하는 말—옮긴이)'을 달고 IQ까지 낮다면 아마 그곳에서 보석을 훔치려 했을 것이다. 아무튼 지금 보석은 에버하르트 박물관으로 향하는 뉴욕 거리에 있었다.

보나 마나 이란인들은 보석이 운반되는 동안 아무도 손대지 못하도록 철저히 감시하고 있을 것이다. 이런 상황에서는 나라도 감히 시도하지 않을 것이다. 경로, 시간, 보안 등 수많은 변수를 모르면 감히 덤빌 수 없다. 게다가 이란 혁명수비대가 보석과 동행한다면, 경험 많은 병사들은 물론 탱크도 두어 대는 필요할 것이다. 어쩌면 항공 지원도.

아니, 아무도 이란 호송차를 들이받지 않을 것이다. 뉴욕 거리를 질주하는 동안에는 그럴 수 없다. 하지만 지나치게 낙관적인 어떤 멍청이가 가만히 지켜보고 있을지도 모른다. 보안이 가장 허술할 때, 즉 보석이 박물관에 막 도착했을 때 잽싸게 훔치면 되니까. 물론 그렇다고 쉬울 리 없다. 간과되곤 하지만, 경비원들은 어떤 상황에도 완벽하게 대응할 준비가 되어 있다.

나도 마찬가지다. 길 건너편 옥상에서 지켜보고 있었다. 아무리 살펴봐도 옥상이나 거리, 이웃 건물에서 나를 지켜보는 사람은 없었다. 혹시 놓친 사람이 있을지도 모르겠지만, 그렇게 생각하지 않기로 했다. 신경 쓰지 않았다. 오늘 밤에는 아무도 보석을 훔치지 않을 것이다. 그리고 오늘 밤 이후로 아무도 보석을 갖지 못할 것이다. 나만 빼고.

나는 호기심에 차서 호송 행렬을 지켜보고 있었다. 왜 옥상에서 보려고 했는지는 모르겠다. 보석이 도착하는 시간만 알면 서서 구경할 곳은 얼마든지 있다. 하지만 나는 옥상을 골랐다. 아마도 옥상에 있어야 투명 인간처럼 강인한 힘을 느낄 수 있기 때문일까. 젠장, 알 게 뭐야? 내가 정신과 의사도 아닌데.

게다가 뭐가 어때서? 나는 옥상을 택했고, 그게 마음에 들었다. 옥상에 있으면, 마치 내가 극악무도한 짓을 저지르는 '닥터 옥토퍼스'를 감시하며 때를 기다리는 스파이더맨이 된 것 같은 기분이었다. 하지만 20분 동안 옥상에 서 있어도 극악무도한 일은 전혀 일어나지 않았다. 하지만 곧 일어날 것이다. 장본인은 바로 나였다. 극악무도한 선장이자 손가락이 끈적끈적한 위대한 영웅.

그사이 나는 교통 상황을 살펴봤다. 동이 트기 직전이라 날이 밝았다. 그래서 지금 살펴봐야 했다. 아침 공기가 확실히 쌀쌀했다. 거리에 있는 사람들 모두 따뜻한 곳을 찾아 종종걸음을 쳤다. 얼른 자리를 옮길 수 없는 나는 그저 오들오들 떨고만 있을 뿐이었다. 곧 일이 곧 벌어질 예정이었다. 그래서 따뜻한 것을 생각하며 인내심 있게 기다렸다.

검은색 SUV가 모퉁이를 돌더니 박물관을 향해 다가왔다. 곧이어 또 다른 검은색 SUV 한 대와 장갑차, 그리고 검은색 SUV 두 대가 뒤따랐다. 처음의 SUV 두 대가 흩어졌다. 한 대는 박물관 하역장으로 이어지는 골목으로 꺾었고, 다른 한 대는 그 골목 입구에 주차했다. 짙은 색 양복을 입고 수염을 기른 여섯 명의 사내들이 SUV에서 뛰어나왔다. 자동화기를 든 그들은 언뜻 전투에 돌입하는 것처럼 보였다. 눈을 부릅뜨고 지나칠 정도로 주변을 경계하는 걸 보니 여차하면 대번에 총을 갈길 태세였다. 그들은 매우 일사불란하게 움직였다. 이런 일이 처음은 아닌 것 같았다. 장갑차가 골목길을 꺾어 드는 동안에도 나는 계속 지켜봤다.

의심의 여지가 없었다. 바로 그 차였다.

인도에 세운 SUV 두 대에서 사람들이 내렸다. 첫 번째 SUV에서 내린 무리와 판박이였다. 총 열여덟 명이 뿔뿔이 흩어져 박물관 거리와 골목, 인근 건물들을 유심히 살폈다.

물론 옥상도. 나는 굴뚝 뒤에 웅크리고 앉았다. 시선을 끌고 싶지 않았다. 무기를 들고 거리에 있던 사람들은 혁명수비대였다. 워낙 잘 훈련된 놈들이라 건물 꼭대기에 어울리지 않는 실루엣이라면 무엇이든 찾아낼 것이다. 굴뚝 주변에서도 그들이 잘 보였다. 나는 조금 더 지켜보기로 했다. 그냥 호기심 때문이었다. 필요한 것은 이미 다 봤다. 보석은 이미 도착했으니까.

더는 기다리지 않아. 이제 일이 벌어질 것이다. 절호의 기회를 잡으려고 엉덩이에 땀이 나게 준비한 것을 활짝 펼칠 차례였다. 원리는 꽤 복잡하고 거창하지만 실은 아주 간단하고 단순한 일을 하는 골드버그 장치(미국 만화가 루브 골드버그가 고안한 연쇄반응에 기반을 둔 기계—옮긴이) 같다. 작은 장치들이 정교하게 움직이며 다른 장치들을 쿡쿡 찌르다가 마지막에 작은 문에서 보상이 툭 튀어나와 내 손에 쏙 들어오는 격이다.

온몸에 전율이 흘렀다. 추위 때문은 아니었다. 정말 엿 같은 짓을 하는 중이라 그런 듯했다. 내 감정은 가슴 벅찬 흥분과 원초적 공포를 넘나들고 있었다. 이 일이 분명 잘되리라는 걸 알고 있었다. 동시에 잘못될 수 있는 경우의 수가 백만 가지나 된다는 것도 잘 알고 있었다. 경우의 수는 대부분 내게는 나쁜 소식이었다. 그래서 어느 쪽이 더 흥미진진한지 알 수 없었다. 보상에 대한 기대와, 위험한 일에 발을 깊이 들이밀고 있음을 아는 자각. 그 대신 이 느낌만은 똑똑히 알고 있었다. 아드레날린과 기대감이 거센 물결처럼 밀려오는 느낌. 연기를 할 때마다 이런 느낌에 사로잡혔고, 나는 기분이 좋았다.

별안간 거리에서 고함이 들려왔다. 무슨 일인지 알아낼 수 없었다. 파르시였다. 굴뚝을 둘러봤다. 검은 양복 하나가 팔을 흔들었고, 다른 하나는 준비된 무기를 들고 골목을 걸어 내려가 팔을 흔드는 남자에게 다가갔다. 채 1분도 안 되어 그들 모두 사라졌다. 그로부터 1분 뒤 SUV와 장갑차가 골목에서 나와 시내로 향했다.

나는 1분 더 기다렸다. 단지 안전을 위해. 그리고 게걸음으로 옥상 가장자리에서 멀리 떨어져서 건물 뒤편으로 돌아갔다. 귀에 이어폰을 꽂고 음악을 틀었다. 쿨 앤드 더 갱의 〈셀레브레이션 Celebration〉. 박자에 몸을 맡긴 나는 도시의 옥상을 가로지르며 힘차게 질주했다.

카트리나는 전시장을 마지막으로 둘러봤다. 자화자찬임을 알지만, 그야말로 장관이었다. 각종 보석을 담은 유리 상자가 경이로움을 자아내며 전시실을 빙 둘러 빛나고 있었다. 상자들은 쾌적하게 관람할 수 있도록 서로 멀찍이 떨어져 있었다. 입구에서 가장 가까운 자리를 독점하며 팔찌와 목걸이가 든 작은 상자들 사이에 있는 보석은 150캐럿의 화려한 에메랄드로 이루어진 파라 황후의 왕관이었다. 또 다른 상자에는 '야타간'이라는 이름으로 알려진, 보석 박힌 검이 들어 있었다. 그다음 상자에는 수백 개의 다이아몬드와 에메랄드로 덮인 견장 한 쌍이 있었다. 그것보다 보석이 조금 적게 박힌 핀과 브로치가 다음 상자를 가득 채우고 있었다.

그리고 전시실 한가운데에, 세상에서 가장 경이로운 보석이 있었다. 말 그대로 홀로 고고하게 서 있었다. 어떤 전시품과도, 세상 어떤 보석과도 비교할 수 없는 것이 바로 거기에 있었다. 빛을 환하게 밝힌 유리 상자에 완벽하게 고립된 채.

다리야에누르. '빛의 바다.'

상자 주변에는 관람객들이 안전거리를 두고 관람하도록 벨벳 밧줄을 둘렀고, 미국인 한 명과 이란인 한 명이 상자 옆에 서 있었다. 전시실 주변으로 경비원들이 더 배치되었고, 또 다른 10여 명이 무작위로 순찰을 맡았다. 그들은 멋진 군복 차림으로 미소 지으며 예의를 갖추라는 명령을 받았지만, 관람객들 입장에서는 당혹스러울지도 모른다.

카트리나는 혹시 어떤 흠이라도 있을지 몰라 얼굴을 찡그리며 전시실을 샅샅이 훑었다. 하지만 아무것도 찾지 못했다. 어찌 되었든 해냈다. 마침내 이젤에 안내판이 놓이면서 조명이 환하게 켜졌다. 바닥에 초자연적인 빛줄기가 비치자 반지르르한 윤기가 흘렀다. 모든 준비가 끝났다. 카트리나는 한숨을 쉬었다. 한편으로는 만족감이, 한편으로는 피로가 밀려왔다. 할 일은 다 했다. 심지어 행사를 준비할 시간적 여유도 있었다. 그러다 시계를 힐끗 보았다. "제기랄!" 그녀가 내뱉었다. 시내에 있는 미용사에게 갈 시간이 10분밖에 없었다. 미용실에 갔다가 집에 가서 옷을 갈아입고, 다시 시내로 돌아와야 한다. 경주마처럼 뛰어야 할 것 같았다.

서둘러 전시실을 나선 카트리나는 랜들을 찾았다. 랜들도 준비해야 했다. 랜들은 꼭 배관공 조수처럼 좀체 눈에 띄지 않았다. 다행히도, 앤절라와 진지하게 회의를 하고 있는 랜들을 로비에서 발견했다. 카트리나는 아무 거리낌 없이 다짜고짜 끼어들었다. "랜들!" 카트리나가 부르자, 랜들이 고개를 들었다. "난 준비하러 가야 해요. 당신도 마찬가지고요!"

랜들이 머뭇거리다 고개를 저었다. "난 갈 수 없어요." 그가 말을 이었다. "티뷰론이 마지막으로 보안 장치를 점검하고 있고, 연회 준비 업체가 한 시간 후에 도착하는데…… 그들이 음료를 제공하지 않는대요. 방금 알았어요."

"사람들 앞에 나서려면 옷은 갈아입어야 해요. 시간도 좀 걸릴 테고." 카트리나가 말했다. "당신도요, 앤절라." 앤절라는 그저 고개를 끄덕이며 미소 지었다.

"당신한테는 시간이 걸리겠죠." 랜들이 엷은 미소를 띠며 말했다. "남자는 달라요. 면도도 안 해도 돼요." 그가 턱수염에 손을 얹었다. "난 남자다운 게 매력이니까." 랜들이 근엄하게 말하자 카트리나가 미소 지었다. "돌아올 때 내 턱시도만 가지고 와요. 사무실에서 갈아입을게요." 랜들이 말했다.

카트리나가 체념한 듯 고개를 저었다. "내가 여기 올 때까지 깨끗하게 하고 있어야 해요." 그러고는 랜들에게 입을 맞추려고 몸을 기대며 속삭였다. "하키 선수처럼 땀 냄새가 진동하잖아요."

랜들이 바로 키스했다. "내 향수 좀 가져와요. 아구아브라바? 그걸로 싹 가리게요." 그가 말했다.

"당신은," 카트리나가 말했다. "가끔 너무 남자다워서 탈이에요."

"그걸로 충분할 겁니다, 팀장님." 맬러리가 말했다. 맬러리는 이 과정을 책임진 선임 기술자로서 누구 못지않게 열심히 일했다. 하지만 피곤한 기색은 전혀 보이지 않았다. 맬러리가 드라이버 끝으로 제어판을 가볍게 두드렸다. "비밀번호만 입력하면 되니까, 이제 가도 됩니다."

"모두 모여봐." 블레드소가 말했다. "이제 직원들한테 이 귀여운 버튼과 레버들이 어떻게 작동하는지 보여줘도 돼."

"터번 머리도 불러야죠, 팀장님?"

블레드소가 한숨을 내쉬었다. "젠장, 그런가 봐. 중위님이 그 자식들과 연락해야 한다고 하더라고."

15분 뒤, 모든 사람이 전시장에 모였다. 박물관 직원, 이란 외교관, 미국과 이란의 경비원, 티뷰론 기술팀, 심지어 국무부 대표까지. 한쪽에는 이란 경비원 팀이, 반대편에는 블랙해트 팀이 모여 있었다. 에릭, 랜들, 앤절라 등 박물관 사람들은 두 무리 사이에 서 있었다.

블레드소가 '빛의 바다'를 품은 중앙 유리 상자 앞으로 나섰다. "신사 숙녀 여러분…… 그리고 나머지 분들." 그는 당신들이 뭘 알겠냐고 우쭐대는 음침한 행정병 같은 목소리로 입을 열었다. "오늘날 세계에서 가장 진보한 보안 회사 티뷰론이 소개하는 새로운 보안 장치를 처음 선보이는 역사적인 날에 함께하신 걸 환영합니다."

블레드소는 누가 봐도 자부심이 충만한 눈빛으로 군중을 둘러보았다. "여러분은 지금 혁신적인 보안 장치의 진정한 기적을 두 눈으로 보고 계십니다." 이란 선발대원 한 명이 파르시로 통역하는 동안 블레드소가 잠시 말을 멈추었다. "이 장치의 주요 요소들은 전 세계 어디에도 배치된 적이 없습니다." (잠깐 멈춤.) "우선, 이 건물의 모든 진입 지점에 동작감지기, 적외선 센서, 비디오카메라 그리고 조금 더 표준적인 경보 장치가 설치되었습니다." (잠깐 멈춤.) "이런 장치 하나하나가 완전히 새로운 기술입니다. 해킹은 절대 불가능하죠." (잠깐 멈춤.) "그리고 이 전시실에 있는 모든 유리 상자에 비슷한 안전장치가 장착되어 있습니다. 더불어 미세한 무게 변화를 감지하는 압력감지기도 달려 있습니다." (잠깐 멈춤.)

"경보 지점을 하나라도 건드리면 경보음이 울릴 겁니다. 그리고 침입 위치가 기본 패널에 표시되지요. 전부 사람이 조작할 수 있으며 모든 경비원과 항상 연락을 주고받게 되어 있습니다."

블레드소는 전시실 안쪽 끝을 가리켰다. 사보 중위가 그 패널 옆에 서 있었다. 사보가 손을 흔들었다.

"또한 모든 경보 지점에서 여러 기능을 수행하는 카메라를 찾을 수 있을 겁니다." 블레드소가 말을 이었다. "카메라는 박물관 주요 지점에 추가로 설치되어 있습니다. 지하실에서 옥상에 이르기까지 구석구석을 완벽하게 감시할 수 있죠. 각 카메라는 이미지를 제어판에 장착된 모니터로 보낼 뿐만 아니라 영상을 2주 동안 하드드라이브에 저장합니다."

"신사 숙녀 여러분, 여기 설치된 카메라들은 단순한 카메라가 아닙니다. 초점 영역 내의 모든 움직임을 포착하고 기록하지요. 프로그래밍된 지침에 따라 무엇이든 움직이면 제어판에서 경보가 울리고,

영상이 모니터 화면에 나타납니다. 하지만 그건 시작에 불과하죠."

"또한 이 카메라들은 적외선 스캔이 가능하고, 20센티미터 두께의 단단한 물체도 뚫고 들어가 안에 있는 모든 이미지를 포착할 수 있습니다. 지진 같은 재앙이 일으키는 엄청난 충격을 기록, 분석, 구별하는 감지기도 포함하고 있고요. 벙커버스터 폭탄부터 참새 방귀까지 바로 잡아낼 수 있습니다."

"전반적으로 이 보안 체계는 최첨단 기술과 한참 거리가 멉니다." 블레드소가 덧붙였다. 청중들이 얼굴을 찡그린 채 살짝 히죽거리며 중얼거렸다. "최첨단 기술이란 말은 티뷰론에 어울리지 않기 때문이죠. 티뷰론 보안 체계는 최첨단 기술보다 20년 앞서 있습니다." (잠깐 멈춤.) "말하자면 지금까지 설치된 보안 장치 중 가장 진보적이고, 가장 완벽하며, 가장 미래지향적인 기술이지요. 완전히 새로운 기술이라 자부합니다."

블레드소는 주위를 둘러보며 고개를 끄덕였다. "누군가는 이렇게 물으시겠죠. 만약 이게 다 완전히 새로운 거라면, 잘 작동하는지 어떻게 알 수 있냐고요." 블레드소가 억지로 웃음을 참았다. 보기 좋은 광경은 아니었다. "누가 시험해보시겠습니까?"

청중들은 어물쩍거리기만 할 뿐 아무도 앞으로 나서지 않았다. 블레드소는 기다렸다는 듯이 고개를 끄덕였다. "좋습니다. 그럼 자원봉사자를 구해야죠. 스나이더!"

블랙해트 경비원 한 명이 앞으로 나섰다. "네, 팀장님!" 그가 말했다.

"뭔가를 훔쳐보게." 블레드소가 말했다.

스나이더는 블레드소에게 무기를 맡긴 뒤에 전시된 유리 상자를 둘러보았다. 그리고 파라 황후의 왕관이 놓여 있는 곳에 자리

잡았다. 유리 상자 쪽으로 걸어가더니 머뭇거리며 손으로 상자를 만졌다.

시끄럽게 윙윙대는 사이렌에 침묵이 깨지면서 밝고 붉은 불빛이 현란하게 번쩍였다. 깜짝 놀란 구경꾼들은 눈을 깜박이며 고통스러울 정도로 시끄러운 소리에 귀를 틀어막았다.

블레드소는 가만히 있었다. 그저 미소 지으며 패널 버튼을 다루는 사보에게 손을 흔들었다. 사이렌과 불이 꺼졌다. "이건 시작에 불과합니다." 블레드소가 말했다. "자, 이제 바깥 상자를 제거해보겠습니다." 그러고는 사보에게 손을 들었다. "스나이더, 상자 제거하게."

스나이더가 고개를 끄덕이더니 조심스럽게 유리 상자를 들어 땅에 내려놓았다. 그리고 왕관을 향해 손을 뻗었다. 다시 귀청이 터질 것처럼 사이렌이 우렁차게 울렸고 빨간 불빛들이 번쩍였다.

다행히도 사보가 재빨리 경보기를 껐다. "하지만 기다리십시오. 더 남았습니다. 저 감지기들을 둘러보려면⋯⋯." 블레드소가 말했다. 그리고 스나이더에게 다시 고개를 끄덕였다. "스나이더?"

스나이더는 다시 손을 앞으로 뻗었다. 이번에는 왕관을 실제로 건드렸다. 다시 한번 사이렌이 울리며 불이 켜졌다.

사보가 경보기를 껐다. "복구." 블레드소가 말했다. 그리고 스나이더에게 고개를 끄덕였다. 스나이더는 유리 상자를 진열대에 다시 올려놓고 무기를 넘겨받았다. "모든 장치는 최소 세 차례 백업되어 있습니다. 그리고 만약 여러분이 후디니(탈출 연기에 뛰어났던 미국 마술사─옮긴이) 이후 가장 위대한 탈출 곡예사이고 어떻게든 한두 개의 보안 장치를 건너뛰는 데 성공한다 하더라도, 다른 서너 개가 당신을 포착할 겁니다." (잠깐 멈춤.) "그리고 전투라면 인이 박인 베테랑 사보 중위의 블랙해트 동료들도 탈출을 절대 용납하지 않을 테고요."

사보는 가운뎃손가락을 블레드소를 향해 들어 올렸다. 청중들이 사보를 보려고 몸을 돌리자 재빨리 손을 흔들었다.

"참." 블레드소가 어깨를 으쓱했다. "물론 아랍인도 예외는 아닙니다." 그는 페르시아인을 '아랍인'으로 부르는 것은 모욕임을 잘 알면서도 퉁명스럽게 말했다.

"질문 있습니까?" 블레드소가 물었다. 시선을 이리저리 돌리며 청중들의 얼굴을 훑었다. 랜들에게 다가와 멈추더니 얼굴을 찡그렸다. 하지만 블레드소가 뭐라고 말하기도 전에 맨 앞줄 회색 양복을 입은 남자가 손을 들었다. 국무부 대표 윌킨스였다. 블레드소가 그를 가리켰다. "네, 선생님?"

"당신 보안팀이 기본 문제에 소홀하지는 않았겠지만," 윌킨스가 정통 하버드 출신이라는 듯이 느릿느릿한 말투로 말했다. "만일 누군가 전기를 끊으면 어떻게 되는 거죠?"

블레드소가 고개를 끄덕였다. "맞습니다, 선생님!" 그가 말했다. "저희가 그렇게 중요한 점을 소홀히 할 리 없지요. 콘에드(뉴욕시에 전력과 가스를 공급하는 회사—옮긴이)가 지금처럼만 한다면요." 블레드소가 사보 쪽으로 몸을 돌렸다. "중위님! 전원 끄십시오!"

사보가 뒤에 있는 제어판으로 손을 뻗어 스위치를 휙 돌렸다. 전시실이 순식간에 캄캄해졌다. 잠시 후 비상등이 깜박이며 희미하게 불이 켜졌다. 블레드소는 청중들이 눈을 깜빡이며 희미한 불빛에 익숙해지도록 내버려뒀다. 그러고는 스나이더에게 몸을 돌리며 말했다. "스나이더, 다시 그거 훔쳐봐."

스나이더가 다시 한번 왕관을 향해 손을 뻗었다. 그리고 한 번 더 손을 뻗자마자, 왕관에 손이 닿지 않았는데도 사이렌이 울리며 붉은 불빛이 번쩍였다.

사보가 경보기를 껐을 때 블레드소가 외쳤다. "중위님! 전원 올려주십시오."

전기가 들어오자 블레드소가 청중을 향해 음흉한 미소를 지어 보였다. "배터리 전원도 지원합니다." 그가 말했다. "열두 시간까지 지속되죠." 그리고는 주위를 둘러보더니 흉터투성이 눈썹을 치켜세웠다. "다른 질문은요?" 아무 질문도 없었다. "그렇다면……." 블레드소가 차려 자세를 취하며 에릭 에버하르트를 바라보았다. "대표님! 이게 바로 티뷰론 보안 회사의 '마크 4' 보안 장치입니다!"

블레드소는 몇몇 청중이 흩어지는 모습을 지켜보다 랜들에게 시선을 고정했다. '개자식.' 그리고 생각했다. '분명 전에 본 적이 있어. 어디서였지? 언제였지?' 사보가 어슬렁거리며 악수를 청하자 블레드소는 비로소 그 생각에서 벗어났다. "잘했네, 팀장." 사보가 말했다. "미래가 확실히 정해졌군. 알루미늄 자재 팔면 아주 잘하겠어."

"엿 쳐드세요, 중위님." 블레드소가 말했다.

"파티에 갈 텐가?"

"데이트가 있을지도 몰라서요." 블레드소가 말했다. "그 여자가 가야 한다고 하더라고요."

"세상에." 사보가 고개를 저으며 말했다. "그 여자가 벌써 자넬 목줄로 묶어 훈련시킨 건가?"

블레드소는 그저 미소 지으며 고개를 절레절레 흔들었다. "중위님은요? 맥주 진탕 드셔야죠."

"안 돼." 사보가 말했다. "근무해야 해."

"중위님, 얼굴은 깔끔하게 정리하는 게 나을 겁니다. 까칠한 수염 때문에 업무 신용도가 떨어질 것 같아서요."

사보가 턱을 문질렀다. "수염을 다시 기를까 생각 중이었거든."

"그러셔야죠, 중위님, 당연하죠." 블레드소가 정색하며 말했다. "차라리 얼굴을 싹 바꾸시죠. 중위님이 정말 어떻게 생겼는지 아무도 모르게요. 좋은 생각 같은데요." 사보가 뭐라고 대꾸하기도 전에 블레드소가 외쳤다. "개자식, 그거였어. 빌어먹을 수염……."

"무슨 소리야, 팀장?"

"아무것도 아니에요, 그냥 수염 때문에요." 블레드소가 말했다 "얼굴이 어떻게 변하는지."

"어, 그래. 그렇지. 뭔가 알아낸 거야?"

"누구 얼굴이 그렇게 바뀌었는지, 방금 알아차렸습니다." 블레드소가 말했다. "그리고 전에 어디서 봤는지도……."

"무슨 문제라도 있나?"

블레드소는 고개를 저으며 말했다. "제가 처리할 수 있습니다."

28장

카트리나는 피로가 거의 사라졌는지 만족스러운 표정으로 로비를 둘러보았다. 머리를 매만지고 옷을 갈아입고 제시간에 돌아올 때까지 진짜 경마 경주를 하는 것 같았다. 하지만 20분이라는 여유를 두고 도착해 지금은 프랑스 샴페인 페리에주에 그랑브뤼 한 잔으로 그동안의 노고를 달래고 있었다. 정말 다행이었다. 값싼 샴페인이라 그런지 머리가 아팠다. 샴페인을 홀짝이며 로비를 지나가다 저명한 갤러리 대표에게 손을 흔들었다. 뉴욕 사회의 최상류층이 모두 여기에 있었다. 저마다 화려하게 치장한 유명인사들이 로비를 가득 메웠고, 기대에 부푼 말소리와 끊임없는 웃음소리, 유리잔이 서로 부딪혀 챙챙거리는 소리가 대리석 벽에 메아리쳤다. 현악 4중주단의 연주가 내실에서 흘러나왔다. 브람스 곡이군. 카트리나는 절로 미소가 나왔다. 현악 4중주는 벨러 버르토크(헝가리 작곡가—옮긴이)가 처음 선보였다. 랜들이 잠깐 멈칫하더니 고개를 들었고, 4중주단 쪽으로 건너가 그들과 조용히 이야기를 나눴다. 그

371

후 연주자들은 부드러운 선율로 바꿔 모차르트와 다른 곡들을 연주했다.

카트리나는 하품이 나오는 입을 슬쩍 가리며 생각했다. 랜들이 해낸 놀라운 일들, 심지어 샴페인 고르기, 음악 선곡 같은 자잘한 일들까지 세심히 처리하는 것을 보면 볼수록 마음이 훈훈해지고 그가 자랑스러웠다. 그는 실로 기적을 만들어냈다. 에릭마저도 도저히 흠잡을 수가 없었다. 카트리나는 고개를 돌려 에릭을 쳐다봤다. 선거가 열리는 해라 의심의 여지 없이 등장한 한 의원에게 에릭이 진지한 표정으로 고개를 끄덕이고 있었다.

하지만 랜들은 어디 있지? 그가 몇 분 전에 사라졌다. 카트리나는 랜들이 왜 보이지 않는지, 어디로 갔는지 어리둥절했다. 로비에는 그의 흔적이 없었다. 카트리나는 군중을 헤치며 랜들을 찾았다. 랜들의 민머리가 희미하게나마 보일까 싶었지만, 전혀 보이지 않았다. 돌연 카트리나의 어깨에 향긋한 손이 털썩 내려앉았다. "카트리나, 당신 정말 대단한 일을 해냈어요." 달콤한 목소리가 귓가에 울렸다. 카트리나는 랜들을 찾는 일은 잊고 고개를 돌렸다. 예술계의 거만한 터줏대감이자 어디서나 '뒷담화'를 하기 좋아하는 나이든 여성이 서 있었다. 카트리나의 오빠 팀이 "황태후"라고 부르는 여자다.

"갤러티어, 와줘서 정말 기뻐요!" 카트리나는 갤러티어의 포옹과 뺨 키스에 화답했다. 곧바로 독백을 늘어놓는 황태후의 인질이 된 카트리나는 랜들이 다시 돌아와 얼른 자기를 구해주기를 갈망했다.

앤절라는 샴페인을 쭉 들이켰다. 벌써 세 번째 잔이었다. 냉정한 태도를 유지하기에는 너무 많이 마셨다. 앤절라도 알고 있었다. 사실, 별로 냉정해지고 싶지 않았다. 어쩌다 그 일에 휘말렸는지 이성적으로 고민해야 할지도 모르니까. 하기는 불륜이라 할 수도 없었다. 박물관의 거의 모든 벽장이나 후미진 구석에서 잠깐씩 일어날 법한 뜻밖의 만남에 지나지 않았다. 앤절라는 자신이 이용당했음을 알고 있었다. 더 나쁜 것은, 그럼에도 그 일을 즐기고 있다는 점이었다.

앤절라는 이런 일이 처음이었다. 다소 평범한 영국 중부 지방 여자의 성향으로는 불가능한 일이었다. 쉽사리 일어나는 일도 아니었다. 앤절라 같은 사람은 그런 일을 절대 고려하지 않을뿐더러 사실상 아무도 요구하지 않았기 때문이다. 그런데도 어정쩡한 거부조차 하지 않고 월터에게 이끌렸다. 솔직히 말하면, 열정에 이끌렸다. 어리석고, 잘못됐고, 음탕한 짓임을 알면서도……. 앤절라는 지나가는 웨이터에게서 샴페인 한 잔을 더 건네받았다. 그리고 시계를 바라보며 한 모금씩 홀짝였다. 흥분에 휩싸인 복부가 두근거렸다. 오늘 밤, 5분 후에 다시 월터를 만나기로 했다. 행사가 열리는 이곳에서, 정장을 쫙 빼입은 넘쳐나는 군중들 틈에서. 미친 듯이 멍청하고 터무니없으면서 엄청난 흥분이 몰아쳤다.

앤절라는 샴페인을 천천히 홀짝이며 로비 저쪽을 향해 걸어갔다. 아치형의 커다란 문간에 이르자 샴페인잔을 모두 비웠다. 그리고 잔을 내려놓은 뒤 로비에서 슬그머니 빠져나왔다.

마침내 카트리나는 황태후에게서 간신히 몸을 비틀어 도망쳤다. 쏙 빠진 기운을 되살리기 위해 랜들이나 샴페인잔을 죽어라 찾아다녔다. 남편의 흔적은 아직 보이지 않았지만, 새 샴페인잔을 막 잡아챘다. 그때 사방이 순식간에 아수라장으로 변했다.

복도 아래쪽에서 갑자기 펑 하는 소리가 크게 울렸다. 강렬한 푸른 불빛이 비치며 귀청이 찢어질 듯한 사이렌 소리가 울리기 시작했다. 고통스러울 만큼 눈부신 붉은 빛도 번쩍였다. 잠시 아무도 로비에서 움직이지 않았다. 그러다 사람들이 웅성대기 시작했고 소리가 점점 커졌다. 혼란에 빠진 사람들은 무슨 일이 일어났는지, 어떻게 해야 할지 몰라 허우적거렸다.

그때 두 번째 폭발이 일어나 모든 불이 꺼졌다. 누군가 비명을 질렀고, 혼비백산한 손님들은 출구 쪽으로 우르르 몰려가 앞다투어 도망치기 시작했다.

누군가 카트리나를 대리석 기둥으로 밀치며 팔꿈치를 세게 때리는 바람에 드레스 앞쪽에 샴페인을 다 쏟고 말았다. 카트리나는 무슨 일이 일어났는지 보려고 복도 아래로 급히 달려가고 싶었다. 남편을 지켜야 한다는 책임감과 가슴을 후벼 파는 걱정이 뒤섞였다. 랜들이 어쩌면 거기 있을지도, 무언가에 다쳤을지도 모른다. 하지만 서둘러 빠져나가려는 사람들 때문에 대리석 기둥에서 꼼짝할 수 없었다. 어떻게든 벗어나려고 몸부림쳤지만 그럴 수가 없었다. 그래서 한참 동안 기둥을 등지고 눌린 채 그 자리에 갇혀버렸다. 그러다 광란의 돌진이 잠시 잦아들며 짧은 휴식이 찾아왔다. 카트리나는 사람들 무리를 슬며시 빠져나와 재빨리 폭발이 일어난 복도로 향했다.

복도는 어두웠다. 하지만 비상등 덕에 미국인과 이란인 등 최소 10여 명의 경비원들이 복도 맨 끝으로 달려가는 모습을 희미하게나마 확인할 수 있었다. 카트리나는 혹시 위험을 자초하는 행동이 아닐까, 하고 망설였다. 하지만 나는 에버하르트이고 여긴 내 박물관이라고 여기며 마음을 다잡았다. 그리고 뾰족한 힐이 버텨주는 한 빨리 경비원들을 쫓아가기로 했다.

복도 끝에 도착하니 모든 경비원이 설비실 주위에 반원 모양으로 서 있었다. 문은 반쯤 열려 있었다. 카트리나는 주변 정황을 알 수 없었지만, 설비실 안에서 웅얼거리는 소리가 들렸다. 누군가 이성을 잃었는지, 반은 가냘프게 흐느끼고 반은 울부짖는 소리를 내고 있었다. "좀 지나갈게요." 카트리나가 경비원들을 밀치며 설비실 안이 훤히 보이는 문 앞으로 나아갔다. 그러고는 깜짝 놀라 경비원들 앞에 멈춰 섰다.

앤절라가 설비실 안에서 주먹을 입속에 밀어 넣은 채 무릎을 꿇고 있었다. 앤절라 옆에는 덩치 큰 몸뚱이가 푹 쓰러져 있었다.

"앤절라……?" 카트리나가 말했다.

앤절라가 입에서 주먹을 떨어뜨리더니 더 크게 흐느꼈다. "그 사람이 죽었어요." 앤절라가 말했다. "월터가 죽었어요." 그러고는 다시 목 놓아 울부짖었다.

첫 폭발의 메아리가 여전히 복도에 울려 퍼지는 중이었고, 전시장의 경비원들은 바로 대응에 나섰다. 자동화기로 무장한 경비원들은 안전장치를 풀고 전투 태세를 갖추어 설비실 안으로 진입할 준비를 했다. 문 맞은편에 있던 사보 중위가 외쳤다. "리드! 스나이더! 트레메인! 확인해봐!" 폭발 현장을 향해 부하 세 명에게 손을 흔들었다. 세 사람은 곧바로 힘차게 뛰어 들어갔고, 혁명수비대원 몇이 뒤따랐다.

나머지 경비원들은 만일의 사태에 대비하고 있었다. 사보를 포함한 네 명, 거기에 혁명수비대원 여섯 명까지. 경비원들 훈련이 꽤 철저했는지, 잠시 후 한 남자가 다급하게 전시장으로 들어왔지만 단 한 발의 총성도 들리지 않았다.

사보는 단번에 그를 알아보았다. 랜들 밀러 관장이었다. "쏘지 마!" 사보가 소리쳤다. "박물관 사람이다!"

이란과 미국 두 나라의 경비원들은 다시 전투태세를 갖추고 바깥쪽을 향했다. 사보가 랜들에게 손짓했다. "무슨 일입니까?" 그리고 물었다. "대체 무슨 일이냐고요!"

"경보기가 다 꺼졌어요!" 랜들이 흥분한 소리로 말했다.

"예비 경보기가 켜져 있습니다." 사보가 말했다. "뭐가 폭발했습니까?"

"주의를 다른 데로 돌리려는 것 같아요." 랜들이 말했다. "누군가 보석을 노리고 있어요!"

"몇 명이죠?" 사보가 말했다.

"많지 않을까요?" 랜들이 말했다.

사보가 고개를 끄덕이며 동의했다. 신문마다 무장 경비원의 수와 정교한 보안 장치에 관한 기사가 자세히 실렸다. 누구든 진짜로 보석을 노리고 있다면, 대규모 무장 병력을 거느리고 있을 것이다. 사보는 그렇게 생각하는 놈들이 많다는 걸 잘 알고 있었다. 그는 재빨리 전시장 안을 둘러보았다. 안으로 들어오는 길은 정문과 방화문 둘뿐이었다. "좋았어." 사보가 말했다. "자, 그렇다면……."

두 번째 폭발음이 들리자 사보가 말을 끊었다. 처음보다 훨씬 가까운 데서 들려왔다. 전시장 불이 꺼졌고 사보는 행동을 개시했다. "문을 엄호해!" 그리고 자기 팀을 향해 팔을 흔들며 소리쳤다. 한쪽을 흘겨보니, 주위를 둘러보다가 가운데 유리 상자 옆으로 이동하는 랜들이 보였다. 빌어먹을 거대한 다이아몬드가 들어 있는 상자였다. 사보는 눈살을 찌푸렸다. 랜들은 민간인에 불과했지만, 사보가 놓친 것을 알아냈을 만큼 예리했다. 모든 경비원이 바깥쪽을 향하고 있어 가운데 상자는 언제든 위험에 노출될 수 있었다. 사보는 부하 중 한 명을 가리키며 외쳤다. "브라운! 중앙!"

브라운은 곧바로 방 한가운데로 달려가 '빛의 바다'가 있는 상자 옆에 자리 잡았다. 이란 혁명수비대 지휘관도 뭐라고 소리쳤고, 대원 두 명이 쿵쿵거리며 달려와 브라운과 합류했다. 이미 두 팀으로 갈라진 나머지 경비원들은 두 개의 문을 마주 보고 있었다. 블랙해트와 이란인들 모두.

비상등이 깜박거리다가 다시 켜졌다. 경비원들은 긴장이 고조되자 꼼짝도 하지 않은 채 자리를 지켰다.

꼬박 3분 동안 아무 일도 일어나지 않았다. 사보는 주위를 빙 둘러보며 혹시 못 보고 지나친 건 없는지 휙휙 훑었다. 사보의 부하들은 언제든 전투를 벌일 태세였고, 이란인들도 마찬가지였다. 사보는 랜들이 여전히 전시실 한가운데, 경비원들 약간 뒤에, 다리 아…… 어쩌고 하는 거대한 보석을 담은 상자 바로 옆에 서 있음을 주목했다. 랜들은 마치 자기가 사보의 팀원이라도 되는 양 경계 태세를 취하는 것처럼 보였다. 자기를 통과하려는 자는 상대가 누구든 덤벼들 것같이. 그 모습에 사보는 거의 웃음을 터뜨릴 뻔했다.

쿵쿵거리는 발걸음 소리가 나더니 블랙해트 대원인 스나이더가 전시장 안으로 들어왔다. "이것 좀 보십시오." 그가 말했다.

앤절라가 다시 미친 듯이 울부짖기 시작하자 카트리나는 본능적으로 앞으로 나서 앤절라를 껴안았다. 친구도 아니고 잘 아는 사이도 아니었지만, 그렇게 해야 옳은 듯했다. "괜찮아." 카트리나가 앤절라를 두 팔로 감싸며 말했다. "괜찮아." 그리고 같은 말을 반복했다. 사람들이 왜 미친 듯이 흥분한 사람에게 늘 그런 말을 하는지 의아했다. 사실은 절대 괜찮지 않은 상황인데 말이다. "자, 진정해." 카트리나가 앤절라를 시체에서 멀리, 설비실 밖으로 끌어내며 말했다. 두 사람이 다 빠져나왔을 때 카트리나는 힐끗 뒤를 돌아보았다.

설비실은 두 사람이 설 수 있을 만큼 넉넉한 공간이었지만, 둘이 딱 붙어 있을 때만 그럴 수 있었다. 뒷벽에는 회로차단기를 덮은 작은 금속 문이 있는데, 열려 있었다. 차단기 중 한 대가 패널에서 튀어나와 전선에 매달려 있었다. 전선은 벗겨졌고, 이미 녹은 피복재 끝자락이 여전히 차단기와 연결되어 있었다. 또 다른 끝은 아래로 늘어져 있었다. 마치 가늘고 검게 그을린 화살처럼.

덩치 큰 남자는 설비실 벽에 등을 기댄 자세로 쭉 뻗어 있었다. 오른손에는 스크루 드라이버가 들려 있었다. 드라이버 끝은 매달린 전선처럼 검게 그을었고, 마치 불 속에 꽂혔던 것처럼 거무스름한 얼룩이 번져 있었다.

엄청난 전기 충격을 받아 죽은 남자의 얼굴이 심하게 일그러져 있었다. 하지만 카트리나는 남자를 알아보았다. "기억난다"라는 말로 랜들을 섬뜩하게 위협하며 이상한 반응을 보였던 보안팀 남자. 팀장이라고 불렸던 사람. 그는 확실히 죽었다.

한 남자가 빙 둘러싼 구경꾼들을 밀치고 나왔다. 위엄 있어 보이는 얼굴에 완벽하게 손질한 흰 머리, 아주 멋진 턱시도를 입은 남자였다. 카트리나가 보기에 이탈리아 명품인 제냐 턱시도를 입은 것 같았다. 남자가 시체를 보며 얼굴을 찡그리다가 카트리나를 보았다. 경찰청장이었다. "수사를 지시했어요." 그가 말했다. "5분 뒤 이곳에 경관들을 배치하겠습니다."

"감사합니다, 청장님." 카트리나가 말했다.

경찰청장이 말한 대로 5분 만에 경찰이 도착했다. 팀장은 틀림없이 불행한 사고로 사망한 것으로 보였다. 형사들도 처음에는 인정하는 분위기였다. 하지만 카트리나를 보고 그녀의 신분을 알았을 때, 의견이 바뀌었다. 경찰 업무에서 '우연의 일치'라는 말은 금기어였지만, 블레드소 팀장의 갑작스러운 죽음은 그렇게 우연한 일로 보이지 않았다. 경찰은 사건 현장을 떠나려 하지 않았다. 적어도 카트리나와 함께 있어야 했다. 카트리나가 죽은 남자를 몰랐고, 그를 죽일 이유가 전혀 없었고, 사건이 일어났을 때 설비실 안에 목격자가 많았다는 사실은 중요하지 않았다. 불가사의한 사망 사건의 살인자로 의심되는 누군가가 거기 있었다는 점이 훨씬 중요했다.

다행히도 카트리나의 오빠 에릭이 잠시 후에 도착했다. 에릭은 상당한 정치적, 재정적 영향력을 과시하며 청장에게 몇 마디를 건넸고, 청장은 고개를 끄덕이고 돌아서서 형사들에게 뭔가를 지시했다. 형사들은 카트리나 없이 떠나길 꺼렸지만, 청장이 눈썹을 치켜들고 있어서 어쩔 수가 없었다. 그래서 전시회에 당연히 참석했던 이란 문제 담당 차관과 함께 이야기를 나눴다. 카트리나는 차관이 "외교적으로 불행한 결과" 또는 "국제적 사건" 같은 무게 있는 구절을 들먹이는 소리를 들었다. 결국 형사들은 마지못해 팀장의 죽음을 사고라고 선언했고, 법의학 팀에게 단지 "이목을 끌지 않는 사건"이라는 말만 남기고 10분 후에야 사라졌다.

쉽지 않았다. 하지만 해야 했다.

그래서 해냈다. 내가 할 수 있는 유일한 방법으로.

선택의 여지가 없었다. 전혀. 그 자식이 큰 골칫거리였다. 몸집이 크고, 민첩하고, 비열하고, 의심스럽고, 잘 단련되어 있고, 경험이 많고, 힘도 셌다. 게다가 경계를 늦추지 않았을 것이다. 내가 뭔가 시도하기를 기다리고 있었을 것이다.

그래서 나는 시도하지 않았다. 하지만 나는 개자식을 꼭 처리해야 했다. 아니 더 정확히 말하면, 그 자식 스스로 자신을 처리하도록 했다.

나는 그 자식을 처리할 적절한 방법과 장소를 물색했다. 사실, 효과가 있음직한 네 곳을 찾아냈다. 많은 일이 벌어지는 큰 건물이라 어렵지 않았다. 그러다가 그 자식이 네 곳 중 한 곳에 언제 오는지를 알아냈다. 정말 쉬웠다. 그곳에 가야 할 정말로 타당한 이유가 있다면 굳이 기웃거리거나 엿듣는 행위를 할 이유가 없으니까.

내가 먼저 그곳에 도착했다.

작은 벽장이었다. 하지만 나름 여유로워서 두 사람이 들어가 설 수 있었다. 주회로 차단기 패널이 설치된 공간인데, 바로 내가 원했던 일이다. 몇 가지는 살짝 수정해야 했지만. 매우 공들여 작업했는데도 5분 정도밖에 걸리지 않았다. 내가 일을 끝냈을 때 그 자식이 문을 열었다.

그러고는 나를 뚫어지게 보며 2초 동안 서 있었다. "이 개자식, 대체 여기서 무슨 짓을 하는 거야?" 그가 내 왼손에 있는 전기 부품을 보며 물었다. 한쪽 끝에 있는 두꺼운 푸른 전선이 회로차단기 패널의 빈 슬롯으로 이어지고 있었다.

나는 굳이 겁먹은 표정을 지을 필요가 없었다. "아!" 내가 더듬거리며 말했다. "저, 저, 어, 이걸 그냥…… 저 안으로 다시 들여놓게요." 나는 오른손에 든 스크루 드라이버를 패널 구멍 앞에서 흔들었다. "그냥, 어…… 도로 갖다 놓을게요."

"젠장." 그가 말했다. "당신이 무슨 짓을 할지 누가 알아? 이리

내." 그리고 내가 계획한 대본을 읽은 것처럼 끼어들더니 드라이버를 낚아챘다. 그리고…….

솔직히 말하면, 내가 원하는 대로 사람들을 정확히 조종하기란 어렵지 않다. 일반적으로 사람이란 예측 가능한 존재다. 작은 차이점을 알아내려면 그저 그들을 보고 읽으면서 행동 패턴을 파악하기만 하면 된다.

나는 이 남자가 보통 사람들보다 훨씬 더 괴팍하고, 적대적이고, 고약하고, 의심이 많다는 사실을 알고 있었다. 그러니 일은 식은 죽 먹기였다. 이봐, 대장. 엿이나 처드셔. 내가 무슨 짓을 하는지 놈이 알아채더라도 단지 나를 막는 걸로 끝내지 않았을 터다. 내가 하던 걸 빼앗아 자신이 처리할 게 뻔했다. 그래야 직성이 풀리는 놈이었고, 그게 바로 놈의 패턴이었다.

나는 그냥 서서 놈이 하도록 내버려두었다. "빌어먹을, 움직이지마." 그가 말했다. "당신한테 볼 일이 있으니까." 그러고는 으르렁거렸다. "이 개자식, 드디어 기억났어. 어디서 봤는지. 해명을 좀 들어야 할 것 같은데." 그러고는 내가 납작해지도록 벽으로 밀어붙였다.

나는 내 역할을 했다. 당황해하며 겁에 질려 제정신이 아닌 척했다. 그가 부품을 찾아 헤매는 동안 나는 4초 내지 5초 동안 얼간이처럼 행동했다. 일은 대본대로 진행되었다. 그가 부품을 회로차단기 구멍에 끼우고, 스크루 드라이버를 고정 나사에 꽂았다…….

번쩍.

쾅.

쿵.

문제 해결.

사보 중위는 티뷰론 대원들과 함께 서서, 짐을 꾸려 떠나는 경찰들을 지켜보았다. 물론 사보는 티뷰론 대원 대부분을 알고 있었다. 그들과 네이비실에서 함께 복무했으니까. 사보는 다른 사람들, 심지어 잘 알지 못하는 사람들 앞에서도 거리낌 없이 자기 생각을 말했다. 그들은 여전히 베테랑 특수부대원들이었다. 비록 지금은 아주 작은 사기업에 있지만, 유대감은 아직도 매우 끈끈했다.

"다 헛소리야." 로비를 어슬렁거리다 맨 마지막으로 박물관을 나오던 형사가 말했다. "사고가 아니라니까."

티뷰론 대원 맬러리가 고개를 끄덕였다. "팀장님은 드라이버를 어떻게 잡아야 하는지도 몰랐어요." 그가 말했다. "팀장님이 두꺼비집을 갖고 장난칠 리 없어요. 저한테 전화해서 물어봤을 거라고요."

사보가 고개를 끄덕였다. 맬러리는 사보의 대답을 기다렸다. 사보가 더 이상 말이 없자, 맬러리가 입을 열었다. "경찰들은 그냥 모른 체할 거예요."

사보가 맬러리를 바라보았다. "우리는 그렇지 않아." 그가 말했다. "하지만 행동에 나서기 전에 먼저 이유를 알아내야 해." 그러고는 부하들을 둘러보았다. "누가 블레드소를 죽였을까?"

29장

젠장.

젠장, 젠장.

망할, 제기랄, 빌어먹을.

이 세상 모든 욕이 끊임없이 튀어나왔다.

염병할! 내가 그렇게 가까이 갔는데, 딱 그 자리에, 쓸데없이 부지런히 움직이는 경비원들 때문에 모든 일이 궤도를 벗어났다. 잘 조율한 엔진처럼 제대로 돌아가고 있었는데, 경보기가 꺼지자 엔진 소리가 멈추고 말았다. 내가 생각했던 대로 굴러가지 않았다. 팀장을 처리하는 일은 순조롭게 진행됐다. 그리고 휴······. 내가 말했듯이, 모든 일이 잘 굴러가고 있다는 것은 단지 큰 일을 처리할 준비가 되었다는 뜻이다. 그리고 내가 합선을 일으키자 덩치 큰 녀석은 숨죽은 샐러드처럼 힘없이 늘어졌다.

이런 일을 워낙 오랫동안 해왔기 때문에, 제대로 굴러가는 일이란 없다는 것쯤은 알고 있다. 라일리의 제6법칙: 개떡 같은 일이 생길 수 있으니 만반의 준비를 하라.

한편으로는 내가 실수를 해서 기뻤다. 말했듯이, 만사가 술술 순조롭게 풀리면 나는 초조해진다. 그래서 모든 일이 기름칠한 볼링공처럼 잘 굴러갈 때, 이미 불안했었다. 뜻밖에도 두 개나 되는 장애물에 부딪혀 공이 살짝 휘고 나니 차라리 긴장이 조금 풀렸다. 빌어먹을! 좋아! 마음 놓고 즐기자!

그래, '제2안'으로 가자.

나는 늘 대안이 있다. 가끔은 하나 이상의 대안을 마련한다. 어느 쪽을 선택하느냐에 따라 그걸 써먹을 시기와 방법이 달라진다. 이 시점에서 나는 마지막 경기에 임하고 있다. 두 번의 사소한 사고가 없었다면, 확실히 성공했을 텐데.

성공이 아주 가까이에 있다. 의심의 여지가 없다. 내가 어떻게 할 것인가에 달려 있을 뿐이다. 아니, 더 정확히 말하자면…… 누가 할 것인가.

상황이 잠잠해지자 나는 어두운 밤 속으로 슬그머니 달아났다. 음악을 틀어놓고 '옥상 급행열차'로 시내를 향해 가로질렀다. 질주하기에 딱 좋은 밤이었다. 시원하고 청아했다. 나는 버디 홀리의 곡을 틀었다. 〈한번 생각해봐Think It Over〉에 이어 〈울며, 기다리며, 바라며Crying, Waiting, Hoping〉와 〈어떻게 해야 할까What to Do〉가 연이어 흘러나왔다. 그리고 거리로 내려가기 직전, 옥상에 멈춰 서서 모스 앨리슨으로 바꿨다. 둘 다 선택의 여지가 없었다. 그냥 딱 어울리는 것 같았다.

내 물품보관실에 도착하자, 프리텐더스의 노래가 흐르고 있었다. 기분이 꽤 좋았다. 노래해, 크리시(프리텐더스의 리드 보컬—옮긴이). 나는 보관실 안으로 들어가 문을 닫은 뒤 가짜 신분증이 든 서류철을 꺼냈다. 그리고 납작한 트렁크에 앉아 신분증들을 획획 넘겼다.

이번에는 누가 제일 잘해낼까? 내게는 상황에 따라 열두 명의 인물, 열두 가지가 넘는 선택지가 있다. 신분증, 신용카드 등을 갖춘 종합 세트로. 이런 물건은 구하기 쉽다. 단지 알맞은 거래처와 약간의 현금, 아니면 암호화폐가 있으면 된다. 보통 암호화폐가 더 낫다. 소위 다크웹(우리가 흔히 쓰는 구글 등으로 접속할 수 없는, 암호화된 네트워크로 불법 무기나 마약류를 거래하는 데 이용된다—옮긴이)이라고 하는 인터넷망을 이용하면 쉽고 저렴하게 구할 수 있지만, 그곳에선 현금보다 암호화폐를 쓰는 게 좋다. 훨씬 안전했다.

이처럼 새로운 신분은 저렴한 데다 구하기도 쉽다. 나는 늘 멋진 신분을 많이 준비했다. 내가 앉아 있는 트렁크에는 가발, 옷 등 맞춤한 준비물이 모두 들어 있다. 모니크는 신분에 어울리는 장식품을 만들 때도 도움을 줬다. 특히 세부 사항이나 장신구 같은 것들. 하지만 그녀는 내가 언제 어떤 신분을 사용할지 전혀 모른다. 그걸 알리는 건 내가 무슨 짓을 하고 있는지 실토하는 것이나 다름없고, 그러면 터무니없는 위험까지 감수해야 한다. 내가 아무리 모니크를 각별히 생각한다 해도. 하지만 모니크가 디자인한 옷이나 장신구를 걸칠 사람이 있다는 것은 재미있는 일이다. 모니크 역시 이를 좋아했다.

나는 각 신분을 찬찬히 살피며 지금 상황에서 무엇을 어떻게 써먹을지 곰곰이 생각했다. 이번에는 누구로 변신하지? 에이징아트(사물이 자연스럽게 산화하는 원리를 이용한 예술—옮긴이) 비평가? 어쩌면 지금 상황에 적합할지도 모르겠지만, 실제로 이용할 만한 시나리오가 없었다. 나는 두어 개 더 훑어보았다. 덩치 크고 뚱뚱한 얼뜨기. 전시장에 들어온 그가 심장마비를 일으키고, 그래서 모두 당황해 정신이 없는 찰나에 기회를 노릴까? 나는 이미 뚱뚱한 몸집에 어울리는 양복을 입은 적이 있었다. 바로 내 뒤에 걸려 있다.

하지만 '제1안'을 날려버린 일과 같은 문제에 부딪혔다. 경비원들이 당황하지 않을 게 뻔했다. 그들은 능수능란했다. 두 번째 뚱보가 바닥에 쓰러지면 그들은 안전장치를 풀고 응급처치를 시도할 만한 사람을 찾을 것이다. 그러면 사람이 너무 많아진다. 나는 얼뜨기를 획 지나 몇 가지를 더 살펴보았다. 경비원들이 내가 원하는 대로 반응하도록 주의를 분산시켜야 했다. 그래야 자유롭게 행동할 수 있을 것이다. 어떤 선택지든 비슷한 분위기를 만들 수는 있는데 계속 같은 문제에 부딪혔다. 너무 많고 너무 훌륭한 경비원 자식들.

이 자식들을 어떻게 하지? 그들은 일반 청원경찰보다 훨씬 뛰어났다. 꼭 새로운 개념의 보안 장치 같았다. 어떻게 해야 틈을 노릴 수 있을까? 딱 5초면 끝나는데, 이 개자식들은 나한테 2초도 여유를 주지 않는다.

신분증 꾸러미 끝자락을 넘기다 갑자기 무언가 떠올랐다. 문제는 경비원들의 실력도, 숫자도 아니었다. 진짜 골치 아픈 사실은 남자 한 명으로는, 심지어 나조차도 혼자서는 역부족이라는 것이다. 내게 필요한 건 두 명이었다. 한 명은 주의를 산만하게 만들고, 다른 한 명은 연극을 해야 한다.

이제야 말이 되네. 또 한 사람을 물색해야 하는데 누가 있을까? 내가 그만큼 믿는 사람은 이 세상에 아무도 없다. 정말 아무도. 그리고 내가 믿지 않는 사람이 날 도와주기는 할까?

바보 같은 생각이다. 나는 그 생각을 털어내고 파일을 끝까지 휘리릭 넘겨버렸다. 여러 가능성이 있다. 하지만 정말 아무것도……

잠깐만.

아주 잠깐이면 돼.

이따금 별난 생각이 떠오를 때가 있다. 조금이라도 그런 생각이 떠오르면 무작정 줏어 들고 일단 훑어보자. 열 번 중 아홉 번은 그냥 날려버리겠지만.

하지만 문제의 열 번째…….

라일리의 제10법칙: 보는 방법에는 항상, 적어도 두 가지가 있다.

내 문제를 해결하려면 또 한 사람이 필요하다는 사실을 깨달았다. 하지만 믿을 수 있는 사람이 아무도 없다. 친구도 없고, 솔직히 말해 어떻게 적을 믿을 수 있단 말인가? 적은 사방에 널렸다.

하지만…… 거꾸로 생각해보자. 난 적들을 믿을 수 있다. 놈들은, 빌어먹을, 매번 똑같은 짓을 하니까 믿을 수 있다. 항상 자기들 이익을 위해 행동하는데 대부분 내 이익과 엇나갔다. 그런 이유로 놈들은 내 적이 됐다. 놈들이 자기 몫만 챙기고 나를 엿 먹이려 한다면, 내가 할 일은 놈들의 행위를 예상하고 그 길목에 소소한 덫을 놓는 것뿐이었다. 그래서 그들이 스스로 무언가 필요한 일을 하고 있다고 생각할지라도, 사실상 완전히 다른 일을 하게 될 것이다. 나를 도와주는 일.

나는 답을 알고 있었다. 거의 확신했다. 서류철을 내려놓고 다시 뮤직플레이어를 켠 뒤 곰곰이 생각했다.

이 생각은 매우 의외였기 때문에 진짜 의외의 음악을 틀었다. 미지의 음악, 브라이언 이노의 〈공항을 위한 음악Music for Airports〉. 나는 눈을 감은 채 음악이 안내하는 공간을 따라갔다. 사방이 탁 트인 거대하고 모호한 곳. 그리고 생각했다.

내 적들을 생각했다. 적의 명단은 길었지만, 잘 따져보면 범위를 좁힐 수 있었다. 어떤 놈이, 어떻게 이번 일에 딱 들어맞을지, 또 어떤 놈이 어떤 미끼에 달려들지를 생각했다. 어떤 놈이 내가 원하는 대로 미끼에 들러붙을 것인가. 그리고 나서 나를 엿 먹인 사람을 생각했다. 여전히 뼈아픈 기억. 나는 그를 훑어보았다. 강점과 약점, 습관 그리고 증오심까지. 진심으로 이 사람이 되고 싶어서 두 번이나 분석했다. 마침내 나는 결정했다. 완벽하다.

좋아, 이제 2단계. 덫을 어떻게 놓을지, 누가 가장 잘 놓을지 신분증 꾸러미에서 찾아야 한다.

납작한 트렁크에 얼마나 오래 앉아 있었는지 모르겠다. 이노의 곡도 끝났고, 엉덩이도 아팠다. 아무래도 시간이 좀 걸렸나 보다. 하지만 그런 건 중요하지 않다. 중요한 점은 내게 계획이 있다는 것이다. 나는 누가 되어야 할지 알고 있었다. 그리고 여기에 딱 어울리는 적이 있었다.

나는 크게 숨을 들이쉬며 미소 지었다. "항상 방법은 있어." 그리고는 신분증 꾸러미를 열어 그중 하나를 뽑았다. "바로 이거야."

사진을 바라보았다. 이거 정말 재밌겠군.

"팀장님을 싫어하는 사람들이 많았어요." 맬러리가 말했다. 그리고는 전시장 보안 제어판 옆에 모인 특수부대 출신 대원들을 둘러보았다. "하지만 팀장님에게는 적이 없었죠. 그러니까……."

"팀장님을 진짜 죽이고 싶어 한 사람은 아무도 없었어요." 스나이더가 고개를 끄덕이며 말했다.

"젠장." 사보가 말했다. "나는 블레드소를 여러 번 죽이고 싶었는데. 물론 진심은 아니지만."

대원들은 모두 생각에 잠겨 한참 동안 말이 없었다. 트레메인이 살짝 주저하며 침묵을 깼다. "저기……." 그가 말했다. "터번 머리 중 누군가가……?"

"젠장, 말도 안 돼." 맬러리가 말했다. "다들 착한 광신자처럼 굴 잖아."

사보가 고개를 끄덕이며 인정했다. "이란 녀석들은 모든 일이 순 조롭게 진행되길 바라고 있네." 그가 말했다. "행동도 훌륭하고."

"음." 테일러가 얼굴을 찡그리며 말했다. "팀장님과 눈 맞은 여자 는요?"

"그 여자는 팀장님이 죽어서 끝났지, 뭐. 엄청나게 울어댔잖아." 스나이더가 말했다. "그런데 그 여자가 팀장님을 왜 죽이겠어?"

"아니, 내 말은…… 그 여자가 아니라……." 테일러가 고개를 저 으며 말했다. "아마 누군가 있지 않을까. 전에 그 여자랑 사귄 사람 이라든가. 그래서 질투를 했다거나……."

테일러의 말에 대원들은 잠시 생각에 잠겼다. 사보가 먼저 입을 열었다. "아니, 그건 아닌 것 같네."

"음, 지랄 염병할 놈들." 트레메인의 말투가 왠지 구수하게 들렸 다. "지금 이 시점에서는 다른 이유가 없잖아요. 그 여자가 아니면 대체 누구라는 거예요, 중위님?"

사보가 어깨를 으쓱하며 턱수염을 어루만졌다. "나도 잘 모르지 만 글쎄, 어쩌면……." 그러고는 갑자기 말을 끊더니 고개를 한쪽으 로 갸우뚱했다.

"뭔데요?" 스나이더가 물었다.

"블레드소가 한 말이 있어. 그 일이 있기 전에." 사보가 천천히 말 했다. "수염으로 얼굴이 어떻게 바뀌었는지…… 그리고 누구 얼굴 이 바뀌었는지에 관한 거였지."

"젠장." 테일러가 말했다.

"빌어먹을." 트레메인이 말했다. "저 여자는 못생겼지만, 수염은 없잖아요."

"하지만 트레메인 말이 맞다면……." 사보가 말을 이었다.

"제 말이 맞다니까요." 트레메인이 말했다. "뭐가 맞다는 거예요, 중위님? 그 여자 수염요?"

"여기서 수염을 기른 남자는 이제 한 명뿐이야." 사보가 말했다. "터번 머리 빼면."

"그 꽃미남요? 그냥 새침한 친구던데." 스나이더가 말했다.

"그래, 그 사람. 밀러 관장." 사보가 말했다.

"중위님, 그렇게 예쁜 남자가 선수를 쳐서 팀장님보다 앞서갔을 리 없어요." 테일러가 말했다.

"어쨌든 누군가는 그랬겠지." 사보가 말했다. "수염을 기른 어떤 사람." 그러고는 대원들을 둘러보았다. "또 다른 사람은 없을까?"

또다시 침묵이 흘렀다.

"좋아요." 마침내 테일러가 말했다. "그럼 이제, 그 남자를 어떻게 하죠?"

사보가 고개를 끄덕였다. "내 생각은 이렇네." 대원들이 더 가까이 다가서며 사보의 말에 귀를 기울였다.

"굉장했어." 랜들이 말했다. "이렇게 흥미진진한 개막 행사는 처음이라니까요." 그는 주로 아침 식사 때 이용하는 부엌 쪽, 통유리창이 난 내실에 앉아 있었다. 맞은편에 앉은 카트리나가 빈 그릇들을 한쪽으로 밀어냈다.

카트리나는 얼굴을 찡그렸다. 아침 햇살에 눈이 부셨다. 샴페인을 너무 많이 마신 데다 잠이 부족했다. 그래서 스마트 유리창을 제어하는 다이얼로 손을 뻗었다. 태양이 나무 위로 떠오른 시간대라 너무 밝았다. 카트리나는 다이얼을 돌려 유리창 밝기를 한 단계, 또 한 단계 낮추었다. "너무 흥분했어. 자제했어야 하는데." 그리고 여전히 얼굴을 찡그리며 말했다. 카트리나가 커피를 홀짝이며 조간신문을 들었다. "〈뉴욕타임스〉는 별 감흥이 없었나 봐요."

랜들이 어깨를 으쓱했다. "걱정할 필요 없어요." 그가 말했다. "〈뉴욕포스트〉는 좋아하겠죠."

"그게 좋은 일이에요?" 카트리나가 말했다. 그러다 한숨을 내쉬며 살짝 웃었다. "물론 에릭 표정은 볼 만했지만."

랜들이 코웃음을 쳤다. "불평불만 말고 다른 감정이 있는 줄 몰랐어요."

"당연하죠." 카트리나가 말했다. "충격과 분노도 있으니까요."

"그리고 어젯밤에 본 표정도 있었죠. 뭐라고 부를까요?"

"음, 메스꺼울 정도의 못마땅함?" 카트리나가 말했다.

랜들이 고개를 끄덕이며 커피를 홀짝였다. "음." 그가 말했다. "마음에 드는데요."

두 사람은 잠시 말이 없었다. "그나저나 불쌍한 앤절라." 카트리나가 말했다. "틀림없이 만신창이가 됐을 거예요!"

"남자 친구는 훨씬 더." 랜들이 말했다. "죽었잖아요."

"앤절라가 그럴 줄은……. 상상하기가 좀 힘들지만." 카트리나가 고개를 저었다.

"왜 말을 흐려요?" 랜들이 말했다. "죽은 자를 욕보일까 봐?"

"비슷해요."

"글쎄요." 랜들이 말했다. "언젠가는 다들 누군가를 사랑하잖아요."

"설비실에서 그런 일이 일어났대도 그게 사랑인지는 모르겠어요." 카트리나가 말했다.

"맞아요, 우리는 안 해봤으니까. 그렇다면⋯⋯."

"랜들, 그만해요." 카트리나가 말했다. "내 말은, 남자가 죽은 거요."

"그건 말할 가치가 없고요." 랜들이 말했다. 그리고 시계를 힐끗 보았다. "이런, 늦었네요."

"뭐가 늦었는데요?" 카트리나가 일어서며 말했다.

"아, 너무 경황이 없어 당신한테 말하는 걸 깜빡했네요." 랜들이 말했다. "북부에 있는 경매소에 가려고요. 버스비라든가?"

"처음 듣는 이름인데요." 카트리나가 말했다.

"음, 북부에 있대요." 랜들이 말했다. "그리고 내가 말하는 경매는, 당신도 알다시피 농기구 상자나 오래된 백과사전 거래예요. 가끔 사슴 머리도 나오고요."

"정말 그것 때문에 오늘 박물관에 안 간다고요?" 카트리나가 말했다. 그러고는 다시 얼굴을 찡그리며 말했다. "우리한테 사슴 머리 따위는 필요 없잖아요? 세상에, 랜들. 박물관에 너무 많은⋯⋯." 카트리나가 말을 툭 끊고는 고개를 저었다.

"사고 때문에 수습할 일이 너무 많죠." 랜들이 말했다. "헝클어진 깃털도 펴야 하고. 그런 일은 나보다 당신 오빠가, 팀이 훨씬 더 잘 할 거예요."

"나도 박물관에 갈 거고요." 카트리나가 말했다. "하지만 그래도⋯⋯."

"이번 출장이 성과를 거두면 박물관의 자랑거리가 될 거예요." 랜들이 말했다. "버스비 씨가 그러는데 마사초(이탈리아 화가―옮긴이)의 작품을 발견한 것 같대요."

"그게 그림이에요, 자동차예요?"

"그림이겠죠." 랜들이 말했다. "15세기 자동차가 여태 살아남았을 리가요."

"그런데 비스보 씨는 진위를 구별할 수 있대요?"

"버스비요." 랜들이 그녀의 말을 바로잡았다. "물론 진짜일 가능성은 희박하지만, 내가 확인하지 않으면 의무 태만이겠죠. 게다가……." 그러고는 서서 접시를 치우며 덧붙였다. "버스비 씨는 내가 오늘 도착해야 경쟁에서 한발 앞설 거라고 장담하더군요. 메트로폴리탄 미술관은 아직 출장 경비를 청구하는 서류를 작성 중일거예요." 랜들이 더러운 접시를 개수대에 넣었다. "그러니까 하루만 내게 시간을 줄 수 있다면, 북부에 다녀올게요." 그리고 허리를 굽혀 카트리나에게 키스했다. "설령 그림이 가짜일지라도, 당신에게 약속할게요. 더 멋진 걸 가져다주겠다고……."

"제발." 카트리나가 랜들의 말을 가로막았다. "사슴 머리 말고요."

"물론 아니죠. 그건 당신을 위한 물건이 아니니까." 랜들이 말했다. "당신은 훨씬 더 우아한 걸 받아야죠. 어쩌면 14권이 빠진 1964년 판 브리태니커 백과사전 전집일지도요."

"정말 멋진데요." 카트리나가 말했다. "14권은 처음 들어봐요."

"그러니까 늦게 돌아올지도 몰라요." 랜들이 말했다. 카트리나가 랜들의 얼굴을 아래로 잡아당겨 오래오래 키스했다. "음." 그녀가 말했다. "그렇게 늦지 않으면……."

"중위님?" 트레메인이 전시장에 들어오며 자신을 부르자 사보가 고개를 들었다. "어떤 FBI 요원이 찾아왔어요. 중위님과 이야기하고 싶다네요."

사보가 눈을 깜박거렸다. 블레드소 팀장의 죽음, 아니 개인적으로는 타살이라고 판단한 사건. 그는 멍청한 지역 경찰들이 뭐라고 하든 그건 우연한 사고가 아니라고 확신했다. 24시간이 넘도록 잠도 자지 않고 박물관에 머물렀더니 피곤이 몰려왔다. 특수부대 시절에도 잠을 안 자는 훈련을 했고, 필요하다면 24시간, 아니 48시간 동안이라도 거뜬히 불침번을 설 수 있었다. 그럼에도 사보는 피곤했다. 모래가 가득 찬 것처럼 눈도 뻑뻑했다. "무슨 이야기를 하고 싶단 거야?" 사보가 왼쪽 눈을 비비며 물었다.

트레메인은 어깨를 으쓱했다. "글쎄요. 그냥, 보안 담당자와 이야기하고 싶다네요. 제 말은, FBI잖아요." 트레메인이 덧붙였다. "FBI"라는 말이 모든 정황을 설명해준다는 듯이.

아마 다들 그럴 것이다. 상대가 뭘 원하든 FBI 요원이 대화하자는데 거부할 수는 없지 않은가. 사보는 심호흡한 뒤 고개를 끄덕여 테일러에게 보안 제어판을 맡으라는 신호를 보내고는 트레메인을 따라 로비로 들어갔다.

아침 햇살이 박물관 정문을 통해 쏟아져 들어오고 있었다. 사보는 눈부심에 익숙지 않아 눈을 깜빡이며 문가에 잠시 멈춰 섰다. "저기 있습니다." 트레메인이 사보를 쿡쿡 찌르며 어젯밤 축제 때 바가 설치됐던 내실을 가리켰다. 회색 정장을 입은 남자가 등을 보이고 서 있었다. 남자는 한 손에 안경을 들고, 다른 손으로는 두통을 달래듯 이마를 문질렀다.

사보가 다가갔을 때, 남자가 다시 안경을 코에 얹으며 몸을 돌렸다. 아주 잠깐, 사보는 남자의 안경알 너머로 어젯밤 행사 때 열었던 바를 볼 수 있었다. 보통 안경과 초점이 달라도 너무 달라 시야의 왜곡이 극심했다. 안경 렌즈가 너무 두꺼웠기 때문이다. 어떻게 그런 안경을 쓰고 앞을 볼 수 있는지 의아했다.

하지만 FBI 요원은 사보를 똑똑히 알아봤다. 허리를 똑바로 세우고 사보를 마주 보았다. "자보…… 중위님?" 그 남자가 물었다.

"사보예요." 사보가 FBI 남자를 훑어보며 자기 이름을 다시 말했다. 평균 키에 평범한 체격으로 보이는 남자는 적갈색 머리카락과 크고 부스스한 콧수염이 눈에 띄었는데, 특이한 안경을 쓰고 있었다. 남자는 눈도 깜박이지 않은 채 사보를 바라보며 다음에 이어질 말을 기다리고 있었다. 사보는 어깨를 으쓱하며 덧붙였다. "여기 대원들은 중위라는 호칭이 익숙하니까 그렇게 부를 뿐이에요. 전 이제 민간인입니다. 블랙해트 소속이에요."

"네, 알겠습니다." 요원이 말했다. "전 FBI 특수요원 슈긴입니다." 그러고는 배지를 내밀었다. 슈긴이 악수를 청하지 않아 사보는 배지를 슬쩍 보면서 기다렸다.

슈긴이 눈을 깜빡였다. 슈긴의 두꺼운 안경 렌즈를 통과한 눈의 움직임이, 깜빡임치고는 너무나 거대하게 보였다. "박물관 보안 시스템을 업데이트한 걸로 알고 있습니다만."

"꼭 그렇다고 할 수는 없고요." 사보가 말했다. 말끝에 "요원님" 하고 붙이려다 관뒀다. 왠지 이 남자의 분위기가 성가시게 느껴졌다. "하지만 지금 잘 작동하고 있지요. 전례 없는 기술이니까요. 최고죠."

그러자 슈긴이 고개를 끄덕였다. "시스템에 접근할 수 있는 사람은 누굽니까?"

"접니다." 사보가 말했다. "티류론 직원 두어 명도요."

"티뷰론요?" 슈긴이 물었다.

"티뷰론이 설계하고 설치했으니까요." 사보가 말했다.

"그런데 그들을 신뢰하십니까?" 슈긴이 물었다. 그 말은 아무도 믿어선 안 된다는 소리처럼 들렸다. 만약 그랬다면 넌 바보 멍청이라는 듯이.

사보는 어깨를 으쓱했다. "당연하죠." 그가 말했다. "대부분 다 아는 대원들이거든요. 같은 부대 출신이라서요."

"어느 부대죠, 중위님?"

사보는 숨을 한 번 내쉬었다. 슈긴의 질문에 짜증이 확 밀려왔다. 어쩌면 일종의 기술 같은 건지도 모른다. 사람들의 평정심을 깨뜨려 뭔가를 알아내는 방법. 그렇다고 해도, 사보는 슈긴의 태도에 화가 났다. 슈긴이 뭔가 알아내도록 내버려둘 수는 없었다. "네이비실이요." 사보가 말했다. "둘 모두 일급 기밀 사용 허가를 받았습니다."

"음." 슈긴이 말했다. "또 접근할 수 있는 사람이 있나요?"

"밀러 박물관장이요." 슈긴이 고개를 끄덕였다. 그러고는 로비를 둘러보았다. 사보는 슈긴이 정말 앞을 제대로 볼 수 있는지 궁금했다. "이토록 멋지게 업데이트한 일류 시스템이니 당연히 비디오 감시 장치도 포함한다고 봐도 될까요?"

이 자식이 또 얼간이처럼 구네. 하지만 사보는 그동안 자신이 더 나쁜 일도 겪으며 살아왔다는 사실을 떠올렸다. "그럼요." 그가 말했다. "영상은 일주일 동안 보관됩니다."

여전히 딴 곳에 한눈을 팔며 슈긴이 말했다. "보관된 영상을 봐야겠어요."

"그러시죠." 사보가 말했다. "그런데 무슨 일 때문인지 말씀해주실 수 있나요?"

"누군가 보석을 노리고 있다는 정보를 입수했어요. 우리가 예의

주시하는 남자라더군요."

"하지만 그자가 전자 보안 장치와 내 팀, 그리고 터번, 아니 이란 인들을 모두 따돌릴 수 있으리라 보십니까?"

슈긴이 사보를 돌아보며 다시 눈을 깜빡였다. "그 녀석이라면 할 수 있어요." 그리고 덧붙였다. "그 녀석이 맞을 겁니다. 그게 특기니까."

사보가 고개를 저었다. 여기 있는 안전장치라면, 그게 전자기기든 사람이든 개미 새끼 한 마리든 통과시키지 않으리라고 확신했다. "그렇다면 스파이더맨인가 뭔가 하는 놈이겠군요."

"맞습니다." 슈긴이 웃음기 없는 얼굴로 말했다. "파쿠르 전문가거든요. 들어본 적 있나요?" 사보는 고개를 끄덕였지만, 슈긴은 알아채지 못한 채 말을 이었다. "그 말은 녀석이 어떤 방향에서든 표적을 향해 접근해올 수 있다는 뜻이에요. 아무리 의외의 표적이라고 해도요. 게다가 그런 기술로 정말 일어날 것 같지 않은 절도에 성공했죠. 영리한 놈이에요. 가차 없고, 무자비하죠. 목적을 위해서라면 살인도 서슴지 않아요."

사보는 "살인"이라는 말에 정신이 번쩍 들었다. 만약 그 '슈퍼 도둑'이 보석을 훔칠 작정으로 팀장을 죽였다면…… "어젯밤 여기서 무슨 일이 일어났는지 보고받으셨나요, 슈긴 요원님? 어쩌면 그자와 관련이 있을지도……."

"그래서 제가 여기 온 겁니다." 슈긴이 짜증스럽게 말했다. 그리고 집게손가락으로 콧수염을 문지르며 덧붙였다. "어젯밤의 살해 기도, 사실상 살해를 기도했다면 마지막이 아닐 겁니다. 또 올 거예요. 그리고 또. 성공할 때까지 계속 시도할 겁니다. 필요하다면 또다시 주저 없이 살인할 겁니다. 우리가 체포하지 않는 한은요."

슈긴이 눈썹을 치켜올렸다. 그 모습이 어쩐지 기괴해 보였다. 두꺼운 렌즈 위로 두꺼운 눈썹이 흔들거렸다. "이번 전시회는 우리 국가 안보에 큰 영향을 끼칠 겁니다. 전시 물품 중 하나라도 도난당하면 치명적인 외교적 결과를 초래할 거예요." 슈긴은 사보에게 또다시 불안한 눈짓을 해 보이며 말했다. "알겠습니까, 중위님?"

"물론이죠." 사보가 대답했다. "대체 그자가 누굽니까?"

"그 녀석 이름은…… 에르베 쿨롱입니다." 슈긴이 말했다. 그리고 쓸데없다는 듯이, 한마디 덧붙였다. "프랑스인이에요."

사보는 비디오 모니터와 재생 장치가 있는 회의실로 슈긴을 안내한 뒤 카메라가 전송해온 영상을 살펴보기 시작했다. 그리고 슈긴을 배려해 두꺼운 안경으로도 영상을 볼 수 있도록 화면에 아주 가까이 앉으라고 조언했다.

사보는 부하 몇 명이 기다리고 있는 보안 콘솔의 자기 자리로 돌아갔다. "밀러 관장은 오늘 안 들어온답니다." 사보가 다가오자 테일러가 말했다. "관장 부인이 방금 여기 왔었어요. 혼자서요. 관장이 안 온다고 하더군요."

"왜 안 온대?"

테일러가 어깨를 으쓱했다. "모르죠. 팀장 애인도 안 왔어요."

"아마 팀장님 때문에 마음이 아프겠지." 트레메인이 말했다.

"그래." 스나이더가 말했다. "그런데 밀러 관장도 그럴까?"

"관장이 유죄라면 벌써 멀리 도망갔겠지." 맬러리가 말했다.

"그럴지도." 사보가 말했다. "어쩌면 정당한 이유가 있을지도 모르고." 그리고 대원들에게 슈긴이 한 말을 재빨리 전했다.

"개구리(프랑스인을 얕잡아 부르는 말―옮긴이)요?" 스나이더가 물었다. "그 프랑스 남자가 팀장님을 죽였다고요?" 그가 코웃음을 치며 고개를 저었다.

"왜, 어때서? 프랑스에도 나쁜 놈 많아." 트레메인이 어이없다는 듯이 말했다. "마르세유에 있는 몇몇 남자놈들도 대단히 나쁜 자식들이었어."

"누구라도 기선을 제압하는 건 가능해, 알잖아." 사보가 말했다. "요점은, 우리가 아직 놈이 누군지 모른다는 거지. 내 말은, 밀러가 오늘 안 온다고 했잖아? 그래, 구린 데가 있어 보여. 하지만 우린 보물을 노리는 프랑스 남자를 먼저 체포해야 해."

"왜죠?" 맬러리가 물었다. "팀장이 수염 어쩌고저쩌고 했어요. 그랬는데 수염난 놈이 땡땡이쳤잖아요."

"FBI는 시간을 낭비하지 않아." 테일러가 말했다. "개구리라고 하는 데는 그렇게 판단한 근거가 있을 거야."

"그렇고 말고." 맬러리가 말했다. "우리 정부가 어찌나 똑똑하고 효율적인지……."

"젠장, 너 뭐 잘못 먹었어?" 테일러가 따졌다. "FBI 놈들은 세계 최고야. 그리고……."

"난 그냥 빌어먹을 증거를 원하는 거라고!" 맬러리도 강력하게 응수했다. "넌 모르면 그냥 잠자코……."

"그만둬." 사보가 말했다. 두 사람은 입을 다물었다. "밀러가 여기 없으면 우린 아무것도 할 수 없어. 그리고 범인이 만약 개구리고 우리가 놈을 놓친다면, 우린 그냥 개자식이 되고 마는 거라고." 그는 작은 원을 그리며 둘러선 얼굴들을 하나씩 바라봤다. "우리는 밀러도 주시해야 해." 그가 말했다. "우리 중 누구도 블레드소를 살해한 놈을 잡기 전까지는 쓸데없는 짓은 하면 안 돼. 밀러는 아무

데도 못 갈 거야. 잘난 에버하르트랑 결혼했으니까. 우리는 일단 이 프랑스 남자에게 초점을 맞춘다, 알겠나?"

잠시 생각에 잠겨 있던 대원들이 모두 고개를 끄덕였다.

"좋아." 사보가 말했다. "자, 모두 전투준비!"

30장

이렇게 긴 하루는 처음이었다.

아침부터 정말 괴로웠다. 2분마다 전화벨이 울렸다. 세계 각지에 있는 방송국, 신문사를 비롯해 온갖 언론 매체에서 전화가 걸려왔다. 모두 어젯밤의 참담한 축제에서 무슨 일이 일어났는지 자세히 알고 싶어 했다. 물론 카트리나는 이 성가신 전화들을 오빠 팀에게 죄다 넘겨줄 작정이었지만, 팀 혼자 감당하기에는 너무 버거웠다. 그래서 바레인이나 인도네시아, 가이아나처럼 의외의 나라에서 걸려온 전화에는 카트리나가 설명을 해야 했다. 처음에는 무슨 말을 해야 할지 몰라 버벅거렸다. 결국 팀이 형식적인 답변서를 만들었고, 두 사람은 그걸 읽으며 관심을 주어 고맙다고 인사한 뒤 전화를 끊었다.

회의실에는 터무니없이 두꺼운 안경을 쓴 FBI 요원이 온종일 주저앉아 비디오 모니터를 응시하면서, 누구든 조금이라도 자신을 방해할라치면 버럭 성질을 냈다. 소름 끼치는 외모에 괴팍하고 권위적인 태도는 성가신 전화 못지않게 카트리나에게 위협적이었다. 카트리나는 랜들이 얼른 박물관으로 돌아와 자기에게 위안을 주길 간절히 원했다.

카트리나는 랜들에게 전화를 걸어 무슨 일이 일어나고 있는지, 그리고 자신이 왜 박물관에 계속 머물러 있는지 말해주려고 했다. 하지만 랜들은 전화를 받지 않았다. 랜들이 차를 몰고 집으로 돌아오는 중이길 바랐지만, 반대로 걱정이 끊이지 않았다. 북부까지 가는 길은 꽤 멀었다. 몇몇 도로는 상태가 매우 나쁘고, 술에 취한 주정뱅이들로 가득했다. 랜들이 사고를 당했으면 어쩌지? 지금 일이 돌아가는 상황을 보니 점점 불안해졌다. 만신창이가 된 채 북쪽의 차디찬 배수로에 누워 있는 랜들의 모습이 머릿속에 자꾸만 그려졌다. 상상에 불과하다는 사실을 알면서도 별별 우스꽝스러운 장면이 다 떠올랐다.

사무실에 앉은 카트리나는 랜들을 걱정하며 전화를 몇 통 더 받았다. 그리고 박물관 마감 시간이 되자 자동응답기를 켰다. 당장 할 일이 없어 조바심만 더 내면서 시간을 보냈다. 랜들과 박물관을 번갈아 걱정했다. 이따금 그녀 자신은 위험하지 않은지 생각했다. 슈긴 요원이 가족 대표로 회의실에 와달라고 요청했지만 왜 그래야 하는지, 할 얘기가 무엇인지는 알려주지 않았다.

결국, 슈긴이 그들 모두를 회의실로 불러 모았다.

"바로 저기." 슈긴이 화면을 가리켰다. 카트리나는 몸을 앞으로 숙여 박물관 옥상을 가로질러 옆으로 획 사라지는 흐릿한 형체를 지켜보았다. "그놈이군요."

"카르 투 카레(희미하군)." 이란 혁명수비대 지휘관 이라바니가 중얼거렸다.

사보는 고개를 끄덕였다. "네."

"에르베 쿨롱입니다." 슈긴이 조용하지만 진지하게 말했다. "놈은 그림을 보러 온 게 아니에요. 보석을 가지러 온 겁니다."

카트리나가 거칠게 숨을 몰아쉬었다. 이미 너무 많은 일이 일어났는데, 또 일어나고 있다. 한꺼번에 받아들이기에는 너무 벅찼다. 어젯밤 이후…… 그리고 지금, 또 다른 공격이라니? "요원님, 대체…… 어떻게 확신하시죠?" 카트리나가 물었다. "그러니까 그게…… 알다시피…… 이게, 이게…… 범인이라는 건가요?" 작아도 너무 작은 목소리였다. 카트리나 자신이 듣기에도. 그러나 그녀는 다만 이것이 사실이 아니기를, 엎친 데 덮친 격이 아니기를 바랐다.

화면에서 물러난 슈긴이 카트리나를 바라보았다. 상냥하거나 위로하는 표정은 아니었다. "저렇게 벽을 타고 올라갈 수 있는 사람이 몇이나 될 것 같습니까?" 슈긴이 말했다. "총에 맞을지도 모르는데 박물관 옥상에 올라갈 사람이 몇이나 될까요?" 카트리나가 입술을 깨물며 고개를 저었다.

슈긴은 고개를 한 번 끄덕이고 말했다. "바로 그놈입니다. 제 말 믿으세요. 전 그놈을 보면 압니다."

'그렇겠지.' 카트리나는 생각했다. '당신 눈이 정말로 뭐든 볼 수 있다면 말이야.' 슈긴의 두꺼운 안경 때문인지 카트리나는 긴장했다. 그녀에게는 그것이 FBI 요원이 박물관을 휘젓고 다니는 것만큼이나 위협적으로 느껴졌다.

하지만 에릭은 카트리나에게 FBI가 시키는 대로 하라고 말했었다. 그리고 카트리나는 권위에 대한 존경심을 타고났기에 어쨌든 그렇게 했을 것이다. 게다가 요원은 그들을 돕기 위해 이곳에 와 있었다.

카트리나는 그저 가슴에 양팔을 포개고는, 화면으로 고개를 돌리는 슈긴을 가만히 지켜보았다. "한 치의 의심도 없어요. 그게 쿨롱입니다. 옥상에서 들어올 방법을 찾고 있는 거예요. 거기서 찾지 못하면 다른 곳에서 찾을 때까지 계속 둘러볼 겁니다. 하지만……." 슈긴이 말했다. "찾은 것 같군요."

카트리나는 회의실에 모인 남자들을 둘러보았다. 블랙해트의 사보 중위, 이란 지휘관 이라바니, 이란 특별이익대표부 알리네자드, 국무부에서 온 윌킨스까지. 팀은 선약을 이유로 집으로 갔지만, 보나 마나 법 집행관이나 보안요원들과 함께 있기가 싫었을 것이다. 게다가 에릭은 팀처럼 두루뭉술한 변명조차 하지 않고 5시에 박물관을 떠났다. 그래서 카트리나는 현재 박물관에 있는 유일한, 에버하르트 가문의 대표자였다.

"전 이놈을 알아요." 슈긴이 화면에 비친 흐릿한 형체를 뚫어지게 바라보며 말했다. "그놈이에요. 아니면 내 손에 장을 지집니다." 그리고는 화면을 보며 으르렁거렸다. 슈긴의 이마에 깊은 주름이 팼다. "어젯밤은 박물관 내부 보안이 어떤지 보려고 시험 삼아 왔을 겁니다." 그리고 눈살을 찌푸린 채 화면을 뒤로 돌리며 같은 장면을 다시 보았다.

"어젯밤 이 사람이 여기 있었던 게 확실해요?" 카트리나가 물었다. "박물관 안에요? 모두 여기 있었는데요? 그러니까 제 말은…… 박물관이 사람으로 가득 차 있었잖아요."

"그러니까 여기 있었겠죠." 슈긴이 화면에서 눈을 떼지 않은 채 말했다. "사람들 속에 있어야 아무도 알아채지 못하니까요."

"잠깐만요." 사보 중위가 말했다. 그러고는 슈긴에게 한 걸음 다가셨다. "그놈이 어젯밤 여기 있었다면, 블레드소 팀장을 죽인 놈이라는 겁니까?"

"그럴 가능성이 크죠." 슈긴이 말했다.

"어째서요?" 사보가 물었다.

"당신 팀장이 그놈을 도왔다거나, 아니면 그렇지 않았기 때문이겠죠." 슈긴이 말했다.

카트리나는 사보가 못마땅하다는 듯이 윗니와 아랫니를 세게 탁부딪는 소리를 들었다. 사보는 회의 책상 위로 주먹을 불끈 쥐더니 슈긴 코앞까지 얼굴을 들이밀었다. "블레드소 팀장이 이놈을 도우려고 우리를 팔아넘겼다고 넘겨짚는 거라면 다시 생각해보는 게좋을 거요." 사보가 분노를 간신히 억누르며 덧붙였다.

슈긴은 의자를 돌려 사보와 거의 코를 맞대고 앉았다. "팀장이쿨롱을 도왔거나, 그렇지 않았거나." 슈긴이 반복했다. "이것 말고는 달리 설명할 길이 없습니다."

"블레드소 팀장은 절대 그런 사람이 아닙니다. 절대. 우리를 엿먹이다니요." 사보가 부드럽게 말했다.

슈긴이 한참 동안 그에게 시선을 고정하고 있자 카트리나는 소리를 지르고 싶었다. 마침내 그가 입을 열었다. 이제야 현실을 직시한 것 같았다. "중위님 말이 맞습니다." 그러더니 모니터 쪽으로 돌아섰다.

사보는 숨을 깊이 들이마시고 나서 천천히 자세를 가다듬었다.

"이제 본론으로 돌아가는 게 어떨까요?" 윌킨스가 말했다. "이 프랑스 도둑이 들어올 방법을 벌써 찾았다고 했잖아요? 그럼 그자가돌아온다고 믿습니까?"

"그럴 거라 봅니다." 슈긴이 대답했다.

"아는 게 힘이잖소." 이라바니 사령관이 쌀쌀맞게 말했다. "그자가 언제 돌아올지도 압니까?"

"그럼요." 슈긴이 대답했다. "오늘 밤에 돌아올 거예요. 그리고 계속 올 겁니다. 안으로 들어올 때까지."

"무슨 좋은 방법이라도 있습니까?" 사보가 물었다.

슈긴이 사보를 마주 보며 씩 웃었다. 카트리나는 처음으로 슈긴이 좀 인간 같아 보였다. "놈을 들여야죠. 오늘 밤."

이라바니가 코웃음을 치며 당신 미쳤냐는 표정으로 쳐다보았다. "난 당신의 말도 안 되는 유머에 놀아날 생각이 없습니다."

"목숨을 걸 만큼 진지합니다." 슈긴이 웃음기를 싹 지우며 말했다. "우리가 쿨롱에게 방법 하나를 내주면, 놈은 바로 받아들일 거예요. 그리고 놈이 올 때, 그러니까 오늘 밤, 우리가 기다리고 있다가 잡으면 됩니다."

"일을 꾸밀 시간이 그리 많지 않아요." 사보가 말했다. "그런데 이놈이 아무 의심 없이 들어올 방법을 우리가 어떻게 알려주죠?"

"쿨롱은 내부에 길을 터줄 정보원을 매수합니다." 슈긴이 말했다. 사보가 속이 부글거리는지 표정을 구기자 슈긴이 그를 바라보며 고개를 저었다. "아니요." 그리고 말을 이었다. "당신 말이 맞아요. 인정합니다. 팀장은 쿨롱의 정보원이 아니에요. 하지만 전 누가 스파이인지 압니다." 슈긴이 놀란 얼굴로 빙 둘러앉은 사람들을 힐끗 둘러보더니 씩 웃었다. "우리 중 한 명이 바로 이 방에서 다크웹으로 정보를 팔았어요."

"누구죠?" 카트리나가 불쑥 입을 열었다. 모두 카트리나를 바라보았다. "맙소사, 우리 앞에서 미스 마플(애거사 크리스티 소설의 주인공―옮긴이)처럼 굴지 말아요. 누가 그런 짓을 하겠냐구요."

슈긴의 얼굴에 점점 미소가 번졌다. "제가 그랬어요." 슈긴이 말했다.

모두 어이가 없는지 잠시 동안 아무 말도 하지 않았다. 그러다 동시에 화를 폭발시켰다. 슈긴은 미소 지으며 그들의 질타를 받아냈고, 마침내 손을 들며 분위기를 진정시켰다. 그는 사람들을 힐끗 둘러본 후, 활짝 웃고 있는 이란 외교관 알리네자드를 보았다. "알리네자드 씨는 이해하셨군요." 슈긴이 말했다.

"당신을 지지합니다. 페르시아식 해결법만큼이나 영악한 방법이에요."

알리네자드는 새하얀 치아가 다 드러날 정도로 감탄하며 말했다. "당신이 그자에게 고기 한 점을 권했군요. 물론 그 안에 갈고리도 들어 있겠죠?"

슈긴이 고개를 끄덕였다. "제가 다크웹에 정보를 팔겠다고 미끼를 던졌어요." 그리고 덧붙였다. "그리고 답장을 살피며 기다렸죠. 쿨롱이 미끼를 물 때까지."

"정말 영리해요." 알리네자드가 말했다.

슈긴이 고개를 숙이며 칭찬에 화답했다.

"무슨 정보를 줬습니까?" 사보가 물었다. 그는 여전히 약간 화가 나 있었다.

"박물관 전원을 차단하면 경보기가 꺼질 거라고 했어요." 슈긴이 말했다. "그리고 제가 경비원의 관심을 딴 데로 돌린 뒤에 백업 시스템을 끊겠다고 했습니다."

"잠깐만요." 사보가 말했다. "백업 시스템을 끊는다고요?"

"그러지 않으면 경보는 여전히 울릴 테고, 쿨롱은 우리 손에 들어오지 않을 겁니다." 슈긴이 사보와 이라바니를 번갈아 바라보았다. "만일 그놈이 이곳에 들어올 방법이 하나고 그 방법만 사용할 수 있다면, 우리는 바로 알 수 있을 겁니다." 슈긴이 조심스럽게 말했다. "그놈이 들어왔을 때 바로 잡으면 되고요." 그러고는 불안한 시선으로 사보를 바라봤다. "중위님 팀이 계획대로 움직여주면 잡을 수 있습니다." 슈긴이 다시 주위를 둘러보았다. 누가 반대하더라도 물러서지 않을 태세였다.

아무도 반대하지 않았다. 다만 윌킨스가 고개를 저으며 중얼거렸다. "계획은 대담하지만, 좀 위험하군요."

"전혀 위험하지 않습니다." 슈긴이 말했다. "우리는 그놈이 언제 어디로 올지 알고 있으니까요. 현장에서 기다리면 됩니다." 그리고 이라바니를 바라보았다. "이라바니 사령관님, 사령관님 팀이 자리를 옮겨 그놈을 잡았으면 합니다." 윌킨스가 찬성한다는 듯이 고개를 끄덕였다.

"그렇게 하시구려." 이라바니가 퉁명스럽게 빈정대며 말했다. "그러니까 범인이 공격해오면 내 부하와 조국이 위험에 빠진다는 말 아니오? 만약 그자가 성공하면 우리 탓이고."

"불편하시다면 사보 중위님 부하들에게 요청하죠." 슈긴이 말했다. "사령관님 부하들이 어렵다면, 사보 중위님 팀은 잘 처리하리라 믿습니다."

"그 개자식은 우리가 잡아서 족치고 싶어요." 사보가 말했다. "죽이든 살리든."

"생포하세요." 슈긴이 딱딱거렸다. "살아 있어야 한다고요!" 그러고는 성난 눈을 깜빡이며 주위를 두리번거리더니, 이윽고 마음을 가라앉히는 것 같았다. "쿨롱이 연루된 주요 범죄 목록이 FBI에 널렸어요. 쿨롱을 생포해야 제대로 수사할 수 있습니다."

"우리나라의 가장 위대한 보물들을 위기에 빠뜨릴 작정입니까?" 이라바니가 화를 내며 말했다. "겨우 핏덩어리 같은 애송이 도둑 하나 잡으려고?"

슈긴이 이라바니를 빤히 보았다. 렌즈 너머로 보이는 슈긴의 눈빛이 묘하게 위협적이었다. 이라바니가 반 발짝 뒤로 물러섰다. 카트리나는 생각했다. '나한테만 이 남자가 이상하게 보인 건 아니었어.'

"우리가 제대로 함정을 파면, 기가 막힌 방법으로 유인하면," 슈긴이 단호하게 말했다. "어떤 위험도 없습니다. 그리고……." 그는 이라바니의 반대를 예측했다는 듯이 손을 들며 덧붙였다. "누구든 그자를 잡기만 하면 영웅이 될 겁니다. 전 세계 모든 언론이 주목할 테고요. 사방에서 대서특필할 겁니다." 슈긴의 입가에 아주 엷은 미소가 비쳤다. "그러면 이런 머리기사가 뜨겠죠. 〈혁명수비대가 미국 경찰도 잡지 못한 도둑을 잡다!〉라는." 슈긴은 이라바니가 그런 상상을 잠시 즐기도록 내버려둔 뒤 고개를 끄덕였다. "하지만 이란 팀이 이 일을 감당할 수 없다고 생각하신다면……."

"우리가 하겠소." 이라바니가 쏘아붙였다. "하지만 우리가 승인한 후에 움직여야 합니다." 슈긴이 잠시 불편한 눈빛으로 이라바니를 바라보다 고개를 끄덕였다. "아주 좋습니다." 마침내 그가 입을 열었다. "그럼 이란이 동의했다는 가정하에…… 우리가 할 일은 바로 이겁니다."

31장

"중위님, 전 그 FBI 자식 못 믿겠어요." 사보가 팀에 복귀하자 스나이더가 말했다. "그 자식 뭔가 좀 찜찜해요."

"나도 그래." 사보가 말했다. "왠지 기분 나쁘게 섬뜩하고, 틀림없이 수상한 구석이 있어. 그래도 연방 요원이잖아."

"네, 하지만 중위님." 트레메인이 말했다. 그리고 잠시 머뭇거리다 차분한 목소리로 말을 이었다. "제 처남이 경찰이거든요? 루이지애나주 경찰이요. 그런데 지금 FBI에 지원할까 고민 중이에요."

"너처럼 멍청한 놈이야?" 테일러가 물었다. "그렇다면 그럴 수 있지."

"닥쳐, 테일러." 트레메인이 화난 기색도 없이 침착하게 말했다. "요점은, 시력이 좋아야 한대요. 처남이 그러는데 시력이 0.5 이상은 돼야 한다나?"

"그 개자식은 분명 자격 미달이에요." 스나이더가 말했다. "그럼 대체 뭐지?"

잠시 침묵이 흘렀다. "아마 근무 중 사고를 당했겠지." 사보가 말했다.

팀원들이 미심쩍다는 듯이 사보를 바라보았다.

"음, 젠장. 나도 모르겠네." 사보가 말했다. "그놈은 진짜 배지를 갖고 있어. 오늘 밤 여기에 프랑스 놈이 올 거라는 사실도 알고. 그 개구리가 정말 팀장을 죽였다면 나도 이유를 알고 싶네, 그렇지?"

천천히, 한 사람씩 고개를 끄덕였다. 사보는 고개를 끄덕이며 말을 이었다. "자, 다들 위치로." 팀원들은 모두 로비를 벗어나 복도로 향했다.

"그래." 스나이더가 말했다. "그 자식이 말한 대로 진짜 요원이라 치자. 그런데 왜 우리더러 지원팀 역할을 하라는 거야?" 스나이더가 투덜거렸다. "재수 없는 터번 머리들을…… 그건 아니지…….'

테일러가 자기 역성을 들어달라는 듯이 툴툴거렸다. "전 정말 하기 싫습니다." 그가 말했다.

"외교적 이유지. 자네보다 연봉을 많이 받잖아." 사보가 말했다.

"게다가 우리가 지원팀 역할만 하면 놈을 잡을 기회나 있겠어요, 중위님?" 트레메인이 덧붙였다. "중위님 말대로 경찰이 데려가기 전에 몇 마디라도 물어봐야 하잖아요."

"기회가 있을 거야. 그건 확실해." 사실 사보는 확신하지 못했다. 하지만 팀원들을 안심시켜야 했다.

"그냥 하는 소리잖아요." 스나이더가 말했다. "우리나라 일인데, 왜 가뜩이나 사이도 안 좋은 외국 용병을 앞세우냐고요." 그러고는 고개를 절레절레 흔들었다. "그건 아니죠."

"그런데 예비 경보 시스템을 차단하라고요?" 트레메인이 물었다. "그건 별로 좋은 생각이 아닌데요."

"우리는 지원팀이야." 사보가 말했다. "그리고 우린 모두 배터리로 가동되는 첨단 기기보다 더 훌륭하다고. 젠장, 나도 자네만큼이나 그놈을 꼭 잡고 싶네."

"네, 하지만 중위님……." 테일러가 말했다.

"제길, 그만 징징대." 사보가 테일러의 말을 끊었다. "슈긴 말이 맞아. 놈을 유인하지 않으면 겁먹고 도망칠 거야. 그래서 모든 경보 장치를 끊는 거야. 전부 다. 이제야 이해가 되는군."

"빌어먹을." 스나이더가 투덜거렸다. "전 정말 이해라는 말이 싫어요."

"그러니까 네가 PO3를 통과하지 못했지." 테일러가 말했다.

"엿이나 먹어." 스나이더가 응수했다.

"좋아." 사보가 말했다. 모두 전시장에 도착했다. "주변 위치 파악하고 잘 감시해. 알았지, 테일러?"

"아주 빌어먹을 정도로 잘 알아들었습니다, 중위님." 테일러가 잽싸게 경례하며 대꾸했다.

사보는 팀원들이 제자리로 이동하는 모습을 지켜보았다. 그리고 생각했다. '빌어먹을, 팀원들 말이 맞아. 슈긴이 잘못하고 있어.' 하지만 사보가 할 수 있는 일이 별로 없었다. 지금으로서는. 그는 어깨를 으쓱하고 전시장 문 근처에 자리를 잡았다.

잠시 후, 사보는 쿵쿵거리는 발소리에 뒤를 돌아봤다. 특수요원 슈긴이 위층으로 통하는 문에서 나오고 있었다. 슈긴이 문을 닫고 사보에게 다가왔다.

"중위님." 슈긴이 가까이 오면서 말했다. "팀원들은 다 제자리에 있습니까?"

"네, 지금 배치 중입니다." 사보가 말했다.

"이란군은 옥상에 있습니다." 슈긴이 말했다. "2층 핵심 구역에도요."

슈긴은 더는 아무 말도 하지 않은 채 꼼짝하지 않았다. 그저 생각에 잠긴 표정으로 서 있기만 했다.

슈긴을 바라보던 사보는 그에 대한 의심이 점점 커졌다. 직감이었지만, 왠지 이 남자가 수상했다. 트레메인도 마찬가지였다. 사보는 직설적인 사람이라, 어차피 슈긴이 진짜 FBI 요원인지 알아내야 한다면 그냥 까놓고 말하는 편이 나았다. 얼굴을 맞댄 채.

'지금이 기회야.' 사보가 생각했다. "슈긴 요원님." 사보가 조심스럽게 말했다.

"나를 믿지 않는군요." 슈긴이 말했다. "당신 부하들도 그렇고요."

사보가 당황했는지 망설였다. 하지만 이내 고개를 끄덕였다. "맞습니다." 그가 말했다. "우리 팀은 다 그래요."

슈긴이 오른쪽으로 시선을 돌리더니 박물관 뒤쪽으로 향하는 복도를 내려다보았다. "이봐요, 중위님." 그가 말했다. "저를 조금만 더 믿어보시죠. 자정까지요."

"제가 왜 그래야 하죠?"

"그러면 증거를 얻을 테니까요." 슈긴이 말하고는 사보를 향해 눈을 부릅뜨며 덧붙였다. "한밤중에 도둑이 온다면, 그리고 놈이 프랑스인이라면 나는 진짜 FBI 요원이겠죠. 그러면 당신은 내 지시를 따라야 하고요. 만약 프랑스 도둑이 오지 않으면 난 다른 사람일 테고요. 그렇다면……" 슈긴의 얼굴에 희미한 웃음이 스치고 지나갔다. "그때 당신이 내 머리통을 날리면 되잖아요." 그가 눈을 깜박거렸다. "어때요?"

사보는 생각했다. 슈긴의 말에 일리가 있었다. 조금만 더 기다리면 된다. 만약 자정에 프랑스 도둑이 오지 않고 일이 어긋나면, 슈긴은 심각한 질문들에 답해야 할 것이다. 사보는 곧바로 슈긴과 자신을 둘러싼 팀원들을 뚫어지게 바라봤다. 위험하지는 않았다.

사보는 고개를 끄덕였다. "그러죠." 그가 말했다.

슈긴이 엄지손가락으로 콧수염을 문질렀다. 그러고는 고개를 끄덕이며 복도 위아래를 눈으로 훑었다. "그놈이 정문으로도 들어올 수 있어요. 그러니 부하들에게 모든 지점을 주시하라고 일러주십시오. 요주의 지역만 보지 말고."

"다들 알고 있어요." 사보가 말했다.

"11시 반이군." 슈긴이 손목시계를 내려다보며 말했다. "쿨롱이 자정에 전력을 끊을 겁니다. 하지만 놈은 사악하니까, 각오 단단히 하세요."

"우린 준비됐습니다." 사보가 말했다.

슈긴이 사보를 한참 바라보다 고개를 끄덕였다. "좋아요." 그가 말했다. "배터리 장치는 다 끊었습니까?"

"당장 끊죠." 사보가 말했다. 그가 전시장으로 향했고, 슈긴이 뒤따랐다. 두 사람은 말없이 복도 저편으로 걸어갔다. 사보는 배터리 장치에서 케이블을 빼내 예비 시스템을 차단했다. 그러고는 자세를 바로잡았다. 슈긴은 사보를 지켜보고 있었다. 사보는 슈긴을 향해 눈썹을 치켜올렸다.

"제어판 앞에 사람을 배치해야 하지 않을까요?" 사보가 방 저쪽 끝에 있는 통제실 쪽으로 고개를 끄덕이며 말했다.

"시스템 전체가 꺼져 있는 상태니까 필요 없어요." 슈긴이 말했다. "전시장 밖에서 누가 접근하는지를 주시하는 게 더 중요해요."

그리고 고개를 끄덕이며 덧붙였다. "하지만 혹시 모르니 내가 여기서 대기하죠. 보석 근처에." 슈긴은 재킷 아래로 손을 뻗어 권총을 꺼냈다. "내가 최종 지원을 맡을게요." 그가 말했다. "만일의 경우를 대비해야 하니까."

사보가 고개를 끄덕였다. "그놈이 여기까지는 못 들어올 겁니다."

"중위님은 나만큼 그놈을 모르잖습니까?" 슈긴이 평소와 달리 엷은 미소를 지으며 말했다.

"길고 짧은 건 대봐야 알죠." 사보가 말했다.

"자신만만하군요, 중위님." 슈긴이 무시하듯 말했다. "이제 각자 위치로 가서 준비하죠."

사보는 고개를 끄덕였다. "그럽시다." 그가 덧붙였다. "자정까지." 그러고는 한동안 슈긴을 뚫어지게 바라보았다. 하지만 슈긴은 미동도 하지 않았다. 사보는 어깨를 으쓱하며 전시장을 나갔다. 출입구 앞에서 어깨 너머로 슈긴을 흘끗 쳐다봤다. 슈긴이 손에 총을 들고 전시실 중앙에 서 있었다. '빛의 바다'라고 불리는 큰 보석이 담긴 상자 바로 옆에.

사보는 망설였다. 저자가 바로 저기, 보석 바로 옆에 있다니. 수긍이 가지 않았다. 알 게 뭐야. 사보는 전시실 바로 밖에 있었고, 그의 부하들이 주위에 잔뜩 있었다. 블랙헤트 팀에 들키지 않고서는 아무도 드나들 수 없었다. 그러니 누군가는 바로 거기에 있어야 했다. 중앙에, 최후의 보루에. 누가 어느 방향에서 접근하든 다 볼 수 있는 곳. '저 자식이 제대로 볼 수 있어야 할 텐데. 빌어먹을 별난 유리 상자 옆을 지키고 있으니 말이야.' 사보는 생각했다. 하지만 쿨롱이 여기까지 침투한다면, 슈긴이 수문장 노릇을 할 것이다. 저 자식에게는 여기가 딱 알맞은 곳이다.

이제 최선을 다했다고 생각한 사보는 전시실을 떠났다. 자정이 지나면, 모든 내기는 취소된다.

사보는 손목시계를 힐끗 보았다. 20분 전이었다. 그는 팀원들 상태를 점검하려고 복도를 따라 내려갔다.

카트리나는 회의실에서 기다렸다. 심장이 요란하게 쿵쾅거렸다. 아무리 봐도 회의실에 있는 게 안전했다. 야단법석이 나거나 위험해질 수 있는 장소는 옥상이나 황실 보석 근처였다. 게다가 이성적으로 봤을 때, 아무리 프랑스인 도둑 한 명이 벽을 잘 기어오른다고 해도 잠복 중인 노련한 무장 군인들을 당해내지는 못할 터였다.

하지만 막상 이성적인 생각을 걷어내자 무서워서 견딜 수가 없었다. 혼란스럽고, 통제할 수 없고, 미칠 것만 같았다. 침대 밑에 괴물이 있다고 믿는 것처럼 몹시 두려웠다. 불필요한 아드레날린이 혈관을 통해 솟구치고 있었다. 지금 카트리나의 상태가 그랬다. 손에 땀이 날 만큼 조마조마했고 입은 바싹바싹 말라갔다.

시계만 힐끗 쳐다본 게 벌써 400번째다. 자정이 되기 17분 전이었다. 마지막으로 본 시간에서 정확히 3분이 흘렀다. 슈긴은 자정에 사건이 일어날 거라 말했었다. 그는 거의 확신에 차 있었다. 이제 얼마 안 남았다. 곧 모든 일이 끝날 것이다. 설사 카트리나가 자신을 사로잡은 불안에서 벗어나지 못한다 해도.

카트리나는 돌연 벌떡 일어났다. 회의실 한쪽 끝에 커피 머신이 있었다. 한 번에 한 잔씩 내리는 기계였다. 그쪽으로 걸어가 종이컵을 찔러 넣고 버튼을 눌렀다.

커피를 내리기까지 시간이 꽤 오래 걸리는 것 같았다. 마침내 "꾸르륵, 쉬익" 하는 소리가 나기 시작했다. 카트리나는 발가락으로 바닥을 두드리며 초조하게 기다렸다. 준비됐다는 알림음이 들리자 커피를 들고 책상 앞 자기 자리로 돌아갔다. 랜들에게 400번째 전화를 걸었다. 음성사서함으로 바로 넘어갔다. 그래서 커피를 한 모금 마셨다. 컵을 내려놓은 뒤 다시 시계를 흘끗 보았다.

자정까지 12분 남았다.

사보 중위는 그저 총격이 시작되기만을 기다리며 우두커니 서 있었다. 기다리는 시간이 너무 길다는 느낌이 들었다. 긍정적으로 보면, 지금 당장은 진짜 긴장할 필요가 없었다. 그는 출발문 앞에서 기다리는 경주마처럼 약간 흥분했을 뿐이다.

나쁜 점은 이 일이 죄다 그의 통제에서 벗어났다는 것이다. 올지 안 올지 모르는 기회를 잡기 위해 기다릴 뿐 아무것도 할 수 없었다. 여기서 꼼짝도 못한 채 그저 지원팀을 맡아 대기하고 있자니 몹시 짜증이 났다. 쿨롱에게 접촉할 방법을 찾아 놈이 블레드소 팀장을 죽였는지 알아내야 했다. 물론, 아직은 빌어먹을 방법이 딱히 없었다. 그래도 꼭 알아내야 했다. 블레드소는 그와 정말 친한 사이는 아니었고, 블랙해트 팀원과도 그랬다. 하지만 그건 중요하지 않았다. 블레드소는 그의 부하 중 한 명이었고, 네이비실은 늘 장부를 결산한다. 그 장부에서 소득이 적은 사람은 없었고, 계산 없이 얻어맞은 사람도 없었다. 누가 팀장을 죽였든 전액 청구할 것이다. 콜롱이 유력한 후보였다. 다만 도둑에게 어떻게 다가갈지는 전혀 알 수 없었다.

그는 시계를 흘끗 보았다. 슈긴의 말이 맞다면, 이제 10분 남았다. 사보는 한숨을 쉬며 부하들을 한 명씩 점검하러 갔다.

카트리나는 종이컵을 들어 입으로 가져갔다. 하지만 아무것도 나오지 않기에 컵 안을 들여다보았다. 비어 있었다. 커피를 언제 다 마셨는지 기억나지 않았다. 하지만 정신이 딴 데 팔려 있었음을 인정해야 했다.

그녀는 종이컵을 탁자에 내려놓고 눈을 감았다. 숨을 깊이 들이마시자고 중얼거리며 자신을 독려했다. 천천히 들이쉬고, 천천히 내쉬고. 아무런 효과도 없었다. 오히려 숨을 더 헐떡이게 되는 것 같았다. 마음이 전혀 가라앉지 않았다. 언제 끝날까? 자신이 너무 불행해 보였다. 그리고 답이 바로 돌아왔다. 당연히, 자정에 끝난다.

그게 언제였지? 카트리나는 시계를 보려고 눈을 떴다. 아니, 그렇게 생각했다. 하지만 아무것도 보이지 않았다. 어떻게 눈을 뜨는지 잊어버린 걸까? 그래서 눈을 몇 번이나 깜빡거렸다. 아니, 눈에는 아무 문제도 없었다. 하지만 눈을 감은 것처럼 시야가 어두웠다.

문득 너무 겁을 먹은 나머지 신경과민으로 눈이 먼 걸까, 하고 생각했다. 그때 먼 곳에서 소리가 들렸다. 두두두두두두두!

총소리였다. 곧이어 누군가 외치는 목소리까지.

카트리나는 눈이 먼 게 아니었다. 바보 같았다. 전기가 끊긴 것이었다. 시계를 볼 필요도 없었다. 총소리는 바로 그 사건이 일어났다는 뜻이었다.

자정이 됐고, 도둑이 왔다.

사보 중위는 팀이 배치된 구역 한가운데 있었다. 부하들은 양쪽으로 흩어져 전투준비를 했다. 사보는 전시관 입구 쪽에 서서 허리 높이까지 총을 들어 올린 채 좌우를 살폈다.

사보가 시계를 막 보려던 찰나에 불이 꺼졌다. 잠시 후, 총소리가 들렸다. 가깝진 않았지만, 옥상에서 들리는 소리가 분명했다. 쿨롱이다. "젠장!" 사보가 큰 소리로 말했다. 쿨롱을 한 대 치기도 전에 이란 놈들이 먼저 죽여버리면 어쩐담?

"스나이더!" 사보가 왼쪽으로 손을 흔들며 소리쳤다. 스나이더는 사보 쪽으로 고개를 돌렸다. "여기 맡아!" 사보는 스나이더의 대답도 듣지 않은 채 옥상으로 달려갔다.

빠르게 문을 통과한 사보는 계단을 부리나케 뛰어 2층으로 올라갔지만 사방은 여전히 어둠에 묻혀 있었다. 2층을 가로질러 옥상 문으로 달려가는 동안, 경비를 서고 있어야 할 이란군이 어디에도 없음을 알아차렸다. 모두 총소리를 듣고 옥상으로 달려간 게 뻔했다. 사보는 잠시 자부심을 느꼈다. 그의 부하들은 결코 이런 짓을 하지 않을 것이다. 그때 문득 당장 해야 할 일이 생각났고, 그는 처음 총성이 들린 장소로 달려갔다.

걱정하지 말자. 복도 끝에 도착한 사보는 출입문을 열고 달려갔다. 옥상으로 가는 계단을 한 번에 세 개씩 뛰어올라 마침내 철제 방화문에 이르렀다. 문을 쾅 밀치며 옥상으로 나가자마자 서늘한 밤공기가 훅 다가들었다.

박물관 안은 이미 어두워진 뒤라 별빛만으로도 주변을 식별할 수 있었다. 느슨한 원을 그리며 늘어선 혁명수비대가 발바닥에서 비틀거리는 형체를 AK 소총으로 겨누고 있었다.

쿨롱.

그는 살아 있었다. 하지만 분명히 몸에 상처를 입었다.

사보는 서둘러 달려가 빙 둘러선 이란 군인들을 뚫고 나아갔다. 이란 군인들은 사보를 노려봤지만 잠자코 길을 비켜주었다. 사보는 웅크린 형체를 내려다봤다. 오른쪽 허벅지에 총을 맞은 프랑스 남자는 고통에 휩싸여 뒹굴고 있었다. 피를 많이 흘리고 있기는 해도, 살아 있는 것처럼 보였다.

슈긴의 말이 옳았다. 그는 진짜 FBI였다. 그렇다면 이 남자가 팀장을 죽인 자일지도 모른다. 지금이 그걸 알아낼 유일한 기회였다.

사보는 프랑스 남자 옆에 무릎을 꿇었다. "괜찮을 거요." 그가 말했다. "팔레 부 앵글래? 영어 할 수 있어요?"

쿨롱이 눈을 떴다. "할 줄 알아요!" 그가 소리쳤다. "빌어먹을, 이봐요. 나 총에 맞았다고요! 저놈들이 내 다리를 망쳐놨다고!" 남자가 런던 토박이 말투로 말했다.

사보는 눈을 깜박거렸다. "프랑스 사람이 아닙니까?"

"아, 제기랄. 아니에요. 이봐요, 사람이 이렇게 피를 흘리면 죽을 수도 있어요. 빌어먹을 지혈대는 없어요?"

사보는 입이 떡 벌어졌다. 한참 동안 넋이 나갔다. 머리가 빙글빙글 돌아서 그는 그 자리에 쪼그려 앉았다. 쿨롱도 아니고, 프랑스인도 아니라니. 하지만 슈긴이 장담하지 않았나? 도둑은 프랑스인일 거라고. 또 뭐라고 했더라? "프랑스 도둑이 오지 않으면, 난 다른 사람이겠죠."

프랑스 도둑은 오지 않았다. 그 말은 슈긴이 수상한 놈이라는 뜻이다. 하지만…… 그러면 그놈은 왜 여기에 있는 거야? 왜 아래층에서 기다리는 거지? 내가 알아채면 당장 내려가 머리통을 날릴 게 뻔한데? 그가 해야 할 일은 슈긴이 기다리고 있는 곳으로 내려가는 것밖에 없었다.

놈이 혼자 기다리고 있는 곳. 보석 옆으로.

이 개─자─식─!

두려움과 분노가 뒤섞인 극심한 공포감이 사보에게 밀려들었다.

그는 벌떡 일어나 소리쳤다. "슈긴!" 이란 군인들은 사보를 빤히 쳐다봤지만, 사보는 그들을 거칠게 밀어내고 옥상을 벗어나 계단을 뛰어 내려갔다. 불과 1분 전에 뛰어 올라갔던 때보다 두 배나 빠른 속도였다. 거칠게 우당탕탕 로비 복도로 달려간 사보는 전시실을 향해 질주했다. 사보가 전속력으로 미친 듯이 달려가자 몇몇 부하가 깜짝 놀라 그를 바라봤다.

사보는 전시실 문 앞에 미끄러지듯 멈춰 섰다. 한 눈에 보기에도, 너무 늦은 것 같았다.

슈긴은 그곳에 없었다.

몸을 돌려 로비를 향해 달려간 사보는 스나이더를 보자 미끄러지며 멈췄다. "슈긴!" 사보가 소리쳤다. "그놈 대체 어디 있는 거야?"

스나이더가 고개를 저었다. "떠났어요. 2분 전쯤이요." 그가 말했다. "보고를 해야 한대요. 경찰서에 다시 연락하겠다고 했어요."

최대한 빨리 로비를 지난 사보는 정문을 통해 거리로 뛰쳐나갔다. 이 시간에는 교통이 원활했고, 오가는 차량은 대부분 택시였다. 슈긴은 별 어려움 없이 아무 택시나 잡아타고 도망쳤을 것이다. 어쨌든 사보는 거리를 위아래로 훑어봤지만 소용없었다. 슈긴은 이미 사라진 뒤였다.

사보는 터벅터벅 걸어 전시실로 돌아왔다. 자기가 다 망쳐놨음을 깨달았다. 자신과 팀 전체, 그리고 블랙해트까지. 게다가 설상가상으로 그의 조국 또한. 이제 이란인들은 그를 비난하며 이번 일을 범죄가 들끓는 거대 사탄국의 음모라고 부를 것이다. 사보는 받아들여야 하리라. 이란인의 말은 틀리지 않았다. 사보 자신이 다 망쳐놓았다. 슈긴에게 뭔가 수상한 구석이 있다고 직감해놓고도 외면하고 말았다. 이제 사보는 완전히, 완전히 망가졌다.

경위서를 작성하기 전, 사보의 머릿속에 한 가지 의문이 맴돌았다. 슈긴이 정확히 뭘 가져갔지? 사보는 전시실로 들어가 모든 유리 상자를 지나며 일일이 점검했다. 상자에 손을 댄 흔적은 전혀 없는 듯했고, 안에 든 보석들도 비상등 불빛에는 아랑곳없이 여전히 자리를 지킨 채 반짝이고 있었다. 하지만 가운데에 있는 가장 중요한 보석, 슈긴이 '보호'하겠다던 보석은 한 손에 냉큼 집어 감출 수 있을 만큼 너무 작았다.

사보는 가슴이 철렁 내려앉을 듯한 메스꺼운 기분에 휩싸여 중앙 유리 상자로 천천히 다가갔다. 보나 마나 비어 있을 텐데…….
사보는 상자에 다가서자마자 내려다보았다.

보석은 아직 거기에 있었다.

당황한 사보는 전시실 안을 둘러보았다. 보석들, 황실 보석들…… 빌어먹을 모든 보석이 여전히 제자리에 있었다.

가장 위대하고, 값조차 매길 수 없고, 한번 움켜쥐면 감쪽같이 숨길 수 있는 보석이 유리 상자 안에 있었다. 슈긴은 아무것도 가져가지 않았다. 빌어먹을 것 하나도. 하지만 슈긴은 사라졌다. 잠깐만, 이게 대체 무슨 일이지? 옥상에서 붙들린 남자는 프랑스인이 아니라 영국인이었다. 슈긴은 가짜였고, 일부러 이런 소동을 꾸몄다. 빌어먹을 보석을 훔쳐 가기 위해서. 하지만 보석은 모두 여기 있다. 하나도 사라지지 않았다. 그렇다면…….

정확히 무슨 상황이지?

사보는 몇 분 동안 선 채로 숨을 들이쉬며 생각했다. 대체 무슨 일이 일어났는지 도통 이해할 수가 없었다. 도둑은 잡혔지만 알고 보니 엉뚱한 놈이었다. 슈긴은 FBI 요원이 아니거나, 혹은 아닐 수도 있지만, 그런 건 차치하더라도 놈은 도대체 뭐였을까? 그리고 슈긴은 보석을 성공리에 훔쳐내려는 수작질을 벌였다. 놈의 계획은 스위스 시계처럼 빈틈없이 작동했다. 하지만 무엇을 위한 계획일까, 아무것도 가져가지 않았는데.

아무리 유리 상자를 들여다봐도 빌어먹을 엄청난 보석은 원래 있어야 할 곳에 그대로 있었다. 전부 다.

주 전등이 다시 켜졌고, 이란의 엄청난 보석은 활활 타오르는 불처럼 이글거리며 눈부시게 살아났다. 사보는 보석을 가만히 응시했다. 한 번도 본 적 없는 보석. 그야말로 오래도록 감상할 만한 가치가 있었다. 아름다웠다. 찬란한 빛이 넘쳐흘렀다. 왜 누군가는 이 보석을 소유하고 싶어 하는지 금세 알 수 있었다. 그 누군가의 보석을 사랑하는 마음을 이해하게 되었고, 심지어 그럴 수밖에 없다는 생각도 들었다. 유리 상자 옆에 보석의 이름이 깔끔하게 적혀 있었다. 실로 과장이 아니었다.

'빛의 바다.'

여기 있는 보석은 정말 그랬다. 심연의 아름다움을 내뿜는 화려한 빛의 바다. 그 속에서 수영이라도 할 수 있을 만큼 완벽했다.

그리고 여전히 여기에 있었다. 고스란히.

"빌어먹을." 드디어 사보가 입을 열었다. 그가 할 수 있는 말은 이것뿐이었다.

32장

프랭크 델가도 특수요원은 에버하르트 박물관에서 열린 이란 황실 보석 전시회 개막 행사에서 사망자가 발생했다는 기사를 보고는 바로 진상을 알아챘다.

라일리 울프.

하지만 전시품은 온전하며 일반 대중에게 공개되어 있다고 했다. 그래서 델가도는 기다렸다. 다음 날 밤, 에버하르트 박물관 옥상에서 도둑이 잡혔다는 보도가 나오자 이 특수요원은 재빨리 움직였다. 하지만 행선지는 에버하르트 박물관도 아니고, 경찰서도 아니었다.

델가도만큼 라일리 울프를 알지 못하는 요원은 보나 마나 되도록 빨리 에버하르트 박물관이나 경찰서로 달려갈 것이다. 델가도는 그러지 않았다. 박물관 옥상에서 붙잡힌 놈은 라일리 울프가 아니라고 굳게 믿었다. 그래서 경찰서에 가서 확인하거나, 에버하르트 박물관으로 가봐야 소득이 없을 터였다. 그는 홀랜드 터널을 지나 뉴어크로 차를 몰았다.

델가도가 그토록 많은 시간과 에너지를 쏟으며 찾아 헤맨 라일리 울프가 맨해튼에서 작업을 벌였다는 뉴스를 듣고도 엉뚱한 곳으로 간다니 이상해 보일지 모른다. 하지만 아니다. 뉴어크로 가야 했고, 이유는 델가도만이 알고 있었다. 뉴욕과 가까운 그곳의 특별한 장소에 뭐가 있는지, 그리고 라일리 울프에게 뭘 의미하는지 오직 델가도만이 알았다. 그는 일주일 동안 세심하고 체계적으로 수색한 끝에 이곳을 찾았고, 이제 지켜보며 때를 기다리고 있었다.

홀랜드 터널을 지나 뉴어크로 건너간 델가도는 젠틀이즈 장기요양 재활센터의 작고 붐비는 주차장에 차를 세웠다. 이미 두 번이나 왔지만, 안으로 들어간 적은 없었다. 이번에는 들어갔다.

델가도가 향한 곳은 242호실이었다. 2층에 있는 독실로, 항상 대기 중인 RN(공인 간호사―옮긴이)과 당직 의사에게 24시간 진료를 보장받는 가장 비싼 병실 중 하나였다.

242호실 입원 환자는 뉴욕에 있는 요양 환자 중 후보에 딱 알맞은 나이대에다 예상한 처방약을 실제로 처방받고 있는 열일곱 명에 속한 이였다. 그리고 델가도가 예상한 가명 중 하나와 일치하는 유일한 여자였다.

실라 버몬트 부인.

라일리 울프의 엄마.

버몬트 부인은 24시간 전담 간호가 필요해 이곳에 왔다. 여러 해 동안, 흔히 '지속적 식물인간' 상태라고 부르는 상황에 놓여 있었다. 돈이 아주 많이 드는 간호의 손길만이 그녀를 계속 살려둘 수 있었다. 하지만…… 아무런 변화도 없이 항상 같은 혼수상태에 놓여 있는데도 살아 있다고 할 수 있을까. 델가도는 의아했다. 실라 버몬트는 아주 오래전에, 가구만 남겨둔 채 서둘러 이사를 간 것처럼 보였다. 하지만 델가도와는 상관없는 일이었다. 사실상 돈으로 생명을 유지하고 있다 해도, 델가도의 돈은 아니었다. 엄밀히 따지면 라일리 울프의 돈도 아니었다. 모두 훔친 돈이니까. 어쨌든 라일리를 이어줄 끈을 찾은 만큼 델가도는 불평하지 않았다.

그 실마리는 라일리 울프에게 바로 이어질 것이다. 델가도가 보기에 의심의 여지가 없었다. 6개월 전, 라일리가 시카고에서 동상을 훔칠 무렵 그의 엄마는 시카고 근처에 있는 오크파크 요양원에 있었다. 그리고 동상을 훔친 라일리는 요양원에서 엄마를 데리고 나왔고, 둘은 사라졌다.

델가도는 라일리 울프가 이미 에버하르트 박물관을 공격했다면 거기서 그를 찾아봐야 소용없다는 걸 알았다. 박물관 옥상에서 누가 잡혔든 절대 라일리는 아닐 터였다. 라일리 울프는 엄마를 데리러 이곳에 올 것이다. 예전에도 그랬듯이.

그래서 델가도는 여기서 기다리고 있었다.

그리고 수년간 그랬던 것처럼 들뜬 마음으로 요양원에 들어갔다. 크리스마스 날, 나무 밑에 있는 선물들 가운데 자기 이름이 적힌 가장 큰 선물에 뛸 듯이 기뻐하는 어린 꼬마처럼. '바로 이거야.' 그토록 오랫동안 처참한 실망과 거짓된 희망, 막다른 골목을 모두 거친 끝에 마침내 그의 강박관념과 마주할 참이었다. 드디어 라일리를 궁지로 몰아넣었다.

라일리 울프를 쫓아다닌 이후 처음 느끼는 자신감이 델가도를 휘감았다. 2층에서 엘리베이터를 빠져나온 델가도는 안내판에 따라 242호실로 갔다. 병실 가까이 다가가자 안에서 목소리가 들렸다. 여러 사람의 목소리가 아닌, 오직 하나의 목소리.

델가도는 문밖에 멈춰 서서 귀를 기울였다.

"……그래서 우리 오늘 이사할 거예요, 엄마. 제가 정말 좋은 곳을 찾았거든요. 훨씬 따뜻한 곳이에요. 정원도 있어요. 장미꽃도 있고요. 엄마, 엄마가 정말 좋아할 거예요." 목소리가 바뀌었다. 점점 부드러워졌고, 벅찬 감정으로 가득 찼다. "멋진 곳이에요, 엄마. 엄마가 늘 말했듯이…… 아무 걱정 없이 라일리의 삶을 살게 될 거예요. 엄마가 늘 말했던 것처럼요."

델가도의 머리에서 "딩동" 소리가 났다. 라일리의 삶. 바로 이 이름이 시작된 곳. 라일리의 삶, 양의 무리를 성공적으로 잡아먹은 늑대의 보상. 델가도는 하마터면 웃음이 나올 뻔했다. 그는 이제야 완전히 이해했다. 그리고…….

목소리가 그쳤다. '지금이군.' 델가도는 생각했다. 총을 뽑아 들고 문 주위를 경계하며 방으로 들어갔다.

방은 텅 비어 있었다.

델가도는 잠시 서서 그저 눈만 끔벅거렸다. 그러고는 옷장 쪽으로 걸어가 문을 열어봤다. 역시 비어 있었다. 화장실도 마찬가지였다. 침대에는 아무도 없었다. 병실은 완전히 텅 비어 있었다.

하지만 그 목소리는…….

델가도의 뒤에서 음악이 흘렀다. 드럼 소리가 잔잔하게 울려 퍼지더니 단조 선율의 베이스 멜로디가 계속 이어졌다. 델가도는 주변을 두리번거렸다. 침대 옆 작은 탁자에 값비싼 첨단 디지털 녹음기와 작은 스피커가 놓여 있었다. 음악은 거기서 흐르고 있었다. 델가도가 스피커를 빤히 바라보며 여전히 멍청하게 총을 겨누는 동안 기타와 보컬 연주가 시작됐다.

잠시 음악에 귀를 기울인 후에야 무슨 노래인지 알아들었다. 엘비스 코스텔로 곡이었다. 델가도가 어렸을 때 즐겨 듣던 곡, 〈형사들을 지켜보며Watching the Detectives〉였다. 이토록 딱 꼬집어 비꼬는 음악인 줄 미처 몰랐는데. 선명하고 뜨거운 홍조가 목을 타고 올라 얼굴로 번졌다. 권총을 다시 집어넣은 델가도는 침대 맡 의자에 털썩 주저앉았다.

노래가 끝날 때까지 그냥 앉아 있었다. 주먹으로 한 대 맞은 것만큼 뼈아픈 고통이 밀려왔다. 라일리가 정확히 뭘 의도했는지 의심할 여지가 없었다.

라일리 울프는 그동안 프랭크 델가도를 죽 지켜보고 있었던 것이다.

어찌된 일인지 라일리는 델가도가 온다는 걸 알고 있었다. 그리고 이렇게 델가도를 조롱하는 환영회를 차려놓았다. 그가 처음부터 압도적으로 우세했음을 깨우쳐주기라도 하듯.

노래가 끝나자 델가도는 자리에서 일어나 간호사실로 갔다. "242호실에 있던 여자 말인데요." 그가 배지를 보이며 물었다. "언제 떠났습니까?"

간호사가 모니터 화면을 힐끗 보면서 키보드를 몇 번 눌렀다. "오늘 아침에요." 그녀가 말했다. "사설 구급차가 태우고 갔네요." 그러고는 키보드를 보며 눈살을 찌푸렸다. "그런데 내일 입원비까지 냈군요. 그럼 그때까지는 손대면 안 돼요." 간호사가 고개를 저었다. "이상하네……."

델가도는 고개를 끄덕이고 간호사실을 나왔다. 이상할 게 없었다. 그 병실은 델가도를 위해 남아 있었다. 무슨 질문이 더 필요할까. 델가도는 앞으로 남은 일을 이미 알고 있었다. 물론 확인할 테지만, 무엇을 찾아야 할지도 알았다. 사설 구급차는 유령 회사에 등록되어 있을 테고, 최종 도착지는 공터나 애완동물 공동묘지일 것이다. 그러면 차량을 추적할 단서도 방법도 없을뿐더러 라일리 울프나 그의 엄마를 찾을 길도 사라진다.

다음 기회가 올 때까지. 물론 라일리 울프뿐만 아니라 그에게도 다음 기회가 있을 것이다. 하지만 그동안에는……?

델가도는 엘리베이터를 타고 내려왔다. 그리고 주차장까지 걸어가 차에 올라탔다. 두 손을 운전대에 올려놓고 몇 분 동안 앞만 똑바로 바라봤다. 그러고는 양손을 힘껏 쾅 내리쳤다. "빌어먹을!" 그가 말했다. 딱 한 번. 그는 차에 시동을 걸어 집으로 가는 긴 여행을 시작했다.

해가 막 떠오를 무렵, 카트리나는 집에 도착했다. 아주 기나긴 밤을 보냈다. 폐허가 된 박물관 개막 행사가 열린 전날 밤도 그렇게 길었다. 그러고 보니 이틀 동안 두어 시간밖에 자지 못했다. 대형 차고에 차를 세운 카트리나는 옆자리에 깔끔하게 주차된 랜들의 차를 확인했다. 남편이 돌아왔다는 안도감에 기운이 불끈 솟았다. 랜들이 사고를 당했을 리 없다고 생각했지만, 마음 한편에서는 그럴지도 모른다는 불안함이 좀체 잦아들지 않았었다. 그런데 랜들의 차가 사고의 흔적 없이 여기에 있었다. 틀림없이 랜들도 이곳에 있을 터였다.

카트리나는 열쇠를 돌려 시동을 껐다. "따닥따닥" 하고 엔진 식는 소리만 들려오는 정적 속에 잠시 가만히 앉아 피곤에 지친 눈을 깜빡였다. 너무 피곤했다. 아주 많은 일이 일어났고, 랜들에게 지난 일을 얼른 말하고 싶어 견딜 수가 없었다. 그 장면을 상상하자 카트리나는 절로 미소가 나왔다. 집으로 돌아온 누군가가, 자기 말을 들어주고 마음을 보듬어줄 누군가가 있어서 정말 좋았다……

차고를 나온 카트리나는 서늘하고 깨끗한 아침 공기를 마시며 집으로 가는 오솔길을 걸어 올라갔다. 장미꽃 넝쿨은 당연히 벌거 숭이였다. 겨울이 찾아와 마당의 온갖 푸른 잎을 떼어내고 있었고, 회갈색 나무와 장미 줄기가 싸늘한 아침의 밝은 햇살과는 전혀 다 른 분위기를 풍기고 있었다. 오솔길을 반쯤 올라갔을 때 잠시 걸음 을 멈춘 카트리나는 크게 하품을 했다. 잠을 거의 자지 않은 채 이 틀 밤을 보냈다. 아니, 사흘인가? 너무 지친 나머지 제대로 셀 수조 차 없었다. 뭐, 그건 별로 중요하지 않았다. 언제 그렇게 피곤했는 지도 기억나지 않았다.

물론, 이제는 상관없었다. 곧 잠자리에 들 테니까. 그것도 랜들과 함께. 카트리나는 아직 자고 있을 랜들을 생각하며 미소 지었다. 랜 들 옆으로 조용히 미끄러져 들어가 살며시, 부드럽게, 얼음처럼 차 가운 발을 그의 허리 밑에 쏙 집어넣을 수 있을 테니까.

여전히 크게 하품하며, 그리고 여전히 미소 지으며 카트리나는 집 안으로 들어갔다. 현관홀에 있는 모자걸이에 코트와 스카프를 걸고 계단으로 향했다. 자러 가자. 랜들 옆에 가서 자야지. 음, 그녀 는 행복한 생각에 젖었다. '아마 못 잘 거야. 당장은.'

부엌으로, 또 아침 식사 장소로 쓰는 내실과 연결된 큰 출입구를 반쯤 지나갈 때, 카트리나의 눈에 무언가 살짝 비쳤다. 평소 아침 식탁에는 없던 것이어서 뒤로 돌아 식탁으로 향했다.

소금과 후추 병이 식탁 가장자리로 밀려나 있었다. 그 아래에 누 런 봉투가 있었다. 바로 옆 식탁 가장자리에는 하얀 장미 한 송이 가 놓여 있었다. 아직 완전히 피지 않았지만, 꽃잎에 맺힌 이슬방울 이 영롱하게 반짝였다.

랜들일 수밖에 없었다. 이토록 자상한 방식으로 장미를 건넬 사람이라면. 특별한 일이 없어도 그저 '사랑해'라는 뜻을 전할 수 있는 소소한 정표. 누군가에게 관심을 받고 있다는 행복과 가슴 벅찬 감동에 카트리나는 또다시 온몸이 달아올랐다. 그녀는 장미꽃을 집어 들어 향기를 맡았다. 풍성하고 멋진 향기가 은은하게 풍겼다. 도시에서 흔히 볼 수 있는 값싼 온실 속 꽃들과는 달랐다. 특히 요즘 같은 겨울에는. 잠시 눈을 감고 향기를 들이마셨다. 랜들과 함께하는 삶이라니, 자신이 얼마나 큰 행운을 누리고 있는지 생각하며. 그때 문득 봉투가 떠올랐다.

어리둥절한 기분으로 눈을 뜬 카트리나는 장미꽃을 식탁에 내려 놓았다. 그리고 봉투를 집어 들었다. 최고급 편지지에 딸린 멋진 봉투였다. 봉투 앞면 가운데에는 녹색 잉크로 그녀의 이름이 적혀 있었다. '카트리나.'

랜들이 무슨 말을 썼을지 무척 설렜다. 그녀는 봉투를 열어 봉투와 잘 어울리는 편지지 한 장을 꺼냈다. 편지지를 펼친 뒤 역시 녹색 잉크로 적은 단정한 글자를 읽기 시작했다.

카트리나에게

미안하지만, 당신은 남자 보는 눈이 정말 형편없다고 말해야겠어.

카트리나는 얼굴을 찡그렸다. 첫 문장부터 이상했다. 분명 농담이 겠지만. 하지만 어떤 농담이지? 랜들은 무슨 생각인 걸까? 대체 무슨 뜻일까? 그녀는 고개를 가로저으며 다시 편지를 읽어 내려갔다.

당신은 남자 보는 눈이 정말 형편없어. 마이클은 정말 나쁜 놈이었지. 하지만 최소한 그냥 소아성애자였어. 그에게서 나 같은 사람에게로 오다니…… 음, 내가 말했듯이, 당신은 취향이 참 끔찍해. 세상엔 돈으로 살 수 없는 것들이 정말 있나 봐.

이 말이 위안이 될지 모르겠지만, 우리 결혼 생활은 완전히 무효야. 나는 이 세상에 실제로 존재하지 않아! 당신은 내가 마이클을 죽였다고 뒤집어씌울 수 있었어. 그러면 브릴스타인이 정말 기뻐했을 텐데 말이야. 당신은 감옥에 갈 필요도 없고.

당신이 이 글을 읽을 때쯤이면 난 이미 가버린 뒤일 거야. 하지만 함께 살아온 시간이 있으니 작별 인사는 해야 할 것 같아.

잘 있어, 카트리나. 굳이 나를 찾으려 애쓰지 마. 그러지 않겠지만.

농담이겠지. 바보 같은 농담. 아니, 그래야만 했다. 카트리나는 돌연 끔찍하고 메스꺼운 공포에 사로잡혔다. 편지를 구겨 바닥에 던졌다. 그리고 곧장 내실에서 뛰어나와 소리쳤다. "랜들!"

어쨌든 소리라도 질러야 했다. 처음 듣는 낯선 목소리가 목구멍에서 터져 나왔다. 심지어 사람 소리처럼 들리지도 않았다. 동물이 울부짖는 소리였다. 고통스럽게 울부짖는 소리가 목구멍에 파동을 일으켜 텅 빈 집 안으로 울려 퍼지면서 그녀의 희망마저 갉아먹고 있었다. 그 목소리를 달래줄 아주 작은 흔적을 찾는 순간에조차. "랜들!" 카트리나는 다시 소리를 질렀다. 여전히 아무 대답도 없었다.

그녀는 대저택의 이 방 저 방을 미친 듯이 돌아다녔다. 마지막 방도 텅 비었음을 확인하는 순간, 아주 희미한 희망마저 흐릿하게 깜박거리더니 마침내 황량하고 차가운 재로 변해 쓸쓸히 죽어갔다.

가버렸다. 정말 가버렸다. 랜들이 가버렸다.

모든 공기와 빛이 세상 밖으로 빠져나가는 것 같았다. 한동안 거기에는 아무것도 없었다. 어둡고 지독하게 고통스러운 공허 외에는 보고, 듣고, 만질 수 있는 것이 전혀 없었다.

그러고 나서 어째서 그런 일이 일어났는지 짐작조차 못한 채, 카트리나는 부엌 바닥에 멍하니 앉아 있었다. 숨을 쉴 수도, 생각할 수도 없었다. 주변에는 온 세상을 휘감은 짙은 안개만 있을 뿐 아무것도 보이지 않았다. 다시 천천히 스며 나온 의식이 가늘게, 조금씩 흐르고 있었다. 어둠보다 훨씬 더 고통스러운 의식.

사라졌어. 랜들이 사라졌어…….

카트리나는 얼마나 오래 그렇게 앉아 있었는지 알지 못했다. 어둠에 휩싸인 채로, 구겨진 편지만 양손에 움켜쥐고 있었다. 그러다 마침내 깊고, 고통스럽고, 거친 숨을 딱 한 번 쉴 수 있었다. 모든 감각을 잃은 상태로 주위를 둘러보았다. 따사로운 햇살이 주변 세상 가장자리에 스며들기 시작했다. 부엌은 환하게 밝아졌지만, 카트리나는 밝아질 수가 없었다.

무슨 일이 있었던 걸까? 그 편지글은 대체 무슨 뜻일까? 끔찍한 농담일 수밖에 없었다. 랜들이 정말로 사라진 것만 빼면. 카트리나는 편지를 다시 매끈하게 폈다. 랜들의 필체처럼 보였다. 그리고 맨 아래쪽, 랜들은 서명 대신 이름의 첫 글자를 보란 듯이 적어놓았다. 'R.M.'

아니, 잠깐만. 이건 랜들 이름의 첫 글자가 아니잖아. 카트리나는 눈썹을 찌푸리며 그 글자를 이해해보려고 애썼다. 'R'은 확실히 R이었다. 하지만 'M'은…… 이제 보니 거꾸로 뒤집힌 것 같았다. M이 아니라 W였다.

"R.W.라고?" 이게 대체 무슨 뜻이지? 카트리나는 이름의 첫 글자가 R.W.인 사람을 알지 못했다.

　게다가 분명한 것은, 그녀는 랜들 밀러라는 사람이 누구인지도 몰랐다. 그런 사람은 존재하지 않는다고 편지에 쓰여 있었다. 카트리나는 허구의 인물과 잠자리를 하고 있었던 것이다.

　그 사람이 랜들인지, R.W.인지, 아니면 아예 가상의 인물인지는 중요하지 않았다. 그가 누구였든, 이미 사라졌다.

　카트리나는 어느 때보다 외로웠다.

33장

프랭크 델가도는 침대 바로 옆에 서서, 누워 있는 남자를 내려다보았다. 남자의 손은 머리 뒤에 있고, 다리는 위로 올라가 있었다. 불과 사흘 전에 총에 맞은 남자치고는 너무 쾌활했다. 시립 교도소 의무실이 아니라 따뜻한 해변의 해먹에서 휴가를 즐기는 것 같았다.

남자는 지금까지 별 말이 없었다. 하지만 남자의 지문을 인터폴에서 보내왔고, 그거면 충분했다. 이름은 올리버 스니드. 파쿠르에 능숙한 영국 남자였다. 그는 파쿠르를 이용해 대담한 강도질을 벌였지만, 기술이 전부 성공하지는 않았다. 다친 다리보다도 더 긴 전과 기록이 있었다.

담당 요원 매클린이 뉴욕으로 돌아가 스니드를 신문하라고 전화했을 때, 델가도는 버지니아에 있는 집으로 가고 있었다. 여정은 이제 절반쯤 남았지만 그는 개의치 않았다. 스니드의 범죄 이력을 살펴보니 오히려 다시 돌아온 게 기쁠 정도였다.

처음 몇 가지 질문에 스니드는 꽤 건방지게 대답했다. 뭐, 이 정도는 괜찮았다. 질문들은 비교적 평범했다. 단지 신문에 적당하게 말씨와 억양만 조절했을 뿐이다. 델가도는 스니드를 편안하게 대해주었다. 그는 특히 한 가지 질문, 정말로 묻고 싶었던 한 가지 질문을 하기 위해 더 공을 들였다.

"제가 말했잖아요, 요원 친구." 스니드가 경쾌하게 말했다. "다 장난이었다니까요. 밤기운에 취해서 그냥 좀 재밌게 논 거라고요."

"꽤 추운 밤이었죠." 델가도가 말했다.

"요원 친구, 파쿠르는 말이죠……." 스니드가 말했다. "강장제처럼 피를 달궈줘요."

"한밤중이었잖아요." 델가도가 말했다.

"아, 잠을 못 자서요. 그게 다예요." 스니드가 말했다. 그러고는 편히 드러누울 수 있을 만큼만 고개를 살짝 흔들었다. 스니드의 얼굴은 셜리 템플(1930~1940년대에 활동했던 미국의 아역 배우—옮긴이)이 울고 갈 정도로 천진난만했다. "아랍 사내들이 전부 자동화기를 들고 저 위에 서 있을 줄 내가 어떻게 알았겠느냐고요."

"박물관에 뭐가 있는지 전혀 몰랐나요?" 델가도가 물었다.

"빌어먹을 쥐꼬리만큼도요." 스니드가 어깨를 으쓱하며 말했다. "박물관은 내 취미가 아니에요."

델가도가 고개를 끄덕였다. "좋아요." 그러고는 차분히 물었다. "그럼 그냥 우연이군요?"

"제 말이 그 말이에요." 스니드가 기쁜 듯이 말했다. "재수가 없으려니까."

"당신 전과 기록을 고려하면, 정말 기가 막힌 우연이에요." 델가도가 말했다. 그리고 철제 접이식 의자를 침대 가까이 끌어당기며 덧붙였다. "대형 절도 기록이 일곱 건인데, 대부분 보석으로 나왔네요."

"그래서 감방에 갔잖아요." 스니드가 상처받은 듯한 순진한 말투로 대꾸했다. "사람은 변하잖아요. 저도 그렇고."

"그럼 에버하르트 박물관에 황실 보석이 있는 걸 전혀 몰랐단 말인가요?"

"젠장, 전혀요."

"그런데 당신한테 돈을 받은 누군가가 경보 시스템을 꺼버려서 거기 있었던 것 아닌가요? 다크웹에서 만난 사람."

"다크…… 뭐요?" 스니드가 물었다.

"누군가가," 델가도가 말을 이었다. "당신을 배신하고 총알받이로 이용한 거 아닐까요?"

"참 나, 지금이 어느 땐데 대체 누가 그런 짓을 하겠어요?" 스니드가 아주 순진하게 물었다.

델가도는 미소 지었다. 이걸 기다리고 있었다. "라일리 울프요." 그가 대답했다.

스니드의 반응은 기대보다 만족스러웠다. 스니드는 입을 떡 벌렸지만, 아무 말도 하지 않았다. 그러고는 눈을 감았다. 머리통은 베개 속에 푹 가라앉아 있었다. "제기랄, 빌어먹을." 스니드가 중얼거렸다. 그리고 다시 욕을 뱉었다. "제기랄, 빌어먹을."

델가도는 아무 말도 하지 않았다. 잠시 후 스니드가 다시 눈을 떴다. "알아봤어야 했는데." 그가 말했다. "망할 라일리 울프." 그러고는 한숨을 쉬며 천천히 고개를 저었다. "그 새끼가 날 못 잡아먹어서 난리라니까요."

"왜죠?" 델가도가 물었다.

스니드는 무시하듯 손사래를 쳤다. "아니, 제가 몇 년 전에 그 자식을 배신했거든요. 좀 지난 일인데, 딱 좋은 거 하나 슬쩍 건지고 그놈을 버렸죠." 그가 다시 눈을 감았다. "그랬으니 나를 가만둘 리 없다는 걸 알았어야 했는데. 라일리는 꼭 기억해요. 절대로 잊지 않죠." 스니드가 한쪽 눈을 뜨더니 델가도를 똑바로 바라봤다. "라일리가 뭘 갖고 도망쳤죠?"

"아무것도." 델가도가 말했다.

스니드가 코웃음을 쳤다. "지나가는 개가 웃겠네요." 그리고 말했다. "그 자식이 거기 있었다면, 장담컨대 절대 빈손으로 떠나지 않았을 거예요."

델가도는 얼굴을 찡그렸다. "박물관에서는 없어진 게 없대요." 그리고 덧붙였다. "다 그대로 있다는데요."

스니드가 고개를 절레절레 흔들었다. "그럴 리 없어요." 그가 말했다. "빌어먹을, 죽었다 깨도 그건 아니에요. 라일리가 빈손으로 떠난다고? 세상 별일이네."

델가도 역시 믿지 않았다. 하지만 박물관은 없어진 유물이 하나도 없다고 확신했다. "만약 당신이 그랬다면," 그가 물었다. "당신이 계획한 대로 안에 침투했다면, 뭘 가져갔을까요?"

"다리아에누르, 딱 그거 하나." 스니드가 말했다. 그의 목소리가 왠지 엄숙했다. "'빛의 바다' 말고는 없어요. 세상 어디에도 없을 만큼 아름답죠. 게다가 작아서 갖고 나가기도 쉽고. 값도 어마어마하고요." 스니드가 양쪽 눈을 모두 떴다. 그러고는 초롱초롱한 눈으로 델가도를 바라봤다. "자그마치 150억 달러라고요, 150억."

"박물관 쪽에서는 그대로 있대요. 유리 상자 안에."

"다시 봐요, 친구." 스니드가 말했다. "꼭 다시 살펴봐요."

"바로 그 자리에 서 있었어요." 사보 중위가 다리야에누르 옆 공간을 가리키며 말했다. "총을 꺼내 준비하고 있었죠. 우리가 다른 사람을 뒤쫓는 동안에도 계속 거기 서 있었어요."

"어떤 총이었죠?" 델가도가 물었다.

"글록 23이요." 사보가 말했다.

델가도는 고개를 끄덕였다. FBI 요원 대부분이 소지하는 총이었다. 하지만 이런 건 세간에 널리 알려진 사실이라 별 의미가 없었다. "어떻게 생겼는지 다시 설명해주시겠어요?"

사보가 어깨를 으쓱했다. "키는 약 180센티미터. 체격은 보통인데, 배가 좀 나왔다고나 할까요? 80킬로그램쯤 되겠네요. 적갈색 머리에 콧수염도 있었고." 그러고는 얼굴을 찡그렸다. "말씀드렸듯이, 가장 눈에 띄는 건 안경이었어요. 렌즈 두께가 2.5센티미터짜리 같았으니까요. 그걸로 뭐가 보일까요? 아무리 자기 눈에 맞는다고 해도."

델가도는 돌아서서 복도를 훑어보았다. FBI 요원으로 수년간 현장에서 일한 덕에 대부분의 전자 보안 장치가 눈에 띄었다. 사보가 보안팀 두 팀이 배치된 곳을 이미 설명해주었다. 제정신이 아니고서야 누가 이 모든 장치를 다 통과할 수 있을까? 그건 자살행위였다.

하지만…… 만약 누군가가 어떻게든 저기를 통과했다면, 진짜 문제는 보석을 갖고 도망치는 것일 터다. 델가도는 줄지어 늘어선 유리 상자들을 확인했다. 얼핏 봐서는 진열품을 건드린 흔적이 없었다. 사보는 아무것도 가져가지 않았다고 우겼다. 하지만 델가도가 보기에는 모든 징후가 라일리 울프를 가리켰다. 그리고 그는 스니드의 말에 동의했다. 라일리 울프는 절대 빈손으로 떠나지 않는다.

델가도는 다리야예에 누르가 들어 있는 상자에 더 가까이 다가가 보석을 바라보았다. 대단히 아름답고, 무척이나 놀라웠다. 숨이 턱 막힐 정도였다. 분명 수십억 달러의 가치가 있을 것이다. 이걸 품안에 숨겨 조용히 나갈 수 있는 기회가 있었다. 보나 마나 어떤 도둑이든 이 보석을 노릴 것이다. 그런데도 보석은 그대로 있었다. 만약에…….

델가도가 대뜸 사보에게로 돌아섰다. "그놈이 혼자 얼마나 오래 있었습니까?" 그가 날카롭게 물었다.

당황한 사보가 시선을 피하며 대답했다. "아…… 아마 5분 정도요?"

"5분이요? 경보가 다 꺼진 채로?"

"네, 음…… 네."

"당신은 어디에 있었죠?"

사보는 무겁게 한숨을 내쉬었다. "전 바보처럼 옥상으로 뛰어 올라갔어요." 그가 말했다. "총소리를 들었을 때요." 사보는 고개를 저으며 델가도와 눈을 마주쳤다. "그러니까, 우리 팀은 바로 여기 있었지만……."

"하지만 아무도 보지 않았다는 거죠? '슈긴 요원'을요."

사보가 다시 눈길을 돌렸다. "아무도…….." 그가 말했다. "아무도요." 그러고는 입술을 깨물며 델가도를 돌아보았다. "하지만 말했잖아요. 없어진 게 없다고요. 저기 다 있어요. 직접 보세요."

델가도는 무표정하게 고개를 끄덕였다. 엄청난 보석이 들어 있는 상자를 다시 한번 바라보며 확신했다. "보석감정사 부르세요." 그가 말했다. "최고의 감정사로. 그리고 이 보석 감정하라고 해요. '빛의 바다'요."

그러고는 사보를 바라보았다. "조용히 진행하세요. 이 일은 당신과 감정사 외에는 아무도 모르는 겁니다." 사보는 델가도가 내민 명함을 가져갔다. "일이 끝나면 전화하세요." 델가도가 말했다.

"음, 네, 물론이죠. 네, 요원님." 사보가 말했다.

델가도는 몸을 돌려 전시장을 나갔고, 이내 박물관을 빠져나왔다. 더는 할 말이 없었다. 그는 감정사가 무엇을 찾을지 알고 있었다. 그리고 라일리 울프가 어떻게 했는지도 알고 있었다. FBI 요원에게는 고유의 권한이 있다. 누가 감히 정부요원을 의심하겠는가? 물론 FBI에 슈건이라는 이름의 요원은 없었지만. 델가도는 굳게 믿었다. 그렇더라도 다시 한번 확인했다. 그래도 여전히 궁금한 것은 안경이었다. 2.5센티미터 두께의 렌즈를 낀 안경이라니. 사보는 자신이 정확히 봤다고 주장했다. 그렇지만 시력이 맞지 않으면 그런 안경으로는 앞을 볼 수 없다. 라일리 울프는 대체 어떻게 그런 걸 끼고 다닌 걸까?

라일리는 어떻게든 했다. 도저히 불가능한 변장을 하고서 이란 황실 보석 옆에 5분 동안 혼자 있었다.

그리고 '빛의 바다'를 가져갔다.

34장

　두통 때문에 죽을 뻔했다. 열두 시간 동안 아무 일도 못 하고 찬 수건을 이마에 댄 채 눈만 감고 있었다. 타이레놀을 반 통은 먹었을 텐데, 빌어먹을 두통이 가라앉지 않았다. 안과 의사가 그렇게 될 거라고 말했었다. 그래서 나 말고는 아무도 이런 속임수를 못 쓴다. 다른 이들에게는 불가능하거나 너무 고통스러운 일일 테니까. 눈 가지고 장난치면 대가를 치를 수밖에 없지.

　나는 대가를 치렀다. 상관없었다. 젠장, 그나마 지금은 큰소리 칠 여유가 있다.

　돌이켜 생각해보면 꽤 간단한 속임수였다. 크고 두꺼운, 도수를 넣은 렌즈. 사실 그런 렌즈로는 아무도 앞을 볼 수 없다. 그러니까 이건 변장이 아니라는 이야기다. 슈긴은 거의 장님이나 다름없는 남자였다. 그런데 라일리 울프가 그럴 리 없잖아?

　물론 라일리 울프는 콘택트렌즈를 미리 껴두었다. 렌즈와 정반대 시력의 콘택트렌즈. 콘택트렌즈 시력이 '-8.00'이라면, 안경 시력은 '+8.00', 이제 이해가 되는가? 그렇게 하면 콘택트렌즈와 안경의 도수가 상쇄되기 때문이다. 원래 시력으로 볼 수 있다. 하지만 눈이 별나게 휘둥그런 괴물처럼 보일 수 있다. 그러니 라일리 울프가 아닌 척하고 놀라운 일을 해낼 수 있다.

그래서 나는 해냈다.

그러고 나서 죽을 것 같은 두통을 얻었지만. 안 그래도 안경 처방전을 써준 안과 의사가 경고했었다. 의사 말이 옳았다. 나는 쿵쾅거리는 두통으로 거의 마비 상태에 놓였다. 하지만 그럴 가치가 없다고 누가 감히 말할 수 있을까?

그럴 만한 가치는 충분했다. 설사 빌어먹을 두통이 한 달이나 계속된다고 해도.

나는 누군가는 진상을 알아낼 거라 예상했다. 그렇다면 아마도 FBI일 테다. 아쉬운 점 하나는 그 요원이 눈치챘을 때, 아니면 우리 엄마를 '찾았을 때', 나는 이미 떠난 뒤라 그의 얼굴을 볼 수 없었다는 것이다. 카메라를 설치하고 갔어야 했는데, 그러면 멋진 장면을 녹화했을 텐데. 진짜 두고두고 볼만했을 거야. 제길, 연속 재생할 수도 있었잖아. 내 노트북 바탕화면으로 쓰든지.

뭐, 어쨌든 내게는 시간이 많았다. 뉴욕과 헤어지고, 두통을 없애고, 내 섬에 도착할 만큼.

그래, 맞다. 내겐 섬이 있다. 심지어 지도에도 없으니 전부 내 거다. 아무도 살지 않을 뿐만 아니라 거기에 그런 섬이 있는지조차 모른다. 나도 죽 그랬으면 좋겠다. 그냥 카리브해 아니면 남태평양 어딘가에 있다고 말할 거다. 따뜻하고 아주 은밀한 어느 곳이라고. 아무나 방문할 수도 없고, 섬에 관해 들을 수도 알 수도 없게 하리라. 아무도, 어떤 수를 써도, 절대…… 단 한 가지 작은 예외가 있긴 하지만. 혹시 모르니 말이다.

위대한 승리를 거둘 때마다 위대한 상을 받을 만하다. 이는 정말 엄청난 승리였다. 세계적 수준에 버금가는 보상이 필요할 것이다. 한번 맞혀보시길. 나는 이미 하나를 골랐다.

모니크는 좀처럼 믿기 어려워했다. 처음부터 매우 안 좋은 생각이라 여겼고, 아직도 반 이상은 그렇다고 믿었다.

하지만 그녀는 여기에 있었다. '여기'를 뭐라고 하든. 라일리는 정확한 위치에 대해 병적이다 싶을 정도로 모호하게 설명했다. 모니크가 아는 것은, 여정의 마지막 구간에서 전용기로 열두 시간을 날아간 후에 정체불명의 작은 섬에 착륙했다는 사실뿐이다. 라일리는 섬 한쪽 끝에 있는 작은 선착장으로 그녀를 데려갔고 두 사람은 9미터 길이의 보트에, 사실상 요트에 가까운 배에 올라탔다. 배에는 퀸사이즈 침대와 제법 그럴싸한 부엌을 갖춘 선실이 있었다. 보아하니 매우 강력한 엔진이 달린 요트였다. 라일리가 항구에서 요트를 몰고 나와 조절판을 열었을 때, 모니크는 엄청난 가속을 이기지 못하고 의자 뒤로 훅 밀려났다.

열한 시간 뒤, 라일리는 속도를 늦추면서 아무 표시도 없는 아주 좁은 수로를 지나, 마침내 완벽하게 숨겨진 선착장에 도착했다. 요트를 말뚝에 맨 라일리는 작은 짐들을 내린 뒤 모니크를 섬으로 안내했다.

모니크가 예상한 대로 수많은 보안 장치가 설치되어 있었다. 굳게 잠긴 철문에서 전자 제어판에 이르기까지, 라일리는 헤아릴 수 없이 많은 장치를 일일이 끄고 여러 개의 숫자로 된 암호를 누르며 앞으로 나아갔다. 이윽고 그들은 살짝 비스듬한 언덕길을 따라가 라일리의 집에 도착했다. 그야말로 놀라운 광경이었다. 집이 있어서가 아니라, 집 자체가 놀라웠다.

모니크는 작고 매끈하고 안전한 무언가를 기대했다. 투명 창이 있는 벙커 같은 것을. 하지만 언덕 꼭대기에는 둥근 지붕이 얹히고 테라스로 둘러싸인, 현관이 있는 빅토리아풍 대저택이 버티고 있었다. 정말 촌스러운 시골집 같잖아, 하고 모니크는 생각했다. 더구나 이 열대지방의 배경과 잘 맞지도 않았다.

하지만 라일리는 분명 이 집을 자랑스러워하는 듯했다. 집 안을 보니 라일리의 개인 취향이 구석구석 잘 스며들어 있었다. 바닥에서 천장까지 마호가니로 만든 책꽂이들이 늘어서 있었는데, 꽤 낡은 책들로 가득했다. 커다란 스테레오 시스템과 CD로 가득한 선반도 여럿 있었다. 모니크에게 장서는 조금 충격적이었고 온갖 종류의 CD 컬렉션도 인상적이었다. 책이며 CD들은 그녀가 모르는 누군가를 암시했다. 모니크는 그제야 깨달았다. 지금 바로 여기서, 전에는 미처 몰랐던 남자를 보고 있다는 것을. 진짜 라일리 울프. 모니크는 새로운 사람을 보기만 해도 기분이 좋았다. 그래서 건축에 대해 이러쿵저러쿵 따지지 않기로 했다.

에어컨 바람이 은은하게 불어왔다. 밖에는 뜨거운 햇살이 내리쬐고 있었지만, 안은 시원하고 상쾌했다. 창문에는 무거워 보이는 강철 셔터가 달려 있었다. 현관문 역시 두꺼웠는데, 강철 보강재로 둘러싸여 있었다. "여긴 안전해." 라일리가 말했다. "완전히, 완벽하게 안전해."

철저히 고립된 곳이었다. 모니크가 안전을 최우선으로 고려할 리 만무했다. 라일리가 왜 이토록 안전에 집착하는지 그녀는 의아했다.

하지만 그것보다도 자기가 왜 라일리를 따라 이렇게 까마득히 외진 곳으로 올 생각을 했는지가 더 궁금했다. 라일리가 왜 가자고 했는지, 동의할 경우 그가 뭘 기대할지 아주 잘 알고 있었는데, 어째서 승낙해버린 걸까? 왜 기다렸다는 듯이 따라왔을까? 사실 동의 자체를 고민하지도 않았다. 라일리가 묻는 순간 그녀는 "좋아요, 물론이죠"라고 불쑥 내뱉었다.

물론, 행복에 젖어 마냥 신이 난 라일리 때문이기도 했다. 그는 새 장난감을 자랑하며 친구와 놀고 싶어 안달하는 어린 소년 같았고, 기쁨에 넘치는 활기찬 기운이 모니크에게 고스란히 전해졌다.

하지만 더 솔직히 털어놓자면, 라일리를 향한 모니크의 감정이 변했기 때문이다. 모니크는 위대한 다이아몬드의 복제품을 완성하려고 미친 듯이 일했다. 복제품이 완벽해야 라일리의 목숨을 지킬 수 있었기에 사정없이 자신을 몰아붙였다. 그리고 라일리를 지켜야 한다는 말을 만트라 외듯 수십 번 반복하다 보니 라일리의 삶이 점점 중요한 의미가 있는 무엇으로 다가왔다. 신경이 쓰였다. 라일리 울프가 없는 삶은 어둡기만 하고 허전할 것 같았다. 그녀는 라일리가 안전하게 살아남기를 바랐다. 또 그와 함께 있길 바랐다.

그래서 모니크는 라일리를 따라갔다. 모니크는 라일리와 함께 아무도 알 수 없는, 세상에서 가장 안전한 고독의 요새로 떠났다. 그리고 한동안 라일리를 따라온 게 기뻤다. 라일리에 대한 감정이 미묘하게 바뀌었다. 자신이 터무니없이 위험한 작업을 하는 동안 라일리가 보여준 따뜻함 덕에 일이 훨씬 더 쉬워졌고, 심지어 자연스러웠다. 그런 생각도 했었다. 둘 사이에 무슨 일이 일어날지 알 게 뭐야? 이제 더는 성가시거나 상상할 수도 없는 일처럼 보이지 않았다. 그 내기에서 지더라도.

섬에서 보낸 첫날밤, 모든 것이 바뀌었다.

라일리는 음료를 만들고, 훌륭한 식사를 준비하고, 모니크에게는 생소한 와인 디캔팅도 선보였다. 물론 모니크는 와인을 잘 알지 못했지만. 저녁 식사 후, 라일리는 그녀를 해변으로 데려갔다.

아름다운 모닥불을 지핀 라일리는 브랜디를 한 잔씩 듬뿍 붓고는 모니크 옆에 앉았다.

그윽한 밤공기에 반쯤 넋을 잃은 모니크는 바다 위 하늘에 반짝이는 별빛과, 어쩌면 가장 큰 몫을 하고 있을 술기운을 빌려 라일리의 어깨에 살며시 몸을 기댔고, 라일리도 그녀의 어깨를 부드럽게 감싸 안았다. 든든하고, 편안하고, 행복했다. 완벽한 평화와 조화에 휩싸인 두 사람은 반쯤 남은 브랜디를 음미하며 말없이 앉아 있었다.

이제 모니크는 라일리에게 물어봐야 했다.

불꽃이 따뜻하고 근사한 빛을 뿜으며 사그라들었다. 마지막 불꽃이 차츰 사라지려 할 때 모니크가 입을 열었다. "나한테 모두 말해주겠다고 약속했잖아요." 나는 고개를 살짝 기울이며 그녀를 바라봤다. 모니크는 언제 봐도 아름다웠다. 그녀를 팔로 감싸고 있는 동안, 나는 어느 때보다도 행복했다. 솔직히 말해, 어떻게 하면 더 행복해질지 별별 생각을 다 하고 있었다. 너무 열심히 생각했나. 팔꿈치에 옆구리를 찔린 후에야 모니크가 말을 건네고 있었음을 알아차렸다. "아, 맞아. 뭐라고?" 내가 말했다.

"라일리, 약속했잖아요." 모니크가 말했다. "끝나면 다 말해주겠다고. 그 일이 뭔지요."

내 생각엔 분명 약속한 게 없었지만, 여자들이 이렇게 남자를 찔다는 것은 예전부터 알고 있었다. 남자가 "곧 알게 돼"라고 말해도 여자는 "약속했잖아!"로 알아듣는다. 그래서 약속했다면서 들들 볶다가 결국 남자를 무너뜨리고 원하는 바를 얻는다. 그러면 대체 모니크가 뭘 얻는 거지. 사실, 모니크가 너무 아름다워서 나는 무슨 이야기든 바로 들려줬을 것이다.

"그럼, 물론이지." 나는 얼굴을 찡그리며 어떻게 이야기를 시작할지 고민했다. 알딸딸한 술기운과 내 몸에 전해지는 모니크의 따스한 체온 때문에 선뜻 말이 나오지 않았다. "처음에는 보안이 가장 큰 문제였어." 나는 이야기를 시작했다. "내가 딱 도전할 만한 일이라고 생각했거든. 너무 좋고 또 너무 새로웠어. 그래서 어떻게 할지, 무엇을 할지 고민해야 했지. 문제가 생기면 안 되니까. 그래도 상관없었어."

"그런데 까다로웠군요." 모니크가 중얼거렸다.

"맞아, 그랬어." 내가 말했다. 나는 모니크의 등을 쓰다듬었다. 부드럽게 작은 원을 그리고 있었는데, 모니크는 나를 말리지 않았다. "그리고 알다시피, 돈 많은 에버하르트 가문만이 카메라와 감지기 같은 망할 보안 장치를 다 구비할 수 있으니까."

"으음." 모니크가 말했다. 내 말에 수긍하는 걸까. 아니면 등 마사지에 폭 빠진 걸까.

"그랬더니 문제가 달라졌어. '어떻게 하면 보안을 뚫을까'가 아니었지. 그건 내가 할 수 없는 일이니까. 진짜 문제는, '어떻게 하면 가족을 뚫고 들어갈 수 있을까'였어."

나는 모니크에게 모든 이야기를 들려주었다. 카트리나가 병신 같은 소아성애자 남편과 데면데면한 사이임을 어떻게 알아냈는지, 내가 어떻게 카트리나에게 다가갔고, 어떻게 그녀의 마음을 사로

잡았는지, 어떻게 카트리나가 나를 진심으로 사랑하게 만들고 결국 그녀와 결혼까지 했는지, 그리고 박물관의 중요한 자리를 어떻게 차지할 수 있었는지 등등. 젠장, 정말 엄청난 이야기였다! 어쩌면 내가 꾸민 일 중 가장 위대할 거야! 입에서 말이 술술 흘러나왔다. 아름다운 여자와 조용하고 환상적인 해변에 단둘이 앉아 있는데, 누가 영감을 받지 않겠는가?

하지만 어느 틈엔가 내 손에 닿은 모니크의 몸이 뻣뻣해지기 시작했다. 모니크가 뒤로 손을 뻗어 내 손을 밀어냈다. "왜 그래?" 내가 물었다.

그녀는 고개를 가로저었지만, 왠지 몰라도 단단히 화가 난 것 같았다. 입을 앙다문 채 뾰로통한 얼굴을 하고 있었다. "모니크, 뭐야? 왜 그래?"

"내 생각에……." 그녀가 천천히 입을 열었다. "당신이 모르는 사실 때문에 모두 엉망이 됐어요."

나는 이게 무슨 뜻일까 생각했다. 정말 죽도록 열심히 생각했다. 내 말은, 언제 분위기를 망쳤는지는 알았다. 더할 나위 없이 좋았고, 한 발짝 더 나아가고 싶은 분위기였는데. 하지만 멸종 시기 공룡은 저리 가라 할 정도로 단번에 깡그리 사멸해버렸다. 아니, 대체 왜 그러는 거지? 내가 무슨 짓을 했기에 모니크의 심장이 얼음장처럼 식어버린 거야?

그건 도둑질이 아니었다. 내 말은, 우리 둘 다 그렇게 살아왔다는 이야기다. 내가 빌어먹을 소아성애자 녀석을 죽였다 한들 모니크는 분명 개의치 않을 것이다. 그러면 내가 무슨 짓을 했을까? 역사상 가장 빛나는 모방작이 뭔가 '잘못'된 걸까?

아무 생각도 떠오르지 않았다. 모니크는 점점 싸늘해지고 있었다. 이제는 나를 쳐다보지도 않았다. 그래서 나는 너그러운 처분을 바라며 납작 엎드리기로 했다. 가끔은 그게 통할 때도 있다.

"미안해, 모니크." 내가 말했다. "앞으로 당신을 화나게 하는 일은 절대 없을 거야. 그러니까, 다시는 그런 짓을 하지 않겠다고 약속할게."

그제야 모니크가 나를 바라봤다. 하지만 외면하고 있을 때보다 훨씬 날카로운 시선이었다. 눈에서 불꽃이 활활 타오르고 있었다. 완전히 잘못된 불꽃, 마치 날 쏘아 태우고 싶어 하는 불꽃 같았다. 아주 오랫동안, 정말 초조할 정도로 모니크는 나를 노려보았다. 잇새로 쉿 소리를 내며 숨을 내쉬고는 고개를 저었다.

"라일리." 모니크가 다시 입을 열었다. 날카롭고 신랄한 말들이 쏟아질 것 같았다. 하지만 모니크는 깊이 숨을 들이마시더니 손톱을 내려다보았다.

"라일리." 이번에는 조금 더 부드러운 목소리로 다시 말했다. "당신은 아마도 당신이 하는 분야에서 최고일 거예요."

"아마도?" 내가 말했다. 정말 거만하군. 나도 안다. 하지만 어쩔 수 없었다.

"나는 이런…… 일을 생각해낸 당신이 미치도록 존경스러워요. 이 세상 누구도 생각하지 못할 계획이니까. 그리고 당신은 그걸 다 해내니까요."

"고마워." 내가 말했다. 살짝 희망이 보이는 걸까.

"하지만……." 모니크가 말했다. 그녀가 돌연 나를 휙 돌아봤고, 그 순간 모든 희망이 사라졌다.

"당신 가슴에는 아주 크고 중요한 부분 하나가 없어요!" 모니크의 말 한마디 한마디가 내 가슴을 찔렀고, 그게 너무 아팠다. 그녀가 한 말과, 말한 방식 때문에.

"모니크." 내가 말했다. 하지만 모니크의 말은 아직 끝나지 않았다.

"당신은 이런 일에 모든 걸 쏟아붓잖아요. 마치 뭐랄까…… 엄청난 체스 거장처럼요. 그래서 아무도 이길 수 없는 방법을 찾아다니고."

"그게 뭐가 잘못됐지?" 내가 말했다.

모니크의 두 눈이 다시 이글거렸다. 타오르는 눈빛으로 아까보다 훨씬 더 세게 나를 찔렀다. 이번에는 정말 아플 지경이었다. "사람들은! 체스 말이! 아니라고요!" 모니크가 소리쳤다. 그리고 어느 때보다 나를 매섭게 노려보았다. 빌어먹을. 왜 이렇게 그녀가 멋져 보일까? 더구나 나를 꾸짖고 있다니. 내 안의 어딘가에서는 그저 그녀를 확 끌어당겨 얼른 본론으로 들어가고 싶은 마음이 꿈틀거렸다. 심지어 마음의 나머지 부분이 그런 일은 절대 일어나지 않을 거라고 말하고 있는데도. "모니크." 내가 말했다. "나도 알아. 그리고 내가…… 가끔은 그런 짓을 하지만, 내 말은…… 내가 누군가를 해쳤다면, 그럴 만한 이유가 있었겠지?"

"카트리나한테는 왜 그랬어요?" 그녀가 말했다. "그 여자한테 한 짓이 어떻게 그럴 만하죠?"

입이 떡 벌어졌지만 아무 말도 나오지 않았다. 아니, 카트리나라니? 그렇게 따지면 "벤지는 옥상에서 떨어질 만한 이유가 없잖아요"라든지, "그 팀장은 베테랑이었어"라든지, 뭐 이런 말이라면 몰라도…… 웬 카트리나?

"카트리나는 해치지 않았잖아." 내가 말했다. "그러니까 내 말은, 아니, 어……." 모니크의 표정이 묘하게 바뀌자, 나는 말을 끊었다.

"그 여자랑 결혼까지 했잖아요." 모니크가 말했다. "여자가 당신을 사랑하게 했으니까."

"그건 내가 아니야." 내가 항변했다.

"그 여자와 함께 살았고, 같이 잤잖아요." 그녀가 말했다.

"그래야 했으니까!" 내가 말했다. 혹시 모니크가 질투하는 건가?

"모니크, 그게 전부였어. 일을 완벽하게 성사시키는 열쇠! 맹세코 카트리나는 내게 아무 의미도 없었다고!"

"그래서 엉망이 됐다고요!" 모니크가 소리쳤다. "빌어먹을. 라일리, 당신이 카트리나에게 한 짓은 여자를 죽이는 것보다 더 나쁜 짓이에요! 당신이 그 여자를 산산조각 냈다고요! 그 가엾은 여자를……."

"가엾다고?" 나는 어이가 없었다. "제길, 모니크. 그 여자, 억만장자라고!"

"그렇다고 해도 당신 뜻대로 할 권리는 없어요." 모니크가 말했다. 나는 아무 말도 하지 않았다. 대부분 그렇게 생각했기 때문이다. 돈이 넘치는 사람들은 거머리 같았다. 잘난 척하고, 뚱뚱하고, 아무 일도 안 하고, 자아도취에 빠진 거머리들. 물론 카트리나의 엉덩이는 뚱뚱하지 않았다. 하지만 그 많은 돈을 벌기 위해 카트리나가 무슨 짓을 했을까?

모니크가 마침내 눈길을 돌리며 조용해졌다. 나는 그냥 내버려두었다. 훈계를 들을 때보다 훨씬 나았다. "난 당신이 정말 좋아요, 라일리." 잠시 후 모니크가 말했다. "그리고 당신을 존경해요. 많이, 아니 그 이상일지도 몰라요." 그러고는 고개를 저었다. "하지만 그런 사람을 이용하다니. 그래놓고선 그냥 떠나버리다니……." 또다시 고개를 저었다. "유감이야. 도저히…… 나는 이해할 수가……." 모니크는 말을 끝내지 못했다. 끝까지 말을 하지 못했지만, 나는 무슨 말인지 금세 알 수 있었다.

"모니크." 마침내 내가 입을 열었다.

하지만 모니크는 그저 고개를 저을 뿐이었다. 그리고 거기 그대로 있었다.

어쨌든 모니크는 집에 데려다 달라고 하지 않았다. 내 섬에서 나와 함께 지냈다. 그래서 조금은 기대에 부풀기도 했다. 그녀가 매일 나와 함께하는 한, 누가 알겠는가? 모니크는 이 모든 상황을 극복하고, 결국 나도 괜찮은 남자로 받아들일지 모른다. 변덕스러운 마음에 모니크가 사로잡힐 수도 있고, 아니면 술을 두어 잔 마시다가 또 무슨 말을 지껄일지도 모른다. 아니면, 그냥 생각이 확 바뀌거나. 여자들은 어떤 걸 더 즐기나?

모니크는 섬에 머물렀다. 우리는 심지어 꽤 재밌게 지냈다. 뭐, 내가 기대했던 재미는 아니었지만. 그리고 돈이 들어오자 다시 희망이 생겼다. 보험 회사가 돈을 보냈다. 그것도 엄청나게 빨리. 한편으로는 내가 다리야에누르가 가진 가치의 4분의 1만 요구했으니까. 하지만 실은 이란 사람들보다 먼저 미국 정부가 보석을 찾으려고 혈안이 되었기 때문이다.

그래서 그들은 돈을 재빨리 송금했고, 모니크와 나는 돈이 입금되는 걸 지켜보았다. 계속 함께 지켜봤다. 케이맨제도에서 스위스로, 그리고 홍콩으로…… 어쩌면 서른 번은 계좌이체를 했을 것이다. 추적할 수 없을 만큼. 게다가 그 많은 현금을 보면 모니크도 긴장을 풀 수 있으리라 생각한 것도 있었다. 나는 오래전에 돈이 여자에게 미치는 영향을 터득했다. 심지어 그에 관한 법칙도 있다. 라일리의 제7법칙: 진정한 마약은 오로지 돈뿐이다.

그것도 많은 돈. 내 요구가 지나치게 적은 것이었을 텐데도, 스크루지 맥덕이 가진 돈보다 훨씬 많은 돈이 들어왔다. 우리는 많은 돈을 보았고, 나는 모니크를 보았다. 그녀도 나만큼 신나 보였지만, 내가 아는 한, 돈이 모니크의 마음을 바꾸지는 못했다. 모니크는 해외 계좌에서 자기 몫을 확인했을 때, 그리고 그게 얼마나 큰 액수인지를 보고 난 후에야 비로소 나를 안아줄 만큼 마음이 풀렸다. 하지만 그건 여동생이 해주는 포옹에 불과했다. 거기에 "정말 대박이야!"라는 말만 곁들였을 뿐. 야호.

그게 다였다. 모니크는 마음을 먹었다. 라일리는 훌륭한 사람이지만, 그의 위대함이란 포옹 몇 번의 가치도 없었다. 내가 원한 바는 아니었다. 심지어 원하는 것에는 가까이 가지도 못했다. 하지만 뭐 어떤가. 모니크만 내 곁에 있으면 되지. 물론 가끔은 불만스럽기도 했다. 사실, 젠장, 진짜 너무 짜증 났다! 비키니 입은 모니크를 봤다면 누구든 내 심정을 알걸.

하지만 그래도 괜찮았다. 거의 모든 것에 익숙해질 수 있다. 시간이 갈수록 우리는 즐거운 시간을 보냈다. 그리고 나는 여전히 싱글벙글했다. 훗날, 언젠가는, 모니크도 생각을 바꾸겠지. 기다릴 수 있다. 그럴 만하니까. 만약 그녀가 마음을 바꾸지 않으면…… 글쎄, 어쩌면 내가 그녀의 마음을 바꿀 방법을 생각해내겠지. 어떻게 해야 할지는 모르겠지만. 그저 내가 방법을 찾을 거란 사실만은 안다.

왜냐하면 늘 방법은 있으니까. 그리고 나는 항상 찾아내니까.

그냥 날 지켜봐.

감사의 말

라일리의 심리학적 특성을 구축하는 데 헌신적으로 애써준 애슐리 퀼러에게 감사드린다.

예술 및 예술가를 아우르는 방대한 지식을 공유하며 물심양면으로 도와준 A.L. 프로인들리히 박사에게 감사의 말을 전한다.

또한 내가 항상 방법을 찾을 거라는 맹목적인 믿음으로 꿋꿋이 기다려준 베어, 푸키, 팅크에게 감사한다, 언제나.

수많은 남성 작가들이 아내의 내조 없이는 책을 쓸 수 없었을 거라 말한다. 하지만 내 경우에는, 말 그대로 사실이다. 내가 반전의 바다에서 길을 잃었을 때, 나 자신을 궁지에 몰아넣었을 때, 멋진 이야기 감각으로 내게 탈출구를 찾아준 사람은 늘 아내 힐러리였다.

옮긴이 고유경

영국 카디프 대학교 저널리즘 스쿨에서 언론학 석사 학위를 받았다. 글밥 아카데미 수료 후 바른번역 소속 전문 번역가로 활동하고 있다. 옮긴 책으로는 《밤의 살인자》《내 생애 한 번은 수학이랑 친해지기》《너는 여기에 없었다》《나, 책》《수학님은 어디에나 계셔》 《그리고 여자들은 침묵하지 않았다》《웰컴 투 셰어하우스》《참회의 수학》《숫자 없는 수학책》 등이 있으며, 청소년 과학 교양 잡지 〈욜라OYLA〉의 번역에도 참여하고 있다.

다이아몬드가 아니면 죽음을

초판 1쇄 인쇄 2022년 1월 7일
초판 1쇄 발행 2022년 1월 17일

지은이 제프 린지
옮긴이 고유경
펴낸이 신경렬

편집장 유승현
책임편집 최장욱
기획편집부 최혜빈 김정주
마케팅 장현기 **홍보** 박수진
디자인 박현경
경영기획 김정숙 김태희
제작 유수경

교정교열 박기효

펴낸곳 ㈜더난콘텐츠그룹
출판등록 2011년 6월 2일 제2011-000158호
주소 04043 서울시 마포구 양화로 12길 16, 7층(서교동, 더난빌딩)
전화 (02)325-2525 | **팩스** (02)325-9007
이메일 longest@thenanbiz.com | **홈페이지** www.thenanbiz.com

ISBN 979-11-5879-179-7 03840